U0627650

绣像私藏版

中国禁书文库

马松源 ◎ 主编

线装书局

图书在版编目（CIP）数据

中国禁书文库. 4/马松源主编. —北京:线装书
局,2010.3
ISBN 978-7-5120-0092-6

Ⅰ.①中… Ⅱ.①马… Ⅲ.①古典文学-作品综合集
-中国 Ⅳ.①I212.01

中国版本图书馆 CIP 数据核字（2010）第 027202 号

中国禁书文库

主　　编：马松源
责任编辑：崔建伟　赵　鹰
封面设计：博雅圣轩工作室
出版发行：线装书局
地　　址：北京市鼓楼西大街 41 号（100009）
　　　　　电话：010-64045283
　　　　　网址：www.xzhbc.com
印　　刷：北京彩虹伟业印刷有限公司
字　　数：3600 千字
开　　本：787×1092 毫米　1/16
印　　张：336
彩　　插：8
版　　次：2010 年 3 月第 1 版 2010 年 3 月第 1 次印刷
印　　数：1-1000 套
书　　号：ISBN 978-7-5120-0092-6

定　　价：4680.00 元（全十二卷）

目　录

第三篇　康生藏书

《蝴蝶杯》

《空空幻》

三

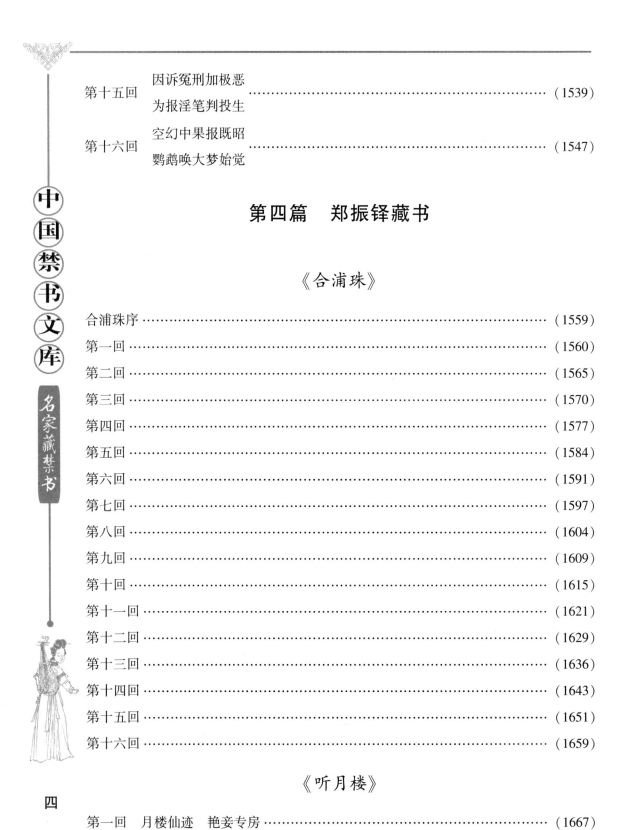

第四篇 郑振铎藏书

《合浦珠》

《听月楼》

四

中国禁书文库

目录

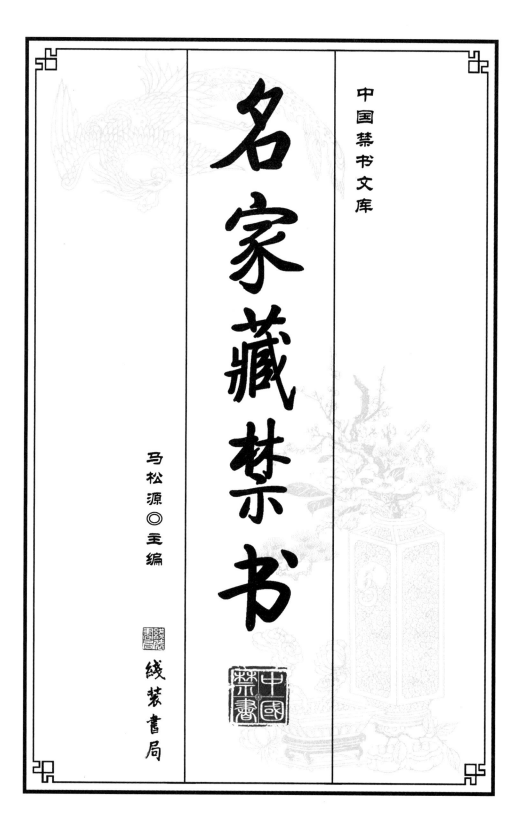

中国禁书文库

名家藏禁书

马松源◎主编

线装书局

康生藏书

中国禁书

第 三 篇

蝴蝶杯

〔清〕储仁逊 撰

第一回　游龟山避暑乘凉
闻祸端怒打不平

倚势欺民太不良，偶遇玉川问短长。

群奴仗主逞凶恶，打伤岁少逃过江。

四句闲言叙过。话进大明天子万历皇爷登极以来，各国进贡，四方安靖。一日，皇爷朝驾登九五，只见黄门官跪拜，口尊："万岁，臣启吾主，昨日乃系元宵佳节。灯烛无光，京都地震山摇。"皇爷闻奏，遂宣钦天监上殿相问。监正官姜瑞鸿奏曰："月烛无光，地震山摇，当主两处反乱。"皇爷闻奏曰："以待后验。"遂即朝散。

且言山西太原府有一位田云山，文才甚佳，胸藏锦秀，身中黄榜进士，官居江夏县知县。夫人曾氏所生一子，名田车，字玉川，相貌文秀，自幼聪慧，习就文武兼全。自十七岁入黉门，随父到任，仍读诗书。时逢夏令，天气炎热，公子心中闷倦，闲暇无事，心欲往龟山避暑玩景，怀揣蝴蝶杯走出县衙，望龟山而来。一路行来，不一时来至龟山。只见青山叠翠，绿柳成阴，百鸟喧鸣，翠柏苍松，密密森森。江中鱼船来往撒网，红男绿女皆奔龟山前乘凉。真是幽雅避暑之处。

且言江中有一鱼船，渔翁姓胡名宴，不幸其妻早已亡故，膝下只有一女，名唤凤莲，年方一十六岁，生得沉鱼落雁之容，闭月羞花之貌，聪明伶俐过人，每日随父在船中打鱼度日。此日天气清朗，江中无风。父女二人把鱼网撒在江中。不一刻，胡翁见网内沉重，必有大鱼，忙唤女儿把船拢岸。凤莲忙把船拢岸，抬头一看，见网内打着一鱼，是人头鱼身，心中一惊，忙呼："爹爹快撒手，放他去罢！"胡翁问："好容易打上此鱼，为甚么把他放了？"胡凤莲口呼："爹爹，此是怪鱼，乃是不祥之兆，恐与咱父女有不吉之处，放了为妙。女儿夜间偶得一梦，未敢向父言说。所梦者就是此怪鱼蹦上船来，把父亲推在江中。不祥之兆莫非应在此鱼身上？还是放了好。"胡翁闻言笑说："你是不认得此鱼，此鱼名是娃娃鱼，就是众鱼船上人最难打着此鱼。若讲梦

中国禁书文库

蝴蝶杯

兆，我又不是读书之家，那来的这些之乎者也？我等打鱼之家，盼望打着大鱼才有度用。好容易打着大鱼就要放了，动不动的就讲梦。我是一福压百祸，你休讲那春梦！"凤莲姐说："此系异怪鱼，恐无人敢买。"胡翁说："若遇富豪之家见此鱼，买了去放在池中，闷时赏玩。我无非多卖几串钱。"遂把鱼放在筐中，携着鱼筐登岸。凤莲姐口呼："爹爹早些回来，免女儿挂心。"胡翁说："不早回来，难道就死在外边？真乃少调失教！"言罢徉徜而去。凤莲见父已去，不由眼中落泪，心中暗想："父亲不听谏言，反被其辱，令人羞愧煞也！"

不言胡翁父女之事。且言万历皇爷临早朝，驾升九王，龙门闪放，阖朝文武大臣朝参已毕，文东武西，各归班中。只见太师张居正出班，俯伏金阙，口呼："万岁，臣有本奏上。"皇爷问："有本奏来。"张居正奏曰："现有朵思叛贼董狐狸，侵犯吾主北界雁门关一带地方。"皇爷问："此贼搅扰朕当边界，以何人前去征讨？"太师奏曰："戚广基久守蓟州，广得人心。若带兵前去平贼，必大获全胜。"皇爷曰："依卿听奏，朕即传旨。"一言未了，只见右都御史冯保、左都御史海瑞二人跪伏金阙，口呼："万岁，现有南溪洞苗蛮造反，侵占数处地方，官兵屡战不胜。"遂把告急文书呈上。皇爷览表沉吟，暗想："正应地震山摇之兆。"遂问："海爱卿久守南界，必晓苗蛮之虚实。当饬何人去征伐？"海瑞奏曰："苗蛮不种田苗，广积金银财宝；山路崎岖险峻，官兵实难除之。若前去征伐，除非令湖北武昌府两湖总督卢林，幼年习就文武全才，兵书战策，可任平蛮之命。"皇父准奏，降下旨意，宣召两湖总督卢林挂印为帅，右营司马唐让为前部先锋，武昌府管理押运粮草，旨到即刻起程。又降旨："戚爱卿：封卿为雁门关总帅。现有朵思王、董狐狸扰害百姓，侵占疆土，令卿速赴教军场挑选兵马，前去征伐。破虏之后，加级封赏。"戚广基谢恩，众臣皆退朝散去。

慢表戚帅挑选兵马前去征伐北虏。且言武昌府总督卢林，文武双全，英勇无比。现年五十余岁，膝下一子一女：一子名士宽，年一十八岁，女名凤英，年方一十六岁，美貌无比，贤惠无双。士宽生来不习诗文，专好浪荡胡行，生性骄傲，或游逛妓院，就是驾鹰弄犬。这日闲暇无事，呼唤"小子们快来。"只见有二十名家将，闻唤忙忙来至近前，单腿打手，口呼："大爷，唤我小子们那边使用？"士宽说："带有赛虎犬，你们随大爷我到龟山游玩避暑。"众家将问："大爷可是坐轿，可是乘马？吩咐下去好预备。"卢士宽闻言说："不用轿马，多带酒肴，步行龟山乘凉。"众多家将遵命，各各洋洋得意，抬着酒肴食盒，有架着鹰的，牵着犬的，一齐出离府门，竟奔龟山而来。

且言老渔翁胡宴，手提鱼筐走在龟山，吆喝买大鱼。只见一伙人近前问："你这老汉卖的是什么鱼？拿来我家大爷要看看。"胡翁遂把鱼递与家将，便道："拿过去请看，比不得寻常之鱼。"家将说："你往后些站。"胡翁笑道："只要大爷爱惜此鱼，何论价值高低？"家将闻言骂道："你这瞎眼的老狗，大爷爱要竟敢要钱！你就当奉送与大爷才对！"胡翁说："若把鱼送与你家大爷，我一家就该喝风不成？"家丁喝道："你这老东西，我家大爷不难为你，赏你二百文铜钱，到帅府去领。"胡翁说："我打鱼为业，无闲工夫，不能赊帐。价钱不敷我是不卖。"家丁说："你当真不赊帐吗？"胡翁说："实在不能赊帐。"家丁骂道："你这老狗，不识好歹、不知进退的东西！"卢士宽说："令他拿了去！"遂把鱼往地上一摔，被大犬一口咬死。胡翁一见，连忙跑近前抢鱼，被大犬将手咬坏，鲜血淋漓，疼痛不止。胡翁哭喊说："你就是大爷就不讲理吗？快赔我的鱼罢！"卢士宽闻言大怒，喝道："好一老狗，你在这武昌府访问访问，谁敢逆言冲撞。你竟敢冲撞你家少爷！"遂吩咐家丁："拉他下去，打他四十皮鞭！"众家丁遵命，闯上来按倒胡翁，用皮鞭乱抽。只抽的胡翁叫喊连天，竟打的皮破肉绽，血水崩流。

　　且言田玉川正在龟山闲游，看的明白，心中暗想："世上竟有这不讲理之事！"遂上前分开众多恶奴说："列位停手，不必打了！"众家丁见是一少年前来讲情，说："打他不打他与你何干？难道你替他挨打吗？"田玉川无暇答言，忙走至卢士宽面前，口乎："少爷请了。"卢士宽问："你是甚么人，敢来答话。"田玉川说："这老者若大年纪，不赔他的鱼到也罢了，况且又打他一身伤。倘若将他性命损伤，反为不美，岂不是倚势欺人吗？"士宽怒问："你是那里来的？敢来多言多事。就是打死他，有你少爷作主！"田玉川说："我乃江夏县知县之公子田玉川是也。"卢士宽闻言说："好一小小知县之犬子，竟敢前来放肆！尔如飞蛾投火，你莫非替他挨打，自寻其死？尔如粪堆之草，怎比俺丹桂。"田玉川说："你休要出口伤人！凡事理同天下，岂以势力压人？王子犯法与民同罪！"士宽问："你家少爷有何罪？"田玉川说："你仗势抢夺民鱼，纵犬伤人，反喝令恶奴毒打老翁，岂不是罪？"士宽怒说："我父乃是两湖总督，难道不如你父七品知县？我纵犬伤人也是有的。喝令打此老狗，只当取笑。把他打死，你不过看着我！"田玉川怒道："恐老天不容你这劣货！"众恶奴见此光景，不由怒气冲冲，齐声说："打！打！打！"各各卷袖攒拳，怒目瞪眼，咬牙切齿。田玉川见他主仆等不讲理，横行霸道，不由一阵心头火起，大骂："你这群狗娘养的贼子！倚仗势力欺虐百

姓，人人得而诛之！我田某有何惧哉！"卢士宽一闻田玉川之言，不由怒气攻心，遂把恶犬撒出。恶犬照着田玉川扑来，田玉川见犬临近，不慌不忙，使个泰山压顶式，一拳打去，正中犬的顶门，只打的恶犬栽了两栽、晃了两晃，"噗嗵"一声，四足朝天，死于非命。众家丁一见把犬打死，齐说："不好了！把犬打死了！"卢士宽闻言大怒，喝道："还不一齐下手，等待何时？"众恶奴闻言一齐闯上来，抢拳就打。田玉川微微冷笑，近前迎抵。不一刻工夫，打倒七八个恶奴。卢士宽见众家人不是田玉川的抵手，自己乃是将门之子，略通武艺，不由气往上撞，遂即赶奔近前，向田玉川动手撕斗。未及三合，被田玉川一拳打倒在地，复又以脚踏在项上，又打了数拳。众家丁一见，心中大吓，近前抢护，招招架架，一溜歪斜，一阵乱跑逃去。田玉川见豪奴等逃跑，并不追赶，回头见渔翁口内"哼咳"不止，卧地不起，近前问渔翁曰："你这老汉还不回去吗？"胡翁曰："小老儿被他们打的站不起来了。"玉川闻言，忙把胡翁扶起。胡翁含泪曰："多蒙相公救我不死。活命之恩，日后小老儿必然报答。"言罢蹒跚回船去了。

且言众恶奴搀扶卢士宽走至江边，一声吩咐："船户们听真，今有县衙知县之子将总督打伤，千万不可渡他过江！那个渡他过江，查访出来拿到帅府，按违命问罪！"吩咐已毕，过江回衙去了。

再言田玉川走至江边，一声呼唤："船家渡我过江。"那些船户说道："今有总督公子吩咐我等，不准渡公子过江，若渡公子过江，治我等之罪。公子再设法去罢。"玉川再问，各船户皆不答言。自思："船家不渡我过江，必是这恶豪们回到他帅府领军兵来拿我。不如且到龟山上再作道理。"

且言胡凤莲独自一人在鱼船上，心神不安，坐卧不宁。自清晨直到午后，不见父亲回船，心中纳闷，站在船上向远处了望。猛见父亲踉踉跄跄踱了来。即临且近，见父亲眼含痛泪，"哼咳"不止，声声呼唤："女儿呀女儿，快快搀扶为父上船。"凤莲见父浑身是血，满面青肿，不由的心中大惊。不知后来如何，且看下回分解。

第二回　总督县衙搜凶手　玉川避祸藏渔舟

> 万般出在命里该，人生何须巧安排。
> 只望打鱼求利息，命归黄泉再不来。

话表胡凤莲见父亲如此狼狈不堪，忙问："爹爹，这是为何？"胡翁咳声说："女儿，快搀父上船再说。"凤莲忙忙搀扶上了船。胡凤莲又问曰："爹爹，因何被人打的这等模样？"胡翁见问，一手拉住女儿，含泪说："一言难尽。总督之子买鱼不给钱，放犬咬死鱼。为父被犬咬伤了手，反挨他一顿皮鞭，疼痛不止。多亏县太爷之公子上前，以好言解劝。这狂徒心中不服，大骂不止。怒恼公子抱打不平，为父才得活命回来。我儿快与为父设法报仇才是！"凤莲闻言，含泪大骂："卢贼，你害的俺父女好苦呀！"遂口呼："爹爹，我乃女流之辈，如何能报此仇？"胡翁闻言默想："自己缺子无后，女儿也长成丁，未曾与女儿提亲。"不由目中落泪，只觉心酸，一阵血气攻心，二目昏暗，口不能言，即时气绝而亡。

凤莲见父痰壅而亡，不由的抱父尸痛哭不止，惊动众渔船人等，一个个齐来问道："胡大姐因何痛哭，你父那里去了？"凤莲见问，止悲说："我父被人打死，因此痛哭。望乞众位伯父与奴作主，代奴屈死亡父伸冤，感恩不尽！"众渔人齐问："是何人打死你父，快快说明，待我们替你伸冤报仇！"凤莲见问就将爹爹卖鱼被打言了一遍。众人闻言，皆目瞪口呆，曰："若是别人打死你父，我们好与你伸冤报仇。常言说的好，灭门知县，何况总督之子？白白打死，上那里告去？空费工夫。"言罢各自开船，徉徜荡桨散去。凤莲一见，心中着忙，口呼："张伯父莫走，替奴伸冤去罢。"张翁说："总督衙势大如天，我们不敢惹他。常言说的好：太岁头上休动土，猛虎身边加小心。各自洒扫门前雪，岂肯跟着受牵连？"言罢，与众多渔人驾舟走了。凤莲见众渔舟去远，不由的两泪汪汪，哭了一回，大骂卢贼："你害得我父女好苦，爹爹阴灵等一等，孩儿随

方欲向江中一扑，复又停住，暗说："且慢。是我一阵糊涂。现在父尸暴露，父仇未报，我死无益。我且把舟泊在这武昌河岸。不能顾其廉耻，拚着我命与父前去伸冤报仇，方是正理。"

不言凤莲欲去告状，且表总督卢林闲暇无事，向夫人并女儿前曰："昨夜偶得一梦，甚是奇怪，不知主何吉凶？"夫人口呼："老爷，夜间妾身也是一梦。"卢帅问："夫人，梦见何来？"夫人曰："妾身梦见一双门牙，一个悬在口内，一个掉在地上，不晓主何吉凶？老爷所梦何来？"卢帅曰："下官梦见江夏知县进一个西瓜，切开尝之，瓜内无子，岂非怪事？"夫人曰："这西瓜内中无子，乃是空瓜。妾身所梦门牙掉下，是为损子。妾身必然不重生子了。"夫妇正在圆梦，只见中军官进二堂禀道："不好了，少爷被知县之子打伤，现在书房。"

卢帅闻报，吩咐："将你家少爷抬进二堂来。"中军官退出，吩咐家将等将少爷抬在二堂。夫人一见，忙问："儿呀，为何被人打的这个样？"卢士宽见问，勉强睁眼。见他母亲相问，不由眼中落泪，叹了一口气，口呼："娘呀，儿要活不了。"即闭口不言。卢帅见此情形，遂传知情的家将回话。家将韦顺近前跪倒，卢帅问："你家少爷因何被知县之子打伤？尔等因何不保护，竟被打的这等的重伤？"家将韦顺禀道："小人等陪着少爷在龟山避暑乘凉。县官之子狂妄无理，把少爷心爱之犬打死。少爷以理相问，他不服，把少爷痛打。小人等近前救援，他仗武艺高强，各各被他打伤。他打伤少爷少算，口出不逊，大骂帅爷。小人不敢学说。"卢林闻家将之言，不由心头火起，骂道："好一个江夏知县，小小前程狗官之子，打伤我儿。那狂徒现在何处？"家将韦顺回禀："是小人吩咐众船户，不准渡他过江，大料还在龟山。"卢林闻言，吩咐："中军官，拿我令箭一枝，着右营司马唐让领本部军卒，去到龟山搜拿县子，不得有误！"遂问家将："你可认得此贼？"韦顺回答："小人认得。"卢林说："你可随唐将军前去把他拿来。"韦顺领命而去。

右营唐让遵令，带领本部军卒，提枪上马，竟奔龟山。心中暗想："县子无辜敢打卢公子，这事必定有些蹊跷。必是帅子在龟山横行不正，县子怒打不平，也许有的。到龟山我见景生情，自有道理。"这且不言。

再表卢林走至士宽面前，一声问道："儿呀，你伤痕怎样？"士宽勉强说："浑身如筋断骨折一般。"凤英小姐曰："想那江夏县乃是清正廉洁之官，与咱素日无仇，焉能纵子行凶？断无此理。打我兄长，其中必有缘故。他观父亲情面，也不敢打你。只恐兄长作出非礼之事来。"士宽怒道："妹妹所言此话，你与他必有些拉扯。为兄被他打成肉饼了，你全不心疼，你还为他争理。莫非你想嫁他吗？"凤英忍气吞声，无言相对。卢士宽大喊一声："气煞我也！"自觉心如火烧，热血上攻，"哇"的一声，口吐鲜血，将眼睁了几睁，那嘴咧了几咧，竟自绝气而亡。卢林与夫人、女儿大家恸哭了一声。卢林止悲，遂命："校尉伺候，外班打轿，去到县衙。"卢林上了大轿，带领军卒，直奔县衙而来。

且言知县田云山在内宅向夫人曰："田车今游龟山，这般时候还不回来。这畜生如狂犬，何日成人？"夫人曰："我儿文武全才，无非游山逛景而已。"夫妇讲话，只见老家人进来禀曰："总督大人带校尉，离衙不远。"田知县闻报，急忙出来迎接。

接至二堂曰："不知大人驾临，卑职未曾远迎，大人恕过卑职。"卢林问："贵县你有几个儿子？"田公曰："只有一个奴才，竟劳大人垂问。"卢林曰："请来一见。"田公曰："现今游玩未回。"卢林闻言大怒，曰："你把狗子隐匿不献！"遂令校尉前后搜查。众校尉搜查多时，遂回禀大人："前后细搜细查，并无踪迹。"知县田公问："奴才犯了大人的何罪？大人竟如此生嗔？"卢林说："你装不知。你若早早献出狗子，与你无干；如若不然，拿你这狗官去问罪！"田公曰："必须大人讲说明白，再问卑职之罪也不迟。"卢林怒道："你的狗子在龟山打死我儿，绝了老夫的香烟。又打死家犬不算，又打伤众家将。好好把狗子献出。"田公口呼："大人，公子尸身现在何处？"卢林说："现在帅府，你且去验。"田公口呼："大人息怒！譬如民间有人命案，必须告到县衙。卑职须要以理判断：或是急杀、谋杀、故杀、仇杀，总要严究实情，方能不屈民心。况死尸不离寸地，伸冤要有证见之人。就是卑职之子打死公子，公子尸停帅府，犬死在龟山。龟山乃是百姓所集之处，我儿打死公子，岂无一二人看见吗？大人再思再想！"卢林怒喝："好狗官，还敢强辩！现有家将为证。"田公曰："那些家将皆是帅爷府下之人，那一个敢不顺口答音？大人乃是堂堂全省总督，卑职是七品知县，即要下官之命，卑职焉敢违令？况且两家平日无恨，往日无仇，怎敢无故打伤公子？自古无风不起浪。打死帅爷公子，无人作证，要下官抵命，何用大人发威？"卢林说："速令你捉拿凶手。"田公曰："拿住凶犯必然投案，何用大人耀武扬威？"卢林说："恐你放走尔子。"田公曰："难道本县舍印不成？"卢林说："谅你难以逃脱此案。"遂即吩咐："校尉各处巡拿，休要走脱凶犯。"吩咐已毕，打轿回府去了。

田公回至内宅，向夫人将此事诉了一遍。夫人闻言曰："这可怎么是好？"田公曰：

"果然这奴子打死帅子，把畜生拿来投案，任凭布、按二司判断，岂有不偿命之理？"遂命家院到外班吩咐捕快人役："速去拿你少爷回来，好去投案！"家院领命而去。夫人此时心如刀刮，满眼落泪，痛哭不止。田公口呼："夫人不必啼哭。若果冤家打死帅子，他必定逃走。待明日老夫到案，与他巧言折辩。"

不言后堂谈论。且言玉川田公子怒打不平，打伤帅爷之子，心中暗想："这龟山正在江中，各处船只皆不渡我过江，必是帅子过江，去吩咐各船户不准渡我过江，必然回到帅府，率领军卒前来拿我报仇解恨，也是有的。我却往那里躲避？"正在踌躇之际，忽听江边呐喊之声，见来了无数兵卒。玉川心中着忙，见龟山下泊着一只渔舟，乃是一位大姐，遂口呼："大姐，那江边来了一簇兵卒，前来捉我，大姐渡我过江远扬，大姐是我救命大恩人。"胡凤莲正在把渔舟拢岸之际，忽听有人呼唤。抬头一看，见山崖站一少年公子欲渡江。胡凤莲曰："公子渡江有些不便。我船中停着血淋淋一个尸首，故而不便。"田公子问曰："那是何人尸首，停在你的舟中？因何浑身如血染？"胡凤莲见问，不由含泪，口尊："相公有所不知。这是我父胡宴。我是他女儿。我父女本是江夏人氏，终日倚打鱼为生。今日去卖鱼，偶遇总督之子在龟山，买鱼不给钱，反放恶犬咬伤我父，把我父毒打一顿。多蒙本县少爷相救，回到舟中，气绝而亡。"田玉川曰："原来如此。小生便是本县之子，只因抱打不平，打伤帅子。小生欲回县衙，众船皆不渡我。大约帅子吩咐，不令渡我过江。刻下堪堪有一簇军卒登船，奔龟山而来，必然是来捉我。祈大姐大发慈悲，渡我过江逃生，则感大德，永生不忘。"胡凤莲闻言曰："原是恩人到来，那有不救之理？快快登舟！"田玉川上了渔舟，口呼："大姐，后面军兵赶来，小生无处藏躲，也是枉然。"胡凤莲说："渔舟窄小，不如屈尊恩人，藏在舱中，以我父之尸首压在恩人身上，你看如何？"田玉川曰："很好。"遂将身匿在尸下，往江中驶行。

且表司马唐让带领军卒渡江，在龟山搜捕田玉川不着。卢府家丁口呼："大老爷观看。"用手一指，说："有一女子独驾小舟过江，大料县子必在舟中。"唐司马吩咐："列开门旗，唤那渔舟转来。"众军卒一齐喊叫："我家大老爷搜拿县子不着，想必在你舟中。大老爷要查验你舟中有无县子。"胡凤莲闻言，不由的大吃一惊，只得把渔舟转回来。不知后来如何，且看下回分解。

第三回 诉冤情司马兵退 赠宝杯暗约婚姻

芦获荒寒野水平，四周唧唧夜虫声。

长眠人亦眠难稳，独倚枯松看月明。

话表胡凤莲被兵卒呼唤甚急，有心不把渔舟转回，又恐众军官驾船来追，反倒不便，他等必然生疑，"只可转回，以巧言对答，见景生情，再作道理。"想罢，不移刻把船泊岸，定了一定神，遂问道："你等将我渔舟唤回，有何事？"众兵卒问："你这渔舟上可有凶犯知县之子否？"胡凤莲曰："你等未带眼睛来？我这小小渔舟停着血淋淋尸首，可在那处藏人？"众兵卒说："你这女子休怪我们。只因本县之子在这龟山打死帅府公子，我家司马大老爷奉帅爷将令前来，在此搜拿不着，恐其在你舟中藏躲。你这舟中是你什么人血淋淋的死尸？向我家大人禀说一遍。"胡凤莲见问，不由的扑漱漱泪流满面，遂将"卢子横行打死我父"，从头至尾细言一遍。唐司马闻言曰："此事我好不明白，县子打死帅子，差我带兵前来捉拿县子。是怎么帅子又打死卖鱼之人呢？"心中纳闷，遂身帅府家丁问道："你可听见那女子所言，要你从实讲来。"帅府家丁说："只因我家少爷在这龟山乘凉，因买鱼，鱼被犬咬死；那渔人夺鱼，被犬咬伤，硬索鱼钱。我家公子大怒，令众家将用皮鞭打渔人。那县子怒打不平，打伤我家少爷。"唐司马闻言，点了点头。暗思县子打死帅子，捉来偿命；帅子打死渔人，难道不能抵偿？岂不知王子犯法，与庶民同罪？我不免回帅府交令，竟看他怎样发落！"遂吩咐收兵回帅府。胡凤莲忙呼："大老爷与奴作主伸冤，则感大德！"唐司马曰："州有州官，县有县衙。本府乃是武职官，不管刑命法律。"言罢，收兵徉徜而去。

这田玉川在舱内尸下，心中惊惶，低声口呼："大姐，令他们去罢，休唤他转来，无有好处。大姐快快开船罢！"凤莲闻言，把舟撑离江岸，口呼："相公欲往何处逃避？待奴送你过江。"田玉川口呼："大姐，你看两江岸俱都是人，教我往那里去逃避？望

祈大姐把舟且泊在僻静之处，候至夜静更深，两江岸无人之时，方可逃走为妙。"凤莲闻言，遂将渔舟摇在芦苇塘中。

天色已黑，田玉川出舱，向凤莲躬身施了一礼曰："多蒙大姐救小生活命之恩。"凤莲曰："你因救我父，才惹下这场大祸。奴还未报相公救父的大恩，岂敢劳相公道谢？常言道的好：知恩不报非君子，忘恩负义是小人。"玉川曰："小生虽救令尊回舟，令尊回舟后已竟死了，未救活。大姐救我活命之恩，焉有不拜之理？"凤莲曰："小小渔舟之上，免却行礼。又在不便之地，恐有人看见。只求相公与奴家出一主意，方好替我父报仇，以消覆盆之冤。"说到此，不由放声而哭。田玉川口呼："大姐，不必啼哭，恐人知觉，有些不便。待小生下船之后，方可放声。"凤莲闻言止悲。

耳畔远远闻着更鼓之声，残月初升。星月之下，玉川举目观看，凤莲虽是渔户之女，天生的俊俏，不亚月里嫦娥、广寒仙子一般。蹙眉含泪，更觉娇柔之态百出。忽闻谯楼鼓打二更，胡凤莲见相公偷眼看自己，又见相公相貌堂堂，天庭饱满，地阁方圆，乃是贵相；又是宦门公子，若与此人成其恩爱："咳，奴乃渔家之女，身在孤苦贫贱之中，怎肯与奴偕连理？也是奴妄想攀高。"思想一回，遂即问曰："相公有何高见，与奴父伸冤才是。"玉川问曰："请问大姐尊姓高名？家中还有何人？请道其详。"凤莲见问，满眼落泪，曰："家住江夏县西关。我父名胡宴，我母张氏早已病故。奴命太苦，上无兄下无弟，姊妹皆无，不能替父报仇雪恨。"田玉川曰："小生可有一计，不知大姐肯去否？"凤莲曰："为父报仇，就是粉身碎骨，奴也不辞！"玉川曰："既然有此胆量，很好！我想我打死帅子，官兵前来拿我不见，那老贼岂肯与我干休？他必然到县衙搜捕我。我父只知我打死帅子，不知帅子打死你父。你赴县衙告状，我父若知其情，这场官司原是一命抵一命。也保住我父的前程，以释小生之难。我父必然盛殓你父尸身。这是一举三便之计。"凤莲默思良久，曰："此计虽好，小奴未知前去告状准否？相公贵姓高名？何处人氏？"玉川曰："我是山西太原府人氏。我名田玉川，我父田云山现在此作知县。我母曾氏诰命。我随父任所。我也是上无兄下无弟，又无姊妹。论功名我是一秀士，又好武艺，十八般兵器件件皆通。小生今年一十七岁，还未定亲子。"胡凤莲曰："那个问你定亲不定亲？"玉川笑曰："大姐不问小生，小生不得不说。请问大姐可曾许字否？"这一句只问的凤莲面红过耳，低下头，慢应一声："未曾有。"玉川闻言暗喜，以言挑之，曰："大姐既未择配，想咱二人到是一对。"凤莲忙问："一对什么？"玉川笑曰："一对冤枉人。小生与你写一张状词，到县衙一告必准。"

凤莲曰："舟中无有纸笔墨砚，如何能写？心中为难。"玉川曰："舟中无文房四宝，你只可挝鼓喊冤，也可。"凤莲曰："倘然不准奴家，可怎么样呢？"玉川曰："小生又有一计。小生身畔带有传家之宝，名曰蝴蝶杯。大姐带了去，前去投县衙，就说你是我母的娘家侄女，前来投亲，衙内必然容见。伸冤之后，大姐就有安身之处了。"遂把杯取出，递将过去。凤莲接杯问曰："此杯有何贵处？"田玉川曰："此是传家之宝，千金难寻。此杯若斟上酒，怀中之蝴蝶纹皆动，如飞舞一般。"凤莲闻言，暗自思想："这杯乃是他家至宝，为何轻易给人？这田相公言语中带情，行动中有意。自己回思："我父临终有遗言，嘱咐家无亲故可托，为父死后，令我自己择配佳婿。奴见田相公甚有爱慕之意，又是宦家之子，性情又慷慨，奴之终身必然有靠。"想罢，遂即口呼："田相公，你这传家之宝与奴，奴家倘若有失落，那时悔之晚矣。"田玉川曰："小生有句不便之言，与大姐商议。若不见怪，小生方敢讲出口来。"凤莲曰："相公请讲。"田玉川笑曰："大姐若不弃嫌小生，咱二人相配为亲，敢求百年之好。不晓大姐意下如何？若从姻缘，你将杯收讫；如不愿意，将杯还我。"田玉川乃是假意要杯，试探凤莲心意。凤莲闻言，知是故意要笑与他，不由的霎时间面红过耳，无及奈何，将头一低，把杯揣入怀内。田玉川见他把杯收讫，心中暗喜，知他允从姻事。一时间意马难收，近前将要搂抱凤莲求欢。凤莲忙阻之曰："相公，不可如此无理。你乃是读书之人，岂不知仁义大礼？你是逃难之人，奴是含冤之女，若做出苟且之事，竟如禽兽一类。二人私订婚姻，已是有了罪名，相公如若不听奴言，逼奴行苟且之事，奴情愿投江而死。"言罢望江中而扑。田玉川忙把他拉住，躬身下拜，曰："是我一时之错，望大姐莫怪小生了。"凤莲曰："天已更深，相公欲往何处逃走？奴好送你过江。"江川曰："大姐将我送到汉镇，小生自有安身之处。"凤莲曰："如此，相公坐稳，待奴开船。"言罢，荡开双棹。

不一时，渔舟已来到汉镇江边。凤莲曰："已来到汉镇了，请相公上岸，脱身去罢。"玉川闻言，举目四望无人，曰："多蒙大姐救我。"躬身一礼。凤莲口呼："相公免礼。趁此四无人行，逃难去罢。奴好返舟武昌府，到县衙见公爹鸣冤。"玉川下舟，尊声："大姐，不知何日再相逢？"凤莲口呼："相公，此去要你保重。事完早回，自有相逢之日。"只见玉川去后，不由长叹一声，遂吟道：

魂消江畔草，肠断月落时。

遂乃一声，摇动双棹，竟奔武昌而去。

不一时来到武昌，把舟泊在江畔，怀揣宝杯，下了渔舟，竟奔江夏县而来。正值县衙公差在门前伺候，老爷到帅府面礼。忽见一女子走进衙来，公差等忙喊道："你这女子望那里走？你走错了门，这是知县衙门。"凤莲闻言，停步曰："我是入衙署投亲的。奉烦众位班长代奴禀知老爷、太太，就说有内亲面见老爷、太太。"众役问道："你是老爷太太什么内亲？"凤莲说："我是太太娘家侄女，前来投亲。"公差闻言，进去遂禀二爷。二爷田明闻言曰："命那女子进来。"公差将凤莲领进衙内。二爷田明问曰："你这女子，孤身前来投亲，何人是你至亲？"凤莲曰："官宅太太是我姑母，我是太太娘家侄女。"田明闻言摇首说："老爷太太本是山西太原府人氏，况且口音不对，快快走出。那个与你传禀！"凤莲说："我有两句言语，烦你禀知太太，太太必然令我进见。"田明问："那两句言语？要你说明。可传禀必传禀。"凤莲曰："若要重相逢，蝴蝶杯为证。"田明闻言暗思："这蝴蝶杯乃是老爷传家之宝，他因何知晓？"其中必有因由。我且传禀一声，看事如何？"遂转身进后宅去了。

知县田公正在要起身帅府辩理去。忽见家院田明慌忙进来禀道："外面来一女子，口称是太太娘家侄女，前来投亲。小人不敢不禀。请老爷太太定度，令他进来否？"太太闻言，心中纳闷，曰："老身娘家并无侄女。纵有亲眷，路途遥远，也来不到此间。想必是他错投了衙门，也是有的。"田明说："回禀太太，那女子言道他有两句言语，他说'若要重相逢，蝴蝶杯为证'。"老爷太太闻言一怔，田老爷曰："这蝴蝶杯乃是我家传家之宝，如何落在女子之手中？"太太曰："哦，是了。想必是小儿带出去避暑，也是有的。其中必有原故，唤他进来，问个明白才是。"田公遂吩咐田明："领那女子进见。"

不移时，将凤莲领进后堂。凤莲双膝跪倒，口呼："大老爷，民女有大冤枉，叩求大老爷与民女作主。"田公忙问："你这女子，适才家人报道是太太侄女，为何又喊起冤来？自称是民女，这又是前言不答后语，却又何说？"凤莲口尊："大老爷，民女有杀父冤仇，未捶鼓，方冒称是太太的侄女，混进衙来。叩求青天大老爷与民女作主报仇！"太太见喊冤女子貌美如天仙，遂口尊："老爷，我看此女非等闲之人！有何冤枉，令他诉来才是。"田公曰："你这女子，把状纸呈上来。"凤莲曰："民女无状纸，是无人敢写，是口诉。"田公曰："诉上来。"凤莲曰："民女家住本县西关外。民女名胡凤莲，父名胡宴，父女指着打鱼为生。帅府之子买鱼，我父反被毒打，多蒙田少爷相救，致藏舟。"等诉一遍，"令民女持此宝杯投县明冤。"太太问："我儿何时上舟？何时下舟？"凤莲曰："午时登舟，四更上岸。"太太曰："老身有句不便之言，大姐莫怪。你二人皆在青春，同在小小孤舟不便。我那儿子虽是读书之人，非是柳下惠之贤，你若说出实言，方与你父伸冤。"凤莲正色曰："他虽是孤男，乃是逃难之人；民女虽是孤女，乃是含冤之人，岂肯作那苟且无耻之事？"遂把蝴蝶杯现出。太太见民女现出杯儿，知是儿子私定姻缘，不由笑逐颜开，喜不自禁。曰："儿媳快起来。"用手拉起。只见家院慌慌张张进来禀道："外面来了帅府差官，声称锁拿老爷，赴三法司到案！"大家闻报一怔。不知后事如何，且看下回分解。

第四回　胡凤莲帅堂诉冤 遵圣旨卢林征讨

深院满枝花，只应蝴蝶采。

嘤嘤草下虫，尔有蓬蒿在。

话表田知县闻家院禀报：卢帅派差官锁拿本身帅府候审，不由的长叹一声，曰："这畜生闯下大祸逃走，帅府派差官来催案。难道令下官与他抵偿不成？"胡凤莲一闻此言，口尊："爹爹放心。帅府差官前来锁拿你老万安，儿情愿到帅府喊冤，与他对案。难道说相公打死他子，他就拿人偿命？他子打死我父，就算白打死不成？"田公曰："如此说来，儿有此胆量？"凤莲曰："为我父报仇，拚命伸冤，岂肯辞劳？况且一来与父报仇，二来与公爹解此大祸，三者与相公辩清，有何不敢？就有刀山剑树，也要上一上。"田公闻言暗喜。田公曰："帅府差官既来拿我，我且先去。"凤莲曰："儿随后就去。"田公遂走出内宅，来至堂口，差官曰："江夏县，你子可曾拿获否？"田公曰："出了火票，未曾拿到。"差官曰："帅爷有令，不见凶犯，即要拿你到三法司定罪。"田公曰："正要前去投案。"遂吩咐打轿赴帅府。差官命人把法绳盘在轿顶上。

不言田公乘轿，差官押解往帅府而去。且言凤莲把杯揣在怀内，扎束停妥，口尊："婆母，儿欲前去喊冤。"遂辞别太太，往外就走。曾夫人命田明："你将小姐暗送至帅府。你可探听你家老爷的消息，回来报我知晓。"家院田明领命，一同胡凤莲竟奔帅府而去。这且慢表。

且言这武昌府院徐锡恭、布政司董温、按察司郝子良、湖北道台姚文俭四位大人会在一处，曰："闻帅爷奉邀，不知帅爷有何政相议？且赴帅府。"一行遂来至帅府。辕门落轿，中军一见，向内回禀："卢帅吩咐，校尉扎对开门，有请四位大人。"来至帅堂，卢督相迎让坐。落坐后，四位大人齐声问曰："老帅传卑职等，有何军情议论？"卢督曰："请众位大人到此不为别的事，因本帅年迈，只有一子。昨日去游龟山，被县子打死，绝我卢门之后。请众位大人加倍定罪。"只见唐司马交令，曰："末将遵令，在龟山前后搜拿，并无踪迹。故而前来交令。"卢督闻言，怒气不息之际，只见差官回令曰："已把田知县拿到。"卢督吩咐："把狗官锁上堂来。"

差官遂把田公带至堂口。田公口尊："众位大人在上，卑职叩见。"郝按察曰："去刑。"遂把法锁摘去。问曰："田知县，可曾把你子拿到？"田公曰："卑职即差火票，活不见人，死不见尸。"卢林闻言，勃然大怒曰："好狗官！你子打死我子，竟敢隐匿凶犯！"吩咐："动大刑追究。"郝按察曰："且慢动刑。知县也是国家命官，且慢慢研究情理才是。"卢林怒问："田狗官，我儿被你儿打死，你焉能抵赖得过去？"田公口呼："大人，虽说我儿打死公子，未见真情实据。大人不容卑职分说，就要动刑，理何在也？"四位大人口尊："老帅，依田县令之言，即不是他儿打死的，也得要访拿凶犯，究其实情。若是他儿打死的，或私行逃去或隐匿不现，那时再责也不迟。令你辩诉。"田公口呼："众位大人想情。下官原有一子，年方一十七岁，自幼读书，身入黉门。昨去避暑龟山，至今日未回。帅爷领定众校尉搜县署，言说下官之子打死他赛虎家犬，又打死帅爷之子。众位大人想情，卢公子死在帅府内，家犬死在龟山。想那龟山乃是万人避暑之地，就打死公子，岂无一二个人瞧见？帅爷竟赖我儿打死公子，谁是见证？况且又无乡约、地保报案。今日帅爷说出此话，私调官军搜山，暗带校尉搜县官署。请众位大人公断。"布按司齐声曰："所言有理。想那龟山乃是万人之会聚地方，打死人命，岂无一二个见证？"卢林闻言，冷笑一声曰："难道此事是假的不成？打死我子，又打伤二三十名家丁，还说是无有见证。"田公曰："帅府家将一个个如狼似虎，帅府公子又是将门之子。下官之子是一文学秀才，纵然与公子斗殴，怎能打得过将门之子？又打伤二三十名家将？又打死恶犬？常言说得好：一虎难斗群狼，好汉打不过人多。下官若有英雄儿子，焉能不令他与国家出力报效，何必令他苦读诗书？众位大人想情！"卢林怒曰："这些家丁莫不皆是谎言不成？"田公曰："这些家将同是帅府亲丁，焉能作得见证？"布政司董温曰："你子为何逃走？"田公曰："帅爷调兵拿他，必然一闻此信，胆怯不敢回衙。"众大人言曰："纵然你说得有理，你也得捉拿凶犯。"田公曰："捉拿凶犯是卑职责任，岂敢歇心？"卢林怒喝："狗官！你竟敢巧言折辩，好不气煞人也！"

忽闻府外有人喊嚷："冤枉！"众人一愣。中军官忙忙跑出去，见是一女子喊冤，忙拦阻说："州有州官，县有县令，这是总督衙门，不管冤枉事。"凤莲说："民女是杀父冤仇，我父无辜被害，仇家势大如天，非大人不能报仇雪冤！"中军官问："你所告何人？"凤莲说："民女是告江夏县令。"中军闻言："这是告狗官的。"说："这狗官正在此投案，待我与你禀知帅府，杀这狗官！"言罢转身进去禀知："众大人，现有一女子喊冤，控告江夏县令。"卢林闻禀，即刻吩咐："把那女子带进来，问一明白。"

胡凤莲来至帅堂，口喊"冤枉"。众位大人齐声问曰："你这女子有何冤枉？所告何人？现有众家大人在此，放开胆量只管诉上。"凤莲说："杀我父之仇人势大如天，州县不敢管。"众官曰："莫非是王侯公伯吗？"凤莲问："那一位是总督大人？"徐府院曰："正堂上坐着就是总督大人。"凤莲闻言，用手一指，大骂："卢贼，你身居一省总督大员，纵子行凶，害的俺好苦！"卢林闻言大怒，曰："这一泼刁之女太无理，拉下去斩首！"众官曰："且慢！且令这女子诉上冤来，看是如何，再斩不迟！那女子将冤枉且诉上来。"胡凤莲曰："卢总督之子在龟山，倚仗势大，打死我父。"总督接言怒问曰："你这泼刁住口！我子被县子打死，怎么你父反被我子打死？此事从何说起？"众官齐声曰："这事又来的奇怪！你这女子家住何处？是何姓名？有呈状否？如无，可从头细细诉上来，好与你作主！如诬告，反坐你的罪！讲！"

凤莲含泪诉曰："民女名胡凤莲，家住本城西关外。奴父名胡宴，打鱼为生。民女母早已亡故，奴家随父打鱼卖鱼度日，并无兄弟姊妹，父女相依为命。昨日奴父在龟山卖鱼，偶遇帅府之子，买鱼不给钱，反放恶犬把奴父手咬伤，鲜血淋漓。又令众恶奴用皮鞭乱抽混打。奴父爬上渔舟，言说若无县署少爷相救，险些死在龟山。奴父年迈，言罢气绝而亡。叩求众位大人与民女作主。按律断死尸不离寸地，明究要有证人。今帅子一死，又无见证，令何人与他偿命？"卢林怒曰："打死我儿，难道罢了不成？"凤莲曰："打死你子，你要人偿命？难道说民人不是父母所生？"徐府院曰："你这三家斗殴，皆在龟山。这县子打死帅爷公子，既有家丁为证，帅府公子打死渔人，众家丁必在眼前。"遂令人："唤出帅府家丁，一问便知。"便将家丁唤出，问曰："你家公子在龟山被县子打伤，你亲眼看见否？"那些家丁齐说："不但看见，连小人等皆被他打伤。"众大人曰："尔等休要说谎！"众丁说："此系实言，不敢撒谎。"徐府院又问："你家少爷因何打伤渔人，从实供来！"众家丁皆言："没看见。"徐府院大怒，吩咐左右："看夹棍侍侯！"众恶奴皆说："小人等有招供，且莫动刑。我家少爷打伤渔人是实，未曾打死。"董布政问："怎样打的？"家丁遂供道："渔人卖鱼，少爷买鱼不给钱。老渔人讨鱼钱，少爷把鱼摔在地，家犬咬鱼，老鱼翁向犬嘴夺鱼，被犬咬伤手，又打渔人皮鞭。遇着县子，打伤少爷……"一五一十诉了一遍。众官曰："这一案竟有这样辖。"

胡凤莲说："众位大人已明晰，帅子打死奴父，求众位大人与奴作主。如其不然，小奴死在公堂，已干替奴父报仇之心。"只见布政司董温曰："你这女子不可行浊志。要与你父报仇，须依老夫一件。"凤莲曰："大人若能替父报仇，万件皆可应允。"董布政曰：“我乃是布政司董温。一生并无儿女在膝下承欢，老夫欲收你为义女，权当亲生，好与你父雪冤。不知你意下如何？”凤莲闻言，口呼：“爹爹转上，受女儿一拜。”董布政大悦。按察司郝子良、武昌府院徐锡恭走近前口呼：“董大人，我二人恭贺大人收此义女。”董温曰：“承二位大人一贺。”遂“哈哈”三人一笑。董布政吩咐家人：“看过一顶小轿，将你家姑娘抬至龟山角下。买一口棺木，将胡公之尸身盛殓讫。报仇结案之后再殡葬。随后将你家姑娘抬回府去，老夫即便回府。”家人领命，胡小姐坐了小轿，含泪前去殓尸，言讲不着。郝按察曰：“江夏县，你可暂且回衙，速差飞签火票拿你儿子前来对质。”田公遵命，回县去了。

　　四家大人正在帅堂议论此案，忽见中军官走进报道：“有圣旨到。”卢林曰：“四位大人一同接旨。”四家大人随同卢总督下帅堂，设摆香案，跪接圣旨。差官站在香案前，展开圣旨宣读：“大明皇帝诏曰：朕闻苗蛮造反，抢掳良民，不得安生，侵占数处地方。官兵不胜。今有海瑞荐举武昌总督卢林胸藏韬略，勇冠三军，钦命挂印，带领三万兵马前去讨贼。武昌府徐锡恭押运粮草，右营司马唐让为前步先锋，协力讨逆。旨到之日，即刻起身，成功奏凯，加封爵禄。钦此钦遵。”四位大人口呼：“万岁，万万岁！”接旨已毕，卢林曰：“有劳钦差大人远来，一路风霜之苦。”钦差曰：“圣上所差，何敢辞劳？”卢林吩咐排宴，钦差曰：“王命在身，不敢久停，就此告辞，回朝交旨。”言罢告辞，回朝去了。众文武官员皆与总督大人恭喜：“此番马到成功。”卢帅曰：“征伐在即，杀子之仇未报，心中不由伤感。”众大人辞别回府，卢帅点齐兵马。约二日，卢师吩咐响炮起营，浩浩荡荡，竟扑南境蛮峒而去。不知后事如何，且看下回分解。

第五回　玉川偶遇徐府院　卢帅被救感恩情

白草飕飕接冷云，关山疆界是谁分。

幽魂来往随宦牒，原鬼昌黎竟未闻。

话表公子田玉川自从在龟山打死帅子，在渔舟藏身，半夜渡过江来，登岸逃命。只是在路上无有盘费，囊中空空，又无处可投。无奈夜宿古庙，沿途乞食。心中暗想："在路上若有人问我名姓，我若说出真名实姓，恐有不便。必须更名改姓，方可妥当。不如田上加一雨子，姓雷；我名车，下边再加二车字，我名轰；玉川改为全州，就是这样罢。"不由一声长叹，曰："茫茫愁思到更阑。"自己后悔倚伏血气之勇，抱打不平，惹下祸端，只落得孤身一人，海走天涯，无处存身。又不知父母怎样忧心似焚？那知孩儿受苦？自己思前想后，往前逃走。猛听后面人喊马嘶，扭项一看，旌旗招展。细看前队纛旗上写着斗大一个"唐"字，知是前队。紧跟大队兵马，旗纛上一行字，上写"征南都招讨卢"，知是武昌总督卢林，忙忙将身藏在密松林内。不多时兵队去远，遂走出松林，往前而行。走了有十数里，又听后面一簇军兵摇旗呐喊而来。心说："不好！此处无有隐身之地，倘若看见，有些不便。"四下一望，见前面有一座桥梁，幸喜无人，"不免躲在桥下隐藏，候军队过去再走不迟。"

不言桥下藏身。再言武昌府院徐锡恭催着粮草车行动，自己暗想："我乃是文官，若路上粮草有失，无人保护。"正在思虑间，忽见探马报道："前面来到新安桥，马不前进。"徐府院闻报，心中暗想："良马有三不走。既然马不前行，必有刺客歹人。不然必有奇巧之事。"遂传令："列开门旗，四处搜查。"众牙将查毕回报："各处无异。惟有一少年乞丐，在桥下存身。"徐府院闻报，吩咐："令乞丐来见。"众牙将遵令，一声喊叫："大人唤你，你马前回话。"

田玉川闻听吓了一跳，恐其露出形迹。走出桥来，在徐府院马前跪倒，曰："小人冲撞大人军队，恕小人无知。"徐府院问曰："看你这人似非等闲之人，你家住那里？姓甚名谁？为何落在乞讨之中？"田玉川见问，曰："小人家住山西太原府，姓雷名轰字全州。因在湖南投亲未遇，盘费已罄，只落在乞讨之中。见大人军队从此过，恐冲撞大队，故隐身桥下。求大人恕小人无知。"徐府院又问："你自幼在家作何生理？"玉川曰："自幼好习学枪刀棍棒。"徐府院闻言喜曰："老夫乃是武昌府院徐锡恭。只因苗蛮造反，卢元帅奉旨挂印征讨，本院押运粮草。老夫见你少年英雄，有心将你收在帐下，保护军营粮饷。但不知你意下如何？"田玉川曰："蒙大人提拔，小人愿效犬马之劳。"徐府院闻言，喜不自胜。遂令更换战衣，挑选兵器，选择良马。玉川遵令进营，顶盔贯甲，结束停当，来至徐大人面前。控背躬身，口呼："大人，末将伺候。"徐府院一见，小将不是先前，竟现出威风煞气，不由心中暗喜。遂吩咐："雷将军随营报效，自有升赏。"

徐府院摧动军马粮饷前行，非止一日。这日探马报在马前说："元帅大营扎在离苗营二十里。"徐府院吩咐："离大营五里安营下寨，人不许卸甲，马不离鞍，小心保护军粮，各加小心。"遂响炮安营。

再言苗峒大都督喊那正要率兵前进，忽见探马报进营来，报道："现有天朝将官带领大兵到来，离营二十里下寨，请令定夺。"大都督喊那闻报，只气的三尸神暴跳，五灵豪气飞空，说："天朝竟敢发兵犯我边界！"一面令人去报知大王，带兵前来接应，又问帐下："那位临阵，探其虚实？"一言未了，只见一将口呼："都！末将思可特愿见头阵。"遂下帐，提叉上马，带领峒兵五百，飞临战场叫阵。这边小校报进营。先锋司马唐让闻报，提枪上马，响炮出营门。旗开处，见番将生的凶恶，一磕马飞奔疆场。二人关不答话，战在疆场五六十回合。唐让见番将勇猛，虚扎一枪，拨马败走。番将思可特不舍，紧紧追来。马头刚靠马尾，思可特用叉就刺，唐让一闪身，拨转马头以回枪，刺在番将右胁。番将闪躲不及，落马身亡。遂打得胜鼓，回营报功不题。

那五百番兵见主将阵亡，败回大营，报知大都督。喊那闻报大怒，刚要出马临阵，只见番兵报进营来说："峒主大王带兵前来接应，离营不远。"都督喊那闻报，即刻领众将排队迎接。峒主大王叭喽进营，入牛皮帐落坐。喊那率领众将参见已毕，大王叭喽问："汉营怎样行动？"喊那遂曰："趁汉营下寨，人困马乏之际出兵。不料汉将出马，大酋长思可特阵亡，故此败了一阵。臣方欲迎敌，闻报大王前来，迎接大王。未曾临阵。"叭喽曰："汉将既然胜了一阵，必然兵骄气傲，夜必无备。夜间饱餐战饭，前去偷营劫寨，必然大获全胜。"众番将遵令而行，各自预备去了。

天交二更，众番将结束停当。叭嘞大王吩咐三军，分四路踏汉营。自己带领五千番兵随后接应。这且不提。

且言天朝元帅卢林正在大帐秉烛独坐，暗想："今日头阵杀了番将，胜了一阵，挫了苗蛮的锐气。报捷之后早回，好替我儿去报仇雪恨，一消胸中之气。"正在默思之际，忽听远远有喊杀之声，心知有异。忽见小校报进大帐："苗兵劫营!"卢林闻报，急忙提刀上马。此时先锋唐让并未披铠，马不及被鞍，提枪上马，前去迎抵。迎面遇见苗峒大王叭嘞，用枪分心就刺。叭嘞用钺斧相迎，二人杀在一处。那边卢林正遇苗蛮都督喊那，抢钢鞭来打，卢林用金背刀相迎，一刀一鞭，来往相战。众多兵将呐喊厮杀不题。

且言徐府院正在辎重营中保守粮饷，忽见探子报道："前营被苗兵劫寨，不知元帅胜负如何?"徐府院闻报，心中大惊，遂吩咐："众将军校，弓上弦，刀出鞘，保护军粮。且禁乱了队。"只见田玉川上帐口呼："大人不必害怕，小将情愿前去，抵挡苗兵一阵。"徐府院曰："小心在意。"玉川曰："晓得。"立刻提枪上马，飞奔前营，大喝："苗贼闪路!"一抖枪闯入大营，逢着死，遇着亡，犹如滚汤泼雪一般。猛见众苗贼将卢帅困在当中，只有招架之功，无还手之力，催马往里就闯。忽见卢帅被苗王返背钺斧长杆打落马下，正要取首级。玉川催骥，一拧华杆银枪刺去。苗王还手不及，左臂被枪刺中，负痛伏马大败，众苗将苗兵一同败回去了。玉川把苗兵杀散，此时司马唐让亦杀至近前，见元帅落马，一同玉川救护元帅回归大帐。

只见徐府院走进大帐，口尊："元帅受惊了。卑职也承差帐下雷小将前来杀贼。"卢林闻言，忙问曰："适才有一小将单人独骥，救本帅回帐，英勇无比，可羡可贺。真是从天上降下一员小将，救了本帅。原来是贵府帐下这将，不晓他姓字名谁?"徐府院曰："小将姓雷名轰，字全州，系山西太原府人氏。"遂唤："雷将军见过元帅。"玉川走上前参拜。卢帅曰："免参免拜，若不是雷将军英勇救吾，除遭不测。不如退守关隘，写告急文书，以待救兵。"玉川曰："元帅言之差矣。今兵远来，见了一阵。虽被偷营，损兵折将，从古皆有之事。元帅若退兵，圣上见怪，悔之晚矣。若依末将之计，元帅退兵十里安营。今夜末将讨元帅五百精壮军兵，前去偷营劫寨。苗王骄兵，我兵大败，他营中必不防备，必然一鼓成擒。"一言未了，先锋唐让应声曰："雷将军此计大妙，末将情愿前去接应。"卢帅闻言，心中大悦，曰："依计而行。雷将军带领五百军兵，劫寨，唐将军带领本部军兵接应。一待天晚，偷营劫寨。本帅就此退兵十里。"这且不表。

再言苗王偷营获胜，左臂受伤。回到营中，天已大亮。都督喊那收队归见苗王，议论劫寨之事。忽见苗兵报进大帐："汉朝大营兵退十里扎营。"苗王闻报哈哈大笑，曰："吾料天朝官兵必然丧胆。"遂吩咐："众将兵丁各自歇息，明日饮餐战饭，再也敌兵交战，必获全胜。"这且不表。

再言田玉川天交二更，带领五百军兵，暗暗来至苗营外。大约已交三更，一声呐喊，望苗营中齐抖丝缰闯入。田玉川当先奋勇，一拧银枪，逢着就刺，遇着就扎。众苗兵皆从梦中惊醒，叫苦连天，逢着死，遇着亡。迎面苗都督喊那抡鞭来战，玉川一拧银枪来迎战。未三合，喊那拨马欲逃，玉川追至近前。喊那回马以鞭打来，玉川闪身躲过。二马一错镫，玉川一伸虎爪，抓住喊那的勒甲丝绦，说："你过来罢!"用力把苗将喊那提过鞍桥，摔在地上。众兵卒把喊那绑讫。苗王叭嘣一见兵败将亡，瓦卸冰消，无心恋战，想要逃脱，已被众三军围困。只见唐让闯至近前，用枪刺去，正中左股。叭嘣落马，众军卒把叭嘣大王绑讫，唐司马、田玉川二人吩咐收兵，把两个逆叛押进大营而来。

探马进大帐，跪报元帅得知："雷将军得胜，把叛逆已擒进营来候令。"卢帅闻报大悦，吩咐进帐。只见玉川进帐鞠躬，口尊："元帅，末将缴令。现已把叛逆获至帐外，请钧令罚落。"卢帅吩咐："绑上来!"苗王君臣跪在帐前，口尊："天朝元帅在上，某等冒犯天颜，望乞元帅开恩恕罪，释放我等回峒，永不再犯天朝。"卢帅微然冷笑曰："尔等竟敢偷吾营寨，本帅险些遭尔毒手。还要乞生。推出斩首!"玉川走近案，口尊："元帅在上，自古苗峒镇江地，他无非不懂理义，抢掠民之财物。他若从今改过守法，年年进贡，写下降书降表，宽恩释放回峒。如再侵犯，再获住再灭他也不迟。"卢帅闻言，点头应允，向苗王喝道："尔等须改了野心，谨守王法。有心放你等回峒，须写降书降表。再若犯吾边界，定斩不宽。把他等绑松了!"苗王即刻写完降书降表，叩头谢恩，忙回峒去了。卢帅修下报捷文书，并降表奏知圣上，言讲不着。卢帅吩咐犒赏三军，歇兵三日，再班师回朝。自己坐在大帐，心中暗想："此番征服苗蛮，乃雷全州之功。他又救了本帅之命。看他少年英俊，无恩可报他。有了! 不如将我女儿凤英许配与他，老夫日后有靠。"想罢，遂令人请徐大人、唐将军大帐叙话。不知后来如何，且看下回分解。

第六回 拜华堂二美成亲
入罗帏真情吐露

梅花开落枝还在，洞房花烛天定良。

风吹玉树根先动，反将仇人作新郎。

话表徐府院、唐司马见卢帅相招，二人一同至帅帐，口尊："大人唤卑职二人，有何见教？"卢帅曰："二位大人请坐，老夫有一事奉托。现今征服苗蛮、救老夫之命，皆是雷将军之功，此人英勇，才干无比。老夫有一小女，年已十六岁，现已待字。老夫有意将小女许配雷将军为妻室，奉托二位大人作一媒妁大宾。不知二位大人肯鼎力玉成否？"徐、唐二人同曰："元帅乃系美意，卑职等焉敢辞劳？就此一往。"遂告退。

二人来至后营，见了玉川，口呼："雷将军恭喜了！"玉川忙问："末将喜从何来？"徐府院曰："卢帅有一千金小姐，愿许字将军为妻，岂不是喜事？"玉川曰："元帅的千金之女，理当许字宦家才是。我雷某有前定未娶之妻，岂有停妻再娶之理？"徐、唐二人闻言，不敢作主，只得回复元帅。遂至前营，将此事回明。

卢帅闻言暗想："我既出了口，如何收回？"心中犯难。唐司马见卢帅情形，知是犯难。口呼："元帅勿庸作难，末将有一良策。"卢帅忙问："将军有何良策？"唐让曰："我想雷将军有前定之妻，无非庶民之女。帅府许下亲来，回至帅府，即拜花堂。小姐先占了嫡妻之位，日后民女过门，定为继配之位。"卢帅闻言曰："此计甚妙！即托二位大人玉成。"二人齐曰："卑职等焉敢辞劳！"遂退出大帐，来见玉川。口呼："雷将军不必推辞，此亲事就此允诺，必有好处。你虽有前定未娶之妻，那也好办。一夫二妻，世上有的是。"玉川只得应允，随同徐、唐二人，进中军大帐。玉川近前，口呼："岳父大人在上，受小婿一拜。"大众皆贺喜已毕。卢帅吩咐响炮，起营回朝。众三军各各欢喜，三声炮响，拔营回国不表。

且言藩台董温，自从收了义女胡凤莲，心中喜之不尽。一日向女儿曰："你父冤仇自然能报。况且帅子已死，也算一命偿一命了。"胡小姐曰："即算一命偿一命，为何卢林又拿知县抵命？"董布政曰："老夫自有公断。为父看我儿长成，欲给我儿择一佳偶，未晓我儿意下如何？"胡小姐曰："奴的故父早与儿定下姻缘，以蝴蝶杯为定礼。"遂把杯现出。董温问："此杯有何贵处？"胡小姐曰："杯中有五彩蝴蝶，斟满了酒，杯中蝴蝶自然如飞舞。"遂命人把酒斟满，果如其言，蝴蝶如飞。正然观杯，忽见家院禀报："卢帅爷得胜回省。"董布政闻报，命："女儿将杯收讫，为父前去迎接。"言罢乘轿而去。

且言田知县闷坐内书房，见家人禀报："卢帅报捷回省。"田大令即忙打轿，出城迎接。只见一簇军兵，人喊马嘶，旌旗招展而来。偶见一少年将军坐在马上，遮目而过，遂暗问家院："适才过去骑马那位小将，好像你少爷？"家院说："好像我少爷模样一般。他打死帅子，还在卢帅麾下听用，令人疑怪！"又见司马唐让到来，田公曰："请唐大人留步领教。方才过去一位小将，他是何人？"唐让曰："他是徐大人家将，又是贵县乡亲，还是帅爷的女婿。他在阵前立了大功，姓雷名轰，字全州。改日再与贵县叙谈。"一声"失陪"，祥徜而去。只见卢帅督队到来，田公忙忙走近前，一躬到地曰："江夏县知县田云山迎接大人。"卢帅勒马问曰："你可曾把你儿拿到否？"田公曰："未曾有音耗。"卢帅怒曰："尔藏子不献，明日帅堂听审。"怒恨恨回帅府去了。田公只得率领衙役回衙。

且言卢帅回到帅府，令中军官："将雷小将军留在书房，文武各员各回衙署，各军队各归营伍，歇息三日领赏。"传下令去了。卢帅回至二堂，只见太太领着凤英小姐来至二堂，一见卢帅，口呼："老爷，恭喜阵前得胜报捷，可喜！可贺！"卢帅闻言，不由长叹一声，遂曰："苗蛮偷营劫寨，若不是雷小将军截杀救我，老命险遭不测。征服苗蛮，也得他之力。"夫人问："那小将军是救命恩人了。不知老爷怎样报小将军之大恩？"卢林曰："曾在军营托凭徐、唐二人为媒，将咱女儿许与他为妻。"夫人问："他可允从否？"卢林曰："他已允从。他可是有前定未娶之妻。"夫人曰："难道女儿与他作妾不成？"卢林曰："老夫已算计，在此今晚就是良辰吉日，命女儿与他先拜华堂。"只见小姐羞回后堂去了。老夫妇见女儿羞回后堂，不由含笑。卢林又曰："常言说的好，前定不为长，先配为长。谁敢说女儿为妾？"夫人曰："此计甚妙！丫鬟与你姑娘梳妆打扮，同你姑爷拜堂！"丫鬟领命而去。又命家院："去到书房，悬灯挂红结彩，请你姑爷二堂更衣拜堂。"家院领命而去。夫人一见姑爷生得如潘安、宋玉，心中喜之不尽。忽闻鼓乐喧天，一对新人在二堂内拜了天地。夫妇二人交拜，又拜了老爷、太太。众丫鬟搀扶一对新人，送入洞房。

这田玉川在洞房坐在一旁，心中泛想疑惑："我打死卢公子，反得其妹为妻，这是从那里说起？"如在梦中一样。忽闻樵楼已交二更，那凤英小姐横卧牙床，不见新郎上床来。有心下床与郎君交谈，又初次与新郎会面，怎能启齿？遂心生一计，把小小金莲伸出帐外，引郎之心。这田玉川正然胡思之际，见卢小姐的莲钩伸出帐外，窄窄红缎绣花小鞋，不由的欲火如焚，意马难收。心中暗想："我聪明一世，糊涂一时。我何不且入罗帏，成就百年恩爱。那时纵然说出真情实话，他还舍的害我不成？"想罢，遂入罗帏登床。

话不烦絮。二人不移时云收雨散，你恩我爱，各整容妆。田玉川曰："敢问小姐，是帅爷亲生之女否？"凤英小姐曰："相公，何出此言？奴本是帅爷亲生女。你明知故问，却是为何？"玉川曰："既是亲生之女，乃系千金之体，为何作小生之妾呢？"小姐曰："莫不成相公还有前定之妻否？若有前定的姐姐，过门之后奴家情愿他为大，奴为小，是奴自愿也。"玉川闻言，心中暗自夸奖小姐的贤良。忽闻小姐问："相公，前定的姐姐姓甚名谁？"玉川曰："他姓胡，名凤莲。"小姐曰："他名凤莲，如此我二人是天生姊妹了。"玉川曰："怎见得？"小姐曰："奴也是凤。"玉川问："凤什么？"小姐曰："凤不晓得。"玉川曰："那有四个字的名儿？想必名凤晓。"小姐曰："不对。奴若不说，你焉能知晓？奴非不向你说，恐相公常常取笑于我。"玉川曰："夫妇之间闺房取笑，那有对着外人叫你呢？"小姐曰："奴名凤英。"玉川曰："我的爱英呀！"小姐曰："这可就便宜你了！"玉川曰："虽有二凤，那一凤我就不要了。"小姐问："相公，为何出此言？你今帅府成亲，尚未到天明，你就说出不要前定之妻，真是丧良狼心之徒，令人可恨！"玉川曰："非是我负义，我那前定之妻，亦是富豪之家。我与他兄长同学读书，因言语不和，被我一拳打死，因此逃出在外。你想他父岂不报杀子之仇？焉肯令他女儿嫁我？"小姐闻言，不由含泪，长叹一声，叫了一声："哥哥，你死的好苦也！"玉川曰："真乃妇道人家，令我好笑。竟有些虚情假意。你二人未曾晤面，我言打死他兄长，你就哭起你哥哥来了。若是你二人见了面，莫非你就把我绑起，替他与兄报仇么？"小姐曰："相公你不知。你今说出打死姐姐的兄长，我想起我那哥哥，亦被县子天杀的打死了。"玉川故意问他："因何敢打死帅子？"小姐遂将龟山买鱼之事言了一遍。玉川曰："就该拿县子偿命才是。"小姐曰："县子已逃。谁想渔人之女前来

大闹帅堂。此案未结，偏有圣旨降临，令奴父征伐苗蛮。多蒙相公救奴父之命，将奴许配相公为妻，以报救命之恩。"玉川曰："我救你父，你晓得报恩；县子打死你兄，你要报仇。想我打死胡家之子，他要如此报仇，小生焉有活命？不能同小姐朝夕聚会。"小姐曰："那时将胡家姐姐娶来，他岂肯舍得相公你？他若忍得，就是奴家岂肯舍了相公你？"玉川曰："我未曾打死你兄，我若打死你兄，那时你就舍得我了。"小姐曰："我也舍不的相公你呀。"玉川曰："小姐真有爱我之意。小姐呀，小生与县子一样相好，那县子回来别与你兄报仇了。"小姐问："你与他有亲故？"玉川曰："实对你说了罢。阵前救你父是我，打死你兄也是我。祈小姐看夫妻情面，在岳父母膝下讲一讲情。"小姐闻言曰："你就是县子田玉川？好强徒！短命鬼！奴上了你的贼船。打死奴兄，岂有不报仇之理？你同我到后堂去见奴的父母，你得抵偿。"玉川曰："我打死你兄，你就要报仇。小生在两军阵前单人独骦救出你父性命，那时莫说你要报杀兄之仇，连你父亲性命不知归于何地？纵然打死你兄，另则救下你父，也可以将功折罪。况小姐纵然把小生千刀万剐，小生一死，小姐终身落于何地也？"小姐如箭穿胸，毫无主意，不由两泪交流。玉川口呼："小姐，堪堪天已大亮，可是把小生绑上，去见你父母？或是把小生放回县衙，去见二老爹娘呢？"小姐曰："莫非你要逃走吗？"玉川曰："我若逃走，何必吐露真名实姓呢？我回到县衙，见了爹娘，把我绑了好来投案。"小姐曰："你休哄我！那有自来寻死之人？"玉川曰："焉能投死？那时你父见了小生，纵不念救命之恩，必看小姐之面，岂肯杀我？"小姐曰："我爹娘问我，我以何言答对？"玉川曰："二老问你，你就说出门拜客去了。"小姐问："你去带几名家丁？"玉川曰："皆不用。"小姐曰："如此你去罢！"玉川曰："小生多谢了！"出门祥徜而去。

且言卢帅夫妇梳洗已毕，吩咐："请姑爷、姑娘。"中军官禀曰："姑老爷出府拜客去了。"夫人曰："未曾拜见高堂，先去拜客，难道客比岳父母还大吗？"卢帅曰："夫人不必多言，唤出女儿一问便知。"遂命丫鬟："请你姑娘。"小姐来至二堂，低头不语，满眼流泪。夫人曰："我儿，洞房花烛乃是一生喜事，为何眼泪汪汪？因何新郎未拜岳父母，先去拜客？我儿必知其情。"小姐含泪说："以仇人作佳婿，事由天定也。"夫人曰："昨晚拜堂，亲见是一美貌才郎，怎言是丑人？"卢帅曰："他有前定之妻，必与儿争嫡庶，这是我之过。老夫也曾把捷报奏与圣上，不日圣旨必临，再贺功臣，犒赏三军……"言未毕，中军禀曰："众位大人前来贺喜！"卢帅迎出，吩咐前厅摆设筵宴待客。不知后事如何，且看下回分解。

第七回 拜堂封官团圆聚
童叛掳掠困雁门

老景蹉跎，眼底光阴疾似梭。喜的是，良辰美景，万紫千红，雨霁风和。
新词付于雪儿歌，小亭也许花奴坐。满斟金厄，琵琶一曲愁弹破。

《驻马听》一曲

话表江夏县知县田云山在后堂，同夫人议论帅府之事，只见家院报道："少爷回府。"玉川走近，给父母请安。田公一见，大骂："畜生！经书不念，竟自在龟山闯祸。帅子打死渔人，与你何干？惹下这场大祸，致令父母耽惊害怕！"令家院："取家法来责打小畜生！"曾氏夫人口尊："老爷且慢生嗔！令小奴才从头至今诉说一遍，再打也不迟。"田公曰："这都是你骄生之过也！"夫人问曰："吾儿惹祸，从头诉来。"田玉川遂将"游龟山怒打不平，多蒙渔女相救渡江，自己更名雷轰字全州。遇军队，怎样藏匿新安桥下，徐大人收在帐下护粮，怎样救卢帅不死，卢帅感救命之恩，将新生之女许配孩儿为妻，立刻拜堂，为占嫡室之位。"细言一遍。田公夫妇只吓的目瞪痴呆。半刻，田公喝道："好畜生！乱作胡行，教老夫怎样辩白办理？"夫人曰："只可绑儿投案。就言今早自回，看他如何罚落？"田公曰："好！"吩咐把他绑起，遂即往帅府投案。

中军官进大厅报道："现有江夏县田令绑子投案。"卢帅闻报大怒，吩咐："推出去在辕门外斩首！"众大人曰："且慢斩道！昨日县子无音耗，今日绑来，其中必有诈。倘若假捉凶犯，也未可知。须要问明，再斩不迟！"卢帅依言。遂即众位大人起身升了帅堂，即吩咐："把田知县父子带上堂来！"

田公带着玉川跪在帅堂前，玉川口尊："帅爷饶命！"卢帅见是自己的女婿，不由大怒，骂道："好狗官！你子打死我子，反拿我婿顶名！不蒙众大人之言，险些误伤我婿。你该当何罪？"田公曰："明系我子玉川，怎么成了帅爷佳婿呢？畜生今晨回县署，

卑职把他绑赴来辕，任凭帅爷按律定罪！"卢帅闻言一愣，眼望徐府院曰："你藏匿凶犯不献，却是为何？"徐府院曰："此子是在新安桥下藏匿。卑职押运粮草经过该桥，马不前行。令人搜桥，搜出此子，自称雷轰字全州。卑职爱他武艺高强，遂收在帐下，保护粮草。多亏此子解了帅爷之难，帅爷亲口行亲。卑职何常藏匿于府中？众位大人不信，严究此子的实供，便知分晓。"郝按察曰："这小子将实供招来，自然罪名减轻！"

田玉川供曰："我本名田玉川，我父知江夏县事。我游龟山避暑，偶遇帅爷之子卢士宽，仗势欺压平民，买鱼不给钱，反令恶犬咬伤渔人之手，又用皮鞭乱打渔人。是我近前相解相劝。卢公子反口出不逊，倚仗人多动武，被我皆已打跑，并未打死卢公子。我欲渡江，众船户皆不敢渡我。多蒙渔家大姐渡我过江，为感恩，我把蝴蝶杯赠与大姐。后来囊中空落，在乞讨路，遇徐大人军队，我更名改姓，名雷字全州。大人收我在帐下保护粮草。那夜苗蛮偷营，卢帅落马，我拚命奋勇冲杀苗军，救了元帅，计点军兵，失去大半。趁此机会，在元帅帐下讨五百军兵去偷袭苗营，大获全胜。元帅见喜，情愿将小姐许与我为妻。是徐大人、唐老爷从中调和。此是小人实供。"

董布政曰："这小将原来是元帅救命的恩人了！"众大人皆曰："此子是县子，又是得功之将；又是凶犯，又是帅府佳婿，真乃奇事！"不由众官哈哈大笑，只笑的卢帅又羞、又恼、又气，闭口无言。董布政口呼："元帅，不必生气！俱是县子之过，何不传校尉把他推出去斩首？"卢帅曰："斩不得了！这都是唐司马的好计策！"董温心中不明，忙问唐让曰："你定的何计策，受了瞒怨了？"唐让曰："帅爷感恩，将千金小姐许配雷将军为妻。雷将军先有前定未娶之妻，元帅自悔许亲太莽。我言无妨，先拜堂为大，先定者不为大。因此元帅回府，令小姐拜堂争先。所用者此计。"董布政闻言，暗暗点头不语。郝按察曰："事到如今，元帅不必追悔。县子在阵前奋勇，舍死忘生救了元帅之命，亦可将功折罪。又有平蛮之功，圣上必然见喜，不久必然降旨封赠。依下官愚见，千金已配县子，那有报仇之理？况且已完花烛，乃是元帅之喜，岂不是两全其美！田县令，还不拜见亲家翁吗？"田公闻言，急忙跪倒曰："畜生打死公子，本当殊死。今开大恩，赦儿不死，分骨碎身难报大德！"卢帅曰："罢了！亲家翁请起。"众官曰："这才是两家一场大喜，大家须要多饮几杯，一醉方休！"

言罢，众官复入大厅，按次序归坐。单单不见董温一人进来。卢帅心中纳闷，曰："董大人为何不辞而去？"按察郝子良曰："那渔家之女，他现收为义女。今事已平和，想必去将他义女抬到帅府，一拜花堂，又解释女儿报仇之心。董大人一定是这个主意。"卢帅曰："若将那女子抬来，怎样安派？"众官曰："元帅不必为难。他将渔女送来，不分大小，一同大拜花堂，冤怨全释。"卢帅曰："那渔家女子有杀父之仇，他焉能与我女儿同居？"郝按察曰："他既送来，也就是一家人了。他父虽死，公子也未生，二命相抵，也不能计较前仇了。若有急论，有卑职等息和，有何不可？"

正谈论之间，忽见中军官报道："董大人把一顶花轿抬至帅府门首来了。"众官闻报，忙忙站起，迎将出来。郝子良问："董大人，这是何人的花轿抬到帅府来？"董温曰："郝大人，你是明知故问。这就是胡翁之女，是下官所收的螟蛉义女，乃是田公子先定长房之妻。今日来此，是与田公子完全花烛。"卢帅忙曰："我女昨夜已完花烛，怎么此女来争长房呢？"董温曰："先定我女，岂不为长房吗？"郝子良曰："二位大人不必争论。田公子打死帅子，其罪一也；私定姻缘，其罪二也；隐名上阵，其罪三也。有此三罪不斩，争长论短，岂有此理？所以不化大上，一同大拜花堂。"立刻悬灯结彩，鼓乐喧天，三位新人，一男二女，同拜了花堂。众官并家下人等皆贺喜。

只见中军官禀报："现有圣旨降临。"众官闻报，即刻站起身来，吩咐设摆香案，即迎出辕门，跪接圣旨。但见都御史海瑞手捧圣旨，带领八名侍卫进了帅府。在帅堂正中，面南而立开读，从官跪听：

奉天承运，皇帝诏曰：朕闻苗蛮作乱，仗诸卿马到成功，不负朕委。在军中文武，皆加封三级。阵前又收勇将雷轰，朕心甚悦，雷轰着封为湖南总兵，入京面圣加旨。其余军兵并阵亡者，犒赏及恩恤银三万两。钦此。

众官一齐望阙谢主龙恩。海钦差回京交旨不表。

众官各回衙署，这且言讲不着。再言朵思、董狐狸大犯雁门关，乃是当年奸臣李良死后留下逆根。此贼名唤李红，镇守都江城。老贼心想报仇杀官，妄想篡位。自思力薄，遂勾串朵思贼、董狐狸贼，又勾金交大王，又勾北霸天史典，众贼人大反雁门关。这关内众百姓皆已逃去。总兵于得龙一见贼人攻城，忙派兵守护城池，即发告急文书。万历皇爷急差戚大将军带领一万军兵征北，王大愣为先锋官，兵发塞北。这且不提。

且言在雁门关居住艾员外，家有百万之富，又好行善。夫人刘氏。夫妇二人同庚，四十有余，膝下无子，只生一女，名唤艾伶。因戚大人镇守雁门关时清如水，明如镜，他二人交厚，将女儿许配戚公子为婚。那时公子八岁，女儿十岁。戚大人任满回朝，算来五年有余，音信不通。现时贼兵攻打雁门关，众多黎民百姓不顾家业财产，纷纷逃难。艾老夫妇见贼兵犯关，女儿现已十五岁。艾公曰："此在离乱之际，老夫给戚亲家去了几次书信，不见回音，却是为何？心中纳闷。不如咱三口人奔赴京城，一则探望亲家情形，一则趁此避难，将家产交与家人看管。你看如何？"夫人曰："老爷说好便好。"遂将家产托家人看守，老夫妇带了些路费，领着女儿出送口。忽闻连声炮响，只吓得惊魂千里，望前逃命。这炮声震天，乃是于总镇与朵思贼大战疆场。朵思托叉来刺，于总镇拧枪来迎，战有三十余回合。于总兵招架不住，败阵回关，吩咐三军紧闭四门。朵思见四门已闭，吩咐攻城。城上灰瓶、炮子、滚木雷石打将下来。朵思见不破城，只可围困城池。这且不讲。

再言艾老夫妇领着女儿，只唬的不知东西南北，一气跑出二十余里，天光已亮。但见逃难的男女老少不计其数。艾老三口奔北京须上南行，那知只顺大路向东行去。末走十里八里，小姐足下疼痛，坐在地上不能走路。艾善人见此光景，只可歇息歇息再走。正然歇息，忽见来了一簇人马。原来此人马乃是穿云山的寨主董天豹，绰号狐狸精，与朵思反王同伙，在山寨招兵买马，聚草屯粮，聚了五百喽卒。现有探马报道："朵思大王兵反雁门关。"董狐狸闻报大悦，遂率众喽兵，助朵思一臂之力。兵马行在中途，只见小卒跪报："前面有一美貌少女，还有半老一男一妇相随，大约是逃难的。请令定度。"董狐狸闻报大悦，遂传令："把女子抢上山寨，把那男女二人杀了。"兵卒遵令施行。旁边有两个得用的兵卒，一名长脖雁马华，一名短脖鹰项振，忙忙拦阻说："不可杀。大王把女子抢上山去，他看不见他的父母，必然想他父母，今天哭，明日嚎，哭也就哭死了！"董狐狸闻听曰："言之有理！令你二人将他父女三人送上山寨，候我夺得明朝江山，封他作正宫，封你二人为镇殿将军。好生侍奉你的正宫娘娘！"二人谢恩，遂来至艾老爷三口前。令兵卒牵过三匹马，令父女三人骑坐。他二人各乘骑，一前一后，往穿云山而去。不知后事如何，且看下回分解。

第八回　求救被害于三好
　　　　　出险入险艾善人

骡网坠坠响铜铃，清晓冲寒过驿亭。

我自垂鞭玩残雪，驴蹄缓踏乱山青。

　　话表雁门关总镇于得龙坐在帅堂，暗想内无粮草，外无救兵，不由愁思万状。只见偏将于三好控背躬身，口呼："大人！末将愿往都江关李大人处去求救兵。"于总镇闻言满心欢喜，遂写了一封求救文书。于三好接过文书，揣在贴身怀内，退下帅堂。候至日落，饱餐战饭，候至天交三更，提枪上马，暗开城门，过吊桥。不移时来到反营前，一抖战杆，闯进反营。逢者就扎，遇见就刺。黑夜之间，众贼兵在梦中惊醒，不知偷营敌兵来了多少，忙忙用乱箭射之。此时已交四更，堪堪闯出贼营，被贼兵射箭，脊背中了三枝箭，险些落马，抱鞍而逃。一昼夜跑到都江城，一声喊道："门军听真，前去通报总镇大人得知。你就说雁门关于总镇差人前来搬兵，求救来了。"

　　且言都江总镇李红在帅堂，思索夺大明江山，推倒万历，好坐一朝天子。屡有探马来报：朵思大王困了雁门关，至今并未攻破，"赶多暂杀到北京，我与朵思大王好平分江山。"正然思想，只见门军至帅堂跪报道："城外现有带箭伤一将，口称奉雁门于总镇之令前来搬兵，请令定度。"李红闻报，心说："屡屡有往北京去的告急文书，皆被老夫押下。现今又有向老夫这里告急求救，犹如海内寻针。"想罢遂吩咐门军："将求救来将请进来。"于三好随着门军来至帅堂，跪倒口呼："大人发兵救雁门之危。"李红曰："将军请起，到内书房给你拔箭敷药。"遂一同进了内书房。李红把于三好背上箭拔下一枝，于三好只疼的汗流满面；又把二枝箭拔出，于三好只疼的已昏过去。李红把三枝箭反倒，向背内使劲一插，于三好"咳哟"一声，绝气而亡。把尸身令心腹家将移出掩埋，这且不提。

　　且言戚大帅带领军将人马，这日催着军兵来到都江口，令军卒沿江岸搜索船只渡江。拘了两三只船，兵马上船，渡了两三日方渡完。戚帅领兵过了大江，远远望见都江城。不多时来至离城二里有余。只见李红率领许多文武官员前来迎接，口呼："戚帅，一路风霜，多有辛苦！"戚帅曰："国家大事，奉命出师，焉敢辞劳？"遂护拥进关入公馆，传令众军兵支帐房已毕。阖城文武皆来请圣安，戚帅口呼："李大人，刻下雁门关怎样了？"李红曰："雁门关被贼所困，我已年迈，不能去解围，只可护守都江城。"戚帅闻言暗想："这老贼坐观胜败，一定与反贼串通造反。本帅征服反寇，回朝参劾他便了。"次日率领军兵响炮拔营，竟奔雁门关而去。这且不表。

再言长脖雁马华、短脖鹰项振二人，领着艾老夫妻三人竟奔穿云山寨而来，往前行走。艾老问曰："你家帅爷带领军兵，是去解雁门关之围的吗？"二贼说："非也！我家大王领兵去助朵思大王，推倒大明，夺取江山。你女就是正宫国母，必封你是阁老。"艾老三口一闻此言，心中一惊，暗说："不好！原来已入了贼寇圈中！无奈何，凭命由天罢！"跟随二贼而行。

不多时来到山寨，有守寨的二人，一名王二，一名张三。见马华、项振领来男女三口，问曰："这是从何领来的？"项振说："这是咱们大王发兵，在半路所遇，令我二人送上山来，将这女子作为压寨夫人。我二人将他父女三口安在寨中，暂且给他三口做些酒饭，令他三口充饥。"言罢送进寨内去了。张三低声向王二说："他二人掳来这男女三人，好像恩人艾老爷。"王二说："不错。那年咱二人打死一乞丐，多蒙艾老爷花费银钱买通书吏，卖放咱二人。此恩至今未报，不如趁此机会放了恩人一家三口，以报恩人救咱二人之恩，有何不可？"

二人商议妥当，来到后面，见了艾公三口。二人跪倒，口呼："恩人为何来在此地？我是张三，他是王二，在恩人府上打死乞丐，蒙恩人救了小的二人之命，在此山充当门丁。此是火坑是非之地。我二人情愿送恩人三位下山逃命！"艾员外闻言曰："原来是你二人，怎能救我三人逃走？"王二说："步行不中，必被他二人赶上，就有性命之忧。岂不白送了性命？我想请太太并小姐骑上二贼那两匹马，你老人家随行。教张三兄相送一程，往西而行。叫张三兄别回来，在前途候我。"艾公曰："很好！事不容待，就此而行。"张三暗把二贼之马牵出寨门之外，将太太并小姐皆扶上马。艾公、张三一同引路，往西行去。沉了半时，王二这才喊嚷："不好了！那老者偷盗马匹，三口人向东逃走了。"这一喊嚷，就惊动马、项二贼，出来一问，王二就言老者三口偷马下山逃跑，张三追下去了。二贼问："向那里逃去？"王二说："往东逃去。"二贼闻言，一个抄枪，一个提刀，往东赶下去了。王二见二贼去远，自己下山寻张三逃走。这二贼子一气跑有二十里多地，未见着张三。向前望看，那有人影马迹？只得回山追问王二，他必知情。

不言二贼回山。且言艾老夫妇并女儿来在中途路，张三口呼："恩人前途保重，小人去也！"艾公曰："多蒙你二人救我全家人口之命，异日再报你二人之恩！"张三曰："员外乃是我二人之大恩人，何言报恩二字？请呀！"言罢，转身徉徜走去。艾公老两口只得带着女孩儿，无精打彩往前行走。

走不多时，天已大亮。见前面有一座大寺院，真乃威严，群墙高有一丈开外，皆是磨砖对缝。庙前一对冲天幡杆，一对门前有大石狮，红漆明亮的山门，两座角门，皆是红色。山门上有碗口粗的一对门环，乃是风暴铜打就的。山门上悬一金字匾，上写"古刹都龙寺"。见寺院前静悄悄无人，艾员外向夫人说："咱一夜无眠，又乏困又饥渴，不如在此庙外台阶上歇息歇息，再寻镇店村庄，去寻饮食，可否？"夫人曰："老爷说好便好。"艾员外把他母女扶下马来，把马拴在幡杆上。母女溜了一回，就坐在庙台阶上歇息。不料那两匹马也是又渴又饿，不由的叫唤了几声，惊动庙内两个守门之人：一名王八，一名曹丹。"哗啷"一声开了角门，走出一看，原是一男一女，一少年美貌女子。遂走前问道："你们三人是做甚么的？"艾员外曰："我父女三人是逃灾避难之人，欲往北京投亲。偶践宝刹之地，多有得罪，冒犯了。在此歇息歇息就走。"王八说："看你三人真是可怜，大约你们连饭还未用过。你们在此等候，待我进去禀求我家七爷，周济你三人一顿饭，你看如何？"艾员外曰："多美言一句，感激不尽了。"王八口呼："曹大弟在此陪着他三人。"转身一溜烟进了上房，口尊："七爷，山门外来了三人，大约是老两口领着一美貌女子，必是他的女儿。口称是逃难的。七爷何不周济他们一顿饭，把闺女留下，有何不可？"恶贼李七闻言大悦，曰："就依你行。"王八转身跑至山门外，口叫："老头，你三人好福气，我家七爷有请！"

曹丹把马拉进山门，拴在马棚，艾员外同夫人、女儿三人跟随王八，来至上房院中。早有恶贼李七在台阶上向外望看，见一老头同一老婆，后随一美貌女子，不由心中大悦，走近前向艾公施礼，艾公忙还礼。李七说："请进东屋内坐。"艾家三口进了东屋，艾公举目观看：屋内方砖铺地，顶棚如雪洞，悬着数对纱灯，迎面一张金漆八仙桌，两旁配一对交椅。条案上摆设，左边是金钟配古瓶，右边是玉磬配帽镜，当中是古鼎。旁设穿衣镜，墙上所挂名人字画。靠东山设一床榻，被围幕遮掩，看之不真。暗想："分明是一座大寺院，如同官宦待客之厅。"恶贼李七进来让坐，说："请坐！请坐！"艾员外、夫人、小姐坐下。李七问曰："老者从那里来？往何处去？"艾公曰："我夫妇领着女儿自雁门关逃难至此，欲奔北京去投亲。"李七曰："这就是了。你夫妇

中国禁书文库

蝴蝶杯

在这多住几天，再去也不迟。"艾公曰："到处贼兵造反，兵马慌慌，不敢久住。略歇片刻就得赶路。"李七说："你们三口大约还未用饭。"吩咐一声"摆饭！"只见恶奴摆上饭来。李七说："请用饭罢！"

艾公夫妇三口用饭已毕，忙忙站起，向李七口呼："大爷，我夫妇三口搅扰宝刹了。这有白银二三两，全收下罢！容日后登门叩谢！"李七闻言，把眼一翻，说道："你这老头好无道理！我这非是过路客店，也不是饭馆。好心好意优待你们，你反给我饭钱，小看与我！既然如此，留下你的女儿当饭钱！"艾老夫妇一闻此言，不由的大惊失色，跪倒叩头哀求。李七唬曰："若不看你女儿面上，把你二人用刀杀死。"遂吩咐众家丁："把他男女二人推出庙外！"众贼奴遵命，把艾老夫妇推推拥拥，推出庙外。这且慢表。

再言戚帅带领军兵，往前催趱路程，有蓝旗官报道："报启帅主，得知大军已临雁门关三十里地了。"戚帅闻报，吩咐安营下寨。埋锅造饭已毕，只见探马在营门滚鞍下马，跑进中军帐，跪报："雁门关被贼兵围困，现时四面攻打。"戚帅闻报，忙传令先锋官听令。王大愣控背躬腰，口呼："元帅令末将那里差遣？"戚帅拔令箭一枝，曰："贼兵现今四面攻打雁门关，令你前去解围，不得违误！"先锋王大愣带领五百精锐马队，竟奔雁门关而来。后面戚帅带领全军杀奔前来。

王大愣带领本部马队，皆是身强力大，刀沉弓硬，千选百炼的好汉。不移时冲进贼，逢着就死，遇着就亡。在万马营中如走平道，如入无人之境，真称的起奇兵勇将。只杀的贼兵血流成河，叫苦连天。早有贼兵去报朵思大王。朵思大王闻报，忙提叉上马，飞临阵前。先锋王大愣一见贼将临敌，并不答话，抢起镔铁棍向贼王打去。朵思大王用叉急架，叉磕棍响，只震得朵思王两臂酸麻，虎口已裂，心知不好，又闻城内炮响，于总镇带领兵将杀出城来。朵思王心中一惶，一失神，被王大愣一棍打下马来。众军兵赶上前，把朵思王绑讫。众贼兵如瓦解冰消一般，往四下逃命去了。

于总镇见擒了朵思贼王，贼兵四散，见了戚帅寒暄数句，带领兵将并马进城。至帅堂分职落坐，遂吩咐把朵思贼王打在木笼囚车，候拿住董狐狸，一同解进京师。正吩咐之间，见军卒跪禀："王大将军跌倒在地，人事不知。"戚、于二帅闻禀，忙忙站起来，至偏院房内，见先锋官躺在软榻，面色焦黄，闭目合睛，昏迷不省。于总镇曰："王将军之病，乃是卸甲风。"遂令中军官取来一丸药，用姜汤送下。不多时，王大愣"哎呀"一声，曰："可罢了我了！"于总镇曰："病无妨碍了。令人看守侍候，百日必愈。"遂各归帅府。戚帅令人到艾府探亲，中军官回禀："艾员外阖家避难逃乱去了，不知何往。"戚帅闻禀，也无可奈何。于、戚二位帅爷方欲安民，只见蓝旗官报进帅堂说："穿云山来了无数贼兵。"于帅一愣。不知如何，下回分解。

第九回　戚帅被擒艾公遭难
海瑞私访玉川出征

清明处处啼黄鹂，春风不上枯柳枝。

惟应夹阡双石兽，记汝曾挂黄金丝。

话表于总镇闻报，吩咐军兵谨守城池，把千斤闸放下，把滚木雷石运上城头，多加小心。戚帅吩咐："抬本帅盔甲伺候！待本帅迎敌。"下面一声答应，预备已毕。戚帅顶盔贯甲，提枪上马，带领五百军校。炮响三声，城门开放，戚帅一马当先，闯过吊桥去。见一名贼将立马横刀，豹头环眼，知是董狐狸。并不答话，二人战在一处。战有十余回合，董狐狸佯输诈败，戚帅大怒，追赶下去。追不多远，戚帅的战马跌倒，戚帅跌下雕鞍，原来受了绊马绳。众贼兵把戚帅绑缚，推进贼营。董狐狸吩咐："把敌将囚在后营，用心看守，与朵思王阵前抵换。"又吩咐众兵将四面围困城池，又吩咐："引阵将何在？"只见贼将王绍烈答应"在此。"董天豹说："你接我令箭，到城前去说，明日走马换将。"王绍烈接令，乘骥来至城下。

于总镇在城上掠敌，见戚帅落马被擒，救之不及。正在发愣之际，见贼营来一贼将，言明日走马换将。言毕拨马回贼营去了。总镇于是龙只可回帅府，这且不讲。

再表艾员外夫妇二人，被恶贼推出庙外，在庙外骂了一阵，也是枉然，心想："只可奔北京找亲家去救女儿，以报此仇。"走了半日，走到江边，大江拦阻去路。夫妇二人一愣，心中为难怎么过江。正在为难之际，只见从芦苇内出来一只小舟，上有二人，摇橹荡棹而来。艾公一见，满心欢喜，口呼："二位艄公，渡我夫妇过江，必然重谢。"两个舟子说："你二人上船罢！"艾公夫妇登舟，坐在舱中，舟子一篙撑开，舟船往江中摇去。艾老夫妇在舟中，想起女儿被庙中恶霸占去，不由的大骂："恶贼李七，在都龙寺霸占我们女儿，我们与你势不两立！到北京向我亲家一题，必然发兵前来拿住！把你点了天灯，方解俺夫妇之恨！"忽见艄公大喝一声："好你这老头、老婆，不知好歹的东西！实对你说，我二人乃是都龙寺中人，我名李六，他名史典。寺中那李七是我兄弟。我二人在此江中打探消息，凡有上北京之人过江，非死我二人之手不可。今日天晚，我们欲奔江畔泊舟，遇你二人渡江。商议且作这水买卖。不料你们竟敢骂都龙寺中人。你们是在太岁头上动土！"二贼人言罢，走近前把艾老夫妇推在江中，摇橹荡棹，徉徜去了。也是艾老夫妇二人命不该绝，在水面上飘浮着不下沉，被渔人救了。这事言讲不着。

且说万历皇爷驾登九五，临朝升座，闪放龙门。众文武大臣参驾已毕，文东武西，各立朝班。又见黄门官上殿启奏："吾主万岁！现有湖南总兵雷轰入朝面圣。"皇爷闻奏曰："宣来见朕！"黄门官带领召见。田玉川来至品级台前站立端正，肃眼观鼻，向上三跪九叩首已毕，伏在殿阶下，口呼："万岁！万万岁！臣雷轰见驾，有本奏上。"遂捧本双手上呈。黄门官接本章转与太监宫官。宫官把本章展开，铺在御案上。皇爷览毕，眼望田车曰："原来你因怒打不平，更名改姓。朕当赐你原姓原名。"田玉川叩谢天恩。

忽见左都御史海刚峰执笏出班见驾，俯伏金阶，口呼：吾主万岁！臣有本奏上。"皇爷问曰："爱卿有何本？奏上来！"海瑞跪爬半步，曰："臣闻朵思猖狂，威广基征北，至今未见报捷本章，未卜胜负如何？臣欲塞北探访消息，求圣上饬令湖南总兵田玉川带领军队随行。不晓吾主万岁意下如何？"万历皇爷闻奏，心中大悦，曰："田将军投军征南蛮，平服苗人，得胜回朝。现今塞北叛逆，搅乱中国，海爱卿意欲前去探查贼人虚实。奏保将军你文武全才，朕命二十员上将暗中保护。海爱卿得胜回朝，自有封赏。"遂命御林军侍酒，皇爷赐田玉川并海瑞皆是三杯御酒。二位叩头谢恩，领旨下殿，散了早朝。

这田玉川随同海刚峰出午门，不移时来到海公之府。住了一宿。次日田玉川挑选二十员上将，皆是威风凛凛，精壮身躯的英雄。海公一见，心中欢喜无限。在后宅辞别夫人，嘱咐了一番。夫人忙命丫鬟侍候酒，海公接饮了三杯。夫人口呼："老爷前途保重，妾身不能远送了。"海公口呼："夫人请回后宅，卑人就此起行。"

不言夫人回后宅去，且言海公同田玉川带领众将官乘骥出了京城，不移时来到十里长亭。只见众位大人在长亭侍候，恭送饯行。海公等皆弃骥下马，寒暄已毕，皆饮了三杯酒告辞。

众人乘骥回京不表，且言海公众人跨雕鞍，扑大路奔塞北而来。逢州过县，皆有

地方官迎接。晓行夜住，逢山开路，遇水叠桥，非止一日。这日正往前行，只见有一男一女之老人拦阻马头，口口声声呼唤："大人救命！"众将闻言，急忙报与大人知："现有老年男女二人，在马前喊嚷救命，请大人主裁！"海公闻报，遂吩咐："将男女二人带来马前问话。"将官遵令，把艾老夫妇带至马前，双膝跪倒。口呼："大人救命！"海公问曰："老者有何冤枉，从头至尾细细诉明，好与你伸冤。"艾公曰："小老儿姓艾名云，在雁门关内居住。叛贼围入雁门关，关内百姓皆已逃散。是我夫妇带领女儿逃出关来，实指望奔到北京，投在我那亲家戚大人广基那里存身。不料中途遇见董狐狸贼兵，把我三口人诓上山去。被恩人救下山逃命。又遇贼人李七，把我女儿霸占在庙内，把我夫妇有逐出庙外。我夫妇无奈，只得且奔北京。在大江又被李六二贼人推在江中。又遇救，方遇大人北行。求大人替我夫妇报仇雪恨，救我女儿之命，生生世世不忘大德！"诉罢。连连叩头。田玉川在一旁闻言，只气的怒气不息，咬牙刬齿，怒目圆睁。海公遂口呼："田总兵，你去到江边雇船渡江，趁势捉拿众水贼。"玉川遵令而去。海公吩咐家将护送艾爷夫妇赴北京，等候救小姐的佳音。艾老夫妇叩谢，跟随家将赴京，言讲不着。海公催动众将往前行走。

田玉川一马当先，竟奔江岸而来。不多时来至江边，一声喊嚷说："众家船户听真，那个船将我等渡到江去，赏尔等白银十封。"这贼人史典说："咱把这些人渡过去，得他十封银。"拦江贼李六训："不好！你看这些人皆是武将打扮，必是上雁门关去解围的。不如把他等渡到江心，把船一翻，淹死他等，岂不妙哉！"史典说："对！"二贼商议一定，把船拢在江岸，说："请众位将爷上船罢。"田玉川弃骑登舟，问曰："艄公贵姓哪？"史典说："他名李六，我名史典。"田玉川闻言，冷不防一枪刺在李六前胸，挑入江中，死与非命。史典一愣，被田玉川一枪杆正打在头上。史典晕昏，心中一迷糊，跌在江中而毙。这正教作：

　　明枪容易躲，暗箭最难防。

众将将海老爷扶上船，众人摇橹荡浆，不多时摇至北岸。海公率众将人等下船登岸。海公遂扮作先生模样，吩咐："众将人等随本院之后，本院且先进庙查看贼人的虚实动静，探访艾公之女的下落。"众将遵命，在后远远相随，海公忙忙竟奔都龙寺而来。

不一时来到庙门口，忽见一女子披头散发，眼含着痛泪，向庙门外惶惶张张跑来。海公一见此女光景，心中一动，暗想："此女必是艾公之女了。"遂近前问曰："你这女子，是艾公之女否？"艾伶小姐见问，见一位年在花甲的文职先生站在迎面，形容非是匪人一派的正气，遂答道："难女正是艾员外之女。"海公问："你怎么逃出庙来？"艾伶小姐曰："恶霸李七欲霸奴为妾。适值其妻病故，众匪徒皆奔后面料理丧事去了。小奴趁外面无人，故此逃出庙外。"海公闻言曰："我乃是左都御史海刚峰，到此私访，探贼的虚实，前来救你……"一言未了，忽闻庙内吵嚷嚷说："了不的了！那女子趁办丧之际逃跑了！大约跑不远，可以赶的回来。"只听的一阵兵刃所响，往庙外跑来。头前李七手执朴刀，众匪徒各执兵刃，在后相随。李七抬头，见艾伶同一文人打扮在庙外，大喊一声："好强徒！要拐我的妾小。你往那里走，追尔的性命！"抢起朴刀赶出庙外。海公一见，说声："不好！"转身就跑。心中一慌，未留神被一块大石头绊倒。恶李七抢刀一剁，只听"喀嚓"一声。不知海公性命如何，且看下回分解。

中国禁书文库

蝴蝶杯

第十回 平叛逆回朝加封赠 喜团圆阖家共欣忭

霜叶微黄石骨青，孤吟自怪在零丁。

谁知早作西行谶，老木寒云秀野亭。

话表海公被一块大石绊倒，身体折在石后。李七抢朴刀望下剁，正剁在石上。只听"当啷啷"一声，李七之手震的疼痛难忍，朴刀已飞出一丈多远。李七跑去拾刀。此时众将催马赶到，田玉川一拧枪杆，照着李七刺去。李七见事不好，转身就跑，后心被枪刺中，死于非命。众将赶杀众匪徒，死的死，亡的亡，逃命的逃命，一霎时尸横遍野，血流成河。搜庙已净，海公命人送艾伶小姐进京，与他父母团圆而去。

再言海公率领众将，昼行夜宿，奔到雁门关。闻关前连连冲天炮声，知是贼兵攻城，忙忙催动众将并家将去踹贼营，以解雁门关之围。众将遵令，闯进贼营，逢着就杀，遇着就亡。贼兵单弱，难以迎抵，四散逃命。赛狐狸董天豹闻报，提兵刃忙忙上马，刚出中军帐，正遇见田玉川。二马相交，战在一处。战未三五回合，田玉川诈败，董狐狸追赶下来。田玉川之战马跑的慢，董狐狸之战马追的紧，只追的战马嘴尾相靠。田玉川把马往一旁一跨，回马一枪刺去，董狐狸还手不及，说："吾命休矣！"只听"噗哧"一声，董天豹前胸被枪刺透，鲜血崩出，栽两栽，晃两晃，跌下马鞍桥。呜呼哀哉，绝气而亡。

众将在贼营搜杀殆尽，见贼之中军帐后绑缚一人。近前一看，原是元帅戚广基，急忙弃骥近臆，解去绳索。把董贼之马牵过来，请戚帅乘坐。戚元帅寻见自己兵刃，提枪上马，随着众将闯出贼营。众家将保护着海御史，在后相随。

围城的众贼兵正然攻打城池，有逃脱的贼兵前来送信说："不好了！不知从何处来了四五十明将，把咱的大营踏破，董大王已阵亡了！"众贼目贼兵闻报，皆无心攻城，吵的一声，往回下跑来。迎面正遇见众明将，大杀一阵。众贼目贼兵无心恋战，四下奔逃，也有被枪刺死的，也有被刀杀死的，也有受伤倒卧地上，被马踏死的。城内于总镇见贼兵乱哄哄逃窜，知有救兵前来闯贼队，遂吩咐开城。于总镇提枪上马，率领军兵冲出关来接迎。也大杀贼兵一阵，只见众贼尸横遍野，血流成河。于总兵向海瑞抱拳秉手，口呼："海年兄、戚年兄多有劳碌，辛苦受惊了！"海公遂令田将军见一见镇守雁门关总兵大人于得龙。田玉川近前施礼，海公曰："此乃是江夏县田县公之公子，名田车，字玉川，系总督卢林之婿。征苗蛮有功，现为总兵之职，奉旨随本院前来立功。"于总镇请众位将军进城，众人立刻认镫搬鞍上马，一同进城。只听"蹋、蹋、蹋、蹋"众马蹄之声。

不多时进了城，在帅府门内下马，按品级在帅堂落坐。戚帅吩咐众军："把朵思贼王推出辕门斩首，悬杆示众！"小校遵令，立刻把朵思贼王提出木笼，推出辕门。一声追魂炮响，人头落地。枭示讫，来至帅堂覆命。这且言讲不着。

且言众败残贼人被官军追杀的四散奔逃，逃出二三十里之外，方啸聚在一处。众贼兵大家商议，且奔穿云山再作道理。众贼兵不分昼夜，奔到穿云山。长脖雁、短脖鹰正在山上愁思，惟恐大王得胜回山，若追问美女，用何话对答？正然思索，愁思万状。忽见一簇本山上的兵马人等，不成队伍，狼狈不堪，奔上山来。就知大事不好，忙忙迎出寨门，忙问："众家弟兄怎么样了？"众贼兵齐言："大事去矣！咱家大王已阵亡了，这穿云山已站不稳了。这便如何是好！"长脖雁、短脖鹰一闻此言，心中一愣。长脖雁说："咱们不如大家且奔奇平山，报与金交大王得知。求金交大王发兵，前来报仇。反到北京，奔取大明的江山，咱们大家也有光辉。"众贼兵闻言，皆说："很好！事不宜迟，就此前往。"言罢，众贼人一同下山，烧了山寨，竟奔奇平山而来。

昼夜并程而行，非止一日。这日来到奇平山，这守山寨的喽兵皆都相熟，不用通报。长脖雁马华、短脖鹰项振令众人屯聚山下，只带众头目进了大寨。来至分赃聚义厅，皆都跪倒，口呼："大王，大事不好了！朵思大王围困雁门关，关门堪堪要破，明国来了救兵，把朵思大王捉进关去，不知生死存亡。我家大王攻打雁门关，不知从何处来了大约有百数十人，内有一小将，把我家大王刺死，我兵死伤大半。我等前来叩求大王发兵，前去报仇夺关要紧！"金交贼王闻报，只气得三尸神暴跳，五灵豪气飞空。大骂："小将有何能为，莫不成项生三头，身生六臂？"遂吩咐喽兵快抬斧带马，遂共带领一千贼兵下山，扑奔雁门关而来。这且不言。

且言雁门关戚元帅见先锋官王大愣病痊愈，向海公、于帅议定兵发奇平山，扫除

金交贼王。歇兵三日，再去剿灭山寇。言还未了，只见探马匆匆，在帅堂下下马，跪报道："启报众位大人得知。现有奇平山的山寇金交伪王覃克振，带领众贼寇前来攻取雁门关，此有四五十里。"戚帅闻报一摆手，探子退下去了。遂唤："先锋官听令！你带五百军马出城，在东北埋伏。听信炮一响，急速杀出，断绝贼寇的归路。违误者以军法示众！"王大愣接令箭曰："遵令！"退下帅堂，提镶铁棍，飞身上马，带领军兵出城埋伏去了。戚帅口尊："田将军带领五百军兵，在附近埋伏。贼兵攻城之际，听城头信炮一响，本帅从城内往外杀，田将军从外往里杀，给贼寇里外加攻。众寇受敌，金交贼必然被擒。"田玉川遵令，带领军兵出城埋伏去了。戚帅见二将领兵去讫，遂同于帅、海老爷带领众将在帅府上马，众兵拥护，从马道上城。

众人弃骥，皆手扶垛口，望北观看。只见正北尘土冲天，远远一簇贼兵，无边无沿，盖地而来。展眼之间贼兵已至，离城五里扎驻人马。猛见贼队中伸出四杆绿色门旗，一簇贼兵拥出，雁别翅摆开。又出来数对贼将，列在两边。又见两杆旗纛而出，旗纛上写"左元帅巴通"，一杆上写"右元帅丁"。在贼营外两旁立马。随后又一杆旗纛上写"金交大王覃"。旗下一将，手提开山钺斧，身跨花斑豹，面如蟹盖，一部如墨刚须，飞临阵前。其人用斧向城上一指，大喝一声："呔！城上听真！快快出城受死！少若延迟，作家大王爷攻破城池，杀进城去，连鸡犬不留，刀刀斩尽，剑剑诛绝！"元帅戚文基闻言大怒，吩咐扛枪带马，从马道下城。

炮响三声，城门开放。两杆赤旗，五百护卫兵越过吊桥。戚帅一马当先，飞临阵前。金交贼王方要伸马，只见左元帅巴通飞临疆场，并不答话，抢刀就剁。戚帅用枪相迎，二马盘旋，战有十数回合，未分胜负。贼营中怒恼右元帅丁凯，催马举槊，冲杀过来。戚帅一人抵住二贼，城上观敌的于帅恐戚帅有失，遂吩咐城头上小校放信炮。只听冲天信炮一声响亮，忽见斜次里一标军兵杀来。为首一将正是田玉川，催马拧枪，竟奔疆场，抵住丁凯。未战三五回合，田玉川抢挑丁凯于马下。巴通见丁凯落马，一失神被戚帅以枪刺入前胸，落马而亡。金交贼王正欲上前迎敌，忽见队后一乱。原来王大愣率兵已到，冲杀贼队。金交贼王心中大惊，只得回马迎敌。正遇见王大愣。二马相交，战未三合，金交贼王被王大愣镶铁棍连人带马砸为肉饼，死于非命。众贼兵见贼王已死，只可四下逃生。众官军追杀一阵，贼兵死了十之八九，其余皆奔奇平山去了。

城上于帅鸣金，众将收兵回成，到帅堂报功已毕。戚帅曰："歇兵三日，另有差遣。"众将退下帅堂。

到了第四日，戚帅传令："田玉川、王大愣二位将军带兵一千，前去搜贼山寨。"二人领了军令，带领军兵奔到穿云山。见山寨已焚，复又率兵奔到奇平山。忽闻山上"呛啷啷"一棒锣鸣，从山寨下来众贼约二三百名。头前是六名头，乃是长脖雁马华、短脖鹰项振、滚地雷雷镇、无烟枪倪麻秃、蹿山狼尤小二、狠毒虫张虎、狼崽子王发、飞毛腿吕猛，各执刀枪棍棒，闯上来厮杀。王大愣摆棍，田玉川一摆枪，众军见主将的暗令，"吵"的一声从两旁把众贼围裹在垓心。二将催马近前，枪挑棍砸，二三百贼人一霎时死伤殆尽。把山搜净，放火烧了山寨，传令回兵。不一日进雁门关，帅堂缴令。戚帅传令歇兵三日，回朝缴旨。

这镇守都江关的李红、闻知各山寨大王皆已阵亡，平了山寨，大势已去。自知身有弥天大罪不能逃，吞金而死。

这日戚帅同海公各将率领大兵回朝，非止一日。那日来到北京，各军归校场营内。戚帅、海大人上殿复旨，奏明平叛逆之事。皇爷大悦，遂降旨：戚广基、海瑞皆加三级，加俸一年；田车封提督军门；王大愣加封总兵；各将皆有升赏，赏三军一百万白银。朝散，戚帅回府，与艾公相见，言讲不着。到后来，田玉川卢氏妻生二女一男，胡氏妻生了二男一女。

言至此，一部《蝴蝶杯》已完。

梧桐影

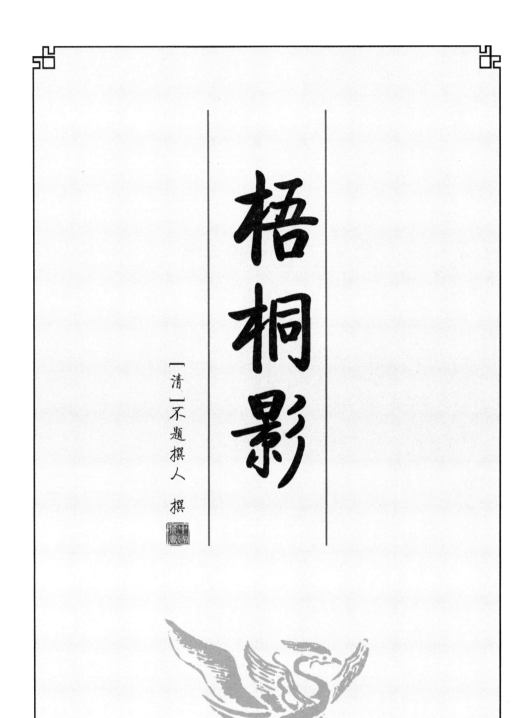

［清］不題撰人　撰

第一回 止淫风借淫事说法 谈色事就色欲开端

词曰：

　　黑发难留，朱颜易变，人生不比青松；名消利息，一派落花风。悔杀少年不乐，风流院，放逐衰翁；王孙辈，听歌金缕，及早恋芳丛。

　　世间真乐地，算来算去，还数房中，不比荣华境；欢始愁终，得趣朝朝燕，衔恨处，怕响晨钟；睁眼看，干坤覆载，一幅大春宫。

　　这一首词，名曰《满庭芳》，单说人生在世，朝朝劳苦，事事愁烦，没有一毫受用处，还亏那太古之世，开天辟地的圣人，制一件男女交媾之情，与人息息劳苦，解了愁烦，不至十分憔悴，照拘儒说来，妇人腰下之物，乃生我之门，死我之户。

　　据达者看来，人生在世，若没有这件东西，只怕头发还早白几年，寿诞还略少几岁，不信但看世间的和尚，有几人四五十岁头发不白的；有几个七八十岁，肉身不倒的。或者说和尚虽然出家，一般也有去路，或偷妇人，或狎徒弟，也与俗人一般，不能保元固本，所以没寿。这等请看京里的太监，不但不偷妇人，不狎徒弟，连那偷妇人狎徒弟的器械，都没有了。论理就该少嫩一生，活活几百岁是。为何面上的皱纹，比别人多些，头上的白发，比别人早些，名为公公，实像婆婆。

　　京师之内，只有挂长寿匾额的平人，没有起百岁牌坊的内相，可见女色二字，原于人无损，只因本草纲目上面，不曾载得这一味，所以没有一定的注解。有说他是养人的，有说他是害人的。若照这等，比验起来，不但还是养人的物事，他的药性，与人参附子相同，而亦交相为用，只是一件，人参附子。虽是大补之物，只宜长服，不宜多服；只可当药，不可当饭。若还不论分两，不拘时度，饱吃下去，一般也会伤人。

　　女色的利害与此一般，长服则有阴阳交济之功，多服则有水火相克之弊；当药则

有宽中解郁之乐，当饭则有伤精耗血之忧。

世上之人，若晓得把女色当药，不可太陈，亦不可太密；不可不好，亦不可酷好。未近女色之际，当思曰此药也，非毒也。胡为惧之；既近女色之际，当思曰此药也，非饭也。胡为溺之。如此则阳不亢，阴不郁，岂不有益于人哉！只是一件，这种药性，与人参附子，件件相同。只有出产之处，与取用之法，又有些相反，服药者不可不知。人参附子，是道地者佳，土产者服之无益。女色倒是土产者佳，道地者不惟无益，且能伤人。何谓土产？何谓道地？自家的妻妾，不用远求，不消钱买，随手扯来就是，此之谓土产。任我横睡，没有阻挠，随手敲门，不担惊恐，既无伤于元气，且有益于宗桃交感一番，浑身通泰，岂不谓之养人。

艳色出于朱门，娇必须绣户，家鸡味淡，不如野鹜新鲜，耆妇色衰，年似闰雏少艾，此之谓道地。若是此等妇人，眠思梦想，务求必得。初以情挑，继将物赠，或逾墙而赴约，或钻穴而言私，饶伊色胆如天，到底惊魂似鼠。虽无谁见，似有人来。风流汗少，而恐惧汗多。儿女情长，而英雄气短。试身不测之渊，立非常之祸。暗伤阴德，显犯明条，身被杀矣。既无偿命之人，妻尚存兮，犹有失节之妇，种种利害，惨不可当。可见世上人，于女色二字，断断不可舍近而求远，厌旧而图新。做这部小说的人，原具一片婆心，要为世人说法，劝人窒欲，不是劝人纵欲，为人秘淫，不是为人宣淫。

看官们不可认错他的主意，既是要使人遏淫窒欲，为甚么不着一部道学之书，维持风化，却做起风流小说来。看官有所不知，凡移风易俗之法，要因其势而利导之，则其言易人。近日的人情，怕读圣经贤传，喜看稗官野史，就是稗官野史里面，又厌闻忠孝节义之事，喜看淫邪诞妄之书，风俗至今日可谓靡荡极矣。若还着一部道学之书，劝人为善，莫说要使世上人，将银买了去看，就如好善之家，施舍经藏的，刊刻成书，装订成套，赔了帖子送他，他不是拆了塞，就是扯了吃烟。那里肯把眼睛去看一看。不如就色欲之事，去歆动他，等他看到津津有味之时，忽然下几句针砭之语，使他瞿然叹息道："女色之可好如此！岂可不留行乐之身，常远受用，而为牡丹花下之鬼，务虚名而去实际乎！"又等他看到明彰报应之处，轻轻下一二点化之言，使他幡然大悟道："奸淫之必报如此，岂可不留妻妾之身，自家受用，而为隋珠弹雀之事，借虚钱而还实债乎！"思念及此，自然不走邪路；不走邪路，自然夫爱其妻，妻敬其夫。周南召南之化，不外是矣。此之谓就事论事，以人治人之法。不但做稗官野史之人，当用此术。就是经书上的圣贤，亦先有行之者。不信但看战国之时，孟子对齐宣王称说王政。那宣王是声色货利中人，王政非其所好，只随口赞一句道："善哉言乎！"孟子道："王如善之，则何为不行？"宣王道："寡人有疾，寡人好货。"孟子就把公刘好货一段去引进他，宣王又道："寡人有疾，寡人好色。"他说到这一句，已甘心做桀纣之君，只当写个不行王政的回帖了。若把个道学先生，就要正颜厉色，规谏他色荒之事。从古帝王，具有规箴，庶人好色则亡身；大夫好色则失位；诸侯好色则失国；天子好色则亡天下。宣王若闻此言，就使口中不言，必定心上回复道："这等寡人病入膏肓，不可救药。用先生不着了。"谁想孟子，却不如此，反把大王好色一股风流佳话去勾住他。使他听得兴致勃然，住手不得。想大王在走马避难之时，尚且带着妻女，则其生平好色，一刻离不得妇人可知。如此淫荡之君，岂有不丧身亡国之理。他却有个好色之法，使一国的男子，都带着妇人避难。大王与妻女行乐之时，一国的男子妇人，也在那边行乐，这便是阳春有脚，天地无私的王化了。谁人不感颂他，还敢道他的不是。宣王听到此处，自然心安意肯去行王政，不复再推寡人有疾矣。

做这部小说的人，得力就在于此。但愿普天下的看官，买去当经史读，不可作小说观。凡遇叫看官处，不是针砭之语，就是点化之言，须要留心体认。其中形容交媾之情，摹写房帏之乐，不无近于淫亵，总是要引人看到收场处，知结果识警戒。不然，就是一部橄榄书，后来纵有回味，其如入口酸涩，人不肯咀嚼何！我这番形容摹写之词，只当把枣肉，裹着橄榄，引他吃到回味处，也莫厌摊头絮繁，此一段乃觉后禅小说提醒世人。着书主意，今不惮抄袭之者，亦是窃比谆谆耳。等世人读觉后禅后，自然警惕，如笃夫妇之恩，享闺房之乐。不至孟浪淫邪，或罹刑杀矣。自然不至太密，或有耗精血，捐躯命者矣。所言不可太陈，亦有深意。大凡妇人，有贞性者，自不系怀枕席，至若阴柔水性，恋爱贪恩，自是女子一种肺肠。苟或稍与疏远，柔者必至怨尤，狡者定谋苟合，钻穴逾墙，势所不免。至哉觉后禅不可太陈，不可太密二言，洵有味乎，将是治家之道。自应谨身，以杜内逾，亦不可不深心以防外侵。常见人家，溺爱妻妾，至从其闹场看戏，荒寺烧香，露面抛头，饱人馋眼。最无耻者，莫如俳优；最淫毒者，莫如贼秃，而要令娇姿弱质，襟溷其中乎。其不至蹈淫秽者，盖几希矣。于是缕缕苦心，不能自遏，至烦唇舌，为一陈之，虽摹写不知工拙，要不过代晨钟之一叩尔，本事下回便见。

第二回 和尚诱佳人寺内奸淫 太守贾拈香放出书生

诗曰：

> 今朝欲向问扁舟，有楫无人未肯浮；
> 露出一团情甚好，吹开两片意缱绻。
> 天缘不与人心合，国法方知我自投；
> 正是水平波又起，招来风雨满江愁。

天下最可恨者，莫过这些坏法的淫僧，既占了名胜山川，复讨尽色界便宜。偏有那些宰官护法，世宦皈依，拚着自己的娇妻弱女，为佞佛长生之计。世所谓肉布施者也。

当初汉梁诸君，创辟黎弘训，请迎经忏佛牙，留此异流，贻毒中国者，总因缘障未开，喜供奉牺之祭，业尘犹拥，愿奴同泰之身。（同泰是塔名，梁武帝愿舍身在此，群臣钱赎之。）虽功遍檀林，施逾衣钵，皆是贪痴赎罪之念，所以致此。那知你生平，不消做那一件伤筋动骨之事。将这些好善的虚文，那敌得过行恶的实际，此事人天无漏之因。虽多方奉佛，有何益处，怎奈这些执迷不悟的，贪疑到底，抬得这班佛子，一发轩张，要银钱就是银钱；要斋粮就是斋粮；要盖造就得盖造；要装修就能装修；那些法儿生发无穷，有时生发尽了，到反怪那数间殿宇，如何尚未倾翻？两旁佛像，怎么还不跌倒，以致施舍无因，化缘莫借。其设心何等险恶？假如今有贫儒寒士，无可控诉的，即叹向朱门，乞其铢两，即欲问慈悲，望他拯济，悉属鬼门问卦，何曾有百求一应，反添了许多憎恶不堪。但只是有一班人，学和尚之摇尾而不得者，皆系猥琐下流，非吾道也。盖是贫非病，宁憎无怜，吾惟不食嗟来之食，虽至死而不变，斯其人为何等哉！要知作福者未必有功，而作孽者定然有报。古云：

人间私语，天闻若雷；

暗室亏心，神目如电。

万恶淫为首，神天不可欺。但作恶者，僧尼为甚。凡世人将儿女送入空门者，真正痴愚。子女幼时焉知修行，大来看了老秃之样，就能无法无天，总由和尚清闲无事，未免胡思乱想。每想到微妙去处，不觉兴致勃发起来，就要无所不至的形容出来。但天下之大愚匹夫甚夥，肯放妻女入寺游玩，饱斋和尚，这等人最可耻。吾想僧尼并无益世处，比如杂乱之时，何不将和尚出阵，以报朝廷，又不损兵民，岂不美哉？竟听其安然，其乃朝廷之惰民，民间的蛀虫，色中之饿鬼，淫盗之专谋，天下之人，受他蛊毒者，不可胜数。若与僧尼往来，决受其害。东坡云：

不秃不毒，不毒不秃；

愈毒愈秃，愈秃愈毒。

何以见得秃毒？昔明朝年间，苏州有一秀才叶心安，常在华山寺读书，与僧普占朝夕交游，普占一日，往心安家相访，适心安外出。其妻花氏艳娘，闻夫常说在寺读书，多承普占汤饭，因出来相见，留他一饭。普占见花氏容貌美丽，言词清婉，不胜喜慕。后心安复往寺读书，月馀未回。普占遂心生一计，将银买嘱香火道人。假扮轿夫，午后到花氏家道："你相公读书，劳神太过，忽然中风死去。难得普占救醒，尚奄奄在床，死生未保。今叫我二人来接娘子，他有话吩咐。"花氏说："何不将眠轿送他回来！"二人道："寺中长老要将轿送他回来，奈此去路途甚远，恐路上冒风，症候加重，便难救治。娘子可自去看之，临时或接回；或在彼处医治，有个亲人在傍，也好伏侍病的。"花氏听得信为实然，焉不着急，即登轿去。

天晚到寺，直抬入僧房深处，却已整排厚筵，欲与花氏对饮。那花氏到彼处，即问道："我官人在那房里？领我去看！"普占道："你官人因众友相邀，往灵游玩山景，适有来报他中风。小僧去看，幸已清安。此去有五六里路，天色已晚，可暂在此歇宿，明日早去。"花氏心内生疑，奈进退无路，只饮酒数杯，又催轿夫去。普占道："此处轿夫不肯夜行，各自回去了。娘子可宽饮数杯，不要性急。"又令侍者，小心奉劝。酒已微醉，乃取灯照入禅房。普占道声："娘子，此处安置。"竟自去了。

花艳娘进内，见锦衾绣褥，罗帐花枕，件件美丽。以灯照之，四壁皆严密，花氏只得闭门带衣而寝，终疑虑不寐。及钟定后，普占从背地进来，近床抱住，艳娘喊声："有贼！"普占道："你就喊到天亮，无人来拿贼。我为你费尽了多少心机，今日得你到此，自是前生凤缘注定，不由你不肯。"花氏道："野僧何得无礼！我宁死决不受辱。"普占道："娘子肯行方便一宵，明日送你见夫。若不悯怜，小僧定要断送你命，将埋在厕中，永不轮回。"艳娘喊骂，缠至半夜，被普占行强。剥去衣服，将手足捆缚，恣行淫污。

次日半朝方起，普占谓艳娘道："你被我设计诱来，事已至此，可削发为僧，藏在寺中，衣食受用，都不亏你，亦有老公陪伴。若使昨日性子，有麻绳剃刀毒药在此，凭你死罢。"艳娘想道："身已受辱，死则永无见夫之日。此冤莫报，不如忍耐受辱。倘得见夫，报了此雠，然后就死。"乃从其披剃点。

过了半月，忽一日，心安来会普占，艳娘听得是丈夫声音，挺身奔出。普占即赶出，心安与艳娘作揖，艳娘哭叫官人："可认得我了，我被普占哄骗在此，日夜望你来救我。"心安大怒，扭住普占便打。被普占撞钟聚集众僧，将心安捆住，取出刀来，要杀心安。艳娘上前夺刀道："可先杀我，后杀我夫。"普占将刀藏起，强扯艳娘，入房吊住。再出来杀心安。心安道："妻被你拐，夫被你杀，我到阴司，焉放你过。若要杀，可与我妻相见，一处死罢。"普占道："你死，花氏无所望。花氏终身自我妻，安肯与你同死？"心安道："全我身体，容我自死罢。"普占道："我且积些阴功，将他锁在后山塔上第九层内，听其自死。"

自关入塔内之后，花氏日夜啼哭，拜祷观音菩萨，愿有人来救他丈夫。过了三日，适值海公巡行其地。夜梦观音引他至华山寺方丈后，塔内关锁一黑龙，初夜亦不为意。至第二三夜，连梦此事，心始疑异。乃命人役相随，迳到华山寺中试看。一进方丈坐定，果见方丈后有一塔，即令手下人打开，层层寻看。只见一人，馁饿将死，但气未绝。海公知是被僧所囚，即令人役守住前后寺门，不得令僧众潜遁。当即取粥汤，渐渐灌下。一饭顷方苏，心安苏回。见海公在上，乃诉道："僧普占既拐我妻，削发为僧，又将我捆囚塔内，望老爷伸冤。"海公命拿普占。顷刻拿到，但四处搜觅，并无妇人，海公再命严搜，乃于复壁中，铺地木板揭起，有梯入地下，乃是地窖。点灯明亮，一少年和尚在内，当即叫他上来，拿见海公，此和尚正是花氏。见丈夫已放出，普占已锁住。花氏乃从头叙其先时骗诱的巧计，到寺强奸的隐情，后来削发的根由，及已闻声见夫，普占捆夫要杀，因锁塔内之事，一一分诉明白。普占不能抵辩，只磕头道："僧人该死！甘受处置。"海公随即判道：

审得淫僧普占，稔恶贯盈。与生员叶心安交游，常以酒食征逐，见其妻花氏美丽，不觉巧计横生，赚其入寺看夫，强行淫玷。劫其披缁削发，混作僧徒。虽抑郁而何言，将待机而图报。偶心安之来寺，会花氏之闻声，相见泣诉，未尽衷肠之语。群僧拘执，至行刃杀之凶，恳求身体之全，得囚塔内，乃感黑龙之困。梦入二更，因至方丈后而开塔，饿已五日。心安从危得活，后必亨通；花氏求死得生，终当完聚；普占拐人妻、坑人命、合枭首以何疑，群僧党一恶，害一身，皆充军于边远。

判讫，将普占斩首示众，助恶众僧，皆发充军，海公又责花氏道："你当日被拐，便当一死，则身洁名荣，亦不累夫囚塔之难。若非我感观音托梦而来救，夫却不为你而饿死乎？"花氏道："妇人先未死者，以不得见夫，未报此僧之仇，将图见夫而死。今夫已救出，僧已就诛，妾身既辱，不可为人，固当一死。"即以头击柱，流血满地。海公乃命人扶住，血出晕倒，以药医救，死而后生。海公谓心安道："依花氏之言，其始之从也，势非得已。其不死，因欲思得以报仇也。今击柱甘死，则是非偷生无耻者比，当养起发来，重敦旧好。"心安夫妇，拜谢而去。

即此看来，花氏不过略漏春光，即生出如许险陷玷辱，可见以"淫毒"二字，加之贼秃，非过言也。而何以与无耻俳优并论，盖品类虽似悬殊，而叵测居心，实有相等。待我说一个同恶共济、淫毒滔天、法网难逃、冥报昭着的一件事，与看官们看。正是：

苦心道出从君悟，悟到通时始见心。

第三回　一怪眼前知恶孽
　　　　　两铁面力砥狂澜

词曰：

芭蕉雨过小帘明，山坡洗复清；何处换鹅，无人载酒，冷落着书情。

松阴王月遮窗暗，幽梦几时醒，入枕凄然，到门清绝，应是洞箫声。

《右调　少年游》

又诗曰：

潭石孤清潭水洁，逢场便作莺花劫。

谁将蜀纸写巫云，苔钱软衬飞来雪。

忽闻长安铁面来，豸衣如约群心热。

行部一如雷电般，奸究知之胆欲绝。

弊先使众蠹清，次剪淫风根株灭。

柳枝拍短竹枝长，唱新词第一折。

吹香字字青史传，无须更费鹦鹉舌。

话说从古到今，天子治世，亦岂能偏行天下！惟在各臣代宣天子恩威，第一先正风化。风化一正，自然刑清讼简了。风化惟"奢淫"二字，最为难治。奢淫又惟江南一路，最为多端。穷的奢不来，奢字尚不必禁，惟淫风太盛。苏松杭嘉湖一带地方，不减当年郑卫，你道什么缘故？自才子李秃翁，设为男女无碍教，湖广麻城盛行，渐渐的南路都变坏了。古来最淫的，男无如唐明皇；女无如武则天。他两个，都是绝代才情，却被才情坏了事。他如鸡皮再少之夏姬，犹有风情之徐娘，私通宁王安禄山之玉环，设无碍窗之韩熙载，恐妨少年高兴之徐之芳，罄竹难书，末世尤甚。只有人笑他骂他，并没人羡他慕他。如今罢了，渐渐的没人笑他骂他，倒有人羡他慕他。不但有人羡他慕他，竟有人摹他仿他了。可笑这一个男子，爱那一个妇人；那一个妇人的丈夫，却又不爱老婆，而爱别人；这一个妇人，爱那一个男子，那一个男子的老婆，却又不爱丈夫，而爱别个，可不是其痴子么？再说苏州地方，第一奢华去处了，淫风也渐觉不同。天启末年，忽然有个道妆打扮的人，来到阊门。初然借寓虎丘，后来在城内雍熙寺，东天王堂，各处游荡。自称为憨道人，声言教人采战。有一个中年读书人，要从他学术，怕他是走方骗人的，说要请他在私窠子家吃酒，就留他住在这家试他。果有本事，肯送开手拜师傅。

有个极淫极狠的妇人，姓汪，行乙，中年人曾嫖他，弄他人不过，因此同憨道人去。憨束请师，饮酒中间，憨道人道："咱不但会采战，还识得过去未来的事。这江以南，淫气忒盛了。凡是聪明男子，伶俐妇人，都想偷情，不顾廉耻。上天震怒，当遗几个魔君恶鬼，下界来肆淫一番，把他人人一个恶结果，警戒世人。咱就教了你术法，也不可胡行乱做。"中年人道："领教！领教！"

这夜憨道人住汪乙家，汪乙奇骚，又是自己身子，一弄不放他了。连住了三夜，憨道人知他弄损元神，不久要死。也不教中年人术，写几行字与他，悄悄逃去了。不上两月，汪乙害痨病死了。正是：

瓦罐不离井上破，将军难免阵前亡。

话说天启传到崇祯，后来清朝得了天下。每年差出御史一员，巡行一省，代天子行事。除了四川云南贵州，每省一员钦差，依然第一个风宪衙门。从来巡按，不比巡抚。巡抚原为抚安百姓。巡按却为纠察奸宄。巡抚恩多于威；巡按全用威严了。巡按衙门关防，比别衙门不同。因此不携家眷，不带仆御，大小衙役，都封锁在内，水屑不漏。也不游山，也不赴席。偶然公出，衙坊静悄悄，鸡犬不放在门外。就如天子巡幸一般，初然法度未备，差来御史，也略有此不同了。比及张御史到任，一如旧规。衙门整肃，不期天悯下民，得差一个赛包龙图的秦御史来。凡是所属地方，也不游山，也不赴席，各役封锁在内，水屑不漏。那些大奸大恶，都访拿了，大半处死。却又是预先私行访的，不由送访的参送，至于笞杖的罪赎，毫不入已。自枫桥至无锡，这一

带塘岸，秦御史把这衙门罪赎，委发该县，一一修葺。用大片石板，沿路好，以便兵马，及商民往来，有请为证：

岸石逢涛亦怒奔，悬飞空沫灭云魂；
土经水处泥心滑，舟过桥时野市喧。
官榜筑塘安路客，道碑颂德达宸阊；
一篇青史传廉吏，百世恩荣齐子孙。

秦御史极重鲁推官清廉，每事委托，却都是清水生活，并无丝忽沾染。那知王抚院自缢，后来上司，只道鲁推官，不能调护，好一个理刑，自挂弹章，数年不结，如今也赖天子洪恩问。官公道："稍稍昭雪了。"正是：

莫言天下无公道，路上行人口似碑。

自此朝里好官多了，人人思想辅佐天子，爱恤黎民，成千百年太平世界。但只是虽有好官，也要君相识人，能用他。就是用了，也要竟其所能，毋为谗夺，毋为奸蔽，使他得以展布。这是天子之福，万民之幸了。

第四回 顽童削发从师学术
稚子辞娘入伙为优

风流死后化秋风，天北天南处处空；

秃子贯盈活不得，娈童限到死还同。

遥知淫女相思断，悬料闰娥一梦通；

日暮城隅鬼声碎，可怜愁叹付飞鸿。

这一首律诗，是三拙子嘉引子，还有张翰咏周小史四言诗，可借来说王子嘉，俏媚动人处。

翩翩王子，婉娈幼童；年十有五，如月在东。

香肤柔泽，素质参红；团辅圆颐，菡萏芙蓉。

尔形既美，尔服亦鲜；轻单随风，飞雾流烟。

转侧猗靡，顾盼便妍；和颜善笑，美口善言。

话说代州地方，都是好勇斗狠，竖起跳梁的人，并没一个游手游食，做浮花子弟。人家养由儿子来，父亲读书，大儿子就读书；第二儿子，便经商开店。父亲经商开店，大儿子就经商开店；第二儿子便读书。若养出第三个儿子，恐怕力量照管不来，游荡坏了身子，后来没事做，没饭吃，害了他终身。便送去和尚寺里，做了徒弟。教他做禅门的事，吃禅门的饭，十家倒有九家是这般。

有个人家，生了第三儿子，叫做三拙。他后来说姓刘，又说姓朱，又说姓李，又说姓乔。不知那一个是真姓。为何叫做三拙？就如无锡人家，若生了三个女儿，大的叫大细，次的叫二细，三的叫三细。这三拙的父亲，原是开店的，也有三五百两赀本。

大儿子叫大拙，就从小学看银子，打帐做生意；第二儿子叫二拙，从先生读书；三拙要送去出家的了。因是母亲的爱子，又且年幼，要待十一二岁，再作商量。六岁上送与二拙的先生，也读些神童诗。资质倒好，先生一教就会了。只是要赖学，在学里又要与大学生们寻闹，连二拙也要常常相打。读了三年书，只识得些杂字，写得些帐目罢了。

十岁上母亲殁了，父亲和大拙二拙，都不欢喜他，就想送他出去出家了。这代州城西，有个西天寺。寺里有四个大房头，西房更觉盛些。当家的长老唤做了凡，还有师祖一凡，徒弟无凡隔凡。三拙的父亲，先与了凡说明了，第三儿子出家，要长老收留的话。等三拙带过母亲周年的孝，拣定了三月初三日，袖了十两银子，领了三拙，到西天寺来。了凡迎接进去，先叫三拙在佛菩萨座前叩首，然后参见了本师。他父亲取出十两银子，递与了凡道："这十两银，是送与常住的的旧规，请收了。"了凡把手接了道："多谢。"就请师太与徒弟们，出来相见。一凡无凡隔凡都来了。他父亲引三拙，一一参见，分宾主坐定。无凡隔凡立在了凡身边，三拙立在父亲身边，把一只左眼闭着。一凡开言，问他父亲道："令郎几岁了？左眼是几时失明的？"父亲道："小儿十三岁了，十一月生日。不得年力，还只得十二岁，两目都是好的呀！"回头一看，见三拙左眼闭着，问道："这是怎么样？"三拙道："本师一只眼，咱不敢两只眼。"无凡隔凡都笑起来，了凡含怒不敢言。父亲再三请罪，只见摆上素菜薄饼，只一凡了凡陪他父亲坐下，三拙也令他坐在旁边。吃了一回，了凡说："献佛披剃，已拣定初九日了。这日要遍请邻寺邻房，远望老檀越早早光降。"父亲应了告别，一齐送到寺门首。三拙还跟紧着父亲，他父亲低低吩咐道："你住在这里了，咱家私还不上五百两，只是这地方规矩，若送儿子出家，与他家私十分之一，你明年十四岁了，三月间，咱凑足四十两，交付与你，连与常住的十两，是五十两之数，以完父子之情。你待本师，须知待爹娘，他自然看顾你。你跟师父进去，我去了。"三拙全无不舍的意，跳跳跃跃竟随了凡，别了进去。他父亲见他如此，点点头道："好好！咱也放心得下。"一径回家去了。正是：

莫将我语和他说，他是何人我是谁。

初九日，了凡备斋请客，披剃这新徒弟。他父亲也来吃斋，都不必说。且说这寺里有两个粗用的香火，老的叫老王，小的叫小张，这老王六十多岁，在寺已三十多年了。了凡也不骂他一声，三拙偏不喜欢他，"老狗头"，"老不死"，骂得老王常是哭，又不好告诉了凡。隔凡在旁劝道："他年纪比咱们大个两倍，不要毒口伤人，阿弥陀佛。"三拙嚷起来道："谁要你管！你是他攮出来么？"隔凡恼得跌足，只得告诉了当家的。了凡没奈何，走出来打了他一掌。三拙乱叫："师父饶了咱罢！咱原许夜里的勾当，再大一两年，自然依你。"无凡、隔凡、小张忍不住，都笑起来。了凡气得直挺，只得走进去了。偶然一日，了凡的母亲，因见天气凉爽，来看看儿子，年纪已五十七八岁。进得门来，三拙正坐在佛堂门槛上。母亲到他面前，三拙公然坐着，笑笑儿道："这里是和尚寺，这位妈妈来做什么？和尚不是好惹的呢？"无凡走来听见了道："咄胡说！这是师父的母亲。"那母亲问道："这小猴子，是那里来的？"无凡道："是师父新披剃的徒弟。"那母亲把手在三拙头上打了一下，三拙拍手大笑道："这奶奶打和尚哩！"那母亲进去，与了凡说了。了凡走出来，要打他，骂道："小狗头！咱的母亲，你也冲撞他。"三拙道："师父是他的儿子，难道满寺的和尚，都是他儿子么？"又气得直挺，又骂了几句，只得进去了。

　　这三拙从小儿的凶顽，真也言之不尽。到了次年二月，他父亲叫二拙，唤他回家。先和了凡说知了，同到家里。父亲道："你年已十四岁了，况也不是愚蠢的，咱许你的四十两，今日与了你。这城中的各寺，有本钱的，都也做些生意，不只靠着念经礼忏，你须少年老成，不可妄费。"三拙收了银子，扒在地下磕了个头，父亲留他吃饭，问道："你吃斋不吃斋！"三拙道："也吃斋，也不吃斋。自己不去想荤吃，却也不除荤。"

　　大拙管家，因三兄弟久不来家，摆了许多荤素的肴，葱蒜薄饼，又是一壶烧刀酒，尽情吃了一回。父亲道："儿子，你去罢！"三拙别了哥嫂，临出门，对父亲道；"爹，你儿子看西天寺里，都是俗流和尚，不是你儿子了终身的去处，咱想往五台山，学些本事，云游天下，也不枉了出家一场。"父亲道："云游也不是容易的事，在家千日好，出外一时难，不如守本分的好。"三拙道："自古道：'食禄有方。'又道：'生有地，死有处。'爹既送咱出了家，今日又把银子与了我，已完了爹的心事了。你儿子有些小小志气，不肯做槁木死灰，爹你看咱可是没用的么？"父亲道："儿子，咱是好话，要去也只由你。"三拙说了一声，往西天寺去了。正是：

　　　　无限心中不平事，一番清话却成空。

且说三拙袖中藏了银子，来到寺中，心里已打算别去，加倍小心，扒在地下，向了凡磕了一个头，说徒弟回来了。了凡道："好！好！好！吃晚饭去。"晚景休题。

次日，三拙在寺门首，问人五台山的去路。一个邻舍道："接待寺里，有个云游的憨道人，听见说往五台山去，一定晓得路道，何不去问他。你小小年纪，问这路怎么？"三拙道："咱问着耍子，没有什么正经。"说罢，就洋洋走了。寻问到接待寺来，果然有个憨道人，借寓已一月了。有一富家的小官，学了他的道术，许他十两谢仪，筹到了手，就往五台去了。

三拙求见了他，问起五台山路，道人道："小师父你问路，莫非要去投师么？"三拙道："不瞒仙师说，咱去年在西天寺披剃，见师徒小气，不足了咱终身，要往五台山，学些拳棒，好去云游天下，不枉了出家一场。"道人道："不瞒小师父说，咱是平阳府人，小时蒙我师教了缩阳采战，行道十年，前年被人拿住，几乎丧命，也想往五台山，学些拳棒，做了护身符。此地传了一人的采战，待他送了谢仪，咱就去了。你既要去，咱和你做个伴儿也好。"这条路是久惯走的，三拙乖巧，就问了道人，是荤是素。次日把些散碎银子，买了鸡鱼肉，并酒果香烛，自拿到寺里，只说请仙师。拉道人同拜关帝，结为师兄师弟。道人就欣然允从。三拙要学缩阳，道人不肯道："学了这法，容易招祸，况老弟脸上，有杀气淫气，只怕善始，不得善终。教了你采战，也够你用了。"从此每日三拙来学，了凡查问，三拙善自支吾，不十日间，道人把养龟护阳，先教会了，然后教他运气。会运了气，教他蛇游洞、鸡啄食、猢狲偷桃、蜜蜂采花，尽情教会了他。那富家也送了谢仪，两人打算起程，同往五台山去。正是：

　　青龙与白虎同行，吉凶事全然未保。

且说苏州府吴江县落乡地方，有个邓村十八都。地面傍湖，人皆强悍，就是官府他也不怕。为钱粮事，差人下乡，毕竟两三起，五六个敢下去拿人；若是人少，他就先打后商量了。人禀了官，还说差人诈他银子，说谎禀官哩。因此苏州说人变法，便道："你莫不是邓村十八都来的么？"那去处财主也少，寒的却也没有，相近五里，有个半大不小的王财主，发迹已三五代了。住处就唤做王家庄。他家几代都是单传，到了这一代的财主，越发命硬。早年父母相继而亡，三十六七岁，已克过三个娘子了。结发生得个儿子，其年已十岁，母是产里殁的。王财主原是势利主子，与他定了亲，是城中新科举人。一贪他贵，一爱他富，行聘会亲，也费了四五百金。这财主十年内，因做事伶俐，又刻削，倒长了二三千金家私，小户的田，零星又买了四五百亩，都寄在举人亲家户上。心里想如今娶妻，须是城里，寻得出标致女儿，就多费一百二百财礼，下半世受用佳人，不枉了人生一世。说与城里媒婆，相看了三五处，却看中了北门外，一个开酒米店，顾家的女儿，只得十六岁。这顾家因两年生意不济，吃折了些本钱，打帐把女儿与人做妾，多得些财礼，救救店里的苦。听见乡下财主，又正经的填房，有什么不允，媒婆讲定了一百两财礼，二十两折盒，茶果尺头，一一完备，择吉下了聘。十日内就过门，成了亲。一个乡下有钱的人，见了这标致女子，真正如获珍宝，好不奉承。家里大小事情，都是他掌管，只是顾氏年小性拗，见了结发生的儿子，如眼中钉，在老公面前还好，转了背，每每非骂即打。这年顾氏就得了胎，次年生了个儿子。因这年闰五月，就起乳名唤做闰官。

你道闰官是谁？就是王子嘉了。又过了两年，又生了个女儿，唤做金姐。顾氏已是二十一岁了，初来时节是闺女，自然不晓得淫荡，此时年已长了，日夜缠住了丈夫，淫欲过度。王财主四十二岁上，害了痨病。大凡痨病的，虚火越旺，比平日越忍不住了，弄得面黄肌瘦，咳嗽吐痰，渐渐有些起不得来了，大儿子原请先生，教他读书。连闰官也送与先生，读些百家姓、神童诗。又过了年馀，王财主自觉病体沉重，央媒与举人亲家说了。只说冲喜，与大儿子完了亲。自己扶病，同顾氏受了拜堂，又劳碌了一番，越觉起不得床了。奄奄一息。挨了半年。

开春二月，丢了偌大家私、娇妻幼子，见阎罗天子去了。开丧出殡，都不必说，也还是父亲临终，吩咐家中大小事情，仍旧顾氏掌管。倏忽将及二年，那媳妇自恃父亲是举人，每每不看晚婆在眼里，况兼顾氏忍不住，又与先生有些不明不白，大儿子、大媳妇越不敬重他了。十月间，大儿子请了丈人到家，自己打了灶，打帐收田里一半租米，各自吃饭。顾氏与他争论，大儿子道：'你是我的晚娘，父亲面上，说孝顺你的。只是我小时受你凌虐，且不必说，近来你做的事，大没体面，料不是守得寡的了。如今权且各自吃饭，若你要嫁，所谓娘要嫁人，天要落雨，也不敢拦阻。带兄弟去，自然不相干了；不带兄弟去，一半田产，后来自然是他的。'顾氏心里也想活动活动，拣个美少年嫁。况兼丈夫死时，内囊银两都在他手里，还有三四百两，衣饰又有二三百两，就不争论，便道："既要我去，明日请我父亲来。"

果然次日，请了他父亲，房中箱笼，搬个尽情。大儿子也由他自去，房里两个丫鬟，只带一个；船里只带得糙米二十担。道："吃完了再取。"顾氏本心，原想回娘家嫁人，飞出笼子正中他意儿。在顾家拣丈夫，要年小标致，不曾娶过老婆的，急切那有这等人？

他父亲原是清客出身，收心开店的。是那府城清客与做戏的，到吴江来都住在他家。顾氏也勾搭上了四五个，一个扮副净姓陈的，是他心爱，却因他有老婆，不肯嫁他。南门新出来串戏的姓王，二十二岁，未曾娶妻，两边都看上了。但说："我两个小小年纪，那怕养不出儿子。只要女儿，闰官不要来便成。"顾氏就请姓陈的来，要过继与他。父亲要留闰官，顾氏不肯。竟被姓陈的带到苏州。一年内，教会了幽闰、千金、红拂、西楼，四本小旦脚色，竟是一个旦脚了。正是：

> 万事不由人计较，一生都是命安排。

未知后来如何？且听下回分解。

第五回 雏儿逢淫妇不觉消魂 秀子扮西商居然得意

曲在扶童曲无主，不然只如对歌谱。

谁知秋水雕刻成，拂衣敛袖俱有声。

宛转低回作悲喜，一片摇 魂酒间死。

凄风苦雨少灯光，返魂何处寻名香。

同死更有无发者，总是情痴孰真假。

情娘闻之不敢言，为谁悲怨为谁恩。

须记挽歌甚时节，天上团圆好明月。

且说王财主的幼儿，好好称呼闰官。因娘改嫁，把他过继与陈家，学了四本戏，就起了个表字，叫做王子嘉。虽不曾入班，年又小，貌又美，曲又佳，各班都来拆他去。主席定戏文，反问了他会扮的，定这本。果然人人道好，个个称强，吹入一个进士耳朵里。差人与陈优说，毕竟要也入班本衙，陈优道："这是我外甥，他父亲殁了，我小姨改嫁，把他过继与我，原不曾说合班做戏，我还做不得主，等我往吴江和他娘说明了，敢应你老爷的命。"进士只是不管，又差管家来说，道："我家老爷多多上覆。若你外甥，一世不合班做戏，不好强你。若后来入了别班，必不干休。况且各班拆去做戏，本衙班也曾拆过几次，岂不是推调。倘怕他母亲有话说，有老爷在此，不怕他有什么不肯。"陈优留他们吃了锺酒，讲到五十两压班。众人回了话，进士允了，就兑了银子。陈优领了王子嘉到进士衙里来，进士吩咐进书房来，陈优不跟进去，嘱咐王子嘉，只得跪下去，磕了个头。进士达叫："起来！起来！以后也不须行这个礼。"又叫："留陈教师，吃酒饭去。"陈优谢了，不吃酒饭竟去。进士吩咐管家，就在后书房，收拾一间房，与王旦做房户。明日请其教师来，把本衙班戏单上的戏，除了他有的四

本，一一补完，先补了小旦脚色，再补正旦的脚色。连月里且莫出去应戏，多补了几本，好凭酒客点戏，王子嘉只得安心在那里了。正是：

　　　　在他檐下过，怎敢不低头。

　　次日就请教师来，逐本写了脚本点了校，先念了曲本，然后一句句教他。就如轻车熟路，上口便会，一字不差，一板不走。不上一个月，补完了十本戏了，连旧熟的，已有十四本了，教他出去应人家戏。那知到人家去，年又小，貌又美，曲又佳，人人都称赞道："这是苏城第一个旦了。"

　　忽然三月上旬，正是不寒不暖天气，城东一富家，五十正寿，摆两三日戏酒请客，因内眷最喜看戏，定了王子嘉这一班。第一晚戏散，已是五更，通班回家睡了。次日再三吩咐走场的，道："本家怕磨夜，午后便要上席，众师傅早些来。"邀客的，也早早把客请到。午时就上席做戏，点灯已半本了。王子嘉同众人吃了半碗饭，走出戏房闲步。这夜月明如昼，在檐下，见一十八九成大丫头，叫声："旦的师傅。"王子嘉听见他叫，只道有什么正经话，年小竟不想到歹事，便道："怎么说？"丫头扯他到旁边黑处道："我家娘娘叫我送一只金耳挖与你，叫你今夜戏散了，里面去说话。"王子嘉不是惯家，不知就里，接了金耳挖，就胡乱应了。

　　半夜完了戏，只找了两出，客都告别。大家打散吃酒，忽然不见了王子嘉，众戏子只道他先回去了。那知他被那丫头等了他，悄悄领了，从东廊进内房去了。原来这家主人，最怕娘子，娘子年纪还只三十五六岁，只推要稳睡半夜，打发家主书房里，自去歇了。他好做私事，况兼老男少女，平日弄他不爽利，见了这美貌小夥儿，戏又好，曲又好，略吃几杯酒，搂搂抱抱，只想去弄。王子嘉道："我从不曾破体的，娘娘教导我便好。"妇人道："包你二十分快活。"不由分说，抱他上身来，弄了一阵。又翻他下来，扒上身去，翻天覆地，大弄一阵。王子嘉只管叫："快活！快活！"不觉软了。妇人又含他那话儿，小弄一回。见他硬了，翻身大弄。小夥儿初尝滋味，其正骨酥神颤，乐不可言。不觉晨鸡三唱，天已大明。妇人再三不舍，道："今晚完了戏，你同定一班人去了，教我怎放得下？有便须常常走来，我自有照应。我家官人，年已半老，不十分在内宿歇，尽可恣意快活。"又把臂上一只金镯与他，叮咛再会而别。同班人十分埋怨，又盘问他，住在谁家？他只是不说，有诗为证：

风流只道任颠狂，谁信风流不久长；

可口味多终作疾，快心事过必为殃。

　　且把王子嘉丢过，说那三拙要和憨道人往五台山学拳棒去，自己识字，却写不出。央道人写了字纸，压在本师了凡房里，小砚底下。道："徒弟要往五台山学本事，禀开师父，怕不肯放，只得竟去。诚恐师父见罪，留此禀知。"了凡见了，吃了一惊。急忙走到他父亲家，拿字与他父亲看。父亲道："不肖子，前日原有这话，果然去了。咱既送他出了家，凭他自去，死活管他不得。"从此师父、父亲，把三拙丢在一边，凭他去了。

　　这代州到五台县原不甚远，只是县里到山门，倒也不近。两个人消停步行，第三日到了山前，在一个饭店吃了碗面，已是下午了。商量且住一夜，侵早上山，为至诚。就在这店里歇了。晚间细问店主人，那一个房头好。店主人道："也都好。只是山寺的规矩，每房举出一个有道德，又有才调的，做了长老。不论师父徒弟，凡有大事，都要请问他。他做了主，人不敢拗，又在师徒里，举一个掌家，银米出入由他。又举一个掌柜，银钱收贮在他。又举一个游方，出山募化仗他。又举一个管殿，各房轮管，轮着了，他去掌理，本房门户，也在他。又举一个知客，迎宾送客要他，其馀都是杂差使了。长老当家掌柜，这三个不见改换。馀也有时另举一个，换那误事的不用了。你二位是投师的么?"道："正是。"店主人道："投师的也有两样。若是终身常住的，初入山门，送常住银五两，便终身吃寺里的饭了。学会了拳棒，也不要谢师。若是投师授业的，初到寺里，也送常住银五两。学到半年会了，谢了师竟去。若学不全，再送常住银五两。又学半年，再学不全，便是钝货了，不须谢师，可以竟去。"三拙道："谢师多少?"店主人道："十两五两，最少三两，也不十分计较。寺里最后一房，长老号无能，这是第一个有道德、有才调的。一应管事的，又都是他徒弟徒孙。"两人谢教了，睡了一夜。

　　次日吃了早饭，迤逦上山来，投奔无能长老。这山寺规矩，不比苏杭一带地方。和尚略晓得讲经说偈，门上就挂牌，或是入定，或是放参，做出许多模样来。这日无能，坐在佛殿上，小沙弥引两人入见，三拙同道人，磕下头去。口称："弟子们是投师的。"他也不比南方和尚，公然受人参拜。就双手扶住道："请起！二位还是终身常住的，还是投师授业?"三拙道："披剃已二年，今来是终身常住的。这位师兄，意还未定。"说罢,把两对五两常住银交纳。无能吩咐,请五位职事徒弟来。一齐都到,无能指道:"这是掌家的,号本无。"就教他收了常住银。又指道:"这是掌柜的,不知二位,曾备佛菩萨,寄库银钱么?"三拙乖巧,就应道:"已各备二两,明日参过了佛菩萨就交纳。"无能道:"他号心无,你两人就交与他收贮。"又指:"这是出山游力的,号可无;这是管殿的,号如无;这是知客号真无。"一一都相见了。问两人的号,三拙道:"弟子名是三拙。号也是三拙,师兄号是憨道人。"无能道:"佛门不便称道人,憨字也不妙,添一个不字,号不愁罢。"又把三拙,派在第二徒弟心无名下教导,把道人派在第四徒弟如无名下教导。授业的,另一小间客房。常住的,就在本师心无房里。一一派定,两人朝夕学本事。不上半年,都一精一通了,正商量脱身之计。

　　一日,两人约了到山门外石墩上坐定,各说所学拳棒,不甚相远。三拙只多得一件飞檐走壁,他上屋如飞鸟,下屋如脱兔,没人捉得他住。道人道:"想是怕本师原不曾会,故此不能传授。"三拙道:"咱们且商量下山,省了你几两谢师,好做游方的路费。"正说不了,只见几个守门小和尚,乱嚷道:"流贼来了!"原来流贼李自成部下,差侄儿一只虎李遇,领一万五千人马,来攻打五台县。住扎在县四门外,这日遣步兵四五百,到五台山打粮,报入山上。住持撞钟聚众,约有二百六七十人,前面二三十把长,后面都是齐眉短棍,这棍不用正手,都用反手,着棍再没有不倒的。只见人报流贼到了,发喊一声,齐齐杀出,去他那里,刀又斧,乱杀将来。被一班光头好汉,一棍一个,打得死的半死,跑的乱跑,大败亏输去了。得胜回山,来见住持。住持道:"料他必来报仇,人马少不怕他,倘或整万人来,咱这里众寡不敌,须预为避他的计较。"差五六个惯游方的和尚,带了干粮,连夜到屯兵所在,打探了回话。又道:"后墙须拆了几处,开几个后门好。"三拙禀道:"咱便于走,贼便于追,不如多设一二十张梯扒墙的为妙。只不要抢光,越抢光,越迟滞了。"住持也不认得他,只赞道:"这小和尚倒有见识。"各归各房,自作准备。无能这房,人心齐,费用少,最有银米,无能吩咐掌柜心无道:"本房师徒,拿得起的一百二百,尽他拿了,远远走避。这贼把寺扫荡一场,三四日就去,各各归家,银子原在,就是走失了些,也强如贼抢去受用。"三拙与道人,不胜之喜,预先准备两条被,五六件夹衣,四条长索,两根齐眉短棒。

　　到了第三日,天未亮,五六个报子到了。本房可无也在内。三拙取了四百两,计四对。道人取了三百两,计三对。先从墙上批出捆缚好了,做了两担。整理脚步往西北走,走了三十里,在一个大材坊歇了,路上回头见五台山上,火焰掀天,如是流贼放火烧山。

次日五更，慌慌张张，又往西北赶路，只问没流贼的去处，就走。走了十来天，到了一县，是大同府怀仁县。道人道："有了许多本钱，只吃亏你是光头，咱两个扮做西商往大同关去。出处不如聚处，买了褐，同到南京苏州一带地方，做两个大客人，又好风流风流儿，可不相意。"三拙道："如今买两顶大帽，两个临清手帕，天又冷了，扎了头，谁认得咱是和尚。"

次日买了帽，又买了箭衣，公然扮作西商，好不得意。正是：

画虎未成君莫笑，安排牙爪始惊人。

第六回　一霎风流是他还是我
几宵恩爱看看我是谁

> 孤猿啼处处，千岭郁茫茫；
> 刻影花情乱，含悲曲意长。
> 借风窥绣榻，扶梦出纱窗；
> 毕竟多情物，催人速断肠。

这是月夜怀人之诗，把来做个引子，见得女子若独处闺中，不是蠢物，定生出许多妄想来。

话说山西地方，生出来的女子，都是水喷桃花一般，颜色最好，资性也聪明。大同宣府一路，更觉美貌的多。故此正德皇帝，在那里带了两个妃子回朝，十分宠爱。这大同关，有个当兵的好汉，姓郑，儿子十九岁，娶了刁家女儿过门，想是周堂犯了恶煞，姓郑的三日就殁了。家里原开大饭店，死后依旧开着，房子又大，人手又多，他婆子只得三十七八岁，自己掌柜，甜言美语，极会待客，人来的越多了，生意越盛了。人人都称为郑寡妇家。只是他媳妇刁女，得十八岁，美貌异常，又能识字，婆道他年纪不多，不许他出头露面，每日只躲在房里，见那些来来往往老的小的，蠢的俏的，一起进，一起出，未免有些动心。又因丈夫不中他意，常常叹想："天爷嗄！怎得另配个风流的丈夫，就减了咱些寿算也罢了上！"

巧凑这三拙与憨道人，扮做西商。雇了两个头口，把银子买搭敛盛了，两个骑在上面走，将到大同。掌鞭问道："二位爷，若买货想有行家，不投行家，在郑寡妇店里往下，从容再问好行家也妙。郑店茶饭好，人又和气。"三拙道："就到他店里下了也不妨。"一迳到郑家来，只见柜桌里面，一个风发云鬓，妖妖娆娆，约有三十多岁的妇人。头上带些孝，站在柜里，收一位客人银子。掌鞭的道："郑奶奶，两位买货的爷来

了。"妇人笑脸问道："两位爷买什么货？咱就知小行经几时了。"三拙道："要买褐货。"妇人道："这里不是出处，亦是聚处，但要多住几天理！自然是大客商了，银两关系，外面客房里不稳便。"就把收的银子，打柜眼里丢下去，走将出来道："两位爷来，咱领你进去。"三拙吩咐道："店家同看好了行李。"两人跟了妇人进去。直到第三进，房子越高大了。外面三间，此处却是双间，妇人掀子进去。道："来！进来！"三拙道人入得门来，看这间房，有两间大，四间深。靠里一个大炕，比北京的有四个大。炕边坐着个年小女子，约莫不上二十岁。妇人道："这是怕媳妇子，咱这里都是磕头，怕爷回礼，故此不敢劳动，连咱也不曾见礼哩。"三拙道："咱们也不敢行大礼了，照南方只作揖罢！"先替妇人都作了个揖。走近炕一步，都与刁女作下揖去。那女子把身扭转了，含笑也福了一福，秋波一溜，把三拙的痴魂，已提了去了。妇人吩咐，取了行李进来，两位爷外房坐下，好拿迎风酒来吃。三拙又找了掌鞭的银子，打发去了。低低对道人道："小妇人着实有情，只有他婆碍眼，师兄若弄得他婆上手，咱就好下手了。"道人道："不打紧，看咱手段。"

日落衔山，迎风酒和那晚饭都吃了，两个又不敢进房，坐着呆等。半更时分，妇人料理外事完了，走进来道："两位爷等久了。想两位爷是初次到逞关上来的么？"三拙道："是头一次。"妇人道："怪道爷不知咱这里乡风，咱这里冷得早，九月就穿绵袄。不消说了，立了冬，十月天气，每家都在大炕上，烧热了睡。一家亲丁都在上面，各自打铺，就是亲戚来，也是如此。咱开饭店接客的，常来的热客，也就留在炕上打铺，只是吹乌了灯，各自安稳，不许瞧，不许笑，瞧了笑了，半夜也争闹起来，两位爷是褐大客人，银两关系，残冬腊月，不敢不留在内房歇，请进去，就是媳妇子在里面，咱这里不迟忌的。"道人道："你当家的，为何不见？"妇人道："先夫正月里亡过了，小儿顶替了他爹的名，是关上总督标下的兵，每季轮一个月，出关守汛地去了。再有十日就回来。"

两个进房打铺，婆媳右边一带，两个左边一带，右边壁上挂一盏明晃晃的油灯。道人走近妇人身畔，低低说了两三句，妇人笑了会儿道："咱已守了大半年寡了呢！"三拙暗里道："妙！想是允了。"大家去睡，不知几时，道人已扒过去，和妇人成交了。三拙侧身听了一会，听见妇人像个阴水渍渍的响，口里就亲爹亲哥，乱叫起来。三拙大着胆，去摸那刁女，那知刁女已坐起来，正待扒过来了。不消打话，棒交加，也叫起亲哥哥来。那妇人猛然听见，叫一声："媳妇子，如今咱也不要说你，你也不要说咱

梧桐影

了。"有个歌儿为证：

俏冤家，你两个，也是前缘前世，有缘法；千里来，做了露水夫妻。昨夜里，那知道今宵欢会；一个似鸡啄食，一个似柳穿鱼。莫道是萍水相逢，也须相交，相交直到底。

次早起来，婆看了媳也笑，媳看了婆也笑。那两人都微微的笑，从此酒饭比众人不同了。三拙对道人道："烟花虽好，不是久恋之乡，须买了货物，南方寻快活去。莫被这两个妇女羁绊住了。"寻了行行，又寻了惯走南路的客夥，问了买价，那边卖价，和那水旱的路数，不消五六日，因是足色现银，买了四百两的货了，只为客夥教他，若买得忒多了，这里价要长，那里价要落，脱手迟了，赊了去，又难讨。故此只买得这些，隔夜与主家说了。

次日小车来就行，妇人刁女，都不肯放他们。妇人要换转来，两个女人各试一试新。道人来扯三拙，三拙被刁女搂住了，不肯放。道人只得自去，做送别的筵席，弄了一更。妇人觉道不是三拙。问道："还是你，不是他？"道人笑道："不是他，还是咱。他那里攘得热闹，没工夫来。"两男两女，次早没奈何，只得要别。刁女扯住三拙道："冤家你说明年来，若明年不来，咒也咒死了你，咱若害相思死了，做鬼也来找你。"一向快活，不曾问姓，这日婆媳问了姓好记帐。道人说："姓张，号不愁。"三拙说："姓李，号三拙。"正说着，装货的人车到了，两人把货捆缚已好，装在车上，自己各执短棍，跟着车走，妇人刁女含着眼泪，送他们动身。三拙把饭钱出店钱，一一明白，谢了一声就行。刁女也不顾走使人们耻笑，竟大哭进房去了。正是：

流泪眼观流泪眼，断肠人送断肠人。

人货到了黄河岸口，雇船前去，别人要走，半月二十日，到黄家营。偏他们顺风顺水，七八天就到了清河县。风大歇船吃饭，斜对岸就是奶奶庙。到黄家营还有五里，憨道人忽要上岸大解，解了下来，那舡的跳板，被风大拖落水里，他恃自己轻便，往上一跳，扑通一声，落在河里，水顺风顺，不知飘到那里去了。后稍喊起来道："客人落了水了！"三拙跑到船头上乱叫捞人。船家道："这般风水，只怕去了五十里了。"三拙哭了一场，没奈何买了一口棺木，把他生时衣帽衣冠敛了，教水手沿河掘了块土，埋在那里了。做了羹饭，又哭了一场。

次日就到黄家营，唤了只划船，扬州又换了只江船，把货盘到南京，找了书铺廊，一侦褐行。其时正是腊月二十七八，人家过年的，褐俱已买了，直到正月初十边，方走动。卖了两三个月，只卖得四分之一，三拙打听苏川是聚处，打帐要捆了货，雇船载去，又想南京旧院里，听说名妓甚多，何不去快活一番。带了两个帮闲的，对了十两初会的礼，拣中了旧院后门卜赛，就定下了。

此时正是崇祯末年，院里正有体面，十两初会，就做戏请他。一连住了五夜，三拙嫌卜赛不会浪，爹爹哥哥，一句也不叫。后又送了十两，只说往苏州去，就告别了。讨完了些欠帐，五月端午过了，竟到下路来，投了阊门，一个山陕行里。此时炎天，每日不发市，偶然过客，或他州府县人买，只买杂用。七月半后，真的走动了，山陕乡里游山，常常搭他一分。偶往观音山去。轿子到范家坟走走，三拙看在眼里，打听得七八十间好房屋，只一坟丁看守，心里要谋他几十间做了静室，仍旧做和尚，就好创业了。腊月里因后面褐到得少，又得价，又好卖，把货卖了一个光。剩得些包单，正月也都卖完了。其时已是顺治初年，他不说原是和尚，只说世界换了，如此出了家做个世外之人。打听范乡宦，去世已久，范夫人的兄弟是秀才，他备了二十两礼，拜送了秀才，只说租他坟上二十馀间，做个静室，朝夕焚修。范夫人只道有道德的僧，如何不允。他自己手段高强，况一个和尚，搬在荒山，谁知他有许多银子，渐渐收了两三个徒弟，雇了两三个香火，请了几尊佛菩萨，成个规模了。范家族人，住在山里的，他送些好东西结识他。乡里穷人，他一两二两借了周济他。说起利息，只道但凭。后来五两十两，都肯借了，那一个不欢喜他。住了二三年，那花山附近地方，若老小小妇人，除了不往来，不借贷的，也不知淫媾了多少，徒弟也越多了。

一日闻得个大乡宦庄上，雇了佃户，各奏粮米，趁世界渐次太平，做赛会的神戏，高搭着戏台，在上做戏，三拙带了个徒弟到台下看戏。他只为看妇人，戏是借景。立在戏台左偏，半本完，只见放下个软梯来，一个标致旦，从上而下，失脚一跌，正跌在三拙怀里。三拙双手抱住，那旦回头，却是个和尚，道："多谢！多谢！几乎跌下去，头也跌破了。"你道那旦是谁？原来就是王子嘉，他翰林主人，为清朝要他剃头，寻了自尽。一班戏树倒猢狲散了。王子嘉又在第一班戏里，依旧做了小旦，这日正是这班上台，王子嘉要留他在戏房吃酒，三拙道："我住在山里，要回去了。"王子嘉问了他号与住处，三拙也问了号与住处，道："就来奉拜。"拱拱手去了。一路想道：这样风流人儿，和他有了事，不输似妇人哩！"

第三日拿了上好黄熟香一，徽州川扇二把，问到王子嘉家来。王子嘉相见了，留他吃饭，问："师父是禅教，是付应？"三拙道："也不禅教，也不付应。小弟原是少林寺出身，拳棒精熟，又能采战，和妇人弄一夜不。"王子嘉吩咐里面，师父用荤的，又问道："师父一夜不，可教得人的么？"三拙道："那一件教不得，兄要学不打紧。"王子嘉道："不瞒你说，前夜一个好弄的女人，被他缠住了，我去了五六次，次日几乎病起来。"三拙道："我做你个替身，弄他一弄，我自然谢你。"王子嘉道："后日戏是小户人家，我可推病不去，约了那女人。后晚了你来，我同你去。"吃了饭别了。

第三日，三拙又拿绫机细一疋，送与王子嘉，推了半晌收了。直坐到晚，吃了晚酒，半更天，同去。原来这家开行的，家主姓高，到邵伯买米去了，人家富，房子大，管门的与丫鬟，都是女人，一路已吩咐定的。子嘉来过一次，他也不管一个两个，竟领到房门口道："来了！"王子嘉进房，就吹灭了灯。妇人已等久，脱衣睡了道："你来得这样晚，可要我起来同吃些酒？"王子嘉道："我吃过了。"推三拙脱衣上床，腾身而上。这场大战，弄得个妇人死不得，活不得，哼哼的道："你这般有本事了。且住一住！"把手一摸，失惊道："啊呀，不是王子嘉，你是何人？"三拙笑道："只包管娘娘快活，且莫问你是何人，我是谁？"妇人道："王子嘉那里去了？"王子嘉道："我在这里，替身好么？"妇人笑道："不论好不好，也该谢谢媒。他大半夜，还不曾，你来也与你一遭儿。"王子嘉听得火动，已和丫鬟鬼混了一次，身子倦了，没奈何只得上床，大家混帐了一会。天亮，王子嘉先去了，留三拙住了三夜。妇人快心满意，送他两锭银子。三拙道："我银子尽有。"不肯收，妇人脱一件绉纱贴肉衫子，与他道："贴身亲热，再期后会。"未知后来如何？且听下回分解。

第七回　一个是小户多情债主
　　　一个是大家薄幸替身

世上人心真个歹，牵鬼街头卖；哄了白尚书，瞒过陈员外，汉钟离见了通不睬。

没嘴萌芦就地滚，好歹休相问；化扮戏文，纸做盛钱圉，陈搏华山间打盹。

秋花正开秋酿美，多少风流会；休做看财奴，枉着金银累，死到黄泉是悔。

胜水名山和我好，每日相顽笑；人情上苑花，世事襄阳炮，霎时间虚飘飘都过了。

《右四阕调寄　清江引》

话说三拙自别了大同刁女，到了南方。旧院小娘，不中他意。花山住了，虽奸骗了偌多妇女，都不过村别样娇，消闲遣兴罢了，没有什么趣味。遇了王子嘉，领到凤凰桥人家，住了三夜，不但美丽，又且风骚，晓得了闺阁有妙人，裙带有妙趣。日日夜夜思想，拚用些燥脾银子，下些精细工夫，且在枫桥一带，弄上几个好妇人，不枉了人生一世。

一日，打从市里行走，见个门里，走出二十四五的后生，后面似家人，背着被囊，往西去。门里一个年小美貌妇人，高声嘱咐道："南京完了正事，快快回来，不要使我在家悬望。"说罢，见三拙立住了脚，竟进去了。三拙袖中，取出木鱼，慢慢走进门去，敲着木鱼，说着北音，高声叫道，施主老爷，化我一顿斋。"叫了几声，只见一个十五六岁小，走出来道："家主公不在家，没人打发。就是家主公在家，只好一合米，或是一个钱，也不肯化斋与你的。别家去罢!"三拙又说着南音道；"小官，我不是化

斋的。"袖中取出大块银子，约有八九钱，道："这银子送你买果子吃，有事央及你。我是仙人，昨日佛菩萨吩咐我道："你家主公南京去了，我该与你家娘娘有缘。"只央你与我说声，允不允，不在乎你。"小道："你真个是仙人，我不信？"正说着，妇人走在屏风后，你一句我一句，不知怎样扭捏，被他挨身入马，住了一夜。妇人不肯放他，一连住了五六夜。妇人还不肯放，三拙却得趣抽身，只说去去再来，告别回去。晓得王子嘉来过一遭，又约这日要来。三拙知他要传授采战，心里想道："不教他无此理，尽情教了他，不显我的本事了。"

午牌时分，王子嘉一乘轿子，果然来了。带十两银子，一疋机纱送他，要他教采战。三拙收了纱，辞了银子，甜言美语，只说须是亲试，易学会。王子嘉住了两三日，骗他做了男风，又只把粗浅的教了他，也就不得就了。王子嘉怕班里恼，再三告别。三拙道："已会了五六分了，入细工夫，慢慢的再与你讲。"正是：

逢人且信三分话，谁肯全抛一片心。

且话三拙，只教王子嘉一半工夫，又日日去奸骗婆娘，也不计其数，一车子羊毛笔，也写不尽。一日，在小巷里小解，两边都是大人家风火墙，并没人家，只巷里头有一人家，远远见一个女人，伸出头来，往外探望。三拙见那妇人有些丰韵，他就三步拿来两步行，赶到他门首。那女人见一个和尚赶来，往里面急走。三拙见巷里家里，没个人影，大着胆，竟赶进去，把那女人抱住。口里低低叫道："我的娘娘救命！"女人推又推不开，口里嚷道："青天白日，好好人家，这和尚好大胆！"三拙公然亲嘴，摸奶起来。女人急得哭道："天下有这样奇事，可惜冷巷里，没人走动，捉住贼秃，打他个半死便好。"三拙道："我抬了娘娘这一回，就打死也甘心的。我如今死也不去的了，定要娘娘救命。"女人哭住了，倒笑起来道："有这样蛮法的就是我家主晚间回，难道我青天白日，陌陌生生就与你没廉耻。"三拙口里，只是'娘娘救命'娘娘救命"，把手已插入下面，着实得趣了。女人没法可处，问道："你是那里和尚？"一拙道："我是范家坟的三拙，整夜弄也不浅的。"妇人原是水性，听了这话，就动了心。关了门，被他大弄了。原来他丈夫在北寺前，替人家做店官，每日天亮就去，日落回家，除非卧病，没一日不去的。若下午落起大雨来，还有日住在主家哩。三拙自遇了这女人，极说得来，他奸骗何止一二百妇女，只这女人，直到访拿的时节，两个私下还走动，也倒费了百金在他家。

又一日，在一家门首经过，听见门里有人道："这一定是三拙和尚。"三拙抬头一看，却是个女人，独自站着，头梳的光光的，脸搽得白白的，嘴抹得红红的，手儿尖尖的，脚儿小小的，衣衫穿得齐齐整整的，像个跷蹊的货。三拙大着胆，竟走近前道："娘娘叫我做什么？"女人一头走，一头说："我不理你。"三拙随后跟进去，到了第三进，女人回头又说："我不理你。"第三进是卧房了，并没一个别人，女人又说："我不理你。"三拙一把搂住，女人又说："我不理你。"三拙紧紧抱着亲嘴，把手去摸他的两奶。女人又笑道："我只是不理你。"三拙知他是千肯万肯了。扯落他裤子，撅到床上。女人连声道："我不理你，我不理你。"三拙忙把那话儿插入洞中，大弄起来。女人啊呀连声道："我只是不理你。"三拙弄了一个时辰，怕人来，到底不像，放下了女人，扒起身来，女人又道："我到底不理你。"三拙问道："娘娘你家贵姓？"女人道："不理你。"三拙只得道："我去了。"女人又说："不理你。"三拙大笑出门，一路想着，人说我闻有这笑话，不想亲见这等样女人。正是：

> 世间无难事，只怕老面皮。

再说三拙传了王子嘉一半采战法儿，毕竟比前不同了。迟有一更天，方能够走，也就使女人快活。又在第一班的戏子里，做一个承揽戏的。有什么不兴头，开行开店人家，凡是做戏，个个奉承他。不消说起，就是大官宦财主，大贵的乡宦，若是见了他，笑脸平开。怎得水性妇人，不传眉递眼，想着手时，与他鬼混。有个经纪人家，曾做了本戏，姑嫂两个都看上了王子嘉。他姑嫂平日过得极好，你我有私事，各不相瞒，姑娘嫁了出去，因为夫妻双回门，故此摆戏酒。不期王子嘉见子里，有美貌妇人，指手划脚，他越逞精神。这两个女人悄悄约了他某月某日，当家的往沭阳宜兴一带买货去，有十日不回。夜间准备候他来，都是贴身丫鬟传话。王子嘉想道："姑嫂两个约我，我一身难充两役，不如再拉了三拙，一则总承他个女子，二则面试他本事，好再央他教全了。"

到了这日，果然约了三拙来，掌灯时节，把三拙一顶满帽戴了，都投身入去。王子嘉说明了两个在此，姑娘有不肯的意思，阿嫂道："既来之则安之，难道打发一个去，就张扬开去，不好意思了。"且同坐吃些酒，拈了阄罢。谁拈了，王子嘉就是他同睡，此时各争。这王子嘉，酒罢上床，阿嫂也不拈阄了，竟让王子嘉与女娘。你道为何不争了？他久闻三拙的名，听说是那三拙，他就取才不取貌了。三拙弄这阿嫂不歇不，十分满意。王子嘉弄这姑娘，只管，只管歇，止好一更的长久，姑娘也算快活的了。但见三拙这般鏖战，阿嫂异样风骚，心里动火，低低与阿嫂说，要留那三拙几夜，大家尽一尽兴。王子嘉应戏要去，三拙无事便留，一连四夜，真个是百战不休，姑嫂两个，做梦也不指望这般快活，三拙许他再来，放他去了。王子嘉面见三拙一夜不，又到山中，再三请教，又只教得他运气法，却也不能通身运到，运到腰里，就住了。蛇游洞，柳穿鱼，那些粗浅的，教他几样，鸡啄食，猢狲偷桃，那些深细工夫，不肯传授。王子嘉也就疏远他了。

这年三月间，嘉兴平湖，嘉善几处地方，慕这第一班的名，邀他们去做戏，台戏堂戏都是十两一本。先凑银子，兑了百两安家，众人去。平湖一个大乡宦，摆八日寿酒，也要他们去做。这乡宦极肯娶妾，娶了一个，睡了一年半年，又娶了一个。把那个就置之高阁了。

家中有十七个妾，如守寡一般，夫人劝他，把不用的，打发了几个罢，他又不肯。因此个个怨他，王子嘉在他家做了五六日戏，不知如何，被那众妾里面，有两三个缠上了，漏了风声，被那乡宦叫家人捉住，打个半死。还说送官惩治，班再三央求，免送官，也不做戏，也不找帐了。况打坏了小旦，就是别家要做，也少旦做不得了。只得雇了船，狼狈而归。平日他继父陈优管班，正旦王人喜，常常劝诫他道："你若不改过自新，毕竟出乖露丑。"他口里感谢好话，女人来缠他，他又去了。平湖回来，正旦王人喜，禀压班主人道："王小旦戏好，班里人个个与他相好，并没口面。只是有这桩不好处，虽是人来缠他，他一听好言，不能改过自新。在平湖如此如此。"那乡宦远道："看老爷面，又众人拜求，免送官。不揪住行头，大家体面，都不好看，不如打发他出了班，另寻个小旦罢。"那压班主人，原是极正经，不肯生事的，便吩咐："就逐他出班，压班银三十两，我也不要他还了，快快另寻好旦，不可误事!"人都道："这样好班，一个月三十本戏，趁好大钱。他又轿子出入，十分得意了，没福受用，做出事来。"那知他不以为意，反道："我如今不做戏了，只串戏做清客，大官府门下，走动走动，通些关节，南北两京，都好做事，可不强似做戏子么!"那知正是他的死运到了。未知后来如何？且听下回分解。

第八回　贞妇淫秃认是好姻缘　痴娼狂那知是真孽障

诗曰：

芳露垂垂碧瓦凉，芙蓉别馆漫焚香；

琅风千扇吹冰谷，宝雾重檐悬夜光。

当夕蟾蜍来未已，三秋珠指饱初僵；

更深漏转无人见，坐待明河下绣床。

话说三拙见王子嘉不与他亲近了，心里恨他，要设法去偷他老婆，塞他的嘴。常见他出门去了，假意去寻他。那知王子嘉的结发，是小人家女儿，粗丑老实，连丈夫也久度之高阁的了。每常只如走使妇人，不许出房寸步，三拙一肚皮偷他的呆念，忽见了厌脸，问知是他，惊得飞走。走出门来，立在半塘桥边，忽见一个尼姑，风流跌宕，有六七分颜色，从半塘寺里走出来。三拙想道："这样个尼姑，却从僧房出来，是不怕和尚的了。"况桥边没人走动，也就迎住作揖道："女菩萨何往？"尼姑答礼不迭道："师父是何寺院？"三拙道："我是花山范家坟，三拙和尚。"尼姑笑道："久仰久仰，失瞻了。"三拙道："既如此，不须打话，缓步请行，到荒山去走走。"尼姑道："改日奉拜。"三拙道："不但我不该放了你，你也不该放了我。女师父叫轿子到荒山，原也不雅，我有熟轿夫，抬了就走，岂不更妙！"尼姑道："只说兄妹，想也不妨，也罢。你先去西新桥等我，我自己叫小舡就来。"三拙道："不可哄我。"尼姑道："见食不抢，一世不表，人闻大名，决不当面错过。"三拙飞也似先往西新桥去，唤了两乘熟轿夫，呆呆立等。只见尼姑果然来了，还了船钱，一径上桥同行。

路上也有人指着笑笑儿，却都是认得三拙的，不敢则声。到了山里，早有极盛肴馔，极甜三白，两个饱唼，一同等不得到夜，大战一番。弄得尼姑痴痴迷迷，道："是

从来未经的。若是寡妇，经你的手，定要嫁你了。"连住了四日，没早没晚，缠着三拙要弄。三拙只说要下山一两日，怕他住了不去。问他："姓甚，住何处!"尼姑道："我姓张，先夫姓王，十七岁嫁了他，十九岁就做了寡妇。人问我道：'你这小年纪，嫁了么?'我说：'我不嫁。'那人又道：'你这小年纪，如何守得寡?'我说：'我也不守寡。'因此做了尼姑，活动活动。各处尼姑庵里，轮流住住。六房庄边，那庵里住得多些，所谓随处为家。你没处寻我，我来寻你容易。"又道："我有一件好事，总承你，你上了手，不许忘了我。下津桥马鞍滨地方，有个半大不小人家，一位内眷，生得胜过昭君，赛过西施。他家主公，原是秀才，在日我尝到他家化缘。这内春日里也和老公搂抱而睡，毕竟是个极贪杯的了。秀才已死了两年，不知他和人有事没事，等我去勾引他，和你弄弄，不怕他不魂杀。"三拙道："妙! 妙! 全仗你女苏秦。"就进去取了十两银子，也不说为什么，只说："送你买件衣服，我已吩咐徒弟，叫一乘送到寒山。寺的轿子在门首等了，过目再乞光降。耳听好消息。"尼姑谢了一声，上轿去了。

　　到了次日，尼姑就往马鞍滨口寡妇家来。寡妇道："王师父许久不见。"尼姑道："我在花山范家坟住了几日。"寡妇实不知三拙在范家坟，并不问起。坐了一会儿，尼姑说起："我不枉了在世，不瞒娘娘说。近日范家坟三拙那里几乎快活杀了。"原来这寡妇，性极贞静，外面极和婉，再不冲撞人半句。便道："王师父不要说荤话。"尼姑道："人说不吃天鹅肉，不知其妙。我蒙你抬举，特来通你知道，好作商量。"寡妇道："王师父你莫非疯颠了，你去罢!"尼姑道："娘娘，人生一世，草生一秋，不要错过了。他说要见娘娘哩!"寡妇道："你自和他鬼混，不关我事，我也没你这老面皮。"这是骂尼姑的话，尼姑却认做不好应承，假意如此，笑嘻嘻的去了。寡妇道："茶也不吃，我也不送你了。"尼姑不晓得他从来和婉，只道他心里肯了。竟去约三拙日子，三拙不知就里，欣欣以为实然。

　　寡妇一日吃了午饭，忽见尼姑又来，因前日恼他，未免过于冷淡了。便笑迎道："前日怠慢了你。"尼姑越发道是好话，公然突出句话，不照一些前后道："娘娘，三拙师父约后日来见娘娘，教我先来说声。"寡妇听了这话，勃然大怒，也不回话，竟跑到床上朝里睡了。正是：

　　　　酒逢知己千锺少，话不投机半句多。

尼姑只道他心上肯了，不好口里出言，也不再计个确信，只说得一句："娘娘我去了，后日下午来。"往门外洋洋走了。寡妇翻转身来，只见丫鬟正走进房。寡妇道："不想秃娼根，这样可恶！骂他一顿便好。他去了么？"丫鬟道："不像冲撞娘娘的，他欢天喜地走了。"寡妇道："若如此说，他明日还不识窍，定要来的。"正说着，只见他兄弟小秀才，跑进房来道："姐姐为何日里睡着？"寡妇忙起相迎，把尼姑这一段话，如此如此，细说了一遍。小秀才道："等我明日来，把这男女两个秃驴，打个臭死。"寡妇道："说那三拙，会少林拳棒的，那里打得他倒？"小秀才道："我明日邀十来个好打手来，不打紧！"寡妇留小兄弟吃了饭，回家去了。

次日，小秀才邀了马鞍滨山塘上，共十二三个有体面的打手，先在自己家里，留下两个同到阿姊这边来，各各在近邻店门首，暗暗埋伏。申牌时候，只见尼姑在前，和尚在后，从西首远远来了。小秀才步入中堂，尼姑跳跳跃跃，竟走进来，小秀才少年性气，骂道："秃淫妇这般可恶！"劈脸打将过去。尼姑见不是对头，往外就跑。三拙已进了门，外面十多人蜂拥而至，金刚箍尺，一齐打来。叫道："不要放走了三拙这贼秃。"三拙见势头凶狠，不往外反往内，中堂的墙高，一径轻入后天井，把身子往上一耸，如飞鸟一般，跳上墙去，飞也似打从邻舍屋上，往西走了。小秀才和一班人出门赶去，但见他如履平地，到空场头，又一跳如脱兔一般，不知去向了。那尼姑打从人丛祖逃躲，也被后面两个打了几拳，负痛而去。正是：

> 嫩草怕霜霜怕雪，恶人自有恶人磨。

小秀才同两位在行的，去投了里排四邻，要去告状。一个老成里长道："令姊丈与小弟相处，极是好人。令姊寡居贞洁，谁不知道，今日之事，又不曾有玷，告状反为不美。这贼秃在枫桥、凤凰桥、滴水桥一带地方，奸淫恶迹，擢发难数，渐渐到这地方上来了，待他别家做出来，小弟做呈子头，兄做中证，那时摆布他方可何难？"小秀才依言，留众人在酒馆，吃了一回酒，大家散了。

那知三拙，心还不死，只道："寡妇原有他的心，毕竟丫鬟们走了风，他兄弟知道了，做了这事。不知那寡妇在里面，如何不快活，如何想我哩！"

一日，走到一个旧相识妇人家，打听消息。这妇人就住在寡妇西首，往来已两年了，三拙每每得趣抽身，极是薄情。为何这妇人独久，只为妇人虽已三十六七，貌亦

平常，却有个女儿已十四五岁了，甚是美丽，指望等他二三年，要他娘做脚，故此往来长久了。三拙还未说及寡妇的事，妇人先开口道："这一向你为何不来，我家女儿，今已十七岁，正待冬里成亲，不料女婿急症死了，女儿做了望门寡，又是寡桩厌事。"三拙道："待我蓄了发，娶了他罢。财礼五十两，冬里成亲，你夫妻二人是我丈人丈母了，竟是我养，又好常常叙旧，若你夫妻肯，今日先下定十两。"妇人听见说了十两银子，屁一股上都是笑脸了。道："我做了主，我家主公是凭我的。倒是女儿，也得他心上肯便好，你拿银子来，等我去与他说看。"三拙把一封银子，递与妇人道："今日就和他会会儿，我明日带二两，与你买定细。"妇人拿了银子，走到隔房女儿那里，如此如此，说了一遍。女儿道："我要嫁，嫁个好人，决不打和尚的。"妇人道："我儿，你笑我了。"把银子放在他袖里，道："等他自家说。"竟走了去。看他光景，是叫三拙用力强奸的意思。女儿慌了，把身子问出房门外，三拙走来，竟要罗皂，他跑到门首，大喊叫道："地方四邻救命！三拙和尚强奸黄花闺女哩！"正是申牌时候，走拢人来。顷刻有二三十人，三拙夺路跑了。前日劝小秀才的那个里长，走来勒了女儿口词道："我是现年替你递公里，不打紧。"

次日约小秀才做知证，具呈吴县，差人捉三拙。三拙央了分上，又买上买下，不上一百两，买捺住了。里长道："抚按都是不要钱，有风力的官，况按院正在行事，明日去进公里，难道也捺住了。"又有人次来二拙耳朵里，十分慌了。打听得按院一个老师，作寓在王子嘉家里，只得去寻王子嘉商量。一连寻了六次，再寻不着，原来王子嘉在京，倚着现任大僚的势，拐了妓一女刘美回家，在苏州看戈阳腔正旦章观的戏。两个看上了，章观要嫁他，刘美闹吵了几场。王子嘉把刘美送与将去的武官，武官又转送一个按院衙门人，王子嘉平日恶处，刘美一一都说了。章观又曾与按院衙门一个人相好，正要嫁娶，如今又嫁王子嘉，是夺那人心爱的肉了。两个媪妇，明明是催命鬼，也是前世孽障。未知后来如何？且听下回分解。

第九回　御史私行轿夫漏风声
老僧多嘴淫孽难藏影

诗曰：

秋声入夜夜多寒，落叶风中面面残；

无奈官清招谤易，可知官拙免参难。

正怜去后长垂泪，不分行时便失欢；

即此淫风能砥柱，颂声起处万民叹。

话说各州府县，有那衙蠹光棍，为恶百端的。常有好官，不由所属听信下役，自己人访严拿，毙之杖下，如前朝祁御史、新朝秦御史。人人感激，个个畏怕。若论有关风化，奸淫不悛的，也与凶人一体重处，惟有前朝祁御史、新朝李御史。况李御史所处时候，比祁御史更难。前朝独御史更觉威严，一出衙门，家家避匿，鸡犬不开，相沿体统如此。新朝初任，有一两个做好人的御史，不但同下僚游山饮酒，和尚亦与衔杯，戏子亦同掷色，还有唤戏子到衙门，欢呼痛饮的哩。朝廷处了两个，张御史就严肃了。秦御史大振风纪，不假声色，但把和尚、戏子都看做无恶可行的，不甚关心。李御史偏道："君子里有恶人，小人里有君子。代天子行事，在这地方做一场官，纵不能遍访贤能，荐之天子；必须察尽好恶，救此兆民。假如和尚，岂没几个高僧，修行辨道，岂没几个包揽词讼，串通衙蠹的，比俗人还狠。又岂没几个贪酒好淫，败坏清规的，比俗人更毒。假如戏子本是贱役，安敢为非，只是倚仗势宦，奢侈放恣，其害尚小，有那行奸卖俏，引诱妇女，玷辱闺门的。我出京时，就有一大僚，痛恨一优，托我处他，若不犯在我手里罢了。"再一访问，除了淫恶，也是扶持风教一桩大事，如此存心，却在纪纲振，顽民未革时候，岂不更难也。

顺治十三年六月到任，未到任之前，已先各府私行了一番。下马之后，十分爱民，

只是衙门人役，毫不假借。行了半年事，凡是做访的衙门人，与打行讼师，平昔着名的，也拿得尽情，或军或徒。知会了张抚院，再无滞狱。准的状词，发了府县，不许久淹。就如亲眼见的，亲耳闻的，府县也不敢欺他。

有一个交结衙役，包揽词讼的二和尚，也不住山，也不住寺，以管闲事为生涯。李御史拿下打了几十板，问徒发驿去了，人人称快。新朝极作兴戏子，李御史只有抚院请他，他请抚院，照了旧规，点几出戏做，除此再不用这班人。

二月初旬，放告，忽见枫桥地方，有里邻连名呈子，为淫僧强奸幼女事，僧名三拙。李御史心中大怒，若果有这事，大伤风化。若没有这事，刁不可长。且不批发，必须私行细访，方不致冤枉。

过了几日，悄悄带了一书一皂，扮做山东枣子客人，打着山东乡谈往枫桥，一路先体访一番，就寻个饭店歇了。次日从西新桥，直到观音山脚下，天色尚早，不见烧香的来，独自一个，茶馆里买壶茶吃了。问起三拙，店家道："是有财势的和尚，不住在这里，住在花山范家坟相近，我也不知详细，总来不是好和尚。客人莫去拜他。"李御史不言语，走了出来。只见远远三匹乘轿子来了，虽是布轿，却开着子的，前面三个年小女人，后面一个年老婆子，都走华服。一个轿夫，口里说："娘娘，你们烧了香，不消吃老和尚茶点了，快到三师父那里去，自然有盛馔留你，总承我们早吃些。若是住在那里，明日早来接。"轿内女人道："且到那里看。"李御史想道："这话跷蹊，女人如何住在山里僧房？"紧紧跟了他前去。山门都下了轿，老少四个女人，一齐上殿烧香，那八个轿夫，门槛上，石基上，散散的坐着。李御史也坐拢来，问路上和女人说话的，道："朋友在山里抬轿的么？"那人道："正是。"李御史道："每一乘多少辛苦钱？"那人道："到这里烧香，不过一钱二三分，若人忙时节，也只待一钱五六分。"李御史道："方听见说花山三师父那里，一定多些了。"那人笑道："这是不论价的了。不瞒老客说，花山范家坟来了个三师父，是个光头财主。相交的女人极多，我们抬的，是他老相识了。抬到那里，凭他们顽耍几时，吃了他酒饭，三师父每乘与我们五钱。若过了一夜，次日早来接了，又吃他酒饭，又加五钱细丝银子，一分也不少的。"李御史道："方有一老三少，难道都是他相识？"那人道："老的不知是娘是婆，这不算数，只三位娘娘。三师父自己一个也够快活了。况他如今收了徒弟，约有二三十人，怕没几个会弄的。"李御史道："咱去游玩得的么？"那人道："当时范提学在日，与民同乐，你便去得。如今他只留女人，不留男人，去也不招接你。"说言未了，四个女人下殿来，上了轿，往西南转湾去了，李御史步上殿来。参拜了观音大士，站起身来，一个老和尚，捧个化缘疏簿叫道："阿弥陀佛。大殿上少瓦，求施主老爷布施些，无量功德。"李御史教取过笔来，写在疏簿上道："山东李，香金三钱。"又道："小在后就来，即当现送。"老和尚道："爷走山东，卖什么宝货？"李御史道："卖枣子。"老和尚道："有船在山下么，可要备素饭？"李御史道，："这也使得，香金外，再补饭金三钱。"老和尚高叫徒弟，快收拾素饭。说言未了，烧香的纷纷进来，后面一个小后生，同着一个少年女子，一个捧香纸的家僮，也上殿来。老和尚慌慌张张，走去点香点烛，拜单上也去展展。那后生和女子双双拜了四拜，女子跪着，后生起身，取了签筒，又跪下去，求了一签，两个起来。老和尚恭恭敬敬，去作了后生一揖道："王相公失迎了。"那后生讨了签，教和尚详一详。老和尚看了签，道："什么用的？"后生道："这娘娘要嫁我，成不成？成了好不好？你详一详。"老和尚道："难得成！成了也有损失。"签道："有物不周全，须防损半边，不周全，就有损失了。"后遗："家乡烟火里，祈福始安然。保福一保福，就安然了，前不好，后来好。"后生道："这和尚一派胡诌，这娘娘财礼二百两罢了。我连娘娘的，已凑足二百两，封好在那里了。只等待行礼。大阿哥张相公、尤相公有工夫，一两日里交与龟子，就过门了。若说别样事情，我两京大老就是阁老尚书都察院大堂，都与他相知，那抚按临出京，都有人吩咐他，府县官还怕我，当道府官不好，要奉承我几分，难道我怕龟子？"老和尚就道："我失言，里面请坐。"后生也不回言，洋洋竟同一个女人下殿去了。老和尚又慌慌张张跟着送他，他头也不回上轿去了。正是：

> 败翎鹦鹉不如鸡，得志狐狸强似虎。

老和尚进来气喘喘，邀李御史客当周饭。李御史随就同他入去，坐了。问："这后生是谁？"老和尚道："爷是山东，自然不认得他，这是有名的王子嘉。"李御史道："他是什么人，你称他相公？"老和尚道："是便是戏子出身，有个缘故。明朝只府县吏员，为说三考满了，可以选个仓官、巡检、浒墅关书办，部里有名册，这两样人，称个相公；一班皂快，也有称相公的。戏子只称师傅；清客只称官人；如今戏子称阿爹，清客称相公了。这王子嘉原是小旦，行奸卖俏，偷得妇人多了。在平湖被乡宦打逐，本班主人大怒，难免送官，逐出了班。他因而随着几个老串戏，自己也附在这伙里面，

南京北京，在大官府门下，说事过钱，做了个大通家。苦不奉承相公，把我光头一顿打，那里伸冤。"李御史道："他奸骗妇人，为何新察院那里没人告他？"老和尚道："他偷的都是有体面人家，不是乡宦，定是富家，只得隐瞒了。不比花山三拙和尚，偷了整几百妇人，不是银子买奸，定是用势强奸，如今现有里排邻比，苦在吴县正堂。他用了百两银子，买上买下，就压住了。"李御史道："告在都爷那里，新察院那里，难道也压住了？"老和尚道："爷，你请些素酒，我慢慢和你讲，若要正法，除非上司亲提审实了，一顿板子，立刻打死，发与问官，就是清官。大分上压下来，少不得一个枷号问徒，又逃网去了。"李御史道："如今那一臣官好？"老和尚道："贫僧也不甚下山，闻得抚按老爷都好，都是爱民的官府，苏州百姓造化，都遇着这样好官府。察院老爷在松江常熟，各处行事，打死恶人，眉也不皱一皱，阿弥陀佛。就是活阎王一般。"李御史笑了笑儿，回头见一书一皂，立在背后。吩咐封五钱，三钱香金，二钱饭金，不消外对了。书皂一齐应道："嗄！"老和尚道："爷北方其有规矩，管家就如答应官府一般。"李御史怕人知觉，就抽身走了。一书一皂，称了五钱，当面送了。已有小快船，在山下伺候，连夜回衙门去了。未知后事如何？且听下回分解。

第十回 不苟二女藏差徙他郡
法无轻货两孽几重泉

诗曰：

> 生憎云汉惯牵愁，横放天河隔女牛；
>
> 得月曾怀千里梦，分风自散一林秋。
>
> 文章不共沧桑变，诗卷还容天地收；
>
> 幸有清廉能砥柱，狂澜此后不须忧。

话说三拙这，自从两个妇女，弄出事来，惊得飞跑，也就把偷妇人的心肠，灰了一半，思想还俗娶妻。但不便在苏州做事，又不知何处更好，坐在家里，等一个不落发姓吴的徒弟来。他惯走江湖，与他商议。你道姓吴的是谁？原来半年前，有个洞庭山姓吴的，人走江湖，也曾学些少林拳棒，不肯让人，因开了三拙的所为。一日天色傍晚，走到静室门前，声声要借宿一宵，徒弟们说："我家长老，再不留生客的。"姓吴的道："女人留惯的，男子就不留了么，我偏要住一夜。"门里转出三拙来道："兄要我留，也须好言好语，为何降着人做？"姓吴道："晓得你少林出身，就与你跌一交，也不怕你。"三拙笑道："老兄若你赢了我，我不但留你住，还要拜你为师，倘我赢了你，你却如何！"姓吴道："我终身认你为师，决不食言。"果然二人上了手，却彼三拙下了钩子，姓吴的扑通一声，跌倒在地。三拙忙来扶了道："得罪！得罪！"这日就作了相知，二人却都是江湖上人，极说得来，三拙留他在家里住了，也常常回家去几日，又来山里几日。三拙有心事，必然和他商量。

这一日，姓吴来了，坐定就说起一梦："昨夜梦见察院摆了独桌，在闹市里，请老师吃酒，我想老师又不参禅讲经，做出名的禅僧，如何察院请你，况是闹市里的独桌，此梦甚是不祥。"三拙说起要还俗的话，正待你来商量去处。姓吴的劝他急走，切不可稽迟，万一事发，措手不及，就没人用得力了。三拙看着名山胜景，大厦高堂，割舍不得，意欲留几个徒弟，在内看守。姓吴道："不妙！在他们身上要你，越来牵缠不了。"如此挨迟了几日。

那知按院到衙门，就把公呈批了，发与本府署印二府，密拿三拙。二府见了这帖，签点几名能事鹰捕，几名干事民快，连夜往花山范家坟来。三拙正收拾银两，打帐次日同姓吴的往松江朱家角买布，扮作布商，往临清一带地方去，或赶郑州的集。日已停午，忽闻有总捕厅差人，要见三师父。三拙慌了，逃又逃不得，躲又躲不及，忽然差人鹰捕，蜂拥而入，已到面前，道："本府老爷要你哩！"一个为头差人，扯着就走。三拙道："且请用了饭去。"众人都道："老爷坐在堂上，立等回话，快去！快去！"姓吴的在旁道："就是众位差使钱，少不得要奉。"众人道："三拙飞檐走脊的人，我们好好服侍事他走。"三拙向姓吴道："你取了些使用来，到官免不得用刑，还要求照管哩！"大众拥着三拙出门，有四五个，只推老爷吩咐："房里有奇怪对象，取几件去。"搜出女袄三匹件、梳子、篦子、刷子、子、露花油，都取了去。在柜中银子也随身取些，随后赶上。一口气直到府前，官未坐堂。姓吴的拉众人到酒店上坐了，吃酒吃饭，打发了二十两差使钱，人多还不够分。里排四邻，妇人女子，又另是差人都唤到了。不多时，二府升堂，一干人犯带到。二府略叫里邻问了几句，又叫女儿问了几句，把三拙夹了一夹棍，打了四十毛板，发了监，妇人女儿发了铺，连夜把口词审语写了申文，与那梳子、子等件，第二日申解察院。察院坐堂解进，先叫三拙上去，问道："你和尚住在山里，要梳子何用？"三拙道："是小的未披剃时存下的。"察院道："刷子哩？"三拙又道："未披剃时存下的。"察院道："和尚要露花油何用？"三拙道："一个施主带在那里用，见油香得好，与他讨的。"察院道："奴才胡说！我问你三件女袄，也是施主与你的么？"三拙叩头道："小的该死。"察院喝道："你还想活么？"喝令打了六十板。仍旧府监监了，唤里排四邻吩咐道："女儿贞洁，本该上本旌表，只是其母不良，他不能规谏，叫不得贤女。姑饶其母，释放宁家。这恶僧罪大如天，也不只这一案，你们也不须来伺候了。"众人谢了出去，妇人在前，女儿在后，街上孩子们拍手笑道："婆娘打和尚的呵呵。"里排道："小官们不要罗皂，因为黄花女儿不肯，察院也称赞他哩！"到了家里，女儿哭向父亲道："亏了列位里邻呈子上，不带爹的名字，又亏青天察院，也不牵连问及，如今为我，连娘也饶了。羞人答答，这里住不得了，他州外府去，还好做人。"父亲道："小姨娘，嫁在嘉兴城里，搬到那里去再处。"

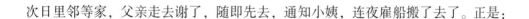

次日里邻等家，父亲走去谢了，随即先去，通知小姨，连夜雇船搬了去了。正是：

纵教掬尽西江水，难洗今朝满面羞。

且说三拙在监里，亏了姓吴的替他拿银钱使用，还不受苦，凭他养棒疮，调理身子。第三日午后，又是察院发一名犯人下来，却是王子嘉。三拙问他："何故你也为事？"王子嘉道："那里说起，有一个察院老师，京里一位相知，荐在我家作寓，有个城东财主，只为待人刻薄了，被众告发。他道有银子，买房子生利，并非生事诈人，怕察院不以监生待他，即加刑责，不过求宽的意思，央那老师说情，情已允了，谢已收了，人已去了，闻说里面有人怪我，察院如拿访一般，捉我去。一夹棍三十大板，听他口气，恰像京里有大僚怪我，先放了火的。骂我道："奴才！你玷辱人闺门，淫媾人妇女，罪恶贯盈了，还辩什么？"你道裤裆里事，一个上司也管起来。"三拙道："我也为裤裆里事，监在这里哩！"王子嘉道："你是和尚，原不该偷婆娘。我是婆娘偷我，也加个罪名，不服！不服！"

过了两日，忽然听见察院吩咐县里，做了几十面立枷，两个也有些慌了。王子嘉道："章观不进监看我一看，写字去骂他。"有挂枝儿为证：

写情书写不尽，我冤魂帐；直直的，写几句，教他细细详。我死期已在十分上，早早来还得见，也算与你厚一场。若是几日里来迟也，切莫要身后将咱想。

次日章观，只得到监里来望望，尚未叙话，忽传察院唤三拙。王子嘉道："若三师父放了，我便有些生机。"三拙随了府差候察院开门带进，察院不发一语，丢下十六根签来，喝打八十。三拙禀道："老爷容三拙禀明一句话，就打死也不敢怨。说三拙强奸幼女，奸尚未成。两朝律上，并不致死，还求老爷宽恩。"察院道："我今月某日，私行到山，一老三少妇人，到你山里来，轿夫亲口说，一乘女轿五钱。住了一夜，早起来接，又是五钱。又说三师父只怕有一二百女人，受用过了，难道你还不该死！死有徐辜了。"三拙道："若如此说，老爷把个风流帽子，赏了三拙，三拙含笑入九泉了。"察院喝道："着实打！"打了八十板，死而复苏，上了立枷，吩咐枷在闉门示众。唤人抬到黄鹂坊桥，又死而复苏。只为上司旨意，仍令抬到闉门门下，枷了半日，黄昏气绝了，不在话下。

且说王子嘉为有旧刑厅一案，在衙蠹名下有他过付名字，他就借景生情，书房用了手脚，申文察院，请发人去。又用了分上，暂保在外一日。收拾行李，一到家里，宾朋毕集。有的道："江宁去了，直等按台去后回来，就见了身了。"有的道："事完就回家躲着，又不是对头官司，有人出首，那个知道？"有的道："毕竟且住江宁，我们替你看光景，为上策。"这些话，又有细作打听，吹入上官耳朵里了。起更后察院传出批文来，批道："王子嘉另案结。"本府忙拘王子嘉，仍旧发了监。

是夜，王子嘉得了一梦，梦见三拙笑盈盈是来道："王兄，我在阊门等你，你快些来。"忽然惊觉浑身冷汗，细思此梦不佳，大哭起来。监里人问了缘故，道："兄不必虑！这叫做心记梦。事虽相近，僧俗不同。若把你与三拙一样发落，前日一总提出去了。如何又剩下了你，况另案结三字，还是未定之词。"王子嘉听了谢了。

辰牌时候，察院放炮开门，忽见府差跑了下来道："察院要王子嘉，快走！快走！"王子嘉这惊不小，一路哭了去。见了察院，磕头大哭道："老爷饶了小的狗命，小的出去，做个好人。"察院道："你出去，怎么样做好人？"王子嘉道："小的平日恶行，尽情改了。连妻子也不要，往杭州灵隐天竺，出家做和尚，老爷就如放生一般。"察院道："打死了三拙，又添你一个三拙了。杭州清净法界，安你这三拙不得，你说放生，假如禽鱼，无害于人，人便放生。你如何教我放你，扯下去打！"也丢下十六根签，打了八十，上了立枷，枷在阊门示众。王子嘉比三拙，反觉硬峥，抬到阊门，还向人说："我王子嘉是风流罪名，值得一死。"第三日辰刻死了。未知后来如何？且听下回分解。

第十一回　鬼声自笑终当共泣
魅影人谴更伏天刑

不寒不暖，无风无雨，秋色平分佳节；桂花蕊放夜凉生，小楼上朱高揭。

多愁多病，闲忧闲闷，绿鬓纷纷成雪；平生不作负心人，忍辜负连宵明月。

《右调　寄鹊桥仙》

提笔时，正值中秋将至，壮士尚且悲秋，何况老子。拈此一词，做个引头，这回说到三拙、王子嘉，钟鸣漏尽，酒阑人散的话，冷淡不好，浓艳不好，扯不得长，裁不得短，认不得真，调不得谎，招不得怨，撇不得情，丢不得前，留不得后，须是有收有放，有照有应，有承接，有结束，不是时手，胡乱捉笔的。

话说三拙、王子嘉，几日里，被铁面御史相继枷死。虽然死了，还要报了官，直等官教领去烧埋，许或亲或友，收拾抬去。三拙首，直至第四日，天气已热，五分臭烂了，往来的莫不掩鼻而过。姓吴的和几个光头徒弟，得了察院发落，到县递了领状，预先买下一口棺木，催人抬入一只水荒船，不知载往何处去了。初入殓时，一个光头徒弟，哝哝，向姓吴道："师父在监里，吩咐下来，把四五百两好银子，都是你收拾进城，不知你寄顿何处？就是衙门使用，监里使用，买棺入殓使用，也用得有数。难道你一人独得？"姓吴道："师父身未曾安厝，大事完了，少不得有个道理。包你大家，好好散夥。"

这等看起来，三拙自道："是能事的豪杰，江湖上好汉。"他父亲送他西天寺，既不肯安心做和尚，交结了憨道人，往五台山学本事。又学采战，亏了师太无能，收留了他，临逃难时，连憨道人，共拿了常住七百两银子，及至买了绒褐等货。憨道人又堕水身亡，赀本尽归他手，料这银子作祟，不能出家终身，何不还了俗娶了妻，作起

人家来。有这一身拳棒本事，再学些弓马，也可在离乱时节，图做个武职出身；再若不能，也可于江湖上做个褐商人，自由自在，何苦一心一念，做这奸骗勾当。直到这个田地，父亲哥哥，不得见了。西天寺本师，不必说起。五台山师太无能，本师心无，何等样有恩于你，也不得见了。憨道人葬处，不得再酹酒哭奠了。有情的刁女，不得再通音问了。迢迢乡井，不得归了。来路的山山水水风风月月，不得再游览了。就如奸骗的许多妇人，也没一个立在门前，见他气断，可不是一场春梦，只说比春梦还短哩。

王子嘉死在本乡本土，还有老婆和戏婆章观，看他入殓。况兼死了一日，第二日官发放了，就是家属领，并不一毫臭烂。棺木抬在城下，两个妇人和几个认亲认眷的，做了羹饭，大家哭了一场，拍下舡去，少不得寻块坟地埋了。只是他花花荡荡，财去财来，也不曾做什么大人家。兴头时节，吴江有一班牛鼻头、骡耳朵，或认表兄表弟，或认堂弟堂侄，都来亲近他。到此间见他势败了，远道他必有积蓄，借放心不下为名，定要分他的东西。章观原是戏婆，自然守不住。众人逼迫不过，不上半月，借了府前张相公一百两银子，还了他家，赎了身去，依旧入了班，做了旦。老着脸上场，奴家如何，官人如何，摇唇卷舌，去扮戏了。夜里依旧有人嫖他，被人搂着，弄一个无了无休了。

当时那些深闺处子，绣阁佳人，或整夜欢娱，或半宵恩爱，搂在怀中，偎在身上，娇娇媚媚，婷婷，自道是不世奇逢。一生乐事，那知反不如做梦的好。梦里来梦里去，梦里尤云雨，梦里而散云消，并没有一毫祸患。如今那些处子佳人，也还不知阊门路里，枷死了一个旧日风标哩。这两个淫孽，因不是病死的，没有鬼卒勾摄，魂灵飘飘扬扬，只在死的这块地方，牵缠不去。连守门兵丁，夜里也不敢自出官厅，附近邻居，也不夜里出来解手，常常鬼叫，使人惊走。

一日，有个阊门外姓胡的，与人打官司，在府前听审，掌灯时审起，的府问得细，逐个中证问到，因此二更天问完，尽皆发放。姓胡赢了官司，心中快活，不觉长久。只道还未放静街炮，带了个家人，忙忙跑到阊门来。不但家家闭户，城门已关闭久了，听听更鼓，已交三更，心里想道："虽亲识在城中的，也不便三更半夜敲门借住。今夜不冷不热，天色如水，看看靠小巷卖铜器店，门首有一带地板，又新又洁净，着实好生使。"叫声："小，我们夜深了，敲门借住不便，这阊门关得早，开得早，鸡叫就开了，我们在这地板上坐坐，等开城门出去罢。"姓胡的就坐在地板前一带，家人缩了脚，在他背后坐下。姓胡的跑了这些路，不觉也打盹睡着了。忽然梦里听得人大声叹气惊醒了，仔细一听，那城门边一个人道："老王你偷了一二百婆娘，值得一死。我连良家妓者，总算起来，不及你一半。况你是偷妇人，我是妇人偷我，如何我与你一般处死，难道是有公道的?"又一个人道："呵! 呵! 呵! 其实我比你快活，记得枫桥一个妇人，生得七八分波俏，先和我约了。他丈夫跟着米行主人，往溧阳一带买米，他家里并没别人，我等不得夜，日里闪将进去，关上了门，把妇人下衣脱光了。也不管日光照着，就把他揪在床沿上，提起两只尖尖小脚儿，我两只贼眼，看定他阴门，把我那话儿插入，一进一退，箭箭射他红心，弄得他花心淫水直泻，滚热的流在我那话儿上，直教我浑身通泰，你道我可快活。直弄到日落衔山，邻舍女人敲门，问有火没有，只得起身。把我藏在床后，开门回他没火，做些晚饭吃了。又弄到天亮，实是有趣得紧。"那个人道："这不过小户人家妇女，不足为奇。"这个人又道："你道这是小户人家，前日多蒙你叫我做替身，在凤凰桥那家，你便躲了差，我却得了趣。我上手，见他浪得紧，我用七纵七擒之法，他却不容人做主，把花一心迎住了龟头，凭我用蛇游洞，燕穿，直到狠做。用鸡啄食，他只是不怕。这是第一个能征惯战的了。他流的浪水，可也五日夜有一二油，我采战的老手，也被他弄丢了一遭。你道可快活。"那个人道："这还亏我招承你。"这个人道："多谢! 多谢! 你看风清月朗，苦中得乐，也把你的快活，说一二件儿，死又死了，且大家燥脾胃。"那个人道："我如今已大半忘了，只去年春间，一个现任大僚，写封荐书，荐在东省乡宦那家，求他青目。我到彼处，把书投进，乡宦随请相见，原来这乡宦，极喜看昆腔戏的，一见如故，留在家里。我凑他的趣，唱曲不消说起，里面取几件女衣裙出来，扮了几出独脚旦的戏，须要顽耍。竟留在内书房歇了。那知他有新寡的小姐，住在家里，可不像此路人，不但一貌如花，又且通文识字，这州里有卓文君之称。他见了我几出戏，魂灵儿已落在我身上了。千方百计，弄我进去，成了好事。瞧他睡情，也是从来未有的，娇声媚态，万纵千随。不要说别的，只这不上三寸的小脚儿，勾紧在我腰边，就该魂死了。我亏你教我的战法，虽不十全，想也与平常人不同，睡了几夜。他道："若不遇亲亲，怎永脐下这些子，有这样快活。"那知可口味多，终作疾; 快心事过，必为殃。不晓得如何? 被他父亲知觉了。每常同我吃饭吃酒，掷色取乐，竟吩咐两个书僮，如把我软监在书房里，自己往五里外一个庄上去了。内外门禁，不消说十分严紧。闻得已写了一封书，打发人送与荐我的大僚，不知书里如何? 说我的不好。只等回书，像似要处置我了。小姐知了风声，十分忧惧。就是小姐的房，乡宦虽不明言，已移往靠后一层十间楼去了。幸得奶奶极爱小姐的，每日去看女儿两三遭。一日奶奶没事，坐在女儿楼上，小姐带哭说道："娘，我不好了，你须救我一救。"奶奶道："我儿，你原不该做这事，如今怎样救你呢？"小姐道："听说京里回书一转，就要处置姓王的了，若处置死了姓王的，孩儿岂容独活。况爹爹平日极怕娘的，不讨了娘口里的话，不敢带新姨往庄上去。这遭说也不说，公然竟带新姨去了。新姨与我极厚，料必解劝。是不是娘也不怕了，大是可爱。孩儿的意思，求娘做了主，放了姓王的逃去，便没对证，孩儿就得活了。"奶奶想了想道："这计较倒也好。连夜照内府法儿，熏一只鹅、两只鸡、一块肉，明日下午，差管书房的大小，送往庄上，自然赶不回来了。小小没帐的，要放姓王的逃走入就容易了。"依了此法，第二日黄昏将尽，奶奶出来查门，悄悄放我闪将进去，各门下了锁，好个爱女的夫人，又放我和小姐叙一叙别。四更从楼后跳下去，好赶出城。小姐把自己四五百金，金银首饰与我拿回，我道："孱弱身子，那里拿得起？"只拣小金锭和散碎银子，约有百两束在腰里。我带的小，因翰林留我一两月，打发他回家说声。故此，只孤单独自，一个破囊，一条被，小姐把布做了软梯，放我下去。我身上的金银沉重，心上又慌张，在软梯上，失脚一跌，跌在地上，幸喜是沙土，毫不伤损。小姐在楼上见了，大哭道："我的人嗄！你若是跌死了，咱也跳下来，和你同死。"你道这句话，可不使人心碎。我不走正路，反打从汶上县、济河县，问路而归。咳！咳！我的小姐，我如今死了，你知也不知？"说罢！放声大哭起来。这个人道："玉哥，你死在家乡，有什么苦？我父亲哥哥不得见面，三千里路，渺渺孤魂，又带着枷，再不能回乡了。"也放声大哭起来，惊得那姓胡的，满身冷汗。道："啐！啐！啐！有鬼！有鬼！我不怕。"那鬼就寂然无声了。

　　姓胡的正待推醒家人，好做伴儿。半明不暗中，忽见城头那条路，五六人飞走下来，到城门口立住了，叫："三拙、王子嘉，你枷号一月的限满了。土地司叫来放了他两人的枷，本司解你们从县解府，转解阎罗殿去。"顿时像打开枷的，像是三拙道："为何阴司也要枷一月？"鬼差道："阳官批是一月，须要依他。"鬼道："我们如今，阴府有罪没罪？"鬼差道："土地爷说你该问斩罪哩！"鬼道："杀了人便做鬼，杀了鬼可还做人。"鬼差道："胡说！阴府的斩罪，不比阳间。只杀一次，变猪、变羊、变鸡、鹅、鸭，该杀几次变几番，杀罪完了，请旨定夺。就是斩罪，也有轻重不等。"鬼哭道："苦恼，苦恼。"像是王子嘉道："我比三拙不同，不知可轻些？"鬼差道："闻得你是人来诱你，该问徒罪。"鬼道："阳间徒罪，或是纳赎，或是摆站，不知阴府如何?"鬼差道："你还不明白，也有不同处。阳间只一年、二年、三年，阴府变马、变驴、变骡，或五年、十年、二三十年，跎完了限期，这就投胎变人去了?"鬼欢喜道："还好! 还好!"鬼差道："五更了，快走! 快走!"姓胡的只听得息息索索，像是牵了二鬼，往城头上去了。慌慌张张，推醒了家人，倒往东首，走过了二十馀家，喘息定了，另在一家地板上，生了一会。鸡叫三次，人行走，听得城门开了，急走回家，一夜不睡。又吃了一惊，竟大病起来，烧纸服药，睡了一个月，方起得床。把这些听见的话，细细说与人知道，也就遍传开去了。是真是假，将信将疑，老子正值悲秋，因谱二蘖，遣笔消闷，附此说鬼，窃比东坡，还有馀波。且听下回解。

第十二回 虎丘山因梦题诗句 长安道遇仙识往因

诗曰：

> 天以酒色奔人心，况复豪侈群相结；
> 长安古称名利场，秋风远道如奔蜣。
> 城头角起四鼓交，咬指披衣谢衾铁；
> 腹中水火食未齐，号晨走队先于鸡。
> 趋名赴利喘若嘶，遇酒及色斯则移；
> 淫淫汩汩不肯休，各能以目捷于足。
> 花粉窠中酒肉场，随力以追满所欲；
> 亦有名士误随俗，偶一染指蚤沐浴。
> 终当驰心歌舞队，漫淫于声欢度曲；
> 若说妖童有前因，眠思梦想亦安属。

　　话说三拙、王子嘉死后，江南风俗，毕竟渐渐变好了。乡宦人家，规矩严肃，戏子变童，只在前厅服役，没酒席的日子，并不许私自出入，就是戏酒，也只是庆寿贺喜，不得不用他们。开行人家邀远来商贾，请妓陪酒，不得不扮一本戏，其他也清谈的多，宁可酒筵丰盛，可以娱宾罢了。可见我静如镜，民动如烟，上有好者，下必甚焉，不亏秦御史锄奸在前，李御史诛淫于后。后来人人要做好官，不为势怵，不为利夺，怎能够风俗移易。就是虎丘山上，三十年前，良家女子，再不登山游玩。若有女子游山，人便道是走山妇人，疑他不良。近年晴天游山的，多则千人，少亦百人，雨天游山的，亦尝有一二十辈，甚至雨过地滑，千人石上有跌倒的，衣裙皆湿，嬉笑自若。这二三年来，也毕竟少了，远方来的诗人墨客，多聚在上山僧房。每至房头填住满了，没得下处，或就在船上住了。早晚上山游玩戏耍，如今也觉僧房空闲，没生意了。三拙、王子嘉死后，苏州的人，没一个不称快。来往的，不问三拙，或有问王子嘉的，也只道："满嘴须根的老旦，就如娼家已过三十岁，有何妙处？"把这二淫孽，

直似雪消冰化了。有一个前朝诗翁，也曾明末出住过的，姓黄，诗名远播。忽一日题诗在壁，却是哭王子嘉的诗道：

　　　　一代风流容，西陵叹落霞；

　　　　赏音空有泪，忆昔更无家。

　　　　谁共虎丘月，徒悲茂苑花；

　　　　广陵散已绝，不复问红牙。

　　忽然一日，有浙西几处游山的，也像似仕宦，抬头见了这首诗，不觉一齐大笑起来。道："王子嘉不过一娈童。"近日年已半老，挨身作南北通家，远来宾客，贪他寻分上，做东道主，住在近虎丘的半塘，招摇城市，自己忘了是优人，过客也被他惑了，纵容得他出户入闺，行奸卖俏，幸得其正包龙图的李御史，一齐同淫僧毙之杖下，方将为朝野称快，作诗哭他，已贻笑于正人君子了。何至说广陵散已绝，不复问红牙，抬高到这等地位，乃敢揭之于千万人往来之地，不知他有何恩爱，不怕人笑骂若此。旁有一老僧道："前日黄大人寓在轩中，月明之夜，似梦非梦，忽见王子嘉是来作了个揖，分宾主坐定。忽然哭着，告诉苦楚，话未半句，忽风吹树枝，打在窗上，陡然惊醒。因此感伤，作诗一首，黏在壁上。"众皆大笑道，或向为所惑，因梦作诗，自有何妨。只是奖赏太过，使他难当，一代风流客，难道一代只这个淫优，若此君是女子，定嫁他了。广陵散已绝，尤为可笑。有一位道："既遇吾辈，当以一诗和之。诗题是哭王子嘉，今我的意思，是哭这首诗。"其诗道：

　　　　信步登临处，俄然见晚霞；

　　　　诗成因夜梦，梦醒忆通家。

　　　　谁不堪共月，使令恼落花；

　　　　哭君哭罢后，毕世失红牙。

　　吟罢，大家笑了一回，下山去了。可见人心爱憎不同。爱王子嘉的，升之九天，恨王子嘉的，抑之九渊。

　　看官你道，还是爱的是，还是恨的是，方信淫优不遇名御史，毙之杖下，他宣淫未已，作恶无休，把好好一个世界，变成禽兽世界，天必不肯轻饶过他。况三拙淫秃，更恶更毒，造假银，假丹，恃力强奸。王子嘉做不出的，他偏要做，苍天肯饶过他么？

　　又过了一年，一个陕西客人，在苏州卖完了西货，要往北京，探望一亲，然后西

梧桐影

去。腊月下旬，到长安地方，饭店歇了，打帐次早入京，店少客多，各房都满了，只一间小小草屋，一个老道人在内歇宿。店家领这陕西人进去。道："今晚客多得紧，爷只好权住一宵罢。"陕西人带一小，即只得往下了。先与老道人拱了拱手。老道人便道："老丈从苏州来，看见三拙、王子嘉打死么？打得也好？死得他好。"陕西人道："咱在苏州实是看见枷死的，但咱又回乡了一遭，并没人问及，今已二三年了。老师父何故，忽然问起他两个？"老道人道："老丈在清江浦，偷了行家的娘子，如今满脸淫气，透出天庭，只怕回家去有妻子之变，你道三拙、王子嘉，是今世作的恶么？三拙前生是尼僧，犯了佛戒，遍地偷人，今生应还他淫报，被淫一次应还一个，只是淫了他母，又要淫女，念头刻毒，且青天白日，肆淫无忌。假银子、假首饰，千般百诈，积恶太深。故上天震怒，借清正好官，打死了他。救世君子，要戒人淫乱，说淫为万恶首，孝为百行原。实则一宿之缘，也是前生注定。谓之恶则可，谓之作恶则未可。三拙唤做作恶，怎不死于非命。咱曾劝他淫气太重，不可妄为，他自不依咱言，故此假死以避他。"

若说王子嘉，原是万历年间，东江米巷里，一个有名的小唱。他被大官大商，各处的人弄了十年男风，后来娶了妻房，又不管束他，不娼而娼，又被多人淫媾。今世故以良家女子，前生有缘的，把他淫了，以偿前孽。但他不该交通大老，擅递线索，又诱人发妻，以媚显要，自称相公，以乱纲常。故此也在劫数，被名御史打死。他的妾与妾章观，还要大受人淫辱，报应完了，再得人身。不比三拙，得罪佛戒，永生堕落。陕西人听了这班说话，拜倒在地，求他忏悔清江浦的罪过。老道人道："不妨！不妨！只自今以后能戒谨不淫人妻女，自保无虞。"陕西人谢了教，吩咐取晚饭来，言之未已。只见老道人把袖一拂，出门去了。急急追出，并无踪影。店家都说，并不曾出来，陕西人各处搜问，总言未见。只见庭中大梧桐树，摇摇曳曳，光影甚异。陕西人大加诧异。

次年，到苏州来，每每向人传说，但不知王子嘉的妻子，毕竟如何？可为贪淫肆恶者劝戒，有诗为证：

> 笔光淡宕墨光肥，底事茫茫任溅挥；
> 班弓射矢弦与韦，风啸影移随意催。

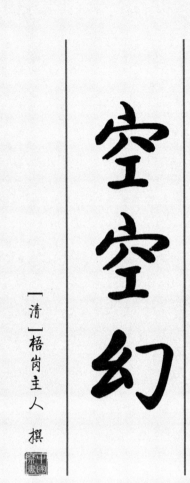

空空幻

[清]梧岗主人 撰

第一回　戒色欲苦箴良友　入幻境巧化才人

诗曰：

富贵才子风流性，天下佳人欲罗尽。

难了心愿憾陋貌，脱换形骸祈仙灵。

良友苦箴祸为淫，偎香怜玉孤意行。

幸得老僧鹦鹉唤，空空幻出梦中情。

古语云："顽石点头，铁人下泪。"人疑其言为诞妄，知所以云者非真谓顽石可使点头，铁人可使下泪，不过谓振蒙警贻之言。乃至理实情所发，虽以天下无灵性之物，如顽石铁人者，闻之尚感怀流涕，岂以有血气有心智之人与铁人顽石不如乎？且说前朝浙江禾郡有一秀士，姓花名春，字金谷，年方十七，颇通于诗学，擅美于丹青，才名流市无不企仰。春营已皆逝世，并无兄妹姐弟。家资巨万，富可敌国：所居的房子，尽是朱栏翠槛；所穿的衣服，俱是绵绣绫罗。其享福之处，自尔琐说不尽。唯所抱憾者，尚有一则。看客们，你道他负此才学，除此境遇，尚有什么不足？乃不知他才虽渊博，貌不风流，其平日立心，曾谓：我若娶妻，不一而足，必尽天下之佳人罗而致之，方快我意。而又自以容貌之陋，佳人未必能对我生怜，故常引镜自照，唯叹彼苍赋质，不能给我全美，难做得一个风流才子，诚恨事也。所以蹉跎，未谐秦晋之事。

花春有一友，姓柳名莺，字迁乔。其才学之美，不多让于花春。若论其貌，则又丰神秀雅，态度嫣然。二人谊重金兰凤敦雅好。花一日无柳，无以骚引触醉月之欢；柳一日无花，无以尽玩景吟诗之乐。然企慕虽殷，而一见柳莺，愈觉好虽难掩，顾影自惭，每每谓柳莺道："'才子佳人'四字，原本分拆不开。天生才子，必为佳人。盖无佳人，不足以舒才子之气，也不足以显才子之奇。弟虽眷恋佳人，唯有愧于才子，

中国禁书文库

空空幻

一四二

兄何既为才子，而反忘情于佳人？此我所不解也。"迁乔曰："不然。李白才人，陶潜才人，其生平不过以诗酒怡情而已。谓其恋情于蝤可蛾眉，则弟未闻。"花春曰："古来才子，指不胜屈，兄何必以二人论哉！即如帘窥相如，香贻韩寿。世之佳人动情于才子，岂才子反不留意于佳人？且不特与佳人有遇，即与仙子亦未尝无缘。如半勺琼浆，裴子成缘于玉杵；一餐麻饭，刘郎迷路于天台。才子奇缘，皆历历可稽。若此，以我兄际芳年，具此才貌，竟无情于韩寿、相如之遇。其与世上庸夫俗子相去几何？亦徒负天工赋质之意矣。午夜盟思且禁；为兄叹惜。"柳莺道："我岂不知才子佳人，往往有遇，然我所以略去粉白黛绿，而不敢役志者，诚以万恶淫为首，古人屡屡言之。若以归黄蹭牧之事，恋恋于中，是遇佳人而不遂，其欲则不快，势必至荡。捡逾闲，纵其所欲而不知止，由是孽增恶积，天理难逃。阴司之罪狱固不必言，即目前之报，应亦不网漏一人。兄苟沾沾于女色，将毋蹈此迷途！"花春道："弟非才子，固不必论。但以造物之待才子，自异于待常人。天既赋彼以才子之质，自必有一番奇遇与彼。古来才子之遇，种种不合，未闻有责其淫狎而为之报者，兄何过虑之甚？我观兄潇洒不拘，自有雅人韵趣，略去脂粉，不知所乐何事？"柳莺道："富贵功名之虑，余实淡然。在离城数里，起一别墅，约广十数亩，其间池塘曲绕，楼阁峥嵘，四季名花，无所不植。春则有宴花楼，夏则有避暑台，秋则有望月亭，冬则有香雪阁。郡中名人雅士，络绎而来。或雅爱琴棋，或性耽诗酒，或闲谈竟日，或秉烛夜游。为东道主者，酒肴粗备，相与之欢，将终我身，以徜徉陶然，不知有世事之忧。弟之志如是而已。"花春道："子之志则不然。唯愿美姬盈座，娇妾环回，歌声婉转，舞袖翩跹。春生玳瑁之床，香透鸳鸯之被。杨柳楼头，肉屏围暖；芙蓉院里，锦帐肉妍。直乐此不疲，有不知老之将至云尔。"二人之志性过殊有如此，故花春虽常抚形自憾，其心终贪恋不已。即其平日所作之诗，无非艳词丽句，不离乎香奁一体。其所描之画，亦不过是涂指抹粉之观。清夜自思，常谓徒具才子之学，而无才子之形，空有风流之情，而无风流之貌，即遇佳人，焉能使之一见生怜，相为勾引？心想得遇一个仙人，将须法水，把我遍身一洒，使向来的陋相，变为一俏庞，我生平大愿遂矣。

却说花春一日在书斋静坐，见门公启禀道："外面有精严寺涵修和尚求见。"花春即令请他进见。见伊手持一白鹦鹉，径入庭心，与花春作揖道："贫僧无事，不敢造府。这只鹦鹉，贫僧已驯养多时，今日特来相赠。"花春知此僧素有得道之称，闻有一白鹦鹉畜之已久，曾有人出重价与之相鬻而不得，何以今日特来赠我？想其中定有隐

情，因说道："既承长老雅好，须议价领赐。"那僧人笑道："此鸟亦非凡种，遇合有缘，不日要破笼飞去，又何价可议？"花春听得他语言奇异，遂谨谨领受。那僧人自作别而去，就将这鹦鹉挂于帘外。春举目细看，但觉仪光皎皎，素彩翩翩，异金精之妙质。喙不涂丹，殊火德之明辉；襟非染翠，如粉羽能沾。果尔雪衣可焕，梳翎爱洁，几疑林邑来呈；振翮唯鲜，犹忆延之作赋。看了一遍，心窃爱之。但思此鸟，畜于涵修，曾闻有谈经乱局之奇，为甚笼中寂寂，不闻慧舌间关？又想涵修适才所言，甚是不解。寻思久之，略有倦意，遂俯几而卧。卧未几，闻得檐前鹦鹉唤道："花贵人！欲快生平大欲，脱换形骸，今日须速出门，往西而去，自有所遇！"

花春闻唤，不觉惊喜交集，忙起身步出门外，也不带童仆，独自一人飘然而去。行许久，到了一处，名唤桃花村。但觉树深见鹿，溪午闻钟，光动绿烟，影遮岸竹，粉开红艳，香塞溪关。舞燕蹁跹，衔尽落红阵阵；流莺婉转，遥开弄舌关关。四围碧树成丛，一带清流绕位。徘徊良久，见林中走出一道者，肩背葫芦，手持鹿尾，足登云履，身服丝衣。童颜白发，疑跨鹤而来；道骨仙姿，定识乘风而至。见了花春，遂上前起手道："贫道因与花贵人有缘，故偎长春岭而来，在此静候数日了。"花春骇然道："小生与道长素不相识，为甚知余姓氏？"那道者曰："不但知汝姓氏而已，即后来之姻缘遇合，贫道已一一知悉。"花春闻言，惊喜道："道长既知之，肯为我醒言之否？"道者道："有缘得会，何妨略泄其机：汝之功名福泽如在掌中，固不待言。至于抱玉偎香之乐事，则良缘美遇，尚要贫道小施奇术。"花春道："如此敢乞道长指示，祈勿吝教！"那道人就于葫芦内取出丹药两颗，付与花春道："这颗红的，名曰'醉心丹'，向酒杯中一浸，凭他海量，不消饮得数杯，便尔一醉如泥。只要将半杯冷水灌下，顿时醒转。这颗红的，名曰'补天丹'，乃是房术之用。若将此丹吮入口中，就可通宵不倦，一以御千。欲泄，只消将此丹吐出。此乃贫道在长春岭上，皆采仙芝异草烹炼而成。不比人间丹药，有耗肾损精之患。可珍藏之，自有无穷妙用。"花春接过丸丹藏好，不禁挥泪道："天下唯才子爱佳人，唯佳人亦怜才子。以我生就陋容，既未得为才子，焉有佳人与我结绸缪之乐？若无众佳人盈盈满座，即有此妙丹亦苦于无用。未识仙师，能为我脱换形骸否？"那道者闻言微笑道："也罢。既要成全你的美事，须成全到底。"遂携了花春的袖，一步步走近溪边，竟把花春一推，春下溪中。

花春在水中挣了多时，然后挨进岸傍，慢慢爬起，那道人已倏无踪影了，身上水淋淋衣衫尽湿。幸是暮春天气，不至十分寒冷，只得向左近乡村人家借布衣衫换了，

空空幻

把身上的湿衣脱下，取了丹药，暗想："这道人不知是仙是怪？他为甚将我推入溪中？"一路上疑疑惑惑，来到自家门首。

不料，管门的竟上前拦住，不许他进内。花春又气又恼道："难道本相公换得一身衣服，你就不认得了么？"那管门的亦嚷道："你说的甚么话？怎可冒得？难道我家相公的容貌都认识不出了，敢来假冒么！"竟尔叱嚷不逊。花春闻言暗想道："莫非方才溪内一浴，已将本来面目改换？不然，他怎至认我不出？"正在呆想，只见里边走出两个家童来问道："张伯伯，这是何人？你为甚与之嚷闹？"门公未及回言，花春遂道："本相公实因方才遇仙人，将我人形容貌改变了，所以你们皆认识不出。面目即非，声音犹是。你们若不信，可于我卧房中西边衣架上，取一个折叠钥匙，将榻旁第二只皮箱内，取出粉红衫子一件，方巾一顶。"内中有一童子，果然进去不多时取了出来，众人惊以为奇。花春进了书斋，就将衣帽更换。脱下衣衲，命家童往那乡村人家调转不表。

单说花春换了衣服，遂引镜自照。见镜内的姿容，直不啻日月入怀，琳琅触目，与向来面目，竟迥然不同，不觉欢然大喜道："诚哉仙术之奇！造物已成形质，且能化其本来，想这二颗丸丹，自然灵妙无穷了。今我愿已遂，可不愧风流才子之称。温香软玉，自享不尽衾帐欢娱矣。"遂命家童去请柳莺相公到来。

无几，柳莺至，竟不相识。花春遂将遇仙变容之事，详剖其故。言语之间，喜形眉睫。那柳莺闻言，默然良久道："兄以此为喜，我实以此为兄危。"花春骇然道："兄何出此言？"柳莺道："以兄秉性风流，素恋于朱颜红粉，唯以陋质有憾，故未能径情直行，尚为迟迟观望耳。今日这道人不知前生与兄有甚宿债，故下此孽根，贻兄荼毒耳。兄颜一变，恐后此欲海无涯，孽冤层积，色途后患，不可胜言矣。弟为爱下，故敢斗胆直言，祈勿见罪。"花春笑道："兄何拘执若此！人各有志，不可相强。道学之谈，非余所乐闻。今日且开怀畅饮，以博一醉为是。"遂命家童暖酒备肴，两人合樽促膝，豪饮尽欢，直至夕阳西下，乃掷盏别去。

花春闲步阶下，遂把双扉掩好，倒在榻上，和衣而睡。直至天明起身，梳洗已毕，静坐书斋，暗想佳人不必多得，只消十美环回，朝朝为雨，夜夜兴云。每于花朝月下，美景良辰，各罄其欢，诚快事也。遂欲描画美人图十幅，每幅上画了十美，其间或弹唱，或歌舞，或赋诗，或刺绣，闺中韵事，各尽其妙。而十幅上的描容布景，自各各不同。不消数月，乃功成。画上傅粉施朱，镂金佩玉，艳丽之态，自不必说。花春展

图暗想道："以后，若遇姿容绝世佳人，就可以一幅美人图赠之。这十幅图画赠完，天下之佳人亦几罗尽矣。但想天涯广泛，佳人自散布四方，若唯鞍守故乡，闭门静坐，纵有佳人，从何而遇？唯有驾一叶之扁舟，游尽锦城绣市，历遇胜地名都，自有奇遇。倘今岁秋闱得捷，不免要北上，我就可一路留心察访。"

话休烦絮。到了秋试之期，花春与柳莺二人，打点上省赴试，叫了舟船，搬下行李，又命两个家童随身服事。原来这两个童子，为人聪俊异常；一个是与他整叠诗笺的，故名诗囊；一个是与他管理画幅的，故名画箧。是日一齐带去。柳莺亦带一童子，又带一老仆，主仆共六人下船，径赴武林而来。到了城中，遂命家人去寻寓所。花春道："房金不论贵贱，务要清洁雅静为是。"家人应诺而去。去了不多时，欣然来告道："此事真乃凑巧，二位相公今秋必定高中矣。"花春笑道："我们若中，定是一元一亚，岂但中而已。且问你为何知道我与你家相公会中的？"家人道："老奴奉命而去，寻了许久，不见有清洁租房。适遇老奴之表兄，问我到此何干，我就将二位相公到省赴试，命我寻寓之事与他说了。因他在此有熟，托伊觅一寓处，却一时没有。他乃道：'有一所在，甚是清雅，但人不容多。若唯二位相公，可以借寓。'我问他：'在那一处？'他说：'此间告老红御史府中，有一名园，屋宇颇多。'他即在红府管园，因主人远行不在，可略为专主，命老奴就将行李翻去。"那二人闻言，不觉大喜，遂雇了脚夫，挑着书箱琴剑，随了家人先行。花春与柳莺二人，随了童子，慢慢行来。

行不多路，已到红园门首。步进园门，弯弯曲曲而行。花径似缘客扫，朱门似为君开。百尺高台，接青云而蔽日；千层曲槛，俯碧水以临风。缥缈桂枝，指清香于静院；扶疏槐影，移翠盖于幽庭。溪树含芳，烟荡芙蕖之沼；山螺延翠，霞飞杜若之舫。琴台、啸台、吹台、瑶台，台台耸秀；晓亭、怡亭、畅亭、锦亭，亭亭环绕。凝香阁、栖霞阁、潜峰阁、摇碧阁，帘见半垂；芙蓉楼、翡翠楼、玳瑁楼、雨露楼，窗开四面。风光娱目，还疑已入蓬莱；蹊径迷人，几似暂游仙岛。终终富丽之观，言难馨尽。花、柳二人遂在园内绿荫轩中寓下，相与谈今论古，赋诗饮酒为欢。

一日，花春在阶前闲步，见一丛白秋海棠开得雅洁可爱，遂握笔向粉墙上题道：

曾记东风睡海棠，粉痕依旧晕残妆。

离魂倩女愁无主，新寡文君未有郎。

小院月明香陡峭，空阶露重夜凄凉。

可怜红粉都消尽，任是无情也断肠。

题罢，柳莺见道："兄欲题海棠，则题海棠耳。又何必指东说西，牵缠到别处去。倘主人道学，见此艳词，岂不嫌尔唐突乎？"花春道："措语风流，正是雅人深致，兄何反嫌艳丽也？"

话不絮表。二人寓园，数日后，场期已近，各把进场物件端整一番。到了初八，共赴头场。

却说花春点名领卷，归号静坐。移时传题，头题曰"缁衣羔裘"一节；二题曰"明乎郊社之礼"二节；三题曰"天时不如地利"全节。毫不假思索，信笔挥了三篇。从头至尾，看了一遍，把开细细咀味道："此讲精神团结，笔气浑融，已能横扫千军；即后路亦觉经籍纷披，令人目不暇接。"竟欣然出场，以元自负，至寓所，柳莺尚未出闱。坐不多时，见柳莺进来，似有不悦色。花春忙问道："兄何以功名之得失介介于怀？即不能夺魁争首，亦非为辱。况以我兄之才，断不在元魁下也，何闷闷若此？"柳莺道："非也，我平日目空宇宙，自负非凡，今场得此易题，未能怡神目送，如意写来。我自视斯文毫无声光并茂之观，故自愧才学疏浅耳。岂以功名之得失而愠见耶？"花春道："兄不必过逊，弟还要请教。"柳莺不肯录出。强之再四，然后谓花春道："如必要弟献丑，待弟背一讲与兄听了罢。"花春道："一破已见大意，何况一讲。"柳莺背毕，花春大赞道："这一起已有开门见山、先声夺人之概，兄此番冠压群英，诚可预贺，何犹不惬于心哉！柳莺也令花春背了一讲，二人共相赞美不已。说话间，酒肴已备，二人对酌尽欢。饮罢，柳莺道："弟因在院中不能畅睡，此时意欲就枕，未知兄意何如？"花春道："兄请先睡，弟还要略坐片时。"

那花春见柳莺先去睡了，径自步出轩中，仰见一轮皓月，万里无云，秋光正皎。走过几重楼阁，信步行去，但觉金风飒飒，玉露零零，因感叹道："春去几时，忽尔中秋佳节矣。人生行乐须及时，古人秉烛夜游，良有以也。"遂步行过去，见一假山，甚玲珑，而有数仞之高。花春依了这条石路，慢慢步上，足踞其顶，从空望下，真乃台上爱山，层层送碧；楼居消暑，面面横秋。花春道："却不知此处倒有这一派景致，虽瑶台仙岛，亦不能出其上！"正眺望间，闻西南角隐隐有笑语声。花春望下一看，只见一丽人同一侍妾倚在栏杆望月。虽玉肌粉面，看不十分明白，而绰约之态，已见一斑。花春想道："此二人莫非月魁花妖？若是人间女子，那有如此姿色！"惊愕良久，道："是了，这位美娇，定是红府千金。想未闻箫史之笙，难觅宋玉之貌。空房寂寂，倚枕无聊，未抛东阁之球，欲待西厢之月，故际此良夜，不禁缓步芳园，聊为消遣耳。我花春欲娶十美成欢，故描成十幅丹青为赠，今夜得见此佳人，乃生平第一良遇，正十美之始耳。有此机缘，岂可错过？须要与伊一面，使彼得见我貌，方可措词进说，以图佳缘。不然，黑夜突入，彼竟认我为恶棍奸徒，一时叫破，被家人知觉，岂非好事难谐，反遭其辱。"正在踌躇无计，见二人竟飘然进内去了。花春无奈，只得步下假山，见月已平西，仍依旧路来至轩内。残灯未灭，柳莺与童仆数人，正在熟睡。遂解衣而卧。但闻得萧飒秋风，响飘桐叶，虫鸣不绝，入耳增悲，恍有欧阳子《秋声赋》光景。花春此时，何能成寐？不觉忆美有怀，口占一律道：

> 剔罢银釭卧未曾，夜深犹忆曲栏凭。
>
> 阶前伴拜三更月，帘底微明一点灯。
>
> 隐约楼中人悄悄，迷藏远处影层层。
>
> 不知可有蓝桥渡，夜逢降来合断魂。

　　吟罢，辗转反侧，已听得远寺鸣钟，乱鸡报曙，东方渐渐白了。见柳莺已将起身，也只得披衣而起。梳洗毕，用过早膳，又要打点赴院听点二场之事。皆不赘言。

　　且说三场考毕，花春出场归寓，柳莺尚未在寓，重又步出轩来，欲往前夜遇美之所。行未几，见一侍女，惊问曰："汝是何人，在此园中闲步？"花春忙上前作揖道："小生乃嘉禾人氏，姓花名春，为赴秋试而来。因与尊府园公相认，暂借芳园羁栖数日，姐姐毋得怪疑。"那侍女见花春衣冠俊雅，丰致嫣然，不免垂盼留情，笑谓花春道："花相公寓此，婢子实未得知。直言冒罪，祈勿见怪！"说罢折了数枝桂花，正欲离去，花春叫道："姐姐请转，有话相问。"花春欲问及前夜在园中玩月者何人，又恐非即此女，他进去道及起来，反为不美，又只得问而不言。那侍女见唤他转来，无言相问，谓花春道："相公何戏妾若此！"又笑了一声，径自进去了。花春细视此女，身虽充为贱役，而其眉如远黛，肤若涂脂，竟不与闺阁佳人多让。毋论别的，即其一笑多情，不令我魂飞魄荡乎？

　　无何，柳莺亦至，共以场中所作之策论讲片时，命仆暖酒，二人豪饮至晚，掩扉就榻而寐。花春睡未几，心中想道："我今日有紧要心事未毕，如何合得眼来？且起来

完了这桩心事，方可放怀安睡。"欲知他有甚心事？这心事完得来否？看官不用疑猜，自有下回分解。

评曰：文贵乎奇，不贵乎平。贵乎出套，不贵乎宁。如野史中之夸美风流学士者，有子建之文、潘安之貌，欲其快人耳目也。乃花春独富于才，偏陋于貌，未免稍留余憾，而不足快人耳目矣。孰知不足快人耳目处，正可以快人耳目者。斯之谓奇，斯之谓出套。

"才子佳人"四字，乃全书关键。盖天生才子佳人，钟灵毓秀，实超轶于匹夫匹妇之上者也。作者自之立准，而天下人之不能为才子为佳人者，更无论矣。遇仙赠丹，亦野史中套习，特奇乎改造面目，脱化丰裁也。

既遇僧人，又遇道人，究不知僧人于花春何缘？道人于花春又何缘也？僧人何如人？道人又何如人也？此是疑阵，且至终篇自见分晓。

第二回 寓名园始盟淑女 泊孤舟又遇佳人

中国禁书文库

空空幻

诗曰：

> 碧天夜静思悠悠，一点芳心不自由。
>
> 月浸珠帘留冷院，残烧银烛入朱楼。
>
> 断金良友因疏远，如玉佳人可纲求。
>
> 塘上别离旅店合，迷途从此正无休。

却说花春方睡下，陡然想起那月下美人。心中暗道："这两日因场事缠扰，耽了我的佳事。今夜月明如水，何不再到那边去眺望一回？"遂披衣起来，但闻柳莺鼻息呼呼，正在酣睡之际，乃念道："迁乔真无情人也！当此青年，竟无待月迎风之想。方才就枕，遂入梦乡。此我所不解也。"遂轻轻启扉而出，心中想道："我看今日折桂女子，殊有顾盼与我之意。料她进去，必与千金道之。若此夜美人依旧出来，此事已成八九。"遂望那边行去。步上假山，眺下绝无佳影。伫立良久，叹道："前日偶然闲步，得遇仙姿，乃今夜有意重来寻访，竟杳乎莫接矣，岂不令人怆怀不已！"无奈，只得回下假山来，再步将过去。只觉风吹帘马，似玉人之杂佩遥闻；月映疏帘，疑金兽之连环忽动。院沉人静，何来巫峡之缘；碧落香消，难做银河之渡。遥知杨柳是门，似隔芙蓉无路。徘徊久之，景况凄然，遂口占一五律道：

> 惆怅黄昏后，行行枉自劳。
>
> 露浓香径湿，云淡月轮高。
>
> 不见人如玉，空怜脸似桃。
>
> 朱门深杳杳，鱼钥锁牢牢。

任尔敲棋子，何缘听剪刀？

三更犹悄立，望断手频招。

　　吟罢，正欲步归卧室，只听得院门"吱"的一响，就将身躲在梧桐树下，看走出甚么人来。原来非是别人，就是前夜玩月的美人。那婢子就是日间出来折桂的。

　　二人携手行来，过了小小木桥，径往山边而去，就一时不见了。那花春也循践迹而行，听那女子叹道："花郎啊花郎，你际此良夜，寓此芳园，不知有伤寂寞否？奴红日葵未曾亲见芳容，据瑞芝言说来，已觉卫玠重生，潘安再世矣。奴家誓不许纨绔庸才射我雀屏，故不禁静夜来园，祈与一会。但恨为礼法所拘，又不敢投尔室。看来此事，只望瑞芝为我玉成。"那侍女道："小姐不必费心，此事揣在婢子身上，明日就有佳音。此时月轮已午，恐凉风寒露，小姐弱体难禁，回阁去罢。"二人去不依旧路而回，穿过回廊曲径，竟望那边去了。花春一步步接影而来。又听得红小姐口中念唐人诗二句道：

月出西南露气秋，牵穿肠断为牵牛。

花春遂续二句道：

须知化石心难定，韩寿香薰亦任偷。

　　那小姐听了这二句诗，惊谓瑞芝道："谁人在此和我诗句？"瑞芝望后一顾，笑道："此即寓在我园的花相公。"那花春不待说罢，遂上前作揖道："小生花金谷，因赴试暂寓尊园。今夜爱着月色溶溶，星河灿烂，故尔闲步至此。适闻佳句，有动于中，因遂集语，以续其后，唐突之罪，祈乞海涵。"日葵闻言，忽见眼前闪出一书生，月光下翩翩丰容秀美，正是如意郎君。慌忙倒退几步，闪影遮身，杏靥微红，只得偷依树影遮身，谓花春道："妾肺腑之言，已渎君耳，不弃效矍之陋，愿奉箕帚。"花春道："小姐乃绣阁千金，小生乃蓬门寒士，幸蒙青眼，愿谐琴瑟，此真天赐之缘！"二人就指月为盟。红小姐解下一方白玉鸳鸯玦，赠与花春。花春道："小生旅寓，别无他物相赠，唯有一幅美人图玩带在箧，乃是小生亲手描画的，明日交于瑞芝姐姐，转致香闺。"日葵

道："君既专精于词赋，又擅美于丹青，真天下才士也。妾幸而得唱随佳偶！"言罢，遂欲分袂。花春忙拽住道："既订百年之约，须尽一夕之欢，小姐毋得见外。"日葵道："妾与君相逢月下，面订鸳俦，诚以俊美如君者，世所罕觏，故不嫌闺站之羞，暂逾礼法，君岂可以桑间之女视妾哉！"花春道："古来才子佳人，又当别论。崔莺待月，贾氏窥帘，先成巫梦之欢，后咏河洲之好，此皆司空相国之千金也。今日相逢，洵非偶尔，岂可负此良夜？小姐请自三思！"花春见日葵默默无语，似有允意。又上前哀求道："小姐如执意不允，小生只得要下跪了。"那日葵忙把纤手扶住道："君何必如此！妾终身既属于君，岂敢自爱？不过谓天成花烛，冗效于飞，恐于礼有碍耳。如必欲一赴高唐之梦，君既多情，妾岂草木？可至妾卧室，聊叙绸缪。但与君同行，恐多不便。妾且先往，请君暂立片时，与瑞芝同至可也。"言罢，遂匆匆而去。

花春想道："始则待我以礼，继则待我以情。吐词委婉，移步风流，如此佳人，不可多得！"遂同了瑞芝行行止止而来。谁知行至院门，已紧闭在此。瑞芝道："花相公，今宵看来好事难谐，且请回去罢。"花春欲待举手轻叩，又逡巡不敢，谓瑞芝道："小生自回寓矣，姐姐何以进去？"瑞芝道："婢子自有径路可通，不必相公虑及。"花春道："此时望陇不得，岂可弃蜀？只得要求姐姐将桃代李了。"此刻瑞芝芳心已动，也不推辞，就与花春在旁边一座亭子内成了美事。抚弄未几，忽已春光漏泄。瑞芝起来把云鬓整好，相视而笑，别无言语，径自去了。花春想道："为何日葵既诺而去，又把双扉掩上，却是何意？"寻思了半晌道："他与我萍踪猝合，遂欲同入香闺，共眠鸳枕，此种光景，殊觉难为情也，怪不得她诺而复悔了。此时也无计可施，且待明日与瑞芝划一妙策，潜入香闺，自可希图美事。"是夜归寝。不题。

明日，花春袖藏一幅画图，专待瑞芝出来付他。园中眺望未几，见瑞芝果至，遂引至僻静去处，二人共入假山洞内。见里边有一亭子，名曰留云亭，四边俱是假山围住，甚是幽静。花春问道："昨夜小姐既许了我，又闭门不纳，姐姐可知其故否？"瑞芝道："我亦曾问及小姐，谓非有意拒你，实为赧颜故耳。密令婢子今夜潜引花相公入闺，不可说是小姐的意思。我既坦怀以告，切不可把语言泄露。"花春喜道："姐姐之意，他日决不有负。"瑞芝道："别无奢望，唯小星一位，冀相公留以侍妾。"花春道："此事不劳姐姐挂怀，小生决非薄情之辈。"遂出袖中之物，令伊转致千金。瑞芝藏好，谓花春："今夜可于双柳亭边静候，初更，妾当作红娘耳。"二人又在亭中聊尽欢娱，然后别去。

花春回至轩中，见柳莺整理铺程，殊有行色匆匆之况，谓花春道："兄在园中玩了多时，尚未畅乎？何不将物件收拾，以便捡发下船。"花春道："兄何急以言归？且在此间游览数日，待放榜后赴了鹿鸣宴席，然后归去未迟。"柳莺道："既如此，兄且留寓此间，弟因有小干，遂欲返舍，不得奉陪了。"花春本欲苟留柳莺在寓，因与日葵有约，若柳莺先返，乃便于出入，故遂任其先归。由是二人握别，花春遂留了诗囊、画篋在寓服事，柳莺自同老仆、童子回家。不表。

且说花春轩中寂坐，唯恨那红日不肯西坠，因想今夜赴约的景况，吟成一律道：

　　乌鹊填风万里桥，朱门专待二更交。

　　犬依篱舍迎人吠，门掩桐阴趁月敲。

　　半点银灯帘外射，一声绣剪阁中抛。

　　不知今夕为何意，习习微风送柳梢。

吟罢，又闲徙一回。待至黄昏时候，用过晚膳，步出轩来，见月色已渐渐透起了。一路行来，想道："我昨夜未能久持，殊不畅意。今夜且将仙人所赠之灵丹吮在口中，不知果有佳验否？"行至双柳亭畔，伫立未几，见瑞芝已悄然而至。花春随了瑞芝，一重重转弯抹角，行至楼下，遂步上扶梯，见日葵正在倚窗望月。花春遂作揖道："昨蒙金诺，深信玉言，谁料闭门不纳，使小生怆惶无往。今夜特来践约，毋再使天台之客，徒问津而返也。"日葵微笑道："昏夜入闺，本该相拒，特念君蓄意殷勤，妾不忍拘此小节，使君有凄清之感。"遂令瑞芝暖酒，相与合座。见桌上别无他肴，不过精洁果品。二人对酌，瑞芝在傍斟酒。灯光照耀，比在月下尤觉风流尽现。那时传杯弄盏，直饮至月影将午，日葵粉面晕红，微有醉意。春此际芳心荡漾，按不住一腔欲火，遂与日葵笑解罗带，拥入香帏。先将丹药吮口，以备久战。云雨之态，亵不可言，直至更鸡唱晓，才罢兵戈。丸丹之妙，果如那道人所言，花春喜不自胜。二人未曾合眼，遂起身唤醒瑞芝，一路望后园而来。引至院门，瑞芝自回楼去了。

花春出来，见月朗星稀，东方渐白，一路花枝夹道，寒露渐浓，不觉衣巾尽湿。步至轩中，重解衣就寝。直睡至午日当窗，方才起来，静坐轩中，遂吟成四绝道：

　　半通商略半矜持，莫到成荫却恨迟。

才动眼波心便会，人间方信有相思。

隔花何路可登楼？未见思量乍见羞。

赖有软言堪入骨，笑谈时颇涉风流。

珍重闲情莫浪痴，行踪唯许月明知。

睡中唤起肩梢重，已是红窗日照时。

歌唇尝酒湿珊瑚，笑压秋蛾一世无。

残烛解衣教缓缓，月穿衫缕见凝酥。

吟罢无事，又出轩闲步。待至黄昏，依旧瑞芝出来，引至楼上。由是夜往朝返，竟无寂寞之宵。

停日放榜，果然花春是元，柳莺是亚。那日谓日葵道："小生已高居榜首，不免要上都赴试，小姐请待数月，自有冰翁到府，小生决不为负情人也。"遂赋诗一律以赠日葵云：

销魂怕见远山尖，话别殷勤酒更添。

三叠阳关催去去，半年芳约更淹淹。

秋残驿路风吹树，人倚雕栏月射帘。

他日泊舟杨柳岸，晓钟梦醒韵重拈。

日葵见诗亦和韵吟成一律，以赠花春云：

离愁不合上眉尖，逼得卿家恨转添。

才许东墙窥宋玉，那堪南浦赋江淹。

鸡声茅店郎惊梦，月影回廊妾掩帘。

惆怅鹡鸰留未住，无情无绪酒先拈。

是夜乐事，无不尽情恣意。至晓临别，日葵殊有恋恋之意。

却说花春赴了鹿鸣首席，谒过座师，下落舟船，想道："我虽画成十幅图画以赠美人，但画图上美人不能与所遇之美人形容相肖。莫若一幅画图，遇一美人，即将美人的手姿仪态，并与遇美处之形象景况，细细绘上，使美人图十幅赠完，此幅上已画成十美矣，得以朝夕展玩怡情，岂不妙耶？"遂命画箧启匣，取出一幅素质的手页，遂将与红日葵月下相逢、偷倚树影遮面的光景画了一幅。

是夜，舟泊塘边。因月光未上，无甚观玩，只得闷坐舱中酌酒而已。又因一人独酌，殊少兴味，命家童拾去残肴，把衾稠整好，和衣而睡。追忆是晚对楼中与日葵小姐绣被香浓，锦衾春暖，何等快乐之事。此夜孤舟独宿，倍觉抚景凄凉。略寐片时，重又起来，步出舱中，推窗而望。只见一天明月，已照耀得塘水如银。观玩未几，反增感慨。正是：

> 别离一日如三秋，怎耐孤舟泊渡头。
> 酒醒愁多情脉久，月明江水隐朱楼。

正欲回舱，忽闻邻船有人吟诗道：

> 长途万里水溮溮，从此销魂暗自伤。
> 两桨绿波冲断岸，一帆暮雨锁横塘。
> 夕阳凄草悲人去，衰柳寒蝉惹恨长。
> 南北陵违程正远，云山缥缈隔家乡。

听罢，举首四顾，见有一号大船停泊在前。心中想道："此乃分明女子音声。味她诗，是感叹离别家乡，即景悲怀的意思。他诗才固俊亦可佳矣，未知姿容美丽否？近在咫尺，岂可不一睹其容？"

盼望久之，只听得莺声姣语唤道："小姐，你看云敛晴空，月光清皎，何不步出舱中，赏玩一回，以消愁闷。"无何，舱门"呀"的一响，步出一位丽人。月光照耀过去，看得十分亲切。只见那丽人指着月儿与侍女说道："一月普照万方，万方不齐苦乐：使畅怀得志之人玩月，则月色清辉，欢乐之景象耳；若使离人、羁客、怨妾、弃姬籍此，深宵观彼孤月，觉月光惨淡，不唯难解闷怀，玩之亦愈增凄恻耳。我想在家时，楼上之月，与此夜江边之月，犹是月也，而景况已大为一变矣，能不凄然泪下！"花春听他论得亲切，不禁出声道："兔死狐悲，物伤其类。妙人奇论，触予愁怀，不必

听江上琵琶，而已使我青衫泪湿矣！"那女子闻言，回头见了花春，不禁注目良久，欲相与接言光景。闻得舱内有人叫唤，只得迤逦步进。见他进舱时，犹回顾数次。那花春见美人进去，也只得进舱安睡。心中想道："曾不多时，已遇着两位佳人。天怜才子，信有奇缘也。但此女姓氏未通，里居莫考，怎能与她作合？且待明日乘间细盘舟人，便知着落了。"岂知明日绝早起身，只听得一棒锣声，那邻船已欲开去。连忙出舱一望，那只船儿只离得数尺之路，见内舱纱窗之下，坐着一位年近五旬的命妇，与一位绝色佳人，就是昨宵月下相见的。对了花春秋波微转，眼角留情，亦似有恋恋之意。无奈舟船渐渐离远，霎时间已望不见了。

花春此时，唯是对着江心呆呆盼望而已。既而回进舱中，想道："我若不见倒也罢了，既已亲睹其人，而空使好梦一场，觌之无缘，人孰无情，谁能遭此？唐诗云：'好树有花难问种，御香闻气不知名。'其予今日之遇乎！然此美虽在，水月镜花，而画图上必须置彼一座，以表不遇之情。"遂取过画幅展开，于红日葵之下，又画就一幅舟泊河塘月夜遇美的图。

不数日，到了家中，自有亲邻贺喜，络绎盈门。冗忙了数日，遂欲打点北上。花春想道："我此去，访美之事急，求名之意缓。若与迁乔同行，岂能任我沿途担搁，为寻花问柳之事？不若辞彼先行，则途中欲行则行，欲止则止，若遇佳人，便可迟迟留恋矣。"主意已定，明知这几日迁乔冗事未毕，未及动身，遂遣人去约，迁乔果然不及同往。花春将家中出入总帐，托与总管钟炎总理，备好行李，多带金银，随了画篋、诗囊两个童子，一径下船开发。

舟至维扬，遂欲寻寓住下。寻到一个寓处，主人姓逄号社来。他家房屋亦颇宽阔，安宿四方商客，热闹异常。花春因外边甚是嘈杂，要寻一个幽静雅洁的卧房，房金总不论多少。那店家踌躇道："小店宿客的房间，多是这样中中庸庸的。相公既要精洁，不论房金，里边有个小小坐室，可以下榻，却从不曾留宿商客的，今日依相公面上，只得权且破例。"遂引花春入内。举目细视，果然小巧结构，甚属幽静。室中诗画，虽非名人之笔，却也可观。庭外种着几盆秋色，尚未凋零。缸内又养着几尾金鱼，倒是名种。花春道："原来里面有如许清洁所在，老丈肯容情宿我，真乃小生之万幸也。"命家童把铺呈运进。那店主人逐与花春细细盘问。一番闲文少表。

花春自寓在此，暗想："维扬风土秀美，人物俊丽，绝色美人自然此地多生。为甚我留心寻访，见这须庸庸妇女，俱是脂粉妆成，绮罗堆就，从不曾遇着一个倾国的姿容？可叹！"又转念道："红楼中处子，绣阁内姣娃，静守深闺，岂能易觏，焉知此处无绝色女子？自古道：'蛇无头而不行。'欲觅佳人，须要寻一个惯走大户的媒婆，与她串通计议，自有籍合。"遂乘机向店主人问道："你这近处，可有走大户的媒婆否？"逢社来答道："有，就在那边百福街梅柳巷中，有一个姓梅的婆子，就是在下的姨姐，惯在贾绅富户人家出入。若有人托她办事，总无一件不成。为人倒也老成，办事颇属妥当。"

那花春问明店家，径望梅柳巷而来。问到梅家，见一婆子在内，约有四旬外的年纪。见花春进内，遂启口问道："相公尊姓？今日特临贱地，有甚喜作成老身办？"花春道："我姓花，乃浙江禾郡人氏。因会试北上，慕你贵处风景繁华，香生罗绩，故在此寻寓耽搁。那晓在城遍访数日，却不曾遇着一位佳人。老妈妈耳目甚广，必然得悉何处藏娇。若肯与小生作合一美，自有重谢！"那婆子道："相公要觅别的东西，老身不敢领教。至于红粉丛中，唯老身的眼中见得多，耳内闻得广，妍丑美恶，直鉴别得分毫不错。相公若要娶妾，只要肯出重资，包在我身上，访几个绝色出来。"花春道："我乃访求佳偶，以结琴瑟之欢，并非为抱衾奉帚计也。你城中不论乡宦富家，若有处子，生得如巫山神女、瑶岛仙妃者，乞妈妈指引小生一二，日后事成，决不有负于你。"那婆子道："相公既非聘妾，这平等人家的女子，须一概略去。老身想起来，我城中艳丽女子，却也不少，若论超群拔萃的佳人，要算濮太守的小姐濮紫荆为最。因濮太守要访人才出众的佳婿以配千金，这须碌碌庸才，皆能入目？故紫荆小姐，尚在闺中。我看相公青年美貌，雅度翩翩，若与赵太爷一见，定留一座东床，以坦相公腹耳。执柯之任，老身愿效其劳。"花春道："妈妈的赏鉴，谅无差谬，但须得与濮小姐一面，我心始放。"那婆子笑道："相公既是访求正配，岂得如娶妾一般必先见其人，然后议价？况官宦千金，森严闺训，即府中童仆辈，且谨守规矩，回避不敢相见，以相公陌路生人，焉得窥其半面？相公切莫作此妄想！"花春踌躇许久，袖中取出二锭银子，付与那婆子道："我闻得妈妈干事，无有不成，还祈你老人家与我划一妙计出来，玉成其事才好。这不腆茶钱，望乞笑纳。事成后，另有重谢。"那婆子欢然接去，遂进内唤女烹茶，又与花春闲谈多时。用过香茗，问明寓处，对花春道："如此相公且请回寓，待老身慢慢留心，若有机缘，得能相见，即来通达。"花春遂别了梅婆，径回寓处。

静坐，无甚消遣，正欲握笔题吟，忽听得窗外娇声轻唤"梅香"。遂尔握笔步出，

见一美人甚是艳丽：柳眉淡扫，脂粉轻涂；樱桃小口，堪与樊素争艳；杨柳纤腰，直与小蛮比美。明肌绰约，几疑化月而来；玉骨轻柔，还恐乘风而去。果然秀色可餐，宛似酡颜耐醉，愁眉不作，还令孙寿失姣；笑口一开，自令阳城能惑。觑彼秀态，几同楚苑之姣。若问芳年，正拟卢家之妇。见了花春，殊有凝眸顾盼之意。不知此女与花春有缘否？且看下回分解。

评：称婢之别名，曰梅香，其取义乃确切不移。言梅花才放，已潜通东皇青帝之风光，而天气暗飘，实足为蝶恣峰狂之勾引。所以森严闺训之家，童仆不得内入，如婢不得外出，诚杜渐防微之法也。试观花春与红日葵之事，其间周旋牵合，皆自瑞芝为之。诚哉梅香之名可深味也。虽侍婢之贻玷闺门，已成千古罪案，非此书创论，而寓意亦自可鉴。从来钻窥成事，谓之露水交情。露水则霎时有，霎时无，言其空也。乃唯于月夜相逢，隔舟一会，浮萍南北，魂梦难逃，是又空中之空也。空中之人，而欲实诸画幅，以凑成十美之数，隐士见十美图一幅，皆是此人之类，无非空也。

花春客寓维扬，遍城游访，一无所遇。岂知倾城国色，却在咫尺之间，隐教人以凡事作为，不可舍易图难、舍近就远也。

空空幻

第三回 扣朱扉潜来绝色
宿绣衾始露真形

诗曰：

> 访美痴心未肯休，维扬有女可贪求。
> 已留客邸成鸳侣，又混梨园缔风流。
> 冤债结因词丽艳，孽根种自貌风流。
> 沿途更有萍踪合，盟社招贤阻北游。

话说花春见了这女子，不觉魄荡魂飞，暗暗想道："这丽人，想就是主人之女。我遍城搜访数日，曾未能一觏，岂知踏破铁鞋难觅处，得来全不费功夫。巫山咫尺，竟如许妙人在此！若非今朝一面，岂不使佳人埋没，徒叹息于邂逅之无缘耳。"少顷，用过晚餐，挑灯静坐，因摹想那美人的形况，题吟四绝道：

其一：

> 嫁玉年纪最关情，额畔垂垂覆绿云。
> 非是司空偏见惯，杏花衫子柳丝裙。

其二：

> 闲来无事立回廊，玉手频频掠鬓傍。
> 一点樱桃莺啄破，声声伴唤小梅香。

其三：

新梳云髻插金钗，淡抹浓妆色色佳。

裙底自怜莲瓣注，见人微露绣红鞋。

其四：

似向仙源觅艳踪，未曾相识已相逢。

春风万树桃花影，肯引刘郎路几重。

　　吟罢，只听得轻轻有叩门声。暗想此时夜静更深，谁来叩门？那叩声又来得渐甚，莫非即是日间所见之丽人乎？亦低声问道："叩门者是谁？"外面又寂然无语。遂尔秉烛启扉，见槛外立一女子，果然是日间所见的。欣然引进，将门闭上道："日间得见芳容，渴胜启慕，但恨糜饭无缘，洛水神姬，不能与我兴阳台之梦耳。乃蒙芳卿垂眼，怜我客之凄凉，来通佳好，小生何幸甚之！"那女子以裾掩面说道："今日与君一面，不禁念起怜，太王昌既在东墙，岂忍失诸邂逅？故不惜自荐之羞，叩扉相见。君勿以桑间濮上之女视妾也可。"花春道："芳卿何出此言！自古惺惺惜惺惺。怜美爱才，人有同志。岂为因女失闺礼，概以为真私奔之例论哉！"二人比肩坐下，相与通问一番。知此女小字凌霄，朱陈未结。略谈数句，遂相拥入帏。话休细表。停时，凌霄别去，订以后期。由是潜来暗去，约有数宵。

　　一日，花春出外闲玩，偶从梅柳巷前经过，忆着濮小姐之事，未知可有商议否，遂欲乘便进内一访。方才走进，见梅婆正要出门。见了花春道："相公来得正好，老身正欲到寓相商。前日所议之事，唯有一条计策，可见千金一面，但不知相公乐从否？"花春道："若乃妙策，得见千金，小生有甚不从？"那婆子道："濮太爷曾奉吏部张大老爷之命，要选十数名俊俏女子，教习梨园，进献京师。今岁春间，拢一女班，名曰"月霓班"，演习已久，可以进献。不料前日忽有一女生脚患病不起，现在空缺候补。濮太爷命我访一聪俊女子补入。我看相公仪态风流，却也乔妆得过。若肯扮为女子，混入梨园，就可得见小姐一面。见过后，即可见机而作，以图脱壳金蝉之计。相公以为何如？"花春鼓掌笑道："此计妙绝！就此乔扮便了。"那婆子遂往里边拿出须钗环衣裙等物，将花春方巾除下，梳了一个时新的盘发。蓝衫卸去，穿了一件鱼白飞花布衫，束上一条深色布裙。又把乌靴脱下，穿上一双九寸长的扳尖花鞋儿。梅婆笑道："幸亏老身的脚寸与相公仿佛，故有这双不曾上足的新鞋，不然，倒一时难觅。"妆罢，又拿

些脂粉与花春敷好。梅婆道:"相公如此一扮,竟与濮小姐不相上下。"花春闻言,遂与梅婆借镜相照,也暗暗欣喜非常。二人同出门来,把门锁上。花春问道:"前日闻得妈妈呼唤烹茶,是有一位令爱的,为何把门锁上?"梅婆道:"小女昨日往母舅家中去了,所以不在。"那花春同了梅婆一路行来,路人见者无不啧啧称赞。不多时,到了濮太尊府邸,径入里边,叩见太爷。细细盘问此女来由,自有巧言唐塞。交银立契,补入班中,花春即以身价银子,偿了梅婆。话休絮表。

花春见此梨园之女,皆在十四五的青年,虽不十分艳丽,颇有一二分姿色,因恐破露机关,难成美事,故不敢现出本相与他兴云布雨,唯是勾肩引颈,相为戏谑而已。

却说花春英姿灵敏,这些规模歌唱,不消学得,已是神而明之。一日,太尊有事,省上去了,内堂夫人传班演戏,点了《西厢》正本。花春妆了生脚,做到"游殿"、"跳墙"、"惊梦"数出,见他丰裁俊雅,举止嫣然,夫人与小皆喝采道:"此女入班未久,而曲按工商,雍容有度,如此心灵神慧,实属可嘉。"那花春暗中注眼紫荆,果然可称国色。梅婆之语信不差也。

少顷,戏方演罢,已是黄昏时分,濮小姐传令生脚进房领赏。花春听了,不觉魂飘天外,即随了使女来至小姐香房。见紫荆粉靥微红,醉倚杨妃榻上,愈增出一种媚态。花春走近榻傍,将身跪下道:"小姐在上,婢子叩见。"那小姐忙将纤手扶住道:"罢了。"遂命坐下,将方才演戏的妙处极为赞美,说他歌喉婉转,舞袖翩跹,演习未久而遂能神情入妙,诚仍奇事也。又将姓氏年庚细细问答了一遍。花春偶抬头,见妆台上堆着无数书籍,其中有一纸花笺,露出在外,遂起身走过取出。一看红笺上有诗一首,题是《咏月》。韵限楼、头、休、忧、愁;头限敛云晴空、冰轮乍涌;中嵌《西厢》诗一首,其诗曰:

> 云影花阴月半楼,敛容西望粉墙头。
> 晴开玉户风轻拂,空卷珠帘待不休。
> 冰镜朗吟之子拜,轮波微动使人忧。
> 乍来厢下凝瑶岛,涌到银河织女愁。

花春看罢赞道:"情怀尔尔,触手生春。下笔几忘限字之苦,有此奇才,香闺增色矣!"紫荆闻言,欣喜道:"你如何识解诗中意味?莫非你也识得几个字,会做两句诗的么?"花春道:"略知粗浅,小姐若不嫌婢子僭越,敢题和小姐一律。"紫荆道:"文墨一道，乃天下之公，虽不拘上下贵贱，可以题咏，在甚盾？但恐此题限字拘涩，未得挥洒如意。你若果能吟咏，待我另示一题以试笔。你道如何？"花春道："这倒不妨，待婢子聊学涂鸦，以博小姐一笑便了。"遂把香墨浓磨，握笔于花笺上和就云：

> 云开月影下花楼，敛拜墙西未卸头。
> 晴夜迎郎来可是，空厢待郎眼无休。
> 冰寒绣户凉风拂，轮挂窗纱少妇忧。
> 乍见半疑登玉宇，涌金波处动人愁。

吟罢，递于紫荆。直惊喜得其凝神注目，半晌无言，乃谓花春道："你有如此奇才，乃身充贱役，混迹梨园，岂是美玉沉埋，深为可叹！不如待奴禀过父亲，另觅一女补入班中，你且在我闺房日夜相伴，异日同侍一人，你意如何？"花春喜之不胜道："承蒙小姐垂怜，真是婢子万幸了。"遂相与并坐言谈，更加怜爱。

花春乘机问道："小姐籍此青春，为甚不与君子好逑，兴调琴瑟，尚尔鸳帷寂寂，绣枕孤眠？"紫荆道："只因人才难觏，故尚待字闺中，岂可致叹，使鸳俦误订？"花春道："据小姐意见，要怎样的人才，便可缔盟谐老？"紫荆道："奴家静处深闺，焉能鉴别天下人才，定其优劣？然自度起来，若论貌，你演戏时之文采可观，即当日之真君瑞，想也不过如是也；若论才，你和我《咏月》之诗，真可谓阿堵传神，香坛圣手，即六朝名士之作，亦可与之并座。但恨才则真才，貌乃假貌，只可作绣窗之伴，不能谐锦帐之欢。若世上男子，才貌有如汝者，便可订百年之好而适我愿矣。"花春见他言语来得凑巧，正可乘间挑逗，遂说道："蒙小姐如此雅爱，设婢子此时果是一个真张生，未识小姐肯作崔莺莺否？"濮小姐亦笑道："若使你果做得张生来，奴亦何乐而不为崔莺哉？"言谈久之，侍女俱已静睡，花春道："此刻重门紧闭，人俱熟睡，婢子不能出去，只好在小姐房中安宿了，不知可许婢子与小姐共枕鸳帏否？"紫荆笑道："我与你联芳于翰墨之场，当略去夫贵贱之迹，不久要禀过萱亲，与你结为姊妹，此夜同衾，正可共剖情肠，破香闺之寥寂，有何不可？但不可错认奴作崔莺，以日间跳墙赴约之风流，谩以加之于我。"

花春遂掩上朱扉，背着灯光，把衩裙卸下，遮遮掩掩，先自入了罗帏。紫荆笑道："此夜非佳期会也，你何故反作此害羞模样？"亦遂解衣宽带，入帏就寝。花春将右手轻轻挨与小姐面上，偎腮摹弄，觉遍体滑若凝脂，香如腻粉。抚了紫荆的胸膛说道：

"莫说别的，就是这两颗嫩乳，亦觉温柔香软，妙不可言。婢子欲吟诗一律，以赞尔美，未知小姐容否？"紫荆道："如此最妙，你且吟来。"花春亦不假思索，信口吟成七律一首，以嘲谑紫荆云：

> 酥娘年少最温存，生怕萧郎醉后们。
> 春盒双双花并蒂，巫峰两两夜销魂。
> 几曲浴罢浮香露，一弱灯前映指痕。
> 温软玉肌娇又怯，解衣羞与阿侯吞。

紫荆听道："情虽入妙，尚嫌未能贴切。我说'萧郎醉后们'，问你萧郎在那里？"花春道："小姐若果欲见萧郎，待婢子权当萧郎便了。"戏谑久之，芳心难奈，不免露出真形。紫荆惊讶不已。花春遂将乔扮细情，一一剖诉，谓紫荆道："小姐曾经说过的，若我做得张生来，小姐自愿为崔莺。一言既出，驷马难追。佳期之会，小姐不得推辞也。"紫荆无奈，只得勉强顺从，至于一团恩爱，万种风流，其情状言之近亵，故一概删除不表。

到了明日，起身梳洗已毕，紫荆惊谓花春道："君混迹于女班中数日，未知曾露本相否？倘破露机关，则昨宵在房一宿，难免他人暗中滋议。"花春道："小生唯恐乔妆事露，难与小姐相亲，故虽混迹于红粉之中，唯把春心捺住，不露真形，小姐不必虑得。"紫荆闻说，中怀坦放。

是日，以留住花春在房道："奴家前日曾得两题，一是咏笑，一是咏影，却未曾赋就。今日闲窗无事，就将二题与你分咏何如？"花春目有侍女在前，仍自称婢子道："既如此，小姐咏影，待婢子咏笑便了。"傍边侍女遂尔轻磨香墨，各送云笺一纸，花春先题就云：

> 曾闻一笑惑阳城，今日相逢百媚生。
> 偶尔解颐增绰态，嫣然顾我送微情。
> 低头红晕春波脸，冷齿香消小口樱。
> 绝世风流描不出，倩兮灯下伴卿郎。

花春题罢，见紫荆玉手，轻执银毫，也在那边题写了，其诗云：

相亲相近莫相离，乌有先生信有之。

依约送君灯暗处，模糊伴我月明时。

独来静夜何人捉，偷入深闺不尔疑。

真个形骸同傀儡，循墙面壁一无知。

二人互看诗句，共相赞美不已。

是夜，仍留花春在房安睡，言语间，问及花春混迹梨园，将来作何计较。花春道："我已得会小姐芳容，鸾盟缔就，此心可放矣。我此去北上，无论春捷与不捷，来岁春尽，必至此倩媒期约，请小姐宽心。等待我明日趁你令尊不在，潜踪遁去了。"紫荆闻言，踌躇半晌道："郎君虽欲潜遁上京，难与家尊见面，然须倩一冰人，将君姓氏一通，并君之青年才富，秋闱争元，倍详其细，好使家父留东床一座，以待君耳。若使君径北上，岁月蹉跎，恐家君作主缔姻，妾将何以回挽？"花春道："我在维扬，亦无故旧相知可托。若就令梅婆前来说事，恐令尊未肯全信，必欲面见小生奈何？我想令尊既欲挑选人才，为雀屏之射，一时亦未能得，数月之隔，谅无变故，小姐且请放怀。"紫荆道："君家既如此说，奴且安心待约，伫听春雷始发，必再会君便了。"花春道："小生无物为赠，唯带得一幅美人图佩之如珍，明日到寓取出，命梅妈妈带来潜交小姐，聊表盟海之约。"紫荆道："被梅婆识破机关奈何？"花春道："乔妆之计，即出自梅婆。彼作事老成，岂肯把机谋泄漏？彼即知道我与小姐有约，亦不妨害。"遂过了一宵，明日起身与小姐握别，遂入班中，与众女闲谈竟日，自然问及何故留宿两宵之事。书不细表。

挨到黄昏时分，竟不与班中女伴得知，悄然遁出府门。先到梅婆家中换了衣服，梅婆忙问道："濮小姐的容貌如何？可见老身说话并不虚谬么。"花春点头称是，就将与濮小姐缔盟订约之事细细说明。梅婆笑道："若非老身有此妙计，焉得相公谐其美事？"花春道："小生自时时感念的。我今还有事求你。我去去就来，你且在家等我一等。"那花春匆匆来到寓处，取了画幅，又取白银五十两，命画篚张灯同到梅婆家内，谓梅婆道："这幅画图，烦你悄然带去交与紫荆小姐。这五十两银子，若是濮太爷因不见了人，要寻你身交还身价，可将此银偿了。他若是免来，越发你的造化了。十两银子也赏了你。我明日稍停一天，后日清晨就要长行了。"那梅婆闻言大喜道："相公作事算周到，老身与别人办事多年，从未曾有如相公这般慷慨的。"

那花春遂别梅婆，回到寓处，用过夜膳，命家童各自安睡。挑灯静坐，以待美人。那知更鼓频催，竟不见是人到来，只得解衣安寝了。到了明日，与店主人算清房金，命家童叫定船只，打点明晨起身。心中想道："今夜那人出来，好赠与画图，与彼相别一番。"到了晚间，静候多时，凌宵乃至。问及数日在何处掩留？花春饰词以对，也不告以真情，遂与凌宵盟誓一番，嘱伊安心守约，后会不远。正在言语，忽听得外边叩门声。二人惊惶失色，谓定是败露机关，是非难免了。只得令凌宵潜向榻底躲藏，花春却战战兢兢持了灯火启扉。看来却非别人，乃是梅老婆子，略把中肠放坦，问道："夜静更深，老妈妈来此甚干？"梅婆道："我奉濮小姐之命，有送别诗四首赠与相公，命我千万叮嘱于你，必须早遣冰人为红丝之订，断不可迟延时日，致叹惜哉，恐误一生。我恐相公明日早行，不及相会，故急忙到此通达耳。"花春又问道："月霓班中之事可曾发觉么？"梅婆道："相公昨夜遁出，他们已着急差人寻访。只怕太爷回来，尚要老身追寻哩！"花春道："总感谢你的。"那梅婆言毕别去。

花春即把双扉掩上，展开诗笺一看，见是集唐句四绝，其诗云：

其一：

> 愁听清猿梦里长，几多深送断人肠。
> 销魂事去无寻处，密讯红笺有几张。

其二：

> 来时笑靥最堪怜，此夕回肠几万千。
> 眼底乍抛人一个，西风渺渺月连天。

其三：

> 目断天涯倦倚楼，浅尝滋味透尝愁。
> 世间唯有情难说，溪水随君向北流。

其四：

金炉香烬漏声启，相见时难别亦难。

一曲离歌两行泪，更无人倚玉栏杆。

看未毕，那凌宵在榻底步出笑道："你原来又与甚么濮小姐有约，我家姨母与你作合的，故在外担搁这几日。适才问你竟不吐真情，可见男子负心，从古如是。你此去都中占鳌得意，自有贵宦千金招选乘龙，奴凌宵之约，只怕要付诸东洋大海了。"花春道："芳卿何出此言！实不相瞒，小生曾经立志要访十位佳人，以谐琴瑟。尚恐丽人难觅，未能如愿以偿，贵贱之迹，岂所计哉！莫说卿是良家闺女，可订鸾俦，就是青楼少妇，若果有拔萃的姿容，小生亦甘与之为配，决不以其为逐水杨花而情生菲薄也。实情剖告，愿芳卿谅之！"凌宵道："妾只愿君不负约足矣，岂敢有妒心哉！"花春遂取画图赠于凌宵。是夜欢爱尽情，夜深别去。

到了明日，将行李发下舟船，一路行去。在船中取出画图，增上两幅：一幅是美人即时秉烛启视的模样；一幅是华堂演戏，自己扮作张生，濮小姐在筵饮酒的模样。画毕细观，真觉情景活现。

那日到了一个地方，将船停泊在岸，见城中风景，甚是热闹可观，也不带家童，独自一人上岸，飘然行去。约行数里，到一静僻之处，遥望见一座园林，古树连云，层台耸翠，渐渐近来。只见园门大开，有许多车马停驻在外，心中想到："此处莫非任人出入游玩，不妨进去赏览一番。"又道："地陌人生，不可造次。为甚车马虽停，不见游人络绎？"正在踌疑，见粉壁上贴有一张银红单纸，上写的是结社招贤小启，遂念道：

窃以东汉论才，共企文章之盛；西园载笔，群夸风雅之名。竟炫鸾龙，仰联镰于才朔；互推鹦鹉，让独步于江东。斯文不作，我道其哀。庶英俊之重逢，即风流之再振。是以小园结社，招罗名贤，不速而来，兔毫竞写。届期而至，茧纸争拈。把春风而舒啸，十步花香；坐秋夜以联吟，半庭月浸。一堂聚首，堪资攻玉于他山；千里相逢，尽可联芳于萍水。虽三分闲荒，非敢仰高风于投辖；而七裹云灿，是所望益友以锡朋。倘有四方英彦，三益良朋，愿摛词华于寒社，暂住青骢；欲抒芳藻于骚坛，少停白马。谨俚言之布告，当折柬以相招。

文园主人谨白

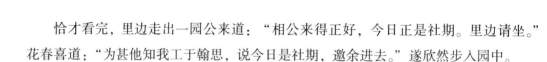

恰才看完，里边走出一园公来道："相公来得正好，今日正是社期。里边请坐。"花春喜道："为甚他知我工于翰思，说今日是社期，邀余进去。"遂欣然步入园中。

此时正是秋尽冬初，但见篱菊枝残，井梧色老。唯小沼之芙蕖斗艳，宛若霞蒸；疏林之枫叶争红，偏宜日丽。至于楼台锦绣，岛屿烟云，玩之有余，观之靡尽。约行百步外，见有两童子在前迎接，引花春渡过小桥。旁有一带围栏处，曲曲行去，早至书斋。众人见花春衣冠楚楚，丰度翩翩，不敢傲慢，尽皆起揖道："以姓氏叙。"花春道："诸位先生在座，晚辈何敢涂鸦献丑。难逢，敢不学步观光，以附骥尾。"合座俱哗然，应声道："花兄少年英俊，自是才藻不凡。少顷笔走龙蛇，我辈定邀荣未照矣。"遂递过一纸红笺，有数题在上：梅聘海棠赋，以"已占群芳，还求佳偶"为韵，落叶七律诗四首，其一得秋字，其二得红字，其三得深字，其四得株字，秋闺词一曲，调限《隔溪梅令》。采菱歌四首，不拘韵。看毕，命童子引至一间书室，四壁图书，尽杜李风流之句；几呈玩好，皆玲珑珍重之奇。自是目不暇给，见几上云笺铺就，童子轻磨香墨，以待濡毫。花春暗想道："一日功程，要完就诗赋歌词四则，若非我花春，已被他压倒矣。"也不加思索，信笔挥来，早已完就。遂袖了诗笺出外，这个童子也随出来通报主人。

原来方才花春进来，佳宾满座，主人却不在内。至此才是主人，方为觐面，不觉骇然吃惊。看官们，你道花春与他相逢邂逅，并无宿怨，非有旧仇，为甚吃惊起来？且把此情慢慢的揣度一番，少停续看下回，便开疑章。

评曰：是回与后文，悉作返照入江之势，故极力写才子之遇佳人，真如斯其易也。逢凌宵于日间一面，并不烦设计图谋。夜来即叩扉而入，以成佳会。濮紫荆潜处深闺，芳容莫睹，适有乔充女优入见之凑巧，且不特得见其人而已，从而赋高唐之梦，订偕老之缘，快何如之！欢呼此时之花春，几谓才子之遇，固宜如是矣。又乌知其为波中捞月、镜里攀花哉！

或云色欲不可犯，固也；乔妆女子，混入梨园，一可罪也；入房领赏，依回眷恋，二可罪也；卖弄诗才，戏言挑逗，三罪也；先与合枕，后露情形，使紫荆迫于势之不得不从，迫于情之不能不从，四可罪也。种种罪案，固不可恕。至若凌宵叩扉，不得独罪花春矣。我对曰：不然。古之君子，且有坐怀不乱者，乌得以彼来就我，而遂为借口，则不谓其污凌宵之罪同于污紫荆也不可?

第四回　赴文社一人压众
听琴声二美谐欢

诗曰：

> 画楼寂寂客魂孤，水月风流且谩图。
>
> 莺语啼娇心半醉，熊声振响骨全酥。
>
> 绸缪未恋三更久，生杀先惊一命无。
>
> 人世风波何处险，温柔乡里是危途。

话说花春见了主人，你道为甚吃惊？只因他浓眉横竖，怪眼圆睁，海下微须根根竖起，鼻间麻点密密成潭，额耸难堪，全形杀气。见他相貌不但丑陋，而且凶恶异常。举止接谈，吐词恪款，皆谦恭无比，暗暗叹道："人不可以貌相视之！我意斯人，必然作事不良，待人悍傲者，而岂知其竟不然也。

二人各道姓氏，晓得主人姓水名澄，字石泉。花春递过诗笺，主人大惊，敏捷及至，览毕，不住的拍案赞扬道："花兄之才，自是紫电前身，青绡后嗣。奇情勃发，吐白凤于胸中；逸韵横流，现青莲于舌上。有此奇才，我社增光万万矣。"那同社人闻花

春诗赋歌词已完，皆惊讶不已，出座来观，先念诗道：

其一：

> 西风摇落岂无由，去逐杜叶交深秋；
>
> 潘令花残思往事，吴女欲嫁百样羞。
>
> 莫夸宫女能题叶，偏殿翩翩舞广袖；
>
> 到此繁华归梦觉，淮河商女更添愁。

其二：

岂与群芳斗艳红，淡烟疏雨扫应空。
萧萧撼我三更梦，飒飒催人两鬓蓬。
霜老园林无半树，秋深帘幕有微风。
登山临水浑闲事，懒听寒蝉夕照中。

其三：

毕竟人非铁石心，愁事旧恨积应深。
生憎画砌堆红叶，无复珠帘捲绿阴。
古径苔封樵罕到，空山云淡客闲寻。
不堪回首春浓处，紫燕黄鹂尽好音。

其四：

极目秋原景色殊，闲情不复恋同须。
忽嗟村树枝枝秃，遍觅芳草处处无。
篱落风高空唤蝉，林阴月落欲惊乌。
争如陶令门前柳，春信先传到五株。

览毕又念词云：
其一：

雁叫西风秋复秋，暮云稠。又见如如新月下帘钩，断肠人倚楼。夜三更，
蝶梦正悠悠。梦难留，为语楚娥从此不须愁，虫声窗外啾。

看毕又念歌道：
其二：

《采莲歌》：采莲歌罢唱菱歌，约得邻家姐妹多。

侬采菱兮郎亦采，与郎同棹入乎河。

湖心采采过芳塘，两桨沿流棹艇忙。

小妹摘来含笑剥，手攒菱壳打鸳鸯。

其三：

紫茎含实遍溪东，小艇划来乘晚风。

斜折纤腰低映水，美人图在绿波中。

其四：

柔橹轻移顺水流，今朝满载采菱舟。

归来笑向郎前剥，一角青青一点愁。

看了歌，又念赋云：

搜蜀郡之名葩，采江南之冷蕊。连枝放处，菲菲玉照堂中；贴梗开来，袅袅沉香亭里。结幽盟于竹友，淡欲无言；牵好梦于花仙，情何能已。原夫香散瑶台，花开江店；但乏倾城之笑，别有清香；偏多点额之妆，不争凡艳。将赋合欢于纸帐，何劳驿使遥传；欲赓同梦于罗浮，未许花魁独占。若乃横陈锦障，藻散仙云，倩胭脂之点点，霏香雾之纷纷。种异垂丝，尚待红丝之系；枝宜栖凤，未占鸣凤之文。揎翠袖于疏帘，芳心欲诉；晕红挥于嫩脸，空谷无群。尔其夜半银釭，仿佛朱门之烂；枝头翠羽，依稀青鸟之翔。喧采采之蜂笙，迎来纳币；扑涓涓上之蝶粉，便是浓妆。遂使燕燕飞来，似有投怀之喜；倘令莺莺唤去，频添别梦之伤。夫何慕乎柳枝之婀娜，而桃蕚之芬芳。於焉遇美人于林下，寻好事于花间。高烛烧来，未是洞房花烛；孤山睡去，浑疑云雨巫山。呼月姊以传言，娇梳月额；倩风姨而作证，笑掸风鬟。从以花奴，听彻萧声之渐远，媵来菊婢，惊开扇影之初还。至若歌艳曲以声声，香魂欲动；护轻阴而漠漠，红粉常留。伴疏影于梅梢，真个齐眉之侣；作和羹于梅屿，还看中馈之脩。金谷群芳，齐输窈窕；玉堂清梦，别檀温柔，忆当年处士为妻，一枝最冷；忻此日佳人作合，七实堪求。彼夫金凤亦名少女，玉兰偶降仙家。孰若此交柯可美，连理堪夸。繄草木之无情，犹求伉俪；譬芝兰之色艳，无不柔嘉。由是千株屋内，不患寡双；定惠院东，居然有藕。共洒四时之雨露，须知石畔姻缘；好求十友之金兰，竟是花房夫妇。绿瘦谁怜，红颜休负。倘得邀庶士之求，自甘效十年之守。

诸同人看毕，皆面面相觑道："花兄有此敏捷才华，我辈搁笔矣。"石泉谓众客道："谅诸兄此时俱未落稿，据小弟愚见，今日之作，且不必完，可俟改日补入。夫以花兄之奇才，世所罕观。今日萍水相遇，诚奇遇也。不如即命排宴畅饮尽欢，以庆千古一时之乐。诸兄以为何如？"俱曰："石泉兄之言是也。"遂邀入垂露轩，命家童暖酒进肴，共推花春以首坐。花春固逊。众曰："小弟辈结社于此，乃客中之主。兄乃远客，因推席尊。今日之宴，乃为兄庆贺佳章，弟辈当洗邑奉敬，何而过谦？"花春只得就座，但见罗列之物，尽是山珍海味，凤屑龙肝。正是食费千金，富家气象。尔时美酒逢知已，话亦投机。虽然日色将阑，而座上倍添豪兴。

正在欢呼畅饮之际，见一童子飞跑而至，跪禀道："大爷不好了！赛燕娘方才悬梁自尽，幸亏小姐看见，传呼姐妹们哄至房中救下，至今尚未苏醒。特此传话，命小人禀知大爷。"花春见石泉听了家童的言语，怒气顿生，口中嚷道："这贱人如此做作，少不得身首异处，追悔莫及！"竟不顾众客在座，怒目挺身而去了。花春茫然不知其故，向众人问道："方才所云赛燕娘何人？为甚欲寻短见？而石泉兄又切齿痛若此？想诸兄既为至交，谅必得悉其细。"众人离席，俱笑而不答。花春不好复问，只得满腹揣疑。

却说众人见石泉进去多时，不复出来，而日已西沉，俱各与花春辞别言归。唯花春一人在座，思欲归舟，则天色已晚，难以行走，深悔方才只图畅饮，忘却归路尚有数里之遥，不早辞别。若欲权宿于此，则见主人如此气象，又是人心难测。然想我与他萍踪猝合，一见我诗作，而遂如此款待之殷，谅非无情也。假榻一宵，岂至见拒？低徊久之，见石泉出来，颜色少解。家童忙苦禀道："诸位相公嘱小的致意大爷，不及面辞，各匆匆归去矣。"花春不得不假意上前作别，石泉执手道："弟与兄机缘不偶，

千里相逢，敢屈驾在荒园草榻数天，弟与祈赐教一番，岂可遂言握别？"花春遂欣然住下，意欲问及赛燕之事，想此中定有隐情，未可造次。斯时银钉已点，命家童重进嘉肴，二人对酌，酒兴倍豪，直饮至漏滴初更，见石泉渐渐醉态欲狂，竟扶入里边去了。石泉既去，即有童子引花春到那傍就寝，约约往东而走有半里之遥。花春问道："为何只顾行去，将欲何往？"家童禀道："西首楼阁虽多，却非卧室，唯前边近傍内园待月楼中，乃宾客往来，俱留榻于此。"一头说，不觉已至楼下，那童儿叫道："扫月哥，花相公在此，快须烹茶伺候！少顷，小心服事就寝，我自去了。"花春步入楼下，早有一童在彼接候，见花春进去，一童自去煮茶，一童引了拾级上楼，竟是金窗绣户，珠箔琼钩的一座画楼。童子把银钉放下，侍立在傍。花春暗暗想道："主人既然爱客，虽入醉乡，何妨同榻，为何竟扶入里边，留我独寝于此？看起他来，毕竟有些须伴醉模样，却是何故？"花春步到窗前，推开四望，但见月色朦胧，东风甚急，园中景色，望去不甚仔细。遂闭了窗，回身坐于榻上，早已送上香茗。花春移盏沾唇，觉清香可爱，味美于回。令二童各自下楼，不必在此伺候。家童领命下去，花春亦独坐无聊，解衣就寝矣。

方朦胧合眼，忽听得隐隐有悲哭之声从东而来。心中想到："此莫非就是赛燕乎？想家童必知其细，悔方才不曾问得。"重披衣起来，走至窗边，侧耳细听，又寂然无声矣。只得重来就枕，辗转反侧。及至睡去，一觉醒来，只听得雨声淅沥，响滴庭阶，侧卧而视，见天光已曙，尚不甚明亮。假寐片时，已听得楼下童子喃喃话响。遂披衣起来，童子已送上脸水。梳洗毕，推窗远眺，但见压树早鸦不散，到窗寒鼓无声，处处凝寒，重重叠翠，自有一派雨景。

少顷，石泉出来，花春问候道："昨夜弟因酣醉之极，不得陪兄同榻，促坐谈心，获戾已多，奈今日又值一俗事缠扰，要暂违晤对，故弟特自出来敬禀，祈兄厚谅，莫嫌慢客不恭，是则弟之知己也。"花春一因致语甚殷，二因阻于风雨，不便行走，故尔诺诺，不复启齿言归。那主人又谓家童道："花相公在此，须小心奉侍！我傍晚就归的。"说罢，竟匆匆而去了。是日上午雨止，西风骤作，到晚来，地上已卷得干燥如旧，石径毫无雨痕。日方西下，重返照天晴，花春在园中闲步，只是往东而走，见一带花墙隔住，双扉紧闭，只得在湖山石畔伫立片时，早有家童寻到相邀，遂转身回去，仍至侍月楼下坐定。见童子捧上酒肴，饮罢撤去，殊觉寂坐无聊。因此日约在十月二十左右，月色未上，阶前黑暗，只得向架上抽着一本书籍，静坐观玩，以破寥寂。

少顷，家童进来，未几吃得酗然，皆有酒意，花春想道："我日间问以赛燕之事，恐或他不肯细说。此时酒醉之后，自能吐露真情。"因见扫月童生来乖巧，谅他必知斯事情细，就问道："管家，我有一言问你，你若肯说明，重重赏你。"那童子道："相公下问，小人怎敢隐瞒？"花春道："既如此，你晓得赛燕娘是你家大爷何人，为甚昨日欲寻短见？你家大爷又大怒进去？"扫月听说，回看那探花童儿，已因沉醉不堪，先去睡了，遂细细说道："相公欲问赛燕娘之故，说也可怜。他本是良家女子，因生得落雁沉鱼，姿容绝世，被家大爷看见，归来就差人去说，要他送来作妾。他父亲惧畏我家老爷，位隆司寇，势焰滔天，倒也勉强允顺了。无奈赛燕娘抵死不从，家大爷大怒，就白日里叫弟兄们前去抢来。见他腰细身轻，过于赵宫之飞燕，故名曰赛燕。是夜遂欲成亲，他竟拚死不允。大爷怒发冲冠，就欲砍以一剑，幸亏家小姐极力解劝，方才住手。过来已有半月，日夜啼哭，终是不肯回心。此乃内院之传言，却未知其细。"花春道："如此说来，你家大爷平日作事，大约不循良者居多矣。"童子道："家大爷之罪孽，岂能胜数？房中二十四位美姬，大半是抢夺来的。因家大爷生平所嗜好者，唯有二事：第一是溺于女色，故见有俊美妇人，不论其为处女孀居，总不肯放过；第二倒有志于文墨场中，凡有陶韦韩柳之才，必钦心起敬，不敢凌以傲慢，故开社于此，广结天下文人学士。除此二者之外，别无所嗜，故日间则诗酒谈心，夜间必归内寝，即有客在外，必佯醉归房。此间往来宾客，如识其性，夜间罕有留榻者。此乃管园的王伯伯常常说起，故小人知道。"

花春听罢，不觉愀然生悯道："从来琴瑟之乐，必须两相爱慕，愿结同心，然后鸳鸯枕畔，翡翠衾中，若以胶投漆，自有一种乐境。若强逼相从，则泪粉含颦之态，亦何乐于兴云布雨之举乎？可惜有此绝世佳人，不获一观，何缘俚至此！"不禁感怀，口占一律道：

百转回肠恨未消，愁眉懒向镜台描。
孤灯寂寂空鸳帐，暮雨萧萧冷鹊桥。
只是伤心怜碧玉，谁怀侠胆盗红绡。
个人薄命应嗟尔，错遣东风送柳条。

吟罢，倚桌挑灯，暗暗想了久许，见扫月也去睡了。偶抬头向窗外一望，见半轮寒月已早挂枝头矣。就趁着月光，依旧向东步来，直至日间所到之处。且喜篱门半掩，急急挨身进内，口中自言自语道："园门未知落锁否？多饮了两杯酒，竟忘怀了。"只得向半边一座亭内避进。

花春此时因欲妄图见赛燕一面，已入魔境，故听了家人的言语，也不想少停园门关上，如何出来，竟一径穿出亭中，依着一带石栏，见有一派清流阻住。这一边又是一座玲珑堆就的假山，高有数仞。意欲上去，又无层级可登。伫足多时，但觉月映寒潭，波光清澈，风和树静，万籁无声。望见岸畔有一座小小石桥，因被树影遮住，所以一时不见。花春渡过桥来，忽听得丝桐奏响，竟送出一派琴声。侧耳细听，觉旋断旋续，声远撤于清宵；乍抑乍扬，调倍凄于静夜。不堪听处，几同别鹤之伤；几度悲来，似有离鸾之恨。凄弦重按，还疑鸟舞失珠；痛调频弹，自令禽坠树。寄幽恨于弦中，忆尔泪沾红袖；听悲声于曲里，亦应泪湿青衫。非失恩之怨妾，为诉离怀；即被虏之姣娥，欲抒愤恨。

花春听罢，不禁潸然泪下，竟大着胆挨步进来。见抚琴的美人，果似王嫱再世，西子重生。但觉柳眉紧皱，春山锁万斛之愁；杏靥含颦，秋水涌千行之泪。花春上前作揖道："小娘子莫非就是赛燕娘么？"那美人愕然道："君是何人？为甚黄夜至此？"花春道："我乃浙中过客，因见此间结社赋诗，故尔进园题咏，蒙水兄垂爱，留榻于此。夜间独坐无聊，闲步至山，适因琴声惨切异常，闻之欲恸，故尔冒罪与小娘子一谈衷曲。"那女子道："妾姓云，字素馨。'赛燕'二字，乃水贼之所以辱我者。君何亦以此二字唤妾？至于妾之苦衷，一言难罄。谅君既不能为妾解危，恐言之徒劳耳。"花春道："小娘子之情事，我已倍知一二，不必细述。据愚之见，不如聊且顺从，俟后日再图良策。若执而不悟恐残生莫保也。"素馨眼泪道："君言虽是，但妾虽平户贱躯，曾立志欲访风流才子，以托终身，虽为之列小星而奉箕帚，亦所不辞。若欲与宦豪陋质共枕同衾，宁死无怨。今见君丰姿俊雅，迥异寻常，故不避嫌疑，坦怀以告。倘君能救妾脱离虎穴，愿以陋质相从，未知君肯垂悯否？"花春闻言叹息道："蒙卿厚爱，人非草木，岂不动情？但此处重门深锁，非有昆客再世，焉能措手？画虎不成，事将奈何？卿若果有志与小生订约，不如留其身以有待，尚可缓为图谋，我决不以茂残花败，留余憾于章台也。则芳卿今日之从彼，正以从我。不然，身且莫保，何有于后会之订哉？劝卿不必守经，而暂以从权，事可谐矣。"素馨道："君既不以残质见弃，妾亦何惜辱身。但尔时之青盼虽殷，恐他日之《白头》易赋耳。"花春道："卿不必过虑。

我一言既出，永世不忘。幸带得一幅十美丹青在船，我明日取来赠卿，以留表记。"

二人言谈已久，素馨欲起身入内。花春道："小生客舍无聊，今夜欲随卿同进香闺，万勿见却。"素馨道："妾既以身许君，敢不从命？但妾幸得水贼之妹、青莲小姐十分垂怜，因对其兄说过，命妾在他身后房住下。妾与水小姐日伴谈心，甚相契合，亏他时时解劝，略减愁肠。今夜小姐本欲同妾到园玩月，因偶抱微恙，故倦于出园。倘同君进去，被伊知觉，亦恐未便。"花春道："即在后房安宿，亦不知惊觉小姐。此时一点春心，已在芳卿身上。夜长梦短，何以为情，卿其留意乎！"素馨沉吟半晌道："此事必须通了小姐，方可成就。"花春惊问其故。素馨道："我与水小姐倾盖相逢，如同白首。言语间，问及抛球射屏之事，彼云：'楣非所论，但得风流才貌，便可为琴瑟之调。'其志殊与妾合。若令见君，定然垂爱，妾从中撮合，使水小姐得一佳偶，亦可云知恩报德矣。"遂同了花春进内。

原来小姐香闺，就在园中，故无门户闭隔。命花春在楼下站立片时，素馨独自上楼。但闻得隐隐话响，却听得不甚仔细。不多一回，见素馨同一侍女下楼道："事已谐矣，请君上去。"花春遂捷足上楼，见水小姐天姿国色，不减素馨。揖罢就坐，言语之间，绝不装羞做势，竟欣然以终身相托。花春暗喜道："一夜而遇二美，可谓奇缘福凑矣。"斯时月影当窗，夜已过午，素馨竟起身出房，将门反手拽上。花春已知其意，遂与水小姐解衣宽带，一效颠鸾之乐。

迨至雨收云散，青莲道："妾迟接芳颜，先沾膏露。请君披衣至云姐处，再度春风，毋使彼静恨更长，剔灯久坐。"花春依言，遂至素馨房内，见已倒在绣床，桌上灯火未灭，帐幅上在银钩，走近床沿，素馨问道："君何不枕畔云迷，以耽人乐，为甚得陇望蜀，复至此间？"花春笑道："一点芳魂，已早被卿摄去，岂可以李代桃，遂毕阳台之兴？二美联芳，被我一宵占尽，卿之德真铭感不浅矣！卿何得佯作此语。"以是遂入罗帏，再兴云雨。花春自为本领高强，支持可久，故不用丹丸吮口。

讵知情兴正浓，春光已泄。二人玉臂互勾，尚未睡去，猛听得下面厉声大喊，像是石泉的口气，喊道："花春这厮，如此大胆无礼，管叫你性命难保！"花春听了，吓得魂飘沧海三千里，魄散巫山十二重。急急起来穿了衣报，不及束好，将两足套入乌靴，忙欲向外逃生。素馨道："君若下楼，定被擒拿。不如向后窗跳下，望西而走，尚有一线生路。"花春情极无奈，只得拚死跳下，虽月明如昼，却因园中路途纡曲，又有许多树木、亭台遮隔，甚是难行。急飞奔至园门，已见锁上，只得重回旧路，望树影

深处躲将进去。行至一座桥边，听得后面人声渐近，因叹道："原来奸情近杀，岂真牡丹花下有风流鬼乎！我今悔之晚矣！"遂向深溪跳下。未知性命如何？下回自见。

　　评曰：是回文坛艺士，半是衣冠禽兽。盖从来荡检逾闲之事，每每出自此辈者居多，不得以吟哦章句、艺苑风流而自命为衣冠中人也。如水石泉平日仗势行凶，污淫妇女，禽兽也；而偏能盟坛招士，酬接名流。花春霄夜听琴入闺，妄图苟合，禽兽也；而诗才偏能压座，可知观人者，须验其品行之端，不可仅取其才之美也。

　　蝼蚁且贪生，讵人不如物？观花春与二美人只图得片时欢爱，而祸起须臾，竟至无门可逃，何赖于风流才子乎！自古窃玉偷香，直如一叶扁舟，横江入海，险不可言。苟有心人，能不观此而汗湿脊背。

第五回　呪春丸鏖战群尼
遇仙姿网图双艳

诗曰：

> 孤舟江上夜吹萧，孽事绵绵从此招。
> 静院可堪谐月夕，云房无日不花朝。
> 绸衣美杀婵楼女，锦帐遥怜金屋娇。
> 愿把红丝牵一线，蠹闺处处有奸刁。

话说花春情极，望寒溪跳下，自度残生不保。不意甫欲着水，身轻如驾云雾，若有神助，腾空而起，渺不知所之。倏然坠下，睁眼一看，见一道人立在面前。纶巾鹤氅，仙骨珊珊。定睛细视，却就是前日相赠丹药之道人。花春屈膝跪下，口称仙师救命。那道人忙扶起道："贫道知君今日有厄，故特来相救。今已踏破玉笼，何犹战栗若此！"花春举目四望，见已在舟中矣。气喘略住，向道人哀恳道："幸蒙仙师援救，我花春虽获再生，但恐二美在彼，定遇茶毒，还祈仙师再生慈念。"道人云："汝不必过虑，待贫道略施妙术，保留二位佳人与君后会便了。有何言语，可代为通达。"花春道："有手页二卷，赠于二美，恳仙师带去，致言金谷尚存，有期后会，不必悲惨。"说罢，就去取出画图，付于道人。道人拱手而别，花春铭感无暨。是夜在船，愁难成寐。

到了次日，绝早开舟进发。遂尔取出画图描画，画的云素馨手弄瑶琴，眉峰锁恨模样，不数则完了一幅。欲画青莲，不觉止笔道："我与她楼中一会，遂尔成欢，并无别样景况可画，这便如何？"沉思许久，遂画作珠帘半卷，银烛高烧，鸳鸯帐下，与他笑解罗裙模样。迨至画毕藏好，舟中无甚消遣，听得两岸蝉鸣不绝，山色苍苍，因忆着唐句有云："蝉声驿路秋山里。"即拈以为题，赋诗一律云：

关河万里客人寰，听到寒蝉住又还。

艳艳夕阳村外路，萧萧古木道中山。

片帆愁色过荒野，隔岸残声渡碧湾。

向晚舟停人影悄，不堪望月上烟发。

又见孤烟寒碧，秋柳凋残，不禁感怀抒志，赋诗一律云：

忆别离时又一秋，渡头犹见几枝留。

风留旧事今何在？寂寞长堤泪暗偷。

残月晓风幽梦冷，板桥茅店旅魂愁。

舞腰消瘦凭谁问，羞与张郎话旧游。

　　一路在船，非展画怡情，即题诗破寂。其即景感怀之题咏也，笔难罄述。

　　那时正在初冬时候，但觉砧响家家，樵歌处处，残阳吹牧笛之声，寒渚挂渔舟之网。无何停小舟于沙汀，泊孤舟于石岸。山高水落，潺潺响处泻流泉；夜静江寒，飒飒声传飘落木。尔时玉兔渐升，约交二鼓；金鸡待唱，尚未三更。花在船，望见岸上有一座庄院，甚是高峻，四面却无房屋。但见古树荒村，清流一派，水光边月，寂无人声。乃取出碧玉箫，盘膝坐于船头，轻按工商，吹出抑扬之调，觉袅袅堪听，醉醺醺有味。舞潜蛟于幽壑，泣嫠妇于孤舟。桥畔月应悲往事，楼头人倚断柔肠。飞来云际鸳凰，声扬高朗；折尽堤边杨柳，调发凄清。正吹之间，忽听得庄院内推窗话响。花春遂住了声，望上一看，见有人在那边阁上。却于月光中望去，不甚明白，未知听萧者是佳人，是才子？依旧将萧吹动。

　　那二人开出水门，走近船傍叫道："请相公上来，云房少坐。"花春闻言细视，乃是两个俊俏尼僧，喜不自胜，遂跳上河埠，同了尼僧径至里边。那尼僧说道："贫尼方才与师弟在房闲话，听得隐隐有吹箫之声，疑此间寂静荒村，焉得有此佳调？遂尔到阁上推窗一望，月光之下见相公潇洒风流，超然绝俗。籍此夜静更长，想亦难为消遣，故敢冒渎相邀。"花春道："足感美情。"问其法号，一名悟凡，一名慧源。那悟凡尤生得姣媚动人，向花春细盘姓氏，又问以今欲何往，舟停于此？花春告以会试北上。悟凡道："此间名曰半桥村，乃乡僻静处，非官商通径。想是舟人迷路，故至此间。"花春道：“情实有之，然非舟子迷津至此，乌得与二位一面？此乃天假之缘也。我想人生于世，犹如草头之露，水上之萍，青春不再，红颜能有几时？以二位具如此之丽质，何不花开并蒂，带结同心，以图琴瑟好逑之乐，乃反削发空门，徒使绣被生寒，孤帏耐冷，受那一种凄凉景况，是真可惜！”那尼僧笑道：“我庵中出家者，皆是空门不空色，净身不净心的，故虽出红尘，未除欲念。清磬数声，惊不断阳台之梦；绣幡长拂，卷不开巫峡之云。何待结鸳鸯之侣，时时交颈鸳鸯；不必谐鸾凰之欢，夜夜成双鸾凤。从来化雨春风，都被出家人占尽；香阁佳人，焉得有此乐境？”花春闻说，深叹其言之不谬。是夜二尼轮流取乐，花春将丹药吮入口中，真是通宵不倦。二尼悦道：“不料相公一瘦弱书生，具此本领，乃色中之飞将，可以一当千。”迨至漏尽钟鸣，然后各自安睡。

明朝起身，已是旭日当窗。花春用过早膳，步出外边，一殿殿瞻仰一番，甚是精雅。但见苔封石径，露滴松枝，佛境客来，静无犬吠，芸房尼在，僻有云封。帘影高低，轻垂斜日里；磬声缥缈，徐徐出落花间。寂寂空廊，鸟啄花砖之缝；深深静殿，虫缘玉像之尘。花春看毕，步出山门，回视上面，有一匾额，写着“香莲庵”三字。庵前一带清溪环绕。对岸有一丛林，约广数亩，多是苍松翠柏，蔽日干霄。傍岸篱笆结断，后面又有许多房屋，密竖棋杆，像是一个宦家的坟墓。遂渡过石桥，傍岸行来，却是关锁在此。从花墙几内一望，里面似有一种阴惨惨的气像。古窗积雨，昏残昼之微光；枯树经阴，长寄行之蔓草。冢前石马嘶风，羁人欲泣；丘畔孤猿啼月，过客生愁。岂是荒丘院宇，应嗟寂寂；纵非古墓亭台，亦觉寥寥。叹人生既归三尺土，有如许苍凉之景况。

方欲回步过桥，见一座大船泊近岸滩，有二个家人手提筐篮上岸。又有众婢女扶了一位绝色佳人出舱。看他浑身素缟，香粉轻涂，朱唇愈淡愈雅，态度难描。见了花春，自是庄重不挑，绝无顾盼流连之意。花春正在凝神注目，被家人厉声喝退，只得起身回步，暗想道：“我北游未久，所遇之佳人，尽皆国色。可谓天怜才子，自有许多奇遇。十美之愿，可不虚所望矣。但思我自遇仙变容之后，见者无不动情。固不必勾引女方，彼已魂飘魄荡。为甚此女于遇我绝不见眉眼传情，却是何故？”又想道：“要知此女住居、姓氏，庵中悟凡自然知悉。进去一访，定然分晓。”

一路步进山门，向悟凡细细盘问。悟凡道：“据相公说来，这个小姐乃是告老凤吏部的媳妇，现任窦察院的女儿。未至凤门丈夫即身故。父母意欲另选豪门，再择佳婿。

窦小姐竟自未婚守节，愿适凤门。父母再三解劝，彼却冰心从白首而靡他，霜操自青年而不易。谓既受凤家之聘，则生为凤家人，死为凤家鬼。已联一姓之姻，永订百年之约，虽云琴瑟未调，讵可琵琶再抱？宁守孤单于一世，绣被生寒；甘心寂寞于三更，罗帏影只。真是玉度无瑕，可堪霜并洁；冰心共澈，应与月同辉。故今岁春间，已过门矣。数日前凤公子出殡在墓，想今日特来祭奠，可惜一位绝色婵娟，竟终身守寡。我想千载流芳，总抵不来一宵快乐。彼何痴心至此！"花春听了这一番话，不觉目定口呆，把一片热心，竟化作冰消瓦解。又转念道："事虽如此，但我前日在水园自分必死，讵知暗有仙人相救。是以寻花问柳的芳心，做出天随人念之美事。天下事凭了一点如火之欲心，拚生抵死做去，那有不成之理！岂可以其矢志甚坚，遂尔交臂失之哉！"遂向悟凡道："我有一事相托，未知师父肯为我出力办否？"悟凡笑道："相公心事，贫尼已经猜着，莫非在那窦小姐身上么？请相公且把此情收敛。若要此事得成，如比日里擒鸟，月中捉兔，虽有奇谋良策，无能为也。"花春闻话沉思，亦觉难图成事，只得且至城中，另寻机会。遂欲与悟凡作别，悟凡道："千里相逢，喜出望外。正思盘桓数日，乐境靡涯，何得遽言离别？莫非急欲去访心上人乎？相公此去，无论事不得成，即欲与窦小姐一面，侍至马角生、乌头白，亦无相见之期。"

花春闻言，默想道："蛇无头而不行。若无可乘之机，而谩欲逞以攀花折柳之能，如青蝇带壳而飞，有何撞处？悟凡既细知其根底，自然在他门下出入，言语可通，犹可作药中之甘草也。"花春只得殷殷恳托，必欲伊画一妙计出来。悟凡凝神侧目，想了半晌道："大凡窃玉一事，不可乱撞，必有所挟以相将，方可成功。或以才帛动之，或以言语引诱之，或以色欲迷恋之，或以局骗陷溺之。今凤家缙绅门第，富比石崇，才帛既不足以动之。而窦小姐千金之体，静一端庄，非礼之言，岂能入耳？他未婚守志、铁石心坚，纵人宋玉、潘安之貌门于其前，岂能动念？日处深闺、重门高峻，局骗之计，又无所施。除此数项之外，计无所出，然在贫尼想来，唯局骗之计，尚有一线生动。但此时难以措手，且再延挨半月，此计可行，不知相公肯耐心等俟否？"花春见说有计可施，便欣然进问道："师父方才既说她日处深闺，局骗之计无以行，何以又说此计尚可因谋？乞道其故。"悟凡笑道："此时且不必明言，相公若能耐性，半月后贫尼当效微劳，或者春风得度，也未可知。"花春暗想道："他若果有妙策，为何不肯明言，又要待月后方可行事？莫非他无甚计策，欲款我在此，故以此言哄我？且莫论他是真是假，就在此闲搁几日，亦何妨碍。"立意已定，嘱付船家，将船停泊后河，命家童在船看守，自己在庵内安心守耐。是夜，与众尼逐欢取乐，因有补天丹吮口，所以百战不败，供支持昼夜。

到了明日，不免罢戈。偶在殿上与尼僧问话，忽见外面走进一老年婆子，同一使女急急进来。花春以为此必是谁家妇女至此焚香，故有此妪婢随来，及至二人进内，不见后面有甚女子，且看那婆子发鬃半苍，年近花甲，这使女约在二八芳年，虽无十分姿色，也有一段风流。向悟凡问道：“师父，为甚许久不来我家？安人命我问候师父并众师父俱安好的。”悟凡道：“多承你家安人费心！迩来员外、安人与小姐多康健么？”那婆子道：“不要说起，我家小姐不知何故，忽然染成一病，憔悴恹恹，饮食少进。员外遍请名医看治，只是无效。安人着急，命我同翠云姐到此，祈求观音大士，虔心许愿。”就将香烛点了，伏在蒲团，深深跪拜，口中念祷不绝。复起身来持了签筒，求出一签，乃是九十九签。侍女在傍见道：“呀，这又奇了！我家小姐得病的根由，乃是九十九，为何签上的数目，也撞着了九十九？”

婆子也不听见安放签筒，就将九十九签的密诀，请教悟凡详解主何凶吉。悟凡道：“签诀精奥，贫尼性拙，详来恐不甚透澈。幸有这位相公在此，请教他一述，自然明白了。”花春步将过来，签经一览，上写道：

要知心忧还非病，料得身危别有医。

悟后方知灯是火，笑他枉费用心机。

花春道：“细玩签句，你家小姐的病症，似非延医服药之所能为功。若能慰得他的心，就可勿药有喜了。”婆子道：“原来签上也是这等详解。前日员外特请名医李半仙到来按脉，他说：‘此因心中有所思，而日夜积想，不遂其欲，以致心神郁结，染成此症。只要心事得完，就可痊疾，不然，纵有神医妙药，难以挽回。’方也不定，竟自去了。安人在小姐跟前再三盘究，探不出其中缘故。看来凶多吉少，此事怎好？员外、安人年过五旬，并无子息，单靠得半子收成，以娱晚景。唯祈佛有灵，保佑我家小姐渐渐脱体还好。我想员外、安人做人极是忠厚，为何一个小姐都招不牢，竟生出这样怪症来！”与尼僧略谈几句说话，同着丫鬟，竟自出庵去了。

悟凡道：“闺中处子，有甚心情？想已入相思魔境矣。古来天之生人，从不予以完美之福。既有所矫纵于此，不能无所缺陷于彼，可叹也。”花春诘问其故，悟凡道：

中国禁书文库

空空幻

一四五一

"方才所云染病的小姐，乃是西门满员外之女，小字池娇，其容貌实较胜于窦小姐，乃一则未婚守寡，受尽一生落寞；一则染病恹恹，竟难疗治。叹为半世佳人，空作一场春梦。既纵以绝世风流，曾不使彼受一须风流欢乐。天实为之，谓之何哉？"花春听说容貌较胜于心上之美人，又触动了访耦的深心，忙问道："此女青春几何？曾受聘否？"悟凡道："满小姐年方十七，尚在闺中。因员外膝下少儿，要访一乘龙佳婿招入家中，所以姻事蹉跎，未曾受聘。若得满小姐病愈，当与相公玉成此姻，稳叫蓝桥得渡。但恐症已犯实，不免作泉下鬼，亦无奈何也。"花春又问道："师父说他貌胜于窦小姐，此言可是真否？"悟凡道："贫尼在城中穿家入户，大半是富贵豪门、缙绅大族，所见的香阁千金，亦指不胜屈。论其美貌，要推池娇为元，瑞香小姐为亚，余外红粉虽多，怎能比数？"

　　花春见其凿凿道来，谅非谬语，因想着方才使女的说话："小姐染病缘由，乃是'九十九'，甚不解意。那侍女既道九十九是根由，只要问明九十九之故，满小姐的病情自然能医了。"遂向悟凡问道："今日这个使女，可是满小姐贴身服事的么？"悟凡告以正是。花春："如此既承美意，为小生玉成姻事，恳师父明日遂至满家，向今日到此的婢女细问小姐得病之由，就知分晓。"悟凡道："相公何以知满小姐的心事，翠云丫鬟得知其细？"花春道："大凡闺房作事，一动一静，未有不通于使女者，故女子善怀，在父母茫然不觉，而婢女已洞悉其情况。他今日明说小姐的病源是从九十九得来，但九十九之故，小生再详解不出。你只要将此语细细诘问，则真情吐露矣。"悟凡允诺。待至明日，被花春催逼动身，只得用了早膳，遂进城中。

　　花春在庵盼望佳音，甚是不耐。候至夕阳西落，未见悟凡回来。在庵前伫立多时，遥望到那入城这一条路上去，竟绝无人影。唯见那远近枫林，夕阳返照过，直如染赤的一般，因口占《红叶》二绝道：

　　其一：

　　　　嫩柳娇花一扫空，只留败叶卷西风。

　　　　不知更有何人泪？洒得寒林如许红。

　　其二：

日落迷离暮色高，寒林霜醉尽萧骚。

若教添个题诗女，错认仙源一树桃。

吟罢，见天色渐渐晚下。庵中走出两个披发小尼道："花相公，请到里边去！我们要闭山门了。"花春道："悟凡师父尚未回庵，如何就把山门闭上？"那小尼僧答道："师父入城，常常在城中人家歇宿。此时天色已晚，谅不回庵。"花春无奈，只得步进庵中，晚餐也不用，遂往悟凡房中睡下，将门紧闭。少顷，有尼僧逐次来叩，托言身子困倦，今夜暂止戈矛。尼僧因闭门不能入，一个个都自散去。

花春在房不寐，倚窗静坐想道："我在此等候消息，度日如年。你探知其故，自宜速即回庵，为何反在满家耽搁，使我中心怏怏。日间纵已过了，今夜作何消遣？"坐至更余，觉得倦眼朦朦，似有睡意，及至解衣就寝，则双眸虽合，而一腔思念只是辗转心中，未能抛去。又想窦、满二美，虽云绝色堪怜，然一则守节难移，一则病痊未卜，事之谐与不谐，尚难预定。何天工既生才子、佳人，而又使才子、佳人之遇合如此艰难？此我所不解也。是夜恍惚朦胧。

到了天晓，披衣起来，步出前殿，见门窗重重紧闭。花春逐重开了，步至山门外，尚是绝早天气。只见宿雾朦朦，寒风凛凛，板桥重罩浓霜，尚无人迹；古树声喧宿鸟，渐见鸦飞。盼望一回，觉寒气逼人，难以久立，重入庵中，将门虚掩。不一时，见庵中众尼络绎起身。

少顷，用过早膳，又步出庵前，远远望去，似那边有人行来，却又看不仔细。渐渐近来，像是悟凡。花春遂急步迎将上去，见果是悟凡。复又走上前去，急急间道："消息如何？"悟凡道："相公如何这等躁急！且去庵中，说也未迟。"花春见四野无人，遂携了悟凡的手，急急望庵中来。花春又问，悟凡叹气说道："此事徒劳往返矣！"花春惊问其故。悟凡一一从头讲道："贫尼昨至满家，见过安人，问安几句，说起昨日签诀讲论一番，随后至小姐房中见小姐睡在牙床，罗帏半起，我略走近床沿，见她玉容憔瘦，春色全无，然而骨格风流，犹然如昔。见了贫尼，注目许久，然后说道：'悟凡师请坐。'只因懒于启口，故此后别无言语。我见房中服事丫鬟有两三个在内，不便说话。适因翠云姐有事往外，我即随他出来，问以小姐得病缘由。他总支唔不说。我说你昨日在庵，明道着小姐病根是从'九十九'来的。你只要说明'九十九'之故，则小姐心事自然明白，小姐的症候亦可医治矣。你家员外、安人，五旬无子，所以娱晚

景于桑榆者，只此小姐耳。你平日得叨这须优待厚恩，不思图报，忍袖手闲观，使小姐奄奄一息待毙旦夕，令员外、安人痛苦交加，亦于心何忍！她听了这番言语，沉吟半晌道：'师父之言，真令人闻之痛入肺腑，但小姐心事，我所以嗫嚅不敢言者，实因小姐切切叮咛，命我千万不可泄漏，如或在安人面前通了一言半句，我小姐唯有死无生，不欲苟活于人世，所以前日安人再三垂问，我只得隐忍不言。看来此事实为狼狈，今承师父数言开导，使我肝肠寸断而已。若欲明告，则又何敢哉！'翠云之言如此，是我以真诚恳切之言动彼，彼固不得再推；而彼亦以缠绵悱恻之言答我，我又何可再问？即相公处此，恕亦无如何告之也。"

花春听罢，唯是抓首嘘欷，口不能语。悟凡笑道："相公且莫忧虑，还有佳音在后。"花春忙问道："究竟如何，切勿半吐半茹，使我愁疑满腹！"悟凡道："随后用过中膳，与安人闲话许久，因天色渐晚，留我宿榻于彼。夜间翠云特来问我今日盘问小姐一事，却是何故，莫非你依得小姐的意来么？"我道："依得来，依不来，此时焉能预定？你讲明其故，或者有人医治得小姐的心病也未可知。"未知悟凡此时再说出甚么来？且看下回分解。

评曰：是回得层峦叠障之妙。乡村僻地，花春意中本不思有所遇，乃静夜泊舟，有香莲庵众尼之遇合。亦谓所遇者止此而已，不料石桥闲步，又有玉人天外飞来。阅者意中，急欲观花春如何钻谋？如何画计？方弄此人到手。乃偏把此事搁起，又于无意中忽起一番遇合，几如游山水者，高瞻远瞩，已望见一所景致豁人眉宇，却碍于路径纡回，无从进内；正在行间，忽又开出一条径路，别有奇观。此晚既舍不得这里，又舍不得那边。意虽注于那边，足已投于这里。实有心慌意乱、目不暇给的一种情状，是文笔曲妙处也。

第六回　一幅画巧谐美事　三杯酒强度春风

诗曰：

> 已订丝萝已守嬬，一齐贻玷破含芳。
>
> 蓝桥杵折冰人斧，巫峡云锁玉镜霜。
>
> 秃毒从来为至齿，梅香自古引蜂狂。
>
> 罪魁毕竟归何局，料得奸谋怒上苍。

话说悟凡转述翠云的言语说："他挥泪而言道：'我本不敢对师父说明，一则感师父殷勤下问，情有难却；二则我右想左思，小姐的心病，唯师父肯多方谋画，为小姐留心，尚有生机可望。故只得把小姐嘱付之言，付诸流水。'贫尼急问其故，他云：'家小姐闺中消遣女工针，唯酷好丹青一道，师父所深悉。故尝谓'人各有志，不能相强'。古来豪杰之女，有以逞雄试武成婚者；文墨之女，有以联吟题咏订约者。大约物以类聚，即朋友之道，可通于夫妇。今我之所嗜好者，绘画为先，诗词为后。我想天下才人工于翰墨者居多，善于丹青者实少。我立志要访一风流才子，其绘画工于我者，方可与之为配。今岁春间，偶画一局春宵百美图。其款样，乃幅幅各别。画了九十九幅，欲再画一幅，凑成百幅，总凭你心思呕尽，只一幅究想不出。小姐谓'谁人能别出心裁，再画一幅，以凑成其数，遂可与之咏好述之矣。'然仔细寻思，这幅美人图，只不过玩诸香闺，茂于锦匣，讵得传扬于外，可使人见者？既不得使人见，则此幅画图，竟无家美之日。所以小姐神思梦想，终要摹出这幅形像而后已。不料精神耗散，迩来渐渐憔瘦不堪，此病源之起所以谓'九十九'也。为今之计，只得恳在师父身上，将此未成之画带去。我想师父庵中游人不绝，若有青年才子善于丹青者，清其完工此幅，或者侥天之幸，事有凑巧，也难逆料。但不可说出家小姐之笔。此特我翠云无可

奈何之极思，总祈师父相机行事，随处留心，则不特小姐感再生之赐，即员外、安人，亦叨德无穷矣。'即向袖中取出图画，双膝跪下送过，又说道："自今以后，若师父将画图取去，不为留意，则小姐残生莫保，空负我一片苦衷；而或者机关漏泄，贻玷香闺，则翠云之罪滋甚。望师父为我原谅焉。我听他语语真诚，言言恳挚，实令人闻言叹服。但相公于丹青一事，曾谙否？"

花春闻言大喜道："这段姻缘，倒有八九分希冀。绘画之事，是小生最所擅长。况既画了九十九幅，这一幅有何难画？直可以信毛挥就！"遂向悟凡袖中索取卷页。悟凡连忙取出，递与花春。接过一看，见页面上写着"春宵美人图"五个字。展开细玩，竟自一局春意图，幅幅上有七绝一首题在后边。诗中意味，皆与这幅形像相符。而画上意态，自尔摹神酷肖，未有前后重复者。花春未见之前，以为易事，及至翻阅数次，意中摹出来的形景，未有不在九十九幅中已经有之者，因渐渐有须难意。然只是手不释卷，将那九十九幅翻来翻去，凝神定志，要摹拟出这一幅来。或俯首于桌，百端搆想；或跬步圈行，仰面寻思。凭你搜尽九回肠，毕竟难成一幅画。

因是孟冬天气，不多时，天光已晚。恐在庵中歇宿，有尼僧缠扰，所以就携了此画，径往后岸船中安歇。少停，悟凡来问道："相公今夜为甚不在上边下榻，竟下了舟船？莫不是图画不能成，把一条心事抛去，欲开船北上了么？这一幅不可带去，快交还了贫尼。"花春道："师父何得多疑，吾有言告汝。"遂跳上岸，轻轻对悟凡道："我恐在庵中宿了，夜间有别事纷心，不能细细摹想，故暂在舟中宿了一宵。今夜想就了这幅画，明日好交师父将好事玉成。"悟凡闻言颔首而去。

花春仍下了船。船家自端整夜饭，用过俱安睡了。花春独坐在舱，暗想道："怪不得池娇小姐积想成病！人之心血能有几何？必为这幅画图呕尽也。看来满小姐之病，不曾医得好，我之病又从此染矣。若想得就，由我生而满小姐亦生；想不就，则满小姐死而我亦死；我与满小姐，实两命相连者。"想得神思恍惚，忽闻岸上似有人吟诗。听得甚模糊，心中惊异道："这里乃荒僻野地，为何有人吟咏？"几疑是鬼神，遂移步向外，开出舱门，举头一望，只见河面星横，月光未上，四面又绝无身影。正欲回步进舱，听是那边吟道：

　　　画幅难描百样羞，任他鸳帐会风流。
　　　侍鬟立久斜眸视，摇拽罗帏动慢钩。

花春听罢，恍然醒悟道："是了，这幅可成矣！此非凡间吟咏，定是神仙来点化于我的。"遂望空拜谢，进舱酣睡一觉。

明日起身，来到庵内，将手页展开，画上一幅。你道这幅形像是怎么样的？画就一只牙床，鸳鸯帐低下，翡翠钩空悬，床下放着一对绣鞋，一双珠履，侧旁立一侍女，斜目视那帐钩摇动的模样。花春画罢，大悦道："若非仙人吟诗指示，焉得有此妙想！只此一幅，可以包罗那九十九幅的形像了。真画工之妙笔也。"就将这四句诗题跋于后，恰好悟凡走到，问道："花相公，这幅画可是画就了么？"花春即递与悟凡看道："此画实有神助，你看毫不露一须亵态，而种种酥胸紧贴，二臂轻勾之状，有可以意想得之，又蕴藉，又风流，真匪夷所思！你今日带去与满小姐一观，定当欢悦非常，精神顿爽，把平日闷闷积郁的胸襟，竟一旦豁然消去。但其中美事玉成，则悟凡师是赖，小生当铭感不浅！"悟凡道："这不消相公虑得。此画既成，管教你鹊桥得渡，凤侣成双。待我明日就去便了。"

一到明日，悟凡袖了画图出庵而去。花春在庵，只得按定心神，巴望那好消息到来。待至下午，见悟凡回来是汗流满额，喘气吁吁，说道："相公缘埋，非关贫尼事也。"花春方才入耳，不觉骤然惊骇，及转念一思，倒把中肠放坦，以为此又是悟凡因我心肠太热，故将此语试我。因笑道："师父又来笑么？"悟凡着急说道："实非贫尼说谎，相公尚未知其委曲。前日满员外与小姐说，今岁红鸾高照，合当见喜。适有小姐之母舅员外执柯，出帐于东门汪孝廉家。因欲急于见喜，昨日已经定聘缠红。翠云姐也至昨日方晓，故前日付画之时，并不道及。贫尼一闻此信，只得将此画交于翠云上好，竟自来矣。"花春听说，尚迟疑不信，及再三盘问，知是真。只是抚膺悼叹，愤怨连声。此日心中闷闷，幸有众尼交相取乐，略减愁肠。只安心待与窦小姐谐欢一夕，且俟半月后不知悟凡有何妙计。

一日，偶然念着池娇之事，以为："伊父母虽因见喜而联姻汪姓，然池娇曾有志于丹青一事遴选才人。则前日见了我续画一幅，未必不思慕其人，而有恋恋之意。我不如使悟凡再至满家，试探池娇心迹若何。或者此中尚有回挽，也未可知。"遂将此意告知悟凡。

悟凡无奈，只得又往满家。至晚回庵，笑容可掬道："贫尼今日至满小姐卧房，见他神清气爽，粉靥微红，迥非前日卧床形景。见我进去，似有一种含羞之态。既而问此幅画是谁人所续？贫尼就以相公告之。又将相公之品格风流，少年发逸为之细道其

详。他亦别无言语，不过怦怦叹息，自恨福薄缘悭而已。后又沉吟良久，衷情欲吐仍茹，贫尼亦难以进问，只得辞别出房。与安人用过午饭，忽见翠云使女潜向我说道：'小姐后日欲到庵中来焚香了愿，令那续画的人且慢动身。'诘问其故，他说：'小姐见了此幅画，虽然病已痊愈，然画虽在，而续画之人不得一面，又不免积思成疾，故令花相公在庵与小姐一会。则此中参权行变，或者尚有曲全之术。'我就连声称妙，应诺而来。"花春惊喜交集道："翠云姐果有此心事，非绝望的了。但后日须要见景生情，以图佳事。"由是复心猿意马，捱过了一日。

这日在殿上等候多时，见满家小姐远远自外进来，就是前日这个老妪与那翠云使女在傍扶从。看来花容月貌，果不减于窦瑞香。及至回廊，满小姐亦斜睃凤目，见了花春。然后花春避入后殿，嘱悟凡如此这般，径往悟凡卧房住下。闲坐移时，听见外边有笑语之声，知是悟凡引那池娇进房来了。见只是悟凡与使女同来，那老妪却不在内。花春趋身作揖道："前日获睹小姐丹青妙笔，真是格精六法，派授四家，工于写照卸裳，传兴雨之神；亦既点睛启匣，恐乘风而去。唯因画幅款样，只止于九十九而缺其一，以致小姐用心太甚，而郁郁成疾。小生正欲续貂于后，以解小姐闷怀，不料构思终日，仍然搁笔。是夜实有仙人赠诗寓意，故得悟出此境。小姐莫将此幅画图等闲视之。"那池娇两颊晕红，莺声低语答道："妾非不铭感君家厚德，但恨命薄如云，丝萝已订，此身又不能报君矣。"花春道："古来奇缘奇遇，亦自不少：贾氏以窥帘而再从佳偶，崔莺以待月而重缔良盟。才子佳人之事，岂仅硁硁于礼法之间而被所拘束哉！愿小姐为之三思！"池娇闻言，竟默默不语。悟凡恐老婆子到来，因令花春且自出房。

花春出来，信步行至慧源房内。慧源无事，桌上放着一本《金瓶梅》在那里观玩。花春假意问题："师父看的是甚么经卷？"慧源笑道："经卷看他则甚？贫尼看的是一部消闲趣书。"花春遂挨身坐下，同她展玩。书中露一笺纸出来，上有诗句。花春意中以为此定是谁人相赠的情词，遂念诗句道：

其一：

　　思为多才误此身，红颜薄命恐非真。
　　如何十二峰头女，便作三千界外人。
　　忏悔佛前常伴佛，脱离尘境已无尘。
　　不须重赋风流句，日坐蒲团洒泪频。

其二：

> 大士坛前礼拜颖，杨枝滴水属何人？
> 慵施脂粉愁开镜，新试袈裟不染尘。
> 一点法灯今日我，百年幻梦异时身。
> 于今已作沾泥絮，且结来生未了因。

后写"俚句感赠悟凡师。满氏池娇草"。花春道："这二首诗原来是赠于悟凡师的。不料池娇小姐既工于画，又善于诗，你看诗中悲感叹息，说得前因后果种种俱非，如琴娘参苏上座，言下顿开圆觉，真闺中之绝才。但以此二诗赠诸悟凡师，则未可云知已也。"顺手夹好，依旧看书。看到情浓之处，不觉淫心动荡道："空摹其神，何如实仿其事。"慧源就起身闭上房门，拥入罗帏，风流一度。

少顷，花春出房，步至殿上，恰见悟凡送了满小姐进来。向花春云："事已谐矣，方才翠云瞒着小姐，令我明日同你进城。我先至她家，傍晚你须在后门伺候，黄昏人静，出来引你进去，径到小姐闺中，何虑阳台路杳哉！"花春此时不禁喜形眉睫。是夜无话。

到了明日，打点去赴佳期，又自思虑道："我若与悟凡同行，则傍观不雅。若使她先到满家，我随后自进城中，则径途不熟，又不认识满家后门何在。心生一计，不如扮作尼姑模样，与悟凡同至满家，饰言归庵不及，借宿一宵，则夜间潜入绣闺，又省一番周折。"设计已定。悟凡进房取衣，花春将衣衫尽解，又脱下乌靴，头上带一顶妙常新巾，身上穿一件半新不旧紫檀色的袈裟，腰内束一条水墨禅裙，足上套一双四结方头僧履。众尼僧看见，俱掩口而笑。悟凡道："如欲同去假榻，此时早了，须午后进城方好。"于是在庵担搁许久，花春袖了一幅十美图画，遂与悟凡慢慢步出庵门。

一路行来但见人烟寥落，少有村庄，野树风飘，枝凋叶落，正是仲冬的景况。约行五六里许，已进城中，转过数条街巷，已至满家门首。径入里边，花春举目细观。虽不等缙绅门第，赫赫威威，而峻宇高堂，自有一种富家气象。来到后堂，与安人见礼已，问道："这位师父，从不曾会过，莫不是新到庵中来的么？"悟凡应道："正是。"又问："今日何进城太晚？"悟凡道："因上午紫石街张老爷家，被大人留住，用过午膳，又闲谈许久，所以晚了。本欲经回庵内，因昨日小姐到庵，简慢多多，未知昨宵可安睡否？贫尼心甚牵挂，故又特进来问候。"满安人回言："多谢。"于是遂留花春、悟凡在家下榻。

不多时，用过夜膳，已交初鼓，安人命她在小姐房外厢楼上安睡。花春闻言，喜不自胜，侍女移灯，引至楼上，悟凡自进房中，与小姐闲谈去了。花春只在厢房坐下，房内设着两只铺，铺内枕衾齐备，虽非锦缎绫罗，却也精洁可爱。少顷，悟凡进来，脱衣就寝。二人正在戏谑，见使女翠云进房，含笑丢眼举手相招。花春随了翠云步进，池娇正在床沿，罗裙已解，只穿一件杨妃色花绫小袄。大红缎裤管上，用片金镶就。纤纤玉手，正把那一丢丢红菱样的绣鞋脱下。花春看见这一种景况，不觉魂魂俱销，趋身过去，池娇定睛细认，若为错愕道："你是何人，擅敢乔妆改扮，深夜入我闺中！"花春双膝跪下道："小生昨日在香莲庵中，曾与小姐会过的，难道就不相认了么？今夜万望小姐垂怜！我为了这幅画，费尽神思，实指望与小姐一谐鸾凤，讵料萍水无缘，望梅竟难止渴，小生这一点灵犀，已在小姐身上。若小姐竟弃予不顾，则无底之相思，此身不免向茫茫泉路矣，亦何忍至此乎！"那池娇听他一字一声，俱从肺腑中流出，亦觉香泪交流道："妾非无意君家，故作此香阁态。况妾前日曾立志欲于丹青中访我佳偶，今君笔墨独灵，实妾之佳偶也，既而因美人图不能终幅，染成重症，赖君续完此幅，救妾残身，则君又妾之恩人也。但父母之命不可违，媒妁之言不可挽，即今宵不顾辱身，与君赴高唐之梦，然究不能终身奉侍箕帚，与君谐老，则一夕之欢，亦恐为君不取也。"花春道："非也！若不图终身之计，而仅贪一夕之欢，是非爱卿，直欲辱卿耳！在予亦不敢出此。正谓终身之去就，争在一夕之从违。若今夜悍然不顾，谓已订朱陈，不可再谐秦晋，则安心待嫁汪门，予与卿天南地北，终身无相见之期矣。倘今宵一渡蓝桥，则后此必千筹百画，谋一万全之计，以了终身。是终身之从，实一夕之从之有以激之也。此中委曲，小姐殆未深思尔？"

池娇闻言不语，似有允意。那翠云在傍察颜观色，竟把银灯吹灭，将房门反手搋上。于是池娇半推半就，拥入罗帏，顺手将鸳帐轻轻垂下。花春笑谑池娇道："予与卿此时，宛然第百幅的画像无异，只少一个侍女在傍窥伺。未知几时得与卿夜夜谐欢，摹尽那九十九幅娇态，则庶见才子佳人，偿尽风流乐事，不为画上美人所嘲笑也。"池娇亦无言相答，竟任其鸾颠凤倒，雨覆云翻。正是：香喷檀口，鸡舌初含；汗温酥胸，凤膏凝滑。涓涓露滴花心，点点红流衾底。花春款款轻轻，自有一种惜玉怜香手段。三更事罢，各自睡上。

明日清晨，直待侍女唤醒，然后披衣起来。池娇对镜，花春在傍细视，真是云鬓一窝堆俏，双眉两黛横情，其貌无双，屏上相形俱欲妒；花容罕匹，镜中对影暗生怜。池娇命使女把他平日所画的画幅，各各与花春观看。花春一一展玩，赞美不已。

少顷饭后，悟凡欲与花春同返庵中。池娇命翠云告禀安人道："请悟凡师先行，这位师父还要他盘桓数日，请教他画几幅图画了。"花春听说，真感念不已。遂出房潜向悟凡道："我虽在此耽搁，窦小姐之事，你曾说俟过月余有隙可谋，我算来其期已近，倘有所谋，即通一信于我。"悟凡道："不必通信，你俟三日后，须到庵中，但不可贪恋于此，错过日期，则又无能为矣。"那时花春自在满延留，逐将池娇新画之山水人物，细细将诗句题拨。到晚来，被底欢娱，自不必说。

一日，偶在绣床鸳枕边见得池娇睡鞋一双，甚觉香气扑人，尖纤可爱，因口吟一律，以谑池娇云：

绣枕鸳衾分外佳，洞房窄窄睡时鞋。

可曾踏破巫山路，无复经来洛水涯。

半夜春风勾冶梦，一弯暖玉透郎怀。

暗中香气迷人醉，并蒂红莲称小娃

池娇听咏，微笑而已。尽不琐叙。

且说三日已过，花春心中踌躇道："我今日若径回庵，是又舍不得此间欢喜；若欲不去，则悟凡又说日期不可错过。我只得且到庵中，看他作何计较？"因取出美人图赠于池娇，遂欲作别归庵。池娇道："郎君何不再住数天，意欲别去，未知何日得再会芳容？倘君去后，家君竟选期熬婿，事将奈何？"花春道："卿且无虑。予此去都中，倘春闱失意，自即旋返此间，与卿图一万全良策。即幸而杏林侍宴，亦必告假出都，来此与卿了局。且莫系念卑人，致旦晚百转肠回，有伤玉体。"二人徘徊牵袂，珠泪暗流。愁不尽荒村雨露，客路辛劳；嘱不尽野店风霜，羁身爱惜。满家女子，频频执手问归期；花姓郎君，脉脉关情订后晤。这一种别离景况，就是丹青上也描写不出的。花春无奈，只在房中迟回许久，然后别了池娇，径自出来辞谢了安人，一路望香莲庵而来。

将近庵门，隐隐有鼓钟铙钹之声，暗暗奇异道："今日是甚么道场？做须法事？"

行至庵前，见傍岸停泊着一号大船，标竿上扬着一面姜黄旗，上写"吏部正堂"四个大字，舱内纱窗悬起，并无甚人在内。花春看见旗号，心中甚是疑惑。因一步步走进庵中，见众尼俱在殿上礼拜诵经，内中有一个年少佳人，拜伏蒲团。花春见她穿着一身素缟，虽未识面，已悟得此非别人，定是心上人窦瑞香。及至走近身傍一认，果然就是。暗想悟凡前日之言，原来计出于此。见悟凡不在殿上，遂急向厨寻觅，悟凡正在里边与佛婆整理素肴。待他整备已毕，约至芸房，谓悟凡道："他今虽在庵，但不比池娇小姐，可以卤莽相将，进言挑动。你道计将安出？"悟凡道："他因忏悔亡夫，在庵中礼拜《梁皇宝忏》三日，要过了三日，方回家中。只说船中安宿许多不便，留在贫尼房内下榻，晚间饮酒将他灌得沉醉，倒在卧床，然后放相公进房来，与他轻解罗裙，慢松绣带，成就鸾交。至醒后，则含花已破，难矢志于终身；玉液初尝，已迷魂于一度。瑶池冰雪，定化为巫峡雨云矣。此贫尼前日所云唯局骗一计尚可为也。"二人设计已定，专待晚间成事。

花春步出殿间，也挨在众尼内，口中任意模糊，也若涌念经典模样。这一双俏眼，注定在瑞香身上，看他形容举止，绝不类怀春之女，而丰神秀艳，自是娇媚动人。不多时，天色已晚，殿上点起灯烛，照耀辉煌。直至法事毕，然后引小姐至芸房用斋，只有悟凡与花春在傍陪饮。悟凡满斟一杯，敬与瑞香慢慢饮下。又斟一杯过去，推谢道："奴不会用酒，请二师父自用一杯。"被悟凡若劝，只得又饮下去。花春见不肯多饮，心甚着急，忽记起道人所赠之"醉心丸"，暗向身旁取出，撩入壶中，又斟过去。瑞香执意不饮，花春因力劝道："此酒味甚温厚，不比新酿的暴烈，可以多饮几杯。"瑞香被劝不过，勉强饮下半杯，药性顿发，醉倒于床上。两侍女也因用酒沉醉，扶他到别处安宿。花春就把房间掩上，拽起罗帏，忙与她解衣宽带，一赴阳台。未知惊觉后作何光景？请览下回。

评曰：谚云"不秃不毒，秃则愈毒"；又谓"尼姑是骨里蛀虫"。观于此回，益叹此二语非谬。

文有宾主，阅者须认清宾主，不可模糊浑读。回中花春是主，悟凡是宾，皎如也。然观其运筹谋画，牵合成欢，皆出自悟凡，是宾也，而反若为主矣。若谩认为主，竟归罪于悟凡，而谓花春之罪恶尚可姑恕，则大失命题之意矣。盖花春，唯以"才子佳人"四字牵念于中，一遇佳人，总不肯放过，故百端

求计于悟凡，而悟凡恋淫献媚，自尔尽心干办，不得而辞，可知悟凡似主仍是宾，花春似宾仍是主也。观于绣阁中言甘善诱，芸房内许毒行强，一则拆双鸳之侣，妄图调改琵琶；一则谐孤凤之欢，谬令志移松柏。天鉴非遥，即使雷霆击顶，亦不为过。阅者览此，正宜怒竖须眉，惊呼拍案。若代为花春叫快，欣欣于佳人才子，事无不谐，则此人心术，亦已不堪问也。

第七回 幸中幸得美遇仙
才怜才惊诗赴考

诗曰：

> 从来恩怨未分明，不到头时认不清。
> 自昔赠九方感德，于今赐食又怡情。
> 绿林风月羁人占，红粉词章过客惊。
> 十美硕酬完大欲，不堪午夜问前程。

话说花春乘瑞香醉后，以成佳事。迨至情兴正浓，瑞香忽然惊醒，娇声大喊"救命"，意欲挣起下床，却被花春擎住，难以脱逃。只得口中嚷喊，把双足乱挣乱展。花春掰住道："小姐且请息怒，容我细禀。方才陪你饮酒的尼僧，一个就是小生，因进都会试，于庵前得见芳容，甚是思慕，故在庵中耽搁至今，得与小姐一度春风。若小姐声张起来，则此事传入城中，人口谈论，处处张所，不能千载流芳，徒使万年遗臭。况以小姐如是之容颜，世上何可多得，乃竟守寡终身，不图不爱，岂不负了彼苍赋质之意。我今与小姐一醒迷途，试令赏那风流妙趣，则回味寻思，必感念我恩人不浅矣。"瑞香闻话，默然良久，道："妾数载冰心，已一旦被君污辱，将来仍守节终身，则碍于有名无实；欲改辕中道，又苦于口难言。将来之计，君其何以教妾？"花春见他初醒觉时，大声疾呼，心贞性烈，悍然有不肯允从之概，及听到此数语，已明知心回

意转，迷情于高唐一梦中矣。花春道："卿且莫虑，我自有所以为卿图者，决不令卿孤帐守老，依然寂寂春宵也。"于是重聚风流，更觉你贪我恋，兴恣情浓，不比方才初举。花春暗想道："此今始信窃玉香之事，有志者事竟成。如彼未婚守志，虽坚如铁石，凛若冰霜的一个贞节女子，被我始以计限之后，以情趣偿之，终以言语醒悟之，已唾手而得矣。况普天下女子，如他者能有几人？"那时二度巫山，遂合衾并枕。

至明日，朝旭临窗，犹是酣睡。迨悟凡叩门，花春朦胧惊醒，始披衣起身，即问叩门是谁？知是悟凡，遂启了门，放她进来，径到床前问安瑞香。瑞香道："你知罪么？不该如此无礼，与那人设计通谋，玷污我体。"悟凡笑吟吟说道："贫尼实罪在不赦，但事已如此，且劝小姐含容忍耐罢。想昨宵乐境，小姐亦享尽了。"瑞香回嗔作喜，嘱以此事千万不可泄漏。花春忆着"醉心丸"一颗，真乃仙丹至宝，昨宵撩在壶中，尚未取出，遂步过桌边，把壶盖启下，捞起丹丸藏好。

话休絮烦。到了三日，忏期已满。是夜花春遂取出画图，赠于瑞香，鸳鸯枕上，分外情浓，翡翠衾中，尽皆恣意，后期之约，订在三春。花春以此处芸房深密，况众尼僧比局内人，料无窃听，竟肆无忌惮，若忘其为私情密约者然。一宵易过，明日瑞香下船归去，因碍得众尼僧在傍，不能言语，只得四目互睁，各各暗泪而已。

及至众尼送瑞香下船，回进庵中，悟凡谓花春道："你昨夜在房，与窦小姐讲须什么言语否？"花春惊问其故，悟凡道："贫尼昨夜偶然从这里行过，见一丫鬟在房外窃听，见了贫尼，遂飞跑去了。"花春听说，追悔夜间多言，粗心实甚，只得回说道："并无什么言语，你不必过虑。"悟凡见说，也不以为意。

那时花春在庵取出画图，又续上二美，想道："我虽先与池娇成欢，实先与瑞香相遇，宜先画此美。"遂画窦瑞香，是身穿素缟，上墓祭奠，自己在岸上观看的模样。又画池娇是身坐床沿，手脱绣鞋，自己扮作尼姑进房相谑的景状。画毕藏好，念今二美之事已谐，别无牵挂，遂欲与尼僧作别，顺路进都，再往别地访花问柳。无奈众尼苦留，只得再延一日。是夜在庵，与众尼个个尽欢，似饯行送别的一般。

到了明日，花春就欲开船北上，嘱谓悟凡道："二美处，恳你常去望望。倘有愁肠，要与他宽解为妙。种种深恩，感偿不尽。"悟凡道："相公心事，贫尼自当留意，何言重至此。"花春嘱罢下船，众尼送至岸边，俱有恋恋不舍之意。那时船上风帆拽起，离岸渐渐远了。花春几次回头，见众尼尚在岸上盼望。正是：

堤前衰柳折难堪，杯里琼浆亦觉酸。

催别西风何太急，不留挂楫再盘桓。

花春自离了香莲庵，望北而进。在路行了几日，过了淮安一带地方，起陆而行。正是黄沙扑面，野雾迷空，北地苦寒，肃风凛冽。这一日，偶因贪赴程途，错过宿店，

急急行来，已见金阳西脱。望至前面，只见崇山峻岭，路甚崎岖，不禁心中惶恐。回顾仆夫道："天色已晚，路险难行，未知前途可安否？"那车夫冷笑道："我方才已曾说过，教相公早寻宿店。相公道天色尚早，再行数里。以至于此。相公，你还不晓得此间的利害：前面这座岭，名曰擎天岭。岭上有一伙强人占住，为首的姓巫，名镇海，绰号飞山豹，与他妹子巫梦樱，俱有拔山举鼎之雄，官兵不能除剿，惯在岭下劫夺客商。相公前去，恐亦难保无虞。"花春闻言，惊得手足无措道："你原来也不是好人。既然如此，何不早早讲明，直至此刻方才说出。快与我推回旧路，多谢你须银钱。"那车夫只做不闻，竟自望前推去。花春惊喊无已，画篋、诗囊在旁解劝道："相公，且免愁虑。凡为客商者，因有货物财帛带来，所以遭其劫夺。今相公赴试进都，又无财帛，又无物货，一肩行李，能值几何？即强人亦未必加害于相公也。"花春听说，略把愁怀坦放。

又行了一二里，天气愈加昏墨，虽有月光，却因寒雾弥漫，不能远望。正行之间，忽闻前面有人喝住，赶上前来，竟不由分说，将花春与童仆二人，并行李一齐劫去。那车夫就推了空车，径回旧路去了。此时花春有口难言，无门可逃，竟被众强人拿上山去，扭进厅房。见中堂坐着一位盗王，身长丈二，腰大十围，铜铃竖眼睁睛处，令人魂魄全消；霹雳惊声启口来，使我心胆俱碎。凹脸生成凶恶，朝牙爪出锋芒。面如染靛，形容较花判而还奇；须若涂丹，相貌比钟旭而更丑。花春见了此人，甚是战栗。不料那盗王见了花春，定睛细视，遂令喽罗解缚，连忙出位相迎道："请问尊居何处？姓甚名谁？为甚夜过此间？乞言始末。"花春见飞山豹不为加害，反欢颜相问，遂上前施礼道："小生家住浙江禾郡，姓花名春，字金谷，因秋闱侥幸中元，特赴京应试，途经岭下，还祈大王见怜，释我下山，则再造之恩，衔感靡尽。"飞山豹道："原来是一个应试举子，俺因见尊家一介书生，丰裁俊雅，故不忍加害。你且安心在草山住下，还有事商议。"花春听他言词抚慰，自分残生可保，只得安心住下。那飞山豹又令喽罗将花春铺呈搬入后堂梅雪轩安顿。命画篋、诗囊依旧服事主人。

是夜，与花春雄谈畅饮，饮到半酣之际，飞山豹启口道："俺有一妹，名唤梦樱，二九青春，尚在待字。非是俺夸口，虽混迹于绿林，实超群于红粉，故拆不嫁于庸夫俗子。今见尊家少年英俊，真我妹之匹也。愿奉箕帚，勿以为辞。"花春骤闻此语，不敢吱唔，只得应道："恩感大王不杀，又蒙订以丝罗，安敢不允？但恐令妹有志英雄，视小生无缚鸡之力，未免鄙以懦弱而不屑相从耳。"飞山豹："天下有英雄，有才子，斯二般人，虽判然迥别，然所谓英雄惜英雄，才子怜才子者，朋友之道则然，夫妇之间又不可以概论也。故以英雄而配才子，则陶容得暴戾俱消，虽英雄亦有才子之风；以才子而配英雄，则磨炼得迂腐尽化，虽才子而得英雄之概。是二者，实相资益，才子既不鄙英雄，岂英雄独轻才子哉！"花春见他身为草寇，而议论颇关至理，心窃异之。

　　二人饮至更深，方才酣止。命喽罗提灯引路，到后堂梅雪轩安睡。回弯曲折，行至后边，启扉而入，见里边摆供精雅，颇有富贵气象。因有家童在房服事，故喽罗自出去了。花春解衣就寝，暗想："梦樱之容貌，未知怎样丑陋？想兄妹之貌，谅来不甚悬绝，如何可与我花春为偶，同列于十美之中？但我方才若不允，又恐祸生不测，正是明知不是伴，事急且相随。将来只好见景生情，以图其漏网。彼云英雄可配才子，我思唯佳人可配才子，英雄何足论哉！"寻思许久，尚未睡去，只听得满山寻哨之声，时远时近，不绝于耳。至三更方才合眼。

　　正在酣睡之际，忽闻金鼓声喧，骇然惊觉，开眼看时，见窗上日光已照，那音声似近在窗外。花春起来，推窗一望，只见窗外种着数株腊梅树，金葩初放，香得清皎异常。树傍堆着玲珑小小假山，前面一带粉墙围住，俱砌就卍字花样。因听得外边喧嚷，遂步出槛外，手攀梅树，跨身于假山堆上，从墙孔中望外一观，乃是一座小小花园。那傍一个亭子外，齐列数十女子，手中各执器械，在那里演武。内中有一佳人，腰拦八幅战裙，头竖双根雉羽。柳眉无待画之痕峰如远黛；杏靥有含春之态，肤若凝脂。窄窄金莲，步出花亭身袅娜；纤纤玉手，抡开画戟巧盘旋。舞袖飘扬，威风凛凛吴宫教战；绣裙摇拽，勇纠纠远塞提兵。貌可倾城，几似浣纱女子；武堪卫国，还同舞列佳人。花春窃看移时，以为此必梦樱也，何玉容花貌迥异其兄之丑陋耶？然则此不独有英雄之品，而且不愧佳人之称矣。夫求英雄于丈夫中易，求英雄于女子中难；觅英雄于女子中犹易，觅英雄于佳人中倍难。以彼万人而兼二美，真可为佳人之配矣。我想于香莲庵内，欲与二美谐欢，不知费尽多少心思，只博得目前欢爱，而终身之计，尚在摇摇。讵知遇盗被擒，几谓委肉于饿虎之腹，多凶少吉，而竟以白虎凶临，变为红鸾喜照，不烦一计谋，求得此豪杰佳人，可谓三生有幸。心中不胜欣喜。

　　话删冗繁，书题紧要。单说花春在山择了吉日，就与梦樱洞房花烛。是夜恩情，真是如鱼得水，如漆投胶，笔难罄述。

　　过了数日，已是腊尽春初时候，岭前岭后梅花竞放。花春信步出山，因玩赏梅花，忘路之远近，不觉曲折回环，只顾行去。行至一石洞边，望进去甚是幽深远远，及步入里边，几如桃花源之豁然开朗。洞中玉沙瑶草，异树仙葩，别有一天境界。花春暗想："此非凡境，我几如刘阮迷路天台，麻饭之缘，其在斯矣。行不多时，见那边石凳上坐一道童。见了花春，忙上前迎接道："来者莫非花贵人乎？家师因赴会瑶池，不及在洞候迎，盘中之物，敢敬献于花贵潦品。"花春接过细视，见是白粉捏就的牛虎；又有一物，状如紫燕。心甚奇异，以为既系仙山品物，自然食之得沾仙气，遂把物件数咽吞下。又见童子在傍，举起一杆银枪，说道："家师又命我传授贵人枪法。"遂举枪舞弄，花春神慧心灵，早已领略。授法已毕，童子送出洞门。花春道："特求令仙师法号，使弟子得铭心顶礼。"童子道："家师法号紫云真人。今岁春间，曾与花贵人会过在禾郡的。"花春知他非别，就是赠丹援命之道人，数蒙恩德，意者仙度有缘乎。

仍慢慢寻回旧路。见两个喽罗慌慌张张说道："花大爷在何处耽搁了月余？使我们四野寻觅，受大王许多责罚，疑豺狼吞噬，累小姐终朝愁虑。"花春大骇道："我在山中只游玩半晌时光，说甚么一月余？"喽罗闻言，俱疑惑不信。一个喽罗在路随了花春同行，一个先赶入寨中报信去了。花春步入寨中，喽罗报说大王在后厅梅雪轩中。花春步入，梦樱也在。二人俱惊，问其故，花春就将入洞遇仙赐食教枪之事，细细讲了一遍。飞山豹道："此去西南角，果有一长春岭。岭上紫云洞内，闻有仙人居住。但与这座擎天岭，峰回崖断，人迹罕到，贤妹丈竟得到其间，未有一夕之宿，而此间已日逾三旬，诚哉仙境年光，不比凡间岁月。"

花春知年华已易，已交二月初头，试期在即。到了明日，遂与梦樱作别。斯时夫妇情长，英雄气短，未免洒下点别泪，然不比诸美人恋恋之甚。到寨中，又别了飞山豹。仍命画箧、诗囊跟随北上。飞山豹又令喽罗将他行李搬下山冈，送出此岭方回。

讵知在路耽耽搁搁，才到都中，已是初八凑晚，不及入闱，心中虽然怀闷，然花春之赴试，半为访美而来，功名之念甚淡，故虽错过试期，而在都仍自欢畅，日日在城游玩。一日，闻泰国寺中梨花盛放，游人络绎，花春也不带童儿，独自一人，慢慢访去。约有四五里之遥，已到寺前，只见绀园围日月之光，金刹矗虹霓之象，浮图疑海外飞来，法鼓听云中响彻，装成珠玉，开色界于诸天；丽极雕镂，建梵宫于大地。固尔宝阶云灿，直个绮壁霞鲜。那时进了大雄宝殿，绕过一带回廊，转入寺内。见圆中遍树梨花，果然开得清艳异常，芬芳扑鼻。因是春光明媚，游赏人多，王孙勒马，公子所鞭，也有放浪才人移樽赏饮，也有风流学士摘句抒怀。花春不觉诗兴勃发，与僧人索了笔砚，欲向那粉壁上题咏一律。正待挥毫，见这边壁上已有数行字迹，遂住了笔。步过去一看，见题是"咏梅"，遂念道：

> 一片冰心挺异姿，风光全在岁寒时。
> 不堪落落群芳互，肯望庸庸俗眼知。
> 蝶梦只凭庄化耳，玉魂好倩宋招之。
> 春风转盼归黄土，且索罗浮梦里诗。

又有一首题是"咏梨"，念道：

> 罗衣遍惹粉痕弄，斜倚栏杆艳态慵。
> 半树庭阴烟漠漠，一帘夜色月容容。
> 春风送尽抛朱泪，白紵歌残瘦玉容。
> 料峭不堪重著雨，好留幽梦伴吴侬。

花春细玩字句，真是风流潇洒，清挺不凡，而体近香躯，过于艳丽，有似才女所吟。及看后边落款，"学凤楼山绛桃题"乃知果是才女之作。吟呻许久，道："李白见黄鹤楼之句，遂为之搁笔，今有此闺中绝唱，超轶前人。予何必复作效颦之态耶？"遂向僧人问道："师父，你可知山绛桃住居那里？何等样人？"那僧人答道："莫非粉壁上诗句后题着学凤楼山绛桃么？"花春颔首称是。僧人道："这就是山司马的小姐，素擅才名，帝都震耳。来求聘者络绎盈门，不好十分严拒，因设此选才之计。凡有求聘者，必面考诗才，然后许配。去岁春间，此信一传，赴试者纷纷不绝。却因山小姐诗才绝世，法行太高，宦家子弟，大半为其嘲笑者多，故至冬间赴考之人，渐渐寥落。"花春道："山小姐之才，已见一斑，未知其貌何如？"僧人又赞扬其貌之美。花春暗暗喜道："我若去赴考，未必遭其摈斥，倘此女有缘，则十美之愿，数可足矣，我始以为世上佳人，不可多得，讵知半载之中，奇缘辐凑，佳遇支臻，天下佳人，不可多得，且一人罗而致之，诚快事也。是世间不患无佳人，特患无才子以招之耳。"是夜归寓不表讲。

到明日早饭后，更了新艳衣服，备一见司马的名贴，命家童随了，竟望山府而来。门上知他来考诗的，不敢怠慢，引入后堂，把云板轻敲，遂有管家婆子启扉出见，闻

说是赴考词章的学士，即引至里边，绕过西廊，转进角门数重。婆子轻叩铜环，里边走出一对青衣女子，又引了花春进去。那婆子自退入外厢去了。花春步进内室，见匾额上题是"五车书屋"，典籍盈床，策签满架，画屏曲绕，绣幕低垂。那女子问明姓名籍贯，径自进内。少顷出来，见一青衣女手捧笺纸，一青衣女手托瑶琴。花春不解其故，想道："莫非山小姐爱琴，欲于诗成之后，倩予抚弄一曲？则流水高山，予亦非门外汉。"接过鸾笺一看，是"咏新柳"词四绝，不拘韵。暗笑道："这考规亦宽极矣。莫说四首，就欲赋十四，有何难处？"只见送题的侍女浓磨香墨，侍立几傍。花春正待挥毫，那抱琴的侍女，亦轻按冰弦道："听小婢子琴终一曲，相公的诗就欲成矣。若曲终而诗不就者，即请出外，不敢屈留。此是家小姐考诗旧例，请相公速速构思为妙。"花春道："如此请小娘子慢调五指，小生就此挥题矣。"暗想："山小姐命题何太宽，而限刻又何甚严。若非我花金谷，几被他这一语拘挛诗思。"遂尔展开云笺，搜搜落笔写道：

其一：

> 当垆少妇伴郎开，二月春风柳乍裁。
> 纤弱不堪重系襟，却教张绪数钱来。

其二：

> 秋千女伴态婆娑，柳外迁延目送波。
> 欲挂彩绳还怕断，纤纤一捏爪痕多。

其三：

> 半含嫩碧半含青，婀娜纤腰倦未醒。
> 毕竟小蛮羞对舞，几回愁杀女停停。

其四：

杜鹃声里恨悠悠，一缕芳魂愁复愁。

细雨微烟莺唤住，黯然送尽去来舟。

花春诗完，即递于青衣女。那操琴的女子惊异道："往常人来考诗，有曲终而诗方成者，有曲罢而诗未就者，今小婢尚在工商初按，而相公之诗已成，真捷才也。"那侍女将诗笺送入香闺。

未几，又命两题出来：一是《燕语》，限空字；一是《蝶梦》，限家字，俱欲赋七律。花春令春衣女不必另弹别调，就于方才未终的曲续弹下去。先咏《燕语》道：

小燕于飞绣阁中，寻巢觅主语偏工。

呢喃月下抒春怨，宛转花前诉晓风。

说尽兴亡无限恨，记他歌舞已成空。

不知欲自何人道？终日依依恋椅栊。

又咏《蝶梦》云：

徘徊小院绿阴遮，沉醉南柯日已斜。

忆昔漆园曾化汝，而今芳径且眠花。

须臾幻尽三春景，票荡难归万里家。

栩栩顿忘身是蝶，痴魂偏恋旧繁华。

诗成，曲尚未终，仍命侍女传进。

进去多时出来，又有一题是《春闺》，下注"回文体"，上下韵限"三""娇"二字。花春暗想道："为甚诗题愈出愈难，这一律确未能急就。因回文之难于命句熨贴也。"吟哦许久，然后，握管欲题，又恐琴音将绝，诗还未就。因对那抚琴的侍女说道："是题体限回文，颇难求其工稳，还恳姐姐慢按朱弦，方得曲终诗就。"未知花春此题诗句若何？下回自见。

评曰：窦瑞香于未失节之前，凛然铁石心坚；于既破身之后，送尔冰霜

志易。乃借宾定主之法。盖非欲看坏瑞香，正是痛责花春也。

是回主脑，全在紫云洞授法一事。前此赠九丹，变面目，种种奇遇，亦云极矣。而作者意中，犹以为未能极情畅写，盖虽有迷魂之俏貌，回肾之灵丸，而身躯瘦怯，力无搏鸡，设当重门险峻，利害交回时，恐阳台有路，未能化雨兴云，巫梦相通，秆使心惊肉颤，故为之赐食教枪，使力大如牛虎，身轻若飞燕，自可横行天下，肆无惮忌矣。有司马之风流，具昆仑之本领，任尔失楼高峻，画阁幽深，苟有闻见，便可畅所欲行。乃是显为前文补缺，暗为后埋相也。

擎天岭上之论婚，虽非书中紧要关键，而其议论凿凿，颇有至理存焉。

第八回　逢劲敌梦恋三更
会佳期图全十美

诗曰：

> 鸳勇全凭仙术神，占鳌跨凤素怀伸。
>
> 洞房化雨偿新爱，沧海浮萍认故人。
>
> 水月已欣空是实，镜花谩信假为真。
>
> 情怀此日应欢尔，谁料花飞已逝春。

话说花春题到《春闺》回文一律，未能信笔直挥，略略搆思一番，然后写道：

> 销魂旧榻病恹恹，枕压红云梦睡酣。
>
> 腰瘦倚楼春寂寂，日长垂幕柳毶毶。
>
> 娇容懒画眉峰两，小步微怜鞋寸三。
>
> 遥望隔帘花弄影，飘飘蝶粉晒窗南。

花春诗完，那琴弦也住了。二侍女捧了诗笺，送入闺中。不多时，见他出帘来道："相公诗才敏妙，不让庾、鲍风流。家小姐深为叹服。少顷，请习射轩相见。尚有考较，相公且莫胆战心寒，为家小姐所鄙屑。"言毕，竟自进去。

花春听说，茫然不解，毫无踪绪，疑惑了半晌。忽见东首启了角门，走出一对侍女，又另是一样打扮，引花春进了角门，穿过十余丈长的一条备弄。将近轩中，只见捧水砚的丫鬟，个个持枪提戟；送云笺的使女，人人执矢张弓。十八般武器光闪闪，架上齐悬；二十四名青衣勇纠纠，台前纷列。轩中帘不挂玉容国色，堪怜座上幔高悬，显金铠威风足畏。花春见了这种景况，甚不解意，只得向山小姐深深一揖，不敢抬头。

那小姐亦忙回礼道："顷见君佳章，真是学富汗牛，一挥九制；才齐倚马，七步三诗。梅尉骖鸾之渡，灵彩犹存；江郎梦笔之峰，菁英未歇。但君家翰墨虽工，未知曾谙于武略否？盖文事之与武备，二者不可不兼。能文而不能武，不过为懦弱才人；能武而又能文，斯为英雄学士。要是女子，尚且欲兼；君为丈夫，何可不备！"遂令侍女持枪，付于花春，即掣起双铜，欲与花春比试模样。

花春自幸长春岭遇仙赐食，不觉身轻如舞燕，力大如牛虎，已有纵壑推山之本领。今山小姐竟藐视于我，还他一举手而甘拜下风便了。遂接过银枪，毫不着忙，躬身施礼道："适才文战涂鸦，已深歉疚。今又欲与千金贵体亲身试武，其如唐突之罪何？"山绛桃道："君家勿寒栗足矣，何嫌唐突！"花春遂云："遵令！"欲与比试模样，见绛桃反若有骇异之状。二人出轩比武，约有半刻，绛桃铜法渐渐松懈，难以抵敌。花春枪起枪落，直如柳絮摇风，梨花摆月，愈加猛骛。绛桃遂败入轩中，喘气不定，赞道："郎君真天下奇士也！妾适才所以妆饰威严，欲与君试武者，非真欲与君试耳。诚以天下文人学士，临其身于枪刀戟剑之傍，未有不怵然惊、惶然恐者，妾故设言与君试武。若君闻言不馁，是其才足以胜大任，建大功，岂比临事嗫嚅，仅拘拘于章句之士，即不武而自有其武，虽不试而亦同于试。炬知起凤腾蛟之学士，即青霜紫电之将军。文武全才，天下何可多得！君请暂回寓所，候家君回朝，再行请见。"花春道："适才不过遵命一诗耳！何敢当此赏赞。"遂躬身退出，仍有侍女引至外边，一重重出去。行到门房，带了家童，竟自归寓。

一宵易过。明日起来，早有山府家人持帖来邀。花春喜逐颜开，命童儿随后，竟望司马署而来。家人引至书室，山廷栋见花春步进，即起身相迎。二人见礼毕，山廷栋开言，即称"贤婿"道："昨览诗章，真是擅雕龙之誉，江管无花出挥兔之才，萧笺朱绣。又闻与小女比武于习射园中，枪法精通，愈深叹服。"花春闻言，唯谨谨谦让而已。山廷栋又问花春道："去年览浙江试录，见台讳已跃居榜首，为何既至都中，又不入闱？"花春道："因途中病阻，以致误期。"山廷栋道："贤婿之才，自是翰苑名流，可预卜连捷春闱，名成鼎甲。今奈何以多才之偏遭磨折，且待来科再夺魁元矣。"既而设宴相款，留花春在署中耽搁，不必回寓。命家人将寓中行囊物件，齐检点搬来。

花春住下，常与司马公余暇诗酒消闲。一日，因画屏上有梅树一枝，是名人之笔，索花春题诗一律。花春信笔挥云：

凭谁一洗旧丹青，冷蕊疏枝竟入神。

莫恨春风吹不到，却教淡墨扫来匀。

雪窗也伴高人卧，江店何愁玉笛频。

明月帘栊闲挂处，冰容依约降真正。

一日，见庭前一树白牡丹盛放，又令花春题咏。花春遂题道：

一枝素艳斗轻盈，便是瑶台月下迎。

错唤丽华歌玉树，何如供奉谱清平。

于今莫把姻胎买，自昔空怜城国倾。

黄紫愧他姚与魏、娉婷帘外洵能行。

山廷栋观之，无不赞美连声，故翁婿之间，甚相契洽。

单说花春在园中佐了月余，虽牵念诸美，急欲出都，以完心事，无奈山廷栋已经选定吉日，完聚花烛。因佳期已近，只得逗留署内，且过新婚宴尔之期，再整行囊出都践约。因书斋无事，取出画图，续上二幅。想十美之谐，已如所愿，唯在武林舟中相会之女，竟天涯地角，访觅无由，殊深闷闷。仔细寻思，欲再得此女一面，直如江上捕风，海中捞月，只得别寻一美，以足其数。而江边相会之美人，等诸水流花谢而已。

语删絮烦。且说到了花烛之期，结彩悬灯，款宾设宴，极其奢丽，自不必说。是夜花春进了洞房，见众侍女尚环立两傍，几上铺着鸾笺，一使女侍傍磨墨。花春笑道："今夜唯愁银漏滴残，金鸡易唱，尚暇以吟咏之事，消千金一刻之时光乎？"绛桃启口道："洞房花烛，人间无此一境。今宵须以联吟和唱，佐洞房之一乐，则度见才子佳人之洞房花烛，绝胜于他人也。"花春道："小姐之论甚是，请即赐题。"绛桃谓以即事为题，韵限"溪西鸡齐啼"，中间嵌一、二、三、四、五、六、七、八、九、十、百、千、万、两、尺、丈、半、双等十八字。花春微笑道："小姐命限字数，如许之难，想香阁才高，自能挥就，敢请先立词宗，待小生学步何如？"绛桃云："夫唱妇随，凡事皆然。君家吟就，妾自当和咏。"花春闻言称是，遂略略思索片时，向云笺题诗云：

妆楼四面半临溪，百媚千娇可姓西。

万丈河桥七夕鹊，一宵风雨五更鸡。

眉横八字双蛾敛，裙拽三湘六幅齐。

咫足巫山云鬓二，两情九转笑和啼。

花春诗成，绛桃亦吟一首云：

百尺妆楼万丈溪，四围花绕半窗西。

十年梦幻三更雨，一枕香消五漏鸡。

艳妒双文千古绝，才高八禄二难齐。

九回肠断屏山六，七实情伤两泪啼。

侍女送过，花春接来一览，大赞道："原来绣阁中有此奇才，小生惶愧多矣！"

闲话未几，听得樵楼已交三鼓，花春遂令众侍女出房，然后解带宽衣，与绛桃巫山一度。正是：

鹊桥仙子谪尘埃，顿觉春从天上来。

烛影摇红人悄悄，销金帐暖梦初回。

自花春成婚之后，夜夜合欢数次。不料绛桃竟是一员战将，花春有须抵敌不过，只得用丹药吮口，以为久战之资。花春暗想道："我所遇美人多矣，云雨之间，未敢有逞雄耀武者，即香莲庵住下多时，一宵可御十余人，使彼人人破胆，个个销魂，无不俯首投降。岂知今日，即假坐于药力，尚与他战得一个平手，正是'曾经沧海难为水，除却巫山不是云'，真不愧我花春之佳偶也。"于是日则窗前吟咏，夜则衾底风流。尤可爱者，绛桃于交欢之际，淫声浪语，别有一种娇媚之态，非诸美之所能仿佛。花春此时，已是勾魄消魂，为所迷恋。

韶光冉冉，忽已春尽夏交，梁间幼燕哺哺，槛外落红阵阵。一日，山绛桃倚窗闲玩，咏落花诗一律云：

从古花无不落红，秾叶转盼已成空。

郎心肯学沾泥絮，女首偏如着雨蓬。

半卷珠帘通夜月，数声玉笛倚晨风。

阶前切莫呼童帚，留得残英在眼中。

吟就请花春题和。花春将诗一览，不觉惊然惊悟，顿动愁肠。暗叹道："花如是，人亦如是也。去年所订之诸美，安保其中无变，而使再至之刘郎，不感叹于桃花流水之依然哉！我岂可蹉跎岁月，留恋于此。"因花春见诗，欢颜顿改，绛桃问道："君何一见妾诗，双眉顿蹙，眼带泪痕？谅其中定有隐情，可为妾一剖否？"花春道："别无心事，只因诗中寓无穷感慨之情，令人读之，不禁断肠泪下。"绛姚笑道："妾之诗，不过就花悲花，别无寄慨。想君之悲谅，不只在于花故，因悲花而顿触尔！"花春道："实无别情，小姐不必见疑。"遂握管也和咏一律云：

徒夸嫩绿与娇红，尽被东君一扫空。

画槛闲凭思悄悄，芳阶伫立草蓬蓬。

不堪夜梦惊淋雨，更有何人筑避风。

收拾春光归去也，子规啼断绿烟中。

正在绣窗吟咏，忽有侍女报进道："今日颜舅爷家夫人、小姐到来，设宴于东园牡丹亭内。夫人命小姐同去陪饮。"绛桃闻说，更换衣裳，随了使女，竟自下楼而去。

花春独坐香房，想起诸美之约，已打点于明后日出都矣。寻思许久，辗转无聊，遂尔闲步下楼，偶听得侍女们在那里赞扬颜小姐之美，谓："与我家小姐不相上下。"花春闻说，遂欲窃窥其貌若何。如不逊于绛桃，则又可得一佳人，以足十美之数矣。因步向东园而去，走至翠薇亭畔，遥望去见绛桃手挽一女子，后边簇拥众侍女而来。果见珊珊玉骨，丰姿嫣然，仿佛其人，若于何处见过。因欲细认，恐被他望见，反缩身转去，遂向西侧一座假山洞内，将身躲进。见他渐渐近来，定睛一看，恍然醒起："曾于去秋在武林舟中相会，即画上第二幅美人也。"正欲向后边抄转，却值颜家母女已至。花春急欲回避，山夫人反说道："贤婿不消避得，这是颜家舅母，该来见礼。这是颜家表妹，亦可相见。"花春遂把衣巾一整，趋步上前相见。注目在颜小姐身上，见

他俏眼斜睃，也若有惊疑之状。

相见毕，然后告退，步出园中，径至楼上，坐定沉思道："原来天之玉成才子佳人，有若此之如愿以偿者。我始以为舟中一会，姓氏难知，里居莫考，几如茫茫大海，一叶浮萍耳。讵知今日，乃得重觐玉人，真如破镜重圆，花残又放，十美之数，竟如愿矣。"暗想："这拾位美人，俱是彼苍生就配我花春的，不然为何十美的闺名如日葵、金英、凌霄、紫荆、青莲、素馨、瑞香、池娇、梦樱、绛桃等，俱是花名。我想艳花盛放于三春，唯春爱花，唯花宜春。我姓花名春，适合配此十美。且不但此红颜逢濮水，云窦满巫山，把十姓挨序念下，又适成二句诗词。讵非千里相逢，尽有奇缘在内。然我历数十美之合，无一非爱我之貌，而得谐其事，若犹是本来面目，与世周旋，莫说十美难图，试问此十美中欲私订一位佳人，相与谐欢锦帐，其可得乎？然则，生我者苍天，而成我者实紫云真人也。化骸变貌之恩、真没世铭感不尽矣。"

至晚间，绛桃归房，谈及颜家母舅："官居何职？籍贯那方？他母女还是向在都中、还是初到？"绛桃答道、"妾母舅字云翻，在京职任吏部侍郎。舅母史字，只生表妹一人，小字金英。因京师与家中路途旷远，母舅常常系念故，去岁秋间已接眷属至京。家母因间阔多秋，亲情疏远，命侍女邀接舅母表妹到来，一叙旧情。因他路途劳顿，身体欠安，故相邀数次，今日才来。"绛桃一一详叙。花春意欲一问金英曾定聘否，却又难于启口，想道："佳人咫尺，天遣相逢，自能入我彀中，又何必问其聘之定不定？"花春此日，已注意在颜金英，故又把出都之念放懈。

一日，山廷栋谓花春道："贤婿武略精通，何不改入武帏，迅起春雷之蛰？"花春虽推辞不欲，无奈山廷栋作主，竟与主试讲一人情，命花春临场就试。花春既入武闱，自分此番非元即亚，考毕出场，录出内闱文词，呈览于山廷栋，赞道："片词不染纤尘，下笔作风霜之概，只字必经百练，掷地作金石之声，莫说纠纠中罕有其匹，就是遍选文坛，恐亦无此灿藻奇才，异国揭榜，非元而何？"此话慢表。

单说花春见美牵怀，思与金英一成佳好。适因事有凑巧，过了数日，颜夫人先自回去，金英小姐因与绛桃甚相投契，故再三相留，仍复住下。一日，花春归房，绛桃言及金英诗才之俊逸，亦落落不群，遂以《春闺》诗一首，念与花春听道：

　　睡懒东风一树梨，缃帘静锁梦却迷。

　　愁将朱盒调红粉，独立花阶印翠泥。

柳外蝶交深院北，花阴猫戏小窗西。

瘦眉几人难描画，新月弯环入绣闺。

花春听罢，亦加赏叹，暗想欲与金英一会，细剖衷肠，却无由相见，只得暗地里吟诗一首云：

长抱怜香一片心，闲愁如海不知深。

关山南北难为昔，萍水相逢恨到今。

魂逐鹧鸪声里去，芳从蝴蝶梦中寻。

巫山不比蓬山远，敢向鸾笺乞赏音。

诗虽成，却末便达于金英处，只得闲步至园，以寻机会。

适见一侍女在园玩耍，认得金英身旁的丫鬟，曾在月下会过一面的。遂上前一揖道："小生有事恳求姐姐，未知姐姐允否？"那侍女两颊涨红，慌忙回礼道："花姑爷何故如此，要折杀小婢么？有何嘱付，且请说来，婢子自当遵命。"花春袖中取出诗笺，递于使女道："此诗乞姐姐潜送于你家小姐，切莫被人看见。"那使女道："倘婢子送进，见责于我奈何？"花春道："小姐一睹此诗，定感你不浅，岂有见责之理！"那使女带笑道："既是花姑爷见遣，即见责于小姐，亦所甘受。"将诗袖好，就欲回身而去。花春又上前瞩道："此诗送进，定有回音，姐姐切莫迟延，小生仍在此间等候。"

那侍女去不时，花春正坐在一座八角亭中闲眺，见那使女飞奔而至，说道："小姐见诗顿觉粉黛含愁，连声慨叹，即和诗一首于后，命小婢出来送于花姑爷。"那使女送过诗笺，即自进去了。花春接看，果见和诗一首于后，墨迹未干，念道：

谁云铁石本无心？一见生怜病已深。

两地相思今忆昔，半年离恨昔而今。

桃花复认刘郎渡，人面重来催护寻。

月上栏杆人悄悄，瑶琴一曲待知音。

花春见诗后二句有相约之意，暗想："金英原是多情人。"遂袖诗出园。唯虑晚间

有绛桃在房，怎得至彼与金英一会，心中甚是踌躇。忽然省着，不禁跃跃欲喜道："有了。"

日间挨过，已是黄昏时分。见侍女送上酒肴，与绛桃对饮，潜以醉心丸浸入壶中，斟一杯于绛桃饮了，遂沉沉醉去，命侍女扶他睡好。暗将丹丸捞起收藏，专待众侍女睡尽，去渡蓝桥。是夜约在望后数日，听得谯楼更交二鼓，然后东方渐渐透起半轮明月。花春悄然下楼，知金英卧房在于近傍东园迎旭楼上，遂一步步行至西园。却见园门紧锁，遂纵身一跳，真个如燕身轻，早已跳进花墙。花春此际，不觉即景感怀道："我若早食仙品，学法精通，则去岁在水园，何至逃奔无从，几丧身池中。"一路思想行来，却有重门关锁，却也无碍。无何，至迎旭楼前，见金英独自一人，在彼倚槛玩月。花春上前施礼道："去年月夜，舟中一会，不觉殷殷，积想到今。殊幸天假之缘，又得再睹玉容，实花春梦想所不到，故敢冒罪题笺，又蒙小姐不加挥斥，题和订约，卿真非薄情人也。"金英亦复剖诉曲衷，两情甚是恋恋，挽手上楼，誓盟月下。遂尔软玉温香，春风满抱。

少顷，巫山二度后，朦胧睡醒。忽听得五鼓敲残，更鸡唱晓，恐绛桃酒醒知觉，遂起身言别。金英依依不舍道："不识月夜往来，可能长继乎？但恐郎君到此，表姐偶一盘诘，何以鸣词？"花春道："小生因恐令表姐查问，所以将她灌醉，始得坦然至此。后会之期，自不间阔。"金英见花春欲别，亦复束衣下楼，直送至曲栏杆外方回。花春步出园中，见月色当空，曙星几点，一重重行至绣楼，悄无影响。楼上残灯，尚尔半明不灭。走近床沿，轻拽罗帏，见绛桃犹酣睡如泥。遂宽衣，睡至明日近午时光，然后起身。

闲话尽删。单说花春与金英成事后，忽已旬余，合欢约有数次。闻金英即日欲归，亦以画图相赠，为终身之订。心事已毕，专待放榜后捷与不捷，急欲出京矣。

不多时，武会挂榜，果然花春是元。讵知金鸾殿赐君恩，又赐状头，圣上见他青年美貌，儒雅翩翩，真是经文纬武，兼备其才，汗马从龙，庆逢其会，恩光宠锡，盛典倍于往科。因花春策论精通，不愧翰苑之才，钦赐文武状元。游官三日毕，又命游街二日。观者围拥如墙，无不啧啧称羡。既而拜座师，会同年，忙了数日。花春以牵念诸美，急欲出京，上了告假奏章。绛桃虽不能舍，欲再为款留，无奈花春难抛诸美，诡说双亲未殡，事不可缓，约出京数月，即可还都，不必恋恋。遂即把行李整备，拜别岳父母，仍带了二个家童，更换了儒服。路上也不用护从人等，静悄悄竟自离了长

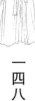

安。

夜宿停辔，晓行秣马，已不一日，看看行近擎天岭一座。花春暗想到："巫美人处，已经成婚正娶，虽出外数秋，彼亦守我，固无容挂念。若上山去，又要迟延日月。"又想道："倘山下遇着喽罗，是或识认我的，邀我上山，只得上去走遭；如不见甚人，我且径过此山，至香莲庵中，筹画奇策，图那二美出了玉笼，再作区处。"那时从擎天岭径过，且喜悄无人影，并不曾遇着一个喽罗。因一路而来，下了水路，行不几日，将近半桥村，命舟人湾进至香莲庵前泊住。

看官们，你道花春此番进庵，定然与众尼僧话离愁，谈别欢，冈图二美谐老百年。既幸占鳌而返，自能跨风而归。此亦意中事也，而抑知不然。

评曰：是回乃作者笔酣墨饱时，正是阅者心满意足时。如五车书屋中考选词华，既已中式，又令于习射轩亲身较武，则自紫云洞赐食授法以来，才兼文武，正幸得以一泄其奇，而阅者之情一快。山绛桃情酣鸳枕，梦恋巫峰，方足畅花春之意，而补天九真令受用无穷，阅者之情又一快。历观诸美人之遇合，已叙得天花乱坠，目不暇给，至于画幅上第二位美人，隔舟一会，云散水流，未免有美中不足之意，乃不必寻消问息于天涯，而千里重逢，玉人如故，阅者之情又一快。误期不得入闱，未免抱憾于洞房花烛，未能金榜题名，乃因误期改试，而反得钦赐文武状元之荣，阅者之情又一快。颜家老母先归，佳人不返，云笺递去，遂订佳期。种种快事，何可胜言。十美之画幅已成，十美之风流已占，直使阅者心花攒放，击节称快。可知文笔有欲抑先扬，欲擒故纵之。如此回是扬，此回是纵也。

第九回 访故人水流云散 睹音书肠断魂消

诗曰：

> 怜香一片恨难消，转盼秋风玉树凋。
> 禅院云流人寂寂，空园烟锁夜迢迢。
> 生离影向天涯觅，死别魂从月下招。
> 寄语风流游冶子，须知露水不终朝。

　　话说花春上岸，步近庵门，偶抬头见"香莲庵"三字，已改了"碧梧禅院"，心甚奇异。走进庵中，见殿上有两个老僧坐在蒲团上闲话，不觉大骇。那和尚见花春进去，遂起身迎揖接谈。花春着急问道："此处本是一座尼庵，为甚改了僧院？"和尚答道："贫僧们是奉县尊太爷之命招来持住此庵的。毁改之故，却不知情。"花春此时几如皖霁晴天，陡下一声霹雳，惊得目定口呆，无从说起。没奈何别了僧人出庵，向四野搜寻一村人，问他根底。徘徊半晌，见一老者荷杖而来，花春上前拱手，细闻其故。那老者答道："前日有县中无数公差拥进庵中，纷纷嚷乱说：'拘拿悟凡师尼！'讵知悟凡早已知风遁去，无处寻拿，遂将众尼逐出庵中，不许再住尼僧。遂招别方几个和尚在此持住。"花春听罢，遂拱别那人，暗思："悟凡不见，则窦、满二佳人从何处措谋以践旧约？"无心无绪，下了舟船。因想："悟凡逃避出庵，必隐在村郊僻静游人绝迹的草庵中，谅无别处可以藏身。"因一路寻觅，凡乡村旷野之所，闻有尼庵，无不进去探望一番。

　　一日，访到一个庵中，有乡人在内请仙舞机。花春挨其舞毕，遂拈香跪拜，虚心默告道："弟子花春，与半桥村香莲庵中尼僧悟凡实有隐情，相托大仙谅已鉴悉。不料悟凡避祸逃匿，不知去向，或在远，或在近，或自东，或自西，祈大仙明示，使花春得遇悟凡，以完心事，弟子获福无涯矣。"祝罢把机舞动起来，就见砂盘中显出几行字迹。花春遂念道：

> 近远何须问，东西不必盘。
> 庵名牢记着，再去认香莲。

花春看完，暗想道："诗句明显，却无深晦难解处，但末句谓我再去认香莲，莫非悟凡不曾远遁，仍被僧人匿在香莲庵中么？然悟凡避祸在先，招住僧人在后，岂既出庵遁奔，又返庵中，为僧人所匿乎？此定是别处亦有一香莲庵，故第三句谓我牢记庵名、凡遇庵名香莲者，即可入去寻见也。"于是一路留心细访问何处有香莲庵否？岂知访了十余日，除了半桥村之外，竟别无名香莲的庵。踏破铁鞋，终无可觅，只得将此间心事，暂以丢开。且往前途，再访水园消息如何。

在路无话，是日船到城中，已是下午时分，将船泊定，遂欲上岸向水园而来，又止足道："不可，此去若遇主人，我虽无惧于彼，不免多一番周折。不如挨至晚间，悄然进内，径至香闺，与二美一会，就可相机行事。"主意已定，只待晚间，用过夜肴，然后上岸行去。少顷，挨到更初，一轮明月早已东升。遂令家童在船中看守，独自一人，步上岸来。因时当暑夏，街上纳凉的人尚尔喧闹不绝，只听得吴歌处处，闲话嘈嘈。约行里余，早到水园门首，已紧紧关上。遂纵身跳入园中，见一轮皓月，映照当空，几如去年听琴订约之夜。而举目细睨，则园中景况，迥非昔日之可比矣。但觉竹坞松轩，烟霞寥落；琴台酒榭，风露飘零。蛛网交盈处处，丝悬暗室；蛙声不绝嘈嘈，响乱荒池。数丛嫩竹，霭霭犹存；几树长松，青青如旧。径荒苔满冷黄昏，台塌阶斜迷旧路。一院落花，谁是怜香之客；五更残月，空闻惊树之鸟。暗暗惊道："你去岁初冬至此，见园中楼阁峥嵘，亭台环绕，如入瑶池仙岛，疑世间无此华丽名园，乃未及一载，而忽竟如许之尘生草蔓，想此中定有变故，二美难保无恙矣。"一路行至内园，睹景伤怀，遂口占一律云：

> 自是春归无处寻，荒烟凄草锁平林。
> 当前但觉红英尽，过此谁知绿恨深。
> 寂寞香阶人悄悄，徘徊冷院夜沉沉。
> 半年负约添惆怅，子满楼头思不禁。

无何，步至水、云二美所居之楼，见门窗紧闭，寂无声响。伫立久之，不禁怀人感旧，悲从中来。没奈何，一步步回身出外。月光之下，望见梧桐树下有二美在彼玩月谈笑。花春一见，不禁疑喜交集，上前仔细一认，知二人非别，一即是水青莲，一即是云素馨。遂欣然相见道："我那日被石泉兄追赶，无处逃生，向池中跳下，不料暗有仙人相救，得保残生。未识二卿何以得脱其毒手，今日仍得与小生一会，诚快事也。"那二美俱挥泪道："妾有痛肠欲剖，但恐言之骇君，故未敢相告。"花春道："卿有何言，不妨明说。"素馨道："那日郎君下楼，水贼追寻不见，遂厉声大喊上楼，手提三尺青锋，欲将妾斩首。小姐在傍力劝他，竟先把小姐一剑，然后将妾刺死。可怜妾与小姐，以怜才一念，霎时身丧青锋。在妾不蒙怜悯，亦何足怨，只恨他不念同气恩，亦忍肆其残毒，天良灭尽，所以有全家抄戮之报也。尤可恨者，死后不为殡殓，竟将妾与小姐同埋于梧桐树下。君倘念去年一夕绸缪，则埋土之死骸，望君留意耳。"花春闻言，知二美已经遭害，此是鬼魂。然心中却毫不惧怕，唯是悲号痛恨而已，谓二美道："尔既物化，虽仅有其灵，已无其形，然天下情之所挚，则一团魂魄之灵，可结而成血气之形，故古来荒丘朽骨，亦自多情；青冢香魂，非无欲念。其化形骸以会风流，幻声气而成云雨者，固往往有之矣。二卿其有是意否？"青莲、素馨道："空结冤家，应悲今世，欲偿孽债，且待来生。阴阳有隔，形魄难交，未能从命耳。"言毕倏然不见。花春叹道："二美玉容依然如旧，而芳魂渺渺，竟不能一叙风流，恨何如也。我忆去年在此被难，紫云仙师度我出园，曾谓予二美处自当救援，不致丧身，可祈后会，何以竟有如许之变。讵明知寿数已终，不可挽救，固以此言抚慰予心。其谓后会有期，其即夜之会是乎，能不令人怆感无已！"

行至园门，仍将身纵出，步回船内，愁难成寐。想石泉仗势逞凶，作为颠倒，以致全家斩戮，所以园中如此景况。从古沧桑变幻，理有固然，亦无足异，只恨二美为我杀身。回忆从前，令人寸肠俱裂。是夜神思恍惚，不多时城户鸡鸣，篷窗色曙，船家起身煮饭。用过晨餐，开舟行去。路过乡村，觉井烟离舍，处处成家；鸡犬桑麻，村村入画。

行了一日，尔时天光渐晚，但见绿树阴浓，斜阳遮古道；青苗叶润，沟水响溪田。盍妇携筐欲返，樵夫荷赘归来。渔网高挂泊堤边，日摇网影；牧笛闲吹驱犊返，风送笛声。蝉噪堤杨，拽残声兮断复续；蛙鸣池草，始一唱兮和遂群。花春在舱中，悬窗倚望，甚觉风景可人。正观玩间，见傍岸有一座草庵，上面悬一匾额，因年久月长，

外面的染漆尽皆零落脱下，只剩得中间有一个"莲"字，尚见模糊字迹。花春想道："现有一个莲字在上，是香莲庵也未可知。仙机上云'远近何须问，东西不必盘'，莫非悟凡远避在此乎？"遂命船家停橹系，上岸一访。

步进庵中，见殿上门窗塌损，佛像尘蒙，是一个数年不修整的荒庵。少顷，走出一个年逾花甲的老尼僧来。花春上前问道："此间可正是香莲庵么？"尼僧答道："这里是白莲庵。相公何以问及？"花春道："因匾额上有一莲字，小生看不明白，故偶意问及，未知宝庵中有几位师父在此？"尼僧答道："本来共有四五人，只因此庵坍塌，募化无从，他们各自散去，只剩贫尼与一个小徒孙居此。不料数日前，有一个远方避难的师太来投此间，如今共有三人。"言罢，遂将募化修庵这一只团匾携过道："恳求相公慨发慈心，随缘捐助！"花春听了"远方避难"四个字，不觉吃惊，着急问道："如今那远来的师父何在？"尼僧道："因路途劳顿，逸以抱病在床。"花春又问："他何在？你庵师父一二。"那尼僧笑道："相公何故如此？"花春道："实不相瞒，小生去年进都应试路过半桥村，至香莲庵中，曾托悟凡师办一机密事。岂知今岁出都，复至庵中，已不见其人。因访庵邻，说他避祸远遁，莫非即在此间么？"尼僧闻言踌躇道："贫尼却未知其细。待我去问他一问，就知分晓。但不知相公尊姓高名？只要将相公名姓一通，若果是此人，彼意中自能省觉，即有曲衷，贫尼亦可待诉。"花春遂告以姓氏。

那老尼去不多时，急出来通达道："他一闻相公在此，顿尔扶病起床。请相公进内，面剖衷肠。"花春闻说，直如喜从天降，谓悟凡得见，则二美消息可通。遂同老尼进房，见悟凡病容憔瘦，态体不堪。二人相见，俱禁不住痛泪交流。花春急问道："不知悟凡师为着何事，以至于此！"悟凡道："说起此事，皆相公之罪也。"花春惊问其故，悟凡遂在枕下取出一封书信，递于花春。花春接过细览，上写道：

去岁庵中一事，不料被绿珠使女知情。因被责怀怨，潜窃花郎所赠之画，向老夫人处漏泄机关，故老爷将令县中遣役至庵，拘拿悟凡师究诘。见字宜速避祸出庵，万一迟延，定遭罹获。花郎处不暇另札，因无面再生，刻欲刎颈自尽矣。倘日后与花相逢，乞致言窦瑞香已死，前盟难践，不复系念可也。事在急迫，特此草达。花春见字，跌足悔恨道："那夜竟不防丫鬟窃听，所以语言不密，以致有今日之事，既害窦小姐丧身，又累悟凡师远遁，实小生之罪也。"

悟凡道："相公且莫悲伤过度，还有音书在此。"又向枕下取出付于花春。花春发看，是满氏池娇《叹薄命词》，有一小叙云：

自绣衣郎别，忽见小桃红，柳梢青，不觉沉醉东风，唯是长相思，日倚玉栏杆而已。不料忽起刮地风，竟不是路别欲贺新郎矣。无奈于月上海棠时，挂金络索，愿以寄生草作扑灯蛾。倘秀才于贺圣朝后，重绕红楼，惜奴娇无复解合欢带，效于飞乐也。敢拟美人歌，以抒昭君怨云。

其一：

　　从来万紫与千红，愁入离人两眼中。
　　欲上翠楼心转怯，青青杨柳怨春风。

其二：

　　春闺恼听晚来钟，况复离愁恨又重。
　　回忆去年临别话，桃花落尽再相逢。

其三：

　　月移花影上纱窗，倦坐更深别夜缸。
　　绣罢鸳鸯三十六，慕他对对总成双。

其四：

　　从君别后日相思，九转肠回十二时。
　　静院春光留不住，莺声啼断绿杨枝。

其五：

　　日影疏帘掩翠扉，呢喃新燕绕梁飞。
　　只愁彩缕今年系，春社重来人已非。

其六：

肠断香闺三月初，乱鬟懒仗宝梳梳。
归期屈指频频数，雁杳鱼沉音信疏。

其七：

浪约从来有也无，君心讵比妾心享。
只因痴志难抛去，梦内花郎惯自乎。

其八：

杏花十里暮烟低，扬蛮雕鞍过柳堤。
想是状元归马疾，扬鞭径至浙江西。

其九：

心俯懒绣小弓鞋，斜枕银床坠玉钗。
睡起昼长无个事，倚楼终日望天涯。

其十：

闲来频把画图开，细玩形神暗自猜。
婉尔凝眸似有肌，无言日日盼郎来。

其十一：

谁云容易度芳春？恨至无言恨始真。
惆怅最怜今日我，风流空意少年人。

其十二：

  金猊炉内屡添著，日永三春驻夕薰。
  君纵背盟甘负妾，妾堪忘约不思君？

其十三：

  销魂最是怕黄昏，绮帐生寒亦懒温。
  脉脉私情谁与语？一声血泪一声吞。

其十四：

  无聊遣婢把棋弹，总为愁多着未安。
  几度被他催下子，输他容易胜他难。

其十五：

  绣阁身闲心不闲，愁来无语泪潜潜。
  妆台频对菱花照，瘦尽春来镜里颜。

其十六：

  人间聚散总由天、难补三生石上缘。
  从此春蚕丝已尽，那堪秋夜镜重圆？

其十七：

  朱楼愁按凤凰萧，盼到而今归路迢。
  老母不知灯下誓，乘龙已订度蓝桥。

其十八：

自怨时乖复自嘲，诗篇无意细推敲。
侍环分得新题到，几度拈毫几度抛。

其十九：

银杏开残又碧桃，春江客路水滔滔。
深闺织就回文锦，欲寄何由系雁毛。

其二十：

不曾真个恨如何，从古红颜薄命多！
死后芳魂犹恋恋，生前忍复结丝梦。

其二十一：

回思旧事渺无涯，静掩闲窗六扇纱。
蜡才成灰红泪冷，不堪重问镜中花。

其二十二：

感怀不忍读焚香，一缕柔丝系寸肠。
自昔谩劳称姐姐，于今何处唤郎郎。

其二十三：

半钩新月映雕梦，此夜谁家弄玉笙？
一曲离鸿声转急，不堪听处倍伤情。

其二十四：

花香满院梦初醒，蛱蝶纷飞绕画屏。
妾梦一如蝶梦幻，与君千里会邮宁。

其二十五：

绣谱闲翻线屡增，空裁蜀锦与吴绫。
合欢鸳被成来久，旧约遥遥不可凭！

其二十六：

搔首无从画一筹，杨花岂逐水波沉？
今宵假手金鱼带，万斛愁肠一旦勾。

其二十七：

他年无复睹人琴，巫峡云遥何处寻？
留得美人图一幅，与君夜夜伴罗裙。

其二十八：

消息于今不可探，只身无计到江南。
关河不隔相思魄，泉路茫茫死亦难！

其二十九：

一抔黄土草纤纤，异日重来别恨添。
朽骨已寒心未冷，梦魂犹绕楚山尖。

其三十：

　　鸾笺欲謦话喃喃，握管难禁泪染衫。

　　只此九回肠已写，忆君不另寄书函。

　　花春看毕，知池娇以姻期将近，不愿弃旧负盟，亦迫于无奈而死。又问悟凡道："二小姐之事，在几时发动的？"悟凡道："俱在春尽夏初之际。"

　　花春闻言，不禁痛泪交流，如熬肺腑，悔恨："于出京之不早，妄图功名成就，以致误期失约，使美人丧亡莫救，是皆我花春致之死也。我想水园二美，即丧身于水贼之手，不得复见，然使我于山家考诗订姻之后，不成婚改试，久为滞留，则池娇小姐尚未迫于汪姓之婚而就死，即窦小姐之事，亦未败露，我可以计得之，何至有今日之变？乃事故变迁，难以逆料，岂彼美缘，前盟莫践，抑我花春福浅，始愿难偿哉？"唯是捧了那一纸诗，几回吟诵，不觉诗中悲切之情，愈咀愈出，真是一句一眼泪，一字一声血，有不忍多读者。

　　悟凡在傍，见花春悲号无已，声出断肠，也觉触景伤怀，泪痕微带，只得从容抚慰道："虽然事变俱为误期之故，但人生缘分，早定于天，非人力所能回挽。或者二小姐与相公只有数夕之绸缪，而无偕老之欢乐，也未可知。至于二位小姐以绝世佳人，俱在青年殒命，此又夭寿之常，尤无关于人事，相公亦何必悲哀过恸，使二小姐于泉下亦复惨切不能安哉！"

　　花春闻劝，虽觉怆怀少解，究未免心牵胆挂，抑郁难鸣。因思与悟凡一叙旧好，遂欲在庵中住下。悟凡止道："不可！此间数椽茅屋，房间浅隘，既不比香莲庵内室重门可闭，而此处虽系乡村，却不比香莲庵幽僻，无人缠扰。况相公舟停庵外，村人俱所瞩目，倘夜间留宿，有恶棍鸠众前来寻闹，恐于相公亦有不便。而贫尼漏网之鱼，此处又不可容身矣，事将奈何？"花春笑道："不必多虑。今日之我，已大不同于昔日之我。力则可以敌人，势则可以压人，纵有千百棍恶前来寻非，我亦何惧！"悟凡听说道："相公想已擢名金榜，故敢渺视庸夫。但乡村俗子，未识相公为何如人，则一朝殴辱，未免要受眼前亏矣。苟欲鸣官惩治，又恐于理有碍，未识相公亦念及此否？"花春道："既是悟凡师如此意虑，我只得坦怀以告了。"遂将遇仙学法，及考试占鳌之事，细细讲其始末。遂拿白银二十锭付于悟凡，命他调养身体，聊为药果之资。又另付二

锭于老尼，令她整备斋肴。那尼僧听得说得势耀非常，又得了银锭，遂款留花春在庵。后事如何，下回再表。

评曰：文必入人意中，出人意表，始可谓绝妙文字。自余论之，入人意中者，尤不如出人意表之谓奇也。尝观野史述事，有离必有合，如花春一路进都，赠画订约，合而仍离也。则此回出都访美，为践旧约，急欲观其画奇谋，筹胜算，何以与诸美合矣。乃一至香莲庵，而风流尼院倏变为寂静僧房。又至水园，而玳瑁楼中国色倏变为梧桐树下香魂。及白莲庵得见悟凡，必以谓二美事犹可挽回，讵知一函手札、一纸情词，惟悼恨于去秋一别，玉化香销，物在人亡，如斯而已。要之，男有室，女有家，必须媒妁通言，以成大礼。若于花前月下，私订良缘，未有不磨难多端，乖睽百出，非死别即生离，焉能如愿以偿，有齐眉之乐耶！观于此四则，野史中之私情密约，后来必如所愿，从无有离而不合者，其附会之妄，尽一扫而空之。有心者览此，怜香一念，不且雪化冰消哉！点化愚顽之意，何待终篇而见。

第十回 适维扬空怀旧约 至武林喜订新盟

诗曰：

飘零个个恨无缘，默抚情怀倍点然。

去日已欣谐白发，来时无复睹红颜。

鸾飞镜缺三秋月，风去云遥万里天。

唯有红园屏许射，未知赤线果能牵？

话说花春既令尼僧去整理羹肴，遂住在房中，与悟凡谈不尽别后离伤。说起香莲庵改了碧梧禅院，这一座幽雅精致的好所在，可惜被和尚占住，慧源及众尼等亦渺不知去向。悟凡此际，不禁抚今追昔，忆故旧之飘零而怆怀不已。看看日色已暮，老尼把夜肴备好，和盘托进。花春问以烹庖之何速，尼僧答道："村店中盘飧可给，水酒堪沽，故便于备物，但恐粗粝难堪，不足以适贵人之口，祈勿见罪。"花春道："惊动宝庵，已深歉疚，又承老师太费心，多品杂陈，甚不过意。"那尼僧放下杯箸，径自出去，只有悟凡在房陪饮。只因乡间食物，烹庖得不甚精洁，即沽来之酒，那及得香莲中厚味醇温、清香馥郁的佳美？以及器皿动用物件，那一样及得香莲庵中的草美精致？二人感物伤怀，愁肠又触，只得将酒肴勉强用须，唤小尼进房掇去。

花春因一路而来，旅店凄凉，孤舟独宿，久旷于女色。悟凡虽然抱病，亦因自香莲庵逃避以来，巫山久隔。此日见花春在房，禁不住一腔欲火，遂把房闭上，款赴阳台。只因悟凡病后，精力空虚，又以暑热难禁，汗淋如雨，故未及久战，早已恹恹一息，神气俱疲。花春虽情兴正浓，却又怜她躯微骨瘦，遂止戈矛，意欲安寝。因庵外蛙声嘈嘈振耳，直至四鼓方才睡去。

明日清晨起身，因访美念急，不敢久留，遂辞别悟凡。命他安心在此度日："倘有

飞灾，自能为汝遣救，我一到家中之后，仍欲北上，不消数月，再过此间，定进庵与汝一会。倘有幽雅名庵，即当修书荐汝入庵。此间不可安常，只可处变，宜保恤身体为要，不必填愁积闷，徒耗精神。此二语是药石良言，须当谨记。汝已为我狼狈至此，吾乃不为携提，把前情付诸东流，天壤间断，无此薄幸人。"言罢，各各涕泪。当家送出庵门。又到船中取了十锭银子，令家童送到庵中，布施装修佛像。

是日，开了船，一路望南浙而来。有事则提，无事则缺。在路行程，无甚耽搁，心中暗暗疑虑道："不要广陵西河之美人，亦有变端？几如花正妍而雨打，月方皎而云遮，空令我作了一场春梦？"又转念道："天下事，亦断不至此。岂有风波陡起如四美者？若彼美而亦有变故，岂真彼苍不欲留一佳人以配我花春乎？纵天下之事故不尽可凭，而吾生之缘姻岂无足信？则亦唯信诸佳人之必配才子，才子之必得佳人耳。"花春在路，时以此念存于胸中，故反把疑虑之一心，尽皆抛去。

不一日，到了广陵，仍寻到逢家寓处，将行李运上安放，向店主人道："逢老爹，你可认识小生否？"店主人定睛细视道："确是有须面善，却一时记认不出。"花春道："小生嘉禾人，去岁秋间在你宝店中耽搁多天，承蒙厚情，曾在里边这一间精洁坐室中下榻的。"那主人省着道："是了！莫非进都会试的花相公么？"花春颔首称是。店主人道："吾们做了这须贱业，招接商客甚多，记性却又不好。去岁与花大爷盘桓数日，竟一时认识不出，殊觉可笑。"花春道："我此番到来，虽耽搁不久，却因僻性好静，仍欲暂借内室，约住数天，未识还肯容纳否？"主人道："花大爷既爱僻静，这又何妨！"就命家童把行李搬进，店主引前，同花春径入内室。略谈几句，店主因有冗忙，遂自出去。

花春坐下未几，觉有一种清香之气，扑鼻吹来。因向庭心一望，见那边有数盆白芙蕖，盈盈绿水盛着，开得鲜艳异常，甚觉可爱。静坐窗沿，只是对荷赏玩。不知花春之意，一半是看荷，一半实注目在那傍楼上，急欲得凌霄一晤，以慰半载离愁。心中想道："以吾之品望，俯就彼之门楣，自尔一说即成，不比得别处之艰难委曲。但与他一别经年，实欲一睹玉容为快。你看庭中绿荷盛放，正宜轻摇执扇，倚楼赏鉴清芬，为甚闲窗寂寂，空有妒玉人之莲花，而无赏莲花之玉人？"心殊恋恋，意者暑溽难禁，玉人恤体，闲睡罗帏，故未得临窗眺望。移时晚风徐拂，荷净生香，于寂寞黄昏之后，未必不纳凉倚槛，爱扑流萤，则月明人静，正可与玉人一诉离怀，慢申别款。既至此间，亦何虑天涯咫尺哉。因闲坐无聊，集唐句咏《白莲》四绝，诗曰：

其一：

> 靓妆才罢粉痕新，留着双眉待画人。
>
> 入夜史宜明月满，珍珠帘外净无尘。

其二：

> 娉婷仙子曳霓裳，懒对菱花晕晓妆。
>
> 白玉帐寒鸳梦绝，暖风送过一团香。

其三：

> 珠箔银屏迤逦开，莲花为貌玉为腮。
>
> 水晶帘外微风起，疑是嫦娥月里栽。

其四：

> 芙蓉面上粉犹残，半是羞人半忍寒。
>
> 今日分明花里见，晓妆初罢倚栏杆。

少顷，用过夜餐，候至更初月上，唯是静倚栏杆，专望那傍有须影响。岂知风弄竹声疑佩响，月移花影似人来，梦想空思，竟做了待月西厢的君瑞，寸尘更深，而玉人究杳乎莫接。心中疑虑道："莫非此女守志不坚，谨遵父母之命，竟另订丝萝，已为鹊巢之处乎？然以去年临别时，订约谆谆，誓同生死，谅不薄情至此！况彼不过一平户女，岂有豪门巨族，愿缔朱陈？所来聘纳者，亦不过庸夫俗子，焉能入凌霄之目，甘背旧约而适身于彼？此亦可为凌霄信也。想必因偶有微恙，静卧绣床，否则因有事故，往眷族中去了，亦未可知。吾明日往梅婆处，探问濮小姐消息。只要乘间一探其故，彼自然深悉。"想念许久，只得步进里边，将窗掩上，闷闷的睡了。正是：

浇愁须得酒千觞，玉漏沉沉夜未央。

月影栏杆人不见，隔帘风逗菱荷香。

　　花春睡到次日，绝早起身，家童唤起，命催店家早备晨餐。未几，用过饭，出了店门，一径望梅柳巷梅婆家中来。到了门首，一扇篱门，却是虚掩在上。花春举手推开，竟望里边进去，叫道："梅妈妈可在家么？"只听得娇声滴滴应道："母亲方才出门去了。有甚言语，待家母回来通达便了。"花春道："我有紧要言语，要与梅妈妈面讲。"正说之间，见里边门首有人一影，正待细睁，即不见了。花春也不放在心上。未几，见门内步出一美人，虽无倾城之色，而丰姿袅娜，甚觉可人。纤纤玉手，持了一笺香茗，轻启朱唇的叫道："相公请茶。"花春不待其放下，就举手接过道："轻造贵府，已属不当，何以又劳姐姐费心。"那人道："相公之言，何过嫌若此。这粗茶是极便的。请问相公尊姓高名，府居何处？"花春道："小生浙江嘉禾人，姓花字金谷。去岁秋间，曾到你府上的。"那女子道："莫非就是进都赴试的花相公，假妆……。"那女子说出"假妆"二字，遂顿住了口。花春见说，已明晓其故，遂言道："小娘子有话何妨明说，奚必欲吐仍茹。"那女子微笑道："假妆女子混入梨园者，莫非即是相公么？"花春笑而不答。那女子道："自相公去后，累家母受尽许多惶惊。濮老爷竟不准交还身价，要家母追寻原人，屡欲加罪。幸赖夫人、小姐力劝，得保平安。"

　　花春闻言，殊为抱歉一番。问以梅妈妈出去几时才得回来，那女子道："家母出门，归期不可预定。大约早则午刻即归，迟则晚间方至。"花春听说梅妈未归，不耐静等。见那女子殷勤献媚，眼角传情，甚有顾盼之意，遂思趁伊母不在，欲与神女一会阳台。因以语言挑引，渐渐近身相谑，引得那女子欲允含羞，欲推难忍，只得出外将门闭上，与花春移手进房，遂兴云雨。

　　事犹未毕，只听得外面叩门急急，却即是梅婆声唤开门。那女子惊得心慌意乱，手足无措，忙教花春躲入床底。花春道："姐姐不必吊胆，你且去开门，吾自有藏躲。"就尔步出庭内，见傍侧有一座围墙，甚是低矮，即纵身一跳，跨上墙头。往外望下，是一片小小空场，并无行人来往，遂将身纵下，望东而步转了一个湾，兜出来，即是巷中，仍望梅婆家内进来。见梅婆正在外面，二人相见，叙了几句套谈，花春急问："濮紫荆消息如何？"梅婆见问，先将去岁累及受罪之事，皱眉蹙额的说了一遍，然后道："相公，此番真来得不凑巧。若早来一月，尚可得濮小姐一面。"花春见说，已知

或嫁或死，又是事变莫测，遂急问道："妈妈，何出此言？"梅婆道："前月濮大爷忽调了广西桂林府，已挈家眷荣任去了。那日，小姐无奈，特传我至彼，悄然将书一函寄吾，嘱吾谨谨收藏：有日花相公到来，即付与拆览。"花春知濮太尊迁任之期只隔得月余，深悔出京不早，以致遭此磨折。然思紫荆虽已不在，广陵未能晤面，而路途旷隔，此中尚有挽回，究不比四美之茫茫泉逝。死者不可以复生，讵以道阻且长，旧盟难践，而谓玉人不可复得哉？

那梅婆急忙向内，将书取出，双手递于花春。花春接过拆看细览，只见上写着一片蝇头小楷。其书云：

自与君别后，灯暗孤窗，寂寞三更谁伴，帘垂小院凄清。午夜无聊，玉笛懒听。肠断芭蕉暮雨，金针倦绣；情牵杨柳春风，曲院花飞。常牵别恨平山春尽不见归。盼征人兮未至，翠黛不描；嗟薄命兮堪怜，红颜渐损。前日翻阅报录，知君以多才遭屈，必尔旋返广陵；乃红闺盼断，竟不见情冰至署，以订丝萝。讵抛球射雀，别缔新俦；月下花前，顿忘旧约乎？谅尔多情，决不蹈此。后又阅见武殿试报录，君以文坛选士，改为武帏雄才，不胜惊疑，实深欣慕。所可羡者，上苑攀花笔彩，焕凤池星斗；曲江开宴剑光，冲麟阁风云。窃谓君占鳌头，必尔书来雁足矣。不谓好事多磨，机缘又阻。兹因家父迁任广西，挈家远适，暗泪偷垂，柔肠寸断，恨不能迟留待约，再逢前度刘郎；唯是魂梦相牵，空忆窥帘司马。想此去桨冲断岸，不堪旅梦之惊；帆锁横塘，酒尽离人之泪。更有伤者，不忍言焉。君倘不忘厚誓，念故情，不以地角天涯之远隔，等诸桃花流水之无情。庶得了相思于锦帐，赤线来牵；慰凤愿于蓝桥，白头无叹。尔情实靡，涯言难尽，特此草达，聊表微忱。花春看罢，见书中文情宜，词意恳怆，直如怨如慕，如泣如诉者然，亦不禁悲感无已，遂将书藏好。

梅婆问道："相公的寓所仍在吾家姨夫店中么？"花春告以正是，因即随机问道："吾去年见一位年轻绝美的娇娥，想一定是令姨甥女了。恳妈妈作一月老之任，未审可否？"梅婆道："相公既有此心，何不去岁早教老身一说！逢家凌霄甥女，其姿容实与濮小姐不相低昂。老身去秋不敢与相公作合者，实以相公志在择配。彼之门楣，岂敢仰攀贵耶？乃至今日始请老身执柯，又无能为矣！前日有一个姑苏大富翁，在维扬贩兑珠宝，竟出了一千聘金娶去，就是老身干办的。"花春听说，恼得半晌忘言。然后心灰意懒，问道："你家甥女难道竟肯允从，随那人去作妾么？"梅婆道："父母作了主，焉有不允之理？"

那时遂别了梅婆，闷闷回寓。广陵的平山塘、琼花台、二十四桥、五云多处佳景，亦无心去观玩，唯闷坐在寓。然在京未一载，而所约之美人，尽弄得七零八落，死者死，离者离，嫁者嫁，有如许光景！想到此际，把从前一片热肠，弄得冰消瓦解，竟欲一径归家，连西河一美，亦以为定有变端，而不必再去访矣。然仔细寻思，则又不忍舍弃。倘日葵安然无恙，在彼盼望，我既回故土，不与彼一会，斯真负心人矣。他日悔恨，又当何如哉？遂连夜起程，向杭城进发。

是日到了城中，将船泊位，命家童在船看守，独自一人飘然向红园而来。一路盘旋曲折，到了红家门首，见园门虚掩，遂推进里边，慢慢步入。那管园的家人，向花春定睛细认了许久，吃惊问道："你莫非去秋在此寓考的花老爷么？"花春暗暗奇异："他为甚知我武帏中捷，如此相称？"遂应道："正是。"那家人道："闻得花老爷到京弃文改武，得占鳌头，钦赐游宫三日，又游街二日，万岁倍加宠赐，为何不在京伴驾，却有余闲至此？"花春道："我因有一桩正事未完，故暂告假出京。今事已干办，特到西河避暑，故乘闲来此，想池中荷花早已开得极盛的了？"家人答道："绿荷正在晚放，花老爷来得有兴，待老奴禀过家爷，出园款接。花老爷请亭中少坐。"花春急拽住道："我与你家老爷索不相识，何劳款接？我不过因去年在此观玩，见园中景色不减西河，故乘闲到此一玩。若去惊动主人，反多不便。"家人道："花老爷你且坐了，待老奴细禀。花爷去秋与柳相公同寓在此，家爷适往汉口去了。回来时，花爷已高中还乡。彼时却不问及，忽于方才夏初，唤老奴进去，问及去秋花爷作寓园中之事有否？老奴遂以实告之家爷。不知因着何事，知花爷不久必到此间，就分付老奴谨谨留意：若见花爷到来，必须通报，好待家爷出园迎接。后又闻说花爷改入武闱，题名金榜，老奴想花爷焉得有余闲至此，不料今日果见驾临，老级焉敢不遵主爷？"

花春听了这番言语，甚觉不解其故，呆思半晌道："莫非去秋与日葵订约终身一事，红老已悉其情？今岁又闻予钦赐宠荣，甚是钦羡，愿面许秦晋之谐，因先结主宾之好。再至此间之说，想小姐曾坦怀以告，谓我中与不中，必遂急出京来此，请冰求帖乎！"心中猜疑未定，只见主人已远远行来，甚有注目之意。遂趋步上前作揖道："晚生轻造名园，尚未请谒，反蒙红老先生过爱，惶愧极矣。"红御史道："去岁秋试之期，花兄在敝园草榻，弟因有事往汉口羁留，失于瞻你。春间，偶于绿阴轩前闲步，见壁上题吟，真是清新俊逸，庾鲍风流，谅是我兄佳构。而细玩其中词意，觉含蕴几许，不愧风流笔墨。因想吾兄青春年少，谅多正事未完，不免告假辞朝荣归故里，则荒园虽陋，或者得再邀兄之顾盼，也未可知。因命管家留心伺候，若见花兄到此，令他速来禀报，使弟得稍为款洽，以尽地主之诚。"花春谨不敢。

那红御史遂携了花春的手，步入碧澜轩来。见轩外四周，俱密树垂杨，遮荫得行，天赤日午也不知。轩后芙蕖盛放，觉得丝卷柳条，微风乍起，珠跳荷叶。宿露初收，满座水光影摇；花鸟绕亭，波色倒映楼台。斜铺翡翠之茵，草头凝碧；平泻琉璃之镜，水面横清。彩鸳静占银塘，乳燕凉飞。玉宇凭栏人影下池，隔岸禽声闻席上。凉台无六月，藤阴蔽座生寒；钓石有双溪，苔色侵阶弥绿。直把暑溽炎炎，一时消尽。少顷，酒肴俱设，对酌谈心，问及花春秋试争元，为甚春闱就武？花春即以在路耽搁误期，改试之事，细讲始末。红御史盛赞道："花兄削彦士于文坛，又压英材于武艺，四库五车，必逢源于左右；六韬三略，定熟悉于胸怀。古来元杜逞风流，直可与之争座；孙吴具将略，岂屑与之比肩哉！兄乃文武全才，智勇兼备，朝廷拔此梁栋，实国运文明之有庆，而我辈得亲丰范，犹相见之恨晚矣。"花春道："晚生得第，实侥幸于万一，而中途迁就，皆赖诸大臣鼎力，以叨圣朝培植之恩。今蒙老伯一遇，使晚生当之愈愧矣。"

花春以红御史始见之时，注目良久，而此际谆谆赞美，虽在酌饮交谈，观其容颜词气，似胸中有一桩疑难心事，辗转不宁之意。见此形情，惹得满腔疑虑，又不便进言相问。二人各有心事，酒也饮得无须豪兴。对酌移时，红御史道："花兄多少贵庚？"花春道："晚生已虚度二九。"红御史又问道："际此妙龄，想已咏河洲之句矣！"花春闻话，知其语有由来，因已对以尚未不室。红御史道："琴瑟虽未调，丝罗谅已结。"花春道："今瞻仰于泰山北斗之傍，鄙亵私衷，本不敢上渎。乃蒙下问，讵敢讳言。因晚生僻性，素谓夫妇之配，称之曰偶，是必其性情品格，不相悬绝，始足当耦之名。不然，偶之实已无，尚何有偶之恩、偶之情，并偶之乐也哉？晚生宁终身无偶，而不可一日误偶。故磋砣至今，尚未有聘。"红御史道："据花兄立志如此，弟有鄙悃未敢谩渎矣。"花春道："老先生有言提耳，晚生敢不谨领？何容深讳。"红御史道："弟年逾五旬，并无嗣息，只生一女，闺字曰葵，因执性颇类花兄，故屡屡拒聘不纳，尚在待字。兄既鼓琴未咏，窃愿以小女侍兄箕帚，未识以为何如？"花春道："令爱淑女，宜配君子。恐晚生福薄，未敢僭攀。但既蒙老大人过爱，许订朱陈，只得愧承台教。"红御史道："既如此，且俟秋凉后，遣冰择日以完花烛。"花春重起身纳拜，即为翁婿之称。二人引觞更酌，兴复不浅。

少顷饮毕，家童将残肴拾去。红御史起身向花春道："本欲款陪贤婿，细谈衷曲，因值小干尚未办理，请贤婿且在轩中略坐，吾去去即来。"花春道："既为翁婿，情同父子。岳父大人有事，即请尊便，何容以客之待小婿哉？"红御史遂嘱付家人，于薰风楼下整备帐铺枕簟等物，务须精洁，好待花姑爷晚间安宿。家人应诺，红御史自别了。花春进内去了。

花春独坐在轩中，暗暗欣喜道："吾犹幸来此践约，不因诸美之变而灰心。若不然，则此间一段良缘，已是当面错过，空令日葵小姐眼穿肠断，叹予负盟矣。今妙在红老口中亲面相允，既无翻改，又省却许多周折。但思佳婿不易得，正宜喜溢须眉，欢形面目，为甚于许亲之前，若有满腹疑愁，甚不惬意者然，此何以故？岂疑吾黄甲登科，已有贵胄联姻，故觉难予启口耶？谅亦不为此。"

想了半晌，步出轩外，见柳阴之下，有块太湖石畔，插一渔竿在上。花春问家童："谁人在此下钓？"家童答道："这是家爷闲暇之时，常坐此间垂钓纳凉，故有这渔竿插此。"花春想道："乘船下钓，虽云野老，高风荷沼垂钓，亦是幽人韵事。"遂命家童联须鱼饵，系在钩上。才垂得下去，就有鱼上钩来吞了。连忙把钓钩拽起，只见一尾金色鲤鱼跳了几跳，竟脱却钩儿去了。花春惊讶道："这又奇了。那鱼儿既吞下钩饵，为何垂丝又不断，竟脱去了？"只得又妆饵下钓，讵知钓了半晌，竟无一尾上钓。

看看日色沉西，遂将鱼竿插下，步出回廊，望园中闲眺一回。早有家童前来，邀请于薰风楼下饮用夜膳。用毕后，洗过了浴，惟是轻摇羽扇，斜倚在石栏杆上纳凉，暗想日葵小姐此时，也在那里纳凉未睡。不禁把此情此景，细细摹拟，口占一律道：

> 兰汤浴罢卸轻衫，鬓乱钗横汗未干。
> 微有风时阶下立，断无人处眼中看。
> 一帘竹影消残暑，半夜槐阴锁翠寒。
> 怪底侍儿频唤睡，几回欲卧又凭栏。

吟罢，回身命家童自去安睡，遂于炉中点起一支安息沉香，起帏就枕。不知醒后作何情状？下回再表。

评曰：此回文字，乃是接写前篇，不过把去秋订约之诸美人，尽归诸珠沉玉化而已。而其间，或因事败亡身，或因守约殒命，或因迫父命从人，或因随调任远适，写来错落参差，奇变不测，使花春一路访来，啼啼泣泣，如梦如痴。所约诸美，而并无一践约完盟者，才子佳人之论，局中人其尚有说乎！

回中连接见三封书札，自是判然三样：窦瑞香致于悟凡之书，乃花春借览耳；满池娇怨词三十首，自悲死别而难言同穴；濮紫荆情札一函，乃怨生离而尚念同衾，故绝不见其犯也。

作者醒世大意，前回评中已悉悉详著，故兹不复赘。

逐后红园一访，红御史竟殷勤相款，面订日葵之姻，是作者之笔，故意屈曲处也。

文章能蓄疑为妙。红御史于接见花春时之形容举止，几如神龙在云，首尾隐跃，令人莫可窥测也。

第十一回 吉变凶风波不定 怨装恩云雨怀仇

诗曰：

破花即是惜花朝，错怪傍人暗里挑。

莫道订姻心又变，须知割爱恨难消。

一腔毒意尝樱口，满腹仇心摆柳腰。

如此雪冤诚快尔，只虞天怒不相饶！

话说花春一觉醒来，只听得园中猜猜犬吠之声。启眼看时，正见一弯凉月，影透疏候。想此时夜深人静，有谁行动？本欲出外一望，又因月色满园，正可纳凉闲步。遂尔起身往外，傍栏绕径而来。忆着去秋与日葵订期往返，夜夜潜行于花径之中，睹景兴怀，不啻如昨日事，乃昔是清秋，今为暑夏。人犹是人也，径犹是径也，而风景已为之一变矣。正观望间，见前面有一女子行来。花春欲待闪避窃视，那女子忽叫道："来者莫非花郎否？"花春听其音声，似瑞芝婢女。及近身细认，则见其眉浓粉腻，以及衣裳服色，迥非婢女模样。心转疑惑，问道："你莫非就是瑞芝姐么？"那女子道："去秋别后，未及半载，难道就不认识了？"花春道："非是小生不识认，因姐姐形容举止迥殊昔日，故有此一问耳。"瑞芝道："君既见疑，且先以妾之事告君。妾因老爷见幸，无力可辞，已忝居小星之列。是君为负盟浪子，遂令妾作逐水杨花也。"花春闻言暗想："瑞芝乃小姐闺中侍女，如何红老谩宠作妾？此中情节，确有可疑。"口中佯说道："姐姐如失人之宠，实迫于主命之难，违在小生，亦不敢抱憾。"瑞芝道："妾之事，且不必论矣。试问相公，临别时曾谓来岁春尽必至此间，以完旧约。其知盼断双珠，终无音信，直至今日才来。你于心竟相忍么？"花春道："实非小生负约愆期，因春间误期，不得入闱，改入武试，所以羁留京邸，磋跎至今。其实身在北而心在南，想小姐香闺盼望，自有一片离别愁肠，伤春挥泪，不知近日身体可安否？"瑞芝道："君尚欲问小姐无恙，君保得自家无恙，也就罢了。"花春听他说话跷蹊，着急问道："姐姐有话快请说明，莫作此含糊之语，令以难详难解，甚费踌躇。"瑞芝洒泪说道："君若无恙，则君之性命已化为乌有矣。"花春道："小娘子怎说此话？我此间又无仇无怨，有谁欲加害于我？"瑞芝道："害君者即君。且君不独以己害己，固先害人而将及害己矣。君尚痴心妄念，思与小姐翻云撼雨于阳台，岂知小姐久已泣月悲风于泉路了。"花春听到这一句，不禁跌足流涕道："难道你家小姐已身死了么？为何你老爷今日又将小姐姻事面许小生，这是何故？"瑞芝道："此事一言难罄。且在亭中略坐片时，妾细细为君剖陈。"

二人遂挽手进亭，并肩坐下。瑞芝谓花春道："君欲知小姐何以死，其根株实死于君；而构衅起衅，又死于老爷之宠妾秋莘。此秋莘非别人，即亡过夫人身傍侍婢。夫人死后，老爷即纳以为妾，颇加宠。彼竟忘却本来面目，肆然以骄傲临人。小姐看他这种光景，难以入目，一日将他重重羞削一顿，秋莘究敢怒而不敢言，十分怀恨。讵知去秋君与小姐黄夜往来，秋莘潜身窥伺，已露机关。他竟心怀毒意，反作与小姐亲密之状，不时进来察颜观色。不料小姐身该有祸，渐渐胸高眉散，六甲怀胎。秋莘这贱人竟去密诉老爷，百般挦唆。恼得老爷怒容满面，来到小姐闺楼，细细盘诘情由。小姐亦直言无隐，谓：'与花郎已订终身，其人不日即至，父亲试览其丰仪，可以为东床之选否？虽多露之行，一时失礼，而齐眉之订，百岁无愆。乞父亲见怜择配之坚心，姑恕爱才之一念。'老爷此时，似有怜悯之心，未忍剧加毒手。怎奈秋莘在傍，屡以玷辱闺门之语见耸，逼得老爷如火上添油，任小姐百般乞怜求宥，总是无益，竟尔割慈忍爱，把一个花娇柳媚的小姐顿时缢死。自小姐死后，老爷即嘱管园家人，若见君到来，即为遣住，欲加害于君，始得胸中怒气稍泄。妾见小姐惨死，即愿与同赴阴曹，不忍独生于世。然妾死，而君今日之来直如在梦中耳，其祸谁为之解哉！妾之不死，实怜君而有待也。"

花春闻言，感谢不已。又问道："小姐既死，你老爷欲加害于我，为何今日相见，又把小姐姻亲许我？"瑞芝道："老爷即有此言，亦是诡计，不过暗以言词笼络，使君安心居此，不生疑忌之意。君若不信，害君之人，老爷已策划定当。妾试为君言之：其人姓铁名刚，惯于黑夜取人首级，乃是江河上一个有名的刺客。犹幸此人这两日不在，不知往何处报仇行事去了。若待彼一到，君之性命休矣。明日宜瞒过园公，作速逃避他方，千万不可滞留，遭其残害！"花春道："小娘子此言，虽有怜救小生之意，但以恩怨不明，冤仇未报，岂肯悠然长逝，暗避鬼蜮之谋？以我花春自视，即百万军中，且敢只身独往冲突其间，区区一刺客，何足介于予怀！请小娘子且自放心。"瑞芝道："英雄之奋武，岂足以敌宵小之奸谋？恐暗箭或未易防耳。君若必欲逗留于此，务须谨慎小心为主。你看残月高悬，夜已过午，妾言已尽，请从此别。倘另有机谋得闻于耳，当再至园中相告。"说罢，遂欲出亭。花春拽住道："际此月明夜静，庭院生凉，正风流佳会之良宵也。欲与小娘子一温旧好，未识肯垂怜否？"瑞芝道："妾之来，实激于公义，非惑于私情，故不避奸险，潜行至此。鉴在前车，何堪再蹈！恐久为担待，不敢从命耳！"花春见他义正词严，亦不复相强，任其辞去。

花春回至薰风楼下，掩扉而卧。想日中闻红御史允亲之言，如何欣幸；及此时听了瑞芝这一番言语，直如冷水淋头，肃风透骨，不由人不心惊胆碎。然细思红老既欲害予，不过款予在园，密遣刺客行事已耳；又何必退回既久，然后细盘我纳聘未曾，面以姻事相许；即观其语言款洽，若真有殷心挚意，而非出于勉强，则与瑞芝之所言又迥不相类，真令人莫解。谚云："日久人心见。"我且将机就计，逗留于此，看他作何行事。恩则报之以恩，仇则报之以仇，自分得如水样的清，镜样的明，我方快然无憾，显得我英雄辣手，豪杰奇谋。是夜，辗转反侧，不能成寐。

明日起身，梳洗已毕，用过晨餐，见红御史依旧出来闲谈竟日。花春见他语言酬酢，绝无一毫假饰之意，心中转加疑惑。

到了晚来，花春因瑞芝昨夜有再至园中之语，所以不敢安寝，分付家童睡了，竟自步出庭来。尔时月虽未上，而明星耿耿，万里无云，犹闪烁映照园中，不至十分昏黑。阔步片时，瑞芝果至，笑谓花春道："君已转祸为福，可无虑矣。昨疑老爷许亲之说，出于机械，岂知老爷以君文幄争元，武场夺首，甚为奇异。又见君英才出众，秀骨珊珊，悔将小姐缢死，空有此乘龙佳婿，而无闺中之淑女以配之，不胜感惜。故顿时划出一计，思于众婢女中，选一俊美者充小姐以配君。实有爱君之意而已，无害君之心。此是老爷于接见君后，见景生情，参权应变乎！日间从不作此想，故妾不知其中隐情，几以老爷一片热肠，认作满腔恶意。妾闻此消息，不敢不告，使君疑难释。但老爷心性不常，秋莘奸刁叵测，君又不可以祸若冰消，灾如云散，竟坦然无从，致变生仓猝不及防。维盖以孤身入世，如在风波中耳。风波无定，欲平则平，欲起则起。今虽出于风波之外，而粗胆细心，必如在风波中一般防险，庶可免风波之险。君其慎之!"言罢竟自别去。花春意欲款住再谈，因见伊行步匆忙，未肯久待，只得任其径去。遂步回薰风楼下，暗想道："原来有此隐情，故红老于许亲时，有许多疑难行状。这一计实画得奇妙：失一女而仍得一婿，不必抛西阁之球，自可坦东床之腹。若此女稍有姿色，我只得看日葵小姐份上，不必拒绝了。如此看来，红老原有怜才之念，前之忍心杀女非出于本意，实迫于秋莘之谗谤而然。然则秋莘为小姐仇人，而亦即我之仇人。若不诛此女，则小姐含冤负屈于九泉，其怨愤何时得雪？"

那时花春在园又过了两日，因时交季夏，尚在炎热，却爱碧澜轩荷香馥馥，柳荫沉沉，尽可消暑，故时在轩中闲玩。或是枕书午睡，凉席风生；或是倚石开胸，罗襟气爽。瑶琴弄罢，薰风徐拂珠弦；佳句吟成，飞絮轻沾石砚。此中幽趣，自尔领取不尽。因以假期未满，思在红园中消过暑夏，待至秋凉，然后回家几日，一路北上，也未为晚。此间姻事，尚在得失两可。唯以枕席孤单，凄凉客邸，且慢慢别作计较。岂巫峡深遥，一无所遇？那时一念萌动，魂荡香闺，遂不禁忆景兴怀，拟赋《夏闺词》十绝，以展芳心。其词云：

其一：

> 梧桐晓院月朦胧，一枕香痕汗粉融。
> 应是爱凉窗不闭，乱蛙声里满楼风。

其二：

> 腾腾朝日隔帘烘，枕坠金铰鬓影松。
> 昨夜知郎谁伴宿？竹夫人好可如侬。

其三：

> 菱荷香净晓风凉，近水朱楼面面窗。
> 睡起无言凭槛望，一声款乃过渔艭。

其四：

香汤自试露盈盈，婉转兰盆意态轻。

宛似芙蓉新出水，雪肤花貌倍倾城。

其五：

阴阴夏木翠烟低，不住蝉声柳外嘶。

恼得愁人愁欲绝，频沾银管咏无题。

其六：

睡醒闲窗更寂寥，镜台重挽髻云高。

偶来莲诏寻莲子，引得蜻蜓上玉搔。

其七：

半弯新月挂疏榈，小扇徐摇不暂停。

寂寞黄昏人静后，后庭槛檚扑流萤。

其八：

风仙花瓣露痕沾，捣向金盆染指尖。

细剪红销灯下来，十分春上玉纤纤。

其九：

已乃侍婢上红灯，枕床烘烘热不胜。

敲断暮钟眠未得，风亭水榭任恁闻。

其十：

羞向郎前卸汗衫，尚盘蝉害髻鬖须。

梦腾一觉游仙梦，撩乱花铰堕枕函。

　　吟罢无事，将词句细细咀诵一回，笑道："香闺艳态，描摹殆尽矣。"

　　那时春光已晚，家童邀去用肴，被他殷勤劝酌，多饮了几杯酒，似有醉意，遂欹枕而卧。岂知酒兴正浓，而风流佳兴，亦随而拥上心来，无由发泄，故意态虽倦，而神魂飘荡，犹在似睡非睡之余。忽听得唁唁犬吠，似前夜一般，顿然惊觉。想园中犬吠，定有人来，非瑞芝而谁？今夜必不放他空回，且与巫山一度，以泄我兴。即穿衣起身，急急望园中而来。花春是留心的，一步步注目相觑，见前面有一人行来，身躯雄阔，迥非女子模样。却因月光未上，看得不十分仔细。遂向亭中躲进，将身蹲下。只见那人从亭边行过，手中提着雪样亮的一柄宝剑。那光影射入亭中，犹闪烁照人。花春惊道："此刺客也！为何红老既有充婢纳婿之意，又遣刺客前来行刺？瑞芝云'风波不测，欲起即起'，此必是秋莘撺耸所致，事不可缓矣。"意中定下奇谋，遂欲寻至秋莘卧房报仇雪恨。

　　一路行来，已进数重门户，却虑朱楼叠叠，画阁重重，不知秋莘房在何处？正在迟回，只见那回廊下有一女子行来，甚是匆匆急急。举目细睁，乃是瑞芝。花春问道："小娘子将欲何往？"瑞芝道："妾正欲至园通君一信：君已大祸临头，怎生步到此间？"花春道："刺客已在园中，我特为报仇至此，未知秋莘卧房在于何处？乞祈娘子一指。"瑞芝告以第三带堂楼西副间即是，但楼下多有姬妾作房，侍女出入，未便过去，何以能为？春道："我自能跳墙而进。你家老爷此时未知可在？"瑞芝道："既如此，那铁刚进园于薰风楼下，不见了我，定着急进来禀报。小娘子须遣侍女出外邀请老爷进来，谓他道花春不在园中，乃是秋莘日间通信，已私约在房。老爷决不肯信，须逼他潜身到房窥探，自见真伪。祈小娘子直言无隐，我于彼处自有安排，不必多虑。"那时又问明瑞芝卧房，瑞芝指以所在。

　　花春即纵上沿墙，如履平地。行来已到第三带楼屋上，听得西边窗首有人细弄莺声，唱须风月《寄生草》的歌儿，颇觉娇声婉转，雅韵动人。花春捱步过西，将身俯伏檐头，延颈往下一探，见窗首坐一妇人，在着那里摇扇纳凉。望见东首，却悄无人影。花春慢慢立起，捱过东来，轻轻将身一跳，傍着檐下，移步过西，见长窗虚掩，遂捱身进内。桌上灯火未灭，却不见一个侍鬟在下。一径步上扶梯，行过外房，见那妇人衫裙俱卸，现出雪肤半身，娇倚窗外，唱声未绝。花春遂抢步上前，拦腰戏搂。那妇人吃惊回首，欲得声张，想是淫情已荡，心不由主，只得勉强与花春成事，拥入绣床。花春故意把罗帏拽起，正在云雨，听得外傍隐隐有脚步声。花春知是红御史上来窥探，反说出许多戏谑之言，妆出无数颠狂之态。

少顷事毕，以秋莘早日对垒于敝兵败将之前，今忽逢此劲敌，已一战而神思懒倦，睡眼朦胧矣。花春令她安睡片时，把罗帏下好，步至窗边，复纵身跳于屋上，以观动静。不移时，果见一汉子持剑进房，低身伏近床沿，撩起帐帏，砍进一剑。因灯火不息，床中看得明白，一剑刺进，只伤得一女子，余外并无别人。那刺客呆立半晌道："这又奇了。日间红老爷嘱咐说，那人在园中薰风楼下，已令家童劝酒灌醉，那知到得楼下，其人又不在内。方才红老爷说，那人与姬妾秋莘通奸，红老爷亲目所睹，命我到此双双杀死，为何那人不在了？莫非此人能通仙术的？俺今且去报禀，待我慢慢用须功夫，留心伺察，必成功而后已。"那刺客自言自语，一径下楼去了。

花春伏在屋上，节节看得分明，言言听得仔细。复绕过楼来，将身跳下，步到瑞芝房前，犹未安睡，在庭心倚槛纳凉。花春低声问道："小娘子楼上，有谁人伴宿同居否？"瑞芝道："妾性爱静，不嫌寥寂，故不与那个合居同伴，独自在此。"花春道："如此，且将外首侧门闭好，今夜与小娘子细谈衷曲。"瑞芝道："适幸老爷今宵轮在别房安宿，故侧门腰门，俱已关闭。红霞婢子，已经熟睡，妾得坦然与君款洽矣。妾有一言相叩，适才因行事匆匆，未及细问，不知君既欲致死秋莘，又令妾遣老爷到房探视，却是何故？妾说便说了，心中疑窦，究未能释然。"花春笑道："以我英雄一丈夫，欲加害于柔弱一女子，即使碎其身躯，未免污我指臂。我欲雪怨，不待我亲身举动，自有人代为予雪者。此怨雪得来愈加痛快，故我并不曾亲去行毒于秋莘也。"瑞芝闻言，失惊道："原来秋莘尚未死么？则方才老爷至彼，亲问秋莘，是妾生端捏造，反疑妾走泄风声，与君有私矣。"花春道："小娘子且请放怀，待我剖其详细。盖我之杀秋莘，实藏刀于你贪我恋之余，假手于雨覆云翻之下，欲令其泣向鬼门关，先使其情酣阳峡路。我一进彼房，即与搂抱成事，使红老到来一见，自然怒发冲冠，火高三丈，一时性发，自顾不得恩爱情深，决命刺客进房，将我二人刺死。我于事毕后，遂跳出鸳帏，脱离虎穴，望屋檐纵上。事果不出所料，少顷，即有刺客到楼，将秋莘刺死。故我谓不曾亲去行凶也。"瑞芝听说，连声赞美道："君有如许智识，如许胆气、奇谋、异策，古今来报仇雪耻之事，从未有此者也。比诸心躁性烈，亲杀其身，更快万倍！"

二人复闲谈多时，解衣入帏，交欢无已。笑谓瑞芝道："同一风流乐也，在彼则蓄心于报怨，在此则感念于知恩。秋草于欢合之际，必以我爱之甚，恋之切，返料予毒之深也哉。我思红老之待予，犹予之待秋荤也。画虎画皮，知人知面，益叹斯二语不谬。"那时二人温旧好，恋新恩，自写不尽一种欢爱。

温柔抚弄一番，听得漏点已交四鼓，谓瑞芝道："恶妇已诛，别无系恋，予不得再为滞留矣。倘至天明，又多阻隔，趁此静夜无人，正可出园遁避，潜至家中，谅你老爷亦无奈于我。唯刺客行刺，虽是奉公所遣，然此人若留于世，必至荼毒生灵，肆其残虐，我必锄而去之，除了世人之害。未知他今夜下榻何处？"瑞芝道："君若得除此贼，诚快事也。闻彼在外傍书厅东副间中安睡。然此人骁勇非常，不可轻敌，君须见机而作为妙。"花春道："一刺客者流，何足深畏，但手无尺铁，奈何？"瑞芝道："妾房中有古剑一柄，却已绣得锋芒不露，未知可用否？"花春道："不妨。持宝剑而斩一刺客，已是大材小试，何必取其英锐！"二人遂各起身，瑞芝步过床侧，向架上悬剑取下。花春接过出鞘，在灯下一看，见锋虽不甚利，其质尚坚重可用，遂持剑启窗，纵身上屋，来至外书厅跳下。

此时，月已东升许久，照得庭外如白昼一般。捱身步近窗前，见双扉尚启，铁刚犹未安睡，独自在那里饮酒遣怀，口中犹喃喃自语道："俺铁刚行事，百发百中，任你刺英雄，刺豪杰，如刺懦夫一般。若此功不成，则平日神出鬼没的手段，雷惊电闪的声名，俱是虚盗得来的了，焉能见重于公卿贵胄之前？花春那厮性命，总在俺掌握之中，怕他飞上九霄不成？俺明日赶至禾城，候他归家后，即可黉夜潜身进内，枭彼首级报功。"花春听说，止不住烈火迸生，抢步进内，高声大叫道："我花春在此！"即举手砍过一剑。那铁刚因是流名的刺客，时刻防护有人暗算，故才一举动，彼身体旋转甚疾。此时虽未及招架，已将身一闪，闪过剑锋，即忙纵出庭心，飞身而上。花春亦提剑纵上，随后赶来。那铁刚见花春也会跳纵，已觉寒心。追过了几带高房，望见下面是一片空场，铁刚跳下场来，飞奔而走。不料他平日仗凶行刺的本领，一须也用不出了。不知性命如何，且看下回分解。

评曰：十六回中，唯此国尤得奇变不测之致，直写得回澜曲折，烟雨苍茫，总不使一直笔，令阅者前疑未释，后疑又起，一时拿捉不定，一若在梦中一般。如前回历写诸美人之变故，早料西河一访，必不能惬意践约矣，乃

反有红御史接见留饮，面谈姻事一段，则以为日葵在闺无恙，此美必归花春，十美图中尚有一硕果之留，不尽凋残零落矣。璧合镜圆，将于是回见之。而何以夜问又有瑞芝一番言语，作者之笔一转，阅者之意亦为之一转矣。及既闻瑞芝之言，必以为去秋事败，红老志在杀春，而何以又有充婢纳婿一事？作者之笔一转，阅者之意亦为之一转矣。及既闻瑞芝后言，必以为红老怜才人，愿招坦腹，春得安居园中消夏，而何以又有入园行刺一事？作者之笔一转，阅者之意又一转矣。花者既怀怒出园，问明秋苹卧房，欲加害于彼，又嘱令红御史到房窥伺，作者之笔奇，闻者之疑起矣。为雪恨，至楼不行毒手，反与成欢，作者之笔又奇，阅者之疑又起矣。及与秋苹交合，闻窗外步履声，而淫言频吐，淫态故装，则嘱令红御史到房之疑消释，而犹未全释，及纵身上屋，即有刺客至楼行刺事，则为报仇而反成欢之疑稍释，而犹未全释，其未释者何？以不知所以然之故也。至花春细述其意于瑞芝之前，作者之笔乃畅然写尽，阅者之疑始恍然大释矣。其间为恩为怨，恍惚不常，欲死欲生，变迁无定事，亦奇幻极矣。非有奇幻妙笔，焉得有此奇幻妙文？

花春之死秋苹，人为花春叫快，我独为秋苹叫屈。何则？以日葵之死，乃死于花春，并不死于秋苹也。春乃恕己贵人，行此毒计，冤哉秋苹也！

铁刚以流名刺客，一旦死于花春之手，读者不可认为花春畅怀得志之事。作者之意，盖欲为铁刚单作前车之鉴：见勇力技俩，不可以终持也。

第十二回 赋落花良朋示鉴
叹偿淫佳耦失贞

诗曰：

淫魁万恶戒垂焉，果报如斯法不愆。

塞外月圆才几度？闺中镜破已经年。

淫端耳听眉还竖，衾态亲睁肺若煎。

掣剑不须情太愤，为谁偿债问青天。

话说铁刚虽惯于走壁飞檐，怎及得花春仙丹化骨，身若燕轻？那时旋追旋近，一剑刺过，铁刚已倾身倒地，口中大叫："英雄饶命！"花春笑道："本欲饶你，因我之命在你掌握中，则你之命断不容饶矣。"遂举手一剑，将铁刚斩首。撇开尸骸，仍纵身上屋来，至瑞芝卧房，令将剑上血迹揩净藏好，与他珍重而别。出了红园，慢慢步至船边，已是远寺钟鸣，几点曙星，欲乱近邻鸡唱，半弯残月微明。遂唤船家起来，解缆开舟。两家童亦忙起身相接，并不问及在何处延留等语。顺水行来，城关已启，一路无话。

到了禾城，上岸归家，众家人俱来叩见。花春此时，虽则荣归故里，光耀非凡，而忆诸美人之飘零，不觉反添愁闷，免不得拈香于莹墓祠堂，递帖于邻亲友族。一日，用过早膳，正待乘轿出门，拜谒诸友人，忽报柳迁乔至，遂出厅相迎，挽手至书斋坐下。叙过一番，真是一日三秋，不胜离别之感。花春道："弟在都中，不胜念兄之至。因不见至都，甚是疑虑。前日告假回来，得闻丁夏降服之信，犹幸来岁恩典开科，春雷之起蛰即在目前，诚可为兄预贺也。弟今日正欲造府拜谒，一伸别款，不料反获驾临，易胜雀跃之至！"遂把遇仙授法，误期改武之事，先细细述了一遍。柳莺道："兄颜既变，绝胜何郎。今又杏苑攀花，非凡显耀，想名公卿招选乘龙者，谅不乏人，未知兄曾访得几位绝世佳人，以谐琴瑟否？"花春闻言，不禁挥泪道："若提起此事，我不胜愁肠顿触，涕欲沾襟矣。"柳莺道："兄前日曾谓'陋颜已改，则佳耦可图，风流乐事，毕生正是麈涯'，为何弟才谈及此事，而兄颜顿戚，岂风流中不唯有乐之一境，而亦有悲之一境乎？兄试剖言之。"花春遂去取出画图展开，将前后事迹一一指与柳莺，说道："画图上十美，皆可称国色，实指望与他暮乐朝欢，齐眉谐老。岂知出都重访，飘零已尽，只剩得十之一二矣。何苍天之不怜念才子，一至于斯！"柳莺道："原来才子亦有不能配佳人者，风流才子亦有不能配众佳人者，可见才子佳人之说，实创自君，从今以后，前非可觉，后宜修，猛省回头，悔之未晚。未知兄还恋恋于才子佳人否？"花春闻言，笑而不答，闲谈许久，命家童整备酒肴，相与酌饮。

酒至半酣，柳莺起身，取过云笺，作《落花诗》四首，寓意以醒金谷。

其一：

> 欲留花住竟无由，残月凄清锁画楼。
> 背我堂堂春去矣，惜花夜夜水空流。
> 徐娘老去犹余态，宋玉悲深不为秋。
> 最是朱颜容易老，三千粉黛尽含愁。

其二：

> 有限春光剩几何？玉台金屋弃脂多。
> 莫夸活色能倾国，毕竟繁华委去波。
> 栩栩只留花里蝶，依依犹恋雨中柯。
> 美他仙树天边种，常傍银霄汉与河。

其二.

> 往岁曾显落叶红，春三花市又空空。
> 记他开处颜如玉，自我重来鬓若蓬。
> 细柳枝头千里月，晓莺声里一楼风。

石栏倚遍情何极，粉冷脂残别梦中。

其四：

摇落如悲团扇秋，阿谁不动看花愁。
翩翩有态粘罗袖，轻薄何情点玉舟。
金谷香消空亿石，玄都桃尽已无刘。
几回吟断销魂句，一段风光等梦恹。

写罢，递与花春。花春接过诗笺，把诗中字句细细咀味，道："此数首诗，婉丽翾铬，凄然欲绝，直可为我诸美人作挽词，易竟览之而断肠流涕哉！"柳莺道："已往者如是，将来者亦当作如是观也。此诗寓意，不为兄悲已往，实为兄戒将来，兄其留意焉。"二人又重整杯觞，欢然畅饮。无何，酒酣日暮，迁乔自辞别旋归矣。

花春在家，约又应酬了数日。一日在书斋静坐，忽见家人进来禀报说："京中差官在外，请老爷出厅接诏。"花春闻说诏书颁下，吩咐忙排香案，遂把衣冠整好，出外跪听宣诏。钦差开读诏曰：

"诏卿文武状元花春：为有边番契丹国，久失朝贡之礼，反率兵侵我疆域。前遣指挥王云翾整旅出师征伐，屡次失机，未能奏捷。今有文华殿大学士徐忠保奏，兵部尚书山国磬督兵亲往。据山国磬所奏，谓卿谋通三略，材备六韬，保卿任前部先锋之职。宜速急进都督，练军士以佐山卿，御侮边疆，征服不臣，以除敌氛，以长国威。庶得烽烟告捷，边关欣奏凯之歌；贡献来朝，宇宙享太平之福。钦哉！谢恩。"

圣旨宣毕，钦差官重与花春相见，谓边上羽檄星驰，不可延缓，宜即日起程至都统兵前。

向钦差别去，花春亦不敢迟留。那总管钟英，欲将出入账目与花春亲算交盘，一则无暇，一则因钟英为人信实，谅无私弊，谓不必盘算，仍令伊掌管下去。遂命家人雇了一号大船，拽起"钦召出征"的旗号，连夜起程北上。一路过府穿州，自有地方官僚迎送。这一时显耀异常，不比出京时的冷清。

那一日到了淮上，起陆而行，乘着车马，路过擎天岭下，暗想道："我此去平夷归期未卜，梦樱寂处山中，焉得闻此消息？今日须上山，与彼一别，细剖情端。倘得乘间进言，劝乃兄散去喽罗，归顺朝廷，待我保他率兵同往，日后班师，论功升赏，自觉正大光明。山中称王独霸，岂是久长良策？"遂令车夫随从人等暂停车辙，在此静候半晌。自却步行，弯进山凹路径，犹依稀认得。岂知上得山来，只见愁云惨惨，荒草凄凄，屯兵的草寨尽为瓦砾之场，设宴的高堂不胜黍离之感。不见玉人，几等香消南国；追思往事，依然怨人东风。花春错愕良久道："一转瞬间，而山中已荡平若此！忆我梦樱，能毋伤玉石之俱焚，而为之流涕！"只得回步下山，乘车进发。一路上打听得擎天岭上寇盗，已被官兵剿灭。因不禁离怀交结，痛泪时流。

到了京师，径向司马第来，与绛桃相见。绛桃道："起兵之期已近，适父亲染病不起，难以整旅前行。"遂与花春商议如何启奏。花春是夜在灯下修成一本，说："山国磐抱病，危在旦夕，不能受命出师，祈圣上别选能臣，以付大任。"明日五更引见，将此本奏上。朝廷即着大臣会议。议得山国磐身荷国恩，职司讨罚，既蒙圣旨遣使，不得畏避。然国事不可误，病体难以临大任。今有文武状元花春，曾于武场中见其箭穿七札，弓挽六钧，少年英俊，曾有上将材干。况山国磐前已奏封先锋之职，谓伊智勇兼备，谋略精通，谅非寡谋无能者，即着花春代山国磐之职，权掌兵符，再议先锋委任。圣上准奏，遂令三日后祭旗，发炮起兵。花春既掌帅印，即往教场督练将士一番。此时兵士，只有万余，因帝都出师，至边路途遥远，耗费粮饷太重，即于所过省下，着令督抚调提军士从征。

花春此时，颜金英一事非不怀及，一则因诸美飘零，未免心灰意懒；又因军机紧急，未暇谋及私事，故竟忍心搁起，且至班师回都后再作计议。是夜归房，欲与绛桃一叙欢情。绛桃道："妾与君此别，不免天涯南北，暖隔经秋。今夜须极情行乐，彻夜通宵以尽兴，未识君以为何如？"花春道："夫人此言，深合我意。异日于边庭上追奔逐北，使敌人抱头窜鼠而逃，且于今夜预兆其机。夫人少顷且莫谓下官无情，竟尔持矛冲突，不稍留余地以让人！"绛桃亦微笑道："虎帐中让你争雄，鸳帏内不容你耀武。少顷还你拖戈弃甲，伏罪马前便了。"花春知欲久战，遂将丹丸吮入口中。两相狂獗，直至五更鸡唱，方罢戈矛。

是日清晨起身，别了绛桃，又与岳父母辞别一番。山国磐亲嘱以有国大事，务须

"临事而惧，好谋而成"为上。嘱罢出署，来到教场升坐营帐，遂调提军士，率领前来。一应书中套语，尽皆删去。

路上排齐队伍，绵绵翼翼，马不停蹄，到了塞外，已是秋尽天气。路过昭君墓，只见古树缠藤，胡沙卷地，悲风惨惨，怨雾朦朦，因不禁触怀有感，吟诗一律，以吊之云：

> 敢向王公洗旧冤，红颜薄命又何言？
> 黄金自古迷人眼，青草于今绕墓门。
> 可恨长为胡地晃，须知不负汉家恩。
> 一杯荒土埋香骨，百世谁招怨女魂。

闲话少提。单说花春相度地势，傍山结寨，将军马调养数日，递过战书，约于清朝交战，遣将出敌。连战数日，屡见败下。是夜，闷坐在营，愁难假寐，但觉飒飒寒风送响，萧萧战马长嘶。关塞鸣茄，俱成恻调；戍楼吹角，尽是愁声。因而步出营来，只见摇旌旗而月蔽，竖剑戟分霜寒。云树凄凉，荡征魂于万里；山河惨淡，闻鬼哭于三更。朔气弥空常黑，惊沙散野还飞。地入夷方，想见黑山堆朽骨；天低古塞，遥瞻青冢惨愁云。正是陇西云起，李陵被虏生悲；塞地草衰，苏武思乡陨泣。花春眺望一回，止不住心头悲咽，遂步回营内，暗想：古来将士，远戍边关，诚有如许凄凄景况，那得不壮士思家，征人堕泪？向读《古战场文》，窃疑文中凭吊之词，过于悲慨；至今日看来，觉斯文犹未足以尽之也。不说花春是夜感叹，到了明日，遂不复遣将，亲自出营对阵。那花春枪法，曾受仙人异术，右转左盘，忽高忽下，俱有无穷之妙。一日连伤敌将数员，那番邦无人敢敌，只得鸣金收军，悬牌免战。

一日，忽见敌兵投书请战，花春仍自披装出马。见那对阵者，是一个巾帼佳人，虽为异域之身，实挺中华之秀。若列于诸美人中，可争一座。骑一匹银鬃宝马，装束极其艳丽。头上雉尾双挑，随风摇拽。尖纤玉手，提着一对银锤，形大如乌坛，才冲锋过去。花春挑过一枪，那女子将锤轻架，顺手一撩，擦得花春手臂腾麻，马退丈余。花春暗暗吃惊，想此女可以语诱，不可以力敌。遂带马上前数步，在马上深深打拱。正欲开言，那女子先说道："父王侵犯尔疆，实非本意，因廷臣续奏罔思，逞雄上国，故有此举，以致劳将军率士远征，奔驰万里。妾见将军青年美貌，英杰不凡，故适才起锤一试，冲突多多，不料果退得数步，未见枪抛马倒，搏虎擒狮之勇，已略见一斑。妾愿以琐陋之质，侍将军箕帚，未识肯见纳否？"花春道："宫主玉颜绝世，几疑天上仙娥下降，非人间凡女所得相拟。虽未及交锋合战，已令小将胆怯心寒。欲羡之怀，不须表暴。但襄兹公事，既成吴越之仇，念及私情，怎结朱陈之好？"宫主道："将军若不见弃，容妾力劝父王归顺，悉返侵地，诚按期朝贡，以安旧职。"花春道："若得如此，则不特将一人沾恩靡尽，即巨万征人，尽获生全之福矣。"宫主道："但妾安然归国奏劝，父王未必能允。妾有一计在此，假与将军对阵冲锋，佯败数阵，将军须纵马上前，将要擒去。那时，待妾概切陈言，写书一封寄去，则父王爱妾如珍，不忍死妾，自然相允。"花春道："如此甚妙，明日就依计而行。"二人又佯战数合，各自归营。不题。

到了明日，鸣鼓出兵，那宫主果然连败数阵，花春趁势把他擒进内营，设宴相款。当晚，二人细细盘问，知那宫主年才十七，小字玉蓉。款谈许久，遂于灯下写就一封求降的书，遣兵投去。不数日，敌兵果然投降，愿将宫主配于花春。呈了降书、降表，又差人将无数奇珍异宝，进献朝廷。番王亲自到营，与花春相见，送别爱女。这日班师，真是戍卒有旋归之乐，军中闻奏凯之歌。花春与玉蓉宫主，虽未曾奏过朝廷，赐成花烛，而路上私相欢洽，已是如漆如胶，两情恋恋。每于月中灯下，细睨丰姿，几不信苎萝有国色、燕赵多佳人，于此边番夷域而亦有此绝世姣娥。真觉貂帏增色，龙塞生春。此女归去，与绛桃定成知己，殊借梦樱存亡未卜，渺渺难寻。不然，则三位佳人，同归于我，不特敦闺房静好之缘，且可为国家千城之护。事无全美，何恨如之！

在路不一日，到了京师，入朝见圣，呈上降章，又将番国宫主被擒、番王愿以此女谐姻之事，细细宣奏。龙颜大悦，即赐花春荣归故里，完聚花烛，来朝复命升擢。番邦来使将许多贡物进呈朝廷，赐宴功臣，款待番邦来使。席上有几位陪宴朝臣说起，那时起兵之后，山司马遂即泉逝，眷属扶柩归苏矣。花春知绛桃已不在都，且待路过苏城，一并迎接到家。

那时忆及颜金英之事，到了明日，特地备帖到颜侍郎署中去拜谒，好暗暗打听金英消息如何，然后遣冰求合，图美事之成。以为十美为事，虽已成画饼，然既与彼有约，岂可顾而不问，认作负心汉耶。不意来到署内，适值颜侍郎公出未回。花春因是内亲，径自重重转入内厅。家人自去禀报夫人去了。花春止足四顾，只见那傍副间中设一灵座在彼。花春惊疑满腹，急忙趋过一看，不觉珠泪暗流，寸肠欲断。原来这灵

座上现挂着颜金英的容像，知金英已经作故，又是一场春梦。因有家人在前，不好在那里悼痛悲号，只得吞声忍泪，步了出来。只见那家人从内堂出来，禀道："家夫人因偶染微恙，不能相见，请花老爷书房少坐，想家爷不久就回署的了。"花春道："不消坐了。你家老爷回来，可与我致意一声。"意匆匆出了署门，回到公馆，怀闷无已。

一宵易过，次早遂打点出京，自有满朝文武官僚贺送。一路上风光显赫，较诸赴召进京时，又加几倍。一日，路过白莲庵，花春坐在船舱，偶抬头看见，省着悟凡在内，遂分付舟人停纤，密遣家童上岸，至那庵中一问："悟凡师可还在否？"家童进去移时，下船禀道："庵中有一老尼，说悟凡师去岁秋间已经亡过了。"花春闻言，亦唯付诸一叹而已。

在路行了几日，早到姑苏，停泊马头，正待欲遣家人置备祭礼，往山家吊奠，然后迎接绛桃下船。忽见岸上有一乞丐婆子，甚是面熟，定睛细认，那婆子非别，即是绛桃的乳娘，旧在牙署时曾见过数次，故花春此时认得，心中暗暗疑惑，道："她向在山府，颇蒙夫人、小姐抬眼，是一个有正经的人，为何今日弄到这般形景？莫非面貌相同，不是她么？遂令家人上岸唤她下来，诘问其细。家人应命而去，即把婆子唤下。花春问道："你莫不是山府中乳娘徐妈妈么？那婆子战兢兢俯伏在下，不敢抬头，应声道："正是。"花春道："如此，你试抬起头来，认识下官么？"那婆子抬头，将花春细视，止不住双泪交流，道："原来就是花姑爷！小妇人得活狗命矣。"花春又问道："你在山府，犯着何罪，逐你出来，须告其详，待下官与你讨个人情便了。"那婆子道："小妇人并无过犯，只因忠言逆耳，祸及丧身。姑爷在上，小妇人不敢直言。"花春道："你有话须讲，我决不罪你。"婆子道："如此须嘱管家人等先去，小妇人方可依情实诉。"花春遂屏退左右，听那婆子说道："自从姑老爷起兵之后，我家老爷即日身故。不料扶柩归来，夫人亦相继而亡。小姐作为大变，把平日幽闲贞淑之德，一旦抛诸流水，竟肆无惮忌，与府中奴仆通情，不论昼夜，尽日狂淫取乐。小妇人不忍坐视，屡次进言相谏，小姐竟置若罔闻。一日，言语之际，偶然触怒了几句，小姐竟不记数年乳哺之恩，欲把小妇人置诸死地。因哀求不过，遂将小妇人空身逐出，不许归房带一须银两并首饰衣服出来。又谓我道：'你此去只许在街坊求乞度日，庶可饶你残生。若另寻门户，再去雇工投靠，管叫你狗命难留。'小妇人无奈，只得飘荡街头，忍为乞丐。"

花春听了这番言语，已恼得三神爆火，七窍生烟，半晌不得出声，竟如死去无二。

心中暗想道："我睹绛桃于合欢之际，原觉分外弄娇，百战不败。我以为花春得此劲敌，正堪娱我终身，岂知酣于奋战者，不耐久于止戈，以致有此行为。叹天公之报予，何太狠也！"那婆子见花春沉吟不语，目定神呆，只道是疑而不信，遂说道："姑老爷疑是小妇人造舌毁谤千金，可潜往山府中窥探，慢慢留心，真情自露。"花春道："据你言之凿凿，决非谎谈，但我留你在船，此机断不可漏泄。"婆子谨称："晓得。"又问明山家在于何处，遂令家童引婆子至玉蓉船中，更换衣服，在船服事宫主。想："此事耳闻终虚，目见始实。"命山家祭礼备好，且不必送去。

挨至晚间，身傍藏了一柄利剑，只身上岸。因山家是一个赫赫司马第，容易问去，时才黄昏，到了山家门首，见大门已紧紧闭上。花春遂沿着一带高墙，步至后边，见行人虚少，即将身纵上墙头，挨步屋上。因山府中花春从未进去，不识绛桃住在何处。在屋上徘徊许久，听得下边有一个丫鬟声音，说道："小姐在房等了多时，甚是不耐，命我前来相唤，你们为甚至此才来？今夜须要酣战一场，庶得小姐欢畅，不要又似日间一个个多东倒西歪，弄得不伶不俐才好。"听她旋说旋走，话声渐渐去远。花春知绛桃尚在后楼，遂盘过楼来。此时正有月光，望下去见一侍女，引着几个精壮家人，拥入楼下。少顷，听得扶梯上有震扰践踏之声。

花春看见，知徐婆之言果非虚谬，欲待转去，又想道："我既至此，且潜往楼上探视一番，看他作何形状？"遂向庭心跳下，轻轻闪入闺楼，伏于暗处。见绛桃于杨妃榻上，与众奴淫亵之态，不堪言状；即平日与彼锦帐翻云，绣衾布雨，曾未尝作此态也。花春此时，怒不能遏，遂欲掣剑将淫妇奸夫一齐诛死。又一转念道："死司马之目虽瞑，生状元之耳难充。倘诛死后，报官收验起来，则此臭名远播，我花春有腆面目，如何立于人世？我且暂时耐忍，自有计较。"不知花春有何计较，下回便见。

评曰：是一回乃全书关键；见淫报之理，不旋踵而至。恢恢天网，亘古至今，未尝漏落一人。才子佳人之说，花春自梦耳。

山绛桃以司马千金，素娴书礼，凤著洲通，其于保姆之遗箴，闺门之训则，无不悉悉详明矣，况其为贞淑之大节也哉！乃一自适于花春，而遂出此淫乱之举。盖绛桃非本性耽淫，实因其为花春之妇，而变贞以为淫也。则与仆通情，一则不是绛桃贻玷花春，还是花春贻玷绛桃耳。

平番一事，无关正意，故不见出奇制胜处；特欲归束前文，另起后文，

故有此一段枝叶文字。绛桃偿淫，是束前文；悔配玉蓉，是起后文。

花春潜入山府时，既听亵言，复睹淫状，苟有人心，谁时遣此。嗟乎！贪花之报，举世皆然。人特未尝闻，未尝睹耳。蚩蚩聋聩，但知我之偎腮勾颈者人之妻，其焉知我之妻亦为人所偎腮勾颈而乐之哉！

第十三回 欲拗法痴心割爱
愿为僧肆意狂淫

诗曰：

孽根锄尽也徒然，梦梦空余未了缘。

红粉谁怜遭大劫？黑心谩自托逃禅！

迷园积孽难遮日，风雨惊雷可有天。

为谕世人开冷眼，看他拗法到何年！

话说花春见了绛桃淫态，满腔怀怒，回步下楼，跳出重墙，复归船内。此夜之沉闷，自不必说，到了明日，遣家人将祭礼抬至山府，说老爷本欲亲自到来祭奠，因抱小恙在舟，不可冒风，故不起来。祭毕，即请小姐下船，同回故里。家人应命而去。花春又唤家人另雇一座大船，等夫人到岸，接他下舱。又令宫主所坐之船，先行开去。不一时，绛桃轿到，下落湖船。花春并不与相见，在码头又停泊了一日，然后开船。花春暗想道："绛桃虽与我洞房合卺，然我入赘山家，不曾雁还鹊巢居，花姓的可灵，尚未受他参拜，虽有淫行，何至见罪于宗祖。若今日同伊归家，则既进花姓之门，即是花家之妇。先祖有知，能毋抱憾于冥冥哉！我始以为且待归家后，慢慢乘隙将他鸩死，也未为迟。到今算起来，却不可缓。"花春计已画定。那时重过绛桃舟船，抱着满怀毒意，反妆出一脸笑容，相与款接一番，船至太湖，时已黄昏月上，与绛桃举觞对酌。花春暗地在身傍取出醉心丸，浸入壶中。绛桃饮过数杯，已见抚岂睡倒，沉醉不堪。花春遂令侍女，将她头上钗钿珠翠一一卸下，又把珍佩绣服一齐宽了。侍女正待扶入内舱安睡，花春上前把她遣开，拖至头舱，将绛桃掀起望着湖心抛下。舱中众使女正欲惊喊，花春已抢步进舱，掣剑相唬道："你们谁欲出声，吃我一剑！"那侍女俱唬得默口无言，唯求饶命。花春道："你们只要缄口谨言，我不伤汝。"遂将绛桃卸下

一五二二

钗钿等物，分赐于他。又回身将壶中丹撩起藏好。拣侍女稍有姿色者，拥入内舱，相与为欢。绛桃之事竟绝不问及。暗想："绛桃已死，则一众奸奴倒不必尽诛了。"一路无话。

到了家中，与宫主成亲后，想起那时与诸佳人订约，已遂我十美之愿。几谓彼苍既生一才子，必生众佳人以配之，其理信不诬也。那知风吹云散，十无一存，空博得瞬时欢爱，不能成偕老绸缪，何天待古之才子维厚，而待今之才子独薄也！且不但此，山绛桃诗才俊逸，武略精通，实足颉颃琴瑟，此美若留，犹为众美人硕果之存，稍为宽慰，乃偏如此淫乱，污玷闺门，讵以我苟合娇娃，又致其丧身陨命，故有此窃玉怜香之报耶？没奈何，取出十美画图展开观玩，见他笑容可掬，媚态依然，唯不能移步下来，相与环坐一堂，言谈笑语，恨何如之！遂在每幅上各题诗一绝，以寓怆感之情。不觉银豪未染，珠泪先流，一片愁肠，笔难尽罄。遂题红日葵云：

  凄烟冷月锁朱楼，梦断西河绝旧游。
  从忆回廊帘卷处，不堪人别在深秋。

又题颜金英道：

  月满寒塘泊夜舟，幽情注眼结风流。
  西园往事浑如梦，长作相思一段愁。

又题逢凌霄云：

  廿四桥边泣逝波，空怀玉树旧交柯。
  青青已折他人手，寂寞章台梦也无。

又题淄紫荆云：

  瑶台旧路渺无踪，两地相思情更钟。
  毕竟鹊桥填未稳，关山云树隔重重。

题罢，又对那画图上美人说道："我今实无意于佳偶成欢，故只得把你从前怜才的热念，并后来书札上一片苦心，种种有负矣。此实迫于事之无可奈何，非我忍作此背盟负约人也。"说罢，又挥毫题水青莲云：

> 最怜好事到头空，转瞬风流一梦中。
> 窈幻香魂何处是？夜深明月照梧桐。

又题云素馨云：

> 瑶琴一曲忆愁音，月下盟踪何处寻？
> 从此冰弦休按指，恐弹朝雉恨深深。

又题窦瑞香云：

> 巫山醉度镜初圆，又尔脂残殒少年。
> 叹息孤鸾终抱恨，春负吹不到黄泉。

又题满池娇云：

> 一夕风流恩万千，自嗟薄命割新缘。
> 情词一纸声声泣，腹涌愁团泪涌泉！

又题巫梦樱云：

> 兵戈从古感沧桑，白骨纷堆瓦砾场。
> 死别生离浑未卜，登记凭吊暮山苍。

九幅题完，看看题到山绛桃，花春止笔沉吟道："这首诗题来，须要暗寓贬义于其中才是"。遂题云。

到此真堪唤奈何，青楼关盼不如他。

由来金屋人多少，也似杨花逐水波。

　　题罢，又从头至尾把十美人观玩许久，然后藏好。暗想道："我今年来，《帝君篇》云：'万恶淫为首。'谚又云：'我不淫人妻，人不淫我妇。'报应之理，直若天顾甚近，常在冥冥中，为这转移布置，如影随形而来，并不曾漏网一人。不因其为才子，而有所稍恕也。忆那日，曾与迁乔违拗一番，彼谓淫恶之报，彼苍不以才子而暂恕，不以庸人而严。我则谓才子之与庸人，断不可以并论。岂知事报之速，果然如是，竟拗她不过了。然我心里不甘服。昔日与迁乔违拗，今日直欲与彼苍违拗矣。使她报应之法，不因才子而有所恕，未必不因才子而有所穷。但深悔与玉蓉成亲，此事却不便径情直行。奈何！"沉思半晌道："事必如此，方得截铁斩钢，毫无牵系。若未断孽根，终难逃法网。欲快我毕生乐事，只得暂起片刻忍心。"

　　花春自有了此念，一日与玉蓉饮酒之间，不觉愁容满面，眼带泪痕。玉蓉宫主疑问道："相公今日有甚悲感，须改却往日的容颜？"花春道："下官心事，岂夫人所得而知？其自畅饮，不必盘问。"玉蓉宫主道："既为夫妇，心事自堪共诉，倘有可解处，妾当为相公宽解几分，何讳而不宣，外妾之甚也。"花春被诘问再四，只得取过美人图一幅，指与玉蓉道："实不敢瞒，这画幅上诸美人，皆与下官有订。谍料进都甫及半载，重访天台，俱已物故。因叹好花难久，明月不常圆。览图追昔，不胜感慨耳！"玉蓉宫主道："古人谓'年逾花甲，几如草头露水板桥霜'。妾谓不然，人生一世，何莫非在此危境耳！安保青春年少者，不为草头露板桥霜哉！妾与君天涯地角，万里成缘，唯愿谐白发之欢，享齐眉之乐，不若图上美人之悭缘短命，庶不负此一番作合耳。"花春一闻此语，愈禁不住苦郁心头，涕淋点点。

　　你道花春为何如此？只因此一番饮酒，已暗将鹤顶红藏于鸳鸯壶内。原来鸳鸯壶内分两橛，一半边的酒，花春自己饮的；一半边盛毒的酒，斟于玉蓉饮的。酌饮未几，毒性渐发，玉蓉已昏沉沉倒地。花春明知其故，假意惊慌失色，口内嗟呀，遂令众侍女上前搀扶，至床上睡好。不多时，双足几挣，呜呼一命，渺渺幽魂，已向森罗殿上诉冤去了。

　　花春此时，忍心虽起，难抛落雁娇娥；毒手已行，未割如鱼恩爱。故不禁悲戚异常，呼号无已。整备衣衾棺椁，自极其丰厚无比。延请僧道拜诵经卷，超度亡灵，忙乱无已。开吊数日，合省文武公卿，以及缙绅宦族，纷来吊奠者，不可胜数。丧事毕后，花春闷坐书斋，抚心自问，常怀不忍，时于灵前跪告，默诉苦衷，祈其鉴谅。

一日，徘徊灵座之傍，抚像生悲，不觉回忆沙场对垒时，一见生怜，叨其厚爱，又劝伊父罢戈和好，得以奉捷班师，荣叨圣上宠赐，而武略惊人，娇容艳世，正宜铭心镂骨，感佩不忘矣，乃无故加以毒手，何忍于心！乃痛作祭文一篇，其文云：

呜呼！千古红颜，由来命薄。一抔黄土，曷禁魂销。嗟菱镜之难圆，叹桂轮之易仄。悄登金谷之楼，霏霏碎玉；闲诵瓦棺之铭，郁郁埋香。佳人难再，用伤奉倩之神；遗桂空存，长下河阳之泪。种深情于伉俪，自昔如斯；结痴想于泉台，唯余更切。我宫主异国名姬，深宫淑质，非花非雾，胡帝胡天。杨柳之舞三眠，桃花之妆五出。天孙授锦，彩染猩猩；鲛客投珠，钗妆瑟瑟。赋四时之白紵，彤管簪药；谱十索于红牙，香奁镂雪。而且彩线劈残，懒绣鸳鸯之锦；后宫教罢，惯提黑虎之师。偶于陈上，得睹芳容；何幸马前，竟亲娇面。听桴鼓声声，不愧军称娘子；望旌旗闪闪，行看城号夫人。而宫主上思报国，愿同西子之行成；下痛舆尸，甘作明妃之远嫁。释干戈而玉帛，冰上人绮语何烦；联吴越为朱陈，月下老彩绳早系。爰罢兵而归国，乃奉旨以完姻。鹊桥夜渡，暂停织女之机；鸳帐春浓，学做襄王之梦。不形楮楮，每唤卿卿；晓装初罢，共试剑于华堂；夜漏催残，尚谈兵于绣阁。同心才结，方期地久天长；合卺犹新，岂料花残月缺。汲得南阳菊水，未许延龄薰残。西域名香，乌能续命。忆姣容于镜里，妆镜尘封；霏剩粉于楼头，玉楼昼掩。伤如之何，吁其甚矣！睹漆灯之闪闪，同梦谁赓；觇素旐之翩翩，相思未了。纵情丝不断，空期同穴于他年；倘孽海未填，请结画眉于再世。更有痛者，不忍言焉。哀哉尚飨。

遂将斯文书于白绫局上，悬挂灵前。又拈香拜跪，恸哭一番。心中想道："我如今妻妾俱无，儿女罕有，单单一身，可任我径情行事，淫尽天下妇女，试看彼苍再于何处报我？"

主意已定，遂修成一本辞官的奏章。本中大意，无非谓微臣凉福，不能承朝庭爵宠，报国恩于万一。出都未几，前妻山氏，与钦赐成亲番国宫主，各相继而亡。阅破尘缘，愿修正觉之意。不料朝廷览本果然准奏，谓："花卿有经文纬武之才，实是国家梁栋。今又远塞平夷，勋劳报国，本宜隆以饮赏，位列公侯，庶尽报功之矩典。但人各有志，不可相强。花卿既愿削发空门，净修礼佛，浙省西河，乃天下第一名山胜境，令杭州督抚，统领合郡文武官员，迎送花卿于西河上昭庆寺中落发为僧，住持方丈。凡有朔望，至寺拈香谒圣者，不论公侯卿相，概不出迎。"

此诏一颁，花春喜不自胜，即将巨万家财，均分三股。一股分与族兄花晴园。因花春出家无嗣，要晴园之子承桃一脉。一股散给于贫人窘士，补路修桥，为广结善缘之费。其钱存于一爿典铺中支用，托一老诚的当人掌管。一股自己收藏，欲为毕生用度。遂把田产房屋之文契簿帐，并仓库金银典铺尽交清于晴园家中。婶仆人等，去者去，留者留，花春自己仍带了诗囊、画篋，雇唤一号大船，将金银运下。

是日，向祠堂拜别，又于玉蓉灵前悲号痛别一番，径自下船，拽起了"奉旨出家"的旗号。一路行来，早到武陵，将船停泊移时，遂有督抚统率文武官僚，齐齐至岸傍下轿相迎。花春步出舱中，一一与他打拱过了。然后坐轿前行，后面官挨序相送。来至昭庆寺前，早见数百僧人，齐跪两傍，迎接花春。遂尔下轿，行进方丈，自与各官相见一番，不必琐叙。少顷，备官僚散后，家童自押人将船中金银运起藏好，不在话下。

花春择日落发，竟尔僧家改扮，自取法号曰"拗苍僧人"，隐寓与苍天违锄之意。抚影自观，见袈裟护体，丝绦束腰，毫无一点风流品格，而引镜窃照，犹觉两颊生春，嫣然姿态，眉眼风流，依然如故，追思往事，尚暗暗感念紫云道人不已。

一日，在厨房后闲步，见外面一片空地，约有数十亩之广，乃寺僧雅种豆菜瓜果之所。花春自见此场基，不禁欣喜欲绝，遂唤匠人在此起造花园。因欲急于告竣，故限期催督，工匠日增。花春日夜辛勤，相形度势，命匠人如何款样，如何雕饰，神劳力疲，不得安闲。

一日，约造了年余，计共费银六十余万，园中楼台院阁，亭榭池塘，无不极其丽艳玲珑，尽物巧而费人功。自尔夸多斗靡，即瑶台仙岛境界，亦不能驾出其上。又遍树奇卉名花，香风满院，鸟语怡人。花春坐此，不觉抚景畅观，心旷神怡。忽想道："昔日炀帝临江都，起造迷楼，以为贮美之所，其中琼钩珠箔，翠槛朱栏，谅亦不过于此。我当亦名斯园曰'迷园'。自今以后，我可畅行乐事，广贮美人数十，轮流取乐。

久闻天竺进香，春间最闹，凡他州外郡，远来妇女进香游玩者，络绎不绝。只消贿嘱轿夫，令其见有姿色妇人，有可下手处，即暗弄机关，抬至园中，相与为欢。万一有贞烈女子，呼号顿足，不肯顺从，我须仿《天宝遗事》中杨忠宝之制，制一移春车，车上垫以锦褥，四围刻金楼玉，雕饰玲珑。暑夏，则四傍窗盖，尽皆饰以玻璃；寒冬，则围以锦帐貂裘，炭盛银盆，暖烘满帐。须得此车制好，则凡有妇人不相顺从者，可将其上下衣裙，剥卸殆尽，把手足缠缚车上，使伊不能展挣，然后唯我所为，温柔抚弄。命众美将车轮推动，遍园推转。那车轮展动之处，须要似颠非颠，似耸非耸，能使上面转运摇动，如扬帝之乌铜屏御美一般，以预我愿。"

那时，又唤异巧匠人，尽心制造。不数月，已告工成。花春暗暗欣喜道："此车制就，我愿毕矣。我曾记唐人诗中有'三十六宫都是春'之句。园中美人不必十分多伫，只消择三十六人，朝为云，暮为雨，新者渐增，则旧者旋减，已觉盈盈粉黛，满座生香矣。弃旧怜新，任余取择，风流乐事，何快如之！若减弃之妇女，可把醉心丸浸酒，与她饮了，密喊人抬至幽僻去处放下。想她醒来，或有歧路悲号，又逢奸拐；或因辱身觍面，遂丧残生；即间有破镜重圆，夫与妻相见，母与女相逢者，纵使将情直诉，未必不惧我势焰逼人，名震海内，有屈难伸，有冤难诉，而默为之吞声饮血也。假或沉冤欲雪，奋不顾身，竟向衙门呈告，我自能挥财行贿，决使他飞蛾扑火，画虎不成也。"

自此之后，花春果任欲而行。正是财势相兼，何求不遂？不多时，迷园中妇女渐足其数，不论其为处子，为少妇，凡自十五岁以外，三十岁以内者，稍有姿色，总一概收取园中。屋宇幽深，亭台曲折，贮美之所，虽然僻隐异常，无从觅见，然一应游人，总不容他足履此园。又想经商士庶，自可以威势相凌，厉声叱喝，倘有远来宦豪公子，必欲进园一玩，则两不相逊，未免多一番周折。放又请督抚告条一章，悬贴方丈，谓："花大人奉旨出家，净修地宜静洁，凡尔游人，不论宦豪子弟，国戚王亲，'一概不许擅入半丈，如违重责不贷。'"故园中游人绝迹，任花春与诸妇女白昼狂淫，肆然戏谑。其间歌者歌，舞者舞，对棋者对棋，抚琴者抚琴，脂粉生妍，绮罗尽艳，销魂荡魄，自尔美不可言。而心犹不足，以为未畅其情，又于僻静街坊，闲游注目，若遇见女子姿色可人，即为勾引。因通了一个走大户的媒婆，访明姓氏，或令她巧言说合，黄夜至彼成事；或令他将酒劝醉，强逼成欢。凡朱楼闺女，幽阁姣娥，目所未及睹者，尽假力于媒婆作合。若有两情眷恋，不忍轻离者，则设计引至迷园，常成欢爱。如此者，约有半载，时光恰值暑夏，枕席风流，不胜汗流粉腻，因思于碧梧院中，举一抛球大会。

是晚，传令诸美人早早安息，静养精神，明日清晨，齐赴碧梧院中排列。诸美领命，各各散去。花春是夜，并不交欢，养精静睡。一觉醒来，已见晴云移槛，朝旭烘帘，遂起身一步步向碧梧轩来。见诸美人晨妆已毕，齐在院中候久。原来碧梧院前后起轩，窗开四面，窗外又密树梧桐，荫遮天日，凉风被拂，酷暑全消。地下遍铺绒单，单上又罩罗文藤席。这条席是定制织就的，所以阔狭短长，适称其地。又有无数藤穿缎镶的方枕，散列于地，坐即可以为垫，睡即可以当枕。或睡或起，尽可席地为欢。两傍玻璃围屏，中间摆着一只湘纪睡榻。花春谓诸美道："我有一页春意图，乃是名人之笔，页上有三十六幅款样，适合今日三十六人。你各取认一幅式款，照依幅上为欢，乐春风之一度。但后先序次，不可相争。我有纵金五彩绣球一个，从高抛下，你们齐齐列着，谁人抢得此球者，即许献球上榻，款赴阳台。"那妇人一齐注目球抛。花春又令她将裙衫尽卸，单留大红纱幅兜肚。那时将球抛起，妇人纷纷来抢，正是捷足先得，不容相让。花春口吮丹丸，金枪不倒，候妇人丢后，又把球抛。初起，抛这一二次，抢者虽众，看他不至十分慌乱。及至抛过数次，那夺抢绣球之情状，更有可观矣。

正在抛球，不料狂风大作，霹雷交加，众妇人俱惊慌，穿衣齐挨坐于地。花春亦下榻披衣，暗暗惊异，抛球大会，遂尔中止。不多时，风收云敛，仍是皎霁晴天，众美人遂各自散去。

花春在院中静坐未几，见画篋进院禀报道，方丈侍者传言进来，说道："有客请见。"原来画篋、诗囊两个童子，花春命他在园中扫径灌花，焚香烹茶，在内园效职的，故出入院阁，并不回避诸美。外园中又另有园童在彼承值。若方丈有事，则侍者达于外园童子，外园童子又转达于画篋、诗囊，然后禀于花春。

闲话少提。单表花春闻言，遂把画篋责道："我前日曾嘱咐你的，倘侍者禀有客到，可回说我偶抱采薪之忧，恕不接见。你如何又来报我？"画篋道："我亦曾以此言回他，无奈因外园复转话进来，说客乃姓柳，与老爷本是至交，今有紧要信息相通，必祈一见。小人想此姓柳的，谅非别人，决是柳迁乔老爷无疑。"花春想道："我与老柳在家一别，又忽忽二载有余。契阔之情，正当一叙。况我弃职出家，与彼苍锄法之故，彼未洞悉，须剖告一番，看他以为何如？但他已两榜奏捷，点入词林，不知为着何事出都到此？"遂尔一重重步出迷园来，至方丈，与迁乔相见，分宾坐下。迁乔启口道："兄那日班师回国，弟在都因偶染微恙，不得与兄一会，殊深思念。然谓兄匆匆奉旨荣归，与番国宫主成亲后，不日假满来京，后会非无期也。不谓兄奏天颜，忽欲弃职修行矣。"那迁乔说到此处，不觉双眉顿蹙，愠色微呈。欲悉其故，且观下卷。

评曰：是回有水尽山穷、峰回路转之势。如花春于山氏有淫行后，而遂改悔前非，快然惊醒，则文章如此止矣。试问下数回文字，从何而生？乃偏说花春不肯悟悔，痴心欲与彼天违拗：既败节之妻，深恨其玉瑕圭砧，而死之于湖心；方合卺之妻，亦预虑其丧节失身，而死之于鸩毒。辞官弃职，散去家财，托迹空门，滥淫妇女，奇情巨测，异想天开，从古野史中，恐未有如此奇异文字者也。可知文笔原无定格，只凭灵心慧舌以出之耳。

起造迷园，年余告竣，穷工极巧，耗费数十万金，虽似极力写迷园之可乐，却隐隐谓花春费用如许多，劳神如许久，曾不知迷园中有数十年之久乐否？

梧桐轩抛球一则，略似文字近乎亵矣。故陡起雷轰电闪，风雨惊人，使阅者至此，亦惕惕然，口口声于纸背也。

第十四回 进忠言迷途不悟 败奸谋法网难逃

诗曰：

> 良言苦口不相投，满拽风帆未肯收。
>
> 空令铁人悲下泪，反教顽石笑颔头。
>
> 森严国典千秋鉴，簇丽迷园一旦休。
>
> 半世英雄今在否？风流身首不能留。

话说柳迁乔蹙额皱眉的说道："兄有皈依佛教之志，弟私心窃计，谓兄阅破佳人才子之缘，参透冤债孽根之理，往者难追，来者可悟，故有此举动。弟虽不免为兄惜，又不禁为兄幸也。谁料兄之出家，竟大不其然。夫秦有阿房，楚人一炬而成焦土；隋有迷楼，不世而成为瓦砾之场。彼身为侯王，尚不保金汤永固，转瞬而化为乌有。君既出家，宜空色相，即数椽茅屋，亦可安身，国色频临，目中无有。君何穷工极巧，造此华丽名园，金屋藏姣，滥淫妇女，如此欺瞒天日之事，此乃忍心行之乎！"花春闻言，惊讶不已，谓柳莺道："此事弟本欲诉兄，不敢深讳，但不知兄才至，如何能得悉其事？"柳莺道："天下事，不为则已；若既为之，任尔关防机谨，密不露风，且有人知道。况兄之行为，乃履毛临冰，偷铃掩耳之事，有谁不晓？弟试为兄言之：弟奉圣旨督学浙江，将赴宁绍等处，路过此间，昨夜舟泊钱塘江畔，夜半闻女子哀哭之声，其音甚惨，心窃异之。遂起身出舱四顾，又绝无影响。盼望未几，见水面上有一女子浮沉其上，遂唤手下人捞起，尚有残喘一息，渐渐救醒。弟细诘其捐躯之故。那女子说：'丈夫柏孝廉，家住平湖。因今岁四月间，特到武陵，进香天竺，祸被轿夫反抬至一所花园，丽艳异常，目所未睹。园中有一少年恶秃，似僧非僧，似俗非俗，将妾玷污。妾本欲一死，以留清白之身，无奈他行凶强逼，荼毒难堪。夜间又交托婢女人等

掌管，未能尽节而亡。所以贪生苟活，已延忍数旬。妾见园中妇女，络绎抬至，虽拐掳者居多，看他倒乐以相从，宴然安服。只恨那恶秃，既得新，往弃旧。所掷弃之女子，却未悉其之生之死。妾今日虽不遭其害，得出天罗，然以弱质伶仃，凄凉岐路，乡关遥隔，亲戚无依。际此夜深人静，胆怯心惊，倘稍为观望，又遇歹人，则前冤未报，后祸再招，伤何如也。妾胸中不白之冤，不能伸诸公堂，只愿诉于地府矣。'我谓他道：'你为客路无依，投河而死，我着人送你回家，使你得续断弦，重完破镜，你意如何？'他挥泪说道：'蒙恩人如此垂怜，真是德垂不朽！但念妾玉瑕珠破，何颜回见江东！愿乞笔墨一假，待妾将遭辱投江及恩人捞救之事，细剖一番。亦可将此书呈告，一雪奇冤。'弟假以纸笔，那女子写毕封函，就双膝跪下，交于弟道：'此书恳恩人带去，交于拙夫。斯恩斯德，已是结草衔环，图报不尽矣。'言旋，遂即赴江而死。弟思出舱援救，因碍于男女授受不亲之理，恐又贻是女以断臂之伤，故尔遂止。欲唤水手再行捞救，因见他性贞词烈，义不苟生，遂不复相救。弟始闻其言，不禁双眉竖立，怒发冲天，即欲通告督抚，将此僧访出碎尸万段。及仔细寻思，若云别个僧人，决无泼天大胆，干此不法之事。所云丽艳园中少年恶秃者，非兄而何？兄既出家，宜潜修礼佛，屏弃尘缘，唯祈超升有日，庶不负此弃官脱俗一番。乃反假此佛门净地，以为藏污纳垢之场，无论国法森严，必不纵刑于大辟，即佛心慈悯，亦当迁怒于如来也。如行荒行，不禁为兄危之！"花春道："墙茨本不可扫，然于兄前，却不妨坦告。弟始谓淫报之理，天必稍宽于才子，如弟与画图上诸美人之合，皆思订以终身，谐以白发。无奈命薄时乖，历遭变故，亦不得谓予滥淫闺女也。岂料平番归故，山氏不贤，竟成淫乱，弟忿气将她灌醉，推入太湖。然清夜盟思，我心终不甘服。谓彼苍既生我花春，不生几个佳人以配我，其所以待才子者已薄矣；而淫报之法，又尔执一不移，如此太狠，我偏立心要与他违拗到底，使其法亦有所穷而不得行。那时，适幸番国宫主染病身故，我便立意出家，肆行无度，故昔时愿为风流才子，仅欲占尽天下佳人，而今则愿为风流和尚，直欲淫尽世间女子矣。此乃弟之违天拗法，奇情非兄所得而知也。"柳莺道："兄言何愚昧颠倒若此！天何可以违？法何可以拗？淫报之理，弟苦苦为兄洞悉言之，兄唯充耳不闻，所以妄结诸美人月水之缘，致有其报。况尊山氏夫人，文精七步，武谙六韬，诗才压众，名震京都，本是一位绣阁中出类佳人，香阁内流名才女，闺门管谨，姆教凤娴，幽闲贞淑之德，谅无不备。一旦适于兄而有邪行，乃是我兄贻玷于尊阃也。既遭此变，正宜恍悟前非，深叹弟之良言为不谬。天之报应果无私，犹

可为醒醉觉梦之一候。兄何尚未头，犹梦之若此！"花春道："报应之理，果甚昭彰。但前此则未能逃其报，从今我妻妾儿女孽根已尽，试看彼苍淫报之法，将何所施！"柳莺道："报应无定法，速者速，迟者迟，或报在阳世，或报在阴间，或报在今生，或报在后世。兄何得以妻女根锄，而遂谓穷于施报乎？"花春道："来生非我也。若云地狱之苦，亦属渺茫，我无恨焉。"柳莺闻说，呆坐许久，不复进言。花春又问道："兄适才所云柏姓妇人，倩兄带寄书函，此书若在身傍，可拆开与弟一览。"柳莺正色言道："私启家书，本干违法。况此乃患难中一封生离死别的家书，如何可以私相拆览？"花春道："据兄所言，则此书竟欲着人送去矣。"柳莺道："那妇人尽节捐躯，生且不欲含冤抱恨，愿将此信交于伊夫。弟若从中捺起，于心亦复何忍！"花春道："然则兄待断金一切，友曾不如萍水一妇人矣。夙昔交情，归于何有？"柳莺笑道："弟若不念谊重交深，竟密遣人将书投于柏孝廉处，令他即向督抚鸣冤，前来拿获矣，又何必至此相告，谆谆力劝哉！为今之计，兄宜速令后园中妇女各各散去，将园庭付诸一烬，以后净修正觉，顶礼如来，则祸犹可免。若再留恋姣娥，横行无度，则此书寄去，柏孝廉岂肯含羞默默。况天道福善祸淫，必燃巢燕之幕欲覆，将来祸到临头，悔之已晚，兄试思之！"

花春闻言，愠愠道："我既立志如此，上不惧天怒，下不惧犯王章，即粉骨碎身，亦所不畏！请兄且莫抱一片热心，但留两只冷眼，试看天公何以施报于我。我花春亦俟夫报应之来，而甘为顺受。"柳莺闻言，唯是嗟叹连声，垂头不语，遂与花春作别。花春道："今朝分袂，不久要至武林，定当再造宝山会兄。"遂送迁乔至大殿外。然后回步进来，仍到园中与诸美人谑谈终日，把迁乔药石良言，竟尔置诸度外。

却说迷园乐事，笔难琐述。那一日，正逢七夕，花春想道："织女牵牛，仅得经年一会，怎及得我与诸美人宵宵云雨，夜夜风流。正是天上由来多别恨，人间何必抱离愁？"抚景兴怀，遂口占五言二律，其诗云：

其一：

迢递银河畔，相逢洵有缘。

飘飘来月下，脉脉会星前。

镜喜今宵合，桥看此夜填。

遥思去年事，一别又经年！

其二（叠前韵）：

不觉东方白，空多未了缘。

鸡声残梦里，骊唱晓风前。

恨岂经梭织，愁还似海填。

笑他银汉隔，良会仅年年。

是夜，令诸美人不许安睡，为迷园中鹊桥大度，一一交合尽欢，以傲天上佳期之所不能及。直至晨钟送响，晓漏频催，然后罢战。

却说岁月如流，韶光易逝，转瞬间又是中秋佳节，适届焚烧秋香之期，四方游女又是络绎而至。一日，轿夫抬一女子进园，花春将他面庞细认，问道："你莫非维扬逢社来之女逢凌霄么？"那女子回言道："是。"亦将花春注目良久，问道："你莫非三载前进都赴试，在我家可竹轩中留寓的花郎么？"花春道："是也。我那日重至广陵，冀完旧约，岂料卿已适人，不胜悲感之至！"凌霄道："妾与君深山海，岂有异心。无奈迫于严命，不敢拒违，只得吞声饮泪，而为逐水杨花。然身虽适彼，而抚怀追昔，犹恋恋不忘君耳！"花春道："闻卿适人于姑苏，谅多纳宠，今何事而来游于此？"凌霄道："妾久闻西河山明水秀，风景可人，故驾一扁舟，同女伴数人，特到武陵一玩。今日上游天竺，唤几乘坐轿下山，因游人热闹，前后不能照应。轿夫抬了竟如飞而奔，抬至此间，得与君会。在他人际此，则以为忧，在妾际此实以为幸也。然妾思君青年才富，正宜建功立业，于王家荣叨爵赏，则画阁中珠围翠绕，粉艳脂香，怕不有姣姬美妾，列队成行，为何削发为僧于此，行那丧身招祸的险举？幸遇故人相见，可以谐欢。若非所愿，岂能悦服从君？恐如此讨险行强，飞灾难免。"花春笑道："你看我园中诸美济济，皆如卿这样来的。我此园虽在昭庆寺方丈后，中自有后户可通，故不自山门而入。诸美人到此，几不识此园之在于何处也。至于藏姣之所，莫说幽僻异常，闲人绝迹，即飞来之野鸟，亦恐碍于径路纡曲，楼阁环回，未能径飞至此！"遂手挽凌霄，一重重指与他说道："这扇户门，自外观之，直是一架方厨，并非户扉也。外面锁御金兽，难启连环，我只消将里边转运暗动，双扉启矣。"

二人回湾曲折行来，见有一座假山隔住，别无去路可通。那假山堆得断崖峭壁，甚是险峻玲珑。凌霄问道："此山可登否？"花春道："若不登此山，如何能出外？"遂

一步步拾级而登，行至半山，犹未躐其，而只见山腰凹凸，履步难行。花春携了凌霄不复上升，遂向一山洞内，迤逦而下。洞中仅留一线天光，不甚亮晃，其中七曲八湾，只方方数亩广阔，行来约有里超。花春道："我时常出入，必须认明弯角上记号。若任足投去，则回又不能回，出又不得出，任尔劳劳投足，竟日总在方方这一个洞中，较狮子岭，更玲珑奇巧几倍。"凌霄闻言，不禁诺诺称善。步下假山，又于各处亭台楼阁中观玩一番。来到一座高墙之下，指与凌霄道："此处名曰仙凡界。"凌霄问以何为仙凡界？花春道："墙外乃是外园，其间卉木争春，亭池曲绕，虽有可观，究不如内园之艳丽；又无美人伫于其间，故出乎彼，则仍是凡境，入乎此，则有诸美人之弹唱歌舞，如月宫瑶岛一般，名之曰仙境亦不为过。"凌霄道："原来如此。且问君既有此雕墙相隔，在于何处出入？"花春道："并无门户可通，我欲出园，只消飞纵向上。若园童出入，墙下另有暗径可通。你道姣藏金屋，密不密，幽不幽？"二人在墙下徘徊片时，仍复一重重步回。

凌霄在迷园中约住了半月余，一旦谓花春道："妾居于此，君所谓仙境也，如在瑶宫月阙，几忘此身是凡是仙。恐薄命妾消受不起，必至变生不测，未识君欲老妾于此园，还是与君款洽多时，肯令妾归于故土耶"？花春道："我与卿旧情未了，新情又深，心腹相孚，谅无异志。若论夙昔订盟之意，本愿成其佳耦，谐老终身。至于今日，则事变人非，又当别论矣，决不敢强留卿住也。此事唯在卿自决之。欲留则留，欲去则去可也。"凌霄道："君园中明星荧荧开妆镜，绿云扰扰梳晓鬟。粉黛盈盈，谅无伤于寂寞。妾即居此，亦属赘瘤。故妾志决于归也。"

于是又逗留了二三日。花春道："此间至姑苏，程途遥远，当唤舟送汝还家，我怀始放。"凌霄道："这倒不必，若君唤舟送妾回去，家中盘诘情由，反难掩饰。妾有一姑母在城外居住，离此不远，前日曾到彼探望过的，妾晚间悄然行去，设言遇拐流落，恳即送奴回家，此事方妥。"于是挨至晚间，两情不够眷恋，别泪沾襟。花春道："若从山门行出，未免招人耳目，多却一番周折，不如悄悄从后门僻路出去。"遂令画簏引他同行，送到那家门首，然后回来。

不意画簏去了，直至明日竟不见回。花春虽不免怀疑，然究不十分介意。那日，正与诸美人在轩中，开筵饮酌。俄间，狂风大作，怨雾迷空，眼前昏黑异常。只见前面有一众女鬼，蜂拥而来。花春厉声叫道："我花状元、花元帅在此，尔鬼不得无礼！"众鬼魂全无惧怕，啼号嚷乱，竟奔花春而来。花春霎时昏迷，倒于地下。众美人上前唤醒，睁眼看时，依旧清天皎皎，秋日悬辉。那一队鬼魂，竟绝无影响了。花春心神甫定，不胜暗暗惊异。是夜卧于榻上，觉得意倦神疲，懒度春风于锦帐。而心中又不胜惶恐，令多点灯烛，须要辉煌照耀，焰焰生光。诸美人轮流在榻傍相伴，不许暂离咫尺。

时至午夜，又听得震声呐喊，有无数盔明甲闪的军士，手中各持刀枪，拥进卧房。花春顿足捶胸大喊："有鬼！"那须军士说道："你真见了鬼？在那里说鬼话！我们是奉新任督抚王大老爷之命，率兵围住前后园门，特来拿你的！"竟上前扭住花春，上了锁索。不觉平日间擒牛搏虎的英雄，纵壁飞檐的本领，到了此时，竟一齐化为乌有。

众兵士在园中行走，如由熟路一般。无何，拥出了后园门，来到督抚堂上。只见灯火煌煌，照耀如同白昼，两傍列着无数军兵，俱戎装带甲，执戟持矛。

督抚升堂端坐于上，军士把花春带过。那督抚遂拍案喝道："本院前日甫入境中，有孝廉柏贞告你假托空门，滥淫贞淑，欺天灭法，罪不容诛！现有柏贞故妻李氏手札，札函言之凿凿。然本院犹未敢全信，密遣随人潜来窥侧，在你后园门左右，探了数日，不意昨晚见一童子，引了一妇人从园门行出。因悄悄拘来，把那童子略加刑法，细诘情由，知柏孝廉所言非谬。谅你贯恶已盈，难逃法网。今日在本院跟前，尚有何说！"

花春自知冤家已到，谅来难保残生，遂硬撑撑向督抚挺撞道："我行我事，你尽你职，问刑按律，何必多言！"那督抚遂令手下人，仍把这童子拘禁在监。一面即请皇命，令众军士各执器械，须要角弓上弦，利刀出鞘，用心围护犯僧前去。又命旗牌官请了先斩后奏的上方宝剑，一同押赴法场，到遂斩。

花春暗暗叹息道："迷园之乐，曾几何时，而报应及身，转瞬即是。彼苍纵不能报我以淫而已，使我不能久乐于淫。诚哉，天理之不可拗也有如此！"无何，法场已至。旗牌官回身把宝剑一扬，两傍刀斧手即手起一刀，人头落地，痛不可熬。魄虽远飘，心还未死。此时直恨无地穴可钻，方知钢刀加颈之苦有如此者！

不觉三魂缥缈，去向无由。忽见一队鬼魂远远而来，见了花春，遂乱扭乱撞，詈骂不休。花春注目细认，那须女鬼，皆在生前与他结过未了缘的，只是低头不语，任他拖拖拽拽。行了久许，望见前面有一座殿宇，甚是巍峨。看看行近，众鬼欲将花春拖进，群声喧嚷。只见殿门内走出夜叉小鬼，喝道："此间甚么所在，尔鬼如此喧闹无礼！"众鬼齐声应道："小鬼们与那花春俱有宿冤，前日曾在大王案下伸靠过的，大王许我们耐心暂俟，待花春阳寿终时，与他对面相质，伸诉冤情。今日逢他伸诉冤情，故敢将他扭禀大王，祈求方便！"夜叉道："既如此，你们且齐列两傍，不可嚷闹。待俺将花春带进，奏过大王，然后着你进来呈诉便了。"那时花春，被夜叉扭进，见里面规模气象，相似王朝。而排列诸臣，则判然迥异。马面牛头，形容凶恶，非似那龙腰虎背、冠履肃雍；捧链持叉的小鬼，怪怪奇奇，非似那垂绅执笏的大臣，跄跄济济。上面悬一匾额，有四个大字："你来了么。"两傍挂对，上联是：

举念时，明明白白，毋欺了自己！

下联是：

到头处，善善恶恶，曾放过谁人？

到了案前，那夜叉把花春掷下。花春俯伏于地，不胜声谏如牛。阎王拍案大喝道："你是个风流才子么？从来造物无私，淫相之法，不因其为才子而有所恕。你初是执迷不悟，屡犯淫恶，已在不赦，及尔妻山氏偿淫，清夜盟心，迷途宜返矣。荒淫无忌，欲拗法于彼苍。我酆都中严刑重罚，不得不尽加于汝也。试将你生前所结之冤家，与你面质一番！"遂令鬼判，照依那诉冤日期的先后，挨次唤他到案。鬼判听令，先唤女鬼二名：水青莲、云素馨进殿。二鬼见了阎王，低头跪拜于地。阎王道："今日冤家既到，且在寡人案前，与他质对一番，使他知生前为欲爱，死后成冤家也。"青莲与素馨起身叩谢阎王。素馨先向花春道："我不从水贼，虽终不免于一死，然死得完名全节，白璧无瑕矣。乃自你听琴闯入亭中，谩图佳会，致我青锋加颈，节破身亡，汝非我之冤家乎？"

素馨说未毕，青莲遂接口说道："冤家害人真非浅也。我与你未曾一面，竟昧昧然入我闺楼，订以百年之好，已属非礼，乃又眉勾眼引，妆尽风流，强予赴高唐之梦。莫怪我哥哥怒涌胸内，行凶仗剑，汝反为漏网之鱼，我乃作瓮中之鳖，恨何如也！"未知花春何辞以对，下回再表。

评曰：观于此回，花春真可谓顽石不如矣。迁乔之箴劝，已非一次。至于此番，则忠言噩噩，苦口谆谆，惕以王章之可畏，示以法网之难逃，洞悉

详明，倍加痛切矣。即如节妇寄书，明以实告，不废私恩，亦全公义。良友如柳迁乔者，世上何可多得！乃花春竟梦梦如故，立志不移，彼意以为迷园中朝云暮雨，正堪快我一生耳。讵知事败身亡，只争转眼。呜呼！人也，而可以拗天乎哉！

灾祸将至，而众怨鬼竟于白日里现形缠扰。"时衰鬼弄人"，信乎谚语之不诬也！

从来一书必有一书之结局，必有一书结局之人。阅者观于花春枭首法场之下，必谓花春既死，如何结局全书，满怀疑异所不免也。故撰思立局，能使阅者览至此而踌躇搔首，掩卷难猜，乃尽文字之奇妙耳。

第十五回　因诉冤刑加极恶
为报淫笔判投生

诗曰：

> 醒得迷途已瞑眶，冤冤相报始章章。
>
> 生前不结佳人爱，死后谁瞋才子狂。
>
> 刑判泉台惊赫赫，身填孽海叹茫茫。
>
> 前生再世君休问，欲债从来须尽偿。

话说花春听了素馨、青莲这番言语，跑在案傍说道："我与二位美人缔姻谐欢，皆出于两情相愿。就是事破丧身，亦是劫数所关，无可抱恨。记得那年重至园中，于梧桐树下，遇见二位香魂，曾为我备述前情，绝无怨语。为何今日在大王案下伸诉，又另变了一种言词？"青莲、素馨答道："我二人死之日，早已在大王案下陈诉过的了。那时园中相会，因你阳寿未绝，贯恶未盈，非伸冤雪恨之时，故耐忍不言。况埋土之尸骸，还望与我殡葬。讵知你只恋生前之爱，不怜死后之身，竟将月下嘱恳之言，付诸度外。冤家愈结愈深矣。"言罢，立过一傍。

又唤满池娇到案，向花春道："从来婚姻大礼，必遵命于父母，一经定聘，无可更移。那时我到香莲庵焚香了愿，你竟潜身芸房，向我进言挑逗。后又乔扮尼僧，黉夜入我闺房，蜜语甜言，百般狂谑，词淫非礼，偏说得宜宜动人。一时被你炫惑，失身相从。后因汪姓姻期渐近，自思节孝不能两全，只得自缢捐躯，甘为不孝女，且作守节妇。岂知前之从汝，乃已失节；后之死汝，并不得谓守节也。害奴节孝难会，空殒一命。你道是冤家还不是冤家？"池娇言罢，又唤红日葵到来，向花春道："我与你玩月相逢，只因一念怜才，订以瑟琶之好。虽缔盟私约，亦非闺淑所宜，然使仅蹈私盟之消，不成苟合之愆，则遣冰求合，或者得了其缘，而秋莘虽抱狠心，亦无隙可乘，

唆耸老父矣。乃甫许乘龙，遂思跨凤。屡言不听，潜入香闺，致令祸生不测，妾得乘衅以生波，贻我父以割慈之痛。詈汝谓冤家，然乎不然？"

日葵言罢，又唤窦瑞香到案，向花春痛骂道："士心恶行的冤家！你也有今日到此么？奴在大王跟前，须把你设计奸淫的罪恶，重为剖诉一番，看你还有何说！奴未婚守义，誓不适人，即魂离冢畔，难为交颈双鸳；而影只枝头，愿作悲鸣寡鹄。你与恶尼纠合串通，混迹香莲庵内，夜间乘醉想法狂淫无忌，使奴含冤莫诉，负屈难伸数年。冰洁霜清，一旦玉瑕镜破，事败丧身。既未能标节操于生前，又何面见亡魂于地下。即从前共姜之义守，班惠之贤声，尽成画屏矣。"言罢，犹恨声詈骂不已。

后又唤颜金英到案，向花春道："我与你前生有何孽债？乃屡屡与我结尽冤家也。那时舟泊河塘，我自与婢女仰天论月，你何故隔舟接语，眉眼勾情。后在山姑丈署中会，你就暗递情词，贪夜越墙至我卧室，仅暗图佳好，不为明订良缘。出京数月，后应召进都，全不思率兵平冠，岁月久长，未了之缘，宜托其谋于月老，以为后图，竟放了断线风筝，自向边关去矣。以致我情伤破镜，别梦时牵，恨锁长眉，红颜渐损，忧思积郁，一病流恹，不久赴泉台之路矣。非有冤家相缠，我颜金英亦何至于斯！"

金英言罢，又唤濮紫荆至案，潸然出涕，向花春声声哭骂道："使我玷闺辱父，殒命贻羞，皆是你这负心短命冤家之罪也。你既读孔圣书，岂不达周公礼？礼有云：男女中枢不同。又云：内言不出阃，外言不入阃。语言礼貌之间，且谨严若此。你何故乔扮女优，混入梨园，又在我房中吟诗挑逗，卖弄才华，谩与我合枕同衾，突然狂谑。那日因误中奸计，玷不可磨，遂与尔有白头之订。岂知你一去都中，竟忘情负约矣。即因误期改武，留恋京师，未假出都践约，而遣冰纳聘事有可为，乃竟蹉跎以过，音信杳如。适值家父迁任广西，我只得留书一函于梅婆处寄汝，还祈你信不寒盟，远来践约。书中言语，无不可悯可怜，岂汝占鳌得志后，路过广陵，曾不至梅婆处探予消息，故未见此书耶？抑曾览过此书，竟尔付诸度外耶？那晓我到广西时，犹眼穿肠断，盼望经年。后迫于父命，赘婚入署成婚。不料其后，偶被他检出所赠之图画，并有几幅落款诗词，因即勃然怀怒，赴诉严君，将奴尽情羞辱，立写一纸休书。我无面偷生，竟尔含冤赴冥。今日相逢，即剖汝之心，啖汝之肉，犹不足以雪我之恨也。"

紫荆言罢，又把那一众怨鬼，为花春所贻玷亡身者，一一唤进伸诉一番。花春暗想道："我在迷园中倚强设计，霸占娇娃，令其丧身失节、死结冤家者，固无论矣。若十美人之与我谐欢成爱，皆是你愿我贪，成佳人才子之缘的，即如瑞香事败投札，池娇临死寄诗，犹是缠绵恳切，绝不露半句怨言，为何地下相逢，把铭心镂骨的恩情，尽变为切齿咬牙的愤恨？信乎？生前结爱，死后成冤也。"

那花春俯伏案下，正在腹内寻思，只听得阎王高声喝道："你在生时，恃了一付风流面庞，勾迷闺媛，宜罚你受粉骨扬灰之苦！"遂喝令小鬼，把花春撩去，双足倒竖，将头颅放入磨船中，两鬼擎住，两鬼把磨挨动，痛得钻心刺骨，肺腑如螫，其苦亦不可以言罄，几经磨折，渐渐化为脓血，尔时是不止一遭矣。

岂知魂中又有魂，魄外尚有魄，渺渺然飘荡远出，如欲遁避一般，被两傍小鬼撩住，抓向阎王案前掷下。阎王道："他在生时巧语花言，惯恃那一张利嘴，引诱得仙子临凡，嫦娥想嫁，该罚他受割舌敲牙之苦！"小鬼听令，举手揪住发根，仰面擎起，遂用爷凿将齿牙敲落，割去舌根，流血如漂，倒地乱滚。

那时痛犹未绝，阎王又道："他在生时，惯会飞纵重墙，入闺淫谑，宜罚他受刀山之苦！"小鬼又把花春扭至一座山前，只见山上高高下下，叠叠重重，密竖利刃，锋尖向上。花春一见此山，不觉心惊肉颤，悚惕异常。俄被小鬼从空抛起，似近云霄，倏时坠下，身着刀尖，难免刺腹穿心，肝肠断裂。

尔时魂死飘魂，又被小鬼捞住，掷向阎王台下，问道："风流才子乐否？你道那长春岭上紫云道人，还是有德于你，有冤于你？"花春闻话，挥泪道："犯鬼在生时，唯刻刻铭感那道人不忘。至今追思前事，那道人直是我冤家也。"阎王道："今日若不将前因后果与汝说明，你那晓冤冤相报之理？"遂令罚恶判官取冤报簿过来，掷于花春。花春跪接细览，见一页上写着：自己前生，姓梅名雪，与友人江潮交甚厚。江潮妻有美色，私与通焉。二人欲设计害潮。潮知觉，气愤出家，净修数十载，尸化成仙，居于长春岭紫云洞内，号曰紫云道人。梅雪虽有一端淫恶，后因悔心改过，广行善事，故死后投予花富户为生，名春字金谷，品居上爵，寿享古稀，子贵孙贤，绵绵获福。只为江潮虽化凡身，不忘冤债，因访梅雪再世为花春，陌颜抱憾，动念风流，既起孽根，可偿淫报。故于桃花村化骸、赠药坚其淫心；于水园中遇难相救，留其淫身于半桥村，吟诗教画，成其淫事；于紫云洞赐食授法，壮其淫胆。

花春看罢，含泪颔头道："原来此事，皆关前劫。我生时真如在梦中耳！"阎王道："报虽如此，你又不可以是是非非，皆前生劫数所关，无可回挽也。试看后注，便有分晓。"花春又把后边注语细细看道："若花春能悔心于淫欲风流，规身于廉耻礼义，则唯兹恶报，并可转为善缘。如陌颜脱化，不作风流举止，可为儒雅丰裁；补天丸即无所可用，而醉心丸亦可用诸除奸锄恶之场；作诗成画，亦得救重危之一命，胜造浮屠；至于教枪赐食，力壮身轻，自可兼文武全才，树奇勋于王国。总之，祸福无门，唯人自造，有改过悔非之一念，即转祸为福之一机也。可不戒哉！"花春看至此，唯是捶胸跌足，悔恨无及尔。阎王道："凭你在暗室屋漏中作一亏心事，我都中已闻，若雷见电，识悉无遗。故阴阳虽然间隔，善恶无不昭彰。因你在生有散财济困一善，狱之苦今且免汝。至于你罪恶滔天，轮回之下，该贬汝于毛禽兽族之中，但以你生前孽海深深，若不暂转人身，焉得清偿欲债？且俟来生到我案下，然后罚你永堕兽胎，披毛万世！"花春叩谢已毕，遂令书吏备了文书，差鬼役解去投生，嘱令孟婆处迷魂汤可不必与他饮，使他前生后世，如隔一梦，冤冤相报，腹内了如。

那花春随了鬼役，所过府县城隍处，一一去投了谍文。到了该县城隍署中，那鬼役递了牒文，自回去了。城隍就当堂把文书拆览，遂唤鬼差，押去投生。鬼差领了牌票，一路押去，行到一所高大墙门首，立住了足，高唤几声。只见里面有一白髯老者，扶杖出来，见了花春，遂拭泪叹气道："孽根来矣。"没奈何，引了花春，一重重行至内边楼上内房门首，把花春一拐，打入房中。眼前一阵昏黑，霎时负痛异常，启眼开来看，已成一婴孩矣。只听得产婆在傍说道："恭喜添了一位千金。"已自知转了女身，口中虽不能言语，而心内已洞然明白，知此身不投于别家，母即堂嫂杨氏，父即堂兄晴园也。上有两兄：一名花贵，年方七岁；一名花荣，年方五岁。晴园与他取名曰艳姣，却因父母性喜弄璋之庆，故于女不加珍惜。到了周岁，时乳娘怀抱手中，偶至书斋游玩，见这须图书画幅，一一皆前生手迹之存。书休琐叙。

未及二载，那生身母竟尔一病身亡，父亲续娶继母槐氏，凶悍异常，屡屡受她凌虐，苦不胜言。奈晴园又常不在家，日夜出外游荡，家中一应出入总帐，尽托人掌理。日常来往之人，俱是一班流涎富厚、骗费金银的小人。艳姣虽幼，目击能如，暗想晴园这分家资，皆是我前生分与他的，怎奈他挥金如土，日逐消磨，心中未免愤愤不平。又见会了几场冤案官非，自己却毫无胆气才干，专托那几个流名讼棍，唯将银钱挥用而已。岂知人祸未消，天灾又至，遭了一场回禄，把一座峻宇雕墙的房屋，尽变为瓦砾之场。其中明珠美玉，异玩奇珍，亦俱付诸一炬。那时迁了住居，焉及得祖居之高大华美，正所谓沧桑变幻，转眼可怜。无奈相犹不回头，唯将田产变买，以为挥用之资。

约又过了数载，花贵、花荣已被晚母朝夕打骂，暗算死了。艳姣已十二岁，不料

长了一岁，那晚母欺凌之态更甚一年，饥无食，寒无衣，哑口吞莲，苦向谁诉？一日晚间，偶从继母房前经过，听得喃喃有笑语声，心窃异之。因见窗外有块假山石，艳姣遂跨身而上，轻将舌尖润破纸窗，偷觑里边。只见槐氏与一少年，坐在床沿，裸体相戏。艳姣认得此人非别，即槐氏之表弟，平日间不常来往的。看了许久，见二人欢态频形，娇声屡唤，觉两颊微红，淫心顿炽，不禁失声，唤了一声"阿呀"。槐氏顿时把那少年推开，顺手牵一汗巾，束好胸膛，口中嚷道："那个泼胆贼人，在窗外窃视！"艳姣急欲逃避，岂知闻声胆破，慌忙走下，一足践空，已倒身于地，负痛不止。见槐氏已持灯出外相照，不能遁匿。槐氏走近，一把揪住，拖进房中，狠声骂道："你这该死贱人，擅敢潜身窥探我们？今日自投死网，决难撒你！"艳姣跪地哀告道："女儿偶从此间行过，听得母亲在房，不知与谁人言语。依儿听不仔细，只道是父亲今日回家了，故立于窗外一视，不知母亲与表母舅在房闲谈，女儿实无异心，还祈女儿无罪！"槐氏道："你这泼贱，尚敢巧言哄我！既道是你的短命父亲回家，明朝自见，何必在窗外窃探？及见我与表母舅在房，就该速避矣，你'啊呀'之声，为何而出？这是你明明窥探我事迹，欲向你父亲跟前搬嘴，故不如此？"艳姣道："女儿若有此心，身随灯灭！母亲暂恕女儿数日，若果造言诽谤，然后处死女儿，也未为晚。"槐氏道："我看你年尚稚幼，倒会放刁藏恶，巧语哄人，将来长大，如何容你！"艳姣见话不来头，只得跪向奸夫身傍，哀求救命。那人冷笑道："此事我如何做得主？生死之柄，在你母亲掌中。"那槐氏硬心如铁，就解下束腰汗巾，重把衣襟钮好，然后将汗巾递与那人，两头拽住，顿时欲把艳姣缢死。艳姣睹物惊心，自思今宵必死，唯是乞怜求救，顿足呼号。

正欲收缢，只听得晴园在外面嚷道："奸夫泼妇，休得如此无礼！"急急奔入，却被那人兜心一拳打倒，纵身而出。艳姣颈上的汗巾，槐氏遂顺手牵去了。只见晴园倒伏于地，叫痛连声，指着槐氏骂道："原来你这淫妇，在家干出如此泼天大事，少不得死在我手！"槐氏被骂，竟毫不知省过怀惭，反复然与丈夫争论道："你日夜在外伴宿青楼，全不念我在家中影只形单，孤帏寂寞，竟活活做了一个孤媚，是谁之过？我不去寄迹于青楼，荡身于楚馆，逞是放债于你处的了，你为何但知有己，不知有人，狠心至此！我今日将此命拚了你罢！"遂尔乱撞乱噬。艳姣心内，虽十分怀恨，不免上前劝道："母亲且请息怒！"反被槐氏举足跌开，艳姣只得吞声忍气，步回房内默睡。暗想："槐氏如此狼心虎胆，我父亲旦夕要被他吞噬矣。教我弱质伶仃，亦无力可救。"

是夜神思恍惚，枕席难安。明日起来，并不见父亲出外，意欲进房问候，却又苦于槐氏不容。

不意过了数日，一日到黄昏时分，听得槐氏在房咿咿呀呀的啼哭起来。艳姣正在疑惑，只见槐氏住哭出房，说丈夫患病数日，适才已经气绝，叫那杨家表弟，快去通报亲戚，整备丧事。艳姣心内明知父亲死得蹊跷，怎敢多言惹祸？

不数日，丧事已毕。槐氏的表弟，竟常在家中坐落，一应家务杂事，槐氏尽找他料理支管。正是权握令行，二人只是把艳姣狠狠凌虐，故自晴园死后，艳姣之受苦，更百倍于往日。然究以艳姣在家是眼中钉，一日，竟把他远卖于武林钱塘门外一家姓汪的为婢。

那家是个大户，主人号雪塘，年约三旬余，颇能优待下人。见了艳姣，甚喜她眉目清秀，与他更名为艳艳。怎奈主母妒悍暴虐，更甚于槐氏。艳姣自到他家，那为婢之苦，又不待言。吃打受骂，过了两载，已是十四岁了，身躯渐渐长成，抚形自顾，竟宛然一女子矣。一日。窃镜相照，只见眉横翠黛，眼净秋波，虽脂粉不施，而丰姿绰约，一付俊俏面庞仿佛记与前生无二。更可异者，年虽尚幼，一点欲心，早有时勃发如火，不能按遏，只碍于主母拘束维严，故不敢通情奴仆。岂知主母见她年渐长大，面容又如许秀丽，心中愈加不悦，万般凌辱，无事生非，家法相加，更甚于众丫鬟几倍。

那日正值三春时候，后园中碧桃花盛放，命艳姣前去攀折。艳姣奉命来到后园，觉风和日丽，鸟语花香，一派春光。正是温人天气，因恐在园留恋，来去迟延，归房又不免见责，故不敢恣情观玩，只是急急欲觅那碧桃花树，攀折数技。无奈树皆高耸，举手难攀。正在树下徘徊观望，只见那边来一园童，笑吟吟对着艳姣问道："姐姐，呆立在此做甚么？"艳姣道："我奉娘娘之命，到园折取碧桃花枝。怎奈树高不能相折，恳哥哥踏上，与我折取数枝下来。"园童笑道："你看如许高树，我又不是猴猿，如何教我扒上树枝？既然你要折花，那边假山傍侧，有株低矮的，可以折取，你且随我前来！"艳姣随那童子行去，转过假山侧傍，见里面有一座亭子，两傍围着纱窗，中间设着杨妃睡榻，榻上枕褥齐备。那时被园童引进亭中，竟拥抱入榻上求欢。艳姣此时，已是撩乱春心，不能止遏，只得顺水推船，凭他宽衣解带，款赴阳台。岂知抚弄移时，唯觉痛苦交加，不能承受。那园童尚未肯止戈，艳姣只得厉声大喊，挣起下榻，将衣裙束好，自步向假山上折了碧桃花数枝，胆战心惊，急急回到房内。只见那主母竖眉怒目，喝道："你这该死贱人，我命你到园折取花枝，为甚去了多时？"艳姣战兢兢，跪地禀道："婢子奉娘娘之命，往园内折花，见碧桃花树尽皆高耸层层，攀援不着，因在园中寻觅许久，始见有数株低矮的，傍着假山侧畔，婢子遂折此数枝到来，故尔略迟了须，乞娘娘恕罪！"那娘娘骂道："你这贱人，偏会胡言说谎！明明在园内偷闲，不知干须什么苟当，还敢在此造舌么！"遂喝令众侍女将他上下衣裙剥尽，仰缚于并春凳上，用皮鞭痛抽一百。艳姣苦苦哀求，又增了十记，打得皮开肉肿，惨不可言。这种利害家法，亦不止此一则；艳姣身受其苦，亦不止此一遭。

话删絮烦，书提总领。又一日，艳姣偶从主人书斋经过，见主人在里边握笔吟诗，作吟哦之状，听得他吟成起二联，口中只顾念道：

> 一点娇黄点额头，怀春人倚隔江楼。
> 六朝旧事凭谁问？三月闲情只独愁！

艳姣倚立门傍，听了久许，那主人忽抬头看见，问道："莫非娘娘遣你到此，请我上楼么？"艳姣回言："不是。"主人道："既非娘娘差遣，你在此偷闲玩耍，少顷娘娘知道，怎免那利害家法相加？"艳姣道："婢子岂敢偷闲？因见大爷在此吟诗，故伫立窃听耳。"那主人笑道："我吟的诗句，你那里听得来？"艳姣答道："莫说婢子能听，就是适才大爷未成的诗，婢子实能续下。"

主人不信，遂唤艳姣进内，将诗笺付与他道："你既如此说，试续下四句与我看。"主人说罢，遂自踱开。艳姣侧立几傍，把尖纤玉手，轻执银毫，即续四句道：

> 残月岸傍牵客梦，晓莺声里送君舟。
> 最怜飞絮飞花后，又见萍飘付水流。

艳姣续罢，送过诗笺。

主人接览，不胜惊异错愕道："原来你竟有如此俊逸诗才！即残月一联，尽可压我前句矣。"又去书页中取出一题，上写着"题苏小小墓"，主人谓姣道："我与你联句吟就此诗，你可必酬接否？"艳姣答曰："能"。主人起句吟道：

花腮柳眼泣斜阳，艳姣遂握笔题云：

不见苏家小小娘。谁把芳魂埋檇李？

主人见了此句，沉思久之，然后接道：

空留残梦绕钱塘。春藏古巷浑无主，

艳姣不假思索，遂接道：

月冷吴山怨自长。油壁香车人去后，

主人接道：

青骢聊复踏贤倡。

不知联句之后，又有何事？自有下回细表。

评曰："欢喜冤家"四字，野史中已有论之详者。世上人仅知欢喜自欢喜，冤家自冤家；不知非冤家不成欢喜，非欢喜不结冤家。试观红日葵、颜金英等，在生之日，皆与花春海誓山盟，无穷恩爱，欢喜亦云极矣。而地下相逢，尽詈恨不已，结为冤家了。则迷园中之滥淫强虏者，更无论矣。况冤家易结而难解，或因欢喜在前生，而今生结为冤家；或因冤家在今世，而后世又成为欢喜。世世相延，究于何底！且其父母、兄弟、子孙，皆冤家也。欢喜少而冤家多，人宜早割欢爱，以免结冤家也可。酆都刑罚之加于花春，不写得如许森严可畏，则人心不快，而人心且不竦也。花春投生，而即为晴园之女，见虽锄尽孽根，而花氏仍然有报也。作者痛恶花春，而欲大彰淫戒，故写尽再世之曲折，俱由淫报中来，固不特淫以偿淫而已。

第十六回　空幻中果报既昭　鹦鹉唤大梦始觉

诗曰：

前生孽债此生偿，受尽颠离暗自伤。
三载秦楼姿蝶采，十旬禅院任蜂狂。
欲心劝尔须惩遏，淫报从知不渺茫。
两世风流一梦觉，回头幸未晚榆桑。

话说艳姣与主人联句，吟成七律一首，主人惊叹道："我平日才名流布合郡，文人学士皆奉我为诗宗。今日与你联吟，反令我一时应接不暇，真异事也。我有一课在此，还要试你一试，与我再赋七律一首。"因即取出诗题相示。艳姣接览，写着"未开花"一律，韵限"开"字。遂漫展云笺，轻提银管，竟以自己比了花，正意夹写的吟就一律，诗云：

倾国名花满园载，一丛蓓蕾破新苔。
芳心羞向东君诉，含蕊还须阊鼓催。
顾我藏姣如有待，笔他卖俏独先开。
无穷春色勾留住，分付狂风莫浪摧。

看官，你道艳姣自幼并不曾读过一句书，为何能吟诗联句？这皆是他前生的宿学，因迷魂汤不饮，所以满腹锦绣词章，并不遗忘一须，仍是一才子也。那主人看了艳姣所吟之诗，喟然长叹道："此诗风流偶傥，迥然不群，即觅诸名人彦士之中，亦难多

得，何可使美玉明珠，常为淹没！我欲衮汝列于小星，为花朝月夕唱和之一乐，未识尔意如何？"艳姣："婢子得蒙垂眼，何感如之！但恐主母不容，难谐好事耳。"主人道："我亦虑及此。胆意难舍汝，我今夜归房，须把甜言密语苦苦恳求他一番，必祈相允而后已。"那时主人起身，把双扉掩上，欲与艳姣度高唐之梦。艳姣道："婢子来此，已耽搁许久，恐主母见责，不敢从命。"主人注目凝思道："我实忘怀，汝须急急进内为妥。但有一言告汝，你主母夜间睡性颇好，若再多饮了几杯酒，竟尔熟睡如泥，毫无知觉。我今夜将他劝醉，可与汝在后楼相会，你须先至那边俟我。"艳姣允诺，遂急急启扉而出，来至楼上，却喜主母在床午睡正酣，不至究查加责。

日间无话。到了晚来，忙向厨房催取夜肴送房中，自有众侍女轮值在傍斟酒。见主人频频相劝，那娘娘已饮得两颊晕红，渐形醉态。少顷，掇去残肴，服事娘娘安寝好了，众侍女亦各自去安睡。艳姣因主人有约，只得悄悄行过厢楼，把后房门轻轻推开，将身闪进。只见一轮皓月，映照当窗。艳姣又把纱窗轻启，那月光射满楼中，胜比高烧银烛。无何，主人至，遂尔拥入锦帏，鸳鸯勾颈。岂知初鼓交矛，直至敲残五鼓，略破含花。艳姣因不敢败主人之兴，只是紧咬银牙，熬疼忍痛，以承受耳。既尔雨收云敛，各自抽身，订以明宵，仍在此间赴约。艳姣把门窗掩好，自归寝所，和衣而寐。暗想："女子破花，果有如许艰苦者！我今夜含花已破，明日再会阳台，自有乐而无苦耳。"

话删絮繁。单说艳姣与主人后楼赴约，接连数次，讵知交合之际，虽已破花，一如未破花时之艰苦，无一次不咬牙频蹙。看官们，你道此何以故？这皆是彼苍欲报他前生极恶，恐其遍为淫债之偿，未必不反受淫中之乐，故使伊生成熟如识火之淫心，偏又生就狭不容物之牝户，巫山会上，仅觉有咬牙蹙额之形，并不得勾颈偎腮之乐。造物之禀性赋形，能曲为一人布置有如此，果报之法，可不畏哉！此是表语，不必多提。

却说艳姣一日谓主人道："婢子前日承蒙许列小星，未识曾在主母跟前道及否？"主人道："我也日挂于怀，所以逡巡不改进言者，盖有深意存焉。娘娘有性情，你也深晓。倘我言既出，他执意不从，恐一惊狮吼，难聚鸳帏，不特无以为久远计，即目前之欢爱，亦将断绝矣。"艳姣道："离合自有定数，焉能虑得许多？须与主母一言，则允与不允，凭诸天命而已，免得时时系念，梦寝难安。"那主人应诺而去。是日无话。

到了次早清晨，只听得主母在房嚷闹多时，遂唤艳姣进房，竟不问缘由，重重将他拷打一番。那主人也不相劝，竟气愤愤下楼去了。艳姣被打，明知不允纳妾，故有此一番举动。那娘娘遂令家人去唤方媒婆进来。不一时，媒婆唤到，要他立刻将艳姣卖去，身价银不计多少。

事有凑巧，适值一山东人到杭脱货，欲娶一妾回家。方媒婆与他撮合成事，兑过银两，催逼艳姣下船。那娘娘又令两个家人，押送艳姣到了那客人寓所方回。艳姣思与主人一别，无奈主人并不见面，只得吞声合泪，出了后门，与方媒婆并两个家人，一同下落舟船。不一时，泊舟上岸，到了寓所，方媒婆与家人自回去了。艳姣见那个客人，年近四旬，生成一付奸险的相貌，正在房中把零星物件检点收拾，打点次早起程。见艳姣生得柳腰袅娜，姿态嫣然，不觉欣喜非常，遂取出几两碎银，令童儿往衣铺中，买几件衣服与艳姣更换。是夜特备一夕盛肴，相与酌饮。少顷饮毕，拥抱入帏，免不得布雨兴云，叙新人之豪兴。而艳姣之不能容受，其苦仍复如是。到了次早起身，先将铺呈物件发下船中，然后艳姣与那客人并童儿三人，一并下去。一路无话。

那日船过太湖，正在黄昏时分，因见月明如昼，正可赶路夜行，又遇顺风，故竟拽起满篷，顺流而去。艳姣正在舱中饮酒玩月，只听得耳边忽起一阵狂风，梢上舟人喊得一声"不好了"，那船儿遂倾覆水中。艳姣在水挣扎多时，已渺渺茫茫，毫无知觉矣。

无何醒转，不觉头晕眼花，静息半响，开眼看时，见身已在一舟中。转眼细视，似一只渔船模样，有一年老婆子在梢舱中煮饭，还有一人在头上网鱼，自己身上，倒换了一身衲袄干衣。艳姣与那婆子动问一番，方知幸得他儿子捞救，十分感激。是夜在他船内过了一宵，那婆子自然细问根由。无待琐叙。

到了明日，把艳姣衣服晒干，仍与他换好，谓艳姣道："你既无家可归，无戚可依，须寻一安身之所为要。"艳姣闻言，踌躇道："敢问老婆婆，这里近处可有清静尼庵否？"渔婆答道："此间有一座宝花庵，共有十余个尼僧在内庵中，颇也饶富，但不知小娘子意欲如何？"艳姣道："吾欲投向庵中，为带发修行之举，敢乞老婆婆引我到庵，且见机而作，以图安身之计。"那渔婆道"这又何难？就引你至庵便了。"那婆子遂把船摇动，不一时已至庵前，将船泊住，二人上岸，同进庵中。艳姣问明当家是谁，遂把前情细剖，谓愿在庵中带发修行，帮做须零星杂事，黄斋淡饭，是所甘心。尼僧见说，遂尔允诺。那婆子见艳姣安身有所，遂作别出庵去了。

且说宝花庵众尼，皆是俗缘未净的，故络绎有风流子弟在庵宿夜。谚云：近水则

湿。艳姣在庵渐久，遂有尼僧前来串通撮合，亦不免与这须浮头浪子兴云巫峡，布雨阳台。因艳姣颇能随众，故在庵与众尼甚相契合。自四月初旬到庵，韶光忽忽，又是清秋天气。这数月中，虽云寄于芸房，无异埋身于楚馆。

那一宵，与一个风流浪子，共宿纱帏，方毕风流之度，正在朦朦熟睡，只听得一声喧嚷，打进房中，悚然惊醒。见有众光棍手拿绳索，赶近床前，竟把艳姣与那个少年缚住，衣衫俱不及穿。那时拖出房中，把二人撩于山门首地下。只见那边也捉破几个尼僧，一同捆缚于地。只见当家尼情极，向众光棍苦苦哀求道："贫尼们愿罚。只要列位出口，无不遵教！敢求列位放了他们，日后再不敢如此。"内中有一个人说道："既是师父如此说，再恕她一次。但在这个女子房中缚住的王三，我与他实有旧冤，今日相逢狭路，怎肯饶他？我们当连夜解至吴江，送入县中，凭县主太爷如何发落。"那时哄动近村闲人，争来观看者指不胜屈。艳姣含羞闭目，暗想何独是奴命乖，撞着这个冤家，与棍徒偏有夙仇。彼欲雪怨，将我如此露丑出乖，殊可恨也。

不说艳姣怀惭抱恨。单说棍徒将二人扛下舟船，连夜望吴江进发。天明入城，重与艳姣解索，穿了衣衫裙裤。又与王三全了一条禅裙，解进县中。那时县主升堂发落，各问讯一番，将王三重责四十板，枷号三月。艳姣虽不至刑法相加，怎禁得看审之人，挨满坍堨，已弄得满面含羞，置身无地。知县审罢，令押艳姣于官媒处，觅主官卖。

时值一苏州冷公子，路见艳姣，兑银买去，即时下船进发姑苏。见那冷公子尚在青年，丰姿俊雅。暗想："他今日买我，定是纳妾，我得此人，谐老终身，亦可无憾。但恐命遭颠沛，又有变端，亦无如何也。"那冷公子在船无事，唯与艳姣细细诘问前情。艳姣遂以自幼丧母，被晚母欺凌，卖于杭城汪府作婢，以及与主人联句称异，许纳偏房，因主母悍妒不容，顿时卖出，并舟覆太湖，寄身庵内之事，一一说明。冷公子道："如此说来，汝之颠沛，可谓极矣。我还有言问汝，适才所云与汪姓主人联句吟诗，这诗词若还忆得，愿闻佳作。"艳姣微笑道："俚句何堪渎听？既是公子下问，不敢深讳。"艳姣就把续句联吟二首与《未开花》一律，一并背与冷公子听了，冷公子道："此乃才子之笔，卿虽聪俊，恐此诗未必是卿所作。"艳姣道："若公子不见信，恳试妾以一题何如？"冷公子道："此言甚善。"

正在构思命题，适见一蛱蝶飞入船中，因即指秋蝶为题，韵限"飞"字。艳姣得题，顿时赋成一律云：

回首秦楼事已非，才逢秋色便依依。

从来不向残花宿，此去谁怜好梦稀。

沉醉秋丛轻剪雨，徘徊小院冷侵衣。

只因未了风流债，采得寒香故故飞。

冷公子见甫命题，而诗已成，已唧唧称奇，及览诗，不禁大讶道："卿果有如许奇才，所背之诗，信非冒袭也。我冷梦梅何幸而得此才貌佳人，奇缘不偶，岂谩以抱衾之职待卿哉！但有一言当为卿预告，我家大娘万般贤淑，唯提起纳妾一事，则顿时怒气迸烈，不容分说。因我家有一座别墅，离家数里，我久矣蓄心欲纳一宠人，贮于此处。卿此去须安身在别墅中，庶几可免是非。"艳姣道："妾即归君，但得不时与君相聚足矣，何论其在家中在别墅哉！"是夜在船，不免巫山一度。而交媾之下，艳姣仍毫无乐境。

一宵易过，到了明日，已至苏城，命船家进红杏村中。泊舟上岸，引艳姣进了园门，遍园观玩一番。虽不十分丽艳，而亭榭池塘，颇也点缀得精雅可爱。游玩许久，行至一所庭中，见里面新砌靠壁，排着一架方厨。那公子举手启落暗闩，双扉顿启，里边又有小小坐室两间，谓艳姣道："你安居于此，只消把双扉掩好，竟是神鬼不觉的了。日给三餐，自有园童送进。卿在此，或刺绣消闲，或吟诗遣闷。我若得暇，自不时进来与卿一会，切不可随时启扉出园。因我有这须文人诗友，常在园中络绎往来，而大娘又不时遣人到园打听消息，倘一撞见，是非难免。"艳姣谨称知晓，二人又一度阳台，然后冷公子辞别而去。

且说艳姣紧闭在内，竟如关锁牢笼，心中怀闷不已，流光易逝，又是秋尽冬来。朔风凛冽，淡月凝寒，一派寒冬光景，倍觉愁人。冷公子虽不时进来，却只在日间片刻之流连，而晚间总不敢留宿于此。艳姣居此，真觉度日如年。寒冷空帏，难堪寂寞。那一日，彤云密布，大雪纷飞，艳姣暗想："如此雪天，料无人到此，不免出外观玩园中雪景一番，少遣闷怀。"遂尔步出双扉，行至庭外，绕着一带回廊步去。但觉山失孤峰，片片堆成银世界；雁迷寒影，纷纷妆就玉楼台。正在观玩，偶见一人头带毡笠，身披毡衣，跨驴而至。艳姣急欲回避，定睛一看，却原来是冷公子。遂迎公子下驴，同至飞云阁上，命园童暖酒进肴，相与赏雪观梅，以为一乐。那时谈心畅饮，竟忘却归家。无何天色已晚，见雪愈下得大了，竟一片片如鹅毛剪下，云低风冽，天气正寒。

冷公子不能回去，是夜在房同宿，自然锦帐生春，漏尽五更还作夜；绣帏拥暖，雪高三尺不知寒。虽乏雨云之趣，偏多恋恋之情，喜滋滋过了一宵。

二人熟睡方醒，只听得外面双扉打破，拥进多人。艳姣急欲起身，已见一妇人走近床沿，把帐帏拽起，拽着艳姣骂道："你是何处青楼娼妓，敢大胆在此安宿！"遂喝令众使女，把他赤身拖出衾中，用麻索捆缚了，拖出庭中，竟投于阶前雪内。

艳姣身甫着雪，已冷得三魂渺渺，七魄悠悠的去了。不知死去多时，觉身上微暖，渐渐苏醒。睁眼看时，已不在冷公子园中。数椽破屋内，唯有一老婆子在内煮饭浇汤。艳姣细问其故，知被冷家大娘作主，许配与他儿子苏秀如为妻，文契现在，其子已往街上整备鱼肉、烛马等物，即是晚成亲。挨至黄昏时分，草草毛毛的成了亲。

讵知苏秀如是一个雇工的佣人，室如悬磬，家少储粮。老母在家，唯绩麻沤纻，助给三餐。自与艳姣成亲，又增了一口，未免日给难敷，贻嗟瓶罄。艳姣际此光景，怎能消受得过。又见秀如出外佣工，归家日少，因结识了间壁一个开珠宝铺的。那人姓凤，号集梧，家住南浔，曾约于某日黄昏后私奔。

到了这日，悄悄与那人一同下落舟船，意欲同回故土，把艳姣安顿家中，然后再至苏城。不料三更时分，行至僻静河塘，两个舟人竟持了明晃晃的两把利刀，抢入舱中，把集梧一刀砍死。艳姣急待声张，那刀已架在颈边，唯哀求饶命而已。船家道："若不声张，决不伤汝。一座寺院中僧人，托我二人在苏行此苟当的。若遇姿色妇人，下船总要下须毒手，你也该遭此劫，不必伤怀。"言罢，把尸骸撩入水中，遂把橹乱摇，摇至一所，泊舟上岸。一舟人引了艳姣，弯弯曲曲行至一个僧房，遂有一众僧人络绎前来，强逼成欢。

那时，被众僧粗卤狂淫，承受之苦，自尔更甚。讵知这寺中共有十余房僧人。每房淫僧，颇又众多。艳姣每夜轮流，而污淫之态，何可胜言。日间则密藏于一所幽室中，见里面已有十余个妇人在内，共诉冤情，知皆拐房于此。

且说光阴易过。艳姣自房入寺中，屈指算来，已有十旬，正愁困兽笼禽，无由得出。适值那晚黄昏，寺遭回禄，火焰冲天，竟难救遏。众妇人乘闹俱拼命逾墙而出，得脱牢笼。那知艳姣命犯颠离，出寺难行，又遇地棍奸淫，骗拐载至维扬，竟卖于蔼春院中为妓。艳姣暗想："我自破瓜以来，御人多矣。枕衾之下，有苦是负，无趣可尝，怎禁得寄身于此，朝送旧夕迎新耶？然我欲火时腾，又难久耐，岂能割除孽障，长守寂寂之空帏？想我丽颜拔萃，正在青年，而抚琴对棋，吟诗描画，又样样精通。

我若为青楼女，自能合郡流名，深人企仰，一为酬接，已令他心醉魂迷，而云雨之间，聊为画卯点名而已。"此志既定，遂安心在于蔼春院中。

入院方数日，而声名已大振广陵。兼此处乃天下客商辐凑之所，名妓声传，无不契怀赞羡。由是谒春院中，无日不车马盈门，不让花魁之品，竟有苏小之风。

且说艳姣在院，迎新送旧的过了三载。时有一贵宦石公子，与他甚相契合，深慕艳姣词赋之工，故二人得暇常为和咏联吟。不知石公子虽嗜吟诗，而诗学甚浅，较诸艳绞不啻有涯角之隔。石公子却能下问，所吟的诗反教艳姣评改，故二人相交甚厚。那时石公子之父，因放了山东巡按出都，特遣人来迎接家属，故石公子特来与艳姣握别一番，袖中取出一幅感别诗词，赠于艳姣。展开一看，见是四首绝句，内有一绝诗云：

> 瑶台旧路渺无踪，两地相思情更钟。
>
> 毕竟鹊桥填未稳，关山云树隔重重。

艳姣一览此诗，似于何处见过。沉思久许，记是前生题跋在十美图上的，笑谓石公子道："瑶台一绝，非君所作，是一幅美人图上抄袭来的。"石公子惊问道："卿何以知之？"艳姣饰词对道："妾昨夜曾得一梦，梦君赠妾以一幅画图，妾珍玩之无已。见每幅上题诗一绝，妾尚记忆不忘。"石公子道："原来有此异事！我果新得画图一幅，如卿所言者。卿既梦我见赠，我回家即当检出遣使送来。"言罢别去。

少顷，即有侍女送上画图。艳姣甫为展览，不觉伤心触目，泪落如流，道："物犹是也，而人已非矣。我前世孽根，皆起于此。想我自卖身而后，淫债谅已偿清。尚欲偷生于世何为？"遂解下一条丝绦，自缢而亡。

讵知魂赴冥台，阎王谓："艳姣冤债未清，寿年未绝，再至阳间，为人数载，然后可赴酆都。"那时悠悠醒转，见鸨儿并众姐妹在房看视，诘问缘由，不过吱唔以对。自是艳姣在蔼春院中，又过了两载，忽被扬州府陶太爷出重价买去，送于督抚柳大人为妾。

艳姣甫入内署，见柳巡抚年近五旬，注目许久，心甚疑惑。因乘间细问侍女们："老爷籍贯何处？谁字甚名？"一经盘问，腹内已自了如。少顷唤进卧房，欲御枕席，对着柳巡抚，不禁忆昔伤怀，潸潸泪下。柳巡抚见此形情，十分怀疑道："你有何伤

感，不妨对我细剖。"艳姣道："我之伤感，不在今生，乃在前世耳。"柳巡抚道："前世之事，渺茫难知，何用悲他？"艳姣道："我前生悔不听君之箴劝，致有今日。我非别人，即君之契友花金谷所转世也。"

原来这柳巡抚亦非别人，乃即是柳迁乔也。迁乔听到此句，遂吃惊问其故。艳姣带泪将前生事迹，及酆都受苦，并再世投生之流离颠沛，一一剖详。

此时，不觉悔恨交加，呼号大恸。只听得耳边声声唤道："花贵人，快须抬头！"竦然惊醒，乃是一场大梦，见帘前鹦鹉对着他唤了一声："风流才子乐乎？"遂破笼飞去矣。

那花春呆思许久，顾问家童："方才睡去多时？"家童答道："相公俯几而卧，约有半晌，庭前花影已将过午了。"花春心窃异，想明日迁乔到来，遂以梦中之事详述一番。迁乔亦惊讶不已。又将梦中所作之诗词，一一录出，与迁乔一同观玩，不禁赞美唧唧。花春暗想："这鹦鹉一唤而奇梦始，一唤而奇梦终。此鸟洵非凡种，乃德僧设法变来，点化于我的。"自得此梦，之后安陋颜之故，遂绝念于风流。厥后花、柳二人，俱得玉人合抱，金榜标名，子桂孙兰，爵居上位。此书俱不赘言。

郑振铎藏书

中国绿书

第四篇

合浦珠

［清］烟水散人 撰

合浦珠序

　　予谓，天下有情士女，必如绮琴引卓，萧寺窥莺。投彩笺之秀句，步氏倾心，寄组织之迴文，连波悔过。以至漱园之诗，曲江之酒，方足为风流情种，垂艳人齿。然而，苍梧之泣，竹上成斑；寤寐之求，河洲致咏。必其一往情深，隔千里而神合；百忧难挫，阻异域而相思。牡丹亭畔，有重起之魂，玉镜台前，天改弦之操。如是而后谓之有情，始不虚耳。若夫静女其姝，贻彤管而踟蹰；采兰于洧，赠芍药以夷犹。而或愆期于蕙芦之阪，邀欢于风雨之晨。斯则郑卫之风，淫荡之匹，乌睹所谓金门隽彦，兰闺婉秀者哉。

　　予自早岁，嗜观情史。每至绿窗以菁藻搁毫，罗帐以珊瑚作枕，却使君于桑陌，嫁碧玉于汝南，莫不揽兹艳异，代彼萱苏。是以午夜焫脂，选校香奁之什；清晨弄墨，唯誉绣阁之文。不谓数载以来，萍踪流徙。裘敝黑貂，徒存季子之舌；梦虚锦凤，遐辞太乙之藜。而曩时一种风流逸宕之思，销磨尽矣。忽于今岁仲夏，友人有以《合浦珠》倩予作传者。予逊谢曰："才子名姝，俱毓山川之秀气，故以芝兰为性，琬琰为才。至其相慕之殷，心同膝漆。若欲以芜蔓枯槁之笔，摹绘婉娈静好之情，是何异瞽目而论妍媸，将无贻识者之诮。"而友人固请不已，予乃草创成帙。

　　盖世不患无倾城倾国，而患无有才有情。惟深于情，故奇不遇。若谓今世必无奇人侠士，如古押衙、虬髯公者，乃拘孪之见也。是故烟花队里，不无冰雪之姿；锦绣园中，必生龙凤之质。甚而当垆一笑，订偶百年；天涯之远，必逢帐魂。可起者始谓之情中之至耳。世之君子，须信风流之种不绝，芳韵之事足传，又何必考其异同，究其始末耶。

第一回

梅花楼酒钱赠侠客

词曰：

韶光迟速，休名利关心，尘途碌碌。门外莺啼，正值春江拖绿。襟怀潇洒须去俗，缔心交芝兰同馥。草堂清昼，弹琴话古，讽梅哦竹。　凭世上雨云翻覆，惟男儿倜傥，别开眉目。莫笑寒酸，自有文章盈腹。翠帏遥想人如玉，待他年贮伊金屋。昼哦窗下，赓诗花底，风流方足。

——右调《疏帘淡月》

又诗曰：

才子自应逑美媛，不须仙洞觅胡麻。

请君试看明珠报，莫谓今无古押衙。

说话人生七尺躯，虽不可儿女情长，英雄志短，然晋人有云：情之所钟，正在我辈。故才子必须佳人为匹。假使有了雕龙绣虎之才，乃琴瑟乖和，不能觅一如花似玉、知音咏絮之妇，则才子之情不见，而才子之名亦虚。是以相如三弄求凰之曲，元稹待月西厢之下。千古以来，但闻其风流蕴藉，啧啧人口，未尝以其情深儿女，置而不谈。于今不及远拾异闻，姑以耳目所及，演述成编，以为风月场中，谈资一助。

这段佳话，在明朝天启中。有一钱生者，讳兰字九畹，排行十一。原籍金陵人氏，其父中丞公，历宦浙西。因见姑苏风物清妍，山水秀丽，遂买宅于胥门内大街。兰生五岁，中丞公即已弃世。其母魏夫人，有治家材，且严于规训。兰亦天性颖敏，至十岁便能属文，通离骚，兼秦汉诸史。及年十七，即以案首入泮。虽先达名流，见其诗文，莫不啧啧赞赏，翕然推伏。兰亦自负，谓一第易于指掌。其居金陵祖宅讳叫一鹤

者，三之嫡堂叔也。以恩荫，现任山东郡守。兰门第既高，又声名藉甚。况生得眉秀神清，皎如玉树。虽卫玠、潘安，无以逾也。因此英郡缙绅巨族，咸欲得兰为婿。央媒议姻的，门无虚日。魏夫人因以年齿渐长，择其门楣相对者，将欲许允。兰以功名未就，力为阻止。曾读《娇红传》，废卷而叹道："不遇佳人，何名才子。我若不得一个敏慧闺秀、才色双全的，誓愿终身不娶。"家有数婢，曰红叶，曰秋烟，曰桂子，曰绣琴，皆十六七岁的佳丽人也。然兰无一当意者。群婢中，惟秋烟尤觉艳丽，狡慧机警，能猜人意中事，兰稍注念，往往因事杂人稠，亦未及向海棠枝上试腥红。所与交游，皆当世名流韵士。其同窗社友，最为相知莫逆，惟有崔子文、李若虚两个。每日会文，功课之暇，必与二人寻芳拾草，以饮酒赋诗为乐。

一日，值二月中旬，苏人游虎丘者，挈榼携壶，纷纷接踵。又闻梅花楼酒肆甚佳，钱生游兴勃然，遂致束邀订崔、李。至期，二子以事阻不果。钱生怅然道："俗哉二君，何乃此尘务相绊，误我游兴。"有一书童，唤做紫萧，在旁相劝道："既崔、李二相公有事不来，趁此风日清美，相公何不自去随喜。这叫做乘兴而往，兴尽则返，何必见□。"钱生点首微笑道："不意汝亦能解说佳话。"遂携枕头钱，令紫萧随往。

到了虎丘，果见画船鳞次，罗绮如云。乃觅幽胜之处，徘徊片响，始诣梅花楼，沽酒独酌。只是楼中饮侣满座，皆酒后喧语，俗气逼人，钱生不胜厌闷。持杯而起，倚窗遥望，见淡烟芳草之中，乃真娘墓也。因朗吟白香山之诗云：

真娘墓，虎丘道。不识真娘镜中面，唯见真娘墓头草。霜摧桃李风折莲，真娘死时犹少年。脂肤荑手不牢固，世间尤物难留连。难留连，易销歇。塞北花，江南云。

吟咏至再，兴犹未已。乃问店家索取笔砚，向那粉壁之上，题着七言古体一篇。

诗曰：

春风处处黄鸟啼，桃花李花争芳菲。

花荫笑语人不见，花外香尘暗拂衣。

虎丘山寺钟声晓，虎丘山路生芳草。

香车宝马往来多，水色山光领略少。

我来邀胜破春愁，拂衣独酌梅花楼。

楼中寂寂添幽绪，遥见真娘墓边树。

翠钿罗衫化作尘，墓门留待诗人句。

镜里娇容想昔时，只今烟袅绿杨枝。

合浦珠

可怜不是巫山雨，恼乱襄王起艳思。

钱生题迄，自吟自笑，连饮数杯。俄而日已亭午，遂与紫萧下楼。只见店主面红耳涨，扯住了一个穿白的人，正在那里喧沸。在旁观看的，纷纷说道："这也特杀奇哉，真正是个无赖棍徒，白撞酒食。"或笑或骂，或欲挥拳相向，或劝店家剥取衣服。观那穿白的人，却又面不改容，昂昂自若。钱生不解其故，向前诘问。店主道："这人素昧平生，日昨忽到小店沽饮，算银三钱，毫厘不还。说道寓在专诸巷内，待至明日来饮，一并还清。老拙万分不肯，见他又不像个哄骗之徒，只得破格应允。到了今早，果然又来，老拙道他是个信实君子，仍与酒馔，大饮大嚼。谁料身边原无半文。念小店贷本营生，那有酒肉与人白吃之理。不由老汉不怒从心起，为此与他厮闹。"钱生笑道："事亦甚小，我看此友，不是寻常之辈，所欠若干，少顷与我酒钱一齐算还，不消发话。"店主慌忙致谢道："既承相公应认，老拙再有何言。"钱生一手携了那人，重上楼来，施礼坐定，从容问道："老丈眉宇轩轩，决非尘埃是中人物，何故欠少酒债，致受小人之侮。"那人答道："不才遨游湖海，闻说苏杭乃是天下名郡，故不远而来。却因盘桓日久，资斧空乏。近有故人，订在虎丘相晤，故每日到此。无聊之际，沽饮三杯。叵耐店主不能识人，辄尔哓哓。"又问其居址姓名，那人道："我浪迹萍踪，何有定处。虽复姓申屠，其实并无名号，江湖上相知者，但呼为申屠丈耳。"钱生见其谈吐如流，肃然起敬道："适间独饮，殊觉意致索寞，不意邂逅间忽逢老丈，使人佳兴倍添。"于是呼酒对酌。申屠丈仰首一看，忽见壁上题诗，墨迹初干，击节叹赏道："此必郎君佳作，藻思绮句，不减庾、鲍。"钱生含笑不言。已而夕阳在山，紫萧促归，申屠丈即放杯起身，拱手作别。钱生牵袂恳留，必欲再饮。申屠丈道："与君萍水相逢，谬承雅爱。但仆高阳酒徒也，一吸五斗。如尊驾必欲入城，即此告辞。倘有僧舍可以借榻，愿卜其夜。"钱大生笑道："老丈妙人也，方恨相见之晚。即十□□饮，尚可淹留，何况一夕乎。"申屠丈亦掀髯大笑道："君虽书生，绝无一些酸腐气，异日青云事业，未可量也。"钱生便令紫萧算还酒钱，并买佳肴数味，美酒一樽，借一幽雅禅房，剪灯细酌。申屠丈高谈阔论，娓娓不倦。直至二更，方才就寝。次日早起，住持长老知是钱公子，不敢怠慢，急忙整治晨餐。二人梳洗方毕，对坐闲话。见一小沙弥走进，口中连说："怪事，怪事。"钱生呼问其故，沙弥道："适才打从梅花楼经过，闻说店主有银二十余两，临卧时放在枕头底下，今早起来，分毫不见。只有老夫妇在房，又门户不开，竟不知从何处去了。惊得店主目定口呆，没做理会处，岂不是件怪事。"申屠

丈见说，掩口而笑。钱生怪而问之，申屠丈道："吾恶此老索酒钱甚急，聊戏之耳。"便向沙弥道："汝去对那店主说，不须烦恼，银子只在床侧，右首小皮箱内。"钱生亦未相信。只见小沙弥去不多时，即便回来说："银子果在皮箱里面。那店老又惊又喜，还说要来谢罪。"钱生与住持始信是实。暗暗惊异。须臾饭毕，谢了众僧，便与申屠丈作别回家。申屠丈亦不致谢，但云敝寓在专诸巷，左首第三宅内，明日午前，望君独枉玉践，再获一谈。"钱生唯唯而别。及抵家，值崔子文亦至。即告以游虎丘得遇申屠丈，及店家失银一事。子文道："此乃方士弄术耳，何足为异。"钱生不以为然。

　　次日，如期过访。申屠丈早已倚门相候。延入客座，但闻异香芬郁，沁入襟怀。其罗列器玩，无不珍奇。初不似客游窘乏者。未几进茶，其茶叶碧绿细嫩，香若兰花。叙话多时，复邀入内室。只见陈设肴饮，皆是珍美味。青衣以琥珀杯斟酒，酒色殷红，与杯相映。钱生虽是宦家，其筵席之盛，亦未能及此。酒过数巡，申屠丈道："宾主对酌，无以为欢，幸有女乐，令歌以侑酒。"言未毕，只见屏后轻移莲步，走出两个美人来，俱年十七八岁。一衣红绡，一衣紫绡，云鬟翠蛾，轻盈窈窕。真国色也。红绡妓以金莲杯斟酒，奉与钱生，扬袂而歌曰：

　　春风绕象床，春心满洞房。凭谁寄语薄情郎。花既谢兮春昼长，早归来兮勿徜徉。

　　红绡妓歌竟，紫绡妓以碧玉卮斟酒相劝。手按象板低低歌道：

　　懒换春衫昼掩扉，看花几度泪沾衣。

　　别时罗帕空留箧，只看雕梁双燕飞。

　　歌毕，申屠丈道："音虽下里，不及阳阿薤露之曲。然郎君工于染翰，愧无珠玉，以宠斯伎。"钱生不能推却，乃口占一绝云：

　　仙洞双姝云剪衣，能歌玉树使人迷。

　　娇音若在花边落，应遣流莺不敢啼。

　　申屠丈连声赞赏道："佳作佳作，所愧二女子，歌匪金缕，有辱郎君口吐夜珠。"乃令二妓复以巨觥送酒。钱生以妓女立近身边，羞涩不能即饮。红绡妓乃高捧金卮，向着钱生嘴唇一灌而尽。

　　申屠丈亦搏髀高歌曰：

　　朝出去兮访丹丘，暮归来兮月满楼。烟波浩浩兮山万里，家四海兮任遨游。

　　申屠丈歌毕又问钱生道："清歌寂寥，不足以为娱。欲作舞剑之戏，郎君愿观之乎？"钱生道："愿乞一观。"只见申屠丈取出宝剑一口，掷在空中，其剑自能回旋飞舞。倏又化作二剑，一舞于左，一舞于右。舞不多时，二剑又相凑而舞，作斗格之势。须臾又变作六七剑，剑剑自舞。而有时往来间杂，无限错综转折之妙。但觉寒光闪闪，悲悲凄凄。既而舞毕，仍是一剑在空。紫绡妓徐徐以手接之。于时，日转西轩，暮霞零乱。钱生以不胜杯酌，坚欲告辞。申屠丈道："归路甚远，亦不敢强留。只是区区天下有心人也，他日郎君或有缓急，不妨谋诸我。"钱生道："仰辱厚谊，敢不服膺。只是老丈留在敝郡，可以不时奉候。万一行旌别指，则山川间之，何以图晤？"申屠丈道："我明日便一帆遥指武陵，将渡钱塘，或走山阴、会稽、或探龙湫雁荡，果是行踪未定。但郎君怀一欲见之意，自有会期。"钱生遂即起身谢别。申屠丈送至中庭，复问道："郎君年将弱冠，未审雀屏曾中否？"钱生摇首道："尚未受室。"申屠丈道："以子才貌双全，簪缨华裔，岂患无佳配哉。然而姻缘前数，只在赤绳一系。吾闻玄妙观新来一梅山老人，能以神相知人过去未来之事，吾子何不竭诚投谒，以卜前程。则姻事功名，一言可以了了。"钱生连声应诺。直至门首，各道珍重而别。抵胥门，已昏暮矣。

　　钱生少处书帏，未尝亲近美色。那一日，一见歌妓，不觉神魂飘荡，几不自持。明日会着崔子文、李若虚，告以所见，遂偕往访之，则已门房扃锁。询子邻居，皆云彼原僦居一月，今早已迁移他去矣。三子遂怅然而返。逾数日，生复邀崔、李同往玄妙观，谒见梅山老人。那老人，苍姿白发，骨格清奇，巍然四皓之侣。钱生备陈求相之意，老人即便先看崔、李，口中啧啧道："二足下神清相旺，甲科无疑。但目下文战未利，一交眼运，必然高捷。"以后相到钱生，老人吃惊道："这位钱兄，自然也是甲科了。只是目下就有一场灾险，老夫意欲直陈，未知可否？"钱生道："君子问灾不问福，但请老丈直言，切勿隐讳。"那老人不慌不忙，说出几句话来。

管教：

未来休咎姻缘事，只在神奇一相中。

毕竟老人说出什么话来？且听下回分解。

波澜曲折，文亦有空中舞剑之妙。毕竟是慧心人方具慧眼。若崔子文，便与店主何异。

第二回

秋烟婢两度醉春风

诗曰：

别有柔枝惹断肠，春风暗里惜垂杨。

花荫略做鸳鸯偶，裙底深闻酱醋香。

蹑足轻轻投绣带，残更悄悄赴西厢。

心惊只为愁狮吼，几度叮咛莫显扬。

这一首诗，单道那偷婢的妙趣。常言道，妻不如妾，妾不如婢。这是为何？盖因人家有了美貌的侍儿，其妻妒悍的，则不敢偷。不妒的，亦不必偷。唯是妒不深而醋意亦复不浅，于是灶前廊下，潜窃口脂之香，捧水传茶，轻摸酥润之乳。欲近而不敢近，欲抛而不能抛，暗丢眼色，巧觅私期。较之长夜同眠，无人拘束的，更有情味。况且人家美婢，原不可少。假如有了一个美妻，又有几个美婢跟随，转助其美。就如牡丹，有了娇花，必须绿叶。所以郑康成家，有掌笺奏的青衣。白乐天有樱桃樊素口，杨柳小蛮腰之咏。闲话休提。

且说梅山老人，先相了崔子文、李若虚，然后相至钱生，却说道有些灾难。钱生再四恳求直言，老人道："细看尊相，必然是少年登第。但气色昏滞，主有非罪之灾，幽闭图圄。虽不久就释，要满七七之期。此后更有客途一厄，虽不致损害，也有一场天大的虚惊。自此稳步云梯，渐入佳境。然看足下今日来意，不特问那功名，兼且为着内助。据观尊相，应有三位贤美夫人。初求甚难，后亦甚易。尚当宽缓岁月，直待高中之后，方得完姻。吾有八句俚言，子须牢记，他日自有应验。遂取小笺，提笔写道：

青年科第，文章率然。

彼有淑女，遇珠则圆。

雨花庵里，桃叶渡边。

若逢四九，返尔林泉。

写毕，付与钱生，连嘱保重。钱生便令从者，呈上谢仪。老人坚却不受道："且俟三君挂绿之后，然后领赏。"三人致谢离观，于路中，钱生问道："二兄以梅山风鉴若何？"若虚道："此亦相士套语耳，何足凭信。"子文道："九畹兄恂恂若处子，每日不离书馆，安得有危厄之事。即此一言，足征其谬诞矣。"钱生道："只怕人事不常，难以预定。"正说间，忽遇着同社陆希云，问其何往？希云道："敝斋前海棠盛开，今日特屈二兄，暂辍牙签，诗以赏之。顷造九畹兄潭府，遇尊价紫萧说，与崔、李二相公同到玄妙观去了。小弟因即步来相候。"崔子文道："赏花赋诗，正吾党胜事。但有费主人物料奈何？"钱生道："明日便是小弟治馔。"希云道："然则明后日又轮到崔、李二兄了。"说罢，四人皆大笑，随即同诣陆子斋头，看那海棠花。果然夭艳无比。子文道："一睹此花，宛若西子在前，太真复出。"钱生笑道："不意范大夫载去之后，李三郎杨浴之余，复受仁兄清盼。"希云道："海棠虽好，尤赖三君名士赏鉴。"若虚道："有此名花，就该有贤主人了。"调笑未毕，酒肴已备，即设席于花下，四人传杯换盏，极尽欢噱。希云道："清饮不足以展怀，乞崔兄行一口令。"子文道："我要海棠诗一句，中有一个花字。"即举杯饮尽，念诗一句云："只恐夜深花睡去。"若虚道："要罚三大杯。"子文不服道："弟乃令官，岂有受罚之理。"若虚道："遇知己，赏名花，可无佳令，乃效村学究所常道者，岂不该罚。"崔子文大笑，乃把杯连饮三爵，既而分韵赋诗。酒至半酣，希云道："青楼中，近有一仙人谪下，三兄亦曾相闻吗？"三子道："不知也，乞兄为弟辈言之，其色艺何如？"希云道："那个妓女，年方破瓜，其容色姣媚，固已远出寻常。加以诗画棋琴，无不妙绝。虽门前之流水接轸，而矜色自高，罕有得其回眸一笑。我辈虽是酸措大，岂有名花在前，不为品题，以作片时之乐。"若虚道："兄言及此，使弟情兴勃勃，便当订期一访。但不可与九畹偕行。"钱生道："岂以弟非韵士，故独见却之深耶？"若虚道："弟辈须髯如戟，若与玉山相并，不无形秽。弟恐洞中仙子，独垂盼于钱郎耳。"子文道："少年老成，莫如九畹。弟在十四五岁，即已情欲难遏。"希云道："钱兄家故多姬侍，安知无妖娆儿偷近郎侧。想那花荫月底，牡丹芽已拨动久矣。"钱生举杯道："今后有不谈席间事而涉于他事者，罚以巨觥。"时已日暮，移席斋中，后猜枚掷色，酩酊而散，将已更余矣。

老夫人因冒风寒，早已睡熟。候生归者，在外惟有老仆钱贞，书童紫萧，在内惟秋烟诸婢。钱生进入卧房，未及呼茶，秋烟即以橄榄汤双手递至。盖群婢中，惟秋烟善察人意，姿态尤媚。若绣琴，则如牡丹初放，非不妖艳，而肉质颇肥。若桂子，宛如秋水冷冷，素梅近雪而清瘦可怜。至于红叶，亦复身材嫋娜，秀发修眉，所少者惟躯肤不白。其余，若樱桃、彩霞，则色之最下，不堪入目矣。是夜，生已半酣，因在席上被崔李二君百般谐谑，引得春心难遏。及归卧室，值秋烟捧进茶来。见其双脸腻霞，手腕如玉，转觉欲火如焚，不能接纳。乃令群婢皆寝，独谓秋烟道："我今夜醉甚，不能即睡，尔姑留此，以伴我。"秋烟道："往夜官人醉即熟寝，独今夜不能即睡，何也？"钱生注目熟视，笑而答之道："往时之醉，醉于酒。今夕之醉，醉于汝。"秋烟道："语言颠倒，官人真醉矣。"钱生又问道："春色恼人，欲眠不稳，信有之乎？"秋烟道："在官人则有之，若奴辈无思无虑，惟恐玉漏相催，何不稳之有。"钱生道："汝谓睡不能稳，亦有说乎？"秋烟道："鸳鸯衾里，尚少一个粉掐就玉琢成的小姐，免不得捣枕槌床，岂能眠稳。"钱生道："今夜权以汝作小姐何如？"秋烟低鬟微笑，以手弄其裙带。钱生即忙向前搂抱，秋烟半推半就，低低说道："只恐柔枝不胜风雨。"钱生乃去其亵衣，抚摩之际，惟觉嫩蕊初枝，滑润如绵。于是银扣松开，奶胸全露，绣鞋高卧，纤指按腰。那管桃浪之翻残，一任灵犀之欢合。两意绸缪，不待言矣。钱生与秋烟之调戏也，群婢皆寝，独绣琴假寐而不卸衣。盖桂子、红叶，俱年十五，情窦尚浅。惟绣琴最长，而芳心已盛。往常爱生俊雅风流，实有仰上之意。是夜见生独留秋烟在房，不能无疑。乃悄悄潜立于纱窗之外，以觇其动静。及其阳台即赴也，遂于窗缝窥之。〔下省98字〕但闻帐钩摇响，笑声吟吟而已。斯时，绣琴已是十分情动，虽津唾屡咽，而裙裤之内，蔷薇玉露，浸溢于旁。只得和衣而睡，亦不能窥其雨云之毕矣。将至鸡鸣，秋烟与生重订来夜之期，潜归寝榻。至晓，钱生约那崔、李，共设席于陆宅，以答敬希云，兼不负海棠之盛。

　　方早膳毕，钱贞报说郑相公来望。钱生急忙整衣出迎，叙话良久。郑秀才道："近日有一名妓，来自维杨，年方二八，姿容技艺，件件皆精。所居就在胥门外。倘贤弟得暇，何不同去一访。"钱生因为有酒，约以异日。郑秀才又道："凡人读书，虽不可不用功，亦不宜拘拘然如道学腐儒，终日正襟危坐。当此暮春和煦，便是圣门的曾点。也有浴乎沂风乎，舞雩之兴。况在我辈。或囍囍，或琳宫，不妨偷闲随喜。惟在心有准绳，便不弃失正事。且以贤弟这样敏慧绝伦，亦不必埋头苦心，岂可以青年而便形如木偶。"钱生道："先生所谕极是。"须臾换茶，郑即起身别去。

　　原来这郑秀才，就是钱生的业师，讳叫文锦，字曰心如。虽有时名，为人奸诡异

常，见利忘义，专要诱人斗赌，却在内中取利，乃儒而小人者也。钱生自郑业师去后，因崔子文遣价频催，亦即赴酌。是晚，句联五字之奇，馔馨八珍之美。知己畅怀，亦不必细话。

且说秋烟姐，往常不情不绪，或停针凝想，或对月攒眉。虽是年及破瓜，亦为赋情特甚。自为钱生御后，不觉姿容愈媚，笑靥时开。惟有绣琴，心怀不足，乘间诘之道："往常，妹妹眉头锁翠，愁思居多。今日为何，说也有，笑也有？"秋烟道："忧乐乃人之常情，彼此异时，姐姐何消诘问。"绣琴道："我前日闻官人在书房中读书，口中频诵两句，道是，'有女怀春吉士诱之'。我不解书义问于官人，官人便解说道：'有女者，是有个女子。怀春者，是思想丈夫。吉士是文雅的郎君。诱之，是哄诱女子做那件勾当。'我只道是官人戏言，由今看来，信不差也。"秋烟道："想是姐姐芳心已动，故晓得不差。若妹子，年虽十七，并不知道怀什么春。"绣琴道："妹妹是个无思无虑、惟恐玉漏相催的，与我心动者原不相同。"秋烟知其讽刺有因，顿觉双颊晕红，面有惭色。绣琴道："我和你自小进门，情厚如嫡亲姊妹。谁料昨夜之事，便要瞒我。那晓得其间详细，我已悉知了。"秋烟道："岂敢瞒着姐姐，这样事我并无心，只为官人逼勒，没奈何逆来顺受。"绣琴道："姊妹是有福之人，所以主人见爱。但不知，此事果有趣否？"秋烟低了头，含笑不答。绣琴道："只我两人在此，又无别个，说亦何妨。"秋烟道："起初时，内中疼痛紧涩，甚是难禁。以后便略略有些趣儿。"绣琴道："这样一个风风流流、唇红面白的俊俏郎君，不知是那一个有福的小姐受享，却被你先尝了甜头，只觉太便宜了些。"秋烟道："既是姐姐十分羡爱，我今夜做个撮合山，也成就了你的好事何如？"绣琴斜觑了秋烟一眼，嘻嘻的笑道："我逗你耍，你便要拖人下水。只怕你也难舍。"两个调谑正浓，忽闻老夫人呼唤，遂各散去。

且说，当晚钱生赴席，因有秋烟在心，便以魏夫人染恙为辞，黄昏时候先别而归。却值老夫人病体稍痊，尚未安寝，只得进房问候。夫人道："汝终日看花觅友，饮酒赋诗，却不荒废了正业。"钱生道："儿亦懒于应酬，奈同社相邀，难以固却。"夫人道："既做了一个文士，那诗词歌赋，原不可不晓。但闻先贤未第之时，未尝不以举业潜心，孜孜矻矻，俾夜作昼，直待成名之后，方可寻章觅句，卿以养性陶情。今汝弃本务末，玩时贪日，措心于无用之地，不唯负尔母之训，而何以慰先人于地下乎？"钱生道："仰聆懿诲，敢不书绅。自今儿即杜门却客矣。"言毕，急欲抽身辞出。老夫人偏又留住，将那家务细谈，直到更阑，方得告归寝室，连声唤茶。秋烟心虽要往，惟恐绣琴嘲笑，反推樱桃捧进。钱生道："谁要你递茶。老夫人正要安置，汝等自去侍候，只与我唤那秋烟来。"樱桃便连声叫唤，秋烟故意慢慢的不动身。绣琴戏道："秋烟姐，不要误了良时，正所谓佳刻已到也，双双请上床。"秋烟道："姊岂无心，何独见谴。"须臾又闻催唤，方走进房。只见生已揭手浴脚，便要秋烟上床同睡。秋烟推拒不肯，钱生乃双手搂定道："汝岂怪我耶?"秋烟道："官人以千金之躯，即仕宦求婚，犹迟择而不屑轻许。今乃爱一贱婢，奴所虑者，惟恐隔垣有耳，使风声漏泄于老夫人知道，那时秋烟亦甘心受责，其如有玷于官人。"钱生道："我既作主，谁敢多言。即使老夫人他日知之，自有我在，决不致加罪于汝。当此千金一刻，你不要假惺惺，把那良时虚过。"遂即灭银灯，下绣幌，解带卸衣，共枕而睡。当晚云雨之情，虽鸳鸯之在兰苕，悲翠之在云路，不足以喻其欢娱也。钱生屡屡笑问何如? 秋烟娇声婉转，态有余妍，仍恐有人窃听，但点首而已。

且不说罗帐欢情，再表绣琴姐，无限春心，勉强展衾而卧。曚眬之间，忽遇生来。连呼道："秋烟，秋烟，我特来寻你。"遂抱住求欢。绣琴亦将错就错，不与分辩。刚赴阳台，又值老夫人走到，遽然而寤，乃是南柯一梦。惟见几上残灯，半明半灭，窗上月光射进，照见床头。孤衾寂寂，不觉长吁了数声。正是:

水簟敛床梦不成，碧天如水夜云轻。

雁声远过潇湘去，十二楼中月自明。

自此，钱生每与秋烟乘间邀欢，亦不必细述。只因魏夫人规责，果然闭足书窗。即有朋侪探望，亦托言他出。忽一日，陆希云遣使致书，钱贞知是社友，特为递进。生接书，拆开看云:

昨日花间良晤，足快千古。惜乎文旆速返，使花神寂寂，未免笑钱郎情薄也。游云青楼丽人，弟虽偶逢半面，然非佳公子，不足以邀其倾城一笑。特于翌午，煮茗焚香，以迓从者。牵伊绮袖，请闻子夜新歌；醉子霞杯，求吐青莲妙句。恐误芳辰，八行相订。届期颙俟，莫滞高轩。

钱生看毕，知道书中之意。就是前日席上所谈的伎女，但不知与那郑心如所话的，便是他否? 即忙写书回答。料因知己相招，不能推却。要知去访那伎女，果是如何? 且待下回，便见分晓。

妙在描叙欢情，偏以绣琴插入，遂添出无限光景。

第三回

访青楼誓缔鸳鸯

诗曰：

天津桥下阳春水，天津桥上繁华子。马声回合青云外，人影摇动绿波里。绿波清回玉为砂，青云离披锦作霞。可怜杨柳伤心树，可怜桃李断肠花。此日遨游邀美女，此时歌舞宿娼家。娼家美女郁金香，飞去飞来公子傍。的的朱帘白日映，娥娥玉颜红粉妆。花际徘徊双蛱蝶，池边顾步两鸳鸯。倾国倾城汉武帝，为云为雨楚襄王。古来容光人所美，况复今日遥相见。愿作轻罗着细腰，愿为明镜分娇面。与君相向转相亲，与君双栖共一身。愿作贞松千岁古，谁论芳槿一朝新。百年同谢西山日，千秋万古兆邙尘。

——右《公子行》

话说陆希云，置酒妓馆，适邀同盟诸子，故特致柬订期，钱生即写回书，付与来人去讫。毕竟是少年心性，见说是个绝色佳人，便不觉手舞足蹈，巴不得即时会面。到了次日，清早起来，假托文会之期，先向夫人道："昨承陆希云遣人相报，今日同社诸子，订在虎丘会文，晚间公分备酒，即于山房借榻，故特与母亲说知。"魏夫人信以为然，略不阻却。到得饭后，陆希云又遣价立等。只见钱生换了一套新鲜衣服，头戴唐巾，足穿朱履，飘飘然好一个少年英俊，不类何郎娴雅，胜如张绪风流。随即叫了紫萧跟去。正是：

未为折桂客，先作探花郎。

却说那妓女，原不是倚门献笑、涂脂抹粉的一流。姓赵，名素馨字曰友梅。鸨母叫做赵月儿。原是广陵角妓，因犯了一件没头官事，所以携家徙避苏州。这赵友梅，

年方二八，巧慧绝伦。言不尽嫋娜娉婷，真乃是天姿国色。既娴琴画，又善诗词，时人往往以薛涛相比。然在平康中较论，则友梅固是涛之流亚。若友梅心厌绮罗，性甘淡泊。譬知莲花，虽出于淤泥而纤埃不染，则又非薛涛之所能及也。自到姑苏，未及二月，只见车马纷纭，其门如市。然都是膏梁俗质，纨裤庸姿。每每叹道："向闻姑苏名郡，有多少才人贤士。乃今所见，不及所闻，岂以妾之命薄，故不能一遇欤。何为有才有貌，高情脱俗者，竟寥寥也？"盖其心，惟欲觅一意中人，以终身相托。不料事有凑巧，恰值陆希云作东，以延社友。当日，希云先至其家，友梅道："今日陆兄广陈珍错，所延的想必是知心契友，但不知佳客为谁？"希云即以崔、李二子对。友梅道："仅此二客已乎？"希云曰："更有一佳士，乃我同窗盟友。才如班贾，貌似潘韩，甚不欲令友梅得见，然叶已邀之矣。俟其来，当令子魂醉耳。"友梅掩口而笑道："是何等儿郎，能令予魂醉耶？弟不知贵社中，有个钱十一郎否？"希云道："卿何此之问？"友梅道："数日前，有钱君的业师郑心如者，偶在席间道及当今时髦，年少风流，惟有钱中丞之子。妾因而问其名字，并索其平日所作诗稿，蒙郑君录以见示。日来妾细味其诗，藻艳可拟梁隋，高旷不减李杜。观其诗，足以想见其人，故尔问及。"希云道："我所云佳士者，即十一郎也。不料卿亦如此羡想。然则今日之酒，竟为友梅而设。"友梅闻言，不觉嫣然一笑，喜形于面。遂重临鸾镜，梳刷云鬟。上身换了一领藕色花藕纱衫，内衬着大红绣袄，下着一条鸳绣罗裙，裙低下露出那窄窄的一云儿红绣鞋。真个是天生丽质，绝世娥眉。又立时焚了一炉好香，将泉水烹茶以俟。

未几，只见紫箫进来报说，相公已到了。希云即与友梅下阶迎接。进入客座，生向希云谢道："前飨贵厨，令人齿颊皆香。日昨复承华翰相招，感渥至矣。愧无一隽为答。"希云笑道："今日一舠，聊当胡麻饭，引入刘郎，以会仙子。"便指钱生，向着友梅道："此即卿所想念钱十一郎也。前日因诗而想人，今日见其人，又当想其诗矣。"友梅秋波一转，以袖掩口而笑。钱生道："初次幸逢，尚未曾询及芳卿姓字，又何从得见鄙人拙句？"友梅微启朱唇，低低答道："乃尊师郑心如录以见示。"言毕，即以阳羡茶斟满一盏，双手奉与钱生，而双目注视面上。钱生反觉羞恶，不能正看，惟时时偷眼而觑。两人在座，恍若玉树琼枝，光彩相映。少顷，延入侧边一室。只见明窗净几，潇洒绝尘。中间挂唐六如美人图一幅，几上放金线草一盆，博山内焚沉水之香，画屏前置菱花之镜；锦瑟在床，玉箫挂壁。以至文房器具，靡不珍美。看玩未周，友梅即以素缣索诗。钱生不加思索，援笔即书：

诗曰：

鸳绣绡裙八幅裁，香风飘起尽帘开。

赵家真个逢飞燕，疑是昭阳殿里来。

友梅道："君诗才敏捷如此，真名下无虚士也。只是蒲柳陋姿，忒觉揄扬太盛。"希云亦赞赏不已。钱生乃与友梅手谈。局完，友梅输了二子。直至日中，崔子文、李若虚方到，希云先出迎接。子文道："九畹兄曾来否？"希云未及答，钱生自侧边趋出道："恭候久矣。"友梅亦即出来，相见毕，希云道："二君为何来迟？"若虚道："偶与子文，有一贱事，因以仁兄雅命难方，兼以赵卿芳姿未睹，是以拨冗而来。"子文道："自与九畹花间一晤，悠焉半月，心之耿耿，一日三秋。"若虚道："两次造谒，阍者皆以他往为辞。弟因书凤于门，子亦见否？"钱生亦戏道："若佳客至，弟即倒屣。如李若虚，正当闭门不纳耳。"子文熟视友梅道："久仰芳容，果然名不虚传。"友梅道："到苏虽久，不意吴中之美，独有崔君。"正闲叙间，侍儿芳英，以松萝茶捧至。钱生正值口渴，一吸而干。友梅即以手中茶分半盏与生。若虚笑道："古诗有云'玉楼曾记闻香处，分得佳人半盏茶。'今目睹之矣。"友梅道："文因病渴，玉川七碗，水厄之多，文士皆然。"言未既，一人掀帘鼓掌而入。视之，乃清士中善吹箫的贾文华也。希云道："老贾一来，不患寂莫矣。"文华坐未定，即谈笑风生，引得满座捧腹。时已过午，肴果俱齐，于是几筵肆设，行令掷色，酒政肃然。已而令至贾文华，文华道："今日相知在座，胜友如云，何敢以俗令相混，贻诸君之一笑哉。仆吹箫人也，只索赵娘唱一套新时妙曲，请以薄技相助。"希云道："文华之言虽善，然必须行过一令，方敢请教妙音。"此日，友梅因九畹在席，加以崔、李数子，俱是风流人物，遂不推辞，唱出时曲《春闺怨》一套。贾文华便呜呜的吹箫相和。那友梅唱道：

《步步桥》：

门掩梨花，燕子重来了。鸾镜空留匣，春山久不描。罗袂生寒，晓风清峭。怨别已魂销，恨啼莺偏向纱窗闹。

《五供卷》：

鳞稀雁少，欲寄回文，水远山遥。凄尔琴瑟韵，折散凤鸾交，想你凌云虽赋，怎便得锦衣荣耀。只恐怕憔悴潘安鬓，空题司马桥，潦倒风尘，闷萦怀抱。

《江儿水》：

你那里得失浑难测，我这里深闺闭寂寥。全不记别时频嘱归须早，到如今几载无

消耗。凤城何处长安道，遍把栏杆倚靠。目断天涯，只见萋萋芳草。

《川拨棹》：

从春到，万千愁，只自晓。最难禁永昼清宵，最牵怀柳嫩花娇。撇瑶琴，炉香懒烧。只落得湿罗衫珠泪抛，湿罗衫珠泪抛。

《锦衣香》：

静幽幽帘栊悄，急剪剪风缠绕。这几时裙带频松，只为腰围瘦小。玉容拼得为君憔，还愁薄幸别恋红绡。向歌楼舞馆，只把那金钗买欢笑。因此忘归期，野花虽好，也须念操持井臼，怎便把糟糠撇掉。

《浆水令》：

一声声花边啼鸟，一丝丝烟拖柳梢，双双蛱蝶自相邀。可怜春色，虚度昏朝。空悒怏，归信杳，那知辜负人年少。白头咏，白头咏，朱弦断了。悔当日，悔当日，不阻征轺。

《尾声》：

红颜薄命，休把春风恼。要相会，除非梦里招。直待归鞍怨始消。

友梅唱得词句既清，音律又正，每一字几尽一刻，其声之杳渺凄婉，真能绕梁而遏行云。及唱毕，声音嫋嫋，犹不绝如缕。合座闻之，无不莞然颐解而赞其妙。若虚道："曲亦备尽闺中怨念之怀，即唐诗所谓'忽见陌头杨柳色，悔教夫婿觅封侯'之意。"子文道："填词雅丽，非俗笔所能，殆纳川、伯虎之流欤？"友梅道："非也，此乃金陵范公所作。"钱生道："范公乃敝年伯，今方莅任开封，虽娴于词曲，芳卿何自而得之？"友梅道："范公与斐司马有隙，被司马刻以政苛于虎，不协舆情，去秋即已解绶而归，尝过维扬，授妾以新曲十套，此乃十套之一也。"钱生怃然道："范公为人，正直清廉，到官只以琴鹤相随，颇有政绩，奈何中以苛猛，公论竟安在哉。"子文道："他老犹可，若近日，周老师蓼洲被逮，更觉骇闻。"希云见二子谈起朝政，遂以巨觥罚酒。钱生举杯饮尽道："仁兄见罚，敬如命矣。但闻友梅颇多佳制，愿再饮一卮，以乞妙音。"贾文华道："钱相公之言，最为有理。赵娘幸弗以珠玉而有吝色。"友梅道："妾于早春，偶制得《黄莺儿》一阕，倘不见哂，愿歌以佐觥。"众道："洗耳！"友梅乃唱道：

《黄莺儿》：

草未入帘青。嫁东风碧草新，一分春色三分恨。罗衣泪浥，蛾眉翠、颦幽心。只许梅花问，欲销魂。萧萧疏竹，窗外已黄昏。

友梅唱毕，一座莫不称佳。钱生道："词意蕴藉，字字清新，真所谓咳唾随风，无非珠玉。"时近黄昏，崔、李为着路远，起身先别。希云挽留不住，送至门首，崔子附耳而谓希云道："九畹兄年少风流，此烟花地，勿宜留之久坐，以惑其情。倘暮夜不能入城，兄当留归一宿。"希云道："尊教极是。"遂一拱而别。钱生与友梅，虽亦送出，然因并肩私语，及门而止。贾文华是个伶俐的人，即远远立在一边。但闻友梅道："今夕之会，信非偶然。虽曰墙花，愿言栖凤。"钱生点头唯唯。及见希云进来，遂各就坐，此时，宾主只得四人，无非谈锋相接，酒兵对垒。饮至更余，希云已是醺醺沉醉，甚欲与生同归。然看钱生，意不在酒，而有恋恋之色，但诵诗云："今夕何夕，见此粲者。"又见友梅屡屡以目送生，眷愿甚浓。亦哦诗以答生道："青青子衿，悠悠我心。"贾文华已会二人之意，乃谓希云道："今夕，才子佳人恰当为匹。想陆相公必然回宅，小子亦即告辞，容俟明晨，再当面会。"希云不得已，遂与文华向生作别。钱生欣然独留，即令撤席。又命紫萧寝于外室，携了友梅的手，同入卧房。但闻兰麝之香，袭于衣襟。至其床幔衾绸，俱是锦缎。生乃除去巾帻，卸下外衣。抱友梅置于膝上。越看其容，越觉美艳。抚其胸腹，柔滑如脂，肌肤洁白，莹然如玉。不觉神情摇摇，恍若游琼台而睹仙子。于是解含羞之扣，吹带笑之灯，以至云鬟横飞，星眸慵展。款款接唇，而玉腕轻挽；匆匆失笑，而香汗如珠。两情浃洽，非寸颖所能摹写也。既而夜分，钱生搂着友梅，问道："观子语言态度，颇有良家风范，胡为失身平康，抑赵媪亲生者耶？"友梅泣道："奴本良家子，姓宋，名唤云儿。父为仇家所陷，毙于狱中。母氏惊忧，亦相继而殒。妾时始年十岁，被恶督骗卖，以致堕落火坑，含污忍垢，迄今六载矣。妾每蓄从良之念，奈未获其人。即使裙布荆钗，心之所愿。若夫迎新送故，以歌舞取怜，则虽衣罗纨、味珍羞，非妾之素怀也。"言讫，泪如雨下，绣衾尽湿。钱生再三抚慰。友梅道："妾观郎君，不特丰容秀韶，抑且才情兼备，真妾向来所梦寐者。非不谅烟花贱质，不足以配君子，然愿得为小星，承侍巾栉。朝来一见，便怀此意。因陆君等在座，未敢唐突。顷蒙问及，辄敢剖臆披衷，又未卜郎君雅旨以为何如？"钱生道："辱卿厚爱，岂不知感。即以子为正室，予所愿也。卿是笼中之翼，我则堂有慈亲，恐事多间阻，则如之何？"友梅道："此亦不足为虑，惟在君子一言许可，使妾无主风花，忽因春而有主。则虽仍锁笼中，而此心有属，便不如飘飘柳絮，浪逐东西耳。即君奉命萱堂，而依依膝下，再谋婉转其垂慈。妾虽耳康被陷，而世不乏昆仑，不妨留心细坊，岂在一时。"钱生道："卿既欲作远图，予当孰思长策。若卿愿嫁我愿娶，谅有同心，不待言矣。"友梅听了，大喜道："蒙若订盟，则妾此身已为君之身。若遭坎坷，不得相从，情甘一死以报君，决不改移。"二人说得情亲，百般偎倚。这一夜，真是欢娱恨短，说不尽枕上深衷。正是：

只睹蛾眉已可怜，又加情态苦缠绵。

纵教铁石难张主，何况郎君正少年。

钱生与友梅，温存了一夜。到次日起来，犹依依不舍。钱生恐母亲查访，只得硬着心肠，别了回家。才到家，李若虚恐他留连妓馆，就来访问。钱生接着，遂将友梅待他情意甚厚，并说再三立誓要嫁他一事，因求计于若虚。若虚艴然道："兄乃伐阅门楣，岂患无名族闺秀。况春秋正富，急须努力芸窗，以取青云事业。何得留意狎邪，而堕其迈往之志哉。且吾闻剪发誓盟，乃媪家哄人之局套，子亦何愚而堕其术中耶。时在盟契，辄敢谔谔正言。吾兄其熟思之。"钱生默然不应，李若虚亦即起身别去。正在闷闷不悦，忽见钱贞传进一缄。接来视之，乃友梅所寄之书也。因即悄悄拆观，其书曰：

妾薄命，早失怙恃，以致变生骨肉，误陷风尘。莲性徒芳，素丝已染。虽紫塞之泣胡笳，犹不足以喻其玷辱。是以进前劝酒，何夕非悲；月下征歌，有声皆恨。袅箜篌于春夜，掩纨扇于秋风。于兹六载矣。所怅者，无价之宝易来，而有心之郎难获。岁月空淹，铅华欲褪。虽质等山鸡，曷敢栖栖以觅凤。然身非柳絮，焉能汛汛以随风。日者，仙驾惠临，洵乃天作之合。愿幸陪欢于杯酒，梦枕于阳台。复承佳公子锡之盟言，订以姻好。使章台之柳，足保长条，而合浦之珠，不愁群采。妾之鄙愿，足矣，毕矣。但楚烟犹虚，洛川仍回。我心匪石，决不琵琶之别抱。话言在耳，尚祈皎日之无违。惟是，数日以来，便觉相思填臆，心摇摇而若失，意怏怏以如痴。顾安得即睹耿光，以慰其离绪乎？数行如晤，聊奏微枕。一绝附呈，统希清照。

无限伤心岂为春，玉容消瘦只因君。

才郎不信相思苦，请验裙腰透几分。

钱生览毕，即唤来人，密语之道："本欲即写回书，因为心绪不宁，且待明日，自令小价持奉，烦为我转致赵娘，不必忧虑，只在早晚，当图面会。外酒银三钱，聊代一饭。"来人不胜欢喜，再三致谢而去。钱生再将来书，仔细看玩。只见紫萧进来报说："郑相公在外。"急忙趋迎，郑心如已踱到厅上，遂请入书房坐定。

中国禁书文库

合浦珠

那郑心如，满面堆笑，即问道："贤弟近来功课如何？今日可能少暇否？"钱生不待话完，即将到赵友梅家饮酒停宿，细细的述了一番。又将寄来的书，双手递与心如。心如接来，从头至尾，朗诵了一遍。便满口赞赏道："妙甚，妙甚。我前日原对贤弟说，此女才色双全，今看了这一封书，他的才情，也不在苏小、关盼之下。自古道，千金买一笑。又道是，不惜倾人城，佳人难再得。今贤弟所不足者，非财也，何不再去盘桓几时，然后慢慢的见机而动，谋为侧室？"钱生道："不肖正有此意，惟恐老母罪责，是以踌躇未决。"心如道："贤弟枉叫聪明，这样小事，便不能筹画。若以鄙意揆之，易如反掌。"钱生欣然问道："先生计将安出？"郑心如便如此如此，说出几句话来。有分教，欢喜场中，几惹出灭身之祸。要知其详，且待下回分解。

古来妓女，能具慧眼者，莫如红拂之识李靖，筑氏之识韩公。若赵友梅，一见钱生，便以终身相许，亦可谓女中丈夫。

第四回

陌罗网同窗急难

诗曰：

世风虽日下，友道未全非。

会社须同志，谈文自合机。

性情兰共馥，肝胆雪交飞。

试看扶危处，谁言管鲍稀。

却说钱生，心恋友梅，问计于郑心如。心如道："子所虑者，惟在老夫人拘管太严。然而，内外各别，易为掩蔽。只说以虎丘肄业为名，请于尊堂。倘或不允，子又说之道，在家读书不如到虎丘去，其便有三。在家不无闲事缠扰，到彼山房闲寂，则性静心专，其便一。在家宾客往来，难以峻拒，到彼则离城路远，不致俗客相扰，其便二。在家孤陋寡闻，学问安有进益，若到彼则与同社商论经史，彼此磨砺，其便三。如此委曲细陈，则尊堂必然首肯。然后觅一心腹之仆，叫他随去。"郑心如说到此处，便呵呵大笑道："那时节悉凭贤弟眠花卧柳，累月经时，又何患老夫人之罪责哉。"钱生道："先生之言良是，但恐拙友来访，说出不在虎丘，又怎么处？"心如道："此亦甚易，君家管门钱老，做人小心可托。贤弟只须以心曲告之，令他善言回复，便不致漏泄了。"钱生听说，不觉满心欢喜，遂留了酒饭，心如自作别而去。到了明日，悄然备下花妙二疋，玉簪一枝，金扇二把，并取金笺一方，写书以答友梅。书道：

记得前夜与卿相会，恍若临月窟而睹嫦娥。笑语生芬，鬖鬖流艳，使人尘心顿去，而不觉沾沾色喜。想卿乃是阆苑仙姝，自合仙郎作匹，何独眷眷于侬，即以终身许委。卿真有情哉。惜乎，鄙人未获以金屋贮卿耳。归来，兰麝之香犹满于衣袂。念及灯下娇波，帐中巧笑，每夜梦魂栩栩，又未尝不绕卿床褥也。日昨捧接瑶笺，兼获佳什，真字挟飞霞，句含芳芷。展玩未终，鹊脑愈深矣。想在望前，即图面晤，以罄种种。惟卿加餐自爱，弗致花容憔悴为幸尔。外具色绢二端，玉簪一枝，画扇二柄。物虽轻渺，而意实殷殷。惟卿一笑而留，佩爱不浅。并踵韵奉答，以伸鄙私。

见说伤心不为春，因侬憔悴更怜君。

孰知寂寞书窗下，我已相思有十分。

钱生写讫，即时缄封，暗着紫萧送去，随即向魏夫人说知，要到虎丘读书委曲，备言，社友相拉的缘故。魏夫人果然依允，只有秋烟姐闻知，心中怏怏，又不敢阻却。钱生又对管门的钱贞，说明心事，嘱他善于回复，并要瞒着夫人。那钱贞只要奉承主人欢喜，有何不肯。过了两日，钱生便令紫萧收拾书箱行李，并唤钱贞之子钱吉跟随，又令紫萧约会了郑业师。话休繁絮。

且说那郑心如，晓得事已妥当，先一日走到赵家，向赵月儿备说钱公子家私巨万，况年少不谙世事，可以哄骗。汝等只管设计需索，我在中间吹嘘。倘哄得银两，十分之中，我要三分。赵月儿听说，不胜欢喜，连声应诺。这正是小人局套，不必细谈。

且说赵友梅，自接了钱生的回书，便悬悬相望。一日，晓妆初毕，只听得窗外鹊声喧噪。友梅暗暗祝道："喜鹊喜鹊，倘我与钱郎，果有姻缘之分，你便连叫三声。"那鹊儿果然不多不少，叫了三声，即便飞去。友梅心中十分忻悦，正要换一件玄色罗衫，忽闻侍儿报说，钱相公来了。友梅慌忙出迎。相见方毕，恰值郑心如亦到。心如料想，二人要说句衷肠话，便捧了一杯茶，自到庭中，看玩金鱼。生与友梅，果然唧唧哝哝，把那衷曲细谈。时已午后，赵鸨速忙整治酒肴款待。郑心如西向而坐，生与友梅，并肩东向而坐，赵月儿打横相陪。四人笑语谐谑，直饮至更阑，方才席散。是夜，旬有三日也。月色溶溶，幽辉半床。二人解衣就榻，行云雨之情，更深于曩夕。一则得谐前约，不觉芳兴之甚浓。一则幸续新欢，自然眷怀之愈炽。譬如鸾凤之倒颠，雎鸠之戏狎。鬓云腻枕，香汗沁衾，缠绵彻夜，喜可知也。既而天晓，起来栉沐。友梅先为钱生挽发，整好巾帻，然后解开云窝，照镜梳掠。钱生亲为刷鬓，又以黛螺画了那纤纤的翠眉。梳妆已毕，遂并着香肩，坐于碧纱窗下。忽见蔷薇架上，飞来两个鹊儿，连声噪响。钱生戏以青梅抛去，友梅急止之道："此灵鹊也。"即以昨日暗卜之事相告。钱生道："灵鹊虽能报喜，然今日得与卿卿相会者，乃郑先生之力也。"友梅道："君以尊师为何如人？"钱生道："笃实君子也。"友梅摇首道："不谓君相与甚久，尚未知其品行。以为小人则然，以为君子则妾未之信也。"生愕然，惊问其故。友梅乃以郑心如向鸨母所云，一一为生述之。钱生性极躁直，一闻其言，便即快快在心。自此郑心如来，相待之礼，比前疏简。每有事用，友梅开口，无不依允。若心如在旁赞劝，便坚执不从。然心如亦未知生之罪己也。过了数日，钱生买得花罗数端，心如极口赞妙，意欲秋风一定。而钱生佯为不知。又一日，要买龙泉饼，连呼钱吉，而钱吉他往。心如道："何不便差紫箫？"钱生道："他年少不谙世事，只恐被人哄骗。"心如默然久之，自思此言，必有来历。然别无他人，意必友梅所谮。心中愤愤，便欲寻计中伤，自后留在心上，冷眼看生待他何如。但觉语言动静，种种俱有嫉憎之意。遂勃然大怒道："畜生无礼，我必有以报之。"不料钱生合当有事，那一日忽值裴公子来访友梅，正是：

　　情疏能取怨，乐极却生悲。

　　那裴公子是谁？是现任兵部尚书裴汝恒之子，裴玄。其年天启丙寅，正值东厂太监魏忠贤盗弄国柄。当时朝绅，党附为奸者，亦难枚举。内中单表两个，一个是金陵人氏姓王号叫梅川，与钱中丞乡会，俱是同年，现任太常寺少卿。因丁母忧，未曾起服。一个蓟州人氏，就是大司马裴汝恒。单说汝恒之子裴玄，目不辨丁。因试官受嘱，已曾领过乡荐。于是，苏州抚台姓狄，讳叫鹤雏，亦是忠贤门下，与裴司马相厚。故裴公子特到姑苏，要打抽丰，在此盘桓日久。闻得赵素馨，才貌双全，乃青楼中第一个人物，因此特来相访。恰值友梅立誓要嫁钱生，意在情浓之际，怎肯出来接见。赵鸨月儿，亦因钱生挥金如土，也不愿那友梅出见裴公子，便再三辞却："小女卧病在床，不能起身。倘大爷未即返驾，容俟病痊，即当迎请。"

　　那裴公信以为然，只得有兴而来，没兴而返。却欢喜了郑心如，正中机怀，访知裴公子寓所，在城隍庙东房，即时别生回去，写了一个晚生名柬，直到裴寓晋谒。那裴玄，因为自己学问空疏，专喜与名士往还，故心如投刺，彼即欣然接见。叙话中间，心如以言挑之道："近日敝郡迁来一个淮扬名妓，唤做赵友梅，乃是天下绝色，未审尊旅无卿，亦尝物色否？"裴玄道："学生亦慕其名，适才相访，却值赵姬抱恙在床，竟不及一面，可谓无缘之极。"心如只是微笑。裴玄道："足下笑而不言，却是何意？"心如唯唯欲言而止者三。玄诘问不已，乃答道："彼言有病者，谬也。只因敝郡有个钱生九畹，与友梅绸缪相爱，故不以台从为意，而诳辞以病耳。"裴玄道："只恐所闻未确？"心如道："顷因遏访，亲见友梅博奕于后轩，岂敢道听而途说。只为钱某即是晚

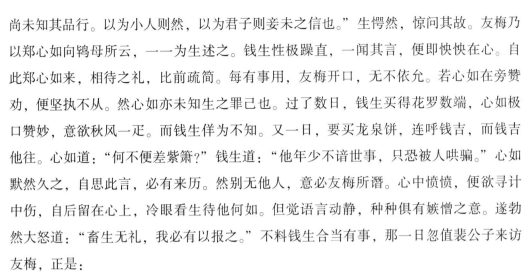

生愚徒，所以承问，而不敢即对。"裴玄大怒道："那贼娼妓不知有几颗头颅，敢于哄俺。只是钱某，也有耳目，岂不知苏州有一裴生耶？乃敢妄自占据而欺蔑如此。俺决不能默默无言。"心如道："偶尔谈及，不意有触尊怒，反是晚生得罪了。"言罢，即告别而去。

却说裴玄，到了次早，写一个待生帖子，答拜心如。遂出胥门，往赵友梅家来。怒悖悖走进客座，那些豪奴悍仆，不住的大呼小叫。吓得赵鸨战战兢兢，不敢出头。明知有人挑唆是非，只得央生从后门而出，反向前门进去。那裴公子怒声未绝，忽见钱生缓缓的踱进来，仪容秀雅，衣冠济楚，也便霁容相见，揖逊而坐。钱生假意问了姓名乡贯，裴玄亦即询问家世。钱生道："晚生姓钱，贱字九畹，先考钱某，与金陵王梅川老叔，乡会俱是同年。"裴玄连忙打拱道："原来令先尊即是钱老先生，与王梅老既系年家，便与舍下，也是通家了。乃未及一通名字，罪极罪极。"钱生道："晚弟忝在东道主，尚未及烹伏洗垒，以享从者，罪亦不浅。但此间乃乐地也，想兄翁此来，欲从桃花扇底以听宛转之歌耳。乃观尊容，反若愠怒何也？"裴玄道："叵耐赵鸨，以病诓辞，不肯接见，因此小弟十分着恼。"钱生道："闻说赵姬有恙，故今日某亦便路相问。料想妓家所慕，惟在金帛。虽庸俗之士，犹不敢抗违，何况贵介如翁兄。彼惟恐邀之而不来，讵有来而饰辞相拒之理。此必有人不悦赵姬，故成是贝锦耳，望乞兄翁息怒。"裴玄笑道："有人还说是吾兄钟爱，所以避客。"钱生喟然道："人之讹言，洵可畏也。不惟诬赵，而又无端媒孽及某，殊不知墙花路草，岂区区所能专主。自非兄翁明鉴，使晚弟几亦开罪于门下矣。"那裴玄毕竟是北人性直，见生剖辩有理，便觉十分之怒，已去九分。然而欲见之意，必不能却。于是友梅做装病态，云鬓不整，毁容易服而出。然其妖冶之姿，终不能掩。裴玄亦不住点头称美，唤过从者，取银五两，付与月儿备酒。钱生固推不肯道："今日自然是晚弟治酌，少尽地主之情。"

有顷，酒肴毕备，方欲送席，只见郑心如亦至。那心如此来，却是为何？他只道裴公子有些举动，好在内中取事。不料二人反欢若旧交，呆了一会，只得勉强与酌。是日，席上惟裴玄与生举觞连饮，谈笑自如。郑心如酒量虽宽，反觉踧踖不安，面有惭色。友梅则佯推腹痛，双眉皱绿，不发一言。酒行数巡，钱生道："今日幸遇兄翁，不意友梅抱恙，致令宾主郁郁，无以尽欢。鄙意欲乞兄翁作诗一律，以纪今日之会。家师与晚弟少不得搜索枯肠，以博大方一笑。"那裴玄，虽然是个举子，原来腹内空虚，并无半点文墨。见说做诗，口中虽勉强应道是是，不觉耳根涨红，心下十分着急。

乃斜靠椅上，低头不语。钱生虽是思索诗句，忙唤紫萧捧过文房四宝。裴玄提笔在手，多时不能下。只见面如土色，摇头闭目，口内不绝吟哦之声。心如也不思索，但含笑而已。生不能待，先援笔一挥而就。

诗曰：

翠帘窗纱竹荫垂，流风入座展幽思。

兰亭可惜徒清咏，金谷何须羡异姿。

燕子在楼名岂盼，捧心有恨姓疑施。

最怜彩袖香初细，欲把霞杯劝酒迟。

钱生吟毕，先送与裴玄请教。裴玄道："钱兄自是目牛游囗，弟辈小才，何敢望旆。"乃援笔写了数字，须臾又涂抹了。复写，写完又复涂抹。足有两个时辰，方成四句，笑谓生道："小弟平时做诗，也是敏捷的。不意今日多饮了几杯，诗兴便干枯了。虽不辱命，只得半篇，聊以博笑而已。"乃先送与心如看过，然后递生。生接来视之。

诗曰：

东风荡荡吹柳枝，诗不成来仔细思。

座上如花一块玉，酒中不语几番痴。

钱生朗诵一遍，假意赞道："绝妙好诗，不减盛唐绝句，真所谓好物不须多也。"此时，友梅亦忍笑不住，只得以袖掩口，假作腹痛之状。钱生又问心如道："先生何为辍笔？"心如道："共探骊龙，吾子先得其珠，可谓出于蓝而深于蓝矣，使我何能措咏。"原来郑心如不是不能成章，因见裴玄是个曳生之士，惟恐诗成，使他抱愧，所以假托不能。明明是奉承他的意思，正是极奸极巧之处。闲话休谈。

且说当晚，裴公子甚欲停宿，因见友梅滴酒不饮，还认是真疾。到了黄昏时分，即起身回寓。友梅见他去了，方才放心。略饮数杯，与生安寝。一夜无夜，只有郑心如，回到家中。怏怏不快。踌躇了半夜，心生一计。到次日清晨，又诣裴寓求见。裴玄道："郑心老清早应监，必有所谕。"心如道："愚有一言，愿得效忠于左右。惟恐执事讶其交浅言深，那不知者，又道是背后谗潜，是以口将言而嗫嚅。然未知台意，亦欲相闻否？"裴玄急忙问道："足下所言何谓也？"心如道："便是那钱兰的小畜生，虽系愚徒，其实气傲可恨。日昨席上，强逼要人做诗，无非卖弄自己学问，却又洋洋得意，毫无师长在目。至于友梅，何尝有疾，偏令其假扮病容，以欺侮从事，使人心中实觉愤愤。"玄恍然而悟道："君言是也。我一时昏昧，被其所卖。"心如道："此犹事

小，他曾拜从在周蓼洲门下，原是东林一党。前蓼洲被逮进京，他买舟送至无锡，作诗相赠。有'欲请上方剑，斩取佞臣头'之句。"裴玄听到此处，不待话完，即勃然大怒道："那畜生如此放肆，若不杀之，何以雪我之恨。"心如道："耳目甚近，愿轻言些。"裴玄道："我岂惧一孺子者哉。"乃与门客谷期生商议。期生道："要处置他，亦有何难。只消把周顺昌招攀为由，如此如此，他便不能够活了。"玄大喜道："此计甚妙。"遂写一书，送与宗师。又进见狄抚台，说是顺昌口供，乞详究其事。抚台即时批下牌来："仰苏州府速拘钦犯钱兰，审明解报。"

一日清晨，钱生方在梳洗，忽见府差四个，朱笔拘提，吓得生与友梅，面面相觑，好似半青天打了一个霹雳。正是：

长虽缧绁非其□，伯寮之诉如奈何。

却说李若虚，自别生后，终日在馆读书。忽一日有事，经过胥门，即往钱宅相探。钱贞回说："家相公到云间访友去了。"若虚半疑半信，怏怏而回。过了旬余，又值便中诘问，钱贞回说如初。若虚心下狐疑，自想道："我前日虽是语言太直，拂了他的意思。然亦是忠告善导，岂九畹以此憾我，故令阍者诳辞耶？"正在自言自语，只见崔子文疾趋而来。若虚迎住道："崔兄何往？"子文喘息定了，方才答说："要去会九畹兄。"若虚道："有何事情，吾兄这等急遽？"子文道："兄还未知，钱九畹已被宗师发下宪牌，仰学除名。顿承李正斋老师相唤，故小弟得知其详，未审吾兄曾晤九畹否？"若虚大惊道："小弟两次过坊，那管门的老钱，俱以松江探友为辞。今忽有此奇祸，弟与兄再去问个明白。即不然，请见钱老夫人，报知此信。"子文道："甚善，甚善。"二人即诣钱宅，寻见老钱。老钱照前回答。子文正色道："我二人此来，非为别事，因你家相公被宗师发牌仰学，已把前程革去，竟不知犯着何罪，为此特来相探。既不在家，烦汝通报老夫人，说我二人有事求见。"钱贞听说，惊呆了半晌，只得吐出真情。若虚道："既如此，我们且去会了九畹，便知分晓。"即离了钱宅，取路向赵友梅家来。未及里许，遇见紫箫。忙问道："相公何在？"紫箫道："家相公在赵友梅家，今早忽被府差拘去，到得府前，又值太爷退堂，不问情由，竟把家主下了司狱司了。故家主特遣小人报知各位相公。"二人听罢，惊得面色如土，竟不知所以得祸之由。遂同至李若虚家下，又细问紫箫："初至赵家，何人陪去？以后又与何人往来？"紫箫便以前后事情细诉一遍。子文沉思半晌方悟道："是了，是了，那郑心如原是衣冠禽兽，此必求谋不遂，即挑弄是非，而鼠牙构讼，则发难于裴玄耳。"又问："相公进狱，曾有使用否？"

紫箫道："家主带去资用已匮，幸得赵娘把私蓄五六十金，凡衙门上下，狱官禁卒，俱已纳贿。顷小人来时，赵娘亲到狱中探望。"若虚欢道："妓女有情，亦不易得。"又谓紫箫道："汝未可回去报知老夫人，俟我等会了陆相公，另有区画。尔且再去狱前，会着钱吉，察探消息何如，即来回复。"紫箫应诺而去。二子正在商议间，陆希云已到。毕竟陆生来有何议论？果能救得钱生否？姑俟下回解说。

钱生能识一申屠丈，而不识一义师。失之于前，而疏之于后，是乃取祸之道也。

尽态极妍。

中国禁书文库

合浦珠

第五回

蠢头颁枉寻风月

诗曰：

相见无日期，相思几时歇？罗帐不同欢，纱窗空待月。过船决不抱琵琶，谁言妇性如杨花。君不见，赵娘一诺重丘山，至今贞操令人夸。

话说陆希云一到，崔、李即问道："兄亦知九畹被陷了事吗？"希云道："顷闻自紫萧，弟即往府前侦察，原来是裴苏州为着友梅之故，恨及九畹，故搜出蓼老口供，面见抚台，抚台即着太尊究问。弟恐中祸已深，卒难排解，二君何以策之？"子文攘臂而起道："既在同盟，便宜赴汤蹈火，以急其难。若逡巡畏缩，首鼠两端，非丈夫也。"若虚道："弟闻中丞公与白下王梅川，是同年同门。今梅川亦在魏家门下，与老裴至厚。意欲烦希云到彼一往，倘求得王太常一书，则事当冰解。"希云即起身作别道："小弟今晚便行，只是在城事体，两兄须要主意。"若虚道："兄自做兄的事，弟辈自做弟辈的事。"希云既去，子文道："弟亦别兄返舍，即遣小价报知合社朋友。兄于今晚，亦须写好公呈二纸，明日辰时，俱在府前相会，一齐进去，求恳府尊。"若虚道："既如此，弟当约了舍侄辈，明晨准在府前候兄。"原来钱九畹时望甚伟，兼以李、崔首倡，不论府学、县学、相知不相知，到了次早，在城秀才，无不毕集，约有二百余人，乃进见陈太尊。太尊推托："上台批发，本府不允专主。"众人又一齐去求禀狄抚台，抚台看了公呈，不肯批准。子文挺身向前道："生员钱兰，力学好古，士行无玷。今乃以莫须有之事，而罗织以不可测之罪，致使众论汹汹，莫不切齿不平。伏乞祖台，为朝廷惜士，超豁无辜，恩均覆载。"抚台道："钱生既系冤诬，日后自当宽宥。尔诸生何须群吁。"子文道："昔孟轲有云，无罪而戮民，则士可以徙。况今无罪而陷士，某

等实切寒心，岂能袖手旁观，不发一言，以彰公道："狄抚台见众论哓哓不已，厉声道："钱兰既到官，其曲直自在官矣，诸生何必强辩，以取抗法之罪。独不见颜佩韦之事乎？"若虚道："前时蓼洲被逮，犹奉圣旨。况击死官旗，故佩韦不免于难耳。若今日之事，惟在祖台犀照，便彻覆盆。况生员等既为公举，虽碎首殒身，有所不畏，又安知以佩韦为鉴乎。"抚台见众论不屈，只得准了公呈。子文等遂叩谢而出，复向众朋友，一一致谢毕，自与若虚到司狱司，问慰钱生，不消细话。

再说郑心如，探知钱生系狱，十分中意，乃以探信为由，直至狱中，对着钱生道："贤弟无辜被陷，惜我绵力，不能代控奇冤。然观裴孝广主意，不只为那友梅，因闻贤弟家道殷实，故有此举。目今若得三百金送他，在我身上，足保无事。"钱生叹道："身陷狱中，家母处尚无消息，又何从措办此银。"心如知事不谐，即往赵家说，友梅道："钱老夫人，以诱惑恨卿，裴公子复以装病见罪。裴之势焰卿所知也。若能与我三十金，则我以二十两，密赂裴之门客谷期生，方免不测之祸。其十金，则以委嘱钱之僮仆，庶无驱逐之忧。不尔，则祸不旋踵而至矣。"友梅知其设心诳骗，乃谢道："承君雅念，为妾深谋。第妾自钱郎被狱，方寸已失，惟冀彼之速脱，又何暇虚及于斯。"心如乃艴然而出。于中路，遇着卖花妇梅三姐，郑向所狎熟也。因询其何往？梅三姐道："偶进胥门耳。"心如道："胥门内钱秀才，彼妓女赵友梅局骗不遂，暗唆裴公子讼于都堂。都堂即着本府拘审，今监禁在司狱司，已一月余矣。汝往来其家，曾知之否？"梅三姐大骇道："十一相公自在虎丘读书，那有此话。"心如道："千真万真，我岂戏言。"梅三姐一闻此信，进得胥门，如飞的走入钱宅，报与老夫人知道。

原来钱生在狱三十九日，那钱贞每日虽到狱中讯候，却瞒着老夫人。家中大小，虽或相闻，俱被老钱致嘱。兼以未知的确，亦不敢轻易乱传。不料那日，梅三姐却把郑心如所话，备细说出。吓得老夫人冷汗淋身，半日不能开口。急忙唤过钱贞诘问，钱贞不能隐匿，只得支吾说："初去时，俱是郑心如诱引，以后惹祸之由，老奴尚未知其详。"老夫人便把钱贞痛骂了一场，却又放声大哭。秋烟姐在旁也不住泪如雨点。梅三姐与绣琴诸婢，俱来劝慰。老夫人收泪，向梅三姐殷勤致谢。又唤过钱贞道："先老爷在日，待汝不薄。及临没之时，又再三嘱托，抚我佳儿。今乃通同诱引，酿此奇祸。倘幼主少有差失，虽碎割汝肉，不足以偿我之恨。"钱贞亦低头含泣。夫人又道："别样官事，亦不足为虑。岂不闻炎上之势，虽杨左诸君，犹陷于罗网，而况于孤儿寡妇乎。吾且问你，经今月余，只管弥缝不露，将幼主沉于狱底，作何了局？"钱贞道：

"皆赖崔、李二相公出冤揭，动公呈。若奶奶要知端的，除非请来一问。"老夫人又即着人去请崔、李，又以祸起于赵友梅，便着钱贞唤集僮仆一十余人，赶到赵家斯闹，驱逐他即刻去。那些家僮，巴不得有事，奉了主母之命，少不得哄然蜂拥而去。不题。

却说崔、李请到，坐在前厅。老夫人于屏后道谢扶救之力，并问事体若何？崔、李便将前后事情，备说一番。因贺道："恭喜佳郎公出狱，只等抚台病痊，即日无事。但细查祸之所起，皆出于郑心如。俟九畹事平，晚侄辈还要约齐同杜，鸣鼓而攻之。"老夫人道："此皆不肖子自贻伊戚，兼老身失教之故，于心如何尤。"遂具酒饭款待，二子略饮数杯，即辞谢而去。

原来钱生得脱狴犴，因清客贾文华，前在赵有陪饮之后，生赠以数金，贾甚德之。其后贾与裴玄，一面即契，留在寓中。一日闲话，偶及友梅之事，贾文华为生辨剖甚悉。且言疏财好友，做人温裕谦恭，亦兹不曾拜从蓼洲门下。玄闻之，颇悔轻信心如，又值崔子文私赂门客谷期生，期生乘间屡白其冤。于是玄有宽释之念矣。无何，陆希云求得王梅川书至，书中剖悉谆谆，词音恳切，玄乃致书抚台，令其宥放。不料生之厄运未满，狄抚台忽然患病匝旬，及至发牌仰府时，又多了十余日。钱生既释，崔、李、陆三子，俟立于道左。相见之际，悲喜交集。屈指在狱日期，恰好四十九日。忽想起梅山之言，喟然而叹道："梅山老人，信神人也。"三子亦各嗟异而别。须臾抵家，老夫人预置一杖，俟生归。当挞之数十。及见生容颜憔悴，手软不能杖下。惟跪而责之道："尔母德凉，虽不能比数于三迁、画荻之训，然亦费了多少辛勤。冀汝成立，乃不能守身如三，而几啖虎口。虽尔之自作自受，其何以衍宗祧，而慰垂白之母乎？"夫人说至此，不觉涕泪交下。钱生亦呜咽不能对。既而夫人又谓生道："汝之被祸，皆因含沙所射。今虽幸免，恐斯人尚不肯忘情于汝。金陵范鱗然，汝父同年也。其夫人苏氏与我恩若嫡亲姊妹。日前曾有书来，备说谪官在家。我今晚写下回书，汝明日即往南京。一则省慰年伯，一则在彼攻书。明年乡试，若不得一第，休来见我。"生唯唯受命，至夜归房。秋烟潜来话别，泣谓生道："自承爱幸，便已身怀六甲，今官人远行，归期未卜。倘后来生下，或男或女，夫人疑妾外私，而不肯相信奈何？"钱生乃取罗帕，题诗一绝，留与秋烟为证。诗曰：

瑞叶熊罴梦已通，海棠曾记试春风。

欲知别后相思处，只在秋林烟影中。

是夜，即留秋烟同寝。至晓，遣人密约友梅，欲与舟中一会。不料友梅迁去已久。

钱生得报，怆然不乐，只得往请同社作谢，然后起程。恰值崔、李、陆三人俱至，言起金陵之往，皆扼腕不怡。将行，老夫人又握手叮咛道："竹林之下，愿汝相亲。绮陌之尘，慎勿再践。还有一件，那王太常，虽系年家，他近在寺人荫下，更宜绝迹。"时桂子、红叶诸婢，俱随着老夫人送出，独有秋烟泫然欲泣。惟恐夫人审问，先掩袂而归。崔、李、陆买舟送过无锡，然后作别。正是：

桃花潭水深千尺，不及汪伦送客情。

且把钱生按下不题。再表赵友梅，自从凶生系狱，情思恍惚，寝食俱忘。每每问卜求签，更以钗珥施于佛寺，祈生免祸。那一日，忽值钱老夫人差人喧闹了一场，赵月儿不胜气苦。又恐裴公子要来寻事，自想安身不牢，即忙雇了船只，一直迁到杭州，租一所园房居住。在明圣湖边，岳王坟之左，正当山水胜处。余曾有西湖十咏，附录为证。

诗曰：

路入西泠照曙霞，氤氲香雾覆晴沙。

孤山月落钟初歇，古埠烟迷柳半遮。

芳草欲迓游子骑，好风将送泛湖槎。

绿窗犹拥鸳衾卧，帘外声声唤卖花。

——右《苏堤春晓》

袅袅随风万缕轻，摇空似浪暗藏莺。

只缘梦绿娇翻舌，岂为啼红巧弄声。

画舫能倾游客耳，香闺解动美人情。

最愁春暮花如雪，老却歌喉懒不鸣。

——右《柳浪闻莺》

凉飚满院麦秋天，历乱荷开照水妍。

冶袖翻红吴苑女，舞衣剪翠蕊珠仙。

花心泻露清销暑，叶底披襟小泊船。

一阵艳香心已醉，夕阳几处送繁弦。

——右《曲院荷风》

曲港花荫间柳荫，涟涧拍岸水深深。

有时戏藻金梭掷，忽地吹波玉尺沉。

贪饵恐为渔父钓，穿萍应避鹭鸶淳。

非鱼虽不知其乐，跳跃悠然足会心。

——右《花港观鱼》

嶙峋对立直凌空，南北巍峨势并雄。
玉柱全撑青霭表，莲花共透白云中。
月明黛色垂千仞，雨后岚光积万重。
安得跻攀最高顶，扫开浮翳扪苍穹。

——右《两峰插云》

幽然夜色渚烟收，渺渺湖光漾碧流。
错落塔洒三个影，空明月涌一轮秋。
纤云已逐金风扫，灯光遥连玉宇浮。
我欲扣舷歌古调，波心只恐老龙愁。

——右《三潭印月》

塔影亭亭挂夕晖，小卢取次掩紫扉。
一峰紫翠烟容达，列壑苍黄树色微。
鸟宿乱随浮霭去，马嘶争惹落花飞。
笙歌半在南山路，多少游人带醉归。

——右《雷峰夕照》

云深古刹隐南屏，向夕蒲牢递远音。
催散玉楼歌舞宴，惊醒客邸利名心。
疏声遏籁天边落，清响随风月下沉。
促得山僧归去急，独携藜杖上遥岑。

——右《南屏晚钟》

万顷澄波一派秋，冰蟾皎洁印中流。
风来鹫岭天香远，云散银河兔影悠。
寒照雨峰岚翠重，光生十里柳烟收。
扣舷朗咏坡仙赋，直欲凭虚到玉楼。
——右《平湖秋月》
一道修梁跨水隈，银沙十里映楼台。
疏林似剩琼花片，荒苏疑飞鹭羽来。

晴日乍溶新水涨，晓风已卷冻云开。

如何策寒堤边望，半是寻诗半探梅。

——右《断桥残雪》

说这武林，洵为山水名区。只因赵友梅心在钱生，那有情怀赏玩。每日间，禁不住两行珠泪，丢不下一片愁肠。不觉香销粉悴，非复畴昔之花容月貌矣。到得旬余，便引动了闯寡门的清士，耽风月的狂童，怎奈友梅不言不笑，并没有一点温存意态，所以来的俱含愠而去。本郡有一个宦家之子，姓胡，字伯雅。为人痴顽不韵，人都称为憨公子。也慕友梅之名，同一个门客，唤做常不欺。特来相访，友梅关了房门，不肯接见。赵鸨贪他是个宦家，逼勒数次，只得出来相会。憨公子目不转睛，看了又看，不住的赞道："妙妙妙，佳佳佳。"常不欺道："从来佳丽出在扬州。今见赵娘，果然名称其实。"憨公子默坐了一会，忽然问道："我小弟幼时，尝闻家祖先尚书说，扬州有一个名妓叫做李端端。今友老也是扬州人，可曾相熟么？"友梅不睬。常不欺便插口道："话起那李端端，真个美貌非常。前年在下曾到扬州去，与他相好之极。"赵月儿在内，只闻二人叙话，并不见友梅接口，惟恐憨公子不悦，忙出来寒温道："拙女只因病后，故懒于言笑，大爷何不与常老爹把那棋枰，决一个胜负。"憨公子遂与常不欺对局。不欺一连佯输了五六盘，憨公子道："我的棋比你何如？"不欺道："大爷这样妙棋，不要说在下不敢争先，便走遍了杭州一府，也寻不出一个敌手。"憨公子拍手大笑，整棋再着。常不欺又诈败了两局，值洒肴已备，摆列出来。憨公子把杯相劝道："酒是引兴之物，乞赵娘多饮几杯，助助兴儿。"友梅低了头，只不做声。憨公子道："我们此来，无非取乐而已。若友梅这样敖情而辟焉，请勿复敢见矣。"不欺道："毕竟是才人之口，话出来，庶不郁郁乎文哉。"

二人且说且饮，只有友梅，不胜恹恹，长叹了一声，不觉掉下几点泪来。憨公子怒道："一人向隅，满座不乐，这也可厌之极，可厌之极。"即便站起身来，拖了不欺就走。不欺曰："大爷既不耐烦，不如到吴山脚下李一娘家里去罢。"憨公子点头道："有理有理。"遂不终席而去。等得赵鸨出来挽留，去已久矣。

你道友梅为何不惧赵鸨？这等自由自主？只因生性聪明，那赵月儿爱惜如亲生之女，自十四以至十六，三载之间，所获缠头，已不下千金，故月儿不加诃责，惟冀其改情易虑。其如万般苦劝，委曲开陈，而友梅之心，不可转也。当晚，憨公子不别而去，气得月儿面皮紫涨，忍耐不住，便大怒道："你这贼淫妇，原不受人抬举。你到我家，虽已识得几个字儿，我却用了无限心机，把那书画棋琴，件件教会。寒时便怕你冷，夏天便忧你热。把你爱惜如掌上之珍，这是为何？无非要你兴旺门头，使我暮年安享。谁料，一见那钱十一的小冤家，便把魂灵儿落在他身上。终日价不情不绪，没心没想，只恐你有他心，他无你意。他是仕宦人家，少什么金钗十二。要与他图做夫妻，你也忒妄想了。你爱他有貌，我看他瘦削脸儿，也不能赛过二郎神。你羡他有才，只会做几句歪诗，也不能比那七步曹子建。况今坐在狱中，犯了裴公子之怒，生死未卜，你还要时刻挂念。只怕你害了失心疯的病了。不要说在苏费用，即迁到临安，每日卖柴籴米，难道是天上落下来的。我们开个门头，一日无客，一日不活。天幸来了这个憨公子，你又不瞅不睬，使他含怒而去。怎不气死我老娘也。"月儿话到此处，转气得手脚冰冷，直僵僵挺在椅上，只管喘息。停了一会，又道："你这贱人，但知其一，未知其二。若从良是件美事，我做娘的亦不迟至今日了。只因有了丈夫，便要被他拘束，何如春风秋月，散诞自由。若富足之家犹可，设或花费无穷，而家私有限，吃的是薤盐，穿的是布素，又何如饫珍羞之味，服罗纨之衣。这还是一夫一妇，若不幸而做了那七大八，动不动被正妻藉辱，骂是娼根贱妓，其苦更有不可胜言者。况男子汉，心肠最狠。始初恩爱，果然似漆如胶，到得后来，别恋了新欢，便把你撇在脑后。那时节，进退两难，噬脐何及。怎熬得那清宵寂寞，永昼凄凄。倒不如今日，凭你看中那个俊俏郎君，和他相处几时，朝朝寒食，夜夜元宵，其苦乐又不啻天壤之隔也。汝乃聪明人，亦何俟叨叨细说。只要你依了我，万事全休。稍有不然，汝认得我皮鞭吗？"友梅泣道："儿见人多矣，其才情具足，未有如钱郎者。故一言已订，虽九殒无悔，惟乞母亲垂怜其意，不致深诃，则沾德无涯，而报恩有日。"月儿微微冷笑道："好个自在话儿。我也不与你长舌广说，只问你依也不依。"友梅瞪目应道："一言已决，何必再问。"月儿不胜忿怒，乃以皮鞭，自肩至胫，挞至五六十。可怜洁白肌肤，寸寸皆青。损伤之处，血流如注。友梅惟哀声呼痛而已，却绝不改口。月儿再要打时，见他遍体皆伤，无处下手，只得假放手道："今且饶你去细想，明日若还不知悔悟，我肯饶你，只恐皮鞭也不肯饶你。"因叫侍女芳英，扶他去睡。友梅到了房中，睡在床上，千思万想道："钱郎不知生死，冤家又苦苦相逼，你看这样光景，料不能留得此身与钱郎会合。到不如拚着一死，以报钱郎罢了。"捱到人尽睡熟，竟取了一条长汗巾，悬梁自缢。不知性命如何？且待下回分说。

第六回

有心人巧窃花枝

诗曰：

自从销瘦减容光，半是思郎半恨郎。

欲识旧时云髻样，开奴床上镂金箱。

却说友梅命不该绝，恰值侍女芳英起来小便，此时残灯尚明，于灯影之下，忽见友梅似打秋千的高挂在梁。惊得魂不附体，登时狂喊。那赵月儿在梦中惊觉，也不及披衣，赤身来救。即忙解巾放下，四肢虽冷，胸额犹温。乃与芳英大声呼唤，徐以姜汤灌进。直至二更，方才苏醒。开眼一看，即转身向里。月儿愈恚道："汝以死吓我，我偏不怕。"连叫取那皮鞭来。友梅微叹道："死尚不惜，又何惧乎皮鞭。"月儿虽说，见其肌肉皆伤，亦不敢下手。既而友梅长号一声，仍复晕去。急得月儿又连声呼叫，移时而醒。乃泣道："儿自幼虽蒙恩育，数年以来，所获金帛，亦足以偿母矣。薄命之躯，惟求速死，却又频频唤转，何必相若如此耶。"月儿亦无可奈何，只得回嗔作喜，温言劝慰。到了清晨，转觉身热如火，昏昏沉沉，口中呻吟不绝。进以茶汤，即时呕出。月儿自悔发怒之暴，心下着忙。于是延医看视，亲奉汤药。将及半月，病虽稍可，奈容颜日渐羸瘦。月儿恐有不起，乃与之道："昨有人自姑苏来，言钱郎已脱桎梏，汝宜放宽心胸，以图相会。今后惟汝是依，吾不汝强。"友梅闻说，信以为然，不觉心境顿舒，饮食稍进。又将半月，方得平愈如初。

且说钱塘门外，有一开盐肆的，姓程，名必孚，表字信之。原系徽州府休宁县人氏，自祖上移居虎林，已五世矣。年方一十，家累千金，娶妻林氏，姿色平平，而妒悍异常。必孚年少，颇狃昵于花街柳恭。一日偶经岳庙，闻人说道，张家园内住的赵友梅，淮扬名妓也。必孚闻之，心动神飞，即时过访。时友梅病体已痊，丰艳如旧。闻和客来，即掩房深匿。月儿自出接见，留坐待茶。必孚殷勤露其来意。月儿叹息道："只怕程君无缘。"必孚愕然道："小可但慕芳姿，不惜财帛，孰意老娘这般见弃，却是为何？"月儿乃以誓嫁钱生一事，细细诉说。必孚听了，怅然自失者久之。乃道："既如此，某亦不敢相强。惟获一面，鄙愿足矣。"月儿进内，曲劝至三，友梅闭了房门，终不肯出。必孚因以厚赠啖月儿，月儿凝思良久道："翌日午前，妾与之博弈于厅下，君听棋声，即悄然闯进，我便拥持于后，不容趋避，则足以饱君之目矣。"必孚大喜，复谆谆然相约而别。

至次日饭后，友梅不知其故，果与月儿对局于前厅。俄而程生自外趋入，友梅急欲避时，已被月儿双手推住，自面至足，被程生看个仔细。因以挟持而见，双脸断红，泫然欲泪，其怨恨之容，转觉可怜。此时程生，神情飘漾，顷刻难持。正欲向前作揖，友梅已用力挣脱，翩然而逝矣。必孚莫能再睹，惘惘而归。怀念之殷，几忘寝食。有汪生者，讳允昌，亦徽郡籍，入泮于钱塘，必孚之表叔也。偶于途中相遇，汪生深详其销瘦，程以实告。且言姿色之美，目所未睹者。汪乃历举在杭名妓以拟之，皆曰非其伦。时有薛素素者，名重东吴。汪生又举以为问，必孚摇首道："亦不如也。"汪生骇然道："天下信有如此绝色？虽西子、王嫱，不足数矣。然彼既有属意之人，吾侄作单相思，亦复何益。"必孚道："侄有别墅，在涌金门外，意欲图为侧室，不知以后如何。"汪生道："妇人水性，既归吾侄，谅无终拒之理。只恐赵鸨索价太高，吾当效张仪，为子作说客可乎？"必孚道："倘获事成，侄以三十金为寿。"汪生遂欣然别去。逾数日，即诣张园，向月儿备述其意。月儿正萌脱卸之念，惟恐不成，止索银二百两。汪生归告必孚，必孚欣然领诺，于是择吉成交。至期，月儿谬谓友梅道："我与你自到临安，忽已数月矣。坐吃山空，终非久计。意欲返转姑苏，只不知钱郎果然脱狱否？又不知汝之姻事若何？吾闻关圣签灵应如响，且去此不远，盍往祈诸？"友梅不知是计，果即梳汝登轿。轿夫先已受嘱，遂由小路，直往涌金门别墅。必孚预备酒肴蔬果，焚香燃烛以俟。更觅一能言孙姬，以便临时劝慰。俄而肩舆已至，友梅出轿进门，抬头一看，并非庙宇。只见烛火煌煌，大惊道："尔辈何人？辄敢哄我至此。"程生自内趋出，深深揖道："多承尊堂厚情，已将娘子嫁于程某，岂娘子有所未知耶？"友梅大怒道："妾自有夫，君岂无归，若依旧送归则罢，否则吾以头血溅尔之衣矣。"孙姬笑而劝之道："赵鸨不仁，岂能遂娘所欲。今程大爷真实君子也，允与不允，悉凭主裁。

倘有商议，不妨缓为之计，何必以彼为归，而视此如仇哉。"友梅沉吟了半晌，乃道："既要留我在此，必须卧不同床，坐不同席。他日一遇钱郎，即便相从而去。计尔所费。加倍奉偿，并不许异言推阻。"必孚听其言辞刚劲，不能指语，惟鞠躬唯唯而已。

夫妓以色事人者也。且以程生年甫妙龄，家非穷乏，乃立志不移，贞行皎皎。虽传说所称扬娟、李娃者，何以加焉。友梅自归程之别业，因防闲甚谨，兼以利刀佩于腰间，遂使必孚不能相犯。然以钱生急难相会，愁心日益，珠泪时零，往往调玉轸以寄悲，托贞松而咏志。所作诗词，不能备载。姑录其《碧芙蓉》词一阕：

词曰：

晚雨浥梧梢，催起恓惶，一声啼鸟。别鹤虽弹，此曲谁能晓？西湖水与泪争流，两峰云比愁还少。花枝有主，寄语东风，不必空相绕。　　西楼闲倚遍，难禁入夜清悄。咫尺姑苏，梦也如何？杳甫能够几夜？欢娱拾得来千回烦恼。重门深闭，凭谁寄信，相思宿债应难了。

忽一日，与婢女轻红，倚门闲立。只见一个相面先生，生得形容秀异，修髯如雪，头戴方巾，身穿一领酱色布袍，

手腕挂一面小纸牌，牌上写道：五钱一相，从门首向东而去。友梅暗想："此人一表非凡，且相价甚高，必非寻常相士。"急令轻红，向前相请。那先生即随着轻红，走进草堂。友梅深深的道了万福道："贱妾鼠目獐头，敢辱先生神鉴。"先生道："老夫相人，别有奇术，不比那走方的相士，专把达摩相诀，与那麻衣相法中几句说话，胡乱哄人。只是一味直讲，娘子休要见怪。"友梅道："但求直言为妙。"那先生即令友梅立正了，自上至下，凝神细看。又把双指轮了一回，乃道："娘子十岁以前，安稳无事。不消细说。单讲十岁这一年，就该令尊、令堂一齐见背。从此萧墙生难，离弃祖基，陷身罗网。今年贵庚十几岁了？"友梅道："妾是辛亥生的，今年一十六岁。"先生又将十指轮了一回，踊跃而起道："恭喜，恭喜，目下就有异人提拔。虽不能做个正室，也是一位三品夫人。"友梅道："贱妾运蹇，悉如先生所论，一向不差。若云命有贵夫，现今身居坑坎，死亦只在旦夕，先生休要见谑。"先生道："老夫据相直谈，安肯戏言失实。"友梅道："妾是维扬人，细听先生口气，亦像扬州。敢问尊姓大名？"先生道："老夫果是凤阳人氏，浪游江湖，隐姓埋名已久，贱号只叫做梅山老人。"友梅忽然想起："钱郎曾说有个梅山神相，莫非即是此翁？"便问道："春间在苏州玄妙观中，有一位梅山长者，可是先生否？"梅山道："即是老夫，娘子何以晓得？"友梅道："不瞒先

生，妾实沦身囍囍，与姑苏钱中丞之子钱兰有伉俪之约，彼时钱郎曾经相遇，故贱妾得知宝号。不意今日天幸相逢，并乞先生一言指示，妾与钱郎，果有重会之日否？"梅山道："只凭一点贞心，自然鬼神呵护。命合有期，不须疑问。"言罢，即欲起身。友梅慌忙挽住，双膝跪下道："妾身虽脱勾栏，仍罗机槛，每为狂且所逼，度日如年。自非先生阐破迷途，一言垂救，莫道断钗重接，能谐琴瑟之和。只怕环佩空归，难结鸳鸯之缘。"梅山道："老夫四海为家，一身流寓，有何异能，脱子于厄。"友梅涕泪滂沱，牵衣不放。梅山亦觉凄然，乃安慰道："子不须掉泪，我有一故人，幸亦云踪暂寄于此，他是英雄剑侠，专肯济困扶危，与钱秀才也有一面之契。我去为子恳求，谅他必能赤手相扶。只在八月十五，二更时分，子其端坐以俟。"友梅便敛衽再拜，拔下金钗为谢。梅山坚辞不受，挥手而去。

友梅深幸得遇梅山，然以二更之约，犹疑信相半。忽见一人，推帘进来。视之，乃孙妪也。友梅笑迎道："孙老娘此来，莫非又作说客耶？"孙妪道："非也，恐娘廓处无聊，特来闲话耳。"于是坐谈良久，妪即从容讽道："老身岂敢为程郎游说，特以娘终身之事筹之，莫若顺从为便。假使程郎萧然四壁，家无担石之储，则不敢劝；即使家有金穴，而春秋已富，或貌甚不扬，则亦不敢劝；即使家富矣年少而容美矣。然娘是明媒正娶，不幸而做了断钗破镜，乃守节不移，此是纲常伦礼之正，则又不敢劝。今闻钱公子不过是一言之私订，反不若程郎有二百金之聘仪，即思钱之情重，然以程郎待娘何如？至其家月余，未尝闻用强凌逼。每每市绫罗，购珠玉，委曲以奉娘欢，其情之眷眷，又何深也。若娘坚执不从，万一程郎怨恨，将娘另嫁一个蠢劣凶恶之徒，那时节又怎能保全贞操。此是老身药石之言，惟娘三思，勿贻后悔。"友梅谢道："仰辱厚情，妾当铭骨不朽。若要土梗盟言，改弦易操，虽使仪、衍复生，吾志断不能回矣。"孙妪乃不悦而退。

无何，已届中秋，程生暗地着人，将菱藕、芡实兼炙鹅火肉、鲜鱼、月饼之类，陆续送来。将晚，又着人送至湖白酒四瓶。友梅以荤肴瓶酒，一半赏与着房夫妇，一半馈于孙妪，自己只吃藕菱芡实，烹茶而啜。是夜，万里长空，毫无片云遮蔽，俄焉推起一轮皎月，清光如昼，其杭城赏月之盛，真是家家弦管，户户笙歌。只有友梅凝妆静坐，作《风吹柳》一章，寓意以谢程生：

诗曰：

灼灼园中花，讵无桃李姿.

好风是何意？偏吹杨柳枝。

相扶固云陋，贞信恒自持。

莫怨柳情薄，只因风吹迟。

愿为华阴雀，衔环报恩私。

友梅将素帕一方，题诗方讫，忽闻樵楼已打二更。四壁悄然，只有风声唧唧。友梅叹道："梅山之言谬矣。"俄而窗外一声桐响，仰首视之，则见一人立于庭下。头戴毡笠，身穿箭衣，年可四十，形躯秀伟。进前谓友梅道："俺承梅山之托，特来相救。玉漏已半，幸勿迁延。"友梅且惊且喜，急摇手令其勿言，低声应道："有守房夫妇，寝于外厢。倘被知觉，反为不美。"那人便不开口，背了友梅逾垣而出。其步履如飞，瞬息之间到了一个宅宇。

原来那人，即在昭庆寺东卖雨伞的张仰坡隔壁，凭一所厅房作寓。友梅方进仪门，遥见堂上，列炬辉煌，丫鬟五六，簇拥着两个美姬出来迎接。友梅见有内室，方才放心。那人进去，换了衣巾出来，重与友梅施礼。友梅再拜而谢道："小妾不幸，陷身匪类，仰承君子，仗义相扶，使妾得与钱郎重遇，现出二天。愿闻高姓大名，以便镂之心骨。"那人答道："俺有姓无名，但呼为申屠丈。曩与钱郎，在虎丘梅花楼上，曾会识荆。昨晤梅山兄，备悉赵娘贞操卓然，使俺不胜钦敬。至于移花接柳，匡难除凶，乃区区恒事耳，何足沾齿。"言毕，即令摆列筵席，款待友梅。申屠丈自到后房饮酒，只留两姬陪酌。既而斗转参横，将次鸡鸣而息。次日，梅山老人亦来探望，友梅慌忙出谢。申屠丈因从容问道："赵娘贞行，虽已略知一二。其与钱郎聚散始末，尚乞赐闻。"友梅便把前后事情，详细说了一遍。申屠丈听罢，拍案大怒道："裴玄那厮，危于朝露也，不必话了。至于赵鹗不仁，若不杀之，难消此恨。"友梅曰："赵母恩养数年，亦不足怪，惟恨恶叔宋钶，将奴哄卖为娼，以致受诸荼毒。真堪痛入骨髓。"申屠丈便问："宋钶今在何处？"友梅道："住在广陵新城。因做人凶狠，人都称为宋黑虎。"申屠丈即唤："真真儿何在？"唤声未绝，忽见一人，立在阶下。身长七尺，腰阔数围，凤目虬形，黄须黑脸。向前声喏道："主公有何钧谕？"申屠丈道："今有广陵宋钶，为人残暴殄义，与尔匕首，为我速取头来。"真真儿应了一声，霎时不见。申屠丈悄谓梅山道："中原贼星甚炽，将来国祚倾危。道兄夜瞻乾象，亦卜其数之远近否？"梅山道："只在二十年内，天下便当鼎沸。所恨老夫年迈，不及见君辈匡时之略矣。"

二人闲话，未及两个时辰，真真儿已回，手提一颗人头，鲜血淋漓，掷于阶上。

申屠丈令友梅向前识认，友梅举目一观，吓得魂惊心悸。移时不能开口，只把头点。申屠丈向葫芦内取药一丸，傅在头上，顷刻化为清水。因谓友梅道："我这真真儿，一日一夜能行万里，俺令他把天下无义汉子，共诛了四十九人，连今日宋钶，凑成五十。"友梅闻说，心益悚然，即敛袵致谢道："妾承二位洪恩，既拯于陷溺，复雪其大仇。但妾在此，搅扰不安。倘即送往姑苏，早晚得与钱郎相会，尤为恩便，没齿难忘。"申屠丈笑道："赵娘不须性急，那钱郎虽脱囹扉，已被夫人遣往白下，只在冬初，更有一场大难。俺今访友燕京，即于便路解救。子留敝寓，自有二姜奉陪。兼以梅山在迩，虽使程生追究，足保无虞。"友梅遂不敢再言。申屠丈忙令左右，置酒话别。既而半酣，二姬共联一绝，以当骊歌。

诗曰：

阴雨丹枫晚送君，休将别泪染榴裙。

一声清肃却何处？鹤背俄惊万里云．

二姬吟毕，申屠丈斟满巨杯，送与梅山。自亦立饮三爵。遂与友梅相别。梅山亦便起身送出。

要知友梅与生，何时方会？申屠丈此去，如何救难？且待下回，便知分晓。

友梅贞操，程生痴情，孙姬巧舌，申屠大侠气，俱一一画出。

山深而幽境不穷，林远而芳葩吐媚。始足以见此回情致。

第七回

传情锦字为怜才

词曰：

香闺深掩暮云低，家在凤城西。好风吹起相思梦，因箫史，弄玉心迷。潜出绣帏一面，暗将锦字重题。　　怨归心去逐鹧鸪啼，才子为情羁。客中未及明珠聘，意惆怅，几度沾衣。菡萏花须并蒂，鸳鸯鸟，讵孤栖。

——右词寄《风入松》

却说钱生，自在无锡与崔、李、陆三子分袂，带了紫萧，向前进发，一路凄凄凉凉。想起友梅，恩爱方深，忽被一场横祸，以致两下分离。又苦又恨，每每对月长吁，临风堕泪。过了数日，方抵金陵。因天晚，不及入城，即向客寓过宿。次日咨访店主，知范太守住在聚宝门内大街，令紫萧算还饭钱，沿路问至范宅。只见室宇萧然，门可罗雀。那管门的，询知苏州钱公子，不敢怠缓，即忙请入前厅。一面着人进内通报。钱生徘徊细看，果然收拾精雅。中间挂一幅孙雪居写的山阴访戴图，上有一匾是"芝秀堂"三字，乃云间董玄宰先生题赠。瞻玩未完，范公已整衣出见，生以年侄，不敢当客礼。再三谦逊而坐。范公见生举止安徐，仪容秀韶，心下十分爱重。寒暄方毕，又将家事一一细问。钱生言辞敏赡，应答如流，范公益肃然起敬道："忆自令先尊仙逝，老夫清酒临吊。一见贤侄，不觉悠又长成如此。洵乃宗庙瑚琏，奚啻谢家玉树。"钱生道："老年伯宏猷硕望，正宜股肱明廷，何乃急流勇退，以寻竹坞花坪之乐。侄恐太傅不起，其如苍生何。"范公道："老夫蹇材拙运，故历官二十年，仅至郡守。若再贪恋鸡肋，岂不为邓禹笑人。况西河抱戚，老泪几枯，益觉紫霞念长，红尘计短矣。"钱生唤过紫萧，取出回书，双手递上。范公亦即传命，请出夫人相见。

少顷，苏老夫人出来相会，钱生备致老母遣候之意。夫人亦殷殷致问起居。折开回书，与范公看毕。范公欣然而笑道："若得贤侄在此下帷，使老夫朝夕得聆珠玉，尤为深幸。"于是置酒款待，延生进内，饮于凝芳阁中。夫人亦出来陪叙，命侍女红蕖行酒。钱生偷眼视之，轻霞晕颊，秀发齐眉，也有几分姿色。想起秋烟，不觉情意凄其，几欲泪下。范公酒量甚宽，见生能饮，其兴益豪。乃以巨觥对酌，直至更阑，痛醉而散。即以阁之东厢，为生寝室。方生饮酒时，见绣帘边，云鬟半露，娇艳非常，时来窥觑。钱生意是公之媵及归房。红蕖以茶捧至，因以讯之。红蕖道："此乃小姐珠娘也。"钱生又问："芳春几何？"答道："十七。"复问："受聘末？"红蕖摇首含笑而去。钱生既已酩酊，又值心绪不佳，渐觉酒涌上来，和衣睡倒。俄而红蕖蹑至。唤醒生道："小姐恐郎君酒后口干，特奉凉瓜，以沁喉吻."生笑谢道："承小姐投我以木瓜，愧无琼琚之报。烦小娘子为我多多致谢。"红蕖既去，钱生独坐悄然，把残灯剔亮，见几上有花笺一幅，乃吮毫作词一阕。

词曰：

昨夜碧纱窗静，拾得相思一枕梦。忽到罗浮，却被红儿推醒。心耿心耿，不见玉梅花影。

——右词寄《如梦令》

盖寓怀友梅之意，折为方胜。置于砚匣之下。至晓起来，与范公相见，同吃早膳毕，谓公道："家叔推任山东，□□在迩，欲去一拜。"范公欣然遣伻平引导。钱生去后，忽王太常遣使，邀赏荷花。公不能辞，午前即去。原来范公，讳忌，止生一子一女，子名朝瑛。已在开封任上，患疾而亡。故公有西河抱戚之语。其女性敏慧，工琴书，真有班妃易安之才，生就沉鱼落雁之色。因夫人初孕时，梦见仙女授以明珠一粒，故以梦珠为名。及年三岁，有道人见之，谓乳媪道："此子异日，敏巧绝人，有以明月珠为聘者，方可妻之。"言讫，已失道人所在，公益奇之。是以遴选东床。最难惬意。既要才与貌兼，又须夜光照秉。虽巨族名门，屡求庚帖，而公莫之许也。其夜，钱生坐在席上，珠娘潜于帘缝窥之。退谓婢女莲香道："天下倩美之士，复有如钱郎者乎？"既而红蕖来，备述钱生所问之语，珠娘笑道："郎真狡狯，岂亦觑见我耶？"后令红蕖送瓜以觇生。及次日，钱生既去探叔，范公亦即赴席。珠娘瞒了夫人，与红蕖悄悄的潜入生之卧房，见其琴剑书笥，文房器玩，无不珍美。忽于砚匣边，有花笺微露。取而观之，乃《如梦令》一阕讽咏数四，知其别有寓托。然时方季夏，不能喻玉梅花影之句，乃展开花笺，楷书二绝于后。

诗曰：

静几明窗日到迟，牙签相伴下帷时。

江郎莫负生花笔，留向春闺学画眉。

其二：

菡萏初开香满池，何须更忆玉梅枝。

彩笺词比琴心怨，借问相思为阿谁？

写毕，仍折为方胜，藏于匣底而出。至暮生归，记起前词，恐为范公所见，将欲藏于箧中。展开词尾，忽见小楷数行，字画端劲，真有颜筋柳骨，及细味其诗，则又暗托芳情，并寓规讽，心下狐疑，竟不知是何人所作。俄而红叶以瓜李送进，钱生即以笺诗问之。红叶笑道："昨夜令妾送瓜的是谁，则做诗之人，从可知矣。"钱生惊喜道："既是小姐的佳句，小生当珍为至宝。饥则以为食，渴则以为茶，坐而哦，睡而讽矣。"红叶戏道："见了诗句，就是这样寒酸。若见了小姐的花容，只怕郎君还要咽许多馋涎哩。"言讫，带笑而去。钱生复将二诗，吟哦了数遍。叹息道："吾只道天下有才有色的佳人，只有一个赵友梅了。谁知又生一个范小姐，使小生获睹此诗，好不侥幸也。"

当夜无话，明日公谓生道："昨日王梅川邀请工部主事吕玄卿赏荷，并来邀我偶在席上，谈及令先尊。他因说贤倩与裴孝广有隙，前日特为写书劝解。如果有此事，贤倩既在敝居下帷，须去面谢。此老虽不可交，然礼亦不宜疏缺。"钱生虽受母戒，然以公命，即往投刺。只见门弟赫奕，僮仆如云，往来车马，络绎不绝。等候了半日，方得进去。坐在厅上，又有一个时辰，方见梅川科头跣足，手摇羽扇，慢慢的踱出来。及见钱生，又假意说："容取巾服？"钱生一把拖住，梅川便拱手道："溽暑中，衣冠久废，只得欠礼了。"钱生婉款伸谢梅川，唯略叙寒温而已。须臾茶毕，钱生起身告别，梅川亦不挽留。才下庭除，即一拱道："幸恕亵衣，不及远送了。"钱生意甚怏怏，殊悔多此一来。归以语公，公哂道："此乃小人得势之态耳，何足介怀。"正在慨叹间，忽见一个长老进来谒见，公即降阶而迎，相待之仪，十分恭敬。顾谓生道："此位乃清莲庵寂如上人，戒律清恪，乃方外椒兰也。"钱生见其修眉方耳，潇然有出世之姿，亦肃然起敬。那寂如长老，讲起妙谛，滚滚如贯珠，真能使天花乱坠。临别，袖中出一绿簿道："小庵新塑一尊送子观音，尚少数金，乞檀越助成善事，功德无量。"范公欣然允诺，又留吃素斋，然后别去。

自此，钱生日在窗下，惟把友梅所寄之书，时时展诵。诵毕，又将梦珠二绝，又复吟哦。一连十余日，送茶捧饭，俱是小婢山茶，而红蕖久不见至。钱生闷闷不悦，作诗一绝，以寄幽怀。

诗曰：

欲寄相思少便鸿，新愁更比旧愁浓。

罗帏咫尺犹难见，何况行云无定踪。

却说梦珠小姐，自那日窥见钱生之后刺绣浑慵，怀思不置。有时雕栏斜倚，脉脉无言。有时鸾镜半窥，悠悠凝想。不觉眉山锁翠，金钏俄松。惟有红蕖深解其意，乃劝慰道："小姐是千金艳质，老爷又选择门楣，怕没一个风流快婿，何乃注念钱郎，以致憔悴至此。"珠娘喟然长叹道："是非尔所知也。我尝诵诗，至'桑中淇上'之约，未尝不丑其行，岂肯躬蹈之乎。只因世人有才的未必有貌，有貌的未必有才。如钱郎之貌，固不待言矣。前日爹爹尝把他的课艺进来，我细细览阅，文辞秀雅，格局高华。黄钟大吕之音，白雪阳春之调，以此出战，诚掇巍科而有余。若钱郎者，所谓昆山之璧，价值连城，北海之鹏程搏九万者也。我每欲潜出一会，以观其意。奈夫人严于拘束，跬步不离。虽婚姻之事，主在椿萱，然可托终身，亦须斟酌。当此之际，诚不能不为之耿耿耳。"红蕖道："小姐敏心卓识，信非奴辈能窥。但夫人拘管虽严，何不潜赋一章，待红蕖送去，以探钱郎之意何若？"珠娘凝思良久道："汝言亦是。"乃以薛涛笺，赋七言近体一首。

诗曰：

倚遍雕栏每倦吟，近来愁压黛眉深。

花源已泛刘郎棹，银汉休牵织女心。

讵谓蓝田无美璧，可能烟岛拟文禽。

玉人若喻诗中意，莫吝琼瑶惠好音

红蕖接诗欲行，珠娘又叮嘱道："切须谨慎，不可漏泄与夫人得知。倘钱郎有甚说话，急来回复。"红蕖乘间走出凝芳阁来，钱生正在倚柱呻唔。见了诗笺，即展开细看。叹道："吾固知小姐情深，若得为比翼之鹣，连理之树，余之愿也。但有一腔心事，必须当面诉闻。小姐既不吝瑶篇赠我，更不知有须臾之闲，使鄙人得睹芳容否？"红蕖道："郎君要见小姐，何不也做一诗，与我将去。"钱生即取碧筠笺，次韵一首，

折做同心方胜，付与红蕖。红蕖得了诗笺，即忙回报珠娘，珠娘接来视云：

书幌凄其久废吟，粉垣虽隔两情深。

欲援绿绮闻芳耳，难托青鸾诉苦心。

萝蔓只惭依玉树，云街何日效鹣禽。

彩軿肯自瑶台下，重倚朱栏待好音。

珠娘又问道："钱郎还有何言？"红蕖道："他道有一腔必事，必要与小姐面谈。"珠娘笑道："我亦欲图一见，以决终身，其奈夫人何？"红蕖笑道："我有一计，只要用着莲香，不知小姐以为何如？"珠娘道："汝有何策？第为言之。"红蕖道："明日，老爷约定吕工部，要到牛首山燕子矶诸境随喜，想必信宿而回。乘此机会，何不令莲香假充小姐，与那钱郎一晤。面上虽有了几点麻儿，只须多搽些粉，金莲略大些，把那绣裙放下，也可隐瞒。小姐欲诉的衷肠，说与莲香念熟。若钱郎说甚心事，只消含糊答应，以待小姐自己主裁，另行回话。只要把夫人陪住在房，待红蕖伴着他，悄悄出去，此计何如。"珠娘莞然而笑道："不谓汝倒有陈平之智。只怕莲香不肯。"红蕖道："以小姐之命，谅他不敢违拗。"珠娘即时唤过莲香，以此语之。莲香点头微笑，于是红蕖复至书房，回复。次日清晨，范公果别生而出。将及黄昏时候，珠娘把那珠衫绣裙，重薰兰麝。换与莲香，妆束齐整，宛然是个闭月羞花的小姐。红蕖跟着，嫋嫋娜娜的走出东厢来。钱生凭栏凝盼，但见月上梧梢，犹未见至。怅然道："岂其谬耶？"俄闻竹屏之外，足音蹴然。只见红蕖随着小姐，已翩翩而至矣。钱生喜跃趋迎，深深一揖。坚欲迎入书馆，莲香固推道："即此共谈片晌罢。"遂拂石而坐。那莲香，原有几分姿色，兼以星月之下，转觉婉然动人。钱生笑谢道："小生以萱帏之命，觐候尊亲。不意缘契三生，遂获帘边半面，然自料始末之夫，何足以配仙质。忽承小姐赠以瑶笺，使鄙人喜出非常，感深五内。"莲香述小姐之意以对道："妾闻，婚姻之事，冰人言之，高堂主之，非儿女子所当私议。但以君子，惠中秀外，学究天人，信乃旷世难逢，何可失之当面。故不耻自媒，辄敢以芜蔓之词，竭其鄙诚。倘君子不弃葑菲，结以秦晋，妾得躬执箕帚，幸莫大焉。"钱生太息道："过承小姐错爱，岂不欲即求偕老。但心有隐忧，未敢轻许。"莲香道："郎君有何心事？不妨为妾言之。"钱生道："实不相瞒，小生与维扬妓女赵友梅，曾有夫妇之约。今虽风流云散，相会无期。然言犹在耳，若即寒盟，是乃鲜情薄幸之徒。不惟龙梅罪责，即小姐亦必我尤矣。然执守前言，以负小姐一段美情，则又眷恋不忍。际此两难，故欲面商之耳。"莲香未知小姐

之意，不敢妄对。但唯唯而已。红蕖惟恐夫人呼唤，连声促回。莲香临行，复谓生道："门客许翔卿，与家尊至契，郎君若以作伐求之，则姻事可谐矣。"言讫，琼佩珊珊，翻然而逝。钱生伫望久之，黯然魂失。因莲香语意含糊，惟惧好事之不成也。乃以衷曲恳于翔卿，翔卿即转达于范公。范公道："钱郎才貌绝佳，可称快婿。但弱息幼时，曾经异人相道，有以明月珠为聘者，方是夫妻。故求婚虽多，老夫惟恐不是姻缘，未敢轻诺。若钱郎果有明珠，老夫无不依允。"翔卿又以公言复生。钱生虽系官家，然火齐木难，世不常有，闻之殊觉怏怏。俄而节届中秋，范公设宴，以请吕工部，亦邀王太常相陪。吕玄卿自恃少年科甲，睥睨一座，旁若无人。然生亦轩轩霞举，雅言隽语，辨若悬河。范公又欲显生之才，授以纸笔，令生作诗。钱生承命，即书二绝。

诗曰：

长河澹澹碧云收，秋色平分月到楼。

莫谓胜情惟庾亮，于今不数晋风流。

其二：

遥空群籁静无声，云外天香满凤城。

可惜清樽虽共赏，嫦娥应笑未成名。

初时王梅川待生甚倨，及见诗，方卓然奖异，遂欲以女妻生。次日亲来谢宴，即浼公作伐。公欣然应允，遂以告生。钱生坚却道："烦老年伯善为侄辞，此事断难从命。"原来公与夫人、爱生才貌，甚欲得生为婿。因以明珠一言，犹豫未决。及见钱生不允梅川，心中大喜。过了数日，梅川又遣人致书，公拆开视云：

弟初见九畹，以其年少轻佻，意甚忽之。及叨盛宴，耳其灿花之论，使弟爽然自失。以彼其才，异日燕台市骏，诚良乐之所急也。小女摽梅待赋，欲托红丝。惟籍年兄执柯，则钱侄必无推阻。前已面抒鄙怀，未审鼎言转致否？肃此再渎，伫俟回音。

范公回书，不与生看，即便写书回复。又过了两日，正与钱生讲论经史，忽见门公慌忙报说，工部吕老爷来望。公谓生道："玄卿此来，是为吾侄姻事矣。"钱生道："若为姻事，全仗老伯委曲回之。"范公点头而出，与玄卿相见。各叙寒温毕，玄卿道："王老先生有一淑爱及笄，欲招贵年侄九畹为婿，特唤老先生作伐。此乃美事，何老先生回书推托。梅老十分不悦，今又央某进宅相求，惟老先生玉成为妙。"范公道："此因敝年侄以不奉母命为辞，在仆岂能专主。"玄卿道："既如此，可请九畹面谈。"范公即着人请出钱生相见，邀玄卿到书房待茶。玄卿踱进书房，靠窗案上，有红笺一幅。

范公急欲收拾，已被玄卿看见。范公笑道："此乃小女看月之作，不妨请政。"玄卿接来观之，乃七言律一首。诗曰：

碧梧金井暮烟收，露濯清辉照入楼。

灵药又逢银兔捣，尘思不起素娥愁。

罗衣借鉴帘须卷，团扇翻题句自幽。

看到夜分人静处，塞鸿遥送一声秋。

玄卿诵毕而赞道："令爱有此诗才，不在班谢之下矣。"言未既，钱生肃容出见。玄卿道："九畹兄高才绝俗，王小姐美貌无双，此乃天付良缘。九畹兄不可固却，以负王老先生一腔美意。"钱生答道："谬承王老年伯厚爱，晚生焉敢推辞。但老母在堂，未曾请命。晚生自幼，又发一个痴想，不第春闱，誓不聘娶。况因先君早丧，家业飘零，虽有睹巢之思，实无白璧之聘。今以王老年伯，高门鼎族，何患无乘龙佳客，而必以某之学疏才浅、孑然琐尾之士哉？"玄卿道："既系年家，又是太常公门第，也不为辱没了兄。况闻春闱被狱，若非王老先生出书解救，吾兄岂能安然无事。今以好意联姻，故作客谈推却。目下梅翁，起服北上，不惟魏公待以腹心，又与斐裴司马桥梓至厚。吾恐拂逆其意，祸不远矣。"钱生道："诗不云乎，娶妻如之何，必告父母。今王老年伯，国之大臣，岂不欲令人克全伦礼，而忍以威势劫之哉？"玄卿见生不允，又见范公默默无言，遂勃然变色而别。钱生退入书馆，低首自思。友梅不知下落，珠娘姻事难成。欲归则无颜见母，欲留又恐梅川寻事加害。左思右想，闷闷不悦。忽见红葉走至，以片纸付生道："小姐所命也。"钱生接来一看，不觉变愁为喜。要知范小姐纸上写的是何言语？下回便见。

转接映伏，可谓心细于发。

从来稗史所载，未闻有假小姐代见情郎者。红葉此计，真出人意表。

第八回

触怒权奸因却婿

诗曰：

酌酒与君君自宽，人情翻复似波澜。

白首相知犹按剑，朱门先达笑弹冠。

草色全经细雨湿，花枝欲动春风寒。

世事浮云何足问，不如高卧且加餐。

——右《酌酒与裴迪》

话说钱生，正在忧懑不悦，忽值梦珠小姐，差经蘗以数行持至。钱生接来细看，那纸上写道：

前夕晤君，闻已许聘赵氏。若然，妾愿居其次。因家君自燕子矶回，云在关帝庙中，遇一申屠丈，天下异人也。子若竭诚往谒，或者明珠可求。至于王太常，品行不端，但宜婉曲辞婚，慎勿直遂，以取莫怒。自今以后，妾之身付在君矣。幸亟图之。

钱生览毕，不胜欣忭道："小姐不但深情，兼有敏识。曩时申屠丈曾说，"倘有缓急，不妨谋诸我。"那梅山老人，又道："遇珠则圆。"这段姻缘，想有几分可就。然非小姐裁示，几乎忘矣。遂带了紫萧，直往燕子矶关帝庙访问。庙祝道："相公莫非姓钱么？"钱生怪而问之。庙祝道："申屠丈先生临去时，嘱咐小道云，三日后，有一位姑苏钱秀才来访，可对他说，须到东昌相会。"钱生大惊道："申屠丈可谓神矣。"想起堂叔钱一鹤，正做东昌府知府，不如乘此机会，到彼省候，便可以从容寻问那申屠丈了。主意已定，回到书馆，请见范公道："不肖执意辞婚，梅川年伯，必然见罪。今有家叔莅任东昌，意欲暂往省谒，俟王年伯服满进朝，再当趋侍左右。"范公大悦道："贤侄

所见不差，但途中须要保重。"遂即厄藻作祖，至夜席散。钱生方进卧房，把那行李收拾。只见红蕖潜至，持一锦囊付生道："小姐闻君远行，无由面别，特俾妾来，以此不腆为赆。"钱生谢道："烦乞小娘子，致意小姐。小生此去，倘或得了明珠，不时定聘。万不可为着小生，忧损花容。"乃捡视囊中，只有纹银一锭，其余俱是金珠，约值三四百金。钱生把那琴剑书笥，留在其内，只把小姐所赠之资，并要用特件，俱放在皮匣中带去。晓起别公，出门之际，回头频望，魂断意迷，不觉潸然泣下。珠娘一闻生去，玉怨花愁，其相忆之情，亦不待言矣。

再谈吕主事，细述钱生推却之意，回复梅川。梅川赫然大怒，玄卿笑道："谅那腐儒薄福，岂能坦腹乔门。然在老先生，岂患无一娇客，何必取此迂妄之人哉。比闻鳞老有女，四德俱全，何不为令郎公求此佳妇。"梅川道："鄙意怀之久矣，因此公清奇简傲，不近人情，又不知其女可称淑媛否？"玄卿道："日昨亲见范小姐《望月》一诗，请为老先生诵之。"遂朗咏一遍。梅川听罢，欣然道："有此美才，岂无丽质。但无人可做蹇修。"吕主事道："闻有清士许翔卿，与范老先生至密，不若托彼为媒，下官亦当从旁相恳。"梅川大喜。无何，已届重阳，遣仆持柬，邀请许翔卿。翔卿接柬视之，上写道：

制侍生王芬顿首启翔卿兄爱下：久怀雅致，未获识荆。兹届重九，敝园楼台崇敞，愿与君登高一谈。君幸惠临。不鹏。

翔卿暗忖道："此公平昔势利，矜己慢人。今特遣使邀我，春中必有缘故。欲要推辞，又恐见怪，只得随了来使，具名拜谒。梅川一见翔卿，笑容可掬，直延进后园书室，备叙寒温。少顷，摆列酒肴，宾主对坐。饮至半酣，梅川从容问道："鳞老近日起居何以？"翔卿道："范公琴酒陶情，颇得香山池上之乐。"梅川道："闻有淑爱，才色无双，桃夭未咏，意欲为小儿求聘，吾兄试度其允否？"翔卿道："只恐范公不敢仰攀。"梅川作色道："翔卿何出此话？吾与鳞然，不惟同年，兼且累世通家。今以儿女联姻，乃是一桩美事。故特奉迎玉址，烦为小儿作伐。事成之日，柯仪必当重谢。"翔卿道："既承明公钧谕，敢不借口舌之劳，以缔朱陈。俟与范公求得庚帖，即当回复。"梅川大悦，呼童斟酒，连敬数杯。临别，梅川又道："小儿亲事，全仗尊力，并烦致意范翁，不可学那钱兰小畜生，不识高低，故为推却。"翔卿唯唯，作谢而出。不敢迟缓，连夜往见范公。范公道："彼特冰山作泰山，吾与往还，尚惧祸及，岂有以女缔亲之事。明日君去回复，只须依我，如此如此，以辞绝其意。"翔卿领诺，次晓即至王宅，求见梅川。梅川道："许君清早惠临，想必姻事得妥？"翔卿道："执柯无力，惶恐惶恐。"梅川即变色而问道："岂鱳然有所不允耶？"翔卿道："范公非敢不允，只因小姐三岁时，曾有异人相道，此儿福薄，议亲不可太早，早则不寿，须到二十岁外，有以明月珠为聘者，方是夫妻。故议亲虽多，范公一概不敢许诺。特浼小可致谢厚忱。异日尚要踵间荆请。"梅川大怒道："明明欺我，造此胡言。我今日方知，那钱生不允亲事，也是他的主意。罢罢，拚我这穷太常，与他做一个对头。"又叱翔卿道："我好意作成汝做媒，谁料汝也不知人事，为他捏造虚辞，特来诳我。"翔卿再欲开口，梅川已气冲冲地踱进屏后去了。翔卿满面羞惭，回达范公。范公道："由他发怒，我巴不得与他绝交。"正在谈论，忽见吕主事差人下书。公拆书细看，单为王太常求亲一事。中间指陈祸福，无非迫抑公允从的说话。范公掷书于地，微微冷笑道："鄙哉玄卿，真小人也。我老范铮铮傲骨，岂为社鼠恐吓耶！"那递书的，在门首等候半日，不见回书，含怒而去，报与玄卿。玄卿十分不快，即时往见梅川。梅川道："范家不允结亲，毫无情面。我欲寻事害之，君谓计将安出？"玄卿道："老先生荣任在即，俟进京之后，设计中伤，有何难哉。"梅川摇首道："怎耐得这许多时。"玄卿道："既要速行，更有一策。我闻裴大司马，初为淮扬盐院，被鱳然弹了一本，已成不解之仇。老先生何不捃摭其过，修书一封，送与司马。则司马必信公言，而老范难免不测之祸矣。"梅川大喜道："此计妙绝。"即央玄卿起稿，星夜遣人北上。且不说王、吕安排陷害，只可惜范公不知祸患临身，犹以绝交为幸。正是：

灶突已烟上，燕雀犹未知。

且说范公有一嫡侄，讳斐，字文甫，年逾弱冠，以恩例为国子监监生。自朝瑛没后，公即承继为嗣。一日，偶从府前经过，闻得衙役人喧传说道："圣上差下校尉，要拿一位乡宦。"范斐挨身相问，正问着王太常的家人。那家人也不认得范斐，随口应道："要拿做开封府太守的范鱳然。"范斐听了，大骇道："那范太守居官清正，居乡仁善，犯着何罪，圣上却要拿他。"那人笑道："这是朝廷的主意，我们那里晓得。"范斐惊得面如土色，飞报范公。话犹未毕，只见许翔卿疾趋，挥汗而至道："顷闻校尉到府，虽未开读，外人纷纷，俱说为着明公，虽未知真假，不得不来相报。"公方大惊道："我任开封二年，虽无功德及于百姓，未尝得罪于朝廷，不知皇上拿我，为着何事？"正欲遣人侦探，忽报吕爷来了，范公慌忙迎入。玄卿道："鱳老犹未知么？适闻官旗到郡，却为着老先生。我想朝廷之上，权重的莫如大司马裴公，与裴公至契的，莫如王梅老。今老先生遭此奇祸，据下官愚见，何不将令爱小姐，连夜送过王宅成亲。待王老先生进京，求救于裴公，则天威可解，而身家可保。"范公道："谨谢厚爱。若范某无罪，则圣明自然息宥，如果悖逆不法，这是获罪于天子，岂媚于奥杜所能免乎。"玄卿道："老先生只因性气躁直。所以见妒于人，仕途坎凛。今当祸患已成，犹依然执拗。只恐廷尉未必于公，九重高而难吁。不听仆言，悔无日矣。"范公道："与其枉己以幸免，不如守正而待命。缇骑一来，某即含笑而去矣。"玄卿知事不谐，即起身告别。范公忙唤范斐商议道："吾料祸根，必起于梅川求亲不遂。此老奸险异常，我若被逮入都，家内无人，他还要寻计毒害。汝今晚带领叔母妹妹，并汝妻子，悄然出城。明日五更，即雇船直走姑苏，暂避在钱老夫人家下。"又向翔卿道："君以家事清寒，断弦未续。我有使女莲香，每欲备奁赠君，迟迟未果。今临不测之祸，死生难料，君可速唤肩与，从后门抬去，以遂我之初心。幸勿推却。"翔卿顿首泣谢。公即进内，与小姐诀别道："汝兄夭殁，所以承颜膝下者，惟汝一人。满望赘婿，使我两人暮年有靠。谁料误听明珠一语，迟延至今，竟以求聘不遂，遭了王贼之害。我今进京，万一皇天怜我无罪，或得生还，与汝尚有相见之期。只怕群奸布网，天欲绝我，或毙在狱中，或受刑西市，则我父子自今一别，永无再见之日了。我也无所嘱，惟承事母亲，比我在时尤宜孝顺。待钱郎一归，即谐伉俪。事夫敬姑，若能各尽其道，则汝父虽在九泉之下，庶几瞑目矣。"小姐听罢，登时哭仆在地，哽咽不能出声。范公又谓夫人道："本欲与卿，白头相守，奈同林之鸟，大限各飞。若到姑苏，切须照护女儿，伺钱郎东昌一回，不必明珠，即完了女儿姻事。至于家业，夫人自能料理，吾亦不及备细叮嘱。"夫人道："相公保重。"刚刚说得半句，即泪如雨注，放声大恸。左右女婢，无一人不坠泪者。公虽天性刚烈，亦觉凄然伤感。分付未毕，校尉已至门首。小姐牵住公衣，大哭道："爹爹为孩儿被祸，孩儿不能学那缇萦女，上书叫屈，不如死在膝下，做厉鬼以报冤。"范公再三抚慰道："我为父的，不得罪于国家，到京自能申辩，汝不必过为无益之悲"。外边催唤甚急，怎奈小姐牵住不放，公遂绝裾而出。

是夜，拘禁公馆。次日，把圣旨宣读，即以槛车，押赴长安。亲戚故友，并无一人探望，惟有老仆金元，随身服侍。可怜仁厚惇愨如公，见机而作，已退归林下，犹不免于睚眦之辞。君子于此，每为之三叹焉。夫人、小姐，当晚收拾细软，同着范斐夫妇，一路悲伤，自向苏州进发。翔卿得了莲香，即谐花烛。莲香泣道："范爷为人，刚方正直，所以小人嫉恶。今被逮入京，料必凶多吉少。平昔解衣衣君，推食食君，

妾见其厚君者至矣。君独漠然不以为念耶?"翔卿叹道:"范公遇我甚厚,其如事关朝廷,力不能救耳。"过了数日,莲香复说翔卿道:"王太常托君为媒,君顺了范爷而违逆其意。今范爷已被不测之罪,所谓唇亡齿寒,祸及己身耳。故为君计,不如收拾到京,兼打探范爷消息。公私两得,不识君能从否?"翔卿首肯道:"贤妻之言,深为有理。"于是治装北上不题。

且说钱生,便默默然跟了紫萧,迤里出城。只因思忆小姐,心里遥思一回,忽念着老夫人,未审安否如何一回?又想起赵友梅,不知移徙何处?屈指秋烟怀孕已经七月。真是离愁种种,别绪悠悠。况此时恰值秋末冬初,西风萧瑟,木叶纷脱;碧空嘹亮,每逢过雁哀鸣;黄菊凝霜,遥见孤村野店,满目凄凉,越添情况。有昔贤一诗为证。

诗曰:

衡门我事闭苍苔,篱下萧疏野菊开。

半夜秋风江色动,满山寒叶雨声来。

雁飞关塞霜初落,书寄乡下客未回。

独坐高窗此时节,一弹瑶瑟自成哀。

——右《秋日即事》

玉河杨柳已萧萧,羁思逢秋转寂寥。

亲舍每凝云外近,长安翻觉日边遥。

浮名肯似莼鲈美,壮志宁随皮肉消。

自笑行藏浑未卜,巫阳堪问竟谁招。

——右《秋日书怀》

离城约有十里之外,忽闻树林中有人问道:"钱居士何往?"钱生惊讶道:"此处并无相识,却是何人唤我?"回头一看,有些面熟,遂即下马相见。只因遇上那人,使钱生几乎化做横亡之鬼。毕竟唤者何人?且听下回便知。

读至暗然与梦珠诀别数语,使人□□□□

求亲不遂即起戈矛,小人之心□□□□□

往如此,世上不独一王太常。

第九回

投兰若侠客除凶

诗曰：

山头禅室挂僧衣，窗外无人溪鸟飞。

黄昏半在山下路，却听钟声连翠微。

——右《过初池》

说那唤生的果是何人？乃青莲庵寂如长老也。钱生去心如箭，只在马上拱手。那寂如长老随上里许，殷殷相恳道："茅茨咫尺，请告一茶。"钱生感其意切，跳下雕鞍。寂如合掌和尚，钱生亦整衣而揖道："不佞行色匆匆，过承上人见屈，浮生有几，愿偷半日之闲，但不知此去宝刹，还有多少路程？"寂如以手指道："过了小桥，前面竹林之内，便是荒居。"遂携手同行。不及半里，已到庵前。□扉之外，一泓碧水，桃柳成行，扉上一联，是摘唐人诗内："山光悦鸟性，潭影空人心。"之句。字画遒劲，即范公所书也。进入巷门，但见曲径清幽，朱栏窈窕。莲座边贝叶闲披，宝鼎中香烟遥散。好一个精雅禅室，有昔贤诗为证。

诗曰：

不知香积寺，数里入云峰。

古木无人径，深山何处钟？

泉声咽危石，日色冷青松。

薄暮空潭曲，安禅制毒龙。

那庵内有一老僧，曰智真者，寂如之师也。寂如以下，又有寂通、寂照、头陀法云，共有五个。惟寂如是扬州人氏，少习儒书，中年披剃。当下请生进去，与智真等

——相见毕，然后邀入方丈告茶。茶毕，又请入自己卧房。但见琴挂壁边，拂悬窗左，纸帐竹床，事事清雅。智真长老忙令寂通，剪蔬治斋。钱生以众僧礼意绸缪，只得从容坐下。常言道："趋财奉富，莫如浮屠。"有钱喜舍，便是施主檀越，满面笑容，殷勤接待；你若无钱施与，他便情意淡薄，相知的也不知相了。自己化缘，则云僧来看佛面。若俗家吃了他一茶一果，虽以数倍奉酬，心犹未足。当日寂如与生，不过泛然一面，相知甚疏，为何这等倍常款接？只为范太守所许装佛之银，未曾见付。他以钱生与范公年家契厚，欲烦吹嘘之力，所以极意奉承。须臾斋毕，寂如谈起心事，相求转促。钱生道："极该遵命，奈有东昌之往，归期尚远，吾师便中入城，何不自往索之。"寂如听说，一片趋奉之心，顿然厌冷，钱生亦即起身作别。不期紫萧登厕，智真又拉生到后边静室，瞻礼那新塑的送子观音。头陀法云，独向斋堂收拾，见了皮匣，用手一提，觉道沉重有物。眉头一皱，计上心来，疾忙招唤寂如，附耳私语。寂如笑而不言。你道那法云，果是何等样人？原来是个山东响马，俗家姓伍，名彪。与寂如为中表弟兄。半年前，官兵追捕甚急，暂向空门隐避。若论其谋命劫财，也不知做了几千百遭。虽幸漏网，怎奈凶性不改。只为钱生合当晦气。被他见了皮匣，骤怀着不良之念，故唤寂如商议。谁知寂如又是佛口蛇心，极贪极毒。初时假意不肯，法云道："吾兄塑这一尊观音，仅仅百金耳，乃沿门募化，舌敝口干，不知走了多少脚步。今财物自送上门，反弃而不取，难为智矣。"寂如道："只是害他二命，予心不忍。"法云道："只消多诵几卷经文，超度他速生阳世，便可功罪相准了。"寂如道："南无阿弥陀佛！但凭吾弟主意。"于是瞒了智真，又与寂照、寂通，约会停当，等待钱生要行，寂如抵死相留。钱生道："多谢上人厚爱，敢不少住。但小生此往，急欲寻一故人，容俟异日返辔，再聆挥麈。"寂如又问："尊友为谁？"钱生道："是江湖上一位异人，唤做申屠丈。"那寂如最有机智，探了口气，便哄生道："居士何不早说，那申屠丈向与贫衲至交，只在早晚，准会来过。方到东昌，居士既要见他，但须留在敝庵，何必崎岖程路。"钱生信以为实，忙令紫萧，取银发回牲口。紫萧打开银包，约有十余两碎银。寂如瞧见，转觉动火。一面着人整治精洁素肴，开了一坛隔年陈酒。一面取出自己杜撰的打油诗句，向生请政。其诗不能备载，姑录一二，以为笑资云。

　　山行访友（次弟寂通韵）
　　日出东边雨又飘，山前山后草萧萧。

蛙如小鼓花间响，竹似长枪风排摇。

几处田禾农笠戴，数家村店酒旗招。

不知良友居何处？野衲来寻每问瞧。

春日即事

芳草沿堤长，老晴三月天。

桃花已红落，梅子又清圆。

晒衲小桥畔，搔头曲径边。

木鱼声未动，谈笑自悠然。

钱生阅未数章，不禁失笑。忽见紫箫进来，悄谓生道："寂如的说话，未可深信。顷见寂通寂照，不住的交头接耳。这个所在，荒村僻路，杳隔人烟。观那头陀，又生得面目凶恶，未知人心好歹。相公须要主意。"钱生亦惊讶道："汝何不早说，今已薄暮，只得权宿一宵，明早去罢。"不移时，红日沉西，晚钟已动，寂如燃烛方丈，罗列素肴。请生赴酌。钱生酒量虽佳，乃是隔年窨下。初饮时，甘而香美，未及数杯，便觉头目森然。寂通执壶，只管殷殷相劝。紫箫在旁，频以目示钱生，钱生会意，即起身告止。寂如直引到后边客房安歇。钱生已是半酣，上床即寝。紫箫即于床侧，和衣寝寐。但闻庭砌，寒蛩奏响，反侧不能睡去。将及更余，起身登厕。侧耳静听，恍若磨刀之声，心中惶惑。潜往聆之，只见头陀法云，坦裼蹲地，手中磨刀，有四尺余长。惊得冷汗浃背，疾趋进房。摇唤生醒，告以所见。生从梦中惊起，魂魄俱丧。忙问道："此有后门乎？"口中虽问，奈何牙齿岑岑相击，双足酸软寸步不能移徙。紫箫先已探知后路，负生于背，启户而逃。将及里余，遥望树林中火光闪闪，趋往叩门。内有一妇，应声而出，怪问道："若辈中宵奔窜，恐非良善君子。"紫箫放生于地，摇手道："汝勿扬声，此乃家主，适为贼僧劫害，暂向汝家躲避一宵，容当厚谢。"那妇人移火照生，乃一美丽少年也。轻舒玉腕，扶生进内，笑向生道："妾家良人，重利远出，使妾静守孤帏，天遣郎君夤夜至此，所谓有缘千里能相会。郎君岂亦有意于斯乎？"原来此妇姓戚，颇有河间之行。寂如每欲私之，而戚氏固执不允。是夜爱生美貌，欲求仓卒之欢。钱生惊魂未定，岂复措意于残花败柳。俄闻喊声至近，生与紫箫方欲出门避去，见法云横刀于前，寂如、寂照、寂通俱明火持杖，杂沓而至矣。戚氏以身蔽生，寂如因有宿憾，趋前一杖，法云复刺一刀，可怜年少蛾眉，悠尔兰摧玉碎。钱生双膝跪下，哀声恳道："囊资自在宝刹，愿乞饶命。"法云叱咤一声，挥刀即剁。钱生只得闭目待刃，但闻呼然一响，开眼视之，却是法云头忽坠地，一人自梁上跳下，手执匕首，不满一尺，往来飞刺，寂照、寂通俱迎刃而毙，只有寂如，不知去向。钱生细看那人，面黑须黄，形容古异，竟不知从何而来。又见尺首纵横，鲜血飘流，毛骨俱寒，益深骇悚。那人向着钱生道："郎君不须害怕，吾乃真真儿也。承主公之令特来相救。"乃以白练二方，使主仆各蔽其首，耳畔但闻江涛汹涌之声，足下如蹑浮云，又如冯虚御风。不待移步，而飘然自往。俄闻呼道："至矣，至矣。"撤练一观，乃是一所庄院门首。真真儿轻叩三下，其门自开。一人秉烛观书，龙凤姿容，江河剑侠。近前视之，其人非别，即梅花楼所遇之申屠丈也。钱生惊喜而拜道："一自吴阊见教，诏隔仙凡，注想芝容，徒形梦寐。兹为凶僧觊觎，皆因智之先几，自非玄扈神威，凡乎魂归冥汉矣。"申屠丈亦答拜道："俺自虎林获遇梅山，便欲访友燕云。因以敝事，在燕子矶逗留数日，极欲会郎一面。又值故人订期于此，不意郎君受此一惊，虽命中所犯，然文星正现，岂凶秃所能加害也。但郎远来访某，必有所谕。"钱生备以明珠为告。申屠丈拍恼数四数："若谕别事，可以俄顷如命。至于夜珠，乃希世之宝，非购之贾胡，索之椒房勋贵，不可得也。然郎特来寻我，敢不竭力求之。此去东昌，程止四九，郎宜往省令叔，暂留府廨俟某一获奇珍，便当面奉。"钱生听见许允，非常欣喜。又问梅山行止，申屠丈笑道："梅山亦为郎君，用了多少心机。他日燕子楼成，慎勿忘那撮合山也。"钱生虽不喻其旨，然亦不及详问而别。

且说钱公一鹤字曰鸣皋。夫人米氏，一子钱菘，俱留在家。只携琴书之任，莅政期年，口碑载道，颇有杜召之拟五□之讴。一日，退堂闲坐，忽闻云板传进，姑苏十一相公在外。鸣皋闻报，急忙请入衙中。相见已毕，各叙衷怀。鸣皋深以钱生远临为快，细叩学问，谈文折理，俱中肯綮，不胜叹服道："一别数载，不意吾侄学业大成，邓林之木，十霄可望，洵为谢氏之惠连，非复吴下之阿蒙矣。"钱生亦备细问那起居近况，鸣皋道："愚叔他无所乐，惟幸讼简民安，日饮醇醪耳。"自此，生在衙中，倏忽月余，盼望明珠，久无消息。乃潜出私衙，观探山川土俗。盖东昌为南北往来之所，过客如云，车马圜塞。流览之际，忽遇清士贾文华。文华惊问道："闻说台驾自往南畿，为何却在于此？"钱生道："此系家叔敝治，特来省候。不知贾兄此行，为着何事？"文华道："某获遇斐公子，刮目相看。近因大司马促取进京，仆亦随辕北上耳。"

钱生笑道："古人有云，游大人以成名。今文华得遇贵人提挈，甚喜甚喜。但长安道中，红尘千丈。得意浓时，便宜马首向南，勿使闺中冷落，怅望那陌头杨柳可也。"文华含笑而去。又一日，钱生步出城外闲行，闻土人说道，离城数里，有陶府君别墅者，园亭卉石，颇为幽雅。钱生即纵步寻之。数里之外，果见园房一座，乃以数钱赠于管园人，方得进内。虽有竹亭月榭，然时值仲冬，光景萧条，不堪娱览。徒倚片时，聊以适当而已。既而转身回出，忽见园左一家，粉壁上大书七字云：白云峰零沽美酝。钱生口吻枯渴，正有茗椀之思。因近前观那店主，虽是市井中人，白须飘然，形相不俗。又观其脯馔壶觞，十分精洁。遂入店中沽饮。白云峰笑道："相公像是南边来的。江南好不繁华享用，我这里野味村醪，恐不中意。"钱生亦笑道："细观盛肆，可谓精雅之极，聊买一壶，以消闲况。"于是斜倚朱栏，把杯徐酌。不多时，却消尽了二壶。想起明珠未知何日方有，欲作一诗记怀。乃向白翁借取笔砚。云峰道："想是相公要吟佳句了?"忙进以桐叶之笺，松烟之墨。笔既免颖，而砚亦端溪。钱生暗暗赞赏，即濡毫挥成一绝云：

诗曰：

偶倩松醪浣俗尘，翩翩裘马倦游人。

妆楼只盼明珠到，北海何须待化鲲。

白云峰道："相公正要青云高步，为何反有何须化鲲之句?"钱生注目直视道："翁亦知诗者耶?"白翁道："老汉少时，颇解吟咏。近因年迈，笔砚遐疏矣。"钱生口中虽应，而心实未信。将归，留银一锭，并作下次酒资。自此，不时往来，与白翁渐渐契密。然亦未知钱生是五马公之犹子也。鸣皋以生时时出游，惟恐涉迹于平康巷陌，乃稍为拘禁，而问生道："汝来许久，我因衙门事情旁午。未及询汝。年将二十，亦曾托媒行配乎?"钱生答以尚未。公又谓生道："金须锻炼，玉必琢磨，吾侄武库虽充，亦不可久荒范耳。明秋又是文战之期，倘能高捷棘闱，自然有女如玉。"钱生未敢语以明珠一事，惟颔之而已。时值岁阑，朔风凛冽，凄雨时蒙，遂不及再诣白翁酒肆。不觉残冬已过，人日俄临。是日，鸣皋被四府请晏，钱生以衙斋闲寂，又悄悄步出林间，向着垆头剥啄数声，云峰久不出见。俄闻班竹帘内，娇娇滴滴的声儿，应道："来了!"应声未了，氤氲香气，沁入鼻端。正是两处牵情，已惹相思无数；那知三生石上，重寻一笑姻缘。要知端的，且俟下回，次毕其说。

笔墨淋漓，描叙殆尽。

僧家不蚕而衣，不耕而食，正宜苦行焚修，以至三摩地位。乃世法太重，竟以大乘为纸上空谈，甚而饮酒食肉，觅利行奸。种种罪孽，更有过于俗家者。吾恐地狱中累累然俱是若辈也。闻至寂如谋害钱生，使人怒发上指。及至真真儿匕首行刺，又不觉欣然而笑矣。

第十回

咏雪诗当垆一笑

诗曰：

双袖蹁跹舞越罗，小娃十五解吴歌。

酒垆休说临邛好，阛阓门前花柳多。

——右《竹枝词》

西子湖头卖酒家，春风摇荡酒旗斜。

行人沽酒唱歌去，踏碎满街山杏花。

——右《竹枝词》

当日，钱生自寻白云峰闲话，不意娉婷嫋娜，走出一位佳丽人来。钱生注目视之，神莹秋水，态若朝云，其他不能细数。只这秀发堆鸦，金莲一捻，便足魂销。那女子启一点朱唇，露两行玉齿，逡巡问道："郎君是欲沽饮么？"钱生道："非也，特来寻云峰闲叙。敢问姐姐，还是白翁何人？"那女子道："云峰妾之家尊也。去冬有一位，做那偶情《松醪浣俗尘》之诗的，或是郎君否？"钱生道："此乃酒后俚言，何劳记忆。"女便问生姓氏，所习何业？钱生廖答道："姓孙，到此贸易。"随问其青春几许？那女子道："虚度三五。"又问芳名，答道："小字瑶枝。"钱生又问道："余自客岁，即向尊肆沽饮，往来匪朝夕矣。为何不见姐姐？"瑶枝道："因外大父有恙，适去相探耳。今日家君亦为探望而去，想必抵暮方回。"钱生又问："室中更有何人？"瑶枝道："止有老母，近亦抱病伏枕。"钱生虽与昵叙良久，然一片芳心，自在友梅、梦珠，并非钟情于瑶枝也。惟瑶枝独欣羡生才。及生欲别，固留道："尊寓在城，风寒路迂，请以屠苏暖君冻足。"钱生笑道："鄙人愧无玉杵臼，姐姐乃欲啜我以琼浆耶。"方举杯欲饮，而肜云骤起，天昏欲晚，素雪既零，凄风凛冽。未几，推扉一望，大地悉成缟素。钱生倚楹而喟，若有忧色。瑶枝道："归途既阻，妾家衾绸颇备，君何忧焉。"钱生道："室无男子，而小生徘徊不去，将无瓜李之嫌，以贻尊君见罪。"瑶枝道："无害也。老父龙钟，谅不能冒雪而归。"乃令小鬟煽红炉火，与生拥炉而坐。钱生道："姐姐既知拙咏，必工染翰，可无佳作，以觇予怀？"瑶枝即为呵冻，和生前韵一绝。

诗曰：

每恨桃源闭绮尘，无端轻别有情人。

妾心只羡鸳鸯鸟，不敢投梭恼谢鲲。

钱生览诗大笑道："诗诚妙绝，但不知谢鲲是谁？"瑶枝道："远则千里，迩则目前。苟有情种，妾便以终身许之矣。"钱生道："小生固是有情者，可惜遇卿晚耳。"瑶枝默然。钱生又道："清坐寂寥，曷若以雪为题，联吟一律，可乎？"瑶枝道："唯命。"

诗曰：

碎剪冰绡片片春，（生）瑶台多少散花人。（瑶）

刿溪夜棹遑堪访，（生）庾岭寒葩色掩真。（瑶）

十二珠帘非卷月，（生）三千银岛争飞尘。（瑶）

小桥渔笠浑如画，（瑶）疑是南宫笔有神。（生）

吟讫，瑶枝进内，侍奉汤药。于时阴风凄凄，瞑色白合，银釭既点，角枕横施。瑶枝直待其母睡熟，方得步出中堂。见生向火而坐，急问道："君怕寒耶？"即卸下绵半臂，与生御冷。钱生谢道："偶尔相逢，姐姐便钟情如此，使小生何福消受。"瑶枝乃诘问道："妾细哦君诗，并观君言语动静，的是名家仕胤，决非商贾中人也。愿明以语我。"钱生笑而不言。瑶枝道："妾固知之矣，君必欲终秘耶？"钱生乃以实告，且嘱其隐而弗泄。瑶枝道："君既宦家，必已问名贵族，但不知充下陈、备酒扫者，曾有几人？"钱生怃然道："尚乏齐眉，何云姬媵。"乃以梦珠小姐月下相会，及寻申屠丈，求取明月珠一事，备陈颠末。瑶枝道："细听君言，则君与范小姐，均可谓有情人矣。第不知今后又遇一个焉，其有情亦如范小姐者，君肯以待范小姐之情以待其后见者乎？"钱生道："余情痴人也，每阅稗史，至君虞之负小玉，王生之负桂英，未尝不掩卷三叹，而尤其薄恩薄幸。然世上又有一等，入秦楼而窃玉，过楚馆而迷香，情欲摇摇而欣彼羡此者，则亦好色淫乱之徒耳，而非所谓深情之士也。若夫信誓旦旦，终始不渝，生而可以死，死而可以生者，方谓之有情耳。使余今而后又遇有情如范小姐者，欲我

舍范小姐而从彼，则吾不能。若欲以待范小姐之情，以待之，则胡为而不然。"瑶枝道："妾闻待媒而嫁者，正也。择美而从者，权也。窃观郎君，器宇不凡，温然玉润，诚骚雅之领袖，士林之翘楚也。故一观丰仪，志念遂决。君虽无援琴之挑，妾实有衔玉之意。愿获托身姬侍，又未卜君子，肯分涓埃之情，少及于濯浣之贱乎？"钱生暗思："梅山老人曾许我以三位妻小，虽友梅、梦珠会合无期，然盟言也订，或者第三室之缘，其在斯乎？"乃欣然许允。瑶枝即求设誓，钱生乃誓道："生则同衾，死则共穴，泰山如砺，心炳日月。"誓毕，漏下已三鼓矣。灯火之下，细睹瑶枝，皓齿明眸，愈觉艳丽。乃笑道："盟既订矣，良宵难遇，请坐何为？"瑶枝正色道："妾之所以午夜会君者，诚为百年之事也。今既蒙金诺，荐枕有日。虽鄙陋之躯，不足珍爱，然私谐萱帏以图苟合，则妾亦淫荡之人耳，君何取焉。"钱生道："卿言是也。我虽热中，姑忍制以待合卺耳。"直至鸡鸣而息，终不及于乱。黎明雪霁，钱生赋诗为别云。

诗曰：

邂逅相逢即誓盟，何须跨鹤入瑶京。

黄河莫道深无底，未及卿卿一片情。

瑶枝亦次韵，以答生道。

诗曰：

休忘雪夜订姻盟，作速观光上玉京。

今后马嘶门外路，凝妆终日盼多情。

吟讫，遂恋恋各道珍重而别。钱生进府，钱公愠而诘问，乃谬以寻谒申屠丈、求珠为辞。鸣皋惊道："那申屠丈乃是江湖仙侠，我虽闻其名，而未见其人，子何从而识面？又何因而求珠耶？"钱生备告以姻亲一事。鸣皋道："昔日裴航，得玉杵臼以聘云英，至今述异者以为美谈。今吾侄亦欲寻明月珠以求范氏。倘婚姻果遂异日风流场中，又添一段佳话矣。但申屠丈既已许汝，只须静以俟之，又何必恓恓然而空鹜于外哉。"钱生退至侧边书室，思念瑶枝，作小词以述其事云：

词曰：有女艳当垆，疑是来姑射。十五正芳年，一幅春风画。不必奏求凰，便许终身嫁。此后问相思，又在青帘下。

——右调《生查子》

钱生又见斋前梅花盛开，以怀友梅，作诗一绝。

诗曰：

曾记芳名是友梅，梅花独向郡斋开。

朝云暮雨知何处？不入罗浮梦里来。

过了数日，鸣皋坐堂将退，忽见皂快禀称，有一申屠丈要见老爷。鸣皋慌忙请入后堂，掩门相见。又唤钱生出会毕，申屠丈便向袖中，取出明珠付生道："俺自郎君见托，直逾岭海，寻见贾舶，以三十万缗购得此珠。虽淹滞十旬，幸不辱命。在郎姻事可谐，而某报郎之心亦尽矣。"原来珠逾径寸，光明圆洁，若黑夜放在室中，则一室皆明。昔惠王所云照乘，季伦每以代烛，皆是物也。钱生捧珠踊跃，再拜再谢道："萍水相逢，过叨恩渥，既起之于垂殒，又锡之以奇珍。铭骨镂心，感何可既。"申屠丈又嘱生道："室家之事，固当勉图。此外或遇闲花野草，亦须屏却淫邪，以存阴骘，庶几功名可成，而遐龄可保。郎宜珍重，俺从此别矣。"鸣皋与生牵袂恳留，申屠丈执意要行。钱生歘虚道："此别之后，不知何时再会。"申屠丈道："后会无期，难以轻约。或于便鸿，当稍附一信耳。"言讫，飘然策蹇而去。钱生即于次日黎明，辞别叔父，带了紫萧，回诣金陵。鸣皋亦遣人护送，并修书一封，问候范公，为生申说亲事。

钱生一到白下，即入城先访许翔卿。许家回说，旧冬已到北京去了。钱生便由大街趋往范宅，但见门外悄无一人，门上封皮紧锁。钱生茫然不解其故，遍处寻问，方遇一老苍头。苍头泣道："家老爷不知为着何事，忽被圣上拿问。去年十月间，已为锦衣卫校尉拘往长安去了。"钱生又问夫人："小姐今庄何处？"苍头道："当老爷临去那一晚，夫人、小姐即随着小相公出城，今亦不知去向。"钱生听见，徬徨不宁，凄然欲泣。乃谓紫萧道："我只道有了明珠，则姻期可以唾手。谁知又遭此变，如何是好？"紫萧道："既范爷有了这件奇祸，即寻见了夫人、小姐，恐亦无济于事，不如原到东昌，再为商议。"钱生曰："汝言最是。"遂连夜出城，向客店中安歇一宵。次日五鼓，起身就路。不则一日，又到了东昌。鸣皋见生，惊问道："吾侄去而复回？莫非亲事不谐么？"钱生说出范公被逮之事，鸣皋大骇道："鳞老已谢归林下，那当事者犹放他不过，必欲罗织以罪，真可为寒心矣。故仕宦之险，昔人喻以泛海，信不虚也。但吾侄姻事，将欲如何？"钱生道："姻事且不须提起。窃料范年伯此去，轻则贬窜遐陬，重则竟有灭身之祸，愚侄放心不下，欲到京师，探听消息。不知叔父以为可否？"鸣皋道："今日正是小人世界，子去探问，恐或被人侦知，不惟无益于公，抑且惹祸于己。况今科试在迩，我正欲为汝斡旋前程，以向秋闱鏖战。若到北都，岂不误了科场大事。依叔愚见，还是不去罢。"钱生道："不然，平居无事，则依附门墙。一朝有患，即掉首不顾，此乃小人浇薄之态耳，侄岂肯效之。况范年伯青眼盼睐，既已骨肉我矣，今日到京一望，亦情理所不能已者。且不肖此去，自当小心在意，决不惹祸，以贻叔父之忧。"鸣皋踌蹰半晌道："汝既要去，我即着人，为汝纳了北监，以便在彼应试。须念三年辛苦。闲在寓中，再把经文，用心细绎，倘遇朱衣暗点，岂惟尔叔之喜，庶不辜尔母倚闾之望耳。"于是择吉起程，鸣皋置酒饯别。临歧再三嘱付，前途谨慎。又作诗为赠，有"不独秋风聆鹗荐，马蹄并望探花归"之句。钱生俯首受教，挥泪而行。因期促意忙，不及向白翁一晤。

　　将抵都门，已四月中矣。毕竟是皇都地面，风景繁妍。有多少剑履簪缨，鸣珂于丹陛，雕鞍绀帻，击鼓于通卫。以至龙楼凤阙之崇华，四海九州之客旅。有先贤《长安春望》诗为证。

　　诗曰：

　　南山晴望郁嵯峨，上路春香玉辇过。

　　天近帝城双阙迥，日临仙仗五云多。

　　莺声尽入新丰树，柳色遥分太液波。

　　汉主离宫三十六，楼台处处起笙歌。

　　钱生到京，寻一寓所，在国子监之左。其居亭主姓王，号季文，原籍姑苏，以刀笔为生涯，盖讼师也。有女蕙姑，年已二十有五，虽曾受聘，尚未于归。生以桑梓之谊，且便于进监，故借寓焉。此时，王太常已起服进朝，连升二级，除授吏部左侍郎之职。钱生虑其犹宿旧憾，故从母姓，而改讳为芳。自有鸣皋遣来之仆，投递文书，照例纳监，不必细谈。生以鞍马劳惫，在寓静养数日，方到刑、兵二部，打探范公消息，忽于中途，凑巧遇着贾文化，便邀入酒楼叙晤。文华道："台下进京，必有贵务？"钱生道："不为别事，只因金陵敝年伯，奉旨钦提，特来探候。"文华道："若尊驾早到半月，便得相会。今范公已出京去了。"钱生道："贾兄既知敝年伯出京消息，必知所以得祸之由了？愿乞赐闻始末。"文华乃附耳谓生道："只因范公有一小姐，新吏部王爷欲与联姻，范公执拗不允，故王吏部致书裴爷，求他寻计中伤，不料裴爷正怪范公冷落，故假旨逮了进京。初意不过但恐吓他一番，使他惊惧，从了王太常的婚姻便放耳。不料范公为人耿直，宁死不从，欲要重处他。又因他在开封做太守清廉有名，故但谪到塞外去了。"钱生听了，不胜嗟叹。文华饮罢，因有事别去。钱生怅然回到寓所，毫无外事。每日只是闭户温习经史，以图上进。但客窗诵读，殊觉寂寥。有诗细

咏之道:

枕叠残书床系绳,照人无焰是孤灯。

纵然异日青云客,此际凄凉不啻僧。

却说王季文的女儿蕙姑,因夫家无力未娶,琴瑟愆期,摽梅失望,未免花朝月夕,对景生情。又见钱生少年风雅,愈觉动心。又听见他夜夜诵读,如鹤唳,如恐吟,声声感人肺腑。这一夜,按纳不住,乘人睡熟,竟悄悄走至窗下窃听,欲推门而入,门是关的,只得轻轻叩响,钱生听了,忙掩卷问谁?却又寂然。未几,将欲展卷,又闻叩响,如前。生平素畏鬼,亦呼紫萧。而紫萧已垂头熟睡,乃执灯自起启扉。只见蕙姑,静立于扉外,惊避进房。蕙姑亦尾后而入。钱生愕然道:"小娘子寅夜至此,有何见谕?"蕙姑道:"闻君静夜读书,特来作伴耳。"钱生道:"小生自有圣贤为伴,请勿进内,男女之间,嫌疑不便。"蕙姑剔了灯煤,翻弄书帙,含笑而问道:"君乃风流名士,曾阅《西厢记》否?"钱生正容道:"此乃艳曲淫词,岂入我辈之目。"蕙姑又杂以谐谑,多方诱生,而生终不能动。乃双脸晕红,含惭而退。自后,钱生防避其密。一日,与王季文闲话,偶及蕙姑亲事,始知其婿文长儒,乃顺天府学,一贫如洗,不克糊口。钱生以叔鸣皋所付囊资有余,且怜蕙姑之情,乃呼长儒,以五十金赠之。无何,已是八月初旬,钱生因试期已迫,谧虑凝神,拟经书题七个,做成七篇。及入场,《四书》题,悉如所拟,惟经题稍异耳。以后二三场,俱一挥而就,文藻烨然,若有神助。及揭晓,中在前列,鹿鸣宴毕,谢过座主房师,收拾行李,将欲南辕,适值鸣皋遣人以书付生。生启缄视云:

阅乡书,知侄果已夺标,使我老怀浣慰。此后更宜着鞭,把长安花一朝看尽,而锦里言旋,一副尔叔眷眷之望,尤为至快也。我老矣,将营糟丘,投奔而隐。尔弟豚犬,不足为言。所以绍青毡而有高门之庆者,独在汝耳。时届岁寒,燕山雪花如斗,惟侄加餐自慎为嘱。外寄小菜数种,银若干,以为汝旦夕薪水之费,须逐件检入。

钱生得书,行踪遂止。然中心怏怏,一片相思,愈深几倍矣。欲知春试如何?下回便见。

雪夜联咏,各叙幽怀,虽使两人面谈,亦不过此。

以风流俊士而遇当垆美艳,宜乎。两情缱绻,契若瑟琴矣。然能守正不乱,及在燕寓,又有拒绝蕙姑,此所以情虽深而不入于淫荡之一流也。

第十一回

因赛神计劫兰闺秀

南方淫祀古风俗，楚媪解唱迎神曲。

枪枪铜鼓芦叶深，寂寂琼筵江水绿。

雨过风清洲渚闲，椒浆醉尽神欲还。

帝女凌空下湘岸，番君隔浦向尧山。

月隐回塘犹自舞，一门依倚神之祜。

韩康灵药不复求，扁鹊医方曾莫睹。

逐客临江空自悲，月明流水无已时。

听此迎神送神曲，携觞欲吊屈原祠。

——右《夜闻赛神因题即事》唐《李嘉祐》作

却说钱老夫人，自从生往白下，即备重礼，酬谢了崔、李、陆三子，又托崔子文置酒虎丘，以答报那动公呈的合学朋友。既而崔、李俱到外郡游学，惟陆希云不时到门讯候。老夫人膝下凄凉，少不得心中牵系，俱不必细说。

且谈秋烟姐，既切离思，又因怀娠，所以精神倦怠，情绪全无。闻啼鸟以惊心，愁眉常锁。睹花枝而增慨，涕泪时流。惟有绣琴，十分中意，往往微言带谮，冷笑含讥。秋烟每不能耐，亦以恶语相加，二人因而成隙。每一日早起，以人参汤进于夫人，夫人看见泪痕莹颊，细为诘问。秋烟遂把他事抵饰。绣琴知之，乃潜于夫人道："向见秋烟与某童，戏于厢房。前晚又见秋烟，潜入钱吉房中，逾时而出。夫人闻而稍有疑意。又一日，秋烟要买绣线，寻见钱吉，将钱付与，因而闲话片晌。绣琴又以告夫人，夫人治家严肃，虽婢女，不容少有邪私。于是深信绣琴，而欲觅配以嫁秋烟。无何，乳腹渐高，夫人乃大怒，将呼杖而挞之。秋烟料难隐匿，以生所题罗帕诗奉进。夫人细玩，诗意清新，而笔迹可验，即回嗔作喜道："既有此事，汝何不早言。若幸举一男，亦一喜快也。"于是恩宠日隆，女红尽辍。绣琴愈嫉焉，乃与桂子密谋倾挤，乘间窃其汗巾一条，置于钱吉枕底。吉妻见之，疑与秋烟有私，与吉争吵，而以汗巾诉于夫人。及呼秋烟审鞫，秋烟茫然无以自明。夫人大怒道："汝与贱奴通奸，辄敢污蔑尔主。遂以荆条挞之数十，即时祛出钱吉，而买药堕胎，服药三剂，胎竟不下。于是褫去衣裙，每日蓬首跣足，供役厨房，兼又槌詈兼至。自此，秋烟之苦，殆不可胜言矣。至冬，将欲临蓐，绣琴先与夫人计议，俟其生下，即当淹溺。夫人又托梅三姐，寻配以出之。

忽钱贞报进，南京范夫人、小姐与小相公俱到。夫人惊喜出迎。范夫人肩舆，已陆续而至。相见毕，彼此各叙间阔之情，一一问安。次及范公，范夫人泫然泣下，便诉出奸人倾陷，被朝廷提问一事。小姐触着愁肠，掩面而泣。老夫人亦不胜伤感。次后问生何在？范夫人道："贤郎在被难之前，已往山东省叔矣。"老夫人心下始安。治酒款待，虽殷殷劝慰，范夫人、小姐，终席不举一筋，止啜薄糜而已。范斐既已安顿家小，即往京师探望，辞别而去。范夫人偶见秋烟，腹中怀孕，而困悴可怜，心颇疑之。因以讯夫人，夫人道："言亦可丑，彼与狡童私媾，今将临月耳。"随唤秋烟，又羞辱了一场。

且说梦珠小姐，自公被逮之后，时刻悲思，寝食俱废。每夕焚香吁天，愿得圣恩宽宥。范夫人虽十分忧郁，惟恐苦伤小姐，时时安慰。其如玉惨花愁，终不能少解。尝作忆父诗云。

诗曰：

天恩何日释南冠，归雁虽多信尚寒。

读罢离骚重试目，白云何处是长安。

珠娘以夜长难寐，独于灯下观书。耳中忽闻呜呜咽咽，婉转悲啼，声甚凄楚。讯之，乃秋烟也。喟然道："我有天大忧愁，只得含悲忍泣。尔乃自罹其苦，胡为彻夜号叹乎？"秋烟推扉而进，泪流满面，终泣而对道："奴有一腔苦衷，无可告诉。今天幸轩车远至，愿得少披肝膈，不识小姐亦肯垂听乎？"珠娘道："我本愁人，今见尔貌楚言哀，使我殊为悲感，有何冤抑，不妨语我。"秋烟遂以钱生私昵之情，及临别留诗，绣琴妒谮之事，委曲叙毕。因泣道："奴之一身不足惜，所恨谗言蔽明，心事莫白，以主人之胤而为淫媾之私。倘蒙小姐肯赐片言，以白其诬，死而不惜。"珠娘听知孕从生有，便怀悯爱之念。次日进见夫人，力为辩悉。夫人道："小姐不可信那花言佞口，我思之审矣，彼必先与贱奴通奸有孕，唯恐事泄，乃私主以籍口。故诗虽真而情则谬也。"小姐又反复言之，夫人终不能信。但含笑而已。既而绣琴又与桂子有隙，历数其短，以告夫人。桂子闻而大怒，始以谋窃汗巾，及偷出减妆内银花数事，一一陈诉。夫人严为鞫究。桂子之过是虚，而绣琴之事却实。深悔误信其言，呼秋烟而抚慰之道："我屈汝，我屈汝。"即以绣琴发在梅三姐家。适有维扬客人，愿出三十金，买以为妾。梅三姐匿其半价，而以十五金，请命于夫人。夫人深恨之，不考其人之清浊，欣然依允。未几，秋烟获生一子，试其啼声呱呱，卜为英物。老夫人大喜，以生讳兰，而古有"何物老妪，生此宁馨儿"之语，遂命名曰宁馨。少不得三朝弥月，自有亲邻馈贺，俱不及细叙。老夫人以小姐前为秋烟屡白其诬，至是绣琴事败，深服其智识过人，又尝于镜奁内，得所作忆父一诗，词意酸楚，感而坠泪。因叹道："嬉笑之怒，甚于裂眦，长歌之悲，过于恸哭。此语信然。"遂有为生纳聘之意，而难于启齿。私讯红蕖，红蕖述范公临行之语以对，夫人大喜。自后待小姐之意，愈为恩密焉。

光阴荏苒，不觉冬去春残，悠尔又逢仲夏，范斐自塞上遣人回报，始知公已遣谪孤山，范夫人心中稍慰。惟珠娘，既有思父之孝思，复以钱生杳无归信，怨红愁绿，绿眉时颦，待月迎风，愁城愈固。虽在喧哗笑语之下，不无咨嗟叹息之声。是以刺绣心灰，丝桐谱冷，时时托诸吟咏，以自遣其愁况云。《春日晓起红蕖促看海棠因书即事》诗曰：

　　香闺晓日上窗纱，懒向妆台理鬓鸦。

　　侍女不知心上恨，几回催看海棠花。

——暮春咏怀

　　冉冉朝烟溜碧萝，啼莺声老奈愁何。

　　凭栏怅望家千里，照镜慵梳发一窝。

　　风拂檐铃催梦去，蝶随柳絮绕帘过。

　　可怜满径残红片，不及罗衫泪点多。

　　因秋烟之事，虑生在外，又以花柳牵情，尝试一绝云。

　　诗曰：

紫燕虽归信物受，成荫绿树乱烟飘。

只怕春心浑未定，更随明月听吹箫。

其诗连篇帙，不能尽载，兹选志一二，以见其愁怨恨聊之意焉。

且说老夫人，以槐黄时近，科举秀才，纷纷的俱向白门应试，不知生进得场否？心下不胜忧虑。忽一夜，梦见中丞公，笑容满面，握手而言道："吾儿乡闱奏捷，当在丙子。那业师郑文锦，原注定今科中式，只因文锦做了几件亏心丧行之事，已把姓名褫革，吾儿在燕京旅邸，能拒绝蕙姑，不淫闺女，上帝以其操行清严，增寿一纪，又拔在今科连中，故特来与夫人报喜。"言未绝，但闻笙箫细乐，一片喧沸。夫人因以问公，公道："此正蕊珠放榜耳。"夫人道："相公误矣，今方七月，秀才尚未入场，怎云放榜？"公笑道："夫人有所未知，人间揭晓，须俟八月下旬，至于天上，只在七月望后，便把应中俊英姓名，俱已填定矣。"夫人再欲拆叙衷怀，却被树枝一绊，忽然惊醒。梦中之言，一句不忘。只以钱生该在南场赴试，为何反在北京？猜疑不决。晓起，以告范夫人。范夫人道："贤郎君挨藻摘葩，才高八斗，今秋奏捷不问可知，致使夫人得此奇梦，先为之兆耳。"

俄而三场考过，又早放榜之期。只见江上黄旗飞报，崔、李二生，俱获捷之。同社中，惟陆希云三报已捷。夫人望至月初，喟然叹道："我儿竟在孙山之外矣。"盖生虽在北场中选，只因鸣皋为生纳监，注了金陵祖籍，又把姓名改了魏芳，故报捷的只到东昌任上，兼往金陵旧宅。直到十月中，鸣皋方有书至，说生已在北闱中式。夫人大喜道："曩夕之梦，信不谬矣。"范夫人、小姐俱捧觞称贺。秋烟闻了喜信，满怀欣悦，不言可知。钱贞便欲竖立旗竿，夫人止住道："偶尔侥幸，为什么惊天动地。且待春闱及第，竖亦未迟。"又有几个靠势家人，概不收纳。既而陆希云公事北上，老夫人馈送赆仪，并修书寄生，不提。

且说郑心如，自谤生之后，崔子文诉向同社，将欲群声其罪，又被李若虚当面唾骂了几番，心如恐失体面，只得走求朋友，向崔、李恳息。又请名家，肉袒致谢，其事方寝。只因此名一播，那姑苏仕宦，悉知其奸险异常，再有谁人请荐。心如自觉无颜，避到临安暂住。恰好遇着在城乡宦，有胡御史者，延请西席。那御史是谁？即憨公子胡伯雅之父也，现任副都御史，告病在乡。因憨公子目不辨丁，要请名师指教。郑心如访知这个机会，即央门客常不欺荐引，具许以厚谢。不欺便力荐心如，心如又誊出几篇窗稿，具名拜谒。胡御史把文章细观，击节赞常道："清新藻丽，必中之才也。”因此馆事一言而妥。心如既进馆中，探取憨公子之性，每日功课，并不讲书做文，只谈论些嫖经赌诀，以至闺阃鄙亵之事，及在胡御史面前，则又极口赞道：令郎公子亏其指授窍道，近来文字，气已食牛矣。兼以胁肩谄笑，惯会趋迎，故不但憨公子日渐投机，而胡御史亦破格相款。自开绛帐，瞬息三载。其年暮春，胡御史起官北上，憨公子要到虎丘游玩，同了心如、不欺，随即买舟至苏，在虎丘寺内，假一僧僚作寓。于时，苏人游虎丘者，往来纷错如织。上自衣冠士女，下至□屋裙钗，莫不靓妆丽服，连臂而至。真是歌吹为风，粉汗为雨。罗纨之盛，多于江畔之柳，可谓艳冶极矣。所以憨公子纵日聘怀，十分得意。每日与心如、不欺，观看女客。看后则又数青论白，较其妍媸。至夜则饮酒啖肉，期于醉饱而已。究其胸中，不知山水为何物耳。

忽一日，有楼船舣岸。前舱靠窗站着艳婢四五，或轻摇纨扇，或笑指岸花，纷纷的娇声婉语。心如挽了憨公子之手，趋前指看道：“此船必有丽人矣。”俄而群婢先拥着两位老者登岸，姿容俱极清雅。次有一个女子，年可二十，轻烟淡月，真所谓画中人也。你道此船果是谁宦宅眷？原来即是钱老夫人。因范夫人、小姐思忆范公，故特置酒船中，与他解闷。那卖花妇梅三姐，亦与偕来。憨公子指手画脚，正欲往来挨看，因是日游人太多，夫人、小姐随即下船而去。憨公子立在水涯，凝眸遥睇，直待那画船去久，方回寓中，大声道：“我今日害了相思病也。”因闭目静想了一会，不住点头道：“我得之矣，我得之矣。”原来憨公子人虽鄙陋，那眼睛却有高低。乃向心如道：“适见楼船中那个女子，果是观音出世，怎能设一计儿，向销金帐里，取其一乐？先生即是苏人，必然知其姓氏。”心如道：“在城宦族颇多，何由认识？若要访问，则亦易易耳。”憨公子又问所以访识之由。心知道：“顷见卖花妇梅三姐，亦在船中，只须明日，唤来一问，则此女之姓氏可知矣。”憨公子大喜。

次日，寻一识熟梅三姐者，托彼相唤。有顷，梅三姐来，心如便问：“日昨那一位年少而美丽者，可是谁宦之女？”梅三姐道：“乃是金陵范夫人的小姐，向来侨居钱宅，年方十九，名唤梦珠。”心如道：“原来是范鳞然的女儿，此位是杭州胡大爷，因见了范小姐的美貌，十分爱羡，故特请尔相商，不知尔能出一奇谋，使胡大爷得近嫦娥否？”梅三姐摇首曰：“那范夫人操凛冰霜，冶家清肃，范小姐又端庄静一，寻常不肯轻易一笑。昨日因钱夫人力劝，偶尔一游。料想重门深闭，言不及外。虽有良平，无所用其智耳。”憨公子听说，闷闷不怡。以手摩腹，绕廊而走。心如道：“重赏之下，必有勇夫，公子既图好事，何不先送酬金。”憨公子即忙取出五两一锭，送与梅三姐。

梅三姐推却道："无功可居，何敢受赐。"口中虽说，然见了一锭纹银，未免心动。便又转口道："银虽权领，不知尊意必欲如何？"心如道："我闻牵引幽期，必须投其所好。故慕利者，可饵之以珠玉。怀春者，可诱之以风情。今范氏子生于宦族，则非财货可邀。性既端贞，亦非淫邪可入。只烦三姐早晚往觇，俟彼稍有动静，便来回复。那时我自有什。"梅三姐欣然领诺而去。

俄而四月已尽，将届端阳，梅三姐杳无回信，憨公子不胜焦躁。忽一日，将暮，闻叩门甚急。急忙开视，则梅三姐也。讯以所托若何？梅三姐道："莫讶，久无回报，只因彼略无动静耳。近钱老夫人以城居暑热，特邀范夫人母子，移住尹山园房。日昨妾往讯候，值范夫人有恙，卜于巫者。巫者云，必于十八日赛于五郎方愈。有此一事，特来回达。"心如大喜道："果如尔言，那范小姐在我掌握之中矣。"憨公子忙问："计将安出？"心如道："彼既事神，我即假神以惑之。那尹山，乃郊旷之地。而赛神必至于夜，更烦梅三姐假以探疾，先至其家。我这里只用数人，俱以殊墨涂面，选一身长而力巨的，衣以绯袍，扮如五郎模样。将至黄昏时分，潜匿园中，当迎神之际，铃角既喧，人又散乱。此时梅三姐暗中潜出，关会小姐所在，衣绯的排闼直进，背负而走。彼即知之而不敢追；即追矣，见此神形鬼状，必不敢近。我这里预先收拾行李，觅一快船泊岸，俟小姐一到，连夜开船，载至秀州，又于鸳湖左近，凭一所园房住下。直待范氏心谐意允，然后携返临安。人问时，诒以姑苏娶来之妾，岂非神鬼莫测，而且易于反手。此计何如？"憨公子听罢，哈哈大笑道："妙计，妙计。"原来苏俗祀神，最以贤圣为重。相传五月十八，乃其生日，其赛也，必用馒头及三牲蔬果之物，巫者唱诵神歌，一人发喉，数人和之，其声呕哑可听。及至椒酒屡进，则又摇技吹笛，与作乐相似。盖其风俗然也。梅三姐既受约而去，又托常不欺先往嘉兴寻寓，其余自有跟随僮仆，依计而行，不必细话。

且说老夫人的别墅，在盘门之外，离尹山犹隔数里。其园虽不十分宽敞，也有四房绣闼，竹树亭池，洵为避暑之所。那范夫人，因冒风邪，染成一疾。老夫人平素佞鬼，便令巫者卜之，巫者附会其说，以为触犯神怒，必须虔诚祷禳，不然疾未能已也。卜未几，而疾瘳，愈信神祐之力。于是广备醴牢，至十八夜，巫者登场，持铃而讴。小姐焚香于庭，二夫人自在前厅闲话，其余仆役俱绕场而观。此时，憨公子所遣之人，已撬开园扉，分匿林荫。手持瓦砾，向空乱撒。众人惊喊道："有鬼，有鬼。"巫者亦战栗不宁。俄而衣绯者，暗与梅三姐关会，直趋中庭，背负小姐而走。诸匿者或作鬼号，或抛泥砾，披发执杖，随后而趋，所以小姐虽极叫呼，而僮仆等俱股栗心悸，不敢向前。及红蕖飞报夫人，拘唤众人追赶，而珠娘已载入舟中，峭帆风迅，去之久矣。憨公子因以心如所嘱，不可造次，遂独放小姐于中舱，自与心如坐于舱首。珠娘惶骇不测，将欲赴水，怎奈防守甚多。是夜风便，黎明即抵南湖。时常不欺已赁下陶宦的园房一所，那管园冯二，只有夫妇两个，年将五十，俱是扬州人氏。憨公子忙央冯妪，扶起珠娘，已哭得眼皮红肿，喉干声哑。憨公子乃问心如道："设或小姐不肯顺从，教我如何答话？如何劝谕？"心如便教以如此如此，憨公子方才进前相见，珠娘叱之道："汝等劫我至此，意欲何为？"憨公子道："特慕小姐丰姿，愿为夫妇耳。"珠娘大怒道："我乃宦家之女，岂与尔等鼠狗为匹。我头可断，我身必不能污也。"憨公子道："我乃杭郡胡伯雅，尚书之孙，御史之子，也不为辱没了小姐。"珠娘厉声道："却不道使君有妇，罗敷有夫。尔父、尔祖既为显宦，尔乃作此盗贼伎俩，真犬彘也。"憨公子道："汝已在我壳中，若不从顺，只怕插翅难飞，徒自苦耳。"珠娘低头暗忖了一会，便笑道："尔既要为夫妇，妾亦不能违逆。但尔我俱是名家子女，岂可草草苟合。必须置办香烛，唤一宾相，成了合卺之仪，方协于飞之愿。不然，妾宁死不从耳。"憨公子大喜，忙与心如说知，遣人置备各色。珠娘又以发乱，催取梳具。及捧进梳匣，内有裁爪利刀。珠娘四顾无人，泪流满颊，低低叹道："我亦不难一死，只可恨钱郎盟约成虚，父母劬劳未报。罢罢，若再迟延，必遭奸贼之辱。我宁作贞魂，游于地下耳。"乃取刀向颈一刺，血溅如流，登时身扑。憨公子已令人点香燃烛，进内催唤。只见珠娘刎死在地，睨而笑道："痴人，痴人，把性命如此轻贱耶。"趋告心如，心如大惊。急向房中看验是实，乃道："三十六着，走为上着。"遂与憨公子开了侧门，惊窜逃走。管园冯二，唤到宾相，等候多时，自往里边呼问，行李虽在，悄无声息。欣开竹帘，忽见珠娘横扑于地。急忙走出园扉，四野寻望，杳无一个人影。跌脚叫苦道："这场横祸，怎了，怎了！"正在忧慌，刚值常不欺走到。冯二一把扭住道："是尔借房，今又杀人在此，尔须偿命。"常不欺愕然不辨其故，被冯二扯进房中，指着珠娘道："你瞧，你瞧！"吓得不欺冷汗淋身，半晌不能开口，低头呆看。忽闻珠娘喉中哽咽有声，以手抚额，犹觉温暖。忙与冯妪扶起在榻，以汤灌下，须臾苏醒。

原来小姐力弱，外边皮肉虽伤，不曾损内，也是命不该绝，常不欺被冯二羁住不放，只得延医调治。将及半月，渐渐平愈。珠娘始以不欺等，假鬼行劫，诉与冯妪。因恳求道："若得贤夫妇送返姑苏，当以金帛重酬。"冯二夫妇，始初道是憨公子所娶之妾，至是方知抢劫来的。便假意要将不欺送官究治。不欺慌了，连夜遁去。要知冯二肯送归小姐否？且听下回再表。

绣琴嫉谮秋烟，究竟秋烟无恙，而自身反遭远鬻。故谮人者，适以自谮耳。

憨公子一动一静，悉受心如颐指，奈何不以诗书启沃，反导以肆情灭理之事。憨公子固是木偶，而心如真小人也。

文势纵横，极意摹写，可惜以史迁笔法，措之于小说耳。

第十二回

为深情魂遗金凤钗

诗曰：（集唐）

寂寞山窗掩白云，（权德舆）

春风应自怨黄昏。（韩　偓）

舞鸾镜匣收残黛，（李商隐）

环佩空归月下魂。（杜　甫）

话说陆希云，自赴公车，朔风凛冽，逼岁遥征。至明年正月，方抵京师。舍寓既定，便寻至生邸。二人相见，握手道欢，希云即以老夫人书信付生。钱生拆书细看，笺首无非慰问平安，并望春闱克捷之意。至中间，有范夫人、小姐抵舍逾年，相数晨夕，稍免寂寞之语。生方知小姐即主于家，欣然色喜。书尾又云："秋烟于去岁冬杪，幸获弄璋，眉清目秀，器宇不凡，今已弥岁矣。并此附闻数语。"钱生大喜，于是收摄精神，杜门不出。或值希云在寓，拟题构文，讲析经义，每至深夜而息。及三场毕后，希云下第。钱生竟获高捷。少不得雁塔书名，瑶林赴宴。既而希云策蹇南归，钱生造寓言别。希云道："前岁吾兄系狱，贾文华适在裴寓，为兄辨剖甚悉。今贾生以谷期生所谮，发在刑部勘鞫，已半月矣。去家迢远，谁为救视。若吾兄肯向老裴一言申救，则老裴必然听允，而贾生方有再苏之机耳。"钱生喟然道："吾曩遇文华，曾以微言规讽，惜乎彼不能喻，致有今日之事。虽在泛然一面，犹当力救，何况有德于弟，敢不领教乎。"希云大悦，钱生以赆仪厚赠，直送至芦沟桥，然后分袂。当入殿试，卷有班马文章，钟王字迹之批，因黼黻二字有讹，乃置三甲，工部观政。时王梅川正在铨部，又使人谓生云："若肯入赘，本部主事可得也。"钱生不从，遂不获与选。然是时，朝

纲日紊，钱生亦无仕意。因文华一事，特令长班持刺，往拜裴玄。玄见钱生已成进士，足恭款接，闲叙良久。钱生以文华为恳。玄笑道："我待彼厚而彼负我实甚。若他人言，弟决不从。今以兄命，当即宥释之。"及玄回拜，钱生又极力言之。奈归心甚急，不能候贾释狱，乃留书一封，托王季文转送裴玄。

膏车秣马，择日出京，在路兼程迅发。将抵东昌，鸣皋先已遣人在驿迎候。进衙相见毕，鸣皋道："自侄春闱报捷，使我喜而欣舞。即具病揭，辞诸抚台。虽蒙抚台慰留至再，士庶有借冠之请，然以恩荫，历官至二千石，愿已足矣。况得贤侄步武前修，与宗有望，而鲈鱼正美，转觉归兴浓耳。故专俟锦旋，不日交印二府，与尔同返金陵。祭墓之后，尔便回家省母。不知侄意以为何如？"钱生道："叔父之命，敢不遵依。但不肖偶叨一第，何足为荣。若以吾叔河清素望，方将折冲樽狙，奚即以归隐为急哉。"鸣皋道："方今萧墙隐不测之忧，四野有倒悬之苦。材非经济，岂可尸位素餐。故不若拂衣而去，以栖迟于桑间十亩，吾志决矣，子无强劝。"少顷，同知张沁，理刑俞忠吉，乡绅冯讷，俱来奉贺。当晚，鸣皋设宴，以请同寅，尽欢而散。次日，钱公便欲起身。钱生告以瑶枝订姻一事，公笑而许之。生以便服，只带紫萧跟随，迤逦出城，来到白家门首。但见竹扉静闭，叩唤数次，翁方启扉而出。一见钱生，扑簌簌泪珠滚下。白姬闻知，亦即出来，持生而哭道："君害我儿，君害我儿。"钱生惊问其故。白翁道："自从去年人日，君与吾女订姻，一去之后，杳无信息，致使小女思郁而亡。今已七日了。教我白头夫妇，再靠谁人？真害得我好苦也。"言讫，大哭。乃引钱生进内，灵枢即在壁边。钱生抚棺一恸，昏绝于地。有唐崔护诗为证。

诗曰：

去年今日此门中，人面桃花相映红。

人面不知何处去，桃花依旧笑春风。

白翁夫妇慌忙呼唤，移时而醒。翁又取出瑶枝留诗一缄，钱生拆开视之，乃是集唐四绝，备述诀别之意。

诗曰：

离恨空随江水长，（贾至）

雁飞犹得到衡阳。（王昌龄）

时时引领望天末，（孟浩然）

独把梅花愁断肠。（李群玉）

登高远望自伤情，（长孙佐辅）

北雁归飞入冥冥。（贾　至）

几度相思不相见，（杨巨源）

黄鹂空啭旧春声。（武元衡）

莺啭高枝燕入楼，（张仲素）

罗衣湿尽泪还流。（裴交泰）

一朝憔悴无人问，（卢照邻）

夜夜孤魂月下愁。（杜　牧）

不如行路本无情，（长孙佐辅）

梦逐东风到洛城。（武元衡）

缄此贻君泪如雨，（李　端）

须知后会在来生。（白居易）

　　钱生诵讫，止不住涕泪交下。白翁夫妇亦复捶胸大哭。钱生慰之道："曩与令爱一言订约，则夫妇之份已定，岂以人亡而失半子之礼。今某幸获登第，以俟至姑苏，禀过老母，即当遣人迎接。念死者不可复生，翁宜自遣，勿致过哀成疾。白翁方知钱生已成进士，乃收泪致谢。钱生忙令紫箫备设醑果作奠，又为文以祭曰：

　　呜呼，黄泉一坠，悠悠古今。死生虽隔，不泯者情。忆卿之玉容兮，横遥山而眉妩，凝秋水而神莹。想卿之藻思兮，组回文于机杼，含明月于胸襟。夫何，彼苍既钟卿以蕙心纨质，而独靳予以遐龄。宝柱弦断，玉箫无声。或亦双成暂谪，向瑶台而遄返，谅非羿妻窃药，奔月窟而长生。而何以逐彩云以轻散，同朝烟以俄零。呜呼，哀哉！记昔去年，邂逅而遇，觞浮柏叶，额点梅馨。共薰炉以坐晚，援白雪而联吟。尔既邀我为伉俪之约，我亦许尔以山海之盟。本谓百年之好，谐于一夕。而庶几绾鸳鸯之绣带，并翡翠之芳衾。孰知畴昔之念，俱属无妄。而百哀纷感，塑空帷于此辰。呜呼，惜哉！江波汹涌兮，雌剑已失，夜台杳渺兮，别鹤徒鸣。婉然在床，彷容光而若见。旷焉隔世，想幽会而难寻。返魂之香莫致，种杏之术无灵。留镜奁之残黛，悬繐幌而凄清。呜呼，岁寒则暑，日昃则盈。知有生之必死，奚惆怅而悲深。唯怨尔以蜉蝣之衣，瞬息而化。日及之萼，未开而倾。顾余尤不能无恨者，叶轻盟约，鼎视功名。竟淹留于京邸，而使尔悲怀以殁。是余之罪也，又安得不屡叹而思卿。尔有父母，甘旨是承。尔之灵輀，移殡荒茔。兹以涧藻，聊罄微忱。神爽有期，留珀枕以待梦。香

魂如在，托环佩传音。此余谓死生虽隔，而不泯者情，殆思感之所或致，诓诞妄而不足凭者耶。

钱生读罢祭文，伏地而哭。云峰感生情重，双手扶起，殷殷相谢。是夜，即宿于白翁家。将至更余，紫萧已是沉沉睡熟，钱生犹明烛独坐。俄而一阵旋风，吹得烛火无光，半明半灭。又闻西北隅，窸窣有声。钱生似梦非梦，忽见一个女子，缟衣红裳，冉冉而至。大声喝问道："人耶？鬼耶？"那女子道："妾乃瑶枝鬼魂也。自去春君别之后，日夕悬眸，竟无雁胫只字。及至秋闱，君易姓为魏，自在北场中选，而妾不知，谓君下第。自此忧思抑郁，一病而亡。日间承君赐奠，具见高情。趁此夜阑，特来鸣谢。"钱生平昔畏鬼，每夕必有二人旁卧，方得安寝。那夜因以情爱所牵，了无怖意。既而烛火渐明，细看瑶枝，丰姿如故。乃欢道："朝来一闻讣变，使小生悲苦填膺。方恨无少君之奇术，不意姐姐竟能现形相会。"瑶枝道："妾之此来，非敢以泉下余魂，迷惑君意。只因与君有再世之缘，特来面托。"钱生惊喜道："吾尝阅《牡丹亭记》，至杜丽娘还魂之事，以为若士寓言，而未敢轻信。今姐姐云再世姻缘，莫非亦能返魂，而与予了却前盟否？"瑶枝道："妾见冥王，备以雪夜订姻及伉俪未谐、爱郁而亡的缘故，细细陈诉。冥王亦为感恻。便令判官查复，判官先查君云，'钱某不染淫私，奉上帝之命，增寿一纪，今科已经联捷，应有二位妻房，官至三品。又查至妾云，瑶枝还有四纪阳寿，应在阴司四十九日，方得还魂，合为钱某侧室。目下天气渐炎，只恐屋舍腐坏，乞着当境土地，即连寒冰护尸，方能转回阳世，特此查复'。冥王即差鬼卒，送妾在南狱魏夫人帐下。蒙夫人授妾以灵液之丸，其丸以灵液草修合，草生大宛之西，条枝国弱水之旁，一千岁而抽叶，又一千岁而吐花，俟花褪之后，取叶捣烂，杂以犀珀为丸。凡死者含之于口，虽在酷暑，肌肉不坏。至七昼夜而复生。昔东方朔为虎伤足，西王母以草敷在伤处，顷刻而愈。即此草也。日昨，夫人正与少室仙姝下棋，忽命妾云：'尔夫衣锦而归，将到汝家探望，汝宜回去一见。'故妾今夜得以魂魄会君，乞君致语老父，俟终七之期，千万开棺。妾得再回阳世，皆出于郎君之所赐也。"言讫再拜，钱生道："若得姐姐再生，天大之喜，敢不牢记，以语尊翁。"瑶枝又再四叮嘱，仍回西北隅，奄然而没。钱生半信半疑，惊愕久之。忽火光一暗，瑶枝又在面前。钱生道："姐姐去而复来，还有何言？"瑶枝道："回生之事，世不常有。只恐家父未必信君，妾长眠时，老母以金凤钗为殉。今妾以钗留在君处，如果不信君言，即以此钗付之，则家父必然无疑矣。"乃向鬓旁拔钗付生，须臾一阵阴风。瑶枝回首，转盼数次，随风隐隐而散。钱生不胜神异，竟忘一宵之倦。俄而鸡鸣于埘，东方已白矣。乃唤起云峰，即以告之。云峰笑道："若得小女再生，实老朽万分之幸也。但今仲夏天炎，不要说四十九日，只怕七日之间，已肌体朽腐矣。此必钱爷思忆小女，故得此奇梦耳。"钱生笑道："令爱真有先见之明，特以凤钗为证。"云峰取钗细看，大惊道："小女属纩之时，寒荆曾以此钗为殉。今有此奇事，则还魂之说，断无疑了。尝闻冯娟七月而重活，丽娘三载而复生。由此观之，彼传记所云，信不诬矣。"正在嗟异，忽闻叩门甚急。原来是钱公遣人催接，钱生乃与白翁夫妇，约以后期，洒泪而别。回至衙中，向公借俸银五十两，遣使送与云峰，以为瑶枝回生药饵之资。钱公急于离任，惟恐父老遮留。是夕先以琴书行李发出，次日五鼓，悄然出城。

　　回至白下，钱生即到墓祭祖。又向族中，一一拜望毕，便过访许翔卿。不料翔卿于一月前已到孤山，探候范公去了。钱生叹道："翔卿高谊，真有古人之风。"遂辞别鸣皋，即日起程，回至姑苏。但见陈府尊已曾送到进士扁额，门第一新。此时，老夫人已称为太夫人了。登堂拜见。问安已毕。秋烟姐欢天喜地，抱了宁馨，出来迎接。宁馨见生，便笑嘻嘻的，要生怀抱。钱生细看宁馨，果然生得眉宇清秀，不胜欢喜。又请出范夫人相见。施礼未毕，范夫人便哭倒于地，秋烟姐慌忙以手搀扶。钱生惊讶不已，以问太夫人。太夫人备言："避暑园庄，于五月十八日赛神之夜，忽有穿绯袍的直进中庭，背负小女而去，竟不知是人是鬼，迄今月余，遍处寻访，杳无踪迹。"钱生听罢，吃了一惊。移时，目不能瞬。既而泣道："儿因求聘小姐，死里逃生，寻得明珠。不料回转白门，老年伯忽遭奸贼之害，已经奉旨北上。及儿进京探候，又值年伯出佐戎行，无由一面。后来伏睹母亲慈谕，始知伯母、小姐避居家下，意谓倘幸一第，则姻事可以立就。不料又生此变，不由人不痛心也。"乃取出明珠，双手奉与范夫人。夫人泣道："小女尚无踪影，怎敢收领此珠。"钱生道："但请老伯母收下，小姐虽无下落，不肖自当遍处寻觅。"范夫人只得含泪而收。至夜，秋烟诉说绣琴之事，钱生亦为痛恨。少焉，共入罗帏，邀云觅雨，两情缱绻，乐可知已。次日，先去拜谢了崔子文，以至陆希云、李若虚，俱拜毕而回。

　　方与范夫人商议，忽钱贞报进，有一姓常的，在外求见。那姓常的是谁？原来即是常不欺。自那日脱离陶园，便欲附舟回去。行至半路，忽又想道："都是郑心如设计，劫了范小姐，却又只顾自身脱去，把一场人命，几乎使我李代桃僵。我今不免报知钱宅，一来说明心如凶恶，以消此恨。二来索些酬谢。"踌蹰半晌，便即转身到苏，问至胥门，恰值生方抵家，出来相见。问了姓字，常不欺便把郑心如设谋、卖花妇做脚，从头至尾说出根由。钱生又喜又恨，拱手称谢。因问道："那卖花妇是谁?"不欺道："叫做梅三姐。"话声未绝，只见梅三姐穿了一套新衣，进来叫喜，钱生怒从心起，厉声诘问。梅三姐看见常不欺在座，惊得面色通红，不敢开口。钱生便即进内，禀知太夫人。太夫人大怒，忙呼婢妇，把那梅三姐剥去衣裳，乱棒捶击。梅三姐料难隐瞒，只得招认。范夫人咬牙切齿，痛骂不已。复以利锥，刺其肩臂，流血至踵。当晚雇船二只，一船范夫人与红蕖诸婢，一船生与不欺，连夜至苏。但见园扉锁闭，扉上粘一示谕曰：

本宦示：照得南湖别墅，向着家人冯二管茸。近冯二盗窃器玩，并什物等件，于本月初五寅夜逃去。已经出捕缉拿外，如有无赖棍徒，到园骚扰，以致戕损花木者，定行送官，究治不贷。

钱生念罢示谕，惊问不欺。不欺道："我看那冯二，亦非良善之辈，此必陡起奸谋，把小姐载往别处去了。"钱生又遣人遍向邻居查问，俱推不知。只得怅然返棹。是夜，泊船平望。将至二更，范夫人呜呜咽咽，悲啼未息。钱生亦反复不能睡去，起来靠窗而坐。忽闻邻船，有一妇人唱道：

山坡羊

静萧萧碧梧庭院，冷凄凄雕栏倚遍。闷恹恹银筝慢捣，声切切思绕天涯远，端的是难消遣。盼双星，独不眠，秋风应把，应把黄昏怨。月色砧声扭做愁肠一片。良缘，何日调和琴瑟弦。苍天，恨入烟花误少年。前腔：

一行行归鸿初见，一声声哀蛩似怨。一阵阵凉风绕窗，一点点泪向罗衫溅。最可怜，抱琵琶向绮遥，几回羞把，羞把霞杯劝，怎得抛离舞衣歌扇。门前，不美王孙车马喧。池边，只美双飞戏水鸳。

那妇人唱得哀音宛转，绝似孤鹤唳风，清猿泣月。钱生侧耳静听，不待曲终，已青衫湿泪矣。料是娼妓之流，着人邀唤。那妇人随即过船。钱生惊问道："尔是维扬赵妪么?"其妇仰首一看，亦惊讶道："原来是姑苏钱相公。"钱生即问友梅何在?赵月儿便把老夫人祛逐、及至临安嫁与程生，细陈始末。钱生又问："友梅嫁去，与程生相合否?"月儿道："小女自嫁程生，不及两月，忽然不见。那程生反到妾家要人，妾即向程索命。彼此讦讼年余，程已倾家破产，飘流远去。妾亦不能度日，嫁与商人。今夜湖光荡漾，月色横空，想起少时光景，不胜伤感，因唱小女所度之曲，以解闷怀耳。"

钱生叩舷而叹道："嗟乎，我意友梅，尚有相见之日，今听汝言，已做了断云浮梗，不获与梨花同梦矣。"言讫，泪如雨下。月儿亦觉凄然，旋即起身告别。时已夜半，钱生促唤解维，风帆迅速，瞬息至家，便把憨公子等，讼于府尊。府尊立刻出牌，先把梅三姐拘到。不待用刑，梅三姐一一招出。府尊大怒，掣签重责二小。收禁狱中，以俟关到憨公子、郑心如，一齐听审。毕竟后来如何？且待下回解说。

祭文备极思慕之情，感慨之念，绝似刘禹锡伤往赋。

阅至幽魂夜遇，可惊可愕，亦真亦幻。

第十三回

金山寺冤魂现身

诗曰：

夜色茫茫江畔月，含冤未散现魂魄。

能使奸凶心胆寒，彭生如意皆此物。

色莫羡分财莫渔，每因财色丧其躯。

男儿不做昧心事，磊落□与常人珠。

却说冯二之妻，因陶官在江北做官，雇为乳母。以后任满，带回本郡，特着他管理别业，十分信任。不意冯二狠心难托，自那日假意告官，把常不欺吓退之后，与妻商议道："我想终年管守园房，怎能有个发迹之日。适值宅内托付玩器数件，约值百金。看那范小姐，又是姿容绝世，不如哄他，只说送返苏州，连夜寻船载至维扬，或妓，或妾，少也卖他一二百两，并把器行变易，做本营生，尔我后半世足以温饱过日，尔意如何？"冯妪大喜道："我亦正有此意，事不宜迟，迟则有变。"二人计议已定，那冯二自会操舟，便向邻家借下船只。冯妪假作惊慌之状以给珠娘道："怎耐常不欺，又去报知憨公子，只在早晚，要与小姐成亲。老身怜你是个宦门闺女，特令拙夫，寻一小船，今夜便送小姐回去。不知尊意若何？特来商议。"珠娘欣谢道："若得贤夫妇如此用情，决当厚报。"冯妪又道："还有一件，吾由大路直到，唯恐憨公子以快船追袭。假自松江抄转，方保无虞。只是在路，又要多行几日。"珠娘道："我又不谙程路，悉凭主裁。"当晚，冯二夫妇，只把细软收拾，等至夜阑人静，扶了珠娘下船。兰桡迅举，兼程进发。

忽一日，已到镇江，泊舟水涯。冯二正炊午饭，忽闻隔船有人问道："二叔别来无恙？"冯二抬头一看，乃是族侄冯肇，向在青莲庵，披剃为僧，即寂如也。自那夜与法云、寂如等谋劫钱生，遂把戚氏击死，毕竟寂如眼快，觑见真真儿，手持匕首，刺人如决飞鸟，他便回身走脱。虽幸漏网，不敢回庵。向与金山寺往持文友相熟，遂在寺中住歇。是日打从长洲抄化而回，刚与冯二相遇，便邀冯二过船。叙谈良久，从容问道："吾叔此行，仍欲住在扬州，或是暂时贸易。"冯二乃告以心事。寂如低头想了一会，乃道："吾叔载此尤物，易起人疑。况且到了维扬，未必便有售主。设或有人聘娶，或卖在乐户，必须面看。万一小姐烈性不从，叫喊起来，未免败露。据侄愚意，倒有一条妙策，不知吾叔允否？"冯二欣然问计，寂如道："住持文友，与我至密，悉知其为人，酷好美色，不如今晚，泊船山下，侄与文友说合，包兑二百两纹银，待至夜深，把小姐哄入寺内。那时深房邃院，再有谁知吾叔得银，又便于营运。此计何如？"冯二大喜，遂点头相约，各自开船过江。那扬子江，乃是东南天堑，但见：

深沉巨浸，森渺寒光。一望迷茫，四围无际。烟收雾敛，隐隐的露出金焦两点，宛在中央。雨霁虹销，泛泛的飞来鸥鹭成群，争依孤渚。不尽客航，几叶峭帆。风乍卷，乱划渔桨。一声叹冷月初残，恍见数层银岛，原来是雪浪摇空。忽闻万马奔驰，却便是怒涛推至。正是，鸟飞应畏坠，帆远却如闲。

风帆迅速，不多时便抵金山。只见殿宇嵬巍，远凭江势，真一大观也。有诗为证：
诗曰：

水天楼阁影空空，化国何年此寄踪。

淮海西来三百里，大江中涌一孤峰。

涛声夜恐巢枝鸟，云气朝随出洞龙。

不尽登临去帆疾，苍茫遥听隔烟钟。

寂如先进寺内，忙向文友说知。文友笑道："若得美人，以供尔我衾枕之欢，此乐便是西方，何必更求莲座。只是二百金，一时不能措办奈何。"寂如道："我有一计，虽云太毒，然彼以不义而得，我以不义取之，亦不为过。"文友欣问其说，寂如乃附耳低言，如此如此。文友大喜。时已傍晚，忙开隔年陈酒，整治鲜鱼火肉，款待冯二。原来冯二最与曲生相契，尝了酒味香甜，先已忻快。酒过数巡，文友取出纹银一封，兑准十两，与冯二看道："以后一百九十两，银色悉照此封。须俟小姐进寺之后，一并兑奉。"冯二向来穷乏，骤然见了满捧纹银，转觉精神飞舞。文友、寂如，忙以巨杯劝进。将至黄昏，冯二已不省人事，颓然而醉矣。寂如乃扶至江边，冯二犹口中模糊道：

合浦珠

一六三七

"二百两是足值的，快些兑银，我欲开船赶路。"被寂如用力一推，头重脚轻，翻身下水。可怜一念之贪，反以骸骨葬于江鱼腹内。正所谓螳螂捕蝉，而不知又为黄雀之所攫也。

且说珠娘，在路数日，心颇忧疑，往往诘讯冯妪，妪惟委曲支吾。及渡江至寺，但闻江涛震荡之声，又以问妪，妪谬道："此太湖也。"既而斜阳西下，天色渐暝。冯妪道："太湖乃盗贼之薮，幸有敝亲在此，不妨借宿一宵，明日饭后，必至苏矣。"小姐无可奈何，只得随行上岸。进门数重，方抵一室，但见房拢清雅，屏帐鲜华，却无一个女女出见。心益忧疑。俄闻壁上弹指一声，妪即掀帘而出。于时寂如既推冯二于江，复赚妪道："二叔顷已醉卧在船，宜唤之速起，以便兑银交付。"冯妪方至江滨，不提防文友在侧，双手一推，寂如大呼道："救人救人！"而洪涛拍岸，已随波而逝矣。可怜冯妪，亦死于非命。珠娘在房，值小童以酒肴捧进，摆下杯箸三副。珠娘问道："尔家何姓？"童笑道："此乃金山寺也，娘子犹未知么？"珠娘听说，不觉魂魄俱丧，连声叫苦道："又随奸计矣。"方欲掩门自尽，忽有年少妇人，自灯后趋出，将灯吹灭。此时，文友、寂如俱在冯二船中，把那器玩什物，细细收拾。于是点烛进房，遍体风骚，意谓小姐可以迫胁成欢。及见室中黑暗，用火一照，并无倾城美丽，只见一个妇人，披发满背，面上鲜血淋漓，张口露牙，垂手而出。帘外刮起一阵阴风，顿把烛火吹息。二僧惊得毛骨俱寒，转身奔赴于地。少顷起来，重向琉璃取火，指摩双眼，振摄精神，扬声秉烛而至。则见磷火煌煌，那妇人愁眉蹙额，坐于门首。耳畔但闻啾啾鬼哭，号呼索命之声。二僧遍身欲火，浑如冷水一浇，惟口中咄咄，狂喊至晓，不得作行云之梦矣。正是：

只凭鬼妇衔冤哭，方保千金廉质全。

且说临安程信之，自八月十五，不见友梅，心中怏怏，如失重宝。疑为赵鸮诱匿，具呈本府。赵鸮受了冤诬，也把人命状词，控告巡按。为此构讼期年，信之家事日渐消乏。其年又遭回禄，遂致资本荡然。在杭不能存立，只得安顿妻房，自到扬州，依附族叔。那族叔讳宏，号逸庵，自曾祖即为盐商，真有百万之富。宏以举人选官，任至四川成都府同知。长子必成，仍习祖业。次子必贤，肄业府庠，年方二十一岁，才貌兼优。信之自到广陵二载，逸庵以其才识敏达，深为器重。是年五月，至杭搬载家小，回至镇江，夜半遇盗。信之坠水，幸以浮木得生。其妻林氏，及囊资什物，俱被劫去。信之祖跌号泣而归，告在本府，出了捕文挨缉。当珠娘被诱入寺之夜，正值信之同了捕役，泊舟山畔，更衣入寺，祷于关帝，祈得六十八签。

签曰：

南贩珍珠北贩盐，年来几倍货财添。

勤君止此求田舍，心欲多时何日厌。

信之念罢签诗，茫然不解。又把被劫情由，备细祷告："若与林氏果得相逢，只祈一签上上。"须臾求出签，乃是七十四。

签曰：

崔巍崔巍复崔巍，履险如夷去复来。

身似菩提心似镜，长江一道放春回。

信之看到第二句，以至末句，满怀欣喜，遂即下船。是夜睡至二更，梦一少妇，血痕满颊，近前哭诉道："妾身戚氏，住在金陵城外青莲庵之后，祸遭凶僧寂如谋奸不遂，将妾击死。今寂如遁迹本寺东房，与住持文友，又欲奸污梦珠小姐，被妾现魂救卫，明日小姐之父范公，自塞上南归，泊舟维扬。君能救出小姐，与范太守相会，并把寂如送官正法，以洗妾冤，则君破镜必合，相遇有期。"信之惊愕不能言，惟唯唯而已。戚氏临去，又嘱道："妾含冤不散，自随寂如，迄今二载矣。因彼皈依释氏，难以近身。今晓，彼又谋溺叔婶，罪恶滔天。虽有佛力，不能庇护，故妾得以随身索命。妾无范氏，则冤仇莫雪。范氏无我，则贞操不全。君若不遇妾与范氏，则夫妇不能完聚。牢记，牢记。"戚既叮咛而退，程亦欠身而醒。但见白露拂江，半篷明月。思忆梦中戚氏所言，句句分明。又详忖签诗，与梦暗合。遂不能复睡。坐以至晓，唤起捕役朱敬山以语之。敬山道："梦虽难凭，然明显若此，不可不信。况且住持文友，曾经会过，但不知果有寂如否？君可进寺相访，我等尾后，以观动静。"信之果以为然，急起叩扉，谒见文友。又问起寂如，寂如亦便出来相会。只是二僧因为鬼祟搅乱了一夜，方欲就枕，而信之适到，故眼色矇眬，神思倦惫。信之见了如此光景，暗暗惊异。乃与敬山遍向曲房静室，细细逻察，却是悄无影响。逗留逾时，方欲告别，忽见廊下一妇，拍手而笑。复以手招信之，转身走入告西室内。信之、敬山等，急忙随后而入，那妇人悠又不见。惟正南张画一幅，恍若画上笑声哑哑。信之举目直睖，但呼怪事。毕竟敬山乖觉，细看二僧，面容顿改，言语支离。便双手扭住道："尔等秃驴，做得好事。"忙令信之掀画一看，内有小门。推门而进，又有精舍数间。窗外阑干六曲，行过长廊，果有女子隐隐号泣。信之奋步向前。珠娘在内，听得人声喧嚷，又疑是二僧逼

奸，忙以罗带自缢。信之破扉而进，大呼道："果是范小姐否？我等特来相救。"小姐背立，含泣而应道："妾果范氏。君辈是谁？"信之道："某等泊舟山畔，夜来得一奇梦，故知小姐被危。又知尊翁先生，今日必至维扬，乞小姐不须疑虑，作速登舟。"珠娘叹道："妾以闺中弱质，奈何命运不辰，出头露面，受尽摧挫。荷蒙君子仗义相扶，在妾有何面目，再立于人世乎。况家君远困遐陬，岂能即返。君请自为正务，此地乃妾毕命之所耳。"信之道："小姐差矣，若果失身凶秃，死固宜然。今不为所犯，而必欲捐躯，则贞白之心，反不能显暴于世矣。某因失偶相寻，愁肠如沸。故一闻小姐之事，不觉怒发冲冠，出自诚心相救，岂小姐视如僧辈，而固为拒却乎。设或尊君未即相逢，某当多着女伴，送返尊居，幸勿疑某亦蓄他意也。"小姐乃收泪致谢。当信之苦劝时，朱敬山已把文友、寂如锁在船中，招呼二十余人，蜂拥上岸，把细软什物，一切笥匣器皿，无不席卷下船。信之乃以自船中舱与小姐独坐。将欲解维，合寺僧侣悉知，拥出江边，沸声诘究。朱敬山既有捕批，小姐又现在可证，遂不敢闲阻而退。

是日风顺，开船未几，便至扬州，将船停泊。信之便到岸上，遍向座船逐一挨问，那里有个南京范太守的船，只得走回，与朱敬山计议。敬山道："若不解进府里，被他先告一状，反吃官司。只是到官，须要小姐面证。"珠娘在舱听得见官二字，不觉号啕大哭。走出船头，便欲赴水。左首船上，有一老者，惊问道："那一位好似我家梦珠小姐？"珠娘回头一看，认是老仆金元。大叫道："金元救我！"金元便即扶腋过去，原来范公的船，与客船相似，故信之寻问不出。当下珠娘急问："老爷那里？"金元道："老爷拜望太守未回。"言未毕，公已回至船首，见了珠娘，大惊道："我儿为何在此？"珠娘见公，牵衣大哭。便把被劫情由，细诉一遍。公亦垂泪道："只道我为父的受苦三年，谁知汝亦遭此危难。只是汝既被劫，尔母亦必苦坏矣。"珠娘曰："母亲只为爹爹谪塞，终日愁苦。今天幸赐还，想是朝绅出疏申辩。"范公摇首道："那些权佞，眈眈虎视，在朝大臣，俱以身家为重，谁敢撩须。我一到边陲，自谓必死，全赖新主洪恩，方遂首立之愿。即如今日得会我儿，亦莫非雨露之所赐也。"言讫便令金元导至程船拜谢。信之说起："二僧凶恶，顷已解府，尚欲借重鼎言。"范公道："二凶叫甚名号？"信之道："一唤文友，是本房住持。一唤寂如，向在青莲庵中，因杀死戚氏，逭命在山。夜来托梦，以救令嫒小姐，即戚氏之鬼魂也。"范公切齿怒恨道："那寂如受戒憨山，我向来敬礼，谁料凶暴至此。今既解去，我即刻进府，面见太尊。"遂怒气冲冲，与信之作别。是时，扬州府知府，叫做李胤详，因公是谏谪超迁，十分敬重。当日，

范公再进宾馆，备陈前事。李府尊大怒，立刻就把文友、寂如，重责四十，问成大辟。正所谓：

祸福无门，惟人自招。

你道范公为何便得释归？只因天启驾崩，崇祯以藩王继兄而立。上在藩邸，悉知魏忠贤专擅国柄，谋为不轨。故登极之后，便遣忠贤出守皇陵。忠贤危惧，到了山东饭店，自缢而亡。于时，凡为魏党所害，贬降在外者，悉复原职。然公只宜即往金陵，为何留滞扬州？只因夫人、小姐在钱老夫人家下，故公先着范斐，同了许翔卿至京，修葺房屋，自来拜过府尊，然后取路至苏。也是天意该与小姐相会。当晚，公自府中回船，珠娘接见道："顷有信之之叔程公来拜，帖儿在此。"公方欲展阅，又值信之带了两个婢女来至船首，公慌忙迓入。信之道："顷会家叔，道及小姐舟内无人，故家叔特着两个粗婢，权为服侍。并设蔬肴，以屈尊驾少叙。"范公道："萍水相逢，谬承贤竹林如此厚谊，使老朽何以为谢。但不知令叔尊号？"信之道："家叔贱号逸庵。"范公惊喜道："原来是逸庵兄，乃吾好友也。乍到匆匆，未及看谒，岂知即为令叔。少间必当趋晤矣。"信之去后，公即往拜逸庵。相见毕，逸庵称贺道："恭喜，恭喜。"范公笑道："弟三年出塞，骸骨偶归，何喜之有。"逸庵道："圣人当宁，魑魅潜形。而吾兄之公愤得雪，今日轩车荣返，固一喜也。令媛受磨湟而不磷淄，坚白之行，尤人所难，况乎数千里之隔，与兄一朝奇遇，又一喜也。"范公道："小女得全陋质，皆出于戚氏阴护之力，令侄匡救之功。"言未讫，一人肃衣出见。逸庵命之拜公道："此乃次小儿必贤也。"公视之，形躯端厚，眉目秀雅。试以学问，颇有根源。逸庵道："弟有一事相恳，辄欲面谈，不知可否？"范公道："愿闻台谕。"逸庵道："仰慕令媛芳姿，欲为小儿求聘，必俟仁兄钧诺，然后敢通媒妁。"公乃告以明珠之故。逸庵大喜道："若要别件珍宝，寒家未必预备。至于明珠之类，先人幸曾留下。"急忙进内，取出一颗。放在玛瑙盘中，旋转不定，光映一室。范公捧珠大悦，便以亲事承允。逸庵道："容伺拣选吉日，先以此珠献媚。"范公欣然唯唯。是夜宾主酬酢尽欢，既而酒阑，谈起旧事，公谓逸庵道："犹忆昔年，弟自开封罢官，偶造贵郡，承兄偕名妓赵友梅，于时汲清风于芳涧，拾明月于幽林，呼酒快谈，缠绵彻夜。友梅既度新声，弟亦放歌相和。曾几何时，而追忆此欢，忽已四载矣。不知罗浮春色，今无恙否？"逸庵叹道："自兄别后，那赵姬便不知所往矣。"时夜漏将半，公执手谓信之道："戚氏所云，句句皆验。独于尊阃未有下落。然云：救了小女，自然去镜复合。意相会之期，其在敝郡乎？仆于明

早挂帆，君宜继至可也。"言毕，起身告别。次日渡江，只着金元到苏，迎请夫人，自与小姐先返白下。要知程必贤姻事若何？下回便见。

冯二以财殒命，寂如以色丧躯。从来图财色而亡者，不可胜数。而世人营营贪之，不良可怪也。

读至珠娘被哄入寺，深虑无计可免。不意戚氏现身，竟使二凶胆寒魄丧。使人拍案叫绝。

第十四回

明月珠东床中选

诗曰:

光熠熠以照物,势规规而抱圆。西山之下,随珠星而隐见。东海之上,逐明月而亏全。胡云色夺琉璃,光射金玉。鲛人泣吴江之际,游女弄汉皋之曲。在蜀郡而浮青,居石家而自绿。无胫而至,有感必通。去映魏车之里,来还合浦之中。垂轻帘而璀粲,缀珠网之玲珑。

——右《明珠赋》(采录半篇)

却说范公,回至金陵,未及旬日,程逸庵已托表弟宋某为媒,与程信之、程必贤一同来望。相见甫毕,宋某便令从者,以小金盒捧上明珠。范公笑道:"某前言已定,断无二二。夜珍之赐,容待寒荆抵舍,方敢拜登。"宋某道:"家表兄迫于贱事,未及造府拜见,故先着晚生以珠驰奉。既承老先生金诺,则尊老夫人意必相符,还望麾留,足仞厚谊。"范公仍欣然收领。遂馆必贤等于宅西别业。又逾数日,老夫人方到。见公面容鬓黑,惊唤道:"一别三年,相公须鬓俱皓然了。"珠娘出来,见礼方毕,与夫人抱头而哭,公再三劝慰。夫人方收泪道:"女儿之事,问于金元,已知大略。只不知相公谪到边塞,景况何如?"范公嗟叹道:"若说塞上风霜,其实凄楚。那杜游击孤军出镇,疲癃残弱之兵,不满二千,却又当敌人之冲,刁斗不息,每至胡笳群动,牧马悲嘶,惟与杜君向南饮血,自揣此生必以马革裹尸。谁料今日又得与夫人相见。"夫人道:"那裴、崔威势,近日如何?"答道:"夫人犹未知么?自先帝殡天,今上秉政之后,魏忠贤自缢而亡,全家贬徙岭外。如今王梅川矢心策手,便把魏、裴弹了一本,又欲修睦于我,替我出疏辩冤,故王梅川得以原职闲住。圣上即升我为苑马寺少卿。

我不欲为官，所以致仕。"夫人又泣道："只可恨女儿无辜也受此一番磨难。"范公道："我正为女儿姻事，专待夫人归来商议。"便把程逸庵求亲，说了一遍，取出明珠，付与夫人。夫人大惊道："相公临别叮咛，曾说钱生一归，便谐花烛，不意钱生淹留京邸，直待春闱奏捷而还。"公惊问道："我阅南畿试录，并无钱生姓名，为何春试得捷?"夫人道："他只虑王梅川妒害，故从了母姓，又改讳为芳。"范公道："三四内果然有一魏芳，但不知登第而归，可有明珠否?"夫人道："钱生到家，正值女儿进难，他一闻此信，悲思婉转，便以明珠付我。我推却不受，他道：'小姐虽无下落，我毕竟要到处寻求。'妾感其意诚，只得收下。及前日金元来报，妾身起程之后，彼亦买舟后至。若又许了程家，何以回那钱生? 相公此举，忒觉孟浪矣。"范公想了一会道："据夫人之意，何以处之?"夫人道："依妾愚见，作速辞却程翁，仍许钱生为是。"范公道："我与逸庵，相如情厚，况是亲口许出。今明珠已收，程生已馆于别业矣，怎能辞却?"夫人道："不然，我母子至苏，感承钱夫人殷勤款待，及临别之际，含泪相送，坚以姻亲为恳。况兼钱生付珠在前，程家议亲在后。今若变易移心，不惟食言，而且负德矣。"公以事在两难，闷闷不悦。方公与夫人谈论时，珠娘在旁听说许亲程氏，便退至兰闺，柳眉低锁，杏脸生愁。叹了一口气道："悔不死于陶氏园中。"红蕖听了惊讶道："小姐怎发此言?"珠娘道："我与钱郎，虽不曾一面相亲，然以诗笺传意，又托莲香订盟月下。今钱郎幸得中了，果有明珠为聘，事已万分无疑。谁想程翁，亦以明珠，央媒来说，爹爹竟尔许允。把三载深情，一旦付之流水，使我忽然闻此，心如刀割。"红蕖道："说起钱爷情重，果然难得。自京邸回来，一闻小姐之事，便惨然不乐，既与夫人同至陶园寻觅，又把梅三姐送府追究。看他心意遑遑，顷刻不能放下。以后管家报说，老爷小姐已在扬州相会，便即眉欢眼笑，与夫人奉觞称喜。其一往情深，爱念小姐如此。况又少年科甲，异日青云伟业，不卜可知。即使程生有其才，未必有其貌，有其一貌，亦不能有其情。岂以小姐天姿国色，竟与羔儿作配乎。趁今未曾下聘，还与夫人商议，尚可挽回。"珠娘道："羞人答答的，怎好启齿。事若不谐，有死而已。"话声未绝，忽闻云板传进，苏州钱爷已到。

原来钱生，自夫人归来，便把不欺厚赠而遣之。禀过太夫人，起身进京。一则贺问迁莺，一则订期纳采。因先诣祖居探候鸣皋，款留信宿，是日方来谒见。范公以生既成进士，兼以风流旖旎，真所谓国士无双也，殊悔多许程生。故相见之际，意其不安。是夜仍宿生于凝芳阁之东厢。生以物换星移，转盼三载，而窗前之碧梧如故，竹

色依然，感念旧怀，赋诗一律。

诗曰：

凤凰城里旧仙家，瑞溢门阑获彩霞。

绮阁仍披徐孺榻，星机重犯使君槎。

当轩竹佩因风响，绕径梧荫带月赊。

追忆桃花曾识面，漫缘流水觅胡麻。

翌日早起，夫人出来，殷殷然以扰宅为谢。钱生亦深叙简慢之罪。夫人忽见壁上新题，大加赞赏道："构意清新，吐辞芬郁，诚文苑之凤毛也。"钱生以明珠微露其意，夫人面容忽改，含糊不答。钱生心下狐疑，急忙持刺，往拜许翔卿。翔卿恭敬出迓，施礼毕，分宾主而坐，彼此叙了寒温，钱生道："前岁浼兄作伐，因乏明珠，蹉跎至今，幸而求获一丸，已面奉范伯母矣。再乞订准，以便择吉。"翔卿道："过承厚爱，敢不执柯。所惜钱爷到底缘薄。"钱生惊问："为着何由？"翔卿道："范爷前在维扬，与程逸庵当面订姻，今程兄来已数日，将欲择期行聘矣。"钱生痴呆了半晌，叹息道："弟以求取夜珍，几遭凶秃之手。真所谓劈洪波而探之于龙颔者也。不谓明珠虽得，事多龃龉。三载以来，也不知历了多少凄风苦雨，今日满望一言安就，谁知年伯将我遗落，无乃负小姐数年待字之意，而负钱生一片求聘之心乎。"翔卿道："范公爱重钱爷，岂欲变更。只因金山寺中救出小姐，皆赖逸庵从侄之力，故不得已而许之。非公之本怀也。"钱生又力恳翔卿，婉转为计。翔卿方沉吟不语。忽见屏后鬟云隐现，遣出小鬟，催唤翔卿。翔卿起身进去一会，忙忙出来，见生面如土色，支颐叹气，乃抵掌而笑道："钱爷暂省愁烦，某即刻进见范公，当图别计，以却逸庵，决不致钱爷有遗珠之恨。"钱生乃深深揖谢，又再四嘱托而回至凝芳阁下，含愁独坐。正在咄咄书空，只见红蕖走至。钱生慌忙迎进，叹息而谓之道："我自前岁，承红姐以诗笺传递，又与小姐一面之后，晨风夕雨，总助相思，明幌花帘，惟增怅慕。这一段痴情，真念可以动之鬼神。今日此来，恨不即刻便谐连理。谁知忽然改易，使我三载痴心，化为春梦。虽是尔家老爷之故，在小姐亦以怜才一念，弃若飘风，独不记月下之言乎？"红蕖道："钱爷不要错怨小姐，自因老爷许了程家，我小姐眼眶横泪，长叹一声道：'乍离虎穴，又遇风波，何妾缘之悭而命之薄也。'乃唤红蕖，悄悄嘱咐道：'我欲以数字密报钱郎，只为愁满肺肠，一辞莫措。惟汝为我传言致意，不可以薄命妾忧损情怀，亦不可以姻事难谐，急为去就。且再从容，以观老夫人主意若何。'"钱生叹道："若得小姐如此厚意，庶不枉了钱九畹一片诚心。相烦红叶，也把我苦衷转达妆次。"红叶见生辞意凄恻，将欲掉下泪来，因安慰道："钱爷请自保重，倘早晚老爷与夫人计议，一有好消息，妾即当走报也。"钱生慌忙深深一揖道："若蒙红姐见怜，没齿不敢忘德。"二人正在喁喁细谈，忽闻窗外履响，红叶奔逸而去。生以未罄所怀，闷闷不怿，吟五言一绝云。

诗曰：

好事翻成梦，多愁只为情。

可怜吴紫玉，宁忍负韩生。

既而傍晚，钱生和衣偃卧，红叶又来，轻轻推唤。钱生一跃而起道："红姐昏暮出来，必有好音见示。"红叶道："顷刻见老爷在梦笔轩，与翔卿促膝细商。妾于隔垣侧耳，虽不分明，然略闻语意。大约姻事可谐，为此特来报知。"钱生喜添十倍，连连称谢。到了次日饭后，范公请生出到前厅。只见宋某、程信之、程必贤、许翔卿俱到，一一施礼，依齿而坐。范公道："老夫今日奉屈诸君，不为别事，只因小女，择婿十年，至今未果。曩岁九畹年侄，下帷敝舍，便欲以弱息委字，因惑于明珠一言，犹豫未决。及年侄取到明珠，老夫又为含沙所中，待罪北关。嗣后小女阽危，幸遇程兄救至维扬。恰值老夫归舟暂泊，所以遇复逸庵面订秦恶，随辱宋兄，持珠远觇，得以丝萝附托，固老夫万分之幸也。谁想九畹锦旋之日，先以明珠付在拙荆，日来又辱文旆自苏而至，致使老夫数日思惟，不能裁决。若许了逸翁，则年侄又道付珠在前；如允了年侄，则逸翁又疑老夫欣慕进士了。故老夫愚意，不若限韵出题，求二位贤契，各吐珠玉。待老夫一笔誊写，传进小女，听其选择，庶彼此无言，而老夫可以免罪。不知宋、程两兄，与翔卿以为何如？"翔卿道："明谕极是，此正昔贤雀屏丝幕之意也。"公即令人取出两颗明珠，放在几上。又令人分授纸笔。钱生诗思泉涌，自谓稳中无疑。必贤亦以凤负诗名，欺生只知八股，正要卖弄才学。俱向公推逊道："侄辈庸碌小巫，怎敢在班门试斧。"范公道："贤契俱是词坛领袖，休得太谦。"此日，信之虽然在座，因以己事悄恍，寂无一言。只有宋某，心下不悦。私谓翔卿道："若非信之之力，小姐怎得保全。今日此举，反为钱君作嫁衣裳也。只可笑范先生，何不直言，回了逸庵，多此一番转折。"翔卿道："范公端人也，决无一毫私念，兄请勿疑。"二人自在一边说话，公即以明珠为题，令二生拈韵。钱生得了奇字，必贤得了难字。钱生情兴勃勃，信笔一挥，恍若龙蛇飞舞。必贤思文翩翩，数行立草。犹如三峡倒流，须臾之间，二生诗俱脱稿，奉上范公。范公连声叹赏，誊写递进。钱生既注目以盼佳音，必贤亦屏息以俟。忽报，吏部王爷来拜，范公急忙换了冠带出迎。梅川进来，与宋某等，次弟见毕，独与钱生细细的寒温了几句。一眼觑见明珠，笑问道："今日满堂佳客，岂来自铜柱朱崖，为何夜光烁目？"范公备语其故。梅川道："不必论二位佳制，老夫一定要与钱郎作伐了。"言未毕，门上报进，钱爷来拜。原来鸣皋亦为生亲事，未知若何，特来拜望。范公即忙邀入，依次相见，不题。

且说二诗传进兰房，珠娘焚香净手，然后展视。先拈一首，却是难字韵的。

诗曰：

夜深不惜月将残，径寸光凝一室寒。

神女弄时游汉曲，鲛人位处落金盘。

酬恩肯借灵蛇用，无胫终从合浦还。

莫谓暗投逢按剑，香闺明鉴辨何难。

逐句吟哦了一遍，笑道："诗非不工，乃学究语也。"放在一边，又看一首，是奇字韵的。

诗曰：

分明盈掌质合规，曾探骊龙向碧漪。

的砾露荷承盒棒，玲珑珠网隔帘窥。

日临色更欺珍璨，日坠光能代月移。

惭愧石家空秘绿，难从照乘拟珍奇。

珠娘看了一遍，又看一遍，不禁赞叹道："好诗，好诗，且勿论咏物精工，人所不及，即其镂金为句，琢玉为辞。读其诗，而斯人之深情逸韵，宛在眼底，正我向来寤寐不忘者，其殆钱郎之笔乎？"又反复朗咏数过，笑谓红蕖道："此诗蓄意悠远，非钱郎莫能作，非我亦莫能知也。"红蕖道："小姐目如犀火，自应辨识夜珍。然事系终身，亦宜慎择，何以知其必是钱爷所作？"珠娘道："彼云曾探骊龙者，暗喻曾经会过，先有婚姻之约也。首联托喻咏珠，颈联表扬珠之光洁，虽有不即不离之妙，其实暗藏深意。末云石家空秘绿者，昔日季伦有妾，名唤绿珠，今我亦名梦珠，故以照秉比我，而言石家之绿珠，不如照秉之珍奇也。自非敏手慧心，安能措咏。那一首则不然，前六句，无非借引故宝，后二句以珠自况，而欲取鉴于我。固知为程生作耳。"红蕖笑道："小姐这样聪明，真是扫眉才子。"珠娘看毕，便提起兔毫，细细圈点，藏在箧中。

中国禁书文库

合浦珠

又把那一首选不中的，也向诗尾批了数句，着红叶传出。范公接来，送与梅川。展开一看，乃是必贤所作，笺后批云：

中联工整，结语冗雄，唯上清照乘，足以方斯雅制。惜乎起语卑弱，金石之声微乘耳。

梅川看罢，奖叹道："批语极切。若以令嫒为试官，士无不公之叹矣。"又笑谓钱生道："如今的金花彩缎谢媒仪，稳要送与老夫了。"钱生意气扬扬，喜动眉宇。惟程必贤勃然变色，垂首丧气。宋某、信之俱觉无颜，便欲起身作别。范公一把留住，笑向梅川道："若年兄肯为小女作伐，小弟也要与令嫒做媒。程生贤契，青年美才，诚可谓风流佳婿也。不识年兄肯以东床，留彼袒腹？"梅川欣然首肯。

原来，必贤的才貌，虽亚于生，然亦百尺无枝，亭亭独上。故梅川甚觉中意，一口许诺。范公大喜道："既承梅翁厚情，弟即写书，报达逸庵，暂屈宋兄留在敝舍，以看程君作入幕宾也。"鸣皋道："今日不期而会，小侄终牵珠绿，程兄亦谐凤偶。一双两好，奇情奇事，千秋之下，又成一段佳话矣。"因起身密语钱生道："前日吾侄载来此妇，终日悲啼，他云住在维扬，又与程生同姓，试以语之，或者是他族中，使渠夫妇完合，也是一桩美事。"钱生恍然醒起，乃问信之道："吾兄还是久住扬州，或是临安迁至？"信之道："晚弟向居武林，依附家叔仅三载耳。"钱生又问道："尊阃可是林氏，今无恙否？"信之惨然悲叹道："拙妻果然姓林，向日移徙至扬，行次镇江夜泊，忽为绿林所劫，至今杳无消耗。"钱生笑道："只在小弟身上，包兄珠还合浦，剑返延津。"信之愕然惊问。钱生道："前日小弟进京，泊舟村岸，夜半忽闻哭声隐隐，其声低而甚哀，渐近江边，将欲赴水。弟疑是人家婢妾，忙令舟子起身救住。细问其故，答道：'妾身林氏，夫主姓程，因自杭州迁至维扬，氏夜遇盗，妾为贼首所虏，无计可脱。今夕贼与同伙饮醉而归，阖家睡熟，妾方能逾窗逃出，欲寻一死。幸值君子垂救。

倘肯送至广陵，生死不敢忘德。'又道：'此地五六家，俱是余党，尊舟为何独泊于此。'弟闻而肃然惶惧，候至寺钟初动，忙促开船。进京之后，留在家叔舍下。正欲择暇送归，不期遇兄。适闻所言，其事吻合，故知为尊阃无疑矣。"信之又惊又喜，慌忙揖谢。范公大笑道："梅翁得招快婿，老夫幸结丝萝，谁料信之兄又得去珠复还，转觉奇了。"梅川等亦无不称异。信之想起戚氏梦中所言，愈加感叹。

原来钱生一见信之，问了姓表，便觉惊疑。而以小姐在心，正怀得失之念，故未暇及此。以后倒是鸣皋提醒，然后问及。谁想果是信之之妻。也是事诚凑巧。当日梅川先别，随后信之便与鸣皋同去。公退至内房，忙令小姐代作书稿，以达逸庵。小姐文不加点，信笔写就。

书曰：

向弟之得归也，惟幸滨死余魂，重依日月。宁复知零丁弱息，亦寄命于豺狼。仰藉庆云之庇，得逢令侄救免。反承台召赐饮□□，固已饱德饮醇之至矣。又辱兄翁，高谊谒如，不鄙荜菲，因以朱陈相约。忻荷之深，倍加衔感。及第抵舍，询知贱内在苏，敝年侄九畹，南宫战胜而还，先以明珠付聘。故佳郎君玉趾方临，而九畹亦自苏继至，使弟进退维谷，罔知所以。不虞令侄舍陷入崔苻，亦因九畹泊舟之便，救至敝邑。非令侄则小女不能瓦全，非九畹则令侄舍不能璧合，彼此相胥，正天意所以，两全姻偶也。顾弟不能无欠者，深以有负厚爱。幸值敝同年梅翁淑媛，幽闲窈窕，过于关雎，方足以副门下寤寐反侧之求。特遣进鱼布达，倘获兄翁赐允，则小女得以苟且字姻，而异日百两盈之。凤台谐偶，聊托柯斧微爱，少偿孟浪爽约之罪于万一。统祈台命，临毫主臣。

览书笑道："写得委曲详恳，不容增减一字矣。"便即写封。正欲遣人送去，只见信之同了林氏，笑容可掬，特来谢生。又与宋某、必贤作别先回。范公笑道："归见令叔，烦为老夫婉转致意。"信之欣然，唯唯而别。生亦辞公，回见鸣皋，置办行聘之物。

不则一日，逸庵回书许可，并即订准纳采日期。范公取出金盒明珠，同了宋某、程生，往拜梅川。梅川慨然留醮，将珠收下。次日，宋、程殷勤谢公而去。两姓联姻，无非遵行六礼，此不备载。

只说钱生，自纳聘之后，时因恩例，不必到部，已得选授浙江绍兴府会稽县知县。公以筮仕在迩，卜吉赘生。当合卺之夕，命生作催妆诗，钱生提笔立就。

诗曰：

银汉不须乌鹊渡，良媒只合谢明珠。

凤楼早把新妆办，为报三星已在隅。

既而，银烛荧煌，珠帘高卷，小姐金装玉裹，打扮得好似天的帝女，两行婢媵，簇拥出来。钱生乌纱皂靴，身穿大红员领，参拜礼毕。外面大开喜筵。公与范、斐陪着王梅川、许翔卿二媒，及钱鸣皋等，内面鼓乐，送入洞房。生与小姐，同饮花烛之下。不多时，酒阑人散，珠娘卸了凤冠霞披，钱生亦脱去袍靴，移烛近前，把小姐仔细一看。虽有沉鱼落雁之容，闭月羞花之貌，然与那年月夜所见，绝不相似，心下惊讶不定。便把前后事情，细细盘诘。珠娘道："君以昔时所见的，比妾如何？"钱生道："彼不如也。"珠娘笑道："君误矣。昔时会见者，即妾也。岂有一人容貌前后各别。"钱生道："休言诳我。自与小姐一面之后，晓风夕月，在在相思，总不离于心目之间，那有面庞尚不能记真者。"珠娘道："设或妾非小姐，花烛已成，何必多问耶？"钱生颜色顿变，愀然不乐。珠娘乃笑道："妾虽陋质，素以礼法自持，岂肯夜出闺房，以沾多露。只因慕君之才，君又固需一见，故不得已，特以侍女莲香代会。其实非妾也。"生犹未信，珠娘解松衣领，出刀痕以示生。生方欣喜道："好笑，我三载相思，竟在梦中也。"乃细述从前想慕之怀，珠娘亦诉被难之苦。少焉，解带下帏，共入鸳鸯衾里。真个是少年才子佳人，温存旖旎，彼贪此爱，曲尽于飞之乐矣。

次日，恰值莲香亲来贺喜，夫人、小姐优礼相待。钱生见毕，细看面容，宛然如故。莲香说起范公以诗选择之事，因笑道："那日妾在屏后，窥见钱爷面容不豫，拙夫又仓皇无计，故妾聊设此谋耳。"钱生谢道："感领盛情。中心颂之，何日忘之。"退而有感，赋诗一绝。

诗曰：

国色从来识面难，洞房昨夜喜相看。

三年一觉相思梦，错认山茶是牡丹。

钱生终以颈痕为玷，问于医者。医者道："昔有美妃，为如意所伤。曾将獭髓为膏，和珠粉以敷之，其瘢始灭。"钱生乃令人遍求白獭。过了数日，即感红蕖之情，又以紫箫曾经同难，便将二人配合。又想起瑶枝，未知还魂果否？即着紫箫，前往东昌，迎接白翁夫妇。不一日，紫箫回报，临清近遭流寇，城外居民各窜，遍处寻问，竟不知白公所在。钱生听罢，不胜怅快。忽闻报进，姑苏贾文华在外。便即慌忙出见，不知文华来，有何说话？且听下回分解。

溪回路转，如入桃花源，别有境界。

第十五回

小罗浮旧约重谐

诗曰：

香奁不独夜珠明，才子风流事事成。

人面桃花生死梦，章台柳色苦甘情。

松萝叶契心如一，雪月评章句共赓。

驱犊岂须寻麈尾，吹箫请听凤和鸣。

却说钱生，以白云峰不知去向，正在忧闷，忽闻报说，有一贾文华要见。忙欲出迎，只见文华已走进厅上，向着钱生连连揖谢。钱生道："向日速于出京，不及候兄一面，以后杳无信息，鄙衷时为怏怏。不知贾兄，几时得释？"文华道："仰赖钱爷一言超豁，数日之后，幸即脱狱。及诣尊寓叩谢，不料钱爷已出京三日了。因有帐目未清，淹留半月。恰值圣上登基，裴孝廉已贬徙为军。谷期生亦为仇家所杀。"钱生抚掌称快。文华道："仰托厚爱，无恩可答，今日特报一桩喜事，以赎贺迟之罪。"钱生笑道："更有何喜，重烦远报？"文化道："闻得钱爷，向在东昌，曾与白家又有婚姻之约。今如夫人回生已久，钱爷为何置之度外？"钱生惊问道："这件事，小弟从未告人，不识吾兄何以知之？"文华道："仆自北京回来，偶从桃叶渡边经过，与白翁邂逅相遇。彼此问了乡贯，叙话移时，不觉契密。那白翁便谈及钱爷订姻一事，又说道：'小女幸已再生，只不知钱爷，为何一去又无消息。'便把书信一封，着某持奉。仆抵家之后，即刻造府，不意台驾在京。因此特来相报。"便向袖中，将书取出。钱生接来，拆开一看，不觉喜动颜色。原来是七言古体诗一首：

诗曰：

忆昔相逢日暮阴，梅花静掩绣户深。

桃灯共坐一窗雪，身未许郎先许心。

伯劳飞燕两分别，夜夜凭楼望明月。

瑶琴声断虫网多，翠幕荃菲香顿歇。

未及邛山掩墓门，情通冥漠仍返魂。

重见落梧秋雨暮，断雁凄风桃叶渡。

回生之事非渺茫，数行遥致胸中愫。

盟言历历郎自知，怜取相思又一度。

　　便留文华书房待饭，持诗以语小姐。小姐见诗，亦欢喜道："文藻烨然，诚香奁佳句也。既有此事，何不迎聘至家，以完姻好，妾决不效那妒妇之态，使君作负心人也。"既而道："君读诗，必知绿衣黄裹之语，此事虽不敢阻抑，然勿使妾有积薪之叹为幸。"钱生笑道："夫人乃欑藜之主，譬如军中元帅。若白氏女则偏裨小将，旦夕荷戈以受指麾耳。"小姐亦为解颐。钱生又禀知范公，范公惊讶道："还魂之事，世所罕闻，有此奇异，极应聘纳。"钱生乃办具聘仪，即浼文华为媒，择吉娶至。定情之夕，细看丰姿，妖艳如故。是夜，就在白氏房中，小姐谈笑自如，略无醋意。瑶枝向生，细诉思念成疾，及幽魂夜会，以至回生始末。悲喜交集，因叹道："今夕之缘，实出天意。回思往事，恍若梦寐耳。"既而笑道："昔日若从君命，今夜白绫帕上，无以为质矣。"生急搂之就寝，交会之欢，绸缪彻旦，唯恨玉漏相催，金鸡鸣速耳。然生虽在极欢之际，每一感念友梅，不禁悲叹。

　　时会稽县书吏、皂快等，到京迎接，已十余日矣。钱生乃择吉起程，先至祖居，辞别叔父，然后拜辞范公，小姐与老夫人，免不得洒泪而别。不则一日，到了苏州，至家参拜太夫人。礼毕，崔子文、李若虚同来拜贺，钱生倒履出迎。子文一见，执手而笑道："金榜挂名，洞房花烛，人间乐事，都被吾兄占尽矣。"若虚道："九畹不是凡人，当是玉皇香案吏。暂时谪下耳。"钱生道："小弟学业未优，谬叨制锦，不知两兄，何以教之？"子文道："作令不难，只要爱民如子。不执一偏之见以折狱，则狱不冤；推不忍人之心以用刑，则刑不滥。"若虚道："衙门吏役，虽是作弊太多，然以吾兄聪敏绝伦，不患为人所欺，只患明察太过。"钱生谢道："有辱大教，愿书之座右，以当弦韦。"少顷，陆希云亦至，钱生迎入坐定。忙命左右，备上酒来，序坐而饮。子文道："今日此会，不减昔年海棠花下，可羡九畹兄，出宰名都，希云兄抢魁秋榜，只我

两人，黑貂裘敝，犹刺苏秦之股，能无愧感。"钱生道："梅山之言，既验于弟，则吾两兄，必在来科折桂矣。"四子各叙衷怀，直至薄暮而散。时宁馨年已三岁，生以太夫人命名，不忍改易。因即取名嗣馨，闻子文有女，亦年三岁，遂托若虚为媒，下了允定之礼。又差人至桃叶渡，迎接白翁夫妇，管守田房。自与家眷，刻日赴任。原来秋烟姐虽然生子，做人谦卑谨厚，小姐既有梁木之贤，瑶枝亦秉塞渊之性。故忙则佐理中馈，暇则品题花月，情分相投，犹如嫡亲姐妹一般。所以太夫人十分欢悦。方舟抵武陵，忽见陆希云遣人赶至递书，钱生接书开视，简上写着：

日者，仁兄荣莅，弟以贱事，偶往百花洲，不及歌骊驹为送，欠甚欠甚。兹启：卖花梅姬，获罪门下，虽决海波，流恶不尽。然细查首恶，实系心如。今姬坐狱数月，染病垂危。倘获海涵，使姬苟全残喘，则仁兄度量之宏，尤胜于文穆矣。异日弟蹑山阴之屐，当造贵治，暂分半榻，以看河阳满县花也。临楮神驰，余不尽悉。

钱生看毕，即写回书，并写书送与府尊，令将梅三姐释放。生既到任，自有县中堂规。及参见上司，俱不必细述。按下不题。

且说憨公子同了郑心如，自在陶园，奔返临安之后，仍在本郡，倚势横行，做那奸淫不法之事，总是郑心如百方引诱。及苏州府关文到杭，憨公子忙与心如商量，着人贿嘱书吏，申文回复。又遣人至苏，探听消息。知是常不欺漏泄事机，遂与不欺绝交，不许上门。忽一日，要往会稽探望母舅，便与心如，买舟渡江。原来憨公子的舅氏，姓吕，号竹溪，越中望族也。不一日，到了母舅家里。参见毕，吕竹溪欣然款留。一日，憨公子偶在门首闲立，忽见一年少妇人，身穿淡罗衫子，自溪畔浣纱而归。那少妇生得如何？但见：

纤眉妩兮，垂垂春柳；美目盼兮，滟滟秋波。玉质冰姿，不假淡妆浓抹；杏唇莲脸，尽堪艳舞娇歌。何必缑山聆凤曲，恍从青鸟见嫦娥。

憨公子近前一看，便觉春心难遏。那妇人也嫣然一笑，屡以秋波回盼。慢慢的推扉进内。

原来此妇孙氏女也。年方二十，其夫姓吴，字君美，幼时也曾读书，后来家事消乏，因在衙门中，帮闲度日。其所居之房，正在吕宅门首。那一日浣纱暮归，刚与憨公子相遇，引得憨公子心猿顿逸，意马难拴。忙与心如言之。心如笑道："此贫家妇，以饵啖之，易上钩耳。"乃告以如此如此，憨公子大喜。自此不时往来窥瞷。又一日，孙氏汲水进门，憨公子忙以白绫汗巾，裹银一锭，投于孙氏足边。孙氏但微微含笑。

恰值君美徐步而归，憨公子正在惶惧，只见孙氏轻舒玉腕，拾置袖中，又以告心如，心如喜道："事可谐矣。"乃悄然置酒妓馆，以邀君美。君美迟疑不赴，使人邀之至三，日中方至。自此，杯酒往还，相知渐密。一日，偶与心如闲话，心如道："吾兄株守数椽，怎能发迹。不若寻些资本，出外经营。"君美叹道："薪水尚有不继，若要资本，从何而得。"心如道："小弟为兄筹之熟矣，早有一策，只是不敢直陈。"君美欣然请教。心如道："公子胡伯雅，挥金如土，平昔所爱，唯在娇姿。若吾兄肯以一枝春色，暂借鸾栖，包在小弟身上，当以二百金相赠。"君美听了，面色通红，大怒而去。过了数日，心如方与吕竹溪分韵做诗，溪边闲步。只见君美含笑而来，心如再三谢罪。君美道："那日承谕，足感厚爱。但不肖夫妇，俱是良家儿女，惟恐丑声播扬，被人耻笑。"心如道："只有尔知我知，外人怎得相闻。况胡公子自有娇妻美妾，不过一遭两次，便即归去。既于尊阃无损，吾兄又白得一主大财，请自三思，小弟怎敢强劝。"君美甚以为然，犹恐其妻不允，归以告之。孙氏笑道："可否在君，何必问我。"君美又悄然以会心如，且言所许之物。心如乃与憨公子计议，憨公子惊喜欲狂。次早进见舅妗，话以他事，贷银二百两，以付心如。心如止以二十两付君美道："公子客中，不及措备，今早已遣人至杭矣，准在五日内，必当如数找足。但事在今晚为妙。"君美欣然领诺而去。迨至日晡，惟恐在家不雅，别向妓馆取乐。孙氏明妆秉烛，俟至更余，俄闻轻轻嗽响，急忙启户迎迓。那憨公子见了孙氏，也不叙一句风月之言，也不致半点温存之态，惟觉欲火如焚，近前搂抱。孙氏亦已春意满怀，偎身相昵。是夜云雨之欢，如鱼得水，直至鸡鸣而出。自此，往来数夕，欢爱弥笃。心如极意趋奉，乃撰私情歌十首，俱以灰谐之语，形容狎昵之情，其歌最为脍炙人口。选录五绝于左。

歌曰：

藤萝村里是侬家，日暮江头独浣纱。

莫把桃花轻似妾，郎言妾貌胜如花。

其二

紫紫红红斗艳尘，人生能遇几回春。

少年不做私情事，只恐春风也笑人。

其三

花间蛱蝶必双飞，汀畔鸳鸯讵独栖。

红日半窗欢未足，共郎枕上听莺啼。

其四

奴爱风流欢有情，佳期约定在三更。

忽闻窗外低低唤，不著红裙启户迎。

其五

夜深花影拂回廊，春色撩人思转狂。

愿得郎心圆似月，清光常照阿奴床。

憨公子虽昧文理，幸得歌意浅露，讽咏终篇，也不觉抚掌称妙。然终是公子性格，初时未得孙氏，爱之如觅珍宝。及数夕之后，便觉情致阑珊。那吴君美早晚需促。心如揣知憨公子已有归歇之意，便笑道："吾前日与兄相约，止云二数，未尝许二百两也。"君美失色道："不肖虽极窘寒，岂肯以二十金，做此无耻之事。足下何乃侮弄如小儿耶。"心如亦发话道："兄真妄人也，如今要娶一位与尊阃人物相似的，也只消二十金为聘，况乎仅仅数夕，便已获此重资，偏又得陇望蜀，何贪心之无厌也。"君美知为心如所卖，不觉大怒，拂袖而起。然只恨憨公了做此短行之事，而不知计皆出于心如也。刚出门，遇着县吏沈思梅邀去。是夜，憨公子以明日归吴，又持银二两，私赠孙氏，便与叙别。二人话至情浓之处，免不得重整风流。不期君美沉醉而归，推门进内，不见孙氏，但闻房中笑声哑哑，乃于门缝一张，只见其妻，卸下亵衣，露出双股与白藕相似。憨公子立而就之，正在云深雨密之际，君美按不住怒从心起，忙向厨下取刀，飞赶进房。憨公子看见势头凶猛，用手一推，那君美的刀已坠地，便疾趋而出。君美一面狂喊："胡公子强奸！"一面奋力赶上，仅截其半裾，并落下朱履一只。时方初更，左右邻居，无不出门惊问。君美乘着酒兴，把憨公子与孙氏如此云云，说了几遍，又大骂不已。孙氏又苦又羞，一时气愤，便持刀向喉边一割，登时命断。正是：

未了阳台云雨情，俄惊霜刃血流腥。

可怜少妇含羞死，不恨胡郎恨郑生。

有顷，众邻散去，君美回身进内。只见孙氏，鲜血淋漓，死在地上。这一惊，倒把酒都惊醒了。疾忙报知地方，一面央人写下状词，准备赶县告状。此时，钱生到任数月。那一日，早堂放告。只见头一张状词，就是强奸杀命事。又看首犯，是胡伯雅，第二名是郑心如。正所谓冤家相遇，不觉勃然大怒，即着四衙验尸，又差八名皂快，朱书肉臂，立刻听审。不移时，差人把一干人犯，陆续拘到。心如早已探知，县令是生。因为珠娘事，不好进见。谁料忽遭此变，心中怀着鬼胎。只有憨公子，犹摇摆道：

"他自杀死，与我何涉。况我是都御史之子，吕工部之甥，谅一会稽县令，岂能奈何我哉。"钱生先唤原告审问，君美哭诉强奸致死，及半裙只履为证。又叫胡伯雅上来："你却怎么说？"憨公子方欲辩剖，只见本县乡绅差人下书。一连四封，钱生概不启视。拍案问道："速速的从实说来！"憨公子也把前后事情，细述一遍。钱生大怒道："一片胡说，不打不招。"乃令皂役，五板一换，重责三十。那憨公子自幼娇养，怎能禁受刑法。打至二十，只得招认强奸是真。钱生便令画供，援笔定招。

判曰：

审得孙氏之死，胡伯雅逼奸之所致也。雅以钱塘甲族，探亲至县。窥见吴君美之妻孙氏少艾，辄起窃玉之意瞷氏浣纱暮归，遽为调谑。而氏初无贪金慕贵之心，即时赤面唾骂。雅若稍知廉耻，当遂游以去矣。何乃恃势横行，又于某夜，突入卧房，用强凌逼，致氏白璧为玷，樱刃而毙。值美外归，登时叫破地邻，又获其半裙只履为征。夫雅以富贵之家，何患无蛮腰素口，邀楚岫之雨云，舞袖歌喉，娱秦楼之风月者哉。而必垂涎于村姑荆妇，以取重辟之罪，岂能见尤于人。洵乃自作之孽，吾不能不伸三尺之法，以雪孙氏之冤于泉下也。郑心如虽系师教无方，姑以不知情，免究。

钱生因憨公子有了小姐之事，故信为强奸。而不暇致详，问成大辟。又料主谋必是心如，惟恐究出情由，一体问罪。因此拷打成招，竟把罪名，独坐在憨公子身上。亦是钱生不念旧恶，待师之厚情也。审毕，方欲退堂。只见礼生禀说："吕爷来拜。"那吕爷是谁？即工部主事吕玄卿也。因以裴党，削职在家，与吕竹溪为嫡堂弟兄，所居离城不远。竹溪遣人驰报，随即入城。在宾馆相见毕，便以憨公子为恳。钱生道："这是令甥自取罪殃，本县只知公断，岂敢殉私。"玄卿又固求不已，钱生微笑道："若使魏东敞无恙，裴司马钧谕，则令甥可以出罪，本县可以改笔了。"玄卿面赤而去。

且说郑心如，出得县门，心下想道："这件事若究起根由，我亦难免桁杨。谁想九畹略不追究，反为我脱卸干净。这分明是厚我之意了，不若乘机进见，说明此事，豁免了憨公子的重罪，方不负胡老先生知遇一番。"主意已定，急忙写了一个名帖，央着礼生通报。只见礼生回说："老爷不及相见，有一回帖在此。"心如展开一看，却是一首诗词。

诗曰：

舌凭三寸是非生，十载文章枉得名。

附势甘为吠尧犬，趋财好似慕膻蝇。

苏州公子今何在？白下佳人质自馨。

顷在公庭锐责扑，于斯便是酬师情。

心如看罢，赧然有羞愧之意。叹一口气道："既生瑜何生亮。"只因心虚，悄然收拾囊资，也不与竹溪作别，竟自渡江回去。不题。

却说钱生，自将憨公子问罪之后，豪强敛迹，境内肃然。莅政二年，真是一清如水。所以民称三异，政声藉藉。巡按考察，推生为两浙清吏之首。

忽一日，方出坐堂，有白云庵尼姑具呈，是为雨花庵侵夺田界。钱生看了呈词，陡然想起：梅山老人曾说，雨花庵里，桃叶渡边。那桃叶渡，果已应在白氏夫人。只不知雨花庵，或得与友梅相遇乎？正在踌蹰，忽喧传报进，行取上京。钱生即忙回衙，报知太夫人及小姐、瑶枝。于是择日先发家眷起程，随后交纳印绶。离城十里之外，换了方巾便服，只带紫萧、钱吉跟随，沿路问至雨花庵。约行三十余里，方闻钟声隐隐，正是：

兰若知何处？小溪路欲迷。

板桥萝半缚，石凳草初齐。

松老侵衣馥，猿多枝树啼。

遥闻钟声响，还在竹林西。

不多时，到了庵前，冉冉绿荫，但闻禽声睆睆，推扉缓步而入，真所谓竹径通幽处，禅房花木深。延伫久之，有一美尼出见，号唤去凡。见生美雅风流，含笑问道："敢问相公尊姓贵表？仙乡何处？有何贵干光临敝刹？"钱生答道："小生姓钱，姑苏人也。偶因游学至此，闻说上刹清幽，特来随喜。"那去凡口中叙话，双眼不住盼生。少顷，又一老尼无非出会。姿容清洁，年奇四十余，乃去凡之师也。三人闲叙良久。钱生问道："不知宝刹，如仙姑者共有几位？"去凡道："敝庵只有师弟两人，此外惟一老头陀耳。"钱生细细查问，并无友梅消息。因日暮程遥，不及下船，无非亦款留恳切。是夜独宿禅房，以友梅无从访觅，意极耿耿。既而月照高梧，方倚窗寂坐，只见去凡手携麈尾，悄然而至。笑谓生道："幽斋良夜，愿共清谈，以消此半窗明月何如？"钱生欣然道："幸甚。"去凡道："人谓天上神仙，不作尘凡之想。而何以双娱月帐，赘刘阮于天台？三降星轺，访孝廉于少室？"钱生道："此亦凤缘未断耳。"去凡道："近阅乐府，有玉簪传奇，所载潘生私会妙常，岂空门中果有此风流之事乎？"钱生低首不答。去凡乃以小笺出示道："有一偈语，敢求相公指教。"钱生手接观看。

偈曰：

出家如雪藕，藕断丝犹在。

既云色是空，如何受色戒。

钱生看毕，知其意念着邪，戏改旧诗答之。

诗曰：

云雨高唐此地非，好持半偈悟禅机。

予心已似沾泥絮，岂逐春风到处飞。

去凡看诗，知生秉正不回，怅然而退。次日早起，偶往殿后闲步，行尽曲廊，向东竹扉静掩，上有额曰小罗浮。扉左壁上题诗一首，其外则有古梅数株。钱生疑是咏梅之作，近前细看。

诗曰：

春风处处黄鸟啼，桃花李花争芳菲。

看于终篇，愕然惊异道："此诗乃我昔年题于梅花楼上的，却是何人录在此处？"因以诘问无非。无非道："既是相公佳作，还要请问大名，并乞示以令先尊官讳。"钱生道："小生讳兰，贱字九畹，年方二十二岁。先君讳某，官至开府。"无非大喜道："原来果是九畹相公。可怜尊夫人疑盼久矣。"钱生急问道："可是赵友梅否？"无非道："然，然，然！"遂急叩扉，内有双鬟应声出问。无非道："火速报知，苏州的钱相公来了。"话声未绝，只见友梅，花钿不整，常服素妆，迅步而出，抱生大哭道："钱郎，钱郎，莫非梦中相会耶？"正是：

只道天涯远，相思两处深。

宁知三载苦，惟隔会稽城。

要知友梅怎得避迹空门，以与九畹相会？且听下回解说。

心如才固高，人品亦最下。得九畹诗，能不愧死。

叙述会合处，用笔简略，各臻其妙。

第十六回

春明门挂冠归隐

诗曰：

木兰枻沙棠舟，玉箫金管坐两头。

美酒樽中置千斛，载妓随波任去留。

仙人有待乘黄鹤，海客无心随白鸥。

屈平词赋悬日月，楚王台榭空山丘。

兴酣落笔摇五岳，诗成笑傲凌沧洲。

功名富贵若长在，江水亦应西北流。

——右《江上吟》

却说钱生，见了友梅，如获至宝，惊喜泣下。因从容问道："与卿别后事情，愿闻
埂向。"友梅便把自苏至杭，被鸨母百端凌逼，及设计以嫁程生，细述一遍。钱生道：
"那程生可是何等样人物？"友梅道："程生讳必孚，字信之，原籍徽郡，家累千金。"
钱生惊异道："原来就是程信之，一发奇了。只是既归程氏，怎得脱离虎穴？"友梅又
述遇见梅山老人，至八月十五，亏了申屠丈，救至寓听。钱生感叹道："原来保护贤
卿，亦仗二公之力。"友梅道："妾自至申屠丈寓所，幸有二姬作伴。梅山老人，亦时
时过望。将及半年，申屠丈方自燕鲁回来，为妾备言，郎君要聘范氏小姐，求取明珠，
几为凶僧所害。那时妾即恳求二公，送至金陵，与君相会。二公又说，钱郎萍踪未定，
功名未就，直至辛未暮春，方得相遇。遂携二姬送妾，过了钱塘，直至会稽，留妾于
此。既以百金为赠，复以古体诗一篇，付妾道：'此诗乃钱郎题于梅花楼者，子宜珍
留，以为异日相会之券。'自此，妾在庵中，深藉二师覆庇。然而盼时朝日，廓处无

聊。每至子夜闻猿，晓窗听雨，未尝不黯然魂断也。无限相思，候君面诉。谁料今日见君，徒有百忧千绪，又不及抒其端倪矣。"言讫不胜凄楚。既而问生道："郎君别来，作何景状？梦珠小姐，亲事成未？今日因何至此？试为妾细道其详。"生以两闱联捷，乃与范小姐成姻，从头至尾，备细述了一遍。友梅惊喜道："妾但闻县尊姓魏，谁知即是君也。只是登第之后，就该上表改姓了。"钱生道："曩因出京甚速，未暇及此。"无非、去凡闻知，即是本县大尹，慌忙谢罪。钱生笑道："我今去官，已称越客矣。况卿等俱属方外，何必以此俗套相拘。"少顷斋毕，令钱吉雇了一乘女轿，厚赠二尼，速急起程。无非、去凡直送至十里之外，方与友梅洒泪而别。

无何抵家，友梅先参拜了太夫人，然后与小姐、瑶枝及秋烟姐，以次相见。合家无不欢喜。钱生自此，亦觉心满意足，不敢迟留。次日挂帆长往，舟次维扬。因以友梅所嘱，持银三百两，往谢程信之。信之方得友梅亡去之故，而知向云许嫁钱郎者，即生也。是时，信之家渐丰裕，再三推辞不受。钱生又问起寂如二僧，信之道："文友毙在狱中，那寂如已在去冬正法。"钱生欣然称快，作别下船。

不一日至了京师，考察之后，钦命山东巡按。那齐鲁百姓，闻生出宰会稽，摘奸除恶，邑有神明之号，所以豪民狡吏，窜伏如鼠。而衔冤抱痛之民，莫不伸首引项，若槁苗之待霖雨。生既按郡，果如阴风鸣绦，飞电烁目。向之强狡者，俯首就罪。而呻吟者，变为歌讴矣。又以大狱，悉为奸吏弄其刀笔，于是不拘成案，平反一十余事。既而巡历方竣，忽钱吉报至，太夫人病入膏肓。钱生一闻此信，方寸已乱，遂不及复命，从驾归苏，日与三夫人侍奉汤药。每夜吁天，愿以身代。将及二月，太夫人方平愈如初。正欲束装北上，而校尉提问，已至姑苏驿矣。

原来朝廷祖制，凡绣衣代巡，须俟复命之后，方许回籍。那憨公子之父胡御史，切齿恨生，借此为由，动了一本。所以内阁票准，便着校尉拿究。起解之日，太夫人流泪相送。钱生劝慰道："母亲大病乍起，自宜珍摄，儿虽犯制，念居官清正，圣上自应恩宥。况有崔、李二子，新中在京，必然为儿辩救，慎勿过为忧郁，有损慈颜。"三位夫人，亦各牵衣哭别。生与校尉，方抵山东境上，那些父老已纷纷的执香迎接，拥住不放道："某等已有辩冤表章，上达天听，且待本转之后，方许老爷进京。"钱生坚却道："若是这般，显是抗违圣旨。尔百姓不是爱我，反所以害我了。"乃从夜半，悄然过了省城，将抵长安。有庶吉士文长儒与行人崔子文、兵部观政李若虚，连名具疏，为生辩白。圣上省奏，左迁生为东昌府司李。

原来文长儒，即是王季文之婿，与崔、李同中进士。因在前岁，钱生赠以厚资，方得与蕙姑毕姻。夫妻十分感激，所以借此为报。钱生入朝，谢了圣恩，随即往拜文长儒。又诣催、李作谢，遂即走马到任，着人至苏，迎接家眷，不题。

却说贾文华，自向金陵报了白瑶枝回生之信，到家未几，其妻张氏患病而亡。正怀失偶之悲，忽值本郡有一仕夫，在京作宦，寄书相召。文华趁此机会，凑银二百余两，买了细缎，带至京中发卖。一日到了东昌，偶从城外闲步，遇着妓女琴娘，新自扬州迁至。身材窈窕，也有六七分姿色。文华既注目而视，琴娘亦陪笑相迎。是夜，摆设东道，就被琴娘缠住。那文华原在风月场中着迹，颇暗采战之术，把琴娘奉承得十分欢喜。自此，尔贪我爱，情好日笃。未及半年，已把二百两细缎变卖几尽。鸨母金凤，窥见文华囊资已竭，终日哓哓，打鸡骂犬，催促动身。文华欲去，奈不能割舍。欲留，又难禁絮取。正在进退两难，忽闻人说，新到理刑就是前任巡按。文华听了，暗暗欢喜。恰值钱生前呼后拥拜客回衙，远远望见文华，立在檐下，便悄然分付门子，请那贾相公到衙门相见。文华流落穷途，忽听门子说，老爷相请。喜得满面堆笑，急忙随在轿后。少顷，进入后堂见毕，钱生道："贾兄既到敝治，为何不来见弟？"文华乃以心事备诉。钱生笑道："文华头颅如许，犹滞迹于花柳间耶？从来鸨母不仁，只图财货。兄果钟情此妓，不若娶以续弦，我向县库，借银相赠。"文华连忙揖谢道："多感钱爷厚情，誓当卫结。只恐金鸨执拗不从奈何？"钱生道："此亦不妨，只消具一禀词到厅，待我当面批与执照，又何虑金鸨不允。"文华又连揖而出，回告琴娘，琴娘大喜。次日瞒过金凤，亲自到厅具禀。钱生看了禀词，就批道：

妓者沉沦欲海，迷恋风情，宁辞栖凤栖鸦。虽欲为云为雨，而玳瑁筵前，咒觥劝酒，销金帐里玉臂作枕，良有以也。今某妓，志甘荆布，誓脱火坑。扃春风于绣榻，舞歇霓裳；却夕月于青楼，歌停玉树。此真醉之醒，而梦之觉者。合于执照，任其所从。

钱生以文华所爱，必有丰姿，故令其具禀，略识春风一面。谁料见时，十分面熟。那琴娘，亦时时偷眼窥生。既有批照，金凤无可奈何，只得许允。钱生果以百金赠文华，文华以五十金，娶了琴娘。也无心北上。将欲治任归苏，琴娘密讯文华道："妾观司李钱爷，绝似胥门内住的十一相公。"文华惊问道："子何以知之？"琴娘泣道："奴本钱宅青衣也，因与同伴有隙，触了太夫人之怒，将奴出嫁，却被梅三姐贪了重贿，哄卖为妓。原名绣琴，故即改为琴娘耳。"文华又谢钱生，备语其事。钱生道："我亦道有些想像，原来果是绣琴。"尝以语太夫人，太夫人顾左右婢女而笑道："汝辈戒之，嫉妒者当受此报。"自此，生在东昌，三年任满，便升吏部主事。又由中允，升了谕德。十余年间，官至侍郎，加尚书俸。富贵赫奕，莫之与□。钱生每自退朝之暇，则与三位夫人，焚香啜茗，评花咏月。有时分韵做诗，各欲夸奇斗艳，体裁菁藻，句落珠玑。那三位夫人，味同兰妇。虽无嫉妒之心，而亦飘轻裾曳长袖，回波而逞媚，争妍而取怜。小姐嗜琴，每翻新调，有《红窗影双凤飞》之曲。友梅喜画，时时纵笔作远峰瀑布，断涧孤松，真有云林墨气。唯瑶枝则以巧言雅谑，使人绝倒。生亦纵横谈笑，纷纭酬和于其间。既而棋声歇、炉篆销、茶烟未散、梧月欲上之际，生乃枕小姐之肱，扪瑶枝之乳，命友梅度新声为宛转之歌。而令秋烟槌背搔痒，高卧于北窗之下者。久之，则有美丽青衣，携绛纱灯，两两来接，报道："绮筵已设，金壶酒暖矣。"

夫生以一介书生，为名进士，官居三品，享福至此，所谓骚坛领袖，风月总管非耶。然而，钱生亦非徒留连于诗酒美色。每遇朝廷大事，未尝不垂绅正笏，谔谔敢言。平居，常以不能致君尧舜为耻，则又可谓圣贤豪杰之后矣。其年癸未三月，太夫人八十悬幌寿诞，于时崔子文方升鸿胪寺少卿，李若虚亦以潮州知府任满入都，陆希云虽遭点额尚未南返，三子俱备了盛礼，登堂祝贺。钱生乃大排筵席，广请朝绅。是夜，饮至更余，痛醉而散。只见钱吉禀说："日间有一老者，不衫不履，骑驴而来，要与老爷相见。门吏因为堂有宾客，不敢通报。恰值小人遇着，那老者便把一个简帖，着小人递上老爷。"钱生接来，拆开一看，但见帖上七言律诗一首。

诗曰：

歌凤何须笑楚狂，好将时事卜行藏。

江湖只合盟鸥鹭，萝薜争知胜鹡鸰。

贼遇黄巢唐遂覆，权归秋壑宋应亡。

铜驼不日生荆棒，珍重姑苏十一郎。

——九十一翁梅山老人奉

钱生以十年积想，失之当面，怅怏不已。乃详味诗中意思，是言天下将乱，不如归隐。那一年，钱生正年三十六岁，又与"若逢四九，返尔林泉"之语相应。将诗向崔、李求教。崔、李之意，不约而同，遂与二子，即日上表辞官。出了春明门，挂冠解绶，一同南归。大学士魏藻德，与朝绅光时亨等，俱赋诗为赠。时嗣馨已年一十八岁，天资敏慧，矢口成文，极为时辈推重。钱生抵家之后，卜吉行聘，即于是秋，为

嗣馨完了伉俪。又以范公与叔父鸣皋俱近八旬，不堪迢隔，乃令白翁夫妇住在苏州，自奉太夫人依旧迁往金陵，离城四十五里，与祖茔相近，地名唤做锦凤村。真个是山明水秀，足称幽居。生乃因山傍水，起造园房一所，备极轮奂之美。但见：

红楼翠阁，绣闼雕甍。门前五柳摇金，窗外千竿嫩玉。林花春吐，池莲夏开。静坐处最喜幽禽弄舌，客到时自有美酒盈樽。小桥卧涧，遥通水畔荷亭；深径埋香，转入峰边梅坞。正是：谢安旧住乌衣巷，裴度新开绿野堂。

钱生正在修葺书院，忽见许翔卿来望，袖中取出一封书信道："某近自兰溪返棹，将渡钱塘，遇着一位长者，自称申屠丈，修书一封，着某送上钱爷。"钱生启缄看云：

自别音容，十有七载。予两脚如车轮，终年仆仆作牛马走耳。闻子三遇良缘，待诏金马。梅山之神鉴不爽，而梅花楼一夕酒钱，予已效文鱼之酬矣。兹者，天造逢剥，潢池之乱难弭。而煤山之祸已兆，子以老人一言，点醒归隐丘园。甚善，甚善。今有真主已出，太平在迩，予亦自兹栖踪海岛，非敢效田横自王，聊逞虬髯之故智耳。明年秋杪，吾事方成。子夫妇幸沥酒遥贺。便中附候，申屠丈白。

钱生看罢，喟然叹道："王室如毁，中原瓦解，吾辈将来尚不知作何结果耳。"是时，闯贼李自成，虽得了河南一省，然齐鲁之间，犹安然无事。钱生以书意不祥，讳而不言。至明年，甲申三月，果有彰义门之变，大行皇帝缢死煤山。始信申屠丈与梅山之语为不爽矣。自此，隐在乡中，捐粟募兵，保障一方。虽经鼎革，天下盗贼峰起，而钱生保全身家不失。向后多少朱门大厦，化为灰烬。那些屠沽儿卖菜佣，反得满身罗绮，一朝富贵。时来者高入青云，运退者黄金变色。当此之际，不能无感耳。自后，生与范公，频至庵中，与心如讲论释典。时贾文华还至金陵，与许翔卿同为门客。崔、李、陆三子亦隐在长白山中，与生往来，信使不绝。生与三夫人唱和篇什，有《瑟琴集》行于世。每羡乐天为人，故颜其堂曰："希白堂"，自亦谓希白居士云。

收结处，烟云袅袅。有"曲终人不见，江上数峰青"之致。

听月楼

〔清〕不题撰人 撰

第一回　月楼仙迹　艳妾专房

诗曰：

广寒宫阙降瑶仙，种种情魔自惹牵。

千古凡尘谁听月？月如无恨月常圆。

喜怒哀乐，自情而生也。怒哀虽云有情，终于无情；喜乐未尝无情，终非有情。无情于有情中而更见无情，有情于无情中而益见有情。情之所不容己，因情而死；情之所不能忘，因情而生。有情劫，有情魔，有情痴，有情缘，皆造化颠倒。世之男女，有情者使其情不魔不灭，而后无不遂其情也。偶检残编，得《听月楼》七律一首。其诗有无限深情。诵之再四，乃不禁欣然以□听月为名，谱成一部演说，以消阅者之闲闷云尔。

此书出于前朝河南开封府祥符县，有一位官宦，姓裴名长卿，字如金。少年登科，赐进士出身，屡升至刑部侍郎。为人刚方正直，敢作敢为，不避权贵，广有谋略。家道富厚，兼爱济困扶危，锄强去暴。夫人赵氏，同年，四十以外，所生一子二女。子名以松，字端文，年已十七，曾入黉门，在京随父读书，聘右都御史张翔之女雪姑为妻，尚未过门。长女绮霞，十六岁；次女绮云，年十五岁。俱生得沉鱼落雁之容，更有班姬道蕴之才，女工自不必说，俱待字闺中，未曾适人，夫妻爱如掌上珍珠。裴爷因两女才色兼优，要择婿配婚。因在后花园构一高楼，与二女居住。一为拈针步韵之区，二为游目遣兴之地。楼方告成，尚未题名。那日八月十五日，正是中秋佳节。这晚月明如昼，裴府团圆，家宴摆在后花园楼下厅中。裴爷夫妇，居中坐下，一子二女旁坐相陪。丫环上酒上菜，一家畅饮，好不快活。又见一天皎月，照得阶前雪亮，耀人眼目。裴爷此刻，心中欢喜，要在酒席筵前，考一考子女的学问。便道："此楼业已造成，尚未命名。吾儿可同两个女儿，各拟一个名儿上来，与为父的评定。其名，总要出类拔萃，不可落入俗套。取名的不中式者，罚酒三盅。"以松同两个妹子，连声答

应，忙去腹中寻思。一会，三人俱已将楼名推敲顶好的出来。先是以松道："楼下有大松数十株围绕，与楼相齐，可名为餐松楼。"裴爷笑道："餐松乃急逸之意，非所以居尔两妹。吾儿学问颇不活泼，快领罚酒以通窍。"说得以松满面通红，不敢回言，只得吃了三杯罚酒。裴爷又问两个女儿："楼名可曾有呢?"绮霞道："女儿恐取出楼名，也怕不佳，不如不说，同妹子吃三杯罚酒罢。"裴爷道："你二人之才，高似乃兄，快些说来与为父的听。"绮霞见乃尊谆谆问他，姊妹二人不敢再为推辞，只得说："孩儿取的楼名叫做倚翠楼。"绮云也接说："孩儿取名'双凤楼'。"裴爷道："大女儿取名倚翠，还有诗人婉转之情。二女儿取名双凤，未免才思大露，绝少曲折。较之以松，总胜千百倍多矣。各饮一杯赏酒。"两位小姐，尊了父命，将酒饮过。夫人道："老爷也取个楼名，指教儿女们。不好也要敬三杯酒的。"裴爷笑道："夫人代孩儿们出气也，要盘驳下官了。"夫人道："非妾敢班门弄斧，老爷不说出一个楼名，无以服众。这是要请教的。"裴爷不好回夫人，正沉吟一会。未及说出楼名，但闻空中一阵鹤唳之声，香风微微，皎月影影，悠悠扬扬，飘下一张简贴，落于庭前。裴爷大吃一惊，忙着丫环："到庭前看来，是什么东西?"丫环领命，执灯到庭前地下一看，见是个黄柬贴。忙弯腰拾起，走到上面，送与裴爷。裴爷接过一看，见柬贴一个，上写："玉阙掌桂仙吏吴刚，致意司寇裴君。偶见名楼，顿生倾慕。其间多少有情之人，多少有情之诗，多少有情之事，非佳名不足以留其胜迹。如餐松、倚翠、双凤等名，皆才人后着。即司寇未言之留云楼，亦算巧思，犹非奇绝。刚于桂下用玉斧磨琢二字，以为君家楼名。令人惊奇诧异，以成一段佳话。匾三字，并诗一首，已书于司寇新楼。可上楼一看，便见分晓。"裴爷看完柬贴，又被一阵香风吹去，柬贴已不在手中。裴爷连称异事，便向夫人同一子二女说了一遍，大家各吃一惊。裴爷站起，命丫环掌灯，同夫人一子二女，齐登高楼。此楼后半截靠河，一带雪洞。推去窗子，可以眺远。前半截在花园内，上面楼中卷帘内本广一退光漆匾，约有三字宽，未曾写字，匾下即是一带粉屏。裴爷到楼上，正值灯月交辉，光射匾上。三个金字，乃"听月楼"。写掌桂仙吏题。夫人不通文墨，并不则声。裴爷与两位小姐，寻思听月二字，意味颇见生新。旁有以松插嘴叫声："爹爹，楼名听月，虽是仙笔，而文理欠通。只有赏月、玩月、踏月、见月，月乃太阴之象，无声无臭，从何处听起? 此名似乎不妥。"裴爷也觉以松言之有理，连连点头。绮霞道："兄长且慢批评仙笔，请看粉屏上诗句，自然明白。"裴爷命丫环，将灯移近屏前。大家细看，那诗是七言绝句一首。只见上写道：

听月楼高接太清，楼高听月更分明。

天街阵阵香风送，一片嫦娥笑语声。

后写"《咏听月楼》句，可博司寇一笑。"裴爷见此诗句，与儿女们恍然大悟"听月"二字之意，以手加额道："楼名得此仙笔，千古留芳矣。"说罢，命丫环移灯照着，一同下楼，重新入席，共饮香醪。夫人道："据仙柬云，老爷未言之留云楼，可是这个名么？"裴爷道："一丝不错。"夫人笑道："真是活神仙了。"裴爷道："明日朝罢回来，摆了香案，上匾谢仙。"夫人道："正该如此。"说罢，大家畅饮一会，尽饮而散，回房安寝，过宿一宵。

次日起来，裴爷朝罢而回，命家下对楼摆下香案，同夫人儿女到楼前，有丫环铺下红毡，裴爷至亲五口，大拜八拜，答谢上仙题楼之恩。拜毕起身，又在楼上游玩一会，正才坐下，吃了一杯香茶。见一个丫环禀裴爷道："楼下有家人来报，老爷两位同年，宣大老爷已起用侍读学士，柯大老爷已起用太仆寺少卿，俱带家眷来，陛见过了，方才有名贴来拜候老爷，请老爷示下。"裴爷点头知道，分付下面家人，打轿伺候，回拜两处。丫环答应，下楼去了。夫人问道："来拜老爷是那两位同年？"裴爷道："这两个同年，总是江西南康府建昌县人氏，一姓柯，字直夫，号秉正，为人迂拘执拗。一姓宣，字学乾，号行健，为人温雅和平，同为甘氏女婿，乃两姨连襟。前因公事挂误，今复起用来京。可喜有几个同年不时聚首谈心。夫人且与儿女们少坐片时，下官失陪了。"夫人道："老爷请便。"裴爷起身下楼，一直出外上轿，带了四名家人，先去拜宣侍读，见面各叙寒温阔别，又说道："有子登鳌，年已十七，入过学了。"裴爷也代他欢喜，即告别上轿，去拜柯太仆。叙礼送茶，也谈一番寒温。柯爷问裴爷道："年兄有几位令郎令嫒了？"裴爷道："一个小儿，两个小女。"旋问柯爷，几位令郎令嫒？柯爷道："一个小儿，一个小女。"裴爷道："你我俱有后人，可继书香。但不知闺中掌珠拾于何人之手？"柯爷道："事有定数，何必为儿女情长。"裴爷笑道："年兄言之极是。"说罢，起身告别。柯爷苦留便饭，裴爷道："今日还有公件未完，容日再来领情罢。"下阶出去。柯爷送出大门，见裴爷上轿去了，方转身入内。才到腰门口，只听见中堂上一片喊叫之声，倒把柯爷吃一大惊，连忙进去一看，原来柯爷的大夫人甘氏，年已半百，秉性忠厚，又兼一身是病，膝下只生一女，名叫宝珠，年已十六。他生得比花花解语，比玉玉生香，女工有描龙刺凤之能，文墨有二酉五车之富，待字择婿，未曾出阁。侍女如媚、如钩，随身服侍，也有几分姿色，终日相伴小姐，在闺房足不出户。

父母十分钟爱，只有柯爷不喜女儿吟风弄月，以为古今佳人才子，多由于诗，私心挑逗，成人话柄，屡责女儿。无奈女儿酷好吟诗，虽屡被责辱，犹背后吟咏。柯爷一生多疑，每被觉察出来，大闹几场。因此，父女人和意不和。柯爷又因无子，用千金在苏州买一艳妾。本是水户出身，生得有七八分姿色。虽不能诗，也知认字，枕席上又善于奉承。柯爷被媒人哄诱上钩，买了回来，取名秀林，收在房中。过了几年，生了一子，柯爷分外欢喜。因子贵母，越发宠爱。秀林其子到了六岁，延师教读，取名鸣玉。生来聪明，过目成诵。十岁上，四书五经俱已了然。柯爷爱子心重，且又爱妾，言听计从。夫人见柯爷宠妾灭妻，又遭逼女儿，心中气忿不过，与柯爷吵闹几回，秀林反帮着，出言不逊，气得夫人病上加病。秀林以为得计，只望气死夫人，他就可以扶正了。怎奈是水户出身，每日在风流阵中，俱是棋逢敌手的少年，今见柯爷一年老胜一年，很不畅意，打点偷些野草闲花。柯爷家法甚严，三尺孩男不许入内。内里女眷，又不许出外。弄得秀林心猿意马，被他拘住，很不耐烦，终日自嗟自叹，只与夫人小姐寻事吵闹，打鸡骂狗，闹的合宅不安。这日，有一双红睡鞋晒在窗前，因小姐的丫环如钩泼水溅湿睡鞋，又被秀林撞见，连皮切肉，打丫环骂主人，大闹起来。且看下文。

第二回　见姨惊美　拘礼辞婚

诗曰：

眉似远山齿似银，美人身段有丰神。

秋波一盼魂消处，本欲相亲不许亲。

秀林为丫环如钩把他的睡鞋弄湿了，便大闹起来，指着丫环骂道："你这浪蹄子、臭淫妇，仗着什么人势头，屡次将我欺负。我亦不是好说话的主儿，你敢与我拼一拼？"如钩也忍不住回道："婢子是无心溅湿姨娘的鞋子，何必这等生气骂人。"秀林一听，好似火上加油，对着如钩，一口啐道："我不是你的主儿，你这浪胖，敢向我回嘴。非但是骂，还有打呢！"说着站起，拿了一根门栓，如狼似虎，抓过如钩，没头没脸的乱打。打得如钩满地打滚，哭喊连天。早惊动夫人，前来相劝，并不肯依。夫人气了归房。小姐知道此事，忙出房向秀林招陪不是。秀林不但不准情，反责备小姐道："你用出这等尖嘴薄舌的丫环，平时并不拘管，任他狂为，反代他讨情。将来引诱你做出不端事来，也是不消究问的。"这一席话，说得小姐满面通红，也气起来道："就是丫环失错，溅湿睡鞋，也是小事，不放着大喊大叫。我代他陪礼，也就丢开手了，你这嘴内说些什么乱话，令人难听。你要借如钩出气，将他活活打死，到也干净。"秀林听见这些话，那里忍捺得住，心下大怒道："我就把这贱人打死，看谁向我要人。"说着把门栓雨点似的，向如钩身上打下来，比先更打得凶险。如钩哭叫救命，小姐一旁看见，气得浑身冰冷。正是中堂大闹，恰值柯爷送客进来。一见这个光景，大吃一惊，忙向秀林手内夺过门栓。问他因何发恼？这般模样？秀林学舌与柯爷听，把方才吵闹的事，又加些作料，说如钩得罪了他；你女儿不责备他的丫环，反掌着丫环说我许多不是，我怎么不气。我是一个主儿，就打他的丫环，也不为过。你看我手都气冷了。"柯爷摸着秀林的手道："果然冰冷的，丫环快取热茶与姨娘吃。大人不记小过，丢开手罢，气他则甚。"小姐见父亲百般安慰秀林，心中不忿道："爹爹也该问个曲直，怎听

一面之词。各人房中使用的丫环，各有主儿。就是我的丫环不是，也该先问我一声，如何动手就打。我若打了他的丫环，他又何以为情。爹爹不知就里，使认以为真了。"秀林哼了一声道："一个千金小姐，对着父亲还护庇丫环，成何体统。"柯爷被秀林一句话，激恼起来。喝声："宝珠，十分放肆。还不带了丫环回房，严行管束，尚站在中堂，与长辈斗口，全没家教。速速退下！"小姐见柯爷反教训起来，忍不住向前，气忿忿的拉了如钩。回房去了。柯爷反百般安慰秀林，手搭香肩，拉入内房，同用中膳。秀林占了上风，心中十分快活，加意奉承柯爷。柯爷虽有几岁年纪，也强作解人，与秀林调笑。中膳已毕，将茶漱口，便同秀林到花园散闷，不表。

　　且言宣夫人，因来京多日，打发儿子登鳌，到柯府见姨母。登鳌领了母命，更换衣衫，带了抱琴、醉琴两个书童，跟随轿子，一直来到太仆寺衙门。宣公子下轿，先有抱琴投了名贴。看门柯荣，见是至戚，不敢怠慢，请公子厅上少坐，忙入内禀知。老爷尚在花园，先禀知夫人。夫人正在房中气闷，听见丫环禀称："宣姨太太差了公子来见夫人。"夫人听见，破忧为喜，即请公子内堂相见。丫环传话出去，柯荣忙到厅去，请公子入内。一面赶到花园，去禀老爷。老爷与秀林在花园顽耍倦了，正在一张大理石榻上，并头而睡，却不敢去惊动，只得站在园门外等候。宣公子入内，到了中堂，见柯夫人坐在一张太师椅上，两旁四个丫环侍立，忙向前尊声："姨母在上，待侄儿宣登鳌拜见。"说着，要拜将下去。柯夫人一把拉住道："贤侄少礼，一旁坐下。"宣公子告坐坐定，有丫环献茶。茶毕，柯夫人道："令尊令堂安否？"公子道："托赖姨母鸿福，双亲俱安。命小侄前来代请姨丈姨母的安。"柯夫人道："好说，我看贤侄生得面如冠玉，貌似潘安，今年尊庚？可曾游庠么？"公子道："小侄十七岁，已于去岁侥幸入学。但不知姨丈今往那里去了？"柯夫人笑道："你家姨丈被妖怪终日缠住，问他则甚。"公子见说，不好再问。又道："姨母膝下，可有姨兄姨妹么？"柯夫人道："做姨母的，生了一个姨妹，名叫宝珠，今年十六了。有个姨弟，名叫鸣玉，今年十三了，是妖怪所生的。"公子道："小侄到此，可请姨妹、姨弟出来，见个礼儿。"柯夫人道："你的姨弟在书房念书，被你姨丈拘住，不准出外。如私自逃出，姨丈定加指责，拘得这个孙子如木偶一般，不用叫他出来见礼，省得淘气。到是你的姨妹，可唤他出来见个礼儿，与你兄妹会一会。"说罢，即命丫环去请小姐。丫环答应去了，宣公子坐在椅上，腹内寻思道："闻得母亲常说，姨母所生姨妹，貌若差花，才如咏絮，乃一才貌双全的女子。但闻其名，未见其面，今日拿出几分眼力，看姨妹可是名称其实么？"正在

寻思，忽听一阵环佩声响，从屏后转出来。公子抬头定睛一看，见小姐冉冉来到中堂，好一似：

天上嫦娥离玉阙，林中美女下瑶阶。

公子见了小姐，月貌花容，已是心神荡漾。又见后随两个侍婢，也生得超群出众，心内连连称赞道："果然言之不虚，我宣登鳌若有福分，得与姨妹克成连理，也不枉一对姻缘，方是尽善尽美。且待我回去，禀知母亲，向爹爹说了，央媒前来说亲，谅姨丈姨母，再无不允的。"正是公子出神痴想，早见小姐向前，与母亲道了万福。柯夫人道："我儿罢了，可与姨兄见个礼儿。"小姐答应，转身叫声："姨兄请上，愚妹这里万福。"一面见礼，一面微露秋波暗觑。公子生得一貌堂堂，唇红齿白，品格不凡。心中也十分倾慕。公子见小姐与他见礼，忙起身，也尊声："姨妹少礼，愚兄这里回揖。"说罢，一揖下去。两下见礼已毕，小姐在公子对面坐定。四眼相望，你爱我，我爱你，说不尽顾盼，无限深情。夫人又与公子谈了一会家务，公子起身告别。夫人留住吃了晚饭去，公子也舍不得撇了小姐就去，趁着夫人留他，就坐了不动身。夫人正分付丫环，叫厨下备酒，恰值柯爷在花园睡醒，同秀林出来。柯荣向前禀知，将名贴呈上。一看，知是宣家姨侄到了，便问柯荣道："宣公子可在这里了？"柯荣道："现在中堂，见夫人呢。"柯爷点头，叫秀林回避了，独自迈步，来到中堂。见夫人居中坐着，儿女陪着姨侄坐在那里，心中已不喜欢。但因姨侄初来，未便发作。夫人见老爷进来，便叫公子向前，见了姨丈。公子起身，尊声："姨丈在上，小侄拜见。"柯爷拉住，只叫："行常礼罢。"公子依言礼毕，候柯爷与夫人并肩坐下，也一旁坐定。小姐向前，请父亲的安。柯爷哼了一声道："一个女儿家，不坐在深闺做你女工，出来则甚。"说得小姐满面通红，诺诺而退。夫人见柯爷发作女儿，很不耐烦道："一个远来至戚兄妹，出来见个礼儿何妨，你又来扯淡，多管闲事。"柯爷道："你那知，男女七岁不同席。虽是至戚，也有瓜李之嫌。父母不管，岂不被人议论。"夫人道："动不动说的是老头巾的话，到也可笑。"柯爷也不及同公子叙寒温，只与夫人拌嘴。公子此刻，见小姐已去了，大失所望。又见柯爷为小姐出来与他一会，反同姨母争竞起来，弄得局促不安。也不等他晚饭吃了，即起身告别。夫人还说相留，柯爷反说："姨侄的令尊、令堂在家悬望，不必苦苦相留，改日再会罢。"说着，送了宣公子出来，上轿而去。回来又埋怨夫人一番道："虽宣家姨侄生得仪表甚好，却是举止轻浮，以后防闲要紧。"夫人笑而又气道："男女一见了面，便不成有什么事故出来？"柯爷恼道："你妇人浅见，知道什么。"自此，夫人与柯爷专为此事，絮聒不休，且自慢表。

再言宣公子，自到柯府见了姨妹回来，眠思梦想，念念不释，暗将此意，告知母亲。宣夫人也深知姨女，才貌双全，堪以匹配孩儿，又是亲上加亲。兴致勃勃的与宣爷商议，代儿子央谋，向柯府求亲之事。宣爷听说，皱着眉，摇着头道："若论我与柯襟兄连姻，自是门当户对。乃这位襟兄，性情执拗，且又多疑，未必肯允这门亲。"夫人笑道："姻缘随天所定，不过借人力求之，行止再作商议。"宣爷见夫人言之有理，点头依允。次日，即托刑部侍郎裴爷为媒，到柯府求亲。裴爷因两处俱是同年交好，不好即却，只得坐轿到柯府而来。先有家人投了名贴进去。柯爷整衣出迎。裴爷入内，见礼分宾坐定，家人献茶。茶毕，柯爷问道："年兄何事下顾，望乞见教。"裴爷笑道："特来与年兄的令媛作伐，故轻造尊府。"柯爷道："女大自要当婚也。择婿之才貌若何，方可允亲。但不知年兄做媒，说的那一家儿郎？"裴爷道："若论女婿才貌，固是好的。亲家与你同年好友，又是襟戚，这头亲事可好么？"柯爷哈哈大笑道："年兄是来代宣襟兄的儿郎做媒，却有三不可，做不得亲。"如何批驳出来，且看下文。

第三回　游园偷情　寻香召畔

中国禁书文库

听月楼

诗曰：

花前月下订佳期，浪蝶狂蜂只自知。

怪煞声声铁马响，鸳鸯惊散碧波池。

裴爷问："有何三不可？到要请教年兄。"柯爷道："小女年轻，未娴父母之训，倘早为出嫁，必失公姑之欢，此一不可也。我看宣家儿郎，外貌虽有可观，内里惜无实学，且举止轻浮，不似读书人的气度，此二不可也。两姨做亲，更有嫌疑之别，一不谨防，将来必弄成大话柄来，此三不可也。年兄前来，代小弟的女儿做媒，非敢方命。只为其中有三不可，不能曲从。年兄切勿见怪。"裴爷听这一派迂腐的话，不禁哈哈大笑道："似年兄这番议论，将来代令媛做媒的，必是乃尊方得妥当。"柯爷也笑道："年兄又来说趣话了，岂有毛遂自荐的。"裴爷道："此刻不与年兄争论，日后自有应验。就此告别，回复贵连襟。"说罢起身。柯爷也不相留，送了裴爷上轿而去。方转身回后，到了秀林房内坐下。秀林问道："外面会的是什么客？"柯爷道："是同年裴长卿。"秀林道："裴公来做什么的？"柯爷道："总是我家老不贤惹出来的事。"秀林吃惊道："说的什么事，是他惹出来的？"柯爷道："就是宣家姨侄来拜见什么姨丈姨母，这老不贤又叫出女儿，与他见礼。你想一个不出闺门的女子，便与面生的人会面，成何家教。我说了老不贤几句，他还与我吵闹。如今可弄出话柄来了。"秀林道："有甚话柄，快说与我听。"柯爷道："可恨宣家小畜生，竟看上了我女，回去告知父母，央了裴司寇为媒，岂不是个话柄。"秀林道："你可依允这头亲事？"柯爷摇手道："小畜生在那？"（下缺一百四十四字）道："宣家儿郎，初见你女面貌，便留心求婚，安知你女见了宣家儿郎，回房不吟风弄月么？"柯爷大恼道："宝珠若再吟诗，被我察出，一定将他处死。"秀林道："处死女儿，于心不忍。不如乘他不及防备，向房中一搜，搜出来一火焚之，再发作几句，他下次就不敢了。"柯爷连连点头，气忿忿站起，赶到宝珠房中，翻箱倒笼，四处一搜，也拽出好些诗稿。一看，总无关紧要，取火焚于房外。临行带说带骂，发作宝珠一场而去。只气得宝珠大哭不已。明知中了秀林暗箭，唯有恨恨连声，不敢明言。还亏如钩、如媚两个心腹丫环，劝住小姐悲声。过了几日，也是应当有事。柯爷因在本衙门有公事，未曾回府。那时正是三月天气，晴光明媚，花柳成行，一派春景，正易引人动兴。秀林因柯爷未曾回来，独坐房中，甚是闷人。后堂夫人、小姐俱说不来，又不能闲话解闷。忽想起"家内花园，还有一派花香鸟语，春色可人。东楼万花台上，远看郊外野景，更是活目。迁老从不许我上去，怕被外人瞧见。今趁他不在家中，带了心腹丫环小翠，到花园去解闷。"想定主意，重施香粉，再点胭脂，妆饰一会，打扮精工，手拿一柄牙骨宫扇，唤了小翠跟随，袅袅娜娜，直奔花园而来。到了花园门口，但见：桃红柳绿，阵阵幽香；燕剪莺梭，声声巧语；太湖石旁，狸奴规凤子；倚虹桥畔，绿水戏鸳鸯；梧桐架，弄巧鹦歌；芍药栏，开屏孔雀；玻璃厅，明窗净几；迎晖阁，画栋雕梁；五老松高千竿竹，万花台倚百尺楼。又是暖日迟迟，和风习习。说不尽园中春景，令人爱慕。秀林带了丫环，一路走进花园，也无心在别处游玩，直奔东楼，慢慢上去。走至万花台上，命小翠移了一张石花鼓到台上坐下，望见墙外就是一道御河，两岸杨柳垂荫，河内游船如梭，往来不绝，且笙歌盈耳，真一大观。秀林在台上，望着下面景致，十分明白，心中畅快。暗想："这等好去处不让我来散散心，可恨迁老不近人情。也罢，等他不在家，瞒着迁老，时刻上来顽顽，有何不可。"想得心花都开，那知外面游船上子弟，都借游玩为名，来看堂客的。凡走到岸边过者，看着台上也十分清楚。今日那台上，看着一位绝色佳人打扮，又甚是艳丽，无不啧啧称羡。也有知道是官宦人家眷属，不敢过于呆看，怕惹出祸来。只不来船过一看，回去眠思梦想而已。其时，朝中有一位当道奸相，姓蒋名文富，官拜武英殿大学士。夫人早丧，只生一女，名连城，年已十六，尚未适人。随身丫环红楼服侍。一子国銮，年已二十，虽娶妻房，终日在外，眠花卧柳，好色中都元帅，但见了一个标致妇人，如饿鹰见血一般，百般算计，都要遂他风流愿方丢开手。如有不从者，即带了家将蒋龙、蒋虎、蒋豹、蒋彪等，在民间硬行抢夺。也有羞忿自尽的，也有无耻相从的，总得遂他的心愿，也不顾别人死活。还有一个助桀为虐的通政司巩固，本拜在奸相门下为义子，又与蒋公子情投意合，凡做不来的事，都是巩通政代他暗设奸谋，又百般奉承。蒋氏父子，十分将他信任。奸相在朝专权纳贿，公子在外倚势行凶，父子济恶，弄得臣民人人侧目。只有裴刑部、柯太仆、宣侍读这几个正人在朝，奸相尚忌惮几分以外，满朝文武都是阿奉他的。所以威权日重，阴谋不轨。这都不在话下。

只言这日，巩通政陪了蒋公子，也在御河游湖，驾了三四号大船，带了家将、厨役、茶担数十余人，分在各船伺候。蒋公子同巩通政，在第三只船上坐着，推开船舱的窗子，四下找堂客看。恰值船到柯府花园后门水码头经过，蒋公子在船中一双好色的饿眼，早已看见台上坐着一个美人，由不得浑身酥软，只叫："好东西，真是一块肥羊肉。"巩通政笑道："世兄又着魔了。"蒋公子目不转睛，朝上痴望，也不听见巩通政的话。通政戏将扇子，在公子肩上一拍，到把公子吃了一惊。回过头来，问道："老蒋做什么？"通政笑道："世兄出神，必有奇遇。"公子也笑道："你不看那台上坐着一个俏人儿么？"通政忙从窗外定睛一望，果然不错。公子道："老蒋如何？代我着几个家将上岸，扶他下船，陪我大爷吃杯酒，带回去开开心。"通政道："世兄，使不得。这个花园是柯太仆的，小弟认得，台上莫非他的姬妾。柯老素性执拗，不是好惹的主顾。世兄不要想痴了心，且开船到别处去物色罢。"公子道："我的神魂已被他勾去了，怎肯舍他而去。老蒋，代我想个当儿，成就其事，必有重报。"通政道："计到有一条，明做不得，暗做可行。"公子急问道："计将安出？"通政道："公子且假作上岸解手，你看他的后园门开着呢。公子也不用带人上去，只要挨身进了园门，伏于台下，等候佳人。用些甜蜜之言，哄他上钩。如其不顺，喊叫起来，公子跑出园门上船，再别作计议。小弟将船拨在对岸相等。"公子拍手道："好计！"故意装作腹痛，上岸出恭。家人要上前跟随，公子摇头不要。独自跳上岸去，鬼头鬼脑，到了花园门口，轻轻一推，门果是开的。挨身进去，顺手把门带好。他也不知园中路径，只仰面望着高台走去。到了台下伏着。侧耳细听。恰是秀林坐在台上，因看玩游船景致，十分开怀。又怕迟老回来责备，忙起身带了小翠，方慢慢下得楼来。正走之间，蒋公子把身一起，与秀林撞一个满怀。秀林吃了一惊，到退几步。先将公子上下一看，见他生得人物风流，打扮不俗，心内已有几分怜爱，反喝问道："你是何人？私入园中，拦我去路，还不速速出去，不要被我叫喊起来，拿你作贼看待，休讨没趣。"公子见他几句言语，虽是利害，并不动气，知道可入彀中。反笑吟吟向前一揖道："小生父亲，乃当朝首相，某姓蒋，名国銮，今遇小娘子这等花容月貌，如刘阮之误入天台，亦是三生有幸，望小娘子怜念小生。"秀林道："既是一位贵公子，就该知礼，不该调戏官宦人家妇女。"公子道："知法犯法，只做一遭，也是前缘。"说着，就要向前，动手动脚。秀林怕小翠看见，不成雅相。便叫："小翠，我台上还有一条汗巾在上面，可上楼取来。"小翠答应，又转身上楼去了。公子见佳人遣去丫环，是个知趣的。忙拉住秀林的手，一直拖至玻璃厅榻上睡下，两人解带宽衣，秀林也是半推半就，成其好事。正在玩得高兴，忽听厅外一阵笑声。惊散巫山，再看下回。

第四回　拜寿留妹　玩诗逼归

中国禁书文库

诗曰：

本是无心检旧编，案前侬见亦生怜。

多情却遇寡情者，从此香闺不稳眠。

你道厅外这笑声是谁？却是宝珠小姐，也因父亲不在家中，独坐香房纳闷，禀知母亲，带了丫环如媚、如钩，也到花园游玩，看看百花。一路闻得幽香可爱，缓步寻踪，到处顽耍，真和畅人心。自与丫环，谈着笑着，正走到玻璃厅上。外面望着里面，也是亲切。里面望着外面，也是分明。宝珠正打点进厅，耳畔中忽闻里面有喘呼之声，大吃一惊，忙停住脚步。定睛向玻璃厅里面一望，见那光景，不觉满面通红。只认是不惜廉耻家内的丫环、仆妇做的勾当，也不欲明言其事，但咳嗽两声，使之闻之，心内如小鹿儿乱撞，唬得急急转身，带着丫环就走。蒋公子正与秀林，在榻上顽得高兴，忽被厅外一阵笑声，一连几声咳嗽，唬得公子秀林魂飞天外。急急披衣下榻，不敢出厅。秀林在玻璃外一望，见宝珠带着丫环冉冉而去，由不得又恨又怕，恨的宝珠惊散好事，怕的宝珠方才撞见，一定在痴老面前告状，那就了不成呢。"宝珠呀，我与你前世是什么冤家对头，今又觅迹寻踪，来看我破绽。少不得你也有日死在我的手里。"这是秀林心虚，反怨恨起宝珠来。此刻，蒋公子抖在一堆，也怕弄出事来。到是秀林胆大，叫声公子，休要惊慌，趁此无人，速速出园，后会有期。公子定一定神道："承娘子美情，小生生死不忘。但不知异日佳期，定于何时？"秀林道："你看万花台上，有红汗巾拖下，就是痴老不在家，我就开了园门，不时相会。只要公子情长，不要又攀花柳，忘了奴家。"公子道："永志娘子今日恩情。"说罢，两人又肉麻了一会，方才手挽手儿送出园门，望见公子下船去远，乃闭园门进来。四处找寻小翠，那知小翠在台上找汗巾不见，就倚在石栏上睡着了。秀林仍找到万花台上，找着小翠，推醒了，一直下楼，出了花园，归房坐下。柯爷此刻并未回来，秀林到底做错了事，心内忧疑，也防着宝珠记他前仇，搬弄是非。又转一念道："宝珠也管不住我的许多，他若不说便罢，若说我就硬栽他一任。"想定毒意，便躺在床上睡倒。直至黄昏后，柯爷方才回来。也不到夫人后边去，竟到秀林房中。见他睡觉，推醒秀林，起来同用晚膳。反是夫人那边，打发了丫环过来，禀柯爷道："明日乃宣姨老爷五十正寿，那边姨太太打发管家婆，来接小姐。夫人特请老爷示下，小姐明日还是去不去？"柯爷听说，哼了一声道："老不贤，又来多事了。他过他的生日，要女儿去做什么。"秀林因有日间之事在心，巴不得撺掇宝珠出一日门，回来再说，就有得抵赖了。想定主意，便道："你又来古板了，一个姨丈人生日，姨母打发人来接侄女，你反叫女儿不去拜寿，于礼上说不去。"柯爷道："不是我不叫女儿去，只为前事在心，又怕弄出话柄来。"秀林道："拜寿的人山人海，小宣外面陪客不暇，那有工夫进去看你女儿。况你明日也要到宣府拜寿，再细心鉴察，万无一失，这到不必忧虑，只管叫女儿去。"柯爷被秀林一席话说得连连点头，分付丫环道："明日叫小姐到宣府拜寿，早去早回。"丫环答应去了。这里用过晚膳，将茶漱口，坐了一会，收拾安寝。秀林在床上暗想："明日支开宝珠这一个眼中钉，再打发痴老到衙门中有事不回，好让我迳到花园，去与情人畅聚一番，岂不大妙。"秀林想到此外，心中畅快，梦入阳台而去。这都不表。

单言次日起身，小姐在闺房收拾齐全，出来告别父母，带了随身两个丫环服侍，外边早已有轿伺候，抬进厅中，小姐上轿。后面是丫环两乘小轿，家人柯荣、柯华跟随轿后，一路直奔学士衙门而来。

不多时，到了宣府，将轿一直抬进内厅歇下，早有如媚、如钩，伺候小姐出轿。小姐轻移莲步，来到内堂，见了宣夫人，口称："姨母在上，愚侄女拜见。"宣夫人一把拉住道："侄女少礼，一旁请坐。"宝珠道："等姨丈进来拜寿。"夫人道："你姨丈在前厅陪客，没得工夫进来，且请坐了。"宝珠告坐，坐定，有丫环献茶。如媚、如钩上前，叩见夫人。礼毕，宝珠道："母亲请姨母的安，并代姨丈道喜。"夫人口称："好说。"见宝珠生得花容月貌，举止温柔，言谈稳重，暗想："好一个女子，怪不得痴儿想他匹配。可恨柯老执见拒婚，今痴儿发誓，今生不得宝珠为妻，决不再娶。岂不好笑。"一面肚内想着，一面回叫贤侄女："多谢你母亲记挂，你母亲一向安否？"宝珠见问，由不住莹莹欲泪。因是姨丈诞辰，不好哭出来。只附着宣夫人的耳，便将父亲宠妾灭妻，母亲气成了病的话，说了一遍。宣夫人听了，连声叹息。早有仆妇端来面碟，宣夫人陪着宝珠，用过寿面，进房匀面更衣，又坐着闲谈一会。正又摆饭，饭毕，宣氏父子因外面拜寿客来的稀少，便进内堂安歇一会。宝珠见姨丈进来，忙命丫环铺下红毡，向姨丈拜寿。宣爷只受了两礼，一把拉住宝珠。到是宣公子一见宝珠，由不得神魂荡漾，只站在一旁发痴。到是宣爷叫声"吾儿过来，与姨妹见礼。"宣公子一听乃尊分付，魂方入窍，忙向前叫声："姨妹，愚兄这厢有礼。"宝珠也称："姨兄，愚妹这厢万福。"两下四目传情，各自意会。礼毕，大家坐定，宣爷道："今承贤侄女前来拜寿，未免简慢。打点欲留侄女稍住几日谈谈，不卜意下何如？"宝珠道："爹爹临来时分付侄女，拜寿早去早回。"宣爷哈哈大笑道："休信迂老腐话，我偏留你玩几天，看他怎奈我何。"公子也巴不得留住柯小姐。到是宣夫人道："侄女今日好好前来拜寿，不要屈留，免得回去淘气。"宣爷道："柯襟兄现在厅上，待我出去，向他当面言明，留住侄女，他也不好意思问我。"说着同公子出了内堂，仍到厅上，向直夫说："留住侄女玩几日去。"直夫因当着众人面前，不好回宣爷，只说一两日则可，多却不能从命。宣爷含笑点头，分付家人传话入内，说留住了柯小姐。柯府有人来接，只说小姐不回，改日打轿来接。家人答应去了。外面到了黄昏，四处张灯、摆席、演戏待客，好不闹热。直饮到三更时分。戏毕客散，宣氏父子因应酬一日辛苦，就同在外书房安寝。宝珠小姐便在宣夫人房中歇宿一宵。

次日起来，梳洗已毕，才到中堂，与夫人用过早膳。忽见丫环进来，禀夫人道："外面柯府已差了两个家人，来接小姐即刻回府。"宣夫人笑道："这又奇了。昨日我家老爷与他言明，他已经依允，如何过了一夜，就来接女儿。"到是宝珠叫声："姨母，不必过留侄女，让我早早回去，免惹口舌。"说着，珠泪双垂。宣夫人也知他苦衷，不好再留。便叫丫环传话出去，分付打轿侍候，送柯小姐回府。丫环答应下来，去不多时，入内又禀夫人道："老爷同公子出去谢客，临行时分付管门的，倘有柯府人来接小姐回去，只等老爷回来，着人送小姐回府，原轿打回，不必在此再等。柯府两个家人已回去了。"夫人听说，点一点头，又叫声"贤侄女，你家轿子回去了，趁着姨丈姨兄不在家，可带了丫环，在我家四处游玩一会，以解闷怀。"宝珠见姨母分付，站起道："侄女失陪了。"便带如媚、如钩缓缓步出了内堂。一路顺着回廊，曲曲弯弯，走到内书房，正是宣公子读书之所。但见里面明窗净几，满架书籍，陈设精工，阶前尽是名花。两个丫环都向花下玩耍，惟宝珠走到书案面前一张太师椅上坐定，随手在书布下翻出一个锦笺，打开一看，只见上写着四首七律《玉人来》，因定睛细看道。

诗曰：

柳含烟翠碧千苔，几度鸟声唤梦回。

小院寂寥春渐晚，焚香静待玉人来。

芙蕖出水湿红腮，晓露盈盈带笑开。

独对名花忆倾国，何如解语玉人来。

秋郊紫峦锦成堆，碧树荫稀叶渐摧。

雁落鱼沉香不远，兰舟轻载玉人来。

窗寒静掩减愁怀，添尽兰膏拨尽灰。

栽得红笺制心字，定知今夕玉人来。

下写"登鳌有所见戏题。"

宝珠看毕，知是姨兄诗按四季即景而题，有所寓意，暗暗关合自己身上，不禁手拿着诗笺玩味。句法生新，诗情婉媚，连连赞常道："好一个才子，不知谁家有福的佳人配他。"又叹息几声道："姨兄呀，你虽有心于奴，奴只是严命难违，你只好空成痴想。"宝珠想到此处，由不得一阵伤心，泪垂满面。"哎，自古红颜薄命，信有之矣。奴幼失严父子欢，长遭妖妾之忌，将来奴的终身，也不知着落何所。奴好命苦呀！"宝珠因一肚子牢骚，触起诗情，又要卖弄他的才学，打点和宣生玉人来四韵。正要研墨提笔，取一幅锦笺和诗。忽听书房外一片声喊叫进来，听见是父亲声音。只唬得宝珠忙将诗句揣入袖内，急急站起迎出。如何被责？且看下文。

第五回　训女遗笺　妒姬作祟

中国禁书文库

听月楼

诗曰：

一幅遗笺惹是非，谗人借口意深微。

可怜皎皎芬芳体，误陷网罗唤不归。

书房外面，来的是柯直夫。因昨日宣连襟当着拜寿诸客留女，不好推却。回去时，忽想起："女儿住在宣家，到底不妥。那宣家小畜生，不是个好人。上次只在我家与女儿见了一面，便看上女儿，央媒说亲。亏我拿定主意，回绝了他。今日女儿住在他家，岂不是羊入虎口。这是我一时失着处，不该许他住下，快些打发人，将女儿接回，方是正理。"想定主意，便叫家人，速速打轿去接小姐。家人领命，去不多时，回来复命道："小姐等晚上，宣府打轿着人送小姐回来，叫小的们不必在那里等候。"柯爷见女儿接不回来，心下越发生疑，又气又恨，喝骂家人："一班没用的东西！"即气忿忿，亲自押轿，带了家人，来到宣府。也不用人通报，一直朝里就走。来到内堂，宣夫人正睡午觉，不在中堂。只有几个丫环仆妇，在房外伺候。柯爷见女儿也不在内堂，更吃惊不小。也不问宣氏夫妇，只急问众婢道："我家小姐往那里去了？"小婢回道："因夫人睡午觉，小姐闷得慌，带了随身两个丫环，往内堂外去闲逛散闷。"柯爷听说，好似火上加油，越发着恼。只叫"了不得！"转身大踏步奔出内堂，四处找寻，不见小姐影响，心中好不焦躁，一路跌足捣鬼道："这回小贱人要做出来了！"正走之间，遇见宣府一个小丫环，问道："你可曾见我家小姐在何处顽耍呢？"小丫环道："我方才见柯小姐在我家公子书房内看书呢。"小丫环说罢自去，柯爷听说，只气得三尸暴跳，七窍生烟，恨恨连声道："好一个大胆贱人，这等无耻，竟上门俯就，这还了得。"此刻也不辨青红皂白，只管气冲冲、急忙忙一路喊叫到内书房，正值宝珠要和《玉人来》诗的时侯，猛听得父亲从书房外喊叫进来，唬一大跳。急将宣生的诗稿藏于袖内站起，打点迎将出来。那知柯爷已进了内书房，一见女儿，由不得怒气生嗔，骂声："不守家

教的东西，我原分付你拜寿早去早回。你一到此地，便不想回去，有何留恋。今日打发人来接你，又推故到晚方回。就是姨母午睡，你也该静坐中堂。好个不出闺门的千金小姐，竟拴不住心猿意马，闲逛到姨兄的书房来。你难道瓜李之嫌也不知么？设使宣生方才也在书房，你遇见了他，将何以为情。"这一席话，说得宝珠满面通红，遂答道："非是女儿不遵父命，不肯回去，只因昨日宣姨丈向爹爹言明，留女儿住几日。爹爹若不依允，女儿怎敢住下。就是爹爹今日不来接女儿，女儿也要回去的。又是姨丈分付，留女儿到晚，着人送回，非女儿敢大胆不回。姨母饭后，因姨丈、姨兄出去谢客，分付女儿趁今日外边无人，叫女儿出来逛一逛。方才逛到书房，也不知是姨兄读书之所，女儿出于无心，况有两个丫环跟随，不为独自行走，爹爹何必生气。"柯爷听说，冷笑几声道："你说有丫环跟随，丫环在那里呢？"宝珠道："现在阶下。"如媚、如钩两个丫环，听见小姐呼唤，赶进内来。一见老爷在此，唬得只是发痴。柯爷喝问："你两个小贱人，不时刻跟随小姐，往那里去？"如钩道："婢子们在阶前伺候，也不曾远离。"柯爷喝道："好利嘴，小姐在那里，你们在那里？少打的一班贱人，还要强辩。"宝珠道："又无人在这里，有甚嫌疑不便，只管责备丫环则甚。"柯爷听说大怒，指着宝珠骂声"好大胆的畜生，为父的责备你不是，你反护庇丫环，挺撞为父的。我且问你，你说这里无人，可以到此闲逛，谁来信你。安知你与宣家小畜生在此聚谈多时，支开丫环。方才听见我的声音，那小畜生自然急急躲避，好让你向我撒清的。这不是如见你肺腑的话！"宝珠听了柯爷一番言语，由不得羞惭无地，哭啼啼叫起屈来道："爹爹这是何苦，平空冤枉女儿，坏女儿声名。"说罢，痛哭不已。柯爷喝道："我亦不与你在此争辩，收拾了，快些回去，我在此立等。"宝珠被柯爷勒逼着，带了丫环，出得书房，向内堂而来。此刻宣夫人已有丫环报知，从厅中惊醒起来，出房到了堂中，见宝珠双目通红进来，知又被痴老不知说些什么，便道："贤侄女，这都是你姨丈定要留你，惹你受气。"宝珠含着两行眼泪，叫声："姨母，承姨丈相留，乃是美意，怎敢怪起姨丈来。这都是侄女苦命，应当遭此磨折。"说罢，命丫环取了衣包，哭啼啼告辞宣夫人道："侄女从今一别，也不知可有相会之日。"宣夫人听见宝珠话说得凄惨，也由不住一阵伤心，眼泪汪汪道："侄女呀，少年人少要说这些尽头话，回去不要过于悲伤，保重身体要紧。简慢你去，不要见怪。回去问问你母亲的安，我亦不出去看那老东西的嘴脸，恕我不送。"宝珠只称："多谢姨母，愚侄女就此告辞。"拜了两拜，又道："姨丈、姨兄回来，代侄女说声道谢，不及面别了。"宣夫人见宝珠临去依依光景，很过意不去。但看他转身出了中堂，扬长而去，方叹息坐下，闷闷无言。不表。

只言宝珠，到了内厅，已有轿在那里伺候。柯爷看着宝珠上轿，两个丫环上了小轿，押着一同起身，出了宣府，一路催着轿夫，如飞回了自己府第。也到内厅，主仆下轿入内，柯爷跟了进来。宝珠正赌气，要到夫人那边去。被柯爷喝住，叫进秀林房中。宝珠也没奈何，进房见了秀林，叫声"姨娘有偏了。"秀林笑吟吟答道："姑娘回来了，请坐。"说毕，大家坐定。有丫环送茶，秀林道："姑娘轻易不出门，怎么不在宣姨太太家多玩几天，如何赶着回来？"宝珠未及回答，柯爷哼了一声道："再多玩几天，还玩出大话柄来呢。"这几句话，气得宝珠无地自容，恨不欲生。到是秀林道："一个为父的，对了女儿说的什么话。难道女人一见男人，就有事不成么。"柯爷道："你妇人家见识得什么，一个女儿家总要静坐闺门，时习女工，守四德三从之教。一不可吟诗诵赋，启引诱之媒。二不可□容诲淫，失房帏之教。若只贪出外游玩，保母似有女之怀春，且将放荡性情，岂易令篱牢之不入。为父的今日苦苦逼你回来，你心中必然不服，你可知宣府书房何地？宣生何人？女儿家无故前去游玩，又是何事？父亲分付言语，不能谨记，又是何心？父亲责备于你，你反当面挺撞，该是何罪？你们只说我做人古板，不知古板人有许多好处。"柯爷说到这里，还有许多琐碎言语，说的未曾尽兴，只见一个丫环进来禀柯爷道："本衙门立等老爷商议公事，是奉旨限刻的，不可迟误。"柯爷听见奉旨公事，不敢在家耽搁，说他迂话，只得起身。一面命丫环取了冠带更换，还对宝珠说："以后只记为父的言语，不可再蹈前辙，可到母亲那边去吧。"宝珠受了一肚子闷气，也不回言，只候着柯爷出房往衙门去了，方告别秀林，也带着两个丫环，出房往柯夫人那边去了。

却也是合当有事，宝珠出房时，忘却在宣府书房内藏于袖内有宣生吟的《玉人来》诗笺，不觉将袖一拖，把一幅锦笺遗失在秀林房内地上。秀林眼尖，见宝珠出房门，在袖内掉下一个纸卷，不知是什么东西，忙弯腰拾起。打开一看，秀林本来认得字，却不会作诗，也知诗中之意。见诗笺上写得是四首《玉人来》，下写"登鳌氏有所见题"，心内一想，不觉暗暗欢喜道："痴老只管与小贱人絮叨，尽是空头话，总不曾拿住他的把柄。他如何肯服，今日我亲眼见他袖中掉下诗笺，分明登鳌二字，乃宣家小畜生的名子。'有所见'一定见此贱人，暗订终身，诗笺为聘。这小贱人是没处抵赖了。他的私情，人脏现获，且等痴老回来，将诗笺作证，挑动痴老一番，不怕不气死痴老，不怕不将小贱人致于死地，那时方出我心头之气。"想定毒计，叫一声："宝珠

小贱人呀！你明枪易躲，暗箭难防。"想毕，把诗笺卷好，收藏起来，专等痴老回府，好起风波的。无奈晚饭吃过，已坐守到更余，并不见柯爷回来。秀林等得好不耐烦，只等到三更后，柯爷方醉醺醺的回来。已醉得人事不知，脚下也站不住了，连衣倒在床上，酣呼大睡。秀林见此光景，好不恨恨，连声道："不知今日，痴老又在那里吃醉。谅不能向他说了，只便宜小贱人多活一夜。"想罢，也不敢睡，歪在脚头，打一个盹，天已大明。秀林忙起身，推推柯爷，还不曾睡醒，只得下床。梳洗打扮已毕，坐在一张美人肩椅子上，等候柯爷起来，同吃早饭，又等到日上三竿，柯爷方打阿欠，慢慢起来。自有丫环伺候。净面漱口已毕，同秀林用过早膳，收去。秀林道："你昨日在那家吃得这般大醉？"柯爷道："是在裴同年家，多用了几杯酒。宝珠等我出去，可与你说些什么？"秀林道："你出去，宝珠到没有什么话，从袖中掉下一个诗卷，我却认不得字，你拿去看。"说着，把那锦笺递与柯爷。不看尤可，一看时，好似火高三丈，怒发九霄。怎生处治宝珠？且看下文。

第六回　拷逼掌珠　怒伤切感

诗曰：

妒花风雨便相摧，骨肉参商起祸胎。

任彼名花多妖媚，可怜芳骨听沉埋。

柯爷将锦笺接过一看，见是四首《玉人来》七绝，诗下写："登鳌氏有所见题"。暗想："登鳌乃宣家小畜生的名字，这诗一定是他与宝珠在书房密约订盟，故借《玉人来》为题，发泄他胸中私情。宝珠收藏不谨，也是天网恢恢，今日败露。平时与我嘴硬，我看他今日还赖到那里去。这败坏门风的小贱人，若不早早处死，以贻后患。"想罢，怒气冲冲，拿了锦笺，赶至中堂，坐在一把椅子上，喝令丫环："速速将宝珠这小贱人，唤来见我。"丫环答应去。秀林见柯爷大恼出房，必与宝珠不得开交，心下大喜，也出房闪到一旁，去冷眼观看。见柯爷又命丫环，取出许多家法，摆列地下。还有三般利害东西，一条麻绳，一把快刀，一杯药酒，分列桌上。柯爷好似个活阎王，坐在上面只拍着桌子乱叫："宝珠小贱人快来！"秀林闲看，好不开心，且自慢表。

再言宝珠，自被父亲逼归，又以秀林房中百般羞辱，心下又气又恼，闷闷出房，来到夫人这边。请过母亲的安，又将父亲逼归的话，向母亲说了一遍。只气得夫人眼泪汪汪，又与女儿痛哭一场。叫声："姣儿呀，我看你父亲待我母女这等光景，将来我母女不知死于何所。"宝珠听了母亲这番言语，好似滚油煎心，越发哭个不住。到是夫人止住泪痕，反安慰宝珠道："你也不必过于苦坏身子，你我母女，听天由命。你且回房安歇罢。"宝珠苦吟吟答应，带了如媚、如钩，转身回房，闷坐在一张椅子上，痴痴呆想。如媚送一杯茶，摆在桌子上。总摆冷了，也不曾喝了一口。直至送了晚饭进房，气得食不下咽。无奈身子被这一日气苦，有些撑持不住了。打点睡妆安寝。慢慢站起身来，叫如钩来扯上盖衣服，忽然想起袖子内有一幅锦笺，忙用手在两边袖内细细一摸，毫无影响，不觉大吃一惊，又不好叫丫环出房四处找寻。暗想："这幅锦笺，若遗

失在姨丈家，还不致紧要。若遗失在我宅内，倘落于秀林之手，我的性命就活不成了。"宝珠想到此处，又恨又怕，自己叫着自己的名字道："宝珠，宝珠，你好自不小心，这一幅锦笺不致紧要，却有宣家姨兄的名字在上，被人看见，岂不是无私而有弊，这一场风波若起，很不小呢。我宝珠一死不惜，只可怜舍不得年迈母亲，茕茕无依，到后来依靠何人。"由不得一阵心酸，将衣脱去，除下晚妆，走近床前，和衣睡倒。气一阵，哭一阵，怕一阵，恨一阵，弄得一夜不曾合眼，只是梦魂颠倒。直到天亮，起身下床，梳洗已毕，略用早汤，还是心惊肉战。正在痴痴呆坐，忽见秀林房中一个丫环，急忙忙走来，叫声："小姐，老爷坐在中堂立等小姐说话。"丫环说罢自去。宝珠一听，丫环说是老爷相请，已唬得魂不在身，知是锦笺事发了。欲待不去，其情迹更是显然。欲待就去，又怕不得好开交。左思右想，实在两难。正在心下沉吟，又是一个丫环来请。一气就是三四起丫环催促，宝珠越发着慌。把心一横道："丑媳妇免不得见公婆，是祸是福，听天由命便了。"想毕，站起身来，也不带一个丫环独自出房，走至中堂。见父亲坐在上面，圆睁怪眼，怒气冲天。地下桌上，不知摆些什么东西，心下也有些害怕。走至上面，叫声："爹爹万福。"柯爷一见宝珠到来，免不得气冲牛斗，喝骂一声："宝珠，你这小贱人！你做得好事，你还来见为父的么！"宝珠战兢兢回道："女儿乃宦室名姝，素娴闺中之礼，有什么不好的事，贻羞爹爹么？"柯爷冷笑两声道："好个宦室名姝，竟敢于弄月吟风，私奔苟合，败坏为父的声名。你还不知罪么？"宝珠道："女儿乃不出闺门的女子，有什么吟风弄月、私奔苟合？女儿不知犯的什么罪？"柯爷怒道："你还在此明知故问，只怕今日就不能容情于你了。"宝珠含泪回道："爹爹呀，常言捉贼见赃，不可听信别人挑唆，平白栽害女儿，于心何忍。"柯爷喝一声："小贱人住口！你说拿贼见赃，为父的就还你一个实证。"说着，就把锦笺向宝珠脸上一掼道："这不是你在宣家回来，从袖中带回情人诗句，遗失在地，被为父的拾着，可是人赃现获。你将宣家小畜生，在他书房与你如何调戏、如何订盟、如何吟诗快快从直招来。若有一字支吾，少不得以家法重处。"宝珠拾起锦笺一看，知是袖中遗失之物，也不抵赖道："锦笺实是宣家姨兄书房中摆着的，女儿偶然检出一看。因见爹爹进来，是女儿藏于袖中，怕爹爹责备。归来又忘却丢下还他，故无心带回家中，误从袖内失落，也不知爹爹拾着别人拾着，这是女儿实供，并不隐讳。若有私情，任从爹爹加责。似此不能□女儿之罪。"柯爷见宝珠回得伶牙利齿，十分动怒。喝骂："无耻贱人，你做下不顾脸面之事，有凭有据还要抵赖，不打怎肯直招。"说罢，恶狠狠的拿着一根门栓，向宝珠身上没头没脸乱打下来。犹如一树梨花，被一阵狂风骤雨百般摧残，怎禁得住。可怜宝珠被打得满地乱滚，头发散乱，哭喊连天。柯爷并无矜怜之意，一气打得百十下，并不住手，只叫："贱人招来。"秀林在旁看着冷笑，并不劝阻一声。两旁丫环，只唬得一个个泥塑木雕，不敢则声，站在旁边发痴。早有管家婆报知夫人，夫人一闻此信，唬得魂飞天外，扶病出房，叫丫环搀着，一直来至中堂。见女儿被他父亲打得十分狼籍，心中好不疼惜，战巍巍哭啼啼向前骂一声："狠心的禽兽，我女儿犯了什么违条大罪，被你下这般毒手打他。我还要这老性命，活在世上做什么。我与你今日就拚了罢。"说着就一头向柯爷胸口撞去。柯爷不防，被这一撞，心下大怒，喝一声："老不贤，你养的这等没廉耻的女儿，平日不加教训，今日做出丑事来，还来护短，与我拚命。"夫人哭道："我女儿做出什么丑事被你捉住，还我个证见来。"柯爷指着地下锦笺道："这不是女儿与你姨侄做的勾当，还要什么别的凭据吗！"夫人道："女儿好好坐在家中，又是你叫他去拜什么寿，分明你们安排牢笼害我的女儿，明说罢！"儿长儿短，哭个不住。柯爷很不耐烦道："女儿你不能管，我也不能管女儿吗？"说罢，拿起门栓来，又打。夫人见打得更凶，狠命的向前来夺门栓，被柯爷将栓一扫。把夫人扫倒在地，打了腰胯，疼得夫人挣也挣不起来。还是两个丫环，用力扶起夫人，扶到一张椅子坐下。夫人又是疼，又是气，又是哭，望着柯爷毒打，只叫："打死我女儿，我与你这老畜生不得好开交的。"柯爷也不听夫人一旁言语，只将宝珠打个不住。

此刻，宝珠已打得奄奄一息，又是秀林，假意出来做好人道："你只凭一幅锦笺，将姑娘置于死地，姑娘死得不明不白，夫人亦未必肯心服干休，你要拿这锦笺，去问宣家小畜生，这四首《玉人来》诗可是他做与你家姑娘的？他若招认，便不用下问，就请教他父亲纵子败坏同官的门风，污辱闺女的名节，他在文市也说不过去。他舍个儿子，你舍个女儿，以此过直来。你去想一想，不是这般内乱的。"柯爷见秀林言之有理，就顿住门栓，点一点头道："我就把小贱人交与你看管，候我问了宣家小畜生回来，情真罪当，我亦不打他，桌上刀、绳、药酒，随小贱人用那一件，早去脱生，免在世上活现形。"柯爷说罢，丢下门栓，拾了地下锦笺，笼于袖中，忙去整冠束带，也不用轿子，只带了两个家丁跟随，气冲冲直奔宣府而去。这里秀林又假意叫丫环，在地下扶起宝珠，倚在一个丫环身上睡着，取了姜汤灌下。宝珠悠悠苏醒，只叫"痛死奴也。"秀林又向前安慰夫人，夫人不辨妖妾真伪，反感激秀林，这都不在话下。

且言柯爷，一路来到宣府，也不用人通报，直奔厅中而来。正值宣爷偕着裴爷在那里闲谈，忽见柯爷气冲冲的大踏步上厅，大家只得起身相迎见礼，分宾坐定。有家丁送过茶，茶毕，宣爷道："今日柯年兄到此，有何不豫之色？"柯爷道："家丑难言，说起来令人羞死。"宣爷吃惊道："请问襟兄，有何难言之事？"柯爷道："你我两家做亲，礼犯嫌疑。不做就罢了，你家令郎胸中总丢不下我的女儿？还百般勾诱。你令郎坏我门风，可有这个理儿？"宣爷大惊道："有这等事？我家畜生勾诱你家令嫒，是甚么时候？是在那个地方？还是襟兄目见的？还是耳闻的？"柯爷道："就是你襟兄大寿第二天，在你书房里做的勾当。"宣爷听说，一想，哈哈大笑道："襟兄之言差矣，贱辰第二天，是小弟带了小儿出去谢客，一天小儿并不在家，怎么引诱令嫒？"柯爷见宣爷不认帐，怒道："你说令郎不在家，怎么有个凭据，是你令郎笔迹。且情事显然，难道我冤赖你令郎么？"宣爷见有凭据在他手里，心下犯疑，也假怒道："凭据在那里？"柯爷忙将锦笺取出，与宣爷一看。怎生处治登鳌？且看下文。

第七回　讨诱老拙　珠拾江心

中国禁书文库

听月楼

诗曰：

但存百折不回志，却少慈祥婉转心。

人人毂中何昧昧，可怜愚拙世难寻。

宣爷将锦笺接过一看，果是登鳌的笔迹做的四首《玉人来》，诗下又有儿子的名讳，心下暗吃一惊。"那日登鳌随我出门谢客，并未离我身边，因何这一幅诗又落在姨侄女手里？事有可疑，且待我唤登鳌出来，当面一质，便见分晓。"想罢，对着柯爷叫声："襟兄不必发躁，这锦笺却是小儿的笔迹，不知他是何时做的，亦未必凭此一诗，便勾诱你家令嫒。"柯爷怒道："你也不要在此护短了，赃证现在，是赖不去的。我少不得回去将无耻女儿处死，以免家丑外扬。你家儿子败坏我的门风，难道罢了不成吗？"宣爷道："待我唤登鳌出来，当面问他，这诗若不是为令嫒做的，便一笔勾销，若果真为令嫒做的，那时定究出勾引情由，我亦不能饶这畜生。我舍一儿子，你舍一个女儿，两下扯直何如？"柯爷哼了一声道："你这哄小儿的话，谁来信你？"宣爷道："我是老实话，怎说哄你？"柯爷哈哈大笑道："我说与你听你不信，则就要当面叫你儿子出来对质。分明这诗是他为我女儿做的，他去抵赖不认，不能用刑拷逼他，我岂不为你儿子白舍一个女儿，你这些话不是把我作呆子。"宣爷也怒道："果然我家畜生，情真罪当，不怕他不招承。他若抵赖，我岂没得家法处治这畜生吗？"柯爷还要班驳，被裴爷拦住话头，叫声："两位年兄，不必争竞，听小弟一言。"柯、宣二公，俱说请教。裴爷道："且请锦笺一观。"宣爷递与裴爷一看，心中了然。暗想道："四首《玉人来》诗，按春夏秋冬四季而作，不□□所见，是因与柯女婚姻不就，平日思想做的。诗词非当面勾诱私赠表记，痴老不察，必要执扭追出一件大事来。我若不略施小计成全，岂不令旷夫怨女遗恨千秋。"想定主意，也不便说明，叫声："宣年兄，你竟把令郎叫出来，二位年兄不必开口，待我细细审问他一番。若有那个搅乱堂规者，罚他三

大碗冷水。"说得柯、宣二公大笑起来道:"我等竟做长班了。问官不明,也要加倍罚喝六大碗冷水。"裴爷笑道:"那个自然。宣年兄快去叫令郎出来。"宣爷点头,即命家人到书房去请公子。

公子自宣爷大寿,又与柯爷的令嫒在自己家内中堂会见一面,无奈来往人多,不便交谈,但以眉目传情。后又听见父母留下柯小姐玩几天去,心中好不畅快。指望于无人处会见柯小姐,当面一谈平日思慕之心,或得柯小姐怜我痴情,暗许婚姻也未可知。这是宣生的痴想,柯小姐虽爱宣生的才貌,就是当面会见,且不能交谈一言,何能无媒私订。况乃父已拒婚于前,小姐岂不知之,何敢自蹈败行,以为父母羞。就是在宣生书房内,见那四首《玉人来》诗,不过以才怜才,非有私意。只有宣生想慕柯小姐,到是一片痴心。前因婚姻不成,已有无限愁肠,不能向人申诉,只借《玉人来》三字为题,吟成四首七绝,其诗中却寓意于柯小姐。但隐而不漏,每日放在案头,吟其诗而想其人。后来拜寿,在中堂一会,又留下柯小姐住几天,心中正喜,却不料第二天随父出去谢客,一天到晚,回来方知柯小姐被痴老已苦苦逼回家去了。不觉如有所失,走到书房,闷闷坐下。因去拿《玉人来》诗吟哦一番,以消闷怀。那知四处找寻,不见锦笺的影响,心内生疑。暗想:"锦笺是谁人拿去了?"又唤进两个书童抱琴、醉琴问:"我不在家,可有人到这书房吗?"书童俱回言没有。宣生又不好叫书童去找,只是心下抑郁不乐,暗叫一声"柯小姐,你我何无缘至此,连因你而作的一幅锦笺,又被人窃去,岂不可恨。"想罢,连声叹息。整日坐卧不安,饮食少进。

这一天,正坐在书房思想柯小姐,又因锦笺不见,正懊恼不堪。忽见家丁进书房来道:"老爷在前厅,请公子出去说话。"宣生听见父亲呼唤,不敢怠慢,即起身离了书房,来至前厅。见裴年伯、柯襟丈俱在那里坐着,又见乃尊气森森的坐着陪人,不知为什么事情,只得上前与裴、柯二公作过揖,转身又向乃尊作揖道:"爹爹呼唤孩儿,有何分付?"宣爷正待开口发作,柯爷也要怒责几句,早被裴爷叫声:"二位年兄,不要插嘴,乱我堂规。贤侄,且请坐了好说的。"宣生依言告坐,坐定,裴爷道:"登鳌贤侄,我且问,你书房中可曾不见了什么东西?"宣生被裴爷这一问,问得满面通红,心下暗想:"我只不见了一幅锦笺,裴年伯怎得知道?"便回道:"小侄书房,不曾遗失什么东西。"裴爷笑道:"贤侄休得瞒我,现在所失之件,存于我处,不知可是贤侄的?可拿去一看。"说着,把锦笺送与宣生。宣生接过一看,正是书房不见的锦笺,由不得大吃一惊。不能隐讳道:"这是小侄丢在书布下的,不见了两日,怎么落在年伯手里，小侄不解。"裴爷道："我且问你，笺上的诗，可是你做的？有何所见而云然？诗出有心，诗出无心，你可从直说来。"宣生道："诗是小侄做的，戏以有所见为题，按四季吟成，《玉人来》四首，不过偶而感怀，实是无心。况诗上并无淫词艳句，请年伯细看，便见分晓。"又把锦笺送与裴爷。裴爷接过，叫声："贤侄，你这一幅锦笺失落不打紧要，却关乎性命之忧，关乎名节之重。你不实说出来，这风波起的不小呢。"宣生听说，唬一大跳道："小侄不犯非礼之罪，诗句又无勾挑之词，年伯如何说的这般利害。"裴爷道："贤侄，我实对你说罢，你这幅锦笺，被你柯家姨妹拾去。柯家姨丈疑你有心做此诗词，勾引姨妹，其中必有私情，定要处死你家姨妹。故携锦笺，来请教你父亲，也要处治贤侄。贤侄趁早直说，你这幅锦笺，还是被姨妹独自取去的？还是你在书房当面交与姨妹的？贤侄快快说来。"宣生道："诗虽是小侄所作，而姨妹只在舍下住了一夜。小侄头一日，爹爹正寿，四处陪客，没得工夫。次日随爹爹出去，谢客一天，不曾暂离。及回来时，姨妹已被姨丈接回，小侄从何处与姨妹见面，赠此锦笺。此诗是小侄丢在书布下不见的，怎说小侄有心赠人的。"裴爷笑道："柯、宣二公，可曾听见小弟问的口供么？"宣爷哼了一声道："畜生呀，一个读书人，不思功名上进，只做这些轻薄之词，岂是成材。还不退下去！"唬得宣生急急起身，离了前厅，回他书房，心内一喜一忧。喜的锦笺果落于佳人之手，不枉我一番思慕。忧的是柯老执性，将无作有，把有才有貌的佳人，置于死地，岂不可惜可恨。

　　我且慢言宣生在书房内，再表柯爷，见宣爷并不问他儿子青红皂白，只略略责备几句，便喝退下去，好不心中着恼，跳起来指着宣爷说："你只知溺爱，不明不顾大纲大纪，我也不与你瞎吵，我只回去处死了我的无耻女儿，看你可过意得去。"说罢，也不告别，也忘却拿了诗笺去，只气忿忿的大踏步朝外就走。裴爷知柯老是个直拙人，一定劝不转的，忙袖了锦笺，随即告别宣爷，也起身出来。宣爷送至大门，方回转内堂，说与夫人知道。夫人不胜跌足叹息不表。

　　且言裴爷，离了宣府，一路紧三步赶到柯爷。柯爷道："裴年兄也走了么？"裴爷假意发恼道："老宣不近人情，我也很不耐烦他。"柯爷道："你看他方才一派言语，百般代儿子遮盖，并无半句公道话，令人气得伤心，还与他说什么。"裴爷道："此事大关风化，怪不得年兄认真作恼。但不知年兄还是将令媛当真处于死地，还是借此唬诈老宣呢？"柯爷道："我不像老宣那等没家教，生女不孝，如何一刻容留得下来。"裴爷道："年兄是一定处死令媛，不能挽回的了。死有几等死法，只要做得干净，不可露出形迹来。彼外人知道，依旧声名不好，非胜算也。"柯爷道："我已安排刀、绳、药酒三件，凭小贱人用那一件就完事了。"裴爷摇手道："不妙。"柯爷问道："怎么不妙?"裴爷道："遭此三件而死，死了俱是生魂，死的不服，定要吵闹不安。不如于三更后，用一乘轿子，将人抬出后园门，到御河内波心一掼，无影无形，岂不爽快。"柯爷拍手称妙道："年兄好算计，小弟承教，容日再谢罢。"说着，一拱告别。裴爷暗笑而去。赶回府第，安排巧计不提。

且表柯爷，一肚子热血，火焰焰的到了家中，秀林问："你到宣家，怎么样了?"柯爷也不回言。夫人还坐在那张椅子发愣。宝珠也伏在椅子上哭啼啼。见柯爷回来，不动声色，以为前去一定追问没有此事，解了锦笺之疑大家略放些心。只是秀林，见柯爷这般光景，好生诧异。那知柯爷于黄昏后，暗命家人，备了三乘小轿，在后园门口伺候。假意着人向小姐说："夫人听得老爷于三更要弄死小姐，特备下轿，在后门等候，小姐速往宣府躲难要紧，并带如媚、如钩。"宝珠不知是计，唬得魂飞天外，急急带了两个丫环出房，赶至后园门上轿，一路赶奔御河下来。柯爷后面亲自押着三乘轿子。怎生逼宝珠投江，且看下文。

第八回　痴生染病　义友央媒

诗曰：

忽闻凶耗起愁思，一点痴情只自知。

药石任他医百病，谁医死别与生离。

柯爷押着女儿宝珠，并丫环如媚、如钩三乘轿子，由御河边走了几里下来，将近大江不远，对岸尽是芦洲，喝令轿子住着。轿夫答应，把三乘轿子歇下。宝珠在轿内，听见是他父亲的声音，唬一大跳。暗想："不好了，我今日是没命的了。"心下正在悲切，又听见柯爷喝叫："宝珠与两个小贱人快些出轿。"宝珠主仆三人，只得出轿。向外一望，但见一派江水滔滔，免不得魂不附体。又见柯爷叫三乘轿子先回，不知是何意思。宝珠忍不住，向前叫声："爹爹，此刻天已黄昏，将女儿并两个丫环带至此地做什么事情？"柯爷见问，冷笑两声道："你做的好事情，你岂不知。我实对你说罢，你这忘廉丧耻的贱人，败坏为父的清白家声。若将你处死于家内，免不得入殓殡葬，惊动外人耳目，亦复不雅。趁此昏夜无人，将你带到此处。你看一派江水，即是你葬身之地。你一时失着，做错了事，非怪为父狠心。你自闺门不谨，总由这两个小贱人勾诱，亦祸之魁首。若等你死后将两个小贱人另卖，岂不又要贻害人家。不如将这两个小贱人，随你到江心去作伴，好往龙宫去的。你听见我的分付，速速自裁罢，免得为父的亲自动手。"柯爷说这一番话，到把两个丫环唬得浑身乱抖，哭哭啼啼。转是宝珠，听见此话，并无悲恨之色。便道："爹爹既要女儿身赴江心，女儿到也情愿留此清白之躯，何不就在家中向女儿说明，也让女儿告别母亲，答谢生身养育之恩，女儿虽死无憾。爹爹定要做此诡计，使我母女不能一别，爹爹好狠心也。女儿死不惜命，只可怜两个丫环也受此不白之冤，随女儿毕命，爹爹还宜法外施仁。"柯爷喝声："贱人住口，你主仆三人，一条心肠做的事，怎能宽宥这两个小贱人。你也不必延捱时刻，天色已不早了，快快办你事罢。"宝珠道："女儿自然要上这条路的，但女儿一死，只

放心不下我的母亲，女儿死后，只求爹爹不要听信别人的谗言，遭蹋我母亲，女儿死在九泉，感恩不尽。"柯爷听说，很不耐烦道："我都知晓，你速赴波心去罢。"宝珠见他父亲并无一点怜惜之意，他也不拜别柯爷，把心一横，圆睁杏眼，倒竖柳眉，叫声"如媚、如钩快随我来！"可怜两个丫环，战兢兢，被宝珠左手拉一个，右手扯一个，一气拉至江滩上。虽是天黑下来，星月照着，看得清楚。哭叫"宝珠呀，你生有绝世之容，死无葬身之地。红颜薄命，一至于斯。奴与宣郎，亲虽姨表，从无一言之涉私。只不过以才怜才，两相爱慕，遂蒙千古垢污之恨。宣郎呀，可知姨妹今晚为你四首《玉人来》诗，在此江心丧命呢。"又叫声"母亲呀，女儿不能面别母亲，只好梦空相会罢！"宝珠在江滩暗自悲想，又听见柯爷远远喊叫："还不快快上路，我就来亲自动手了！"宝珠也不睬他这些话，两手用力将两个丫环一拖拖至滩边。两手一松，一边一个，推将下去。然后哈哈大笑，自己将身一纵，随入波流。正是：

白玉波翻埋粉骨，水晶帘卷葬香魂。

柯爷听见拍通几声，已知女儿主仆三人自尽江心了，仍放心不下，又走至江滩，四处一望，并无一人，方叹息不已道："非为父下此毒着，只为操行要紧。你在阴曹休怨为父的。"说罢，转身大踏步独自而回。免不得次日，夫人知道女儿被柯爷逼死江心，哭闹几场，又闹不过柯爷。思女伤心，气成一病，不得起床。只有秀林，见宝珠已死，夫人又病了，不出房门，无人碍眼，心下大喜，只等柯爷不在家中，便到花园去会蒋公子，任意狂为。家中人等也有些风声知道，只不敢向柯爷说出，怕的又起风波，且自慢表。

只言如媚、如钩下了江心，二人搂抱一处，随波流去。宝珠到了江心，似有人托住身子，一直送至对岸。岸边已有两只小船，帮住一号大船。只听大船上有人喝叫众水手，速赴江心救人。只听两只小船上一声答应，跳出多少水鬼，同赴江心救人，早将宝珠救起，送与大船上面。随后又把如媚、如钩一并救到大船，船中自有几个有力仆妇，将三人抱至舱中。先用姜汤灌醒他主仆三人，随后换去湿衣，将干衣代他们主仆通身一换，即扶入后舱，自有铺下现成床帐，将宝珠主仆，安放睡好，这时方慢慢开船而回。

列位，你道救宝珠者，即司寇裴长卿也。他素知柯爷多疑，而且气性直拙，今见他在宣府中，平空以一首诗笺，要害女儿性命。虽苦口劝他，无益于事。只在路上几句言语，打动他必听从，回去定依言而行。裴府即拨船稳在芦洲内，早早等候救人。

又命得力家人，在花园门外探听消息，尾在后边，随在柯府轿子，一路下来，看他在何处动手，即飞星报知裴爷。裴爷暗暗将船移在对岸洲里等候。只听水声一响，如飞由船出来救人。今果不出裴爷的算计，少不得回去重赏家丁、水手。又分付家中上下人等，只称三小姐，不许外边走漏风声。宝珠落水归船，醒来方知裴爷救回，心中感激不尽。只等到了裴府，见两位千金，也生得花容月貌，一见亲热，胜似同胞，情愿认在裴爷名下为义女。裴爷夫妇，心下也自欢喜，另收拾一房，与宝珠居住，仍命如媚、如钩服侍。裴爷打点成就这段姻缘，也不说明。宝珠每日与裴爷两位小姐吟诗消遣，到也安闲自在。只是放不下母亲年迈，身旁无人侍奉。又怕母亲听见女儿死江心的消息，不知如何悲伤。欲待通一个信息与母亲好放心，但裴爷不肯，怕的露了风声出去，又生别的枝叶。宝珠没奈何，悲切在心，权住裴府，按下不题。

且言宣夫人，因听见老爷说柯宝珠因为儿子四首《玉人来》诗被他取去，又遗落在地他父亲拾到，疑与儿子有私情，要将他女儿治于死地。因素知痴老说得出做得出，吃一大惊，很放心不下，嘱托宣爷，差家人暗暗在柯府打听消息。柯爷逼死女儿，是头一天晚上，宣府差人探听是次日饭前，不过略一探访，柯府中的细情已有传闻出来。宣府家人一得宝珠沉江的死信，不敢怠慢，飞星回去报知宣爷，宣爷只是不住叹息道："柯老果然做出来了。"忙回后，告知夫人。夫人十分伤心，哭个不住。骂一声恶心老禽兽，连一个亲生女儿也容留不住，深可痛恨。说罢，大哭不已。宣爷也是伤心。宣府内堂这一闹，早被书房内宣登鳌，正在看书，忽听见内堂一片哭声，大吃一惊，丢下书本，起身离坐，急忙忙出了书房，赶到后堂。见父母俱在那里啼哭，不知为着何事。吃惊不走，赶向前叫声："爹爹，母亲，因何这等悲切？"宣爷未及回答，先是夫人哭叫一声："吾儿呀，你心爱的姨妹，被你姨丈于昨日晚上送入波流了。叫人怎不伤心！"登鳌不听尤可，一听时，浑如大海崩舟，高山失足，大叫一声"罢了！"只见两眼一翻，将身一仰，一个筋斗晕将过去。唬得宣爷夫妇，魂不在身，双双向前，扶住了儿子身体，同叫："吾儿快快醒来！"一面掐着人中，一面命丫环取了姜汤来灌，灌了一会，方悠悠苏醒。只叫"有才有貌的姨妹，为我无心一幅诗笺，累你遭了横死，我岂能独生世上，令人笑我为寡情者。"说罢，哽咽不止。宣爷夫妇，见儿子这般光景，知为宝珠之事。但昏晕过去，怎不着急。今见醒来，方才放心。又听他说这许多决绝的话，反安慰道："吾儿不必伤心，人死不能复生，该是宝珠与你无缘，方如此结局。天下何愁没美佳人，你岂定非宝珠不可。"登鳌道："爹娘恕孩儿不孝之罪，孩儿虽与宝珠无苟且之行，彼此心许，坚如金石。孩儿不得宝珠，终身宁可不娶。生则与生，死亦同死，以结来生之姻缘吧。"宣爷只此一子，听见儿子说这番话，心下很着恼起来，骂声："无知畜生，岂不知不孝有三，无后为大。信口乱言，应治以家教。况宝珠之祸，由你而起。慢讲宝珠已葬江下，就是尚留世间，婚已回绝，你又何必痴想。若以后再提宝珠二字，定将你这畜生重处，偿宝珠的命。"夫人疼儿心重，叫声："老爷息怒，宝珠已死，不提就是了。孩儿可到书房中养息去。"唤进两个书童，搀了公子到书房，心下抑郁也不能看书，哭啼啼，睡倒牙床，日夜思想宝珠。茶不思，饭不想，神魂若有所失。宣爷夫妇知道，心下甚是着忙。来到书房看视，见他骨瘦如柴，口中不住只叫宝珠。知是心病，忙着家人遍请名医，诊脉用药，如投大水，日重一日。弄得宣爷夫妇，见儿子奄奄一息，好不十分伤心。这个信息传到柯爷耳中，只叫："好，这畜生品行不端，报应我家女儿了。"传到裴爷耳中，大吃一惊，此事我若不设法去救宣家侄儿，一则宣年兄无后，二则宝珠将来如何结果。眉头一皱，计上心来。裴爷又有什么好计？且看一文。

第九回　面许朱陈　硬写绝据

诗曰：

游戏姻缘不自由，多情司寇太风流。

局中侮弄浑如梦，空使冰人笑白头。

裴爷暗想："宣生之病，由宝珠而起。今若向他说明，使柯老知之，必又有一番波折。且不知宝珠心下如何？再者，宣生把事看容易了，也不成千古风流佳话。待我如此如此，这般这般。一则看宣生之心，可坚如金石。二则将柯老侮弄一番，磨灭他一番直拙的气性。三则使宝珠得有所归，不枉我一片救他的婆心。"想定主意，便将绮霞、绮云两个女儿唤至面前，将此事与他商议，又叫他："暗暗细探，宝珠口气如何？报我知道。"两位小姐听见乃尊分付，连声答应，回了后边。果依裴爷的话去问宝珠。宝珠又执拗起来道："宣生之病，与我何干。今若借此以联姻，分明无私有弊，无怪我父置奴于死地，此事如何可行。"绮霞、绮云见宝珠回得决绝，也不朝下再说，便回复裴爷。裴爷点头含笑，命二女退下。心中打算一会，即差家人裴福去请太仆柯爷，立等有要话面谈。

裴福领了主人之命，如飞赶到柯府，去请柯爷，自有柯府门公报知柯爷。柯爷因逼死女儿，与夫人吵闹几场，正在府中纳闷。忽见裴府相请，一则出去散散闷，二则也要去面谢裴年兄。但不知他请我什么话说？且到那里就知道。"分付门公："叫裴府家人先回，我随后就到。"门公答应出去，打发裴府家人去了。柯爷即更换衣襟，带了两三个家人跟随，坐轿到裴府而来。不消片时，已到裴府。柯爷下轿，少不得裴府门公飞报裴爷，裴爷即刻出迎，将柯爷迎至厅上，见礼，分宾坐下。家人送茶，茶毕，柯爷道："那日承裴年兄教我，照依办法，果然爽快，小弟感激不尽。"裴爷听说，故意吃惊道："那是我失口一句玩话，柯年兄竟把我的话认真做了吗？"柯爷道："凡事要做便做，有何迟疑。况此女死有余辜，尚留恋他做什么。"裴爷故意大叫道："此女之死，吾之过也。年兄亦未免忍心至此。"说罢，连声叹息。柯爷只认裴爷当真怜惜他女儿之死。反摇手道："年兄不必怜惜这不肖女儿，我们且说正话。请问，年兄呼唤小弟，有何见谕？"裴爷道："无事不敢惊动年兄。有一件事，相烦代掣，年兄吃杯喜酒。"柯爷笑道："有喜酒吃，年兄分付，小弟自当效劳。但不知年兄见委何事？"裴爷道："小弟有一小女，年已十六，才貌亦可去得，打点托年兄作伐，做一个冰人。"柯爷吃惊道："你又来拿我开心了，我知道年兄只有两位千金，大的已许赵通政长子，第二已许江都督次子，虽未过门，俱已受聘。年兄那里又有一个待字之女，托我为媒。岂不是耍我老拙吗？"裴爷正色道："儿女婚姻大事，怎能将无作有，向朋友戏言。"柯爷不信道："你这个女儿来历，向小弟说明，我好做媒人去。"裴爷道："这是舍弟俊卿之女，幼失父母，随我抚养成人。今日不好好代他择个佳婿，完全他终身大事，小弟死后怎对舍弟于九泉。这不是同我女儿一般吗。小弟可曾拿年兄开心。"柯爷拍掌道："年兄说明，我便去做媒。却不知年兄看重那家卿宦的儿郎？"裴爷笑道："这位儿郎，小弟之所爱，即年兄之所恶者也。年兄莫怪小弟，方敢直言。"柯爷道："小弟做媒，有何恶头，有何怪头？年兄只管请教。"裴爷道："我看上了你贵连襟的令郎，要招他做东床，烦年兄去说媒，再无不成的。"柯爷听说，吃惊不小道："年兄有个好女儿，偌大京都，怕拣不出一个好佳婿，独想上了这轻薄畜生。这个媒人，小弟不愿做的，年兄另请别人罢。"说着便起身告别，早被裴爷捺了坐下道："年兄又来直拙了。你做你的媒，不关你事，何必推委。"柯爷道："小弟恨这小畜生如切齿，我还代他做媒。"裴爷道："你却恨他，我却爱他，相屈年兄走一遭，自当从重谢媒。"柯爷道："小畜生此刻病重的很呢，倘有不测，岂不误了令嫒的终身，不如等他好了，再去说媒罢。"裴爷道："不妨事的，他的重病，由抑郁而起，或因结亲，将喜一冲，病可立愈。就有不测，一是我女命当如此，二是我情愿的，总不怪媒人。年兄但请放心，只管说去，一说便成。"柯爷被裴爷一番言语捆住，不好推却道："媒是小弟说去，成与不成，休说小弟效劳不周。"裴爷道："这个自然。"说毕，催着柯爷动身，送到门口，还叮咛道："小弟今日，便候回音，年兄切勿忘却。"柯爷答应，方告别上轿而去。坐在轿中，肚内很笑："长卿何甚痴愚，一定要把女儿配此小畜生。又知道我与宣家仇恨甚深，定要央我做媒，岂不好笑。也罢，我只到那里略为言之，成与不成，不负朋友之所托。"想定主意，轿到宣府，果与宣爷会面。也不问他乃郎病之好歹，只将裴爷求亲的来意，略为一谈。宣爷摇手道："小儿不知是何心病，誓不娶亲。此刻病虽好些，屡被我重为教训，他立意如此。虽我父母，亦不能强他。襟兄就将此话回复裴年兄，请他莫怪。"柯爷明知其意，也不朝下再说，即告别上轿。又到裴府回复裴爷："非是我不尽言，怎奈宣家父子，俱不允亲"的话，说了一遍。这是柯爷把话故意说激烈些，使裴爷一怒而止。谁知裴爷明察秋毫，反笑嘻嘻道："今日有劳年兄，容日登门再谢。"柯爷连称不敢，随即别了裴爷，上轿回府。

　　裴爷将柯爷送出大门而去，即转身来到书房坐下，分付儿子以松，叫他明日到宣府，看看登鳌之病："如果好了，你可务必邀他到我这里来，你可陪他在书房闲话，我自出来有话问他。"以松答应，裴爷起身回后去了。裴公子领了父亲之命，过宿一宵，果于次日，带了书童佛奴，往宣府而来。宣公子因得宝珠死信，染成一病，医药无效，几于无望生全，大亏日有所思，夜有所梦，梦见不知是仙是神对他说："宝珠不死，汝休伤生。"宣公子自得梦以后，忽又想到："宝珠落水岂无救星。"想到这里，忽然心中松快，病又减去几分，渐渐身子撑持下床，每日将养，病也脱体。宣老夫妇，见儿子病好，方才放心。又见他年纪不小，情窦已开，四处也代他央媒求亲。就是裴府这头亲事来说，要算门当户对，宣爷非不愿意，怎奈宣公子心中只有一个宝珠，除了宝珠，宁可终身不娶。宣老夫妇，每为此事忧心。欲待责备儿子，又怕他旧病复发，只得隐忍下来。宣公子虽是病好，犹自日夜痴想宝珠。这日，正坐在书房纳闷，忽见裴公子前来候他的病。本是文章好友，今见他到来，可以借此谈谈解闷。忙迎请进书房见礼，分宾而坐。茶毕，各道寒温一会。裴公子问病以后，邀他出去散散闷。宣公子不好推却，只得入内告知父母。宣老夫妇，也怕儿子在家闷出病来，命他带了抱琴、醉琴两个书童跟随，出去逛一逛，早去早回，不要伤神。宣公子答应出来，陪了裴公子出得府，一路谈讲，也在四处游玩一回。裴公子把宣公子诱到自己府门，务必邀他进去，稍坐片时歇歇。宣公子因有前日拒亲一事在心，不好意思到裴府去。当不得裴公子再三再四，将宣公子邀进府内。来到书房，见礼分宾坐定，佛奴送茶。茶毕，裴公子道："宣仁兄□□，何以令人难解。但不知家尊仰扳于仁兄，而仁兄何拒绝之甚？莫非仰扳不起吗？"宣公子叹一口气道："小弟苦衷，一言难尽，望仁兄原谅。"裴公子正要开口，只听书房外一声咳嗽，裴爷进来。两位公子俱已站起相迎。惟宣公子见了裴爷，面有惭色，也名不得向前相见，口称："年伯在上，小侄登鳌拜见。"裴爷道："贤侄少礼，一旁坐下。"宣公子告坐。大家方才坐定，裴爷道："我看贤侄才貌双全，老夫久已拜服。因膝下有一弱女，虽非至宝，亦是掌珠。欲择一佳偶如贤侄者，世上罕有其

人，故前托令姨丈向你尊翁说媒。满拟一说必成，谁知推托，多分是令姨丈不会说话、代人善为撮合。今幸贤侄光临寒舍，老夫不揣冒昧，当面将弱女许与贤侄，贤侄不可再为推辞。"宣公子道："年伯分付，小侄怎敢推辞。但无父母之命，媒妁之言，小侄焉能自主。望年伯原谅。"裴爷道："只要贤侄允了亲事，少不得央出媒妁，通知你家父母，这就不为自主了。"宣公子被裴爷这一驳，没得话回道："小侄心事，连自己也说不出来，年伯府中千金，自有乘龙佳婿，何必小侄。但小侄虽有一点才貌，不足为奇，望年伯恕小侄唐突之罪。"裴爷笑道："贤侄说不出的心事，老夫知之久矣，只不过情独钟于宝珠。可惜宝珠已死，徒想无益。就是小女才貌，也不亚于宝珠。贤侄不要少所见，多所怪，过于拘执，自贻后悔。"宣公子被裴爷说出心事，满面通红道："小侄不曾情恋宝珠，别事也无后悔。"裴爷怒道："你今日拒绝如此，不要到后来再想求我，我也是不能从命的。"宣公子也被裴爷絮烦急了道："年伯若不相信小侄，便写一个凭据与年伯，以为后日执证。"裴爷听说，哈哈大笑，就叫宣公子写此凭据。宣公子取了笔砚，怎生写法？且看下文。

第十回　听月题诗　引生遇故

诗曰：

夜漏无声谁听月？冰轮皎皎又有声。

天宫响振霓裳曲，送下清音到玉京。

裴爷见宣公子，竟认真要写起绝据来为执照，肚内好不暗笑："书痴不知就里，执意如此，少不得日后慢慢摆布他一番，方出今日心头之气。"一面想着，一面假意发怒道："好个不识抬举的小子，老夫一团美意，招你为婿，你反出言无状，竟肯写绝据与老夫为凭。"也罢：

我本有心托明月，谁知明月照沟渠。

说罢，就命书童，取过文房四宝与宣公子，好写绝据。宣公子并不作难，片刻写完，还着了花押，呈与裴爷一看。只见上写道：

立绝据宣登鳌，今立到裴年伯名下：情因朱陈面许，冰炭难投。若日后懊悔，再求年伯，执此为凭，听其处治，毫不怨尤。今恐无据，立此存照。

裴爷看了绝据，笼于袖内，即气忿忿的起身，也不向宣公子再交一言，竟出书房而去。宣公子自觉没趣，也告别裴公子要行。裴公子还留他便饭，宣公子不肯相扰，带了书童，扬长而去。裴公子送出大门，见他去远，方转身进来，要复乃尊之命，不敢到书房去，赶到后堂。见尊翁与两妹子坐在那里，谈说宣生拒婚一段情景。他便向前，说宣生已去了。说着也一旁坐下。裴爷道："他临去可说些什么？"以松道："却是嘿嘿无言，不悦而去。爹爹何不向他说明，就是宝珠，他岂不十分感激。定要藏头露尾哄他，当面得罪爹爹。孩儿不解。"裴爷听说，哈哈大笑道："做好文章须要有波势，有曲折，方显出拿龙捉虎的手段，若直截而下，便成崔话，毫无趣味。"绮霞道："宣生已写绝据，定要宝珠。爹爹又不说明，宣生浑如梦寐，则千里姻缘之线，从何处穿起？"绮云也道："柯宝珠明推暗就，到是一对奇怪文字，叫人从何下手辨难？"裴爷

不禁笑将起来道："你们只依为父之计而行，不怕宣登鳌不前来跪求为父的，不怕宝珠还再假撇清了。"绮霞道："爹爹计将安出？"裴爷附着绮霞的耳，说了一会，绮霞点头。又附着以松的耳，说了一会，以松会意。父女们说罢，俱各相视而笑，大家办事去了，不表。

且言宝珠，自回了裴家两个姊妹一番决绝的话，虽是义正词严，及他姊妹去后，心中又懊悔起来道："宣生得我死信，遂至一病不起，乃千古多情之才郎，便与他相订白头，亦不为过。况奴蒙裴继父从水中扶起，再生之恩，岂可不知，大不该向裴家姊妹们回的太愚蠢了些。设使外人知之，岂不说奴寡情至此。"相着愈加忧闷起来，伏几朦胧睡去。恰值绮霞、绮云姊妹二人走到宝珠房中，见宝珠在那里打盹，如媚、如钩向前尊声姑娘们请坐。绮霞摇手，叫他不则声。顺手在桌上取一条白纸，捻了一个纸捻。宝珠本是歪着头睡在膀子上，鼻孔朝外。绮云将纸捻送进宝珠鼻孔，一阵乱捻，捻得宝珠鼻内一阵奇痒。宝珠从梦中惊醒，一见是裴家姊妹，将身站起相迎，俱笑个不住，然后大家坐定，两个丫环俱送了泡茶来吃。绮霞吃着茶，叫声："宝珠贤妹，你每想要到我家听月楼上去玩玩，此楼乃是仙笔所题。后楼雪窗，亦可眺远。今日无事，奉陪贤妹到楼上去游玩一回，省得在此贪睡。"宝珠道："很好，听月二字起得新奇，愚妹也要到楼，瞻仰仙迹，以开怀抱。"说罢，姊妹三人起身出房，各代丫环跟随，一直往花园而来。到了花园，此刻已是秋末冬初间，花影凋零，鸟声稀少，只有几枝残菊而于畦边插着，也不足供赏玩。姊妹三人直向楼下而来。到了楼梯，鱼贯上去。楼上每日收拾洁净，自有园丁办理，伺候裴爷早晚上楼烧香。楼上满壁图书，俱是名人诗画，陈设精工。纸墨笔砚，俱皆古玩。

四面推窗亮开，毫无点尘。楼下自有管园仆妇，煨的香茗伺候，送上楼下。三位小姐上得楼来，先是裴家姊妹，见了仙匾，倒身下拜。宝珠也随着礼拜。拜毕起来，大家坐定，有丫环各送船茶一杯，在面前摆着。宝珠见匾上听月楼三个金字，写的夺人眼目，已不胜惊讶。又见下写掌桂仙吏题，一时不解。便问绮霞道："姐姐，月如何可听，出于何典？这掌桂仙吏，又是什么仙人？望乞见教，以开茅塞。"绮霞见问，便回道："贤妹有所不知，只因家君新建此楼，尚未题名。那年八月十五日晚上，合家在园内饮酒赏月。我父要在酒席前面试我们兄妹的才学，并将楼名各取一个上来，以定优劣。我兄取的餐松二字，我妹取的双凤二字，愚姐取的倚翠二字。还有，我父取的留云二字，未曾说出，忽月台下飘落一张红柬，上写着：楼名俱取的不佳，他于月府桂树下细加磨琢，成听月楼三字，以留千古仙迹。我父将柬帖看过，又被一阵仙风吹去，柬贴无影无踪，我父惊奇不止，即命掌灯，上楼一看。那知未曾写字之匾，已有三个金字在上，如斧琢成，下书掌桂仙吏题，即月府吴刚也。贤妹，你道奇也不奇。就是这听月二字，我们兄妹也将此意细细推敲，并不知出于何典，其意似不近理。仙吏又留《咏听月楼》七绝诗一首，写在匾下粉屏上，解释听月二字之意，令人恍然大悟。贤妹何不近前一看便知。"宝珠听说，也暗自称奇。起身近前，到粉屏前一看，果见字迹写的龙飞凤舞，上写道：

诗曰：

听月楼高接太清，楼高听月更分明。

天街阵阵香风送，一片嫦娥笑语声。

宝珠看毕，连连称赞道："这个月听得好，用意清新，近情近理，不枉是仙人之笔。"说着，将身坐下，又打动他的平日诗兴，使对绮霞说："姐姐，此楼得仙人赐以嘉名，将来尊府必有瑞兆。又得仙人赐以佳句，亦增贤姊妹翰墨之光。但你我姊妹们平日诗中唱和，不过咏物感怀的腐题，题之清奇，莫过听月。愚妹不揣冒昧，大胆抛砖引玉，不知姐姐意下何如？"绮霞领了乃尊的密计，正要将宝珠逗留在楼上，好照计行事的。今听见宝珠要和《听月楼》的诗，正好延挨工夫，便答道："贤妹有此高兴，愚姐理当奉陪，只是献丑。但不知和诗可不还和韵？"宝球道："怎不和韵。"绮霞命丫环研墨，与绮云、宝球各取一幅锦笺，铺于案上，构取诗思，丫环一旁捧茶伺候。三位小姐见墨已浓，濡动羊毛，不必过假思索，俱已一挥而就。大家互相传看，和听月楼的诗，一首首俱有矫矫不群之句。

先是绮霞诗曰：

百尺高楼玉宇清，一天月色向空明。

丁丁伐木遥如许，世外犹闻斧凿声。

绮云诗曰：

楼外凉侵秋气清，寒砧动处月光明。

晴空隐约将衣捣，一片更催玉杵声。

宝珠诗曰：

楼传仙笔意奇清，眺望旋惊夜月明。

环佩叮当来步履，非笙非笛落虚声。

大家看毕，互相称赞，谦逊一回，每人诗后面，俱有自己名讳漫题。绮霞命丫环将三幅诗笺贴于楼上粉壁。又是丫环，送了一巡茶吃过，绮霞对着宝珠道："我们诗兴既毕，何不到雪洞前眺远一番，以豁晴眸。"宝珠自在家中被父亲拘住，不能远走一步，以解闷怀。今在裴府，又是他们姊妹作伴很不寂寞。楼高眺远，更是雅事。一见绮霞所说，正中心怀。便回道：很好。姊妹三人即起身到雪洞前，四处一望。但见：

一泓秋水接长天，远树迷离袅碧烟。

最好晴光舒野径，钓鱼滩上送归船。

宝珠看着秋天一派野景，甚舒胸怀。先还与裴家姊妹并肩站着，看后，因越看越痴，竟把他姊妹扔在背后，他独自伏在洞口呆望。裴家姊妹也将身退后，让宝珠在雪洞口，畅意观望。绮霞眼尖尖，远远见两个戴方巾的后生，从楼下来了，一步近一步。认得，前面是宣生，后面是乃兄以松，诱他来了。他把妹子绮云手上一扭，努一努嘴，绮云点头会意，同乃姐把身子轻轻退在椅子上，坐了喝茶，暗笑宝珠。宝珠也不知就里，只顾出神朝下面望，身子露着半截。他也不知下面有人看他，且自慢表。

再言宣公子，自在裴府写据回去，好不懊恼，心中只是纳闷。过了两日，又见以松裴公子来，邀他出去逛一狂。宣公子执意不肯出去。裴公子因受了乃尊密计，当面请出宣年伯，说知来意。宣爷不好推却，逼着儿子陪裴公子出去逛一会。宣公子勉从父命，同裴公子一路寻秋，也谈谈别的闲心。却走到花园后门口，正是听月楼上，雪洞正坐着宝珠，一人在那里闲望。裴公子故作不知，问宣公子道："你看那高楼上坐着一位佳人。"宣公子听说，抬头一看，吃惊不小。忙抢几步向前，且看下文。

第十一回　访美探楼　遇婢破梦

诗曰：

彼此深情各自钟，谁知无处觅仙踪。

天工巧使奇缘合，再见当年旧玉容。

这是裴爷安排的巧计，叫女儿诱宝珠到听月楼上，在雪洞口闲望，故使以松将宣公子引到这里，两下会面，好使宣公子疑疑惑惑，方懊悔起来，向裴爷哀求，才奈何他一番。这个机关，宝珠也不知道，宣公子越发意想不到。今听见裴公子说，那边楼口有一位佳人坐在那里，不觉将头一抬，看见那佳人，好似柯宝珠的模样。大吃一惊，忙抢行几步，向前定睛细看。越看越像，唬得魂不附体，转身就跑，只叫："不好了，青天白日见了鬼也。"说着要跑，被裴公子拉住道："宣仁兄，何以见这佳人是个鬼呢？"宣公子道："活脱一个被水淹死的柯宝珠，怎么不是鬼。"裴公子道："你可知这高楼是那家的？"宣公子道："我那里知道。这个人家楼上，白日出鬼，也不相宜。"裴公子笑道："宣仁兄少要乱说，这就是舍下花园的高楼，那雪洞内坐着的，乃三舍妹，即家尊面许仁兄的佳人。怕仁兄疑惑舍妹丑陋，故小弟引仁兄，当面一看，可不亚似宝珠吗？"宣公子听说，越发说出呆话来道："岂有此理，仁兄欺我。分明一个宝珠的阴魂出现，怎说是你令妹。"宣公子与裴公子，在楼下高声争辩，早被楼上宝珠听见，楼下有人说话，怕的外观不雅，将身子缩进去，便与裴家姊妹带了丫环下楼，出园去了。宣公子还要朝楼上细看，那知雪洞内佳人已寂然不见了。心中如有所失。裴公子道："宣仁兄不信小弟之言，你再去细访，不必在此发痴了，小弟就此告别。"说罢，把手一拱，就敲楼下后门进去。少顷，后门紧闭。宣公子见裴公子果从他楼下后门入内，"果然此楼是他家的。但他令妹怎与宝珠生得一般无二？事有可疑。且前日梦中说，宝珠不死，汝休轻生。莫非宝珠犹在世间？好令人难解。"一面想着，一面转身而回。到了自己府中，见过父母，仍归书房坐下。痴痴呆想："裴兄上次约我出去闲游，

中国禁书文库

听月楼

到他府中，受裴年伯一番挫折。今日又苦苦约我出去逛逛，到他后花园门口，说了许多鬼话，他就撇我一人在外，独自家去。此人毫无一点朋情，以后这等人，不必与他相交了。"想罢，叹息一回，忽叫声："且住！曾闻得，裴年伯只有两女，一字赵通政，一字江都督，俱已受聘，那里又有个女儿。且方才雪洞中所见之佳人，分明是宝珠模样，裴兄怎说是他令妹。天下同模同样的原有，怎么这等厮像？"宣公子想到此处，忽又拍掌大笑，欢喜起来道："莫非宝珠落水之时，是裴年伯救了回来，也未可知。诡说是他女儿，与我做媒，怕的柯老知道，又起风波。这是裴年伯一团美意。哎哟，不好了，若当真有此事，岂不被我一阵粗莽性气，送掉了我的好姻缘，令人可恨。"说着，只是跌足叫屈。又转一念道："宝珠生死，并无确信，何必徒费神思。哎，若是宝珠真死，苍天呀，我宣登鳌何福薄至此，连一个有才有貌的佳人，也消受不起，生我宣登鳌在世上，有何用处。"想到这里，又是泪珠双垂，好不伤心，哭了一回。暗想："裴家父子，说话吞吐，其中事迹可疑。也罢，我闻得裴府花园中，有座听月楼，乃仙笔题的，并有仙诗四句。我久已要去一看，因病纠缠，是以耽误，未曾去得。今可借此，探访名楼并美人消息。但解铃还是系铃人，仍要去找裴兄引进方妥。"想定主意："且歇息一夜，明早且去到裴府走遭。"说罢，已是掌灯时候，用过晚膳，也无心去看书，便解衣上床安寝。一夜，心下乱想，不曾合眼。

　　到了天明，起身梳洗已毕，用过早汤，即到后堂，请了父母早安，诡言出去会文，带了书童，出了府门，一直向裴府而来。不消片刻，已到裴府，宣公子问门公道："你家公子可在书房？"门公回道："公子不在书房，在花园内看秋色去了。"宣公子道："烦你引路到花园去。"门公答应，引着宣公子进了花园。正值佛奴在那里顽耍。便叫："佛兄弟，公子在那里？有宣公子来候，快去通报。"佛奴道："公子在梨花厅上看书呢。我同宣公子进去，伯伯请便罢。"门公点头，出园去了。佛奴尊声："宣公子这里来。"宣公子主仆跟着佛奴，一路弯弯曲曲，来到梨花厅。佛奴抢一步，先到厅上，报知公子。公子已知宣生一定来问他消息的，果不出其所料，即起身出迎。见宣生进得厅来，叫声："宣仁兄，来何早也？"宣公子道："屡蒙仁兄枉顾，小弟今日特来回候。"说着两下见礼，分宾坐定，佛奴送茶。茶毕，裴公子道："仁兄昨日将我舍妹认做鬼魅，未免来不得些。小弟故心中不忿失陪仁兄，是以家来了。"宣公子被说得满面通红道："仁兄休怪，我只认楼上的令妹，宛似宝珠，故说是鬼。若当真是仁兄令妹，小弟怎敢乱道。但有一件疑心之事，动问仁兄，望乞仁兄见教。"裴公子道："宣仁兄有何

事疑心？乞道其详。"宣公子道："小弟闻得，尊府只有两位千金，一字通政赵府，一字都督江府，俱已受聘，那里又有一位千金，未曾受过人家的聘礼呢？此事小弟不解。"裴公子笑道："仁兄有所不知，这是我的堂妹。幼失父母，在小弟处抚养成人。我父母亲视如己出，所以做主择婿。这个舍妹，不但有貌，而且有才，兄如不信，可到我家听月楼上看一看他诗句，便见分晓。"宣公子道："小弟久闻名楼仙迹，正要上去瞻仰一番。"说罢，起身同裴公子，转弯抹角，一直来到楼门。正要上楼，忽见佛奴来说："夫人请公子到内堂，有要话相问，立等公子。"公子听说，便叫："宣仁兄，请先上楼，小弟即刻就来奉陪。"说罢，转身自去。宣公子的书童，已被佛奴拉在别处顽要去了。只剩宣公子，独自慢慢上楼。见楼中明窗净几，十分幽雅，果然有听月楼三字金匾，下面摆着香案，知是裴年伯早晚焚香之处。又见粉壁上写有四句七绝，近前一看，乃咏听月楼的诗。细细一看，连声称妙道："果然这听月二字镂琢精工，不愧仙笔。此楼可以永垂不朽了。"说着，坐将下来。但见左边壁上，贴着三幅锦笺，字亦写得工楷柔媚，好似女子笔意。"莫非裴仁兄所说，他的几位令妹的闺阁诗吗？待我向前细看一番。"又起身走到左边壁间。一看，三幅锦笺却是和听月楼诗的原韵。先看绮霞、绮云的诗，连连点头道："用意好，押韵稳，绝无乡宦气味，可称闺中二美。"及看到第三幅锦笺，上写着头一句"楼传仙笔意奇清"这一句起的突兀，且有故要发挥之意。第二句"眺望旋惊夜月明"，有此一惊，方起下听字意思。第三句"环佩叮当来步履"，诠听字，有引人入胜之致。第四句"非笙非笛落虚声"。月听到这般地位，是假是真，令人玩味无穷。此一首咏听月楼诗的和韵，较前二首体格生新，才华秀美，不亚古人大家道蕴矣。但不知可是裴仁兄所说这位堂妹么？再看后面写的"薄命女宝珠慢题。"看毕大吃一惊道："怎么称为薄命女？是呀，到底不是裴年伯亲生，或另眼看待，较之亲生女儿分了厚薄，所以一生不平之哀，借诗寓意，故女称薄命，这也怪他不得。但不知裴仁兄的令妹，也叫宝珠，这却奇怪的很了。莫非宝珠竟不曾死，埋藏于裴年伯家中？不然如何又有两个宝珠？裴仁兄口口声声说是他的堂妹，我若问他细底，倘被他班驳起来，叫我何以回答。一时心中烦躁起来，不觉口渴，半日不见裴府书童送茶上楼，便到楼门口唤自己书童，亦不见答应。忍不住下得楼来，去找自己书童。走未几步，才转了一个弯，只见远远来了一个绝美丫环，捧着一盘船茶，冉冉而来。宣公子不知这美婢捧茶往何处去，此刻口渴忘情，忍不住叫声"姐姐，将手内这一杯茶见赐与小生，以解渴烦罢。"那美婢听说，将宣公子上下一望，把脸沉下来

道："相公们在花园游玩，自有书童伺候送茶，婢子这杯船茶，送与宝珠小姐吃的，何能乱与别人。倘小姐知道，岂不要责备婢子。相公莫怪。"说罢，转身要走。宣公子被他这一席话，说得满面通红，无言回答。见他转身要走，忽想起这个美婢，好似姨妹宝珠的丫环如媚模样。越想越是，抢一步向前，叫声"姐姐慢行，小生有话问你。"那美婢又停步不走，问道："相公有什么话问婢子？快些请教，茶要冷了。"宣公子笑吟吟道："姐姐的容颜，好似小生姨妹房中的如媚姐姐一般，故此动问一声，不知可是的吗？"那美婢把脸一红道："我便叫如媚，却在裴府中使用。我也不知相公为何人，我也不知相公的姨妹为何人？天下同名同姓者多，同模同样者亦复不少。就是婢子名叫如媚，虽有两个，不足为奇。就是我家小姐名叫宝珠，柯府中有小姐名叫宝珠，也不知是一个宝珠两个宝珠，请相公去细细推详。婢子不及说话，要送茶去了。"说罢，捧着船茶，如飞而去。宣公子听了美婢这一番话，如醉如痴，站在那里不言不语，只是呆呆出神。怎生醒过来？且看下文。

第十二回　巧试佳人　戏搽书生

中国禁书文库

听月楼

诗曰：

本知儿女却情长，随意风流有侠肠。

白首良缘原不偶，一经磨折姓名香。

如媚花园送茶与小姐，岂有明知宣生在花园内而使小姐前来私会？这也是裴爷叫绮霞唤了如媚，说明其故，假向花园送茶。倘遇见宣生，教他这几句话。如媚岂认不得宣生，他是明知故昧，使宣生心中疑惑不定。一闻如媚这些话，呆呆站在那里暗想："这个送茶的丫环，分明是宝珠姨妹的丫环如媚，他又推说不是。且住，我闻得柯姨丈将宝珠姨妹逼了投江，并将丫环如媚、如钩一同送入波流，这一定是裴年伯一并救了回来，说什么是裴兄的堂妹，多分宝珠未死，住在这里。想裴年伯许婚于我，不向我说明，使我坚守宝珠。当面辞婚，得罪裴年伯。年伯呀，你真好游戏也，我如同在醉梦之中。今日梦也该渐渐醒了。"想到这里，越发出神。不料跟他的书童，在别处玩了半天，怕相公见责，飞星一气跑来，一头撞在宣公子怀里。公子不防，被这一撞，一交跌倒在地，书童也跌在公子身上。急急爬起，见是公子，唬得魂不附体，垂手一旁站着。公子慢慢爬起，见是书童，骂一声："狗才在何处贪玩了，半日也不伺候送茶，此刻又冒冒失失跑来撞我一交，这是什么意思。"说着，气忿忿的向前，打了书童两个耳刮子。书童被打，也不敢回言，骨都着嘴，站在一旁。宣公子道："狗才还不到楼下，送一杯茶到梨花厅上来与我吃。"书童方答应去了。宣公子转身到梨花厅内坐下，暗想："裴仁兄家去，也不来了。我还有许多话问他，累我在此呆等，好不耐烦。"正想之音，书童已将茶送到，宣公子一面吃着茶，一面叫书童去找裴家佛奴，问他公子往那里去了，速来回信。书童领命，不敢怠慢，去了一会，来回复公子道："裴府公子，是夫人打发往赵舅太爷那边去拜生日，今日有一天呢，到晚方回。佛奴也跟去了，是我问门公的。"公子点头，吃了茶，站起身来，带了书童快快而回，少不得日日来找裴公子，要采访宝珠的信息。门公总回不在家，又不好意思当面去问裴爷，没有情没绪，回到自家书房闷坐，且自慢表。

再言裴公子，何尝在赵府去拜生日。也是裴爷使的机关，引宣生到听月楼上看见宝珠的诗，知道宝珠不死，落款又不落姓，且称他薄命女。令其疑惑不定。以松是夫人叫去了，宣生又无人问。再加如媚送茶一番话，更令宣生心痒难抓，哭不得，笑不得。裴爷与儿女们在背后暗笑，连宝珠也不知道。如媚自到花园送茶遇见宣生，也猜着裴爷几分属意，又是绮霞分付如媚，瞒着自家小姐，不许走漏风声。如媚领命，并连同伴如钩也不与他说明，他只在旁边看着裴爷巧为播弄宣生。又是好笑，又是感激裴爷。小姐为他《玉人来》一幅诗，连我两个婢子几乎一同丧命，今日奈何得宣生也殼了，方出我们主仆心头之气。正独自暗想，见裴府大小姐的丫环来唤如媚，叫声"姐姐，少要在此呆想，我家老爷与小姐在中堂叫你去说话呢。"如媚道："姐姐少待，待我回声小姐去。"那丫环摇手道："老爷临来分付的，叫姐姐不用向小姐说，立等你去。"如媚依言，随了这个丫环，一路来至中堂。见裴爷夫妇与公子小姐，俱坐在那里。向前挨着磕头，起来站立一旁，尊声："老爷呼唤婢子，有何分付?"裴爷道："你家小姐有父母在堂，婚姻大事非我所主。但你家老爷将你小姐无故治于死地，父女之情已绝，若不亏我设法救回，你小姐久已葬于鱼腹中矣。你小姐虽非我生身之女，我却是他再生之父。你小姐的婚姻，我可以做得主了，你道是也不是?"如媚道："老爷恩同再造，人非草木，焉有不知。就是两个婢子的余生，也仗老爷的大力救拔，婢子恨不能结草以报，只好将来供长生禄位，早晚焚香，保佑老爷公侯万代，福寿绵长。何况我家小姐，千金之体，蒙老爷救于波中。不独将来不白之冤可洗，即一时难合之事可成，真是重生父母，报答不尽，岂有小姐婚姻之事不由老爷做主的。"裴爷见如媚说话伶牙利齿，十分爱他。便道："你说小姐的婚姻该由我做主，为什么我前日将你家小姐许与宣府，是我叫大小姐对你家小姐说的，你家小姐反不遵我命，执拗起来，是何原故。想必你家小姐无情于宣生。这段姻缘是不得成了，我也强他不得。但今早我在朝内，有首相蒋大人，名叫文富，所生一子国銮，年已二十，才貌不亚于宣生。乃蒋大人的爱子，要择一个有才有貌的媳妇，配他的儿子。不知谁人多嘴，说我家有一个才貌双全未字的宝珠，他今日在朝房，当面向我求亲，托了巩通政为媒。我因他是当朝首相，又有权势，不好回他，遂当面允了这头亲事。他那里择日下聘过来，你家小姐的亲事，虽是我做主，到底向他说一声。我本当唤他出来说知，恐他羞涩，不能向我回答。欲待叫我家大小姐、二小姐去说，他二人挨送没趣，又不服气。再说你是小姐的贴身心腹丫环，他的性情你总知道，所以叫你出来。可曾听见我方才分付的一番话？你可回房向小姐细细说知，并叫小姐将自己年庚写出来，好等下聘日誊在喜书上回礼的。你好好问小姐说去罢。"如媚答应下来，退出中堂。一路暗想："裴老爷这番大变动，好不令人奇诧，叫我怎好对小姐去说，小姐的心事，我岂不知。小姐听见此话，不知如何着急？必有一番大风波呢。若隐忍不言，裴老爷当真做下此事，要向我讨小姐年庚，叫我何以回答？且趁此时，相府未曾下聘，叫小姐早早打点，或可挽回。哎，怪来怪去，只怪小姐老实。就允了宣府这头亲事，完却心愿却罢了。又为什么拿班做势，怕的什么无私有弊，回断了裴府两位小姐。怎怪裴老爷今日，借口将小姐另许婚姻。小姐呀，不知你将此事怎么处呢。"想着，已到自家小姐房中。正见宝珠午睡方才起来，问道："如媚，我方才唤你半日，你往那里去的？"如媚道："是裴老爷唤婢子到中堂去，有话分付的。"宝珠道："裴老爷分付你什么话？"如媚道："小姐不要生气，婢子方敢直言。"宝珠笑道："裴老爷乃我救命的恩人，他分付你的话，我有何气之可动。你且说来。"如媚就把裴爷分付的话，一字不曾隐瞒，细对他小姐说了一遍。

列位，你道裴爷当真将宝珠与蒋相对亲么？裴爷虽是风流司寇，却一生刚方正直，怎肯联姻奸相。这又是巧试宝珠之心，坚也不坚。宝珠要算聪明女子，也参不透裴爷的机关。今听得如媚一番言话，由不住一阵心酸，两眼一翻，气咽胸膛，一交晕倒在床上。唬得如媚急急向前，扶住了小姐身躯，掐住人中，即唤如钩取姜汤来。如钩答应，飞星取了姜汤到来，跪在床边用耳挖撬开小姐的牙关，慢慢用茶匙挑了几挑姜汤，送在小姐口中。歇了一会，小姐方才苏醒过来。叹了几口气，哭啼啼叫着自己的名字道："苦命的宝珠呀，与其今日如此，何必当初又救我于波心，多此一翻赘瘤。哎，这总是我的生来命苦，不怪别人。与其生在世上活活现形，不如是赴九泉到也干净。"说罢，放声大哭不止。如媚劝道："小姐不必伤心，事还未成，打点主意要紧。"宝珠哭道："我有什么主意，一死便完事了。还打点什么。"如媚到了此刻，见事关紧要，不得不向小姐说明，便将花园送茶，道见宣生与他一问一答的话，"我是这里大小姐教我说的，又叫我瞒着小姐，据婢子看来，裴爷做事虚虚实实，令人难测，此话之真假，未可遽信，小姐不要堕其术中，白费苦恼，使伊父女暗笑小姐之太愚拙了。"宝珠听见如媚这番相劝的言语，忽然醒悟起来道："你之所言，一丝不错。这是裴爷巧试我，静

守宣郎可是真心。我何不将计就计。"附着如媚的耳道:"你去如此这般,可好么?"如媚点头道:"很好,小姐快些下床行事。婢子赶到中堂去报,小姐,不要当真的。"被宝珠一口啐,如媚笑着去了。赶至中堂,慌慌张张,只叫:"老爷夫人,不好了。"裴爷夫妇同吃惊道:"什么事这等慌忙。"如媚道:"婢子将老爷分付的话,向小姐说知。小姐急了,在那里上吊呢。"这一个信,唬得裴爷等一齐赶至后边。见宝珠房门紧闭,高叫:"宝珠休要如此,这是老夫试你的心,何得自寻短见。"说着用脚将房门踢开,但见宝珠笑嘻嘻的出来道:"爹爹之恩未报,怎敢就舍得死。"裴爷见宝珠,哈哈大笑道:"好个智巧之女,深知我心,不枉我一番美意。"大家各自放心。

且按下裴府之事,再言宣公子,屡在裴府探信,总会不见裴公子问个实底,好不心中焦躁。每日只坐在书房,痴痴呆想。茶不思,饭不想,又有些病将起来。那日,正闷坐书房,忽见书童呈上裴公子一个字儿,宣公子接过,拆开字见一看,不知其中是忧是喜?且看下文。

第十三回　许姻倩笔　赴选登科

诗曰：

拙痴不解虚圈套，误认冰人可代疤。

笔底生花花解语，笑他往事亦徒劳。

宣公子因访不出宝珠的消息，正在书房心中纳闷，忽接到裴公子一封字儿。只见信皮上写着呈上"宣仁兄喜书"五个字，不免疑心道："裴仁兄这封书子，怎加一喜字？且拆开，一看便见分晓。"想毕，把书子拆开，抽出信来，见是一幅松江笺，写诗四句在上面。细细定睛一看，只见上写道：

诗曰：

痴生何必过踌躇，裴宝珠原柯宝珠。

珠拾江心留好合，难求月老释前辜。

宣公子看了书子，大吃一惊，只以为不好了，那知宝珠竟真是裴年伯救回。他好意与我为媒，我大不该回的那等决绝，又写了凭据与他，再不懊悔。今日叫我怎好意思去求他。若不去求他，宝珠又在他家，这便怎处？想了一会道："也罢，不如带了这幅诗笺，前去禀知爹爹，商议如何办法，或有挽回亦未可知。"想定主意，拿了诗笺，站起身来，出了书房，来到后堂。见父母俱坐在那里闲话，向前打了一躬，请过父母的安，一旁坐定。便尊声："爹娘呀，宝珠姨妹竟不曾死呢。"宣爷夫妇，同吃一惊道："有这等事？今在那里？"公子道："现是裴年伯救了回。"便将"他诡说宝珠是女儿即托柯姨丈为媒，我们不允。孩儿又因裴年伯面许为婚，我又写了绝据。只为孩儿要苦守宝珠，一时莽撞。今当真宝珠在裴年伯家，此事怎处？"的话，说了一遍。宣爷道："你怎知宝珠在裴年伯家？"公子又将听月楼下，看见宝珠在雪洞口，还疑是鬼，后到听月楼上，亲见宝珠的诗句，并遇见他的丫环如媚，方有些疑心宝珠不曾死的话，说了一篇。"今又接得裴仁兄送来的诗一首，宝珠不在裴府往那里去，请爹爹一看便知。"

说着，将诗呈上。宣爷接过一看，哈哈大笑道："果然宝珠不死，现在裴府。"夫人听说，也欢喜起来，真是感激裴爷。便叫声："老爷，既是宝珠尚在裴府，裴爷不比柯老为人，老爷何不带痴儿成就这段婚姻，也不枉痴儿一番思慕宝珠之意。"宣爷摇头道："这事很大费周折呢。"夫人道："婚姻大事，有何周折？"宣爷道："夫人有所不知，只因痴儿坚守宝珠，誓不再娶。他不知裴年兄央了柯老说媒，诡说是他女儿，岂料即是宝珠，并不允这头亲事。裴爷又当面许痴儿的婚姻，痴儿不知就里，又写下绝据与他，再不懊悔，前去求他。裴年兄本是一团美意，我父子反拒绝于他，岂不恼我父子吗？今日水落石出，就是宝珠在他家里，有何意思再去求他。"公子听了乃尊一番言语，好似一瓢冷水浇在头顶上，心中一苦，珠泪双垂。夫人见儿子这般光景，又是疼儿心重，怕他再想出病来，叫声："老爷，你虽这么说，到底还带痴儿想个法，成全他一段痴想。"宣爷也见公子一旁堕泪，心中有些不忍。便道："夫人放心，苦我老脸不着，待我亲去，向裴年兄求亲，且看痴儿缘法如何？"夫人点头道："老爷亲自出马，事再无不成的。"宣爷笑道："且莫要拿稳了。"夫人道："事不宜迟，且屈老爷今日就去走一遭。"宣爷道："这个自然。但宝珠不死，夫人可暗差一个的当人，送信与柯姨，使他放心，切不可走漏风声与痴老同秀林贱婢知道。"夫人道："这个在我。"宣爷说罢，起身即去更衣，命家人打轿伺候。公子此刻方才改忧为喜。送了乃尊上轿，回他书房，静侯好音不表。

且言宣爷，轿到裴府下轿，早有门公通报进去。少顷裴爷出迎，迎到内厅。两个见礼，分宾坐定，家丁送茶。茶毕，裴爷道："宣年兄在府纳福，今日甚风吹到寒舍，有何见谕？"宣爷道："小弟有一件不得已之事，特来负荆的。"裴爷道："年兄未曾得罪小弟，何出此言？"宣爷道："前因年兄托柯舍亲代小儿为媒，小儿坚守宝珠，是以得罪年兄。今日闻得宝珠是年兄救回，痴儿欲仗年兄，成全此事，愚父子感恩非浅。今日小弟一来代小儿请罪，二来面求年兄依允。"裴爷笑道："年兄今日来迟了，小弟已将宝珠许与蒋相之子了。年兄莫怪。"宣爷大吃一惊道："怎么，年兄与奸相联起姻来了？"裴爷道："年兄嫌小弟家道寒俭，不肯俯允这头亲事，小弟只好仰扳相府，将来做个靠山罢。"宣爷被裴爷说得满面通红，无言可答。裴爷又道："年兄莫怪我说，非是小弟不欲成就令郎的姻缘，我之设法救了宝珠，为的何来？所以诡说我女，怕的柯老知道，又起风波。就是托他为媒，亦为后日地步。年兄不允亲到也罢了。只可恨你家令郎过于无知，竟当面敢写下绝据，与我为凭，再不懊悔向我求亲，这是与宝珠

恩断义绝。小弟怕误了宝珠的好述，所以另许蒋门。年兄今日到此，挽回无及了。"宣爷被裴爷说得浑身冰冷，忽想起裴公子的诗句上之意："宝珠并未另许他人。分明叫我儿子服罪求他，乃尊裴公之言不可尽信。"想了一会，叫声"裴年兄，你这些话，还有些欺我。"裴爷道："小弟生平不曾欺过朋友，句句皆是实言，有何欺年兄之处？"宣爷将裴公子的诗句取出，递与裴爷道："这是令郎的诗句，分明写的宝珠仍待痴儿，不过要他服罪求亲之意。今日年兄又说宝珠另许蒋门，岂不是欺小弟吗？"裴爷接过他儿子的诗句一看，又转口道："就是宝珠不曾另许蒋门，无奈你的令郎写的绝据太狠些。"宣爷道："可借绝据一观。"裴爷取来与宣爷看了一会道："好大胆畜生，这等无知狂言，怪不得年兄动气。总是小弟陪罪。"说着离坐，连连作揖。裴爷一把拉住道："年兄不要如此，快请坐了好说话的。"宣爷依言坐定，裴爷便把不允亲之后，为你令郎用一番委曲成全之计，才能引人入胜。年兄既说开了。小弟自当从命。只是令郎要唤他到来，待小弟责备一番，方成全他这段美事。"宣爷笑道："这是理当如此。"说着把那纸绝据递与裴爷收了，一面又叫家人，飞星回府，速请公子到此议话。家人答应，领命去了。裴爷又向宣爷道："宝珠虽是我做主许婚与你家令郎，到底柯年兄是他亲父，怎肯使他父女不认。但柯老直拙，若明向他说，又费一番唇舌。我自有道理，不怕不入我彀中。"宣爷听说，十分感激。裴爷正要回答，早见他儿子登鳌从外面进来，见了裴爷很不好意思。没奈何向前尊声："年伯在上，小侄宣登鳌狂妄无知，误犯虎威，小侄该死。今日知罪不容道，特来请罪。望年伯看家父分上，高抬贵手，恕了小侄罢。"说着，跪将下去。裴爷一把拉住道："贤侄，你是不懊悔再来求人的，何必行此大礼。"宣公子道："小侄的罪罄发难数，不过信口乱言，望年伯海函，大人不记小人之过罢。"裴爷也不叫他坐，只叫声："住口，当着你令尊在此，你说信口乱言，如何又写下绝据与我吗？"宣公子也狡赖道："小侄何曾写什么绝据与年伯的。"裴爷道："你亲笔写的绝据，你家尊方才看过，难道冤赖你不成。你拿去看来！"说着，把绝据掷与宣公子。宣公子拾起绝据，也不去看，一阵乱撕，撕得粉碎，捺于嘴内。只叫"年伯呀，小侄何尝写什么绝据，不要冤赖小侄呀。"引得裴爷哈哈大笑道："这个狡猾儿郎，亲事便许了你，听你尊翁择日下聘过来。你须依我两句分付。你若要是洞房花烛夜，须等你金榜挂名时。"宣爷道："这也是自然之理。"又叫儿子过来，拜谢裴爷成全之恩。宣公子依言，要大拜八拜。裴爷只受了四礼道："贤侄从此可以无所忧虑了，回去发奋读书要紧。"宣公子连声答应，宣爷道："裴年兄，还请何人为媒？"裴爷道："仍用柯老。"

宣爷笑道："年兄用的好机关。"说罢，父子告别裴爷，上轿而去。裴爷回后，说与宝珠知道，宝珠也暗自欢喜，深服裴爷神机妙算。

次日，裴爷果然请了柯老到来，托他为媒。柯爷心中很不舒服，暗想："有个女儿还怕没人家。他既不允亲就罢了，一定爱煞这小畜生。"心中虽是这等想，外面又不好推却，只得代他到宣府去说媒。这一回，一说便就，回复裴公。一边择日下聘，无非从丰礼物，下到裴府。柯爷是大媒，先领盒过来，与裴爷道喜见礼，坐下吃过茶。有家人来，请裴爷写小姐的庚贴。裴爷就在厅正中桌上，举笔就写。方写一字，忽然两手乱颤起来道："这又是旧病发了。柯年兄，烦你代我一书。"柯爷笑道："这件事如何代得。"裴爷道："不妨事的，我女即如年兄女儿一样，可以写得的。"柯爷不知是计，便信笔一书。写毕，递与裴爷一看，连称很好，忙用喜套封好，装于盒内，打发人行到那边去，聘礼一概取入后边，只留下一对金钗，送柯老为写年庚润笔之资。柯爷道："聘礼如何转送与人。"裴爷又说："不妨事，务必要柯老收了。"柯爷方告别，到宣府吃了一日喜酒而回。宣公子自定下宝珠，心满意足，发愤读书。怎么前去赴选登科，生出别的甚事？且看下文。

第十四回　奸相逼婚　怨女离魂

诗曰：

姻缘本是订三生，冰判何能去强成。

美意殷勤转恶意，奸权一来任纵横。

宣爷自代儿子在裴府定了这门亲，又是柯老为媒，也知裴爷用意，便力劝儿子念书。宣公子此刻，心内一块石头落将下来，也想大登科后小登科，遂下帷苦攻，用心发奋。他平时本是个饱学秀才，胸罗二西，功惜三馀，略加工夫点缀，越发文思大进。那年正当大比之期，应归他本省乡试，奈因路途遥远，宣爷不放心打发他一人前去，遂在京中代他拔例纳粟，追赴本京乡试，到了场期，宣生进去，本是平昔根深，文不加点，头场三篇，一挥而就，缴卷出场，将文字誊写出来，呈出乃尊一看。宣爷见他字字珠玑，句句锦绣，心中大喜。那二场、三场，宣生越发容易。早早完了。三场事毕，在家候榜。到了放榜日期，宣登鳌中了亚元，就有报子报到府中，宣爷夫妇俱是大喜，赏了报钱而去。宣生免不得去吃鹿鸣宴，谒房师，拜同年，吃喜筵。忙忙碌碌，一个多月，又去用会试工夫。

光阴易过，瞬息间就是次年春闱。正总裁点了裴爷，副总裁点了柯爷，一个铁面无私，一个拘执，不徇人情。虽奸相蒋文富要代儿子通关节，也无从穿插。所以礼闱肃清。宣生会试三场，自不必说，好似探囊取物。直到揭晓，又中了经魁第八名。报到宣府，宣爷夫妇欢喜，自不必说。宣生去谒座师，一是裴爷，彼此甚是喜欢。一是柯岳丈，彼此相见，俱有羞惭之色。这些闲话，不消细述。单言殿试日期，天子临轩，考选新进士。选来选去，选出三鼎甲。那榜眼、探花不用交代他出迹，只听状元，中了宣登鳌。天子见状元生得才貌双全，龙心大悦，赖赐游街三日，好不荣耀。此刻宣府、裴府、柯府人等，无不欢喜。只有柯老，渐有些慎悔起来：“当初若不将宝珠逼死，允了这头亲事，岂不得一个状元女婿。今日白送与老裴受享。”又转一念道：“宣

家小畜生，坑死我家女儿，做此败行之事，怎么反中起状元来？这也是我的眼瞎，却不该取中他的进士。"此刻，柯老心中犹错怪宣生。这且不表。

只言宣状元，游街已毕，回朝复旨，当殿授为翰林院修撰之职，少不得赴琼林宴，回府祀祖，拜父母，又去拜裴爷、柯爷，家内摆下喜筵，开锣演戏，款待贺客，好不热闹。忙了三五日，再去拜九卿六部，谒见阁相。别处拜见，不用细讲。只言奸相蒋文富，因想：儿子年已不小，也指望他功名成就，好继一脉书香。又知儿子学问平常，仗着自己武艺，未必得中。见天子春闱点了裴、柯二公做了主裁，欲代儿子通个关节，面托二公，无奈二公毫不徇情，奸相深恨裴、柯二人。欲待报仇，又无从下手，只得隐忍在心。心中正在纳闷，忽见堂官进来禀道："启相爷，今有新科状元宣登鳌，禀见太师，未得均旨，不敢擅入。"蒋相听说，点一点头，即命堂官代他相迎。堂官领命，迎进宣状元。状元见了蒋相，尊声"老太师在上，容新进学生宣登鳌拜见。"说着，拜将下去。蒋相见状元行礼，因他是天子门生，也将身站起，立在一旁，只叫"殿元公行常礼罢。"受了两礼，即命堂官拉住，分付看坐。状元道："老太师在上，士学生理当侍立听教。"蒋相道："未免有几句话儿谈谈，那有不坐之理。堂官看坐。"堂官答应，在左边一旁，摆下椅子。状元向前告坐，坐定，堂官送茶。茶毕，蒋相道："殿元公少年英发，名魁天下，他年必为国家栋梁。"状元连称不敢道："新进小子，樗栎庸材，侥幸以得功名，倘有不到之处，仍望老太师指教。"蒋相笑道："殿元公未免过谦了。"又谈了些别的闲话，状元起身告辞。蒋相命堂官送他，出相府而去。蒋相见状元生得才貌超群，语言出众，颇有招他为婿之意。因想："女儿年已十六，小字连城，尚待字闺中，不若招新科状元为婿，以了我老来一桩心事。且住，当面不好言婚，不若叫门生巩通政到来，托他将媒，他还会说话，善为撮合。"想定注意，即叫人到书房去请巩通政。通政下朝无事，每日在相府书房陪着蒋公子谈嫖经。今一见相爷来叫他说话，起身如飞出了书房，赶至中堂。见了蒋相，早已卑躬折节，笑脸相陪。尊声："老太师在上，门生巩固请安。"向前打了一个千儿，蒋相分付坐下。通政告坐，坐毕，问道："老太师呼唤门生，有何分付？"蒋相道："只因老夫有一爱女连城，年已十六，尚在择婿，并无一个可意儿郎。老夫见新科状元宣登鳌，才貌双全，到与吾女是一对佳偶。今烦贤契前去为媒，事成必当重谢。"通政连称不敢道："这宣殿元莫非宣侍读的令郎吗？"蒋相道："然也。"通政道："既是老太师分付，门生理当效劳。"蒋相道："老夫在此专候佳音。"通政起身，告别蒋相，到了门口上轿，一直往宣府而来。轿到宣府，早有门公入内通报，宣爷整衣出迎。此刻，通政已下轿进来，彼此见面，拉手相让，到厅见礼，分宾坐定。家人送茶，茶毕，宣爷道："寅兄今日光降寒舍，有何见谕？"通政道："无事不敢轻造贵府，只因蒋太师有一爱女，年已十六，才貌双全，射屏未得其人。今见令郎殿元公，到是一对郎才女貌，堪为配偶，故命小弟到此为媒，两下门当户对，寅兄不要错了这好机会，望乞俯允。"宣爷吃惊道："若论相府议婚，小弟求之不得。但小儿已聘柯太仆之女，何得停婚再娶。望寅兄婉言回复太师，容日荆请。"通政笑道："寅兄不要固执不允，堂堂当朝首相也是难抑扳的。允了亲事，还有许多好处。"宣爷听说，把脸一沉道："小儿履历载明已聘柯氏，非我说谎，还叫小儿休了柯氏去就相府之亲，还叫相府千金来做小儿的二房？至于有好处没好处，也不能以此挟制于我，其话欠通。"通政被宣爷批驳一番言语，说得满面通红，即起身告别，上轿而去。到了相府，入内见了蒋相，便将宣爷不允亲的话说了一遍。蒋相大怒道："老夫好意向他求亲，他到拿班做势起来。有多大的学士，有多大的状元，敢来抗拒老夫。少不得将这班无知畜生，一个个治于死地，方出心头之气。"说着，只叫："可恼，可恼！"通政陪笑道："老太师请息怒。谋事在人，只要门生略施小计，包管入我彀中。"蒋相变怒为喜道："贤契计将安出？"通政道："只要问声柯太仆，可是有女与宣府为婚？若真有此事，别作计较。若无此事，只消老太师发一请贴到那里，说有一寿屏托殿元公一写，不怕他敢不来，来时只用设席，待门生假意相陪，将酒把他灌醉。一面硬将他送入小姐房中，等他醒来时，好意应承通知他父母，择日入赘。若倔犟时，只说他酒后私入相府闺房，调戏宰相的千金，该当何罪。只消老太师一本奏于当今，看他状元可做得稳？只怕他父子总要问罪呢。门生拙见如此，请老太师上裁。"蒋相道："此计很好，就是这么办法。"即取过宣状元履历手本一看，果填的聘妻柯氏。遂打发家人到柯太仆府去问。去了一会即复命相爷道："太仆府中回说，他家只有一位小姐，已死多年，并无宣府联姻之事。"蒋相听说，大喜道："分明是学乾故意推托，须要用着巩贤契之计了。"即命巩通政去写请贴，差了一个堂官，到宣府去请状元，说了来意。宣爷因在前不允他亲事，怕他见怪，今见他请儿子写一幅寿屏，再不好推却，只得打发儿子坐轿，带了书童抱琴、醉琴跟随，一直往相府门第而来。到了府前，下轿入内，自有堂官引路，去见蒋相。少不得行廷参之礼，又与通政见礼，坐下略叙寒温，状元请寿屏出来写，蒋相分付通政："先陪殿元公便饭，然后写屏，老夫失陪。"说罢，起身回后去了。通政邀了状元，到花厅那边，已摆下现成酒席伺候。状元与通

政推让一会，坐了上席，通政主席相陪。早有相府家丁上酒上菜，通政有心算计状元，状元不知是计，量又有限，被通政左一杯右一杯苦苦相劝，早已吃得醺醺大醉，伏在桌上睡了。外边轿子并跟随书童，俱吃了酒饭，叫他们回去，说有一夜的寿屏写呢，次早来接。只乘状元一人在此，入了牢笼。通政见状元已醉，一声吆呼，外边早跑进几个家人，七手八脚将状元抬至连城小姐后楼榻上睡倒，并不通知小姐一声，一哄而散。此刻小姐带着丫环，俱在楼下闲坐。直到用过晚膳之后，方命丫环点灯上楼。蒋相见女儿要回楼去，就把这条密计向她说明，叫女儿依计而行。"这是为你终身大事，不可错过机关。"这位连城小姐，虽是奸相女儿，为人却性气刚烈。今听见乃尊分付的一番话，由不得杏眼圆睁，柳眉直竖道："爹爹是何言语，女儿乃相府千金，怕少相当亲事。人家既有前妻，不肯使女儿为妾，亦是正理，岂有女儿清白声名，被爹爹用美人计坑陷女儿，女儿有何颜面再生世上。"说罢，把银牙一咬，用力向阶前槐树上撞起。只听得喀嚓一声响亮，连城性命好歹？且看上文。

第十五回　新诗免罪　旧好露奸

中国禁书文库

听月楼

诗曰：

鸾笺一幅起愁闻，今日鸾笺免是非。

有喜有忧何变幻，总因丽句感天威。

蒋相见女儿连城刚烈不从，向阶前槐树下撞去，只唬得他魂不附体，急命丫环仆妇向前搭救，那知来不及了。早已顶分两片，尸横在地，血浅尘埃。众人见小姐如此惨死，莫不伤心堕泪，回报蒋相道："小姐已是没用了。"蒋相一闻此言，早已将魂魄飞散九宵，跑下阶前，抱住女儿尸首，放声痛哭道："亲儿呀，你既不愿如此，何以轻生，忍心舍了为父的去了。"说罢痛哭不止。国銮与通政在书房，一闻此信，俱吃惊不小。通政不能入内，便对国銮道："事已如此，公子进去劝慰太师一番，不要苦坏身子。请太师出来，治弟另有话商议。"国銮也是含着两行眼泪，如飞赶进中堂。见妹子尸横地下，父亲哭的泪人似的，也不免陪哭一场，方叫声"爹爹，人死不能复生，妹子既已死了，爹爹不必徒作此无益之悲，伤坏身体。"蒋相见儿子劝他，便止住泪滚，分付儿子出去，叫家丁制备衣衾棺木。国銮答应，又道"巩世兄请爹爹出去说话呢。"蒋相点头，分付仆妇们，将小姐的尸首，好好抬放中堂榻上安置。众仆妇答应，自去料理。蒋相说罢，同国銮出了中堂，来到书房坐下，只是叹气。通政向前一揖道："老太师着恼，门生请安。"揖毕，与国銮对面坐定。蒋相不怪自己将事做错了，反怪宣学乾"若允了亲事，女儿又不死于非命。"便道："难为贤契用的好计，白送我女儿一条性命。醉汉尚卧高楼，这事怎处？"通政听说，局促不安。又生出一个毒计道："太师请免烦恼，小姐之死，盖因宣学士不肯允亲，酿成祸端。今事已如此，一不做二不休，太师将小姐慢些入殓，抬至楼板放下，只于明日早朝奏他一本，说宣状元代太师写寿屏，好意留他吃酒，醉了不能回去，留住花园，趁着深夜无人，私进内室，闯入小姐闺中，见色迷心，强奸小姐不从，小姐羞忿而死。他是有职人员，知法犯法，不怕不触怒天威，问一个斩罪，这也可代小姐报仇了，太师快请灯下写本，公子可分付家人，将宣状元捆起，明日好扛进朝中，才没得抵赖呢。陪客就写门生作证。"此刻蒋相心曲已乱，并不怪女儿一死由于误用通政之计，反听他一派乱言，连连点首，即叫儿子去到后面楼上去辩理。国銮答应，起身去了。通政陪着蒋相，在书房写本，还代他斟酌誊写不表。

且言宣状元，被奸相用计灌醉，在高楼上睡在榻上，已是醉得人事不知，一任那奸党舞弄，宣府只说儿子在相府写寿屏留宿，并不通风。国銮早带了一班如狼似虎的家人，赶到楼中，先把宣状元捆起。下面众仆妇，已将小姐的尸灵抬至高楼放下，靠在宣状元睡的榻下。诸事停当，将到五更，蒋氏父子假意吆喝上楼，一见女儿尸灵，哭骂"宣家大胆畜生，好意留你写屏，怎么闯上高楼调戏吾女不从逼他自尽。这事不得开交了。"说着哭着，在楼板上跳个不住。此刻宣状元酒已渐渐醒了，又被一阵吆喝之声，早从梦中惊醒，睁眼一看，见身子睡在榻上，被绳捆住，不能动弹。面前站着奸相父子，指手划脚，带哭带骂，还有许多下人，在那里围着，不解何意。忍不住问道："老太师请我吃酒写屏，屏未曾写，为什么将我捆在此地，是何原故？"蒋相未及开言，国銮骂一声"放你娘的屁，你做了无法无天的事，还在此装聋推哑吗？"状元听说，吃惊不小道："我又不曾违条犯法，你们口里乱说什么。"国銮道："你私进人家闺阁，强奸相府千金不从，逼死我家妹子，你不看见榻下的尸首吗，你还赖到那里去。"状元果然朝下一看，见是一个女尸横于榻下，唬得魂不附体道："你们做成圈套诬赖我吗？"国銮还要开口，奸相道："此刻不必与他争辩，人赃现获，他是有职人员，自然请旨定夺。少不得偿我女儿之命。"说罢，分付儿子看好女儿尸首"天明即有刑部前来相验。众家丁将这畜生抬下楼去，随我入朝。"众家丁答应，七手八脚，把状元抬下楼来。可怜宣状元，有口难以分辩，凭着众人扛了入朝。到了朝中，这个信儿已传遍了，只唬得宣爷、裴爷项冒真魂。正要去请问奸相，早已见天子临轩，文武朝参已毕，有奸相出班跪下，呈上一本，哭奏当今，就把宣状元调戏女儿不从，逼勒触尽一段情节说了一遍。天子闻奏，看了本章，龙颜大怒道："宣登鳌今在何处？"奸相道："现是臣在尸地捆了，带至朝门候旨。"天子分付"松了他的捆，入朝面朕。"下面答应出去，宣状元见绑松了，整顿衣冠入朝，来至金阶俯伏，三呼万岁。天子道："宣登鳌，你身列文魁，该知礼法，怎么擅进相府闺中，调戏宰相之女，逼奸不从，羞忿自尽，该当何罪。"宣状元奏道："万岁休听蒋太师一面之词，臣有短表，冒奏天颜。"天子道：

"卿且奏来。"宣状元奏道："臣蒙天恩，特拔状元，岂有不知法度。但例有谒相之典，臣尊旧制。那知蒋太师托巩通政，向臣说亲。小臣已聘妻柯氏，现载明履历，何得停妻再娶。是以臣父未曾允亲。蒋太师挟仇在心，又诡说请臣去写寿屏，屏未曾写，蒋太师即命巩通政陪臣在花园饮酒，将臣灌得大醉，不知如何，到他的楼上睡在一张榻上，臣已醉软，焉有别事。至于他女儿怎么死的，臣实不知。望万岁详情。"奸相叫声"宣登鳌住口，我何曾托什么巩通政为媒，到你家去。你在我家楼上行凶，情真事实，被我捉住，还赖到那里去。要求万岁作主定罪，抵偿臣女之命。"此刻宣爷，见儿子被奸相一口咬定，忍不住出班俯伏奏道："臣启陛下，蒋太师托巩通政为媒，代臣子言婚，是与臣面言的，怎赖没有。现有巩通政的名帖存在臣处为证。至于蒋太师请臣子去写寿屏，尽把臣子跟随打发回来，叫次早去接。又不写屏，仍命巩通政陪臣子吃酒，灌得大醉，分明是埋藏奸谋，坑陷臣子，望陛下做主。"奸相喝声："宣学乾休要纵子为恶，到了此刻还庇护儿子吗。我只生此一个爱女，难道自家弄死，图赖你儿子?"这句话，问得宣爷无言对答。但聪明莫过于天子，闻得两边辩驳，心中了然。又因怜念状元才貌，不忍教他抵偿，便道："诸卿少言，听朕旨下：朕观蒋文富本上，说女自尽，非是凶伤，何得诬冤宣登鳌。且请写屏，不应吃酒留宿，其女之死，安知非羞从父命，愤烈亡身。其情可悯。着伊家从重殡殓，免其相验，封为贞女，建坊。蒋相显系求亲不遂，挟隙赖栽，本当治罪，姑宽罚俸一年。始终奸谋，皆由巩固，有意酿成，革去通政，仍交部严加议罪。"这班奸党听得这一声旨下，如一桶冷水浇在头上，弄得垂头丧气，谢恩退下。好笑蒋相，陪了夫人又折兵，越发没趣。站立一旁，十分痛恨。只剩了宣氏父子，在地俯伏。天子还未曾释放，便道："蒋相之女，一时激烈，不从父命，含恨九泉。卿可当殿作一首奇艳之句以吊之。做得好，另当加恩。做不好，仍要问罪。"宣状元领旨，早有内侍取了一副笔砚，并白纸一张递下。宣状元铺开白纸，濡动羊毛，伏在地下，笔不停挥，顷刻成了七律一首，恭呈御览。早有内侍接过，铺在龙案上面。天子举目一观，只见上写道：

性如松柏德如兰，不与群芳斗画栏。

弱质盈盈生傲骨，冰心皎皎有忠肝。

全仁舍死香魂杳，仗义轻生血泪弹。

巾帼须眉垂百世，却嫌风雨速摧残。

天子看了宣状元这一首挽蒋连城的哀诗，点首道："得此一诗，此女虽死犹生。"

即将挽诗赠与蒋相，焚化女儿坟前。蒋相领旨谢恩，要算敢怒而不敢言。天子加升宣登鳌为内阁学士之职。宣氏父子，谢恩站起，天子退朝，群臣各散。裴爷也代宣氏父子欢喜。蒋相讨个没趣，回去殡殓女儿，饮恨在心，自有一番通谋外国的异志，后书自有他的交代。通政又是奸相代他打点，只降了二级内用，这都不表。

再言太仆柯爷，见宣生弄出事来，心中暗算。谁知他反祸中得福，心下正在怨恨。忽又想道："他的履历居然填出柯氏是他聘妻，越发了不得，这畜生还要污辱我女儿死后声名。蒋相扳不倒他，代我上他一本，说他无聘污名，大干法纪，看他这学士可做得成了。"回去与秀林商议定了，明早上朝好行事的。一路想着，回了自己府第，即到秀林房内，来找秀林说话。秀林不在房内，又不见丫环小翠。只得卸了朝服，坐下暗想："他主仆二人往那里去了？"柯老本是素昔多疑的人，今日疑中生疑，正待起身要去找他主仆二人，早见小翠笑嘻嘻的进来。一见柯爷，叫声"老爷下朝了，待婢子泡茶来，与老爷吃。"柯爷道："不消，我且问你，同娘往那里去的？"小翠道："在花园顽去的。"柯爷道："你来做什么？"小翠道："娘同一个男人睡在榻上，叫我来拿衣服的。"未知柯爷听说如何？且看下文。

第十六回　谪官怜女　还珠见母

诗曰：

谗言可畏比豺狼，误听枉将骨肉伤。

雪后见尸分皂白，方知儿女更情长。

柯爷听了小翠一番言语，由不得火高三丈，气冲斗牛，大怒道："贱人有这等事，这还了得。"便叫小翠引路，随找到花园去。小翠年轻，不知世事。秀林与蒋公子通奸，并不瞒他。今日合该事败，向柯爷直说出来。见柯爷大怒起来，他反唬得浑身乱抖，回说："婢……婢子……子引路。"一气出了房门，直奔厅上过去，乃是花园。才到厅前，见家人柯荣在那厢扫地。忙叫："柯荣，快唤进几个有力的家人速来，同我到花园去！"柯荣不知什么事，丢下笤帚，如飞赶出去。叫了柯华、柯富、柯贵等十几个有力家丁进来，站在阶下道："老爷有何分付？"柯爷道："你们着几个守定后花园门口，不许放走一人。着几个带了绳子、马鞭，速速随我到花园里去。"众家丁答应，各去拿了家伙，即随柯爷到了花园门口。分付几个家丁："速到花园后门，用心把住，如放在一人，即以家法重处。"家丁分一半去了，留一半在柯爷后面跟随，悄悄而来。柯爷不许小翠声张，到了玻璃厅前，小翠指了一指，柯爷把嘴一努，小翠退后，柯爷站在外面潜听。先是气喘吁吁，后又听见秀林说："保佑那老厌物早早死了，我嫁了你做长久夫妻，岂不遂了奴一生心愿。"再听见一个男人声音道："你既要老厌物早死，情愿随我，明日我带一服砒霜来，你早晚留心，放在他饮食内，摆布死了他，岂不爽快。"秀林道："奴为你弄死了这老厌物，你不要忘了奴的恩情呀。"柯爷句句听得明白，免不得怒气填胸，抢过家人手中一个马鞭，大叫："贱人做得好事！"一声吆喝，打进厅来。后面家人一拥进去。只唬得蒋国銮与秀林浑身寸丝俱无，急急跳下榻来，要想逃命。那知四处俱有家人把住，不得出去。秀林早被柯爷几鞭，打得满地乱滚。一面打着，一面骂道："好大胆的狠心淫妇，你瞒着我私下偷汉子，还要与孤老算计我的老性命。你这淫妇的心，可狠不狠！"说着，又是几马鞭子，打得秀林乱哭乱叫，哀求道："这是贱妾一时该死，被人引诱，做错了事。还念妾为老爷生下一子，传宗接代，饶恕我罢，下次再不敢了。"秀林说完，柯爷一口啐道："只消你偷孤老一次，我一顶绿帽子就戴稳了，只怕饶了你，你未必肯饶我。我此刻也不与你多言。"分付家丁："将这贱人捆起来。"家丁答应，把秀林捆了，撩在一旁。国銮正在那里，两手抱肩，蹲在地下。见秀林被打的那般光景，又是疼惜秀林，又是自己害怕，心中好不懊悔道："家中妹子死还未收殓，爹爹叫我等刑部相验，我一时痰迷心窍，把家中正经事不去做，反撞到这个石灰箩里来，岂不是今日该倒运了。我又是一人独自出来的，外无救兵，又无人通信家去，这事怎么好？"正在那里忧疑，早被柯爷抓过头发，先向他身上是一顿马鞭，打得国銮连声哎呀。打毕，喝令跪下道："你这小杂种王八羔子，姓甚名谁？家住那里？你从那里进来的？与贱人偷情有多少时了？快快实供，免受刑罚。若有半句支吾，叫你受用这马鞭子。"国銮到了此刻，也不隐瞒，便将何日与秀林偷情，"今已年余，总从花园后门进来，都有秀娘暗号，我方敢进来。这是我的实供。"柯爷喝声："小狗才，你说了半日，不说出姓名么？"国銮道："我姓蒋，名国銮。家父乃当朝首相，名叫文富。望看家父面上，饶了我罢。下次再不敢来了。"说罢，连连磕头，哀求不已。柯爷冷笑几声道："你就是那奸相生的小杂种？你说的好自在话，你家妹子被人强奸死了，你不出去报仇，反来败坏我家门风，且与贱人同谋，还要害我性命。却饶你不得！"又是一顿马鞭子，打得国銮浑身青紫。也命家丁把国銮捆起来。坐下，心中一想道："这事张扬出去，也是声名不好。不如照依宝珠的办法，灭其形迹。只分付家人不许传扬出去就是了。"想定主意，此刻已有下午时候。他坐在玻璃厅上，看着奸夫淫妇。过一会，又把二人打一顿马鞭出出气。只等到黄昏以后，赏了众家丁酒饭已毕，将近更许，外边夜静无人，柯爷便命众家丁，抬了奸夫淫妇，开了后园门，自己押着在后，一直由御河边行了几里下来，扔到宝珠投江之所，速命家丁，将奸夫淫妇推下江去。众家丁答应，狠命把奸夫淫妇向江心一掼，只听拍通一声，一个风流公子，受贪淫之报。一个害人妖精，遭自害之报。俱赴波流，死于非命。柯爷方带了家人，回他花园，将后门紧闭。分付众家人，外面不许张扬。——重赏家人，家人领了赏，大家也不言，诡说秀林跟人逃走，家丑不可外扬，亦不用通报衙门捕捉。又将小翠，叫媒人领去卖了。这个信儿，传到夫人耳中，心下到也欢喜。只是儿子鸣玉，一闻此信，唬得魂不附体，每日哭啼啼，催着父亲去找他母亲。被柯爷大骂了几场，

鸣玉只好苦在心头，无可如何。后来家中知道柯爷处死秀林的原由，夫人只是念佛道：“这是害我女儿宝珠的报应。”鸣玉知道母亲死的凶信，每日痛哭不休，茶饭不吃。闹得柯爷没奈何，借了僧舍做了好些佛事，超度他母亲，鸣玉方才罢了。这且不表。

再言蒋相，自在朝中受了闷气回府，心下郁郁不乐，又不能不遵旨办理。即叫家丁去请公子来，代小姐治理丧事。家丁四处去找公子。那里有个公子影响。便问管门的，可曾见公子出去吗？门公回信没有。原来，国銮去私会秀林，都由后门出入。所以大门口的人，总不知道。众家丁见找不着公子，心下很慌，忙报与奸相知道。奸相听说，大吃一惊。回去叫得力家人，备办衣衾棺林，为小姐收殓。一面差了百十个家丁，在四城内外去找。真是沸沸扬扬，传将出去，闹了有一个多月，不见公子一些影响。急得奸相无法，泪随血出，又报了五城兵马司，差人延门缉访，并在四城门出了招子，悬了重赏，俱如大石投水，那个在龙王宫去找蒋国銮。奸相也急得毫没主意，日日思想儿子女儿。哭声不止，也不能上朝，告假在府养病。此事，只有巩通政知情公子的去处，又不知恋着女色，不肯回来？又不知奸情被柯府识破，遭了毒害？欲待禀明太师，带人前去硬搜，此事大关风化，又怕搜不出来，柯老也未必肯干休。想来想去，想出一个主意来，暗暗打发自己家人，在柯府门口去探听。访了好几日下来，果然访出一点消息，俱在疑似之间，又不好认真去告诉奸相。且奸相儿子的嫖路，都是通政引诱。这秀林一条路，也是他在船上指引国銮做出来的，怕得事弄大了，有碍自己。虽明知此事，只好心中隐恨柯老。他却坏了通政，又仗着奸相的权力谋升御史，因自己是个言官，欲待劾奏宣学士，报他革去通政之仇，又怕天子不准，自己反要吃亏。只得拿柯老出气，劾奏太仆柯直夫年迈不胜其任，请旨罢职。果然，这一道本奏上去准了下来。巩固是代蒋公子报仇，到把宣爷、裴爷吃一大惊。柯爷自爱妾做出这一番丑事，心下都灰了，反怜惜起夫人与甘氏，到相好如初。又思想：“女儿之死，贱婢害之也。虽有子鸣玉，因其母而恶其子，也无心在京做官。”正打点告老辞朝，忽有这一道旨意，毫不介怀，便对夫人道：“老夫今既罢职回家，衙门是要让的。但有一件大事未曾办得，心中好不痛恨。”夫人道：“老爷有何事，这等痛恨？”柯爷道：“可恨宣家小畜生，他的履历上不填聘妻裴氏，反填柯氏。想女儿死后还被这小畜生污辱声名。夫人你道可恨不可恨。”夫人已知女儿消息，心中明白道：“老爷不要错怪宣家姨侄，只怕他不填裴氏而填柯氏，其中事必有原故，老爷不可不细为思量。”柯爷听了夫人一番言语，吃惊不小道：“夫人此语令人不解。”夫人道：“老爷不用疑惑，只消到裴

府去问司寇便知。"柯爷听说，恍然大悟。即刻起身，坐轿到裴府而来。早有门公进去通报，裴公忙出来迎接。柯爷入内见礼，分宾坐定，家丁送茶，茶毕，裴爷道："年兄去官，小弟心甚不平。"柯爷道："老朽去官，到也不以为辱。只有一件不明之事，特来请问年兄。"裴爷道："年兄有何事不明？望乞见教。"柯爷道："宣登鳌乃年兄的令婿，是我做的媒，怎么履历上不填裴氏，而填柯氏，这是什么原故？"裴爷也知他家秀林一段情由，病根已除，可因此一问，向他说明原故，借此使他父女骨肉团圆。想定主意，便道："年兄，你家令嫒或者尚在世间，与宣生联了姻，故填柯氏，亦不为错。"柯爷越发惊疑不定道："人死不能再生，这又是年兄耍我的话。"裴爷道："你心中此刻可思想令嫒见面吗？"柯爷听说，流泪道："一个自己亲生女儿，怎么不想。可惜想之无益，就是拙荆，为女儿都想出病来了。"裴爷道："贤夫妇既思想女儿，小弟包管还你一个女儿。"柯爷惊喜如何？且看下文。

第十七回　误认岳文　错逢媒母

中国禁书文库

听月楼

诗曰:

当年原有风笔误, 此日姻缘又误人。

浪蝶狂蜂何处至? 隔墙飞去乱香尘。

柯爷听见裴爷说还他一个女儿, 又惊又喜道: "我女儿难道还魂了吗?" 裴爷笑道: "非也。" 就把江心搭救他女儿的话, 说了一遍。柯爷听说, 如梦初醒道: "怪道年兄教我治死宝珠的法, 则是有心要救宝珠。小弟感恩非浅, 但不知宝珠今在那里?" 裴爷道: "少刻自有宝珠来见, 年兄且休性急。但宣登鳌不写裴氏, 而写柯氏的事, 今日也要说开了。" 柯爷道: "裴自裴, 柯自柯, 宣家小畜生非我之婿, 如何污我女儿声名。" 裴爷正色道: "年兄之言差矣。小弟只有两女, 谗言道女者, 即宝珠也。是你自己代女儿为媒, 许与宣生, 他怎么不填柯氏?" 柯爷大吃一惊道: "我是代年兄令媛为媒, 怎说是我的女儿?" 裴爷道: "别的事可以赖得, 就如年庚是令媛宝珠八字, 又是你亲自写的, 你去细想, 这却赖不去的。" 柯爷果然一想, 八字却是宝珠的, 还辩道: "天下女儿八字相同者亦有, 就是我写, 因年兄一时手成托我写的。" 裴爷笑道: "年兄何其愚也, 诸事可以托人, 岂有女儿婚姻大事, 托人写起年庚。年兄还不明白吗?" 柯老又道: "宣家聘礼是下在年兄家的, 这却与我没相干。" 裴爷笑道: "宣家聘礼, 年兄已先受过金钗一对, 其余礼物, 存在弟处, 一概丝毫未动, 少不得送至尊府。" 柯爷道: "金钗一对? 是年兄送小弟润笔的, 怎受收宣家的聘礼吗?" 裴爷笑道: "岂有将女儿的聘礼送人润笔的, 你去想一想。" 柯爷道: "若论宝珠, 又无父母之命, 媒妁之言, 何能算得准呢?" 裴爷叫声 "柯年兄住口。你这句话说不去, 你将无作有, 忍心治女儿于死地, 我好意将你女儿救起, 要算你女儿重生父母, 就是将你女儿许了宣生, 又是年兄为媒, 算不得父母之命吗? 当日你代我女儿做媒, 女儿今日原业归宗, 我算不得媒妁吗? 年兄不要执意, 徒自苦耳。" 柯爷被问得无言可答, 叫声: "年兄, 此事且再商

量。可唤宝珠出来见我。"裴爷即邀柯爷，到中堂坐定。传话进去，叫丫环请宝珠小姐出来。丫环答应进去，向宝珠小姐说，老爷在中堂，相请小姐，小姐听说，起身带了如媚、如钩出房，来至中堂。见裴爷陪着自己父亲，在那里坐着。大吃一惊，欲要退回去，裴爷眼尖，早已看见宝珠光景，叫声："宝珠，快来见你亲父。"宝珠也没奈何，进来先向裴爷请了安，然后向柯爷尊声："爹爹在上，苦命女儿宝珠今见爹爹。"说着，拜将下去。柯爷一见宝珠免不得一阵伤心，哭声："女儿呀，多怪为父误听谗言，将你磨折。若不亏裴伯父搭救，我父女今生焉得见面。"说着，抱了宝珠，痛哭不已。宝珠先一见父亲，还有怨恨不平之意。今见父亲这等怜惜着他，也哭啼啼道："这是女儿命该如此，何敢怨着爹爹。"说罢，父女想逢，痛哭一场。裴爷一旁劝住，柯爷拉起宝珠，大家坐定。柯爷道："承年兄收留小女，容日补报。但一则小弟去官，要回乡去。二则拙荆思念女儿，望年兄放女儿回去，一见母面。"裴爷道："这个自然，年兄先回，小弟自然差人送令嫒，并宣府聘礼到府。"柯爷道："聘礼仍存年兄处。"裴爷道："我收宣家聘礼，变不出个女儿把宣家。你年兄不要恩将仇报。"说得柯老满面通红。又见如媚、如钩上前叩见，更吃惊道："裴年兄好通天手段。"裴爷笑道："不要谬赞。请问年兄，何日荣行？我邀宣年兄好来作饯的。"柯爷道："这到不消了，小弟要让衙门只在三五日就动身。"裴爷道："宣生与令嫒，还是趁着年兄在京，代他二人完了姻去罢。"柯爷听说此事，又支吾道："小弟行期既速，妆奁一时未曾备得，不如叫他缓些时，回乡入赘罢。"裴爷明知柯老推托，也不怕飞上天去，便回道："就依年兄这等办法。"柯爷起身，告别回去。宝珠小姐因要回家，与裴府两位小姐依依不舍，哭别一场。又向裴爷大拜八拜，谢他始终成全之恩。裴爷笑道："那知我家高楼仙题听月，为尔夫妻佳兆。将来赠尔夫妇，以成千古佳话。"宝珠含羞拜谢。裴爷将宣府聘礼，又另赠宝珠白银一千金，装于箱内，先着人送至柯府。随后摆酒，代宝珠饯行。此刻，大家苦在心头，那里吃得下去。宝珠略领情意，拜别裴爷并裴家兄妹，带了如媚、如钩两个丫环，起身上轿。裴爷虽义不容辞，放宝珠回去，心中也有些不忍。陪洒几点眼泪。裴家两位小姐，更不必说是伤心的了。不表。

且言宝珠回家见母，少不得又是一番悲苦。兄妹见面，也悲切一会。明知秀林的报应，只有暗暗的欢喜。也不便细问。这是骨肉小团圆。又见宝珠许了宣状元，夫人甚是感激裴爷，供他长生禄位，每日焚香答谢。柯爷怕人作饯，又要搭席多费，悄悄叫下车子，把衣物装上，不到三日内，也不去辞别裴、宣二府，带了家眷，回他江西去了。裴爷自打发宝珠去后，于次日即到宣府去会宣爷，说明柯老父女想会，"叫你令郎到江西入赘"的话，说了一遍，又道"柯年兄起程，我来奉约前去饯行。"宣爷听说，心中也自欢喜。只是又叫儿子告假去招亲，未免又费周折。然知柯老一生直拙，也无可如何，只得听之而已。及说到饯行一事，差人打听，柯老何时起身，在他门上问了几天，总无一个实信。到了三日后再去讨信，衙门已换新任太仆，在那里收拾呢。那知柯府家眷，早已动身去了。只得回复宣、裴二爷，俱诧异道："此老还是这样脾气，竟自不别而行。"宣爷道："裴年兄，承你成全小儿的亲事，柯老已去，怎么办法？"裴爷道："不妨事的，有小弟作主，不怕柯老变动。明日可叫令郎上本告假，请旨完姻。柯老敢抗旨吗？"宣爷点头称是。裴爷告别而回，宣爷送出大门，回到后堂，即向登鳌说了一遍，叫他明日早朝上本。宣状元见宝珠已去，心中正在着急，今听见乃尊分付，心内好不兴头。忙在灯下细细草成一本，到了次日早朝，果将这道告假的本递上去。天恩准将下来，许其奉旨完姻，准其给假半年。旨下，状元谢恩，回到府中，禀知父母。宣爷即去代他打点行装，派了二十几个得力的家人，并两个书童抱琴、醉琴跟随。宣状元又去告辞裴爷，方回来告别父母，起身出了皇城，一路兼程而进，直向江西南康府建昌县而来。

在路非止一日，那日到了故里，宣府族中凋零，只有一房老家人夫妇，看守房屋。今见公子荣归，祭祖完姻，好不兴头，忙将房屋打妇，请公子居住。少不得有合城文武官员，前来拜贺。状元一概不会，容日拜谢。又去乡下祀祖，拜会合城文武已毕，方打点自己亲事。一面家中油漆，收拾，张灯结彩。一面要打轿去亲拜柯岳丈。忽又想道："且慢，待我便服往他府第，先探听一番，再去面拜。"道是状元多出一件波折，又生出意外事情来。

且言柯直夫，有一个胞弟，名叫庸夫，字□□，小直夫一岁，生得面貌无二，住宅弟兄毗连，只不过门楼分列东西。庸夫家道富有，只是目不识丁，纳粟做了监生。夫人昂氏已故，膝下并无子息，单生一女，名叫无艳，年已十八。生得奇丑异常，偏是丑人多作怪，每看见少年男子，又故意卖弄风流，惹人讨厌。庸夫又无家教，亦不禁止。凡庸夫出来会客，他就带了丫环小春、细柳，站在屏门后偷看外容。或有少年的，就嘻嘻哈哈，笑个不住，很不成规矩。他的丑名在外，又无人前来问信做媒，所以青春耽阁下来。这日也是合当有事，宣生带了两个书童来探访柯太仆，走到一个豆腐店问柯府在那里住？那店内的人错指了西边门楼就是。宣生就依他言语，到了庸夫

门口。叫两个书童站在对面影壁前，他一人又不进去，只在外边探头探脑，朝里面望。恰值庸夫出来有事，与宣生撞个满怀。宣生大吃一惊，只认是柯太仆，便往后退了几步。庸夫见宣生，生得气象翩翩，却认不得他。便问道："足下到寒舍门口为什的？"宣生见问，暗想："姨丈老奸巨滑，分明认得我，却假装认不得。"便道："姨丈认不得姨侄宣登鳌吗？"庸夫见他认错了人，也将错就错，把宣生邀进厅来。两个书童也跟了进来。宣生与庸夫，向前要行大礼，庸夫让住，大家坐定，庸夫叫家童送茶。茶毕，宣生道："姨丈荣行，未曾远送，多多有罪。"庸夫也含糊答应说道："姨侄在京供职，回府做什么？"宣生道："姨侄是奉旨回乡祭祖，特到姨丈处与姨妹完姻的。"庸夫听说，已知是直夫的女婿，便心生一计，将宣生邀至花厅坐下，分付家丁看茶毕，即赶到后堂与无艳商议，要行移花接木之计。那知无艳在屏门后看见风流才貌，有垂涎之意。今见乃父分付，正中下怀。便道："只要如此这般，女儿也是柯氏，不怕他赖到那里去。"柯庸夫点头含笑而去。宣生坐在园中，久不见庸夫出来。正在诧异，忽听帘钩响处，一阵笑语之声进来，宣生吃惊不已。定睛一看，来者何人？下文便见。

第十八回　困园逾墙　完姻拒婿

诗曰：

西施原是捧心人，何故东施亦效颦。

妍丑不同谁辨别，风流看透假和真。

宣生听见环佩叮当，有两个艳婢搀出一个奇形怪状的佳人来。走至宣生面前，故意袅娜，做出许多丑态。那喇叭喉咙叫一声："相公你想得奴好苦，今日才来吗，再不来，奴的相思病，要想死了奴也。"这一阵肉麻的话，把个宣生唬得魂不附体。大叫道："青天白日，那里跑出来的活鬼。"说着就要向园外飞跑。那知园门已被庸夫外面扣住，不得出来。正在着急，无艳见宣生跑去，迈开尺二的莲钩，如飞赶来，一把抓住宣生的后襟，叫声："宣郎呀，一个自己结发妻子见面，先不亲亲热热说几句知心话，反这等大呼小叫。痴心女子负心汉，你好狠心呀。"无艳一阵夹七夹八的话，宣生也不懂得。背着脸问道："你这丑妇却是何人？只管在此缠我则甚？"无艳道："我是你妻子柯氏，你总认不得了？"宣生大吃一惊，暗想："宝珠莫非又死了，今日出来显魂的。"又问道："你既是柯氏，叫什么名字？我与你前后有多少变动的事情？说得明白便是真的。不然即是妖怪出现了。"无艳道："奴与郎君前事多得很呢，那里记得。你若问奴的名字，却叫无艳。奴与郎君自幼订的亲，天各一方，今日回来，少不得我父代奴择日完姻。今日你我夫妻久旱逢甘雨，少不得在花园要与郎君试试新呢。"说着，抢一步，便要来抱宣生。那丫环小春、细柳，见姑娘熬不住的光景，站在一旁暗笑。宣生见他言语支离，说出他无艳名字，已知道认错了门，撞见鬼，心中好不懊悔。又见他蒲扇巴掌来搂，唬得宣生用力将身一挣，挣断衣服角朝街飞跑。无艳不舍，随后赶来。宣生大叫："抱琴、醉琴在那里？"那知两个书童已被庸夫安排在门房里呆坐等主人，只等到日中不见主人出来。肚内饿得要死，只得进来找主人。又遇见庸夫说："你主人已去多时了，你二人还在此等那个？"说罢，庸夫已进内宅去了。抱琴、醉琴

大吃一惊道："分明在里头未曾出来，如何说是已去了？"此刻二人肚中已饿，站在这里也没干，只得出了庸夫的大门，如飞回去报信不表。

且言宣生，见无艳追来，东跑东赶，西跑西赶，花园门闭得紧紧的，又不能出去，心中好不着急。跑至一所秋千架下，他就心生一计，急急爬至太湖石，用力抓住架上的藤，挨到架上。架与墙齐，无艳望着宣生上了架子，他倒底是个女子，终无这个力量上去，只望着架上叫声："宣郎，你怎把妻子视如陌路，还不下来吗？"宣生在上面见他生得一头黄发，插戴些钗环首饰，后面拖着半个雁尾子，有半边没头发。脸如烧饼，尽是些大芝麻，堆了好些干面洒在上面，眼一大一小，红眼边还有一个泥螺眼，两道帚笤眉、风耳、鹰鼻、陷腮、火盆嘴、金牙、厚嘴唇，要算丑到没处去了。他还在下面向宣生丢眉眼，装出勾人的情态。宣生一见，又好笑，又好气。你看这丑妇，一定是枉死城中出来的。真令人害怕，还说这些无耻的厌话，这是实在受不得。"谅他不能上来，我只不睬他，他过一会自然是要去的。"想定主意，伏在上面，假装打盹，故作酣呼之声。无艳在下面，只是喊，只是叫。见宣生睡在上面，佯佯不睬。由不得心中大怒，倒竖扫笤眉，圆睁泥螺眼，张开大盆嘴，露出金牙齿，骂一声"不识抬举的小畜生，奴好意有心于你，你反这等寡骨无情，真正气煞老娘。你量我不能上架子拉你下来，你看那边一张梯子，待我取了来，还爬不上去吗？"说罢转身就跑去取梯子。宣生听说，这一唬几乎跌下架子来。暗想："丑妇去取梯子，一定要爬上架子，又缠个不清了。无处脱身，这便怎处？"看见架子离墙头不远，把衣裳一拎，顺着架子，挨到墙头。朝那东边一望，见下面是个大院落，卷棚内坐着一位半老的妇人，在那里指点丫环们纺纱。此刻，宣生要躲西园之难，也没奈何，从墙上跳将下来。那东园正是柯太仆的住宅，这就是甘氏夫人。自与女儿见面，骨肉团圆，心中已是喜欢。又见柯爷相待比前更加亲厚，百病已除。回到故乡，无事督率丫环们纺纱，预备女儿出嫁的状奁。这日也是饭后，在卷棚内督工。忽听墙头上一声响亮，抬头一看，见跳下一个人来。大叫"家人们，快些出来捉贼。"这一声喊，唬得宣生跑将过来道："我不是贼呀。"夫人听见这声音好熟，抬头一看，见是姨侄宣生，大吃一惊道："你从何日出京，不到我这里来，却在那里墙头上跳过来，是何原故。"宣生见是柯家姨母，向前见礼。夫人分付看坐。坐定，丫环送茶。茶毕，柯夫人道："你怎么在东边墙上跳过来？为甚的事？"宣生便把告假出京，奏旨还乡祀祖完姻的话，先说一遍。"今日特来私会姨母，问问毕姻怎么办法，然后再面会姨丈，好订吉期的。不知误走到间壁这人家，撞见一位老者，与姨丈生得面貌无二，我却误认是太仆公。他将我诱进花园，闭了园门，又跑出一个奇丑女子，口称是我妻子柯氏，又名叫无艳，一点廉耻全无。今日真正活见鬼了，被他追得没奈何，做出许多丑态，令人可厌，只得从太湖石上爬至秋千架，顺着架儿跳过墙头，才到这边来的。但不知西首住宅是何等人家？"夫人明知是庸夫的女鬼无艳在那里作怪，不便细言，只回他一个"日后自知，且讲正事，你是一人出来的吗？"宣生道："我是带了两个书童跟随在那边，不知往那里去了。"夫人道："少不得叫人过去代你找来。此刻想心腹中饿了，酒席备不及为你接风，快取茶果来。"丫环答应自去，少刻端了来。又是一壶细茶，就在卷棚内摆下桌子，将六碟茶果放下，斟上香茶，送至面前。宣生一面吃着茶果，一面问夫人道："姨丈可在府上？"夫人道："今日绝早就带了鸣玉，往田上收租去了。你今日这等打扮，不必会他。你是奉旨完姻的，谅你姨丈不能抗旨。我这里办了些妆奁，不成意思，你也不要笑话，你只管明日坐轿来拜姨丈，送吉期过来。媒人裴公又不在这里，你家内又无人操办，凡事省俭些。我这里也不怪你。"宣生道："承姨母美情，小侄感激不尽。"夫人笑道："以后不要这等称呼。"宣生笑道："那个自然。"夫人便叫人过去，找宣生两个书童。那边回说已去久了，不在这里。夫人点头。宣生知书童必是回去报信，代累家人不放心。吃了茶果，忙告辞起身。夫人打发家人，备了轿子送宣生回府。众家人并书童，见主人回来，方才放心。大家向前请安，问明主人在那里？宣生一面重赏柯府送来的家人、轿夫，打发回去。一面将误认太仆、错逢丑妇、困在园中、只得逾墙、到了柯府、会见夫人的话，说了一遍。大家听说，俱笑个不住。此刻，家人等俱称宣生为老爷，不敢以公子相称。

宣爷过了几日，坐轿带了家人，到柯府去拜太仆，面禀其事。那知柯爷因有前事在心，并不出来一会。只叫儿子鸣玉，陪他到后面去见夫人。当着鸣玉，言明奏旨完姻之事，望乞转达大人。鸣玉答应，夫人忙叫厨下备酒款待一日，告辞回去。夫人与鸣玉等，晚上向柯爷说宣府完姻之事，柯爷道："我都不管，随你们怎么办法。"夫人听了，由不得肚内好笑。

按下柯府之事，再言宣爷回府，因想："媒人裴公未来，又有一道旨意还要开读，并学士一副官诰，是要媒人送过去的。"想来想去，就想到地方官可以做得媒人，便托了建昌县做了大媒，捧了旨意并官诰、迎娶日期到柯府。此刻，柯爷见是圣旨，不敢不出来摆下香案跪听，听县官宣读，旨意上无非敕封柯宝珠为三品恭人，择吉与宣学

士成婚的话。柯爷谢恩站起，将圣旨请在家堂供奉，官诰、吉期及宣府礼物，都收于后边，一面赏赐行人酒饭喜包，一面致谢知县，款待筵席，热闹一日。柯爷很不耐烦。这话不表。

单言学士宣爷，见有了迎娶吉期，便叫家人收拾洞房，又雇了好些老妈、大娘侍候听用，又去叫厨役、定戏班、制备学士的职事，家中张灯结彩，厅上摆列陈设一新。忙忙碌碌，也忙了十几天。诸事已齐，到了吉期，也请了好些陈族远亲及左邻右舍，到来吃喜酒。合城文武俱来道喜送礼，一概不收，留着吃酒、看戏，托了亲友相陪。到了晚间，先是大媒建昌县排了执事，到了柯府后，即发动花轿。也是全班执事，十六个披红家丁，扶轿掌灯，外面三声大炮，鼓乐细吹，一路迎到柯府。也是三声大炮，将花轿抬至中堂放下，那些俗礼不消细述。

且言宝珠，已在灯下开了脸，梳妆已毕，穿了官诰，所有妆奁已于三日前送到宣府，如媚、如钩两个丫环，仍命陪嫁过去。此刻母女分离，又免不得依依不舍，洒上几点风流泪。外面鼓乐已催妆三次，要请新人上轿。女儿抱轿，欲别却是尊翁。夫人叫丫环去请柯爷，柯爷不行去向，且看下文。

第十九回　正言规友　当道锄奸

诗曰：

偏傲一生志不回，至亲竟少笑颜开。

鱼书远寄来千里，佩服良言免忌猜。

宝珠出嫁，请柯爷抱轿。四处找寻不见，丫环回了夫人。夫人怕错过吉时，只得叫进儿子鸣玉，抱了姐姐上轿。夫人含泪，送女儿到轿子内坐下，打发轿子动身。外面三声大炮，建昌县领轿先行。一路鼓乐，细吹细打，喜炮连天，迎到宣府。轿登内厅，自有傧相赞礼，两边喜娘搀出新人。又是傧相赞礼，迎出新郎。宣爷是穿的学士品级服色，登了红毡，与新人并肩站定。先拜天地，后谢圣恩，回来交拜已毕，用五色红巾，拉入洞房。合卺，撒帐，少不得有诸亲友男女人，等着新娘闹新房，直到二更方散。宣爷夫妇，方才共上牙床，解带宽衣，效鱼水之欢。一夜恩情，自不必说。到了次日起来。夫妇双拜家堂，又遥拜公婆。拜毕，夫妻坐下，先是里面仆妇丫环叩头，后是外面家人书童等叩头。这一日是家宴，并无外客。夫妻对面坐定饮酒，如媚、如钩左右执壶斟酒。宣爷叫声：“夫人呀，想下官为夫人的婚姻，几于性命不保。夫人为下官一幅诗笺，亦几死于非命，你我夫妻，从患难中成就这段良缘，若不亏裴伯父一力周旋，你我夫妻焉有今日。应当供他长生禄位。早晚烧香，保佑他寿命延长，公侯万代，还报答他不尽呢。”夫人道：“妾看老爷那诗句，本无一毫私心，遽被贱婢抖起风波，吾父不察，要将妾治于死地。裴伯父设法救妾回去，待之不啻亲生。后来戏要得我夫妇如醉如痴，意总不解，到今日梦总醒了，方知裴伯父一片为你我的婆心，真是莫大鸿恩，胜于父母。这等人将来死后，聪明正直而为神。妾闻老爷，困于相府中，好险呀。又是圣眷隆厚，非但免罪，而且加官，要算难得。”宣爷道：“下官有一件不解的事，请问夫人。”夫人道：“老爷有何事不解？乞道其详。”宣爷便把错投柯庸夫家中，遇见无艳一段情景的话，向夫人说了一遍。夫人听说，也微微而笑道：“那是

一七三九

我二房叔叔生的一位不争气的贤妹，那一件丑货，老爷竟看上他么？"说得宣爷哈哈大笑，便叫丫环斟上酒来，一面吃着酒，又道："夫人你我姻缘虽已成就，蒙岳母看待十分亲热，只是岳父终有芥蒂在心，并不与我女婿一面，却是为何？"夫人道："我父秉性执一如此，老爷不必见怪。若要翁婿相和，除非老爷去写两封书信，一是家报呈与公婆，回禀完娶吉期，请堂上双亲放心。一是呈与裴伯父，请他作个主意，代你翁婿解和。别人都劝不醒的，我父只怕裴伯父。"宣爷点头称是。夫人又道："两个丫环如媚、如钩俱随妾从死中得活，今年已不小。当非妒妇，老爷不如收做东西二小星罢。"宣爷笑道："夫人说那里话，我与夫人结褵伊始，恩情正深，怎能分惠于他人。"夫人道："老爷拒却不收，使二婢何所归。若使将二婢另行择配远嫁，妾身又不放心。"宣爷道："下官有个善处之法，包管夫人心安。"夫人道："依老爷怎么办法？"宣爷道："下官亦有两个自幼随身的书童，一叫抱琴，一叫醉琴，年也不小。何不以二婢分配之，仍在你我随身服侍，岂不妙哉。"夫人道："老爷之言极是。"说罢俱吃得尽欢而散。过了三朝，宣爷写了两封信，一是家报，一呈裴爷。打发家人星夜去了。这里又与夫人拨了两间耳房，收拾了做洞房。择定吉期，抱琴与如媚一对，醉琴与如钩一对，同结花烛。两对夫妇，感激老爷夫人之恩，自不必说。到了满月以后，柯夫人要接女儿回门，又怕柯爷不与女婿会面。初上门，岂有不双双受礼的。便对柯爷道："今接女儿回门，女婿是要同来的，你断不可再躲向别处去，不与女婿会面，受他个礼么。"柯爷道："我见了宣家小畜生就有气了，回门只好你受拜，我是不与他见面的。"夫人笑道："你也太执拗了，一个亲女婿，须将前事休提，方是正理。"柯爷还要回答推诿，忽见家人送进一封书子来。禀道："启爷，京中裴爷有书到来，请爷电开。"说着，将书子呈上。柯爷接过，拆开一看，只见上写道：

  年愚弟裴长卿顿首，致书于柯年兄阁下。京都一别，本拟饯别，以尽朋友之谊。谁知飘然远引，不领杯水之情，似乎于交道未免落落寡合也。然独有可原者，金兰之好，尚不敌骨肉之亲。其如女婿，半子也，女之赖以终身，岳之赖以养老，非泛泛疏远可比。若论前事，不怪自己多疑，启挑衅谗人之渐，反怪无心数语结生平，莫释之冤，虽订秦晋，犹如吴越。此弟之所大不解者也。况婿初登仕版，即邀圣眷，其将来职分，定在你我之上。其后之欲赴功名，非不可藉其援引你我燕翼之谋。弟处局外，尚为兄婿极力周旋，岂有至亲而不见面，又弟所不取也。感悟发于一心，休谓逆言之入耳，药石寄于里。当知忠告之宜听，不然兄之薄情寡恩，恐为天下后世笑。书不尽

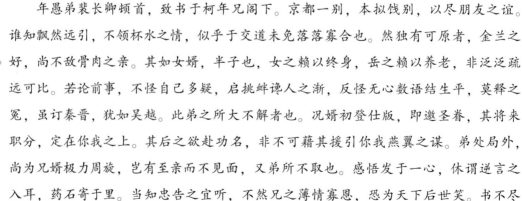

言，兄其鉴之。

柯爷看了书字，不禁哈哈大笑道："裴年兄真良友也。"夫人便问："裴公寄来什么书字？"柯爷就将书中的话，先向夫人说了一遍。又道："裴年兄也是劝我翁婿解和，书中言语，句句金石，令我不能不拜服。而今细想前事，皆由我多疑之误，致惹秀林之谗，与宝珠何干，又与女婿何干。就是他四首《玉人来》诗，未必他就说的是我女儿。总因我一点疑团，弄出无限风波，反叫裴年兄做了他们的大恩人，我到做了老厌物。夫人呀，我今知悔了，回门自然见女婿的。从此相好，不致相尤。"夫人笑道："这便才是。"果然到了回门日期，宣爷夫妇来到柯府，见了岳丈岳母，大拜八拜。岳母见了女婿女儿自然是亲热的。此刻岳丈见了女婿，更加亲热，时刻谈讲，下棋吟诗，又叫儿子鸣玉讨姊丈的教。真是，分虽翁婿，情同骨肉。留女儿在家住对月，并连女婿也留下了。此乃是翁婿相好如初之时，不料朝中却闹出一个大变动来。只因奸相蒋文富在朝威权日重，又有一个巩御史在他门下助纣为虐，引了一班趋附的小人，夤缘进来。或做文官，或做武官，都是奸相作主。前因女儿一死，天子不将宣生治罪，反升他官职。"将我师生，一个罚俸，一个革职，岂不可恨。"阴生异志，暗蓄死士，打造军器，勾通外国，欲图大位，谋为不规。朝中只怕了裴刑部、宣学士二人，还不敢动弹，但爪牙已成，这个风声已有些传到朝中来，众文武俱吃一惊，只有天子不知，却拿不住他一个实证，不敢劾奏。惟裴爷是个精明强干之员，每日朝中出入，俱留心此事。

这一日，也是奸相的逆谋应当败露。裴爷正出朝来，要回衙门。未到里许，忽见前面两个人，在那里厮打。一个黑凛凛的大汉，将一个少年汉子按在地下，拳打脚踢，打得地下那汉子，喊叫救命。由不得心中大怒道："禁城之内，谁敢如此行凶！"分付手下："将这大汉并被打的汉子带来见我。"手下答应去了，两个人叫那大汉莫打"去见老爷，有话问你。"那大汉并不瞅睬，还是打他的。二人向前来拉，被大汉一手扫去，二人俱跌倒在地。急急爬起来回裴爷。裴爷大怒道："如此撒野，这还了得！"又分付添六个人上，去用大铁链锁来。下面答应，蜂拥而去，共是八人，方把一个大汉捉了，锁将起来。地下被打的汉子，也爬起，跟着到了裴爷面前跪下。那大汉还立而不跪。裴爷先问那被打的汉子道："你姓甚名谁？因何被他打的？"那汉子禀道："小的叫段二，本京人氏，卖菜为生。因今日挑了担子上街卖菜，遇见这大汉问路，问蒋丞相府在那里？小的回他，在杏花街上。他一定要小的引他去，小的怕耽误自己生意，

不肯去，他就把小的菜担抢掉了，砸了，也踹破了。是小的一时不忿，要与他拚命，那知他人长力大，将小的掼倒在地，一阵乱打，打得小的浑身疼痛。望老爷救命呀。"裴爷见这大汉，异言，异服，形迹可疑。又是来找奸相府的，必有原故。当街不便相问，赏了段二一个艮踪子，"赔你菜担，你做生理去罢。"段二千恩万谢而去。裴爷将那大汉带至衙门，坐堂审究，命衙役在他浑身一搜，搜出两边裹脚，打腿内每边二把瘦描条利刃，肚兜内四个金条，一色浮钱，并无别物。问他是那里人？他回说是车迟国人。问他到中原来找蒋相做什么？他就支吾不答。反复穷诘，并不开口。裴爷大怒，先打了一百个掌嘴，又套上铜夹棍，三收三放，大汉依然不招。及用到锡蛇红绣鞋诸般非刑，才打熬不住，招出是国王打发他来，下书与中国蒋丞相的。裴爷问书在那里？大汉回道："现在头发里。"裴爷又叫人在他头发内搜出一封私书来，外面还有车迟国宝印。拆开从头一看，只唬得裴爷魂不在身。书中甚话惊人？且看下文。

第二十回　风散浮云　情圆听月

中国禁书文库

听月楼

诗曰：

楼势巍峨壮帝都，前人创建后人居。

多情天上团圆月，愿了风流美丈夫。

裴爷见私书上写的是，车迟国王要领兵来犯中原，约定奸相里应外合，事成之后，许以平分天下。于某月某日发兵，叫奸相早为预备。看毕，吃惊不小。暗想："奸贼好大胆也，今日人赃现获，不怕他冰山不倒。"想定主意，把私书收于袖内，分付松了刑具，问他叫什么名字？大汉道："叫国尔楞。"裴爷命他画了供，仍上起刑具带去收了刑部监，候音定夺。下面答应，把奸细带去收监。裴爷退堂，在灯下草成一本，并私书粘呈。过宿一宵，次日五鼓，天子临轩，文武朝参已毕，裴爷俯伏金阶奏道："臣刑部侍郎裴长卿有密本，面达天颜，恭请龙目电阅。"说着，把本呈上。内侍接上，铺于龙案。天子先将本一看，后又将私书一看，龙颜大怒。喝问："奸贼蒋文富何在？"只唬得奸相魂不附体，急急出班跪下道："臣蒋文富在此伺候。"天子见了奸相，把龙案一拍道："朕有何亏待于你，胆敢私通外国，谋夺朕的江山，真是罪不容诛了。"文富一听，面上失色，还强辩道："臣蒙天恩，授以首相，位极人臣，有什么不足之处，敢生异志，辜负圣恩。这是诬陷为臣，望陛下作主。"天子喝声："车迟国王下与你的私书，你拿下去看来，还赖到那里去。"说着，把私书掼下来。奸相抬起一看，又赖道："臣也认不得什么车迟国王，安知非裴刑部藉端抗奏大臣。无凭无据，何能以一纸之书，入臣之罪。"裴刑部大喝一声："奸贼住口，现捉得奸细亲口供的，你还狡赖。陛下若不将奸相早行正法，必为国家必腹大患。"天子道："奸细今在何处？"裴刑部道："臣已在本部审明，收监候旨。"天子即传旨下来，提出监中奸细廷讯，口供不改。龙颜更怒，命武士将奸相摘去冠带，押在一旁。又差裴刑部，带兵五百，前去搜查奸相府第，搜出许多悖逆之物，都上了簿。还有许多私书回书，尽是巩御史代笔。那些不

轨之徒，一闻凶信，逃走了一半，只有跑不去的，共捉了男妇三百七十余人，一并捆绑，将叛产封固，其余解了，入朝缴旨。天子逐件一看，大怒道："这还了得，连禁之物及私书回书，一概火毁，不必波及他人。这是天子的隆恩，只将从逆巩固一名、外国奸细一名并逆犯蒋文富叛属三百七十余人，着裴刑部监斩。"押出午门外，只听得三声炮响，一个个俱做无头之鬼。这也是恶人的报应。刑部上朝缴旨，天子又将巩固家属，俱发岭南充军，叛产俱抄没入官。各省近边关隘，着兵部火牌，飞星敕知，加兵用心把守，以防外寇。又因裴刑部捉叛定国有功，升为刑部尚书。所有刑部侍郎原缺，着宣登鳌补授。假期将满，召取进京供职。旨下，裴爷谢恩。宣爷代子谢恩。天子退朝，群臣各散，宣爷与裴爷到了朝门外，互相称贺。宣爷道："裴年兄你生平做的事情，真是神出鬼没。就是今日蒋文富这个奸相，不是年兄精明，怎扳倒这个贼子。朝中灭了这贼，神人共快，君民相安。从此永享太平，年兄之功真不小也。"裴爷道："为臣尽忠，不能定国安民，平日朝廷高官厚禄，养你何用。这也是臣子分内之事，何功之有。但小弟的衙门，应让与令郎居住，所有听月楼，奉送令郎与令媳，以完千古佳话。"宣爷连声称谢。裴爷道："令郎假期将满，不日即有旨下召取，年兄该速速写信，先去通知，叫他们早为打点，也好进京供职。"宣爷点头称是，拱手而别，各回衙门办事不表。

且言无艳去拿梯子，要爬上架子，来抓宣生。正等拿过梯子来，宣生早已不见。此刻急得无艳咬碎金牙，放开喇叭喉咙，哭着说着道："一个好热腾腾的馒头，到了口边，又碰掉了，我还要这性命做什么。"早惊动两个丫环小春、细柳，知道姑娘放走了少年郎君，在那里气苦。连忙上前相劝，劝了姑娘回房。庸夫一闻此信，只是跌足连叫可惜道："蠢丫头，撞见这个好机缘，不用些风流手段将这少年郎君拴住，到把他放走了，我也是枉费心机。"后又听见隔壁大房女儿出嫁，女婿是个大官，还有官诰，心中越发懊悔，未免抱怨女儿几句。那知女儿自见宣郎之后，正在害单相思的病，怎禁得乃尊一番埋怨。心又高，气又傲，哭了两天，直到人静之后，悬梁自尽。到了今日，庸夫知道女儿这个凶信，唬得魂飞魄散，痛哭几场，将女儿殡殓了，送到祖茔安葬。庸夫自此得了残废之疾，不到几年也西去了。膝下无子，所有偌大家私，总归大房承受。还亏后来鸣玉娶亲生子，承继二房一脉香烟，书中就没有他的交代。

再言宣爷夫妇。在岳家住过对月回家，恩爱异常。无事时吟诗下棋，以消闷怀。真是光阴迅速，已将有半年光景，接得京中乃尊书信，知升了刑部侍郎，所有听月楼，裴爷相送过来，以作贺礼。又说假期已满，不日就有旨下，速速打点，收拾进京。宣爷看过，说与夫人知道。夫妇甚是感激裴爷。不多几日，果有旨下来，召宣侍郎进京供职。宣爷接旨，进奉家堂。一面谢恩，一面送了天使而去。此刻因钦限紧急，不敢怠慢，连忙收拾行装，所有家园仍命老家人夫妇同抱琴、如媚、醉琴、如钩在内看管。一面到县挑了人夫车马，伺候动身。一面去拜别岳父母。未免饯行，洒了几点分离泪。怎奈钦限紧迫，惟有送别郊原，含泪而回。宣侍郎一路兼程而进，不消几日，早到京都。进了皇城，因非早朝时分，先到父亲衙门，夫妻双拜宣爷夫人。二老见媳妇果然生得人品出众，心中大喜。这日摆了筵宴，代儿子媳妇接风。另收拾一所与他小夫妇权住。到了次日早朝，宣氏父子入朝，谢恩缴旨。天子又将宣侍郎慰劳一番，退朝散了。宣侍郎到了朝房，见了裴爷。先拜谢见赐名楼及一切成全之恩，裴爷拉住笑道："令岳被我劝醒了吗？"宣侍郎点头称谢，大家一笑而散，各回衙门。裴爷已搬进尚书府第，宣侍郎搬进裴爷旧居，少不得夫妇二人亲到裴府，拜谢裴爷始终成全之恩。绮霞已出嫁与赵府，绮云已出嫁与江府，今日都接了回来，姊妹们相见，甚是亲热。裴以松已娶了亲，外面与宣刑部相见，也十分亲热。款待一日，方各回府，自此不时往来。后来裴爷告老回了河南，寿至八十七岁而终。其子以松中了河南乡榜解元，进京会试又仗宣侍郎之力，中了一榜，榜下放了知县。这也是以恩报恩。柯太仆也亏了女婿，复了原职衔，夫妇同年八十一岁，无疾而终。其子鸣玉，捐了一个州同职衔，坐享两房家资，娶亲生子两子一女，到也受用。宣老夫妇，俱有八九十岁，也是先后而终。宣侍郎夫妇，哭哀尽礼，守了六年大孝。到了服满之日，仍召取进京，归他侍郎衙门住下。此刻侍郎已有两子两女，总与河南裴以松、本京裴绮霞、裴绮云彼此结亲，不断往来。这是书中的大交代，不用烦叙。

　　且言裴侍郎，虽是刑部衙门，日日都有钦件发下来会审，但他断才甚好，不见着忙，无事时还与夫人在听月楼吟诗叙话。那日，也是八月中秋，宣侍郎与夫人坐在听月楼中，饮酒赏月，便指着仙题诗句，并绮霞、绮云、宝珠的壁上三首和韵诗道："此楼得这天工人工，极力培植，这也是裴年伯一生聪明。种子布于前，你我夫妻姻缘聚于后，信非偶然也。"夫人道："听月二字，本起得新奇，若非仙题，并一道仙诗，后人必议为荒谬。裴义父在日曾说，仙赐匾额，也是八月中秋夜赏月之时，今又值佳节，听月之情既已团圆，听月之诗尚少润色，老爷何不步韵和他一首，也是听月增辉，名楼生色。不知老爷酒后对月，有此逸兴否？"宣侍郎笑道："狗尾续貂，未免贻笑大

方。"夫人道："老爷何必过谦。丫环快些斟酒，待老爷溜肠。"丫环答应，斟上酒来。又取过文房四宝，并一幅松笺，摆于桌上。宣侍郎一面吃着酒，一面铺纸濡毫，笔不停，顷刻成了和听月楼诗一首，递与夫人，笑道："献丑了。"夫人接过一看，只见上写道：

诗曰：

银河皎洁月光清，人倚楼中人眼明。

但听风微和露滴，蟾宫应有读书声。

夫人看了，连声称赞道："得此一诗，压倒元白矣。"也命丫环，粘于壁上。又斟下一巡酒来。还未吃完，忽见楼外一片彩云，冉冉自空而下。侍郎夫妇大吃一惊，忙向楼外一看，见云中间站着一位道者，左执桂花，右执斧子，云旁站着一人，好似裴公，对着楼上说："感尔夫妇多情，特来一晤，以完情缘。"说毕，腾空而去。侍郎夫妇，在楼板上拜谢。后来，侍郎也升了尚书，告老回去。就将听月匾额移于故乡，也建一楼，安上以留仙迹。夫妇偕老，子孙绕膝，世代书香，皆此楼佑之云尔：

非关司寇风流，焉有宣生好逑。

名著梯云仕路，功成听月仙楼。